Tödliche Gefahr

LUCINDA BRANT BÜCHER

— Die Roxtons – die frühen Jahre —
DER EDLE SATYR
SEINE HERZOGIN
IHR HERZOG
IHRE GNADEN

— Roxton-Familiensaga —
HEIRAT UM MITTERNACHT
HERZOGIN DES HERBSTES
TEUFELSKERL DAIR
DIE STOLZE MARY
DER SOHN DES SATYRS
IN LIEBE
HERZLICHST

— Salt Hendon-Serie —
DIE BRAUT VON SALT HENDON
RÜCKKEHR NACH SALT HENDON

— Alec-Halsey-Krimis —
TÖDLICHE VERLOBUNG
TÖDLICHE AFFÄRE
TÖDLICHE GEFAHR
TÖDLICHE VERWANDTSCHAFT

ÜBER DIE AUTORIN

Wenn ich nicht in meiner Sänfte durch das London des 18. Jahrhunderts schaukele oder mit parfümierten Hofleuten mit Schönheitspflästerchen in den vergoldeten Salons von Versailles den neuesten Klatsch austausche, schreibe ich preisgekrönte historische Liebesgeschichten und Krimis (die auch ihre Liebesgeschichten enthalten) aus der georgianischen Zeit. Meine Bücher spielen im georgianischen England des 18. Jahrhunderts, mit gelegentlichen Ausflügen auf den europäischen Kontinent. Ich lege die Zügel bei der französischen Revolution, wo ich ein früheres Leben wegen meines unverzeihlichen hedonistischen Lebensstil als faule Aristokratin beendet habe, nieder.

lucindabrant@gmail.com		lucindabrant.com
pinterest.com/lucindabrant		twitter.com/lucindabrant
facebook.com/lucindabrantbooks		youtube.com/lucindabrantauthor

ÜBER DIE ÜBERSETZERIN

SUSANNE DÖRING

BÜCHER WAREN IMMER mein größtes Vergnügen; indem ich sie übersetze, kann ich sie auch mit denen teilen, die lieber auf Deutsch lesen. Ihre Meinung ist mir wichtig, Sie erreichen mich unter:

werrakind@gmail.com

Tödliche Gefahr

EIN HISTORISCHER KRIMINALROMAN
AUS DER GEORGIANISCHEN ZEIT

ALEC-HALSEY-KRIMIS BAND 3

Lucinda Brant

ÜBERSETZT VON SUSANNE DÖRING

Ein Sprigleaf-Buch
Veröffentlicht von Sprigleaf Pty Ltd

Dies ist ein Roman; Namen, Charaktere, Orte und Ereignisse
entstammen der Fantasie des Autors oder werden fiktiv verwendet.

Für meinen Bruder

Craig

EINS

SCHLOSS HERZFELD, FÜRSTENTUM
MIDANICH (OSTFRIESLAND), WINTER 1763

Das Schlafzimmer war dunkel und ungelüftet. Der Geruch von schalem Urin, blutigem Schleim und von Arzneien war allgegenwärtig. Nur eine Reihe von Kerzen warf vom Nachttisch her ein gelbes Licht auf die reichlich bestickte, schwere Decke. Die Dochte hätten geschnäuzt werden müssen, aber niemand hatte sich darum gekümmert, einen Diener zu rufen. Alles konzentrierte sich auf den Mann, der in dem riesigen Staatsbett mit dem großen, geschnitzten Kopfteil lag - dort, wo alle Markgrafen von Midanich starben.

Leopold Maxim Herzfeld lag in den letzten Zügen. Mit eingefallenem Gesicht und insgesamt sehr schwach war er auf weiche Daunenkissen gestützt. Ein weißes, leinenes Nachthemd mit feiner Spitze an Handgelenken und Kragen bedeckte hinfällige Muskeln, die zusammengefallenen Adern beider Arme wurden verborgen. Er war so oft zur Ader gelassen worden, dass die Egel mit ihren fetten Körpern sich nicht länger vollsaugen konnten. Sein Bewusstsein kam und ging, rasselnd und keuchend sog er mit zurückgeworfenem Kopf und weit offenem Mund angestrengt durch eine zundertrockene Kehle Atem in seine wassergefüllten Lungen.

Ein ergebener Diener hatte die seidene Nachtmütze weggenommen und an ihrer Stelle eine prachtvolle Perücke arrangiert, deren fließende Locken mit Pomade behandelt, gepudert und gelockt waren, wie es sich für den königlichen Träger gehörte. Im Leben hatte ein solcher Griff zu modischer Kunst die starken, fleischigen Züge Markgraf Leopolds ergänzt. In seiner Todesstunde war die Perücke nur große Eitelkeit. Sie half lediglich zu betonen, bis zu welchem Zustand sein Gesundheitszustand sich verschlechtert hatte, seit er vor sechs Monaten nach Schloss Herzfeld zurückgekehrt war, und warum das Geflüster über Gift sich hartnäckig hielt.

Tausend Kerzen erhellten die Schlosskapelle, in der rund um die Uhr gebetet wurde. Fromme Mitglieder des Hofes kamen und gingen und füllten die Kirchenstühle. Einige blieben stundenlang auf ihren bestrumpften Knien und beteten um ein Wunder - dass Markgraf Leopold sich erholen möge. Täte er dies nicht, wäre ein Bürgerkrieg wahrscheinlich, und das nach einem Jahrzehnt des Krieges, in dem das Land sich zuerst vom Feind und dann von einem Verbündeten besetzt gesehen hatte, die beide dem Land und seinen Menschen schwere Verwüstungen zugefügt hatten.

Andere Mitglieder des Hofes, die nicht willens waren, ihre Zukunft in Gottes Hand zu legen, hielten es für politisch klüger, im prachtvoll vergoldeten, marmornen Vorraum der Prunkzimmer herumzustehen. Sie steckten mit ihren Fraktionen am Hofe die Köpfe zusammen, stritten in heftigem Flüsterton, diskutierten, ob sie den einen oder den anderen Prinzen unterstützen würden oder neutral bleiben sollten, wenn der Bürgerkrieg käme. Niemand wagte es, das Vorzimmer zu verlassen, denn sie befürchteten nicht nur, in ihrer Abwesenheit von ihren Freunden hintergangen zu werden, sondern ihre Bewegungen wurden sorgfältig von der Leibwache, die an den Wänden des Raumes Aufstellung genommen hatte und vor den Türen des fürstlichen Schlafzimmers Wache hielt, beobachtet.

Nervöse Höflinge ließen sich auf behelfsmäßigen Lagern nieder, schickten Lakaien hin und her nach Speis und Trank und um die Nachttöpfe zu leeren. Sie kritzelten Briefchen mit den neuesten Nachrichten gleichzeitig an ihre Frauen, Mätressen und Töchter, die in ihren Gemächern in der Schlossanlage auf und ab wanderten, bereit, mit ihrer Habe jeden Moment die Flucht zu ihrem Landsitz anzutreten. Einige hatten beschlossen, den einschneidenden Schritt zu tun und die Grenze nach Hannover zu überschreiten - die einzige Alternative für sie, wenn sie ihre Köpfe behalten wollten.

Auch ausländische Würdenträger und Bürokraten auf der Suche nach Neuigkeiten schlichen in das Vorzimmer der Staatsräume hinein und wieder hinaus. Niemand konnte ihnen irgendetwas sagen, daher gingen sie wieder und schickten ihre Untergebenen, sich unter die perückengeschmückte Menge zu mischen, während sie Berichte nach Hause an ihre Herren schrieben und um Anweisungen baten - sollten sie Prinz Ernst unterstützen, Prinz Viktor Avancen machen oder zusehen, dass sie fortkamen, solange Grenzen und Häfen des Landes offen blieben.

Der bevorstehende Tod des Markgrafen war eine feststehende Tatsache. Das hätte auch für seinen Nachfolger gelten sollen. Der Sohn folgte auf den Vater, so, wie es seit dreizehn Generationen gewesen war. Prinz Ernst war der älteste Sohn des Markgrafen. Jedoch gab es solche, die dafür waren, dass der charismatischere Prinz Viktor den Platz seines Vaters einnehmen sollte. Prinz Ernsts jüngerer Halbbruder war von der Nachfolge durch seine bürgerliche Abstammung ausgeschlossen. Die zweite Ehe des Markgrafen war eine morganatische Heirat gewesen.

Der siebenjährige Krieg änderte alles.

Friesland war von den Franzosen überrannt und dann von den Engländern besetzt worden. Überall herrschte Chaos, Kampf und Blutvergießen. Das Ende des Krieges brachte das Ende der Schlachten, jedoch nicht der Not für die Untertanen des Markgrafen. Und darüber hinaus wurden über die Grenzen hinweg sowohl politische, als auch wirtschaftliche Allianzen neu definiert und festgeschrieben, und das nicht zu Midanichs Gunsten. Viele am Hof wollten einen völligen Bruch mit der alten Ordnung, zu der Prinz Ernst gehörte, und setzten ihr Leben für eine Veränderung aufs Spiel. Von seinem Palast im Süden des Landes hatte Markgraf Leopold den sich für Wandel einsetzenden Stimmen gelauscht und auch denen jener Höflinge, die den *Status Quo* vorzogen. Er war dann nach Norden zum Schloss Herzfeld gereist, wo Prinz Ernst als Befehlshaber der Armee von Midanich stationiert war, hatte die Zugbrücke überquert und war unter dem mitreißenden Jubel seines kriegsmüden Volkes, den unterwürfigen Verbeugungen seiner Höflinge und den einladenden offenen Armen seines ältesten Sohnes mit seinem Gefolge auf dem Marktplatz eingezogen.

Prinz Ernst, der tapfer im Krieg gekämpft hatte, wurde in einer öffentlichen Zeremonie mit der höchsten militärischen Auszeichnung des Landes, dem Minotaurus von Midanich, einem Orden am Bande, der selten verliehen wurde, geehrt. Das war die letzte Gelegenheit, bei der der Markgraf in der Öffentlichkeit gesehen wurde. Er setzte nie wieder einen Fuß aus den befestigten Mauern des Schlosses. Innerhalb von Monaten lag der siebzehnte Herzfeld, der in ununterbrochener Linie vom Vater auf den Sohn regiert hatte, auf dem Sterbebett.

Der Oberarzt hatte keine Ahnung, was die Krankheit des Markgrafen verursacht hatte, aber er war sich sicher, dass sie tödlich war. Jedoch klammerte sich der Markgraf hartnäckig ans Leben, seine zeitweiligen, angsterfüllten Ausbrüche waren ein Zeichen dafür, dass sein Geist sich mit einem inneren Konflikt herumquälte, den nur er kannte. Sein Arzt sagte, er wäre im Delirium. Sein Pfarrer sagte, er reinige seine Seele von Schuld. Sein Sohn stimmte beiden zu. Aber niemand wusste, was ihn wirklich quälte.

Als der Hauptmann der Leibwache berichtete, dass die Bewohner des Schlosses zunehmend unruhig nach Nachrichten über ihren Herrscher verlangten und Gerüchte über Gift jeden Tag lauter wurden, befahl Prinz Ernst, dass eine zweite Abteilung von Truppen im Schloss einziehen sollte. Was außerhalb der dicken Mauern von Schloss Herzfeld geschah, war unwichtig - vorerst.

Der Obersthofmeister flehte Prinz Ernst an, irgendeine Proklamation verlesen zu lassen, zumindest vor den Höflingen im Vorzimmer, um wenigstens unter ihnen die Unruhe zu unterdrücken. Prinz Ernst sagte, der Hof könnte warten; der Tod würde bald genug eintreten.

Als der Oberarzt erklärte, dass der Tod unmittelbar bevorstünde, ließ der Prinz alle Anwesenden aus dem Schlafzimmer schicken. Der Markgraf sollte seine letzten Augenblicke auf Erden nur mit den anwesenden Mitgliedern seiner Familie verbringen.

An der Doppeltür warf der Obersthofmeister noch einen letzten Blick über seine Schulter auf den Markgrafen, dem er drei Jahrzehnte lang treu gedient hatte. Was er sah, ließ ihn sich umdrehen und innehalten. Nicht, weil sein Herr in seiner skelettähnlichen Magerkeit, die von einer dünnen, gelblichen Haut bedeckt wurde, unkenntlich geworden war. Sondern wegen der Tatsache, dass Markgraf Leopold alle Kraft, die ihm noch verblieben war, dazu anstrengte, einen Arm von der Decke zu heben und einen Finger in seine Richtung auszustrecken. Erschrocken huschte der Obersthofmeister in das trübe Licht zurück, nur, dass der Hauptmann ihn anzischte:

„Verlasst ihn, Herr Baron. Er ist nicht mehr bei Verstand."

Der Obersthofmeister ignorierte ihn. Er ging zum Fußende des Betts, den Hauptmann auf den Fersen. Der Markgraf mühte sich, seinen Kopf aus den Kissen zu heben, sein Blick war starr, als ob er seinen treuen Diener zwingen wollte, seine Gedanken zu lesen. Der Obersthofmeister ging am Bett entlang, kam noch näher.

„Ich flehe Euch an ...", wimmerte der Markgraf und sah an seinem Sohn, der seine Hand ergriffen hatte, vorbei, den Obersthofmeister an. „Lasst mich ... nicht ... allein ... Nicht - *mit ihr*."

„Durchlaucht, selbstverständlich werde ich bleiben, wenn das Euer Wunsch ist."

„Er ist im Delirium, Haderslev. Er weiß nicht, was er sagt", sagte Prinz Ernst müde und wandte sich dann an den Hauptmann der Leibwache. „Westover! Bringt ihn hier fort. Er regt ihn nur auf."

„Selbstverständlich, Hoheit", erwiderte Hauptmann Westover und schlug mit der Hand auf Baron Haderslevs Schulter. „Herr Baron, es ist Zeit zu gehen."

„Seine Durchlaucht möchte, dass ich bleibe", klagte der Obersthofmeister und schüttelte den Hauptmann ab, um näherzutreten. „Also werde ich hierbleiben!"

„Keine Sorge, Papa. Sie ist nicht hier", beruhigte Prinz Ernst seinen Vater im Flüsterton.

„Ich ... nicht ...", murmelte der Markgraf erregt und fiel in seine Kissen zurück. „Ernst. Lass sie ... nicht ..."

„Ich habe dir mein Wort gegeben."

Der Markgraf schloss die Augen, war aber nicht weniger erregt. „Das wird ... *sie* nicht ... aufhalten ... Sie ... sie *hasst* ... mich. Hasst Viktor ... *uns alle.*"

Prinz Ernst spürte, wie der Obersthofmeister und der Hauptmann hinter seinem Rücken standen und schaute sich rasch um. „Meine Stiefmutter", bemerkte er, als ob sie die Frage gestellt hätten. Er schaute Hauptmann Westover an. „Gräfin Rosine steht unter Hausarrest, ja?"

„Wie Ihr befohlen habt, Hoheit", versicherte ihm der Hauptmann. „Sie darf keinen Besuch empfangen und ohne Eure Erlaubnis geht niemand hinein oder heraus."

Prinz Ernst nickte. „Und mein Bruder?"

Bevor der Hauptmann antworten konnte, öffnete der Markgraf seine Augen und drehte seinen Kopf auf dem Kissen, um mit weit aufgerissenen Augen seinen Sohn anzuschauen, und brach aus:

„Halte sie unter Kontrolle, Ernst. Erlaube *ihr* ... nicht, *dich* ... zu ... zu beherrschen." Er ließ ein frustriertes, schmerzvolles Stöhnen hören und schloss seine Augen wieder fest. „Mein Gott, mache dieser Qual ein Ende!"

„Ruhig, Papa", antwortete der Prinz und drückte die Hand seines Vaters. Er sah wieder zum Hauptmann und dem Obersthofmeister auf. In seinen Augen standen Tränen. „Um Himmels willen. Erlaubt uns wenigstens diese letzten wenigen Momente allein!"

Beide Männer erbleichten und verbeugten sich tief. Mit einem Nicken zogen sie sich in die Schatten zurück zu den Doppeltüren. Der Raum war so dunkel, dass Prinz Ernst nur am Klicken des Türschlosses erkannte, dass beide Höflinge gegangen waren. Er wusste auch, dass seine Zwillingsschwester in der Dunkelheit lauerte und wartete, wartete, dass die anderen gehen sollten, bevor sie sich zeigte, zeigte, wer die Stärkere von ihnen beiden war. Prinz Ernst, der große militärische Führer, furchtlos im Kampf, siegreich in der Schlacht, war gegenüber Johannas Listen schwach.

Prinzessin Johanna erschien aus der Finsternis, um auf ihren Vater hinabzusehen, der sie vom Hof, aus der Gesellschaft, verbannt hatte und sie in dieser Festung seit mehr als einem Jahrzehnt buchstäblich als Gefangene gehalten hatte. Sie sah zu, wie er sich in dem großen Bett im trüben gelben Licht der Kerzen wand und herumwarf und tätschelte sanft seine dünne Hand.

„Papa, ich bin hier", flüsterte sie, küsste seine Stirn und fuhr dann mit einer kühlen Hand über seine feuchte, heiße Stirn. „Ich bin es, Johanna, Papa. Dein geliebter kleiner Vogel ist aus seinem Käfig geflohen, um dich zu retten. Papa...?"

Die Augen des Markgrafen blinzelten, bis sie groß wurden und er schaute sich nach seinem Sohn um. Aber es war Johanna, die mit einem liebevollen Lächeln zu ihm herabsah. Er war so überwältigt, dass er zu weinen begann. Und als Johanna seine Stirn wieder küsste und tröstliche Geräusche von sich gab, wurde sein schwacher Körper über und über von schmerzhaften Schluchzern geschüttelt, ohne dass er einen Laut von sich gab. Sie ging daran, seine Arme wieder unter die Decken zu stecken und zog dann sanft eines der Kissen unter seinem Kopf weg, wobei sie darauf achtete, nicht die kunstvolle Allongeperücke zu zerdrücken, so dass sein Kopf flach im Bett lag.

„Es ist Zeit, Papa", sagte sie.

Der Markgraf warf seinen Kopf hin und her, aber er war so schwach und nachdem sein Körper jetzt unter den Decken gefangen war, war er machtlos. Jede Kraft, um sein Leben zu kämpfen, die er aufgebracht hatte, um den Obersthofmeister anzuflehen, war verschwunden. Doch er hatte noch seine Stimme, dünn, wie sie war.

„Ernst!", bettelte er und suchte im Dunkel nach seinem Sohn. „Bist du hier?" Aber als sein Sohn ihm nicht antwortete, flehte er seine Tochter an, obwohl er wusste, dass es sinnlos war. Jedoch musste er versuchen, an ihren Verstand zu appellieren - soweit davon noch etwas übrig war. „Johanna. Hör auf Papa ..."

„Ich tue dies nicht für mich selbst, sondern für Ernst, liebster Papa", sagte Prinzessin Johanna ruhig, bedeckte das Gesicht des Markgrafen mit dem Kissen und hielt es dort fest, bis ihr Vater völlig ruhig geworden war. „Du verstehst das doch, nicht wahr, Papa? Für Ernst."

Es war Prinz Ernst, der behutsam das Kissen entfernte und seinen Vater anschaute, der klein und gebrechlich auf dem großen Bett lag, der Mund offen und die prachtvolle, gepuderte Perücke verrutscht, so dass sie ein Auge bedeckte. Er schnappte erschreckt nach Luft, glaubte nicht, dass sein Vater nicht länger atmete. Er legte sein Ohr an dessen Mund, berührte seine Wange und dann die Stirn. Aber er wusste es, er wusste, sobald er ihn angesehen hatte, dass er tot war.

Der Markgraf Leopold Maxim Herzfeld, der das kleine Fürstentum Midanich fünfunddreißig Jahre lang regiert hatte, war tot. In seiner letzten Stunde ermordet. Prinz Ernst, der hochdekorierte soldatische Held des letzten Krieges, Gouverneur von Schloss Herzfeld und

Leopold Maxims ältester Sohn, würde ihm jetzt als Markgraf nach-
folgen und über Midanich herrschen.

Und seine Schwester, Prinzessin Johanna, würde über ihn
herrschen.

Er brach in Tränen aus.

ZWEI

DER HAUPTMANN DER LEIBWACHE UND DER OBERHOFMEISTER waren den Ärzten aus dem dunklen Schlafzimmer gefolgt, um ihren Herrscher ein wenig mit seiner Familie allein zu lassen und traten in die helle und beengende Atmosphäre des überfüllten Vorzimmers ein. Eine Gruppe von Adligen drängte in Erwartung einer Ankündigung vor. Aber die Woge flaute ab, als die entlang der Wände aufgestellten Leibgardisten auf ein Nicken ihres Hauptmanns hin einen Schritt vortraten und die behandschuhten Hände an die Bajonette legten. Die Höflinge zogen sich zurück und sammelten sich in der Mitte des Raums, wo sie jetzt von der persönlichen Leibwache des Markgrafen umringt waren und fragten sich mit steigender Furcht, ob sie dort und dann abgeschlachtet werden sollten.

Aus diesem Gedränge trat der britische Konsul vor, der selbstbewusst auf den Oberhofmeister zu marschierte, der sich umgedreht hatte, um mit den drei Ärzten zu sprechen, die vor der geschlossenen, zweiflügligen Tür herumstanden, und sagte in Französisch: „Verzeihung, M'sieur le Baron, aber ich habe etwas, das Euch interessieren dürfte."

„Nicht jetzt, M'sieur Luytens", befahl Hauptmann Westover. „Alle offiziellen Termine sind gestrichen. Baron Haderslev hat Wichtigeres, um das er sich kümmern muss. Tretet zurück und kümmert Euch um Eure Geschäfte!"

„Geschäfte?" Das Wort traf bei dem britischen Konsul auf einen offenen Nerv. „Alles, was ich hatte, wurde mir genommen, als der Friede verkündet wurde. Ich habe keine *Geschäfte*."

„Dann würdet Ihr besser daran tun, nach Emden zurückzukehren, um wiederaufzubauen, was Ihr könnt, und Euer Haus in Ordnung zu bringen. Vielleicht braucht Ihr einen Tapetenwechsel - England?"

„Wiederaufbauen - mit *was*?", schnaubte Luytens. „Und ich bin kein Engländer!" Er hob hoffnungslos einen Arm.

Diese Handlung veranlasste mehrere der Leibgardisten, einen weiteren Schritt vorzutreten. Hauptmann Westover bedeutete seinen Männern, sich zurückzuziehen. Sein Blick flog durch das Zimmer und blieb für einen Moment an einigen bekannten Adligen hängen, die man ihm als Anhänger des Prinzen Viktor benannt hatte - sie würde man verschwinden lassen müssen, sobald verkündet wurde, dass der Markgraf tot war. Eine kleine Abteilung seiner Männer wartete im Gang auf sie. Aber schließlich verließ niemand die Festung - nun, nicht lebend - ohne seine Zustimmung.

„Seine Durchlaucht versprachen Entschädigung und ich wünsche ..."

„Narr! Seht Euch um!", zischte der Hauptmann. „Seht Ihr irgendetwas Normales? Seid gewarnt. Ihr habt weder diplomatische Immunität noch Schutz irgendeiner Art, daher könnt Ihr Euch glücklich schätzen, wenn Ihr es überhaupt nach Emden zurück schafft."

„Seht her, Luytens. Dies kann warten", sagte eine männliche Stimme milde und auf Englisch.

Hauptmann Westover verstand kein Englisch, aber er erkannte an dem befehlsgewohnten Ton und dem ausländischen Aussehen jemanden, der Französisch verstand und zweifellos auch sprach. Der Gentleman, der sich an einem seiner Soldaten vorbeischob und kam, sich ihnen anzuschließen, tat das mit einem nonchalanten Selbstvertrauen, das nur die Reichen und Vornehmen ausstrahlen, und niemand konnte das besser als der adlige, englische Tourist. Unter seinem eleganten, wollenen Umhang war der Ausländer in Seidenbrokat gekleidet, seine Perücke war frisch gepudert und Westover war sicher, dass die Schnallen auf den Laschen der schwarzen Lederschuhe des Engländers mit echten Diamanten besetzt waren. Alles in allem umgab diesen gutaussehenden Mann eine Frische, die vermuten ließ, dass er nicht nur mit seinem Kammerdiener, sondern einem ganzen Gefolge von Dienern reiste. Westover überlegte, mit welcher Anklage er ihn festnehmen und seine Habseligkeiten plündern könnte. Der Bürgerkrieg konnte nicht schnell genug kommen.

„Ihr wart töricht, Euren englischen Freund mit hierher zu bringen, Herr Luytens", sprach Westover auf Deutsch weiter, davon überzeugt, dass der englische Tourist zumindest dieser Sprache nicht mächtig wäre. „Ihr habt ihn in große Gefahr gebracht."

„Sir Cosmo, dies ist Hauptmann Westover, der Kommandant der Leibwache", sagte Jacob Luytens in Französisch und ignorierte die Warnung des Hauptmanns. „Der Gentleman, mit dem Ihr zu sprechen wünscht, steht dort zu Eurer Rechten. Der kleine Mann mit der Amtskleidung aus Goldbrokat über seinem Rock. Das ist Baron Haderslev. Er ist der Oberhofmeister des Markgrafen."

„Nicht der beste Zeitpunkt, um einen Brief zu übergeben, nicht wahr?", antwortete Sir Cosmo Mahon, das Kinn in seine leinene Halsbinde gedrückt, mit einem Nicken zu dem Hauptmann. „Vielleicht wird der gute Hauptmann hier ihn weitergeben und wir können uns auf den Weg machen."

„Ihr sagtet, dass Lord Cobham verlangte, der Brief müsse dem Markgrafen persönlich übergeben werden", widersprach Jacob Luytens, weiter die französische Sprache benutzend. „Da das jetzt kaum möglich ist, ist die nächstbeste Person der Oberhofmeister. Er wird dafür sorgen, dass der Nachfolger des Markgrafen, Prinz Ernst, den Brief erhält. Ihr könnt dann seiner Lordschaft mit gutem Gewissen schreiben, dass Ihr getan habt, was er verlangte."

„Vermutlich ist es nicht so wichtig", sagte Sir Cosmo und ließ seinen Blick über das höhlenartige, üppig ausgestattete Zimmer und die zusammengedrängte, bewachte Menge pausbäckiger Gentlemen in nüchterner Kleidung schweifen.

Der Konsul hatte gesagt, dass diese Männer die führenden Adligen des Landes wären, aber in ihren schwarzen oder braunen Röcken aus gewirktem Wollstoff und schmucklosen Schuhen, von ihrem mürrischen Gesichtsausdruck ganz zu schweigen, sahen sie eher aus wie ein Haufen Ladenbesitzer. Und nicht wie ein Haufen freundlicher Ladenbesitzer! Sie ließen Sir Cosmo sich übertrieben gekleidet fühlen, und die Wachen in ihren aufwendigen blau-gelben Uniformen und glänzenden Messinghelmen bereiteten ihm ein mulmiges Gefühl. Eine falsche Bewegung von jemandem in diesem Raum, und er war sicher, dass sie ihre Schwerter ziehen würden und es ein blutiges Massaker geben würde. Je eher er den diplomatischen Umschlag übergab, desto früher könnte er wieder zum Hafen hinunterkommen, zu dem Schoner, der darauf wartete, ihn und Emily nach Kopenhagen zu bringen. Emily musste sich inzwischen fragen, wo er wäre.

„Vermutlich nur ein langatmiger Brief über Handelsbedingungen, schätze ich", fuhr er fort. „Gott weiß, welche Art von Handel wir mit …"

„Truppen." Es war Hauptmann Westover, der ihn unterbrach.

„Truppen? Wir bekommen Truppen - *von hier*?" Das war Sir Cosmo neu. „Wofür? Ich meine - sind - sind Soldaten eine … eine Ware?"

Der Hauptmann hielt Sir Cosmo für einen naiven Narren, jedoch hielt er seine Stimme und sein Auftreten neutral, obwohl er das ironische Zucken um seine Mundwinkel nicht unterdrücken konnte.

„England braucht Soldaten, um seine Kriege zu führen und um unseren Nachbarn, das Kurfürstentum Hannover Eures Königs, vor seinen Feinden zu sichern. Das erfordert eine Menge Männer. Die Söldnerarmee von Midanich ist die beste der Welt. Dafür hat Markgraf Leopold gesorgt.“

„Ach, so ist das?“, erwiderte Sir Cosmo und hoffte, dass er angemessen interessiert klänge.

Obwohl er das nicht war. Weder an Soldaten, noch an Krieg oder Kampf. Wahrscheinlich, weil er sich nie wegen einer Invasion hatte Sorgen machen müssen. Die letzte Schlacht auf englischem Boden war bereits mehr als zwanzig Jahre her und gegen eine sich planlos zurückziehende jakobitische Armee, wenn seine Erinnerung aus den Tagen in Eton ihn nicht trog. Daher war der letzte Ort, an dem er sich befinden wollte, die unmittelbare Nähe eines Rudels wohl ausgebildeter ausländischer Soldaten.

Die Art, wie der Hauptmann ihn musterte, war enervierend und es war nicht nur der Hauptmann, der ihn anstarrte. Ihm wurde plötzlich klar, dass er der interessanteste Gentleman im Raum geworden war, zweifellos, weil er die Aufmerksamkeit des Hauptmanns genoss und nicht viel anderes geschah, womit man seine Zeit füllen konnte. Er strich mit der Spitze seines kleinen Fingers durch die Falte seiner Halsbinde und ihm wurde unter seiner Perücke und diesen neugierigen Blicken heiß. Er verfluchte sich selbst, dass er Lord Cobham geglaubt hatte, dass Midanich auf dem Weg nach Dänemark lag, als ob es nicht mehr Mühe sein würde, als in seinem benachbarten Kaffeehaus vorbeizuschauen, bevor er nach Hause ging. Als er an die Seereise von Emden dachte - das Schiff war der Küste gefolgt, hatte aber sorgfältig die Inselkette gemieden, und an die rauen Wellen der Nordsee, das ständige Hin- und Herlavieren, ließ ihm das die Galle hochsteigen.

„Wie ich sagte, lassen wir den Brief bei dem guten Hauptmann“, schlug Sir Cosmo vor. „Er wird wissen, wann der beste Zeitpunkt ist, um ihn dem Oberhofmeister zu übergeben. Schließlich - in Anbetracht der Umstände ...“

„Ein ausgezeichneter Vorschlag“, stimmte Hauptmann Westover zu. „Erlaubt mir, selbst noch einen zu machen. Verschwindet hier so schnell, wie Ihr könnt. Ich meine nicht, aus dem Schloss. Aus dem Land. Reist aus, bevor es zu spät ist. Ich hoffe, Ihr seid mit dem Schiff gekommen.“

Sir Cosmo nickte und schluckte. „Ja. Wir sind auf dem Weg nach Kopenhagen."

Hauptmann Westover lächelte. Es war kein freundliches Lächeln. „Dann seid Ihr ja schon fast dort." Er streckte seine behandschuhte Hand aus und wartete darauf, dass Sir Cosmo ihm den diplomatischen Umschlag ohne weitere Diskussion aushändigen würde.

Sir Cosmo war begierig, genau dies zu tun und kramte in einer tiefen Innentasche seines Umhangs. Doch bevor er das rote *Portefeuille* aus Leder übergeben konnte, schnappte Luytens es aus seiner Hand und das mit solcher Heftigkeit, dass Sir Cosmos Mund offen stehen blieb und er instinktiv zurückschrak. Der Konsul nahm den Hauptmann am Ellenbogen, ein wachsames Auge auf den Soldaten, und ging mit ihm etwas beiseite, um nicht belauscht werden zu können - nicht von Sir Cosmo, sondern von den Adligen Midanichs, denn er sprach in ihrer deutschen Muttersprache.

„Ich habe den Engländer nicht den ganzen Weg hierhergebracht, damit er Eurem Herrn dies geben kann", gestand Luytens und übergab ihm das *Portefeuille*. „Nichts als langweilige Handelsdokumente; Lord Cobham ist ein übereifriger Langweiler. Dieser Kerl hier", fügt er mit einer Kopfbewegung in Richtung auf Sir Cosmo hinzu, „ist für Euch und mich das Lösegeld eines Königs wert. Wir könnten beide davon profitieren, aber für Euren Herrn ist er viel, viel mehr wert ..."

„Für Haderslev?"

„Nein, für unseren zukünftigen Markgrafen, Prinz Ernst."

Westover war überrascht und warf einen raschen Blick auf Sir Cosmo, der die kunstvoll verzierte Decke durch sein Monokel musterte. Er lachte spöttisch.

„Wenn er nicht das Lösegeld eines Königs an Bord des Schiffs hat, verschwendet Ihr Euren Atem und meine Zeit!"

„Erinnert Ihr Euch an den letzten Botschafter aus England? Das war vor dem Krieg. Stupsnasiger Kerl namens Parsons. Wurde ausgewiesen; sein Sekretär blieb zurück."

„Was hat Parsons mit seiner Hoheit zu tun?"

„Nicht Parsons. Der Sekretär."

„Kommt zur Sache, Luytens!"

„Die Sache ist die, dass der Sekretär des englischen Botschafters und der Prinz gute Freunde wurden - *sehr* gute Freunde. Sie waren unzertrennlich. War auch der Grund, warum Parsons des Landes verwiesen wurde. Es gefiel dem Prinzen nicht, die Zeit des Sekretärs mit ihm zu teilen ..."

Westover zuckte die Achseln. „Na und? Parsons sollte sich glücklich schätzen, dass er überhaupt hier herausgekommen ist. Was soll das also?"

Jacob Luytens unterdrückte das Bedürfnis, seiner Ungeduld durch einen Seufzer Ausdruck zu verleihen und erklärte es.

„Es war der Prinz, der seiner Schwester gegen die Wünsche des Markgrafen den Sekretär vorstellte, und auf jeden Fall war es diese perverse *ménage à trois*, die dazu führte, dass die Prinzessin und der englische Sekretär ..."

„Haltet den Mund! Kein Wort weiter!", knurrte Westover und zog den Konsul an dessen aufgeschlagener Manschette weiter den Raum entlang. „Seine Durchlaucht ist noch nicht kalt in seinem Bett; der Prinz ist nur noch einen Schritt davon entfernt, an seiner Stelle zum Markgrafen ausgerufen zu werden, und Ihr besitzt die - die *Dummheit*, an eine Episode zu erinnern, die, wenn dem Prinzen zu Ohren käme, was wir hier besprechen, uns das Leben kosten würde!"

Luytens konnte seine Erregung nicht unterdrücken. Er zischte fast.

„Aha! Also *wisst* Ihr alles über den englischen Sekretär und die Prinzessin!"

„Ich weiß genug, um nicht offen darüber zu sprechen! Was für ein Spiel spielt Ihr, Luytens? Wenn Ihr nicht mit meiner Cousine verheiratet wäret, hätte ich Euch schon längst von den Zinnen werfen lassen."

„Nicht so schnell mit Eurem Urteil, Westover. Ich habe einen Weg gefunden, wie Ihr etwas tun könnt, um Euch auf ewig die Dankbarkeit des Prinzen zu sichern. Wir können dabei viel mehr gewinnen, als das, was durch den Krieg verlorenging. Ich verspreche es Euch. Aber ihr müsst handeln, und zwar schnell. Ihr müsst meinen englischen Freund dort festhalten."

Der Hauptmann schaute zu Sir Cosmo Mahon hinüber, der jetzt auf das Zifferblatt seiner Taschenuhr starrte, als käme er zu spät zu einer Verabredung, und das Gesicht verzog. Der Ausländer sah aus wie ein denkfauler Narr.

„Ihn verhaften? Aus welchem Grund?"

„Spielt das eine Rolle? Haltet ihn einfach auf. Erfindet einen Grund." Luytens grinste. „Sir Cosmo Mahon, heißt es, sei zufällig der beste Freund des besagten englischen Sekretärs. Und mit ihm reist eine weibliche Begleiterin, eine Miss St. Neots, die ihn derzeit an Bord des Schiffs erwartet. Soweit ich es verstanden habe, ist sie die Liebste des englischen Sekretärs. Also haben wir die Mittel ..."

Hauptmann Westovers gerade, schwarze Augenbrauen zogen sich über dem Rücken seiner langen Nase zusammen. „Die Mittel ...?"

„Sir Cosmo und Miss St. Neots. Sie sind die Mittel." Als der Hauptmann noch immer verwirrt aussah, fügte Luytens hinzu, wie man einem Kind etwas erklärt: „Wenn Ihr sie aufhaltet, dafür sorgt, dass sie hierbleiben ...“

„Sie verhaften, das meint Ihr!“

Der britische Konsul nickte. „Macht es, wie Ihr es für richtig haltet. Wenn Ihr sie verhaftet, wird eine Rettung nötig sein, nicht wahr? Und wer könnte das besser tun, als der Engländer, in den die Prinzessin sich vernarrt hatte? Ich werde an meine Vorgesetzten in England schreiben, um ihre Hilfe zu erbitten. Ein Brief von Sir Cosmo wird der Notwendigkeit seiner Rückkehr Nachdruck verleihen.“

Die Augen des Hauptmanns leuchteten auf. „Den Engländer zurückkommen lassen, um Sir Cosmo zu retten?“

„Ja. Das wird er wollen. Und außerdem wird er keine Wahl haben, wenn seine Regierung sagt, dass er das tun müsse.“

„Und der Prinz?“

„Er wird der Markgraf sein und Ihr werdet in der Lage sein, ihm diesen Engländer auf jede Weise anzubieten, wie es Euch beliebt. Seine Hoheit wird Euch auf ewig zu Dank verpflichtet sein, und im Gegenzug schuldet Ihr mir etwas. Ich denke, das ist ein fairer Handel, meint Ihr nicht auch?“

Westovers warf lachend den Kopf zurück und knuffte den britischen Konsul liebevoll in den Arm. „Ihr seid ein listiger Teufel, Luytens! Das gefällt mir. Mir gefällt Euer Plan wirklich sehr gut!“

„Westover! Um Himmels willen! Jetzt ist nicht die Zeit für solchen Leichtsinn.“ Es war Baron Haderslev, flankiert von zwei der Soldaten. „Warum steht Ihr hier herum und erzählt einen Witz, wenn etwas unternommen werden muss? Prinz Ernst hat nach einem Pfarrer verlangt! Einem *Pfarrer*. Und der liebe Markgraf - er hat endlich seinen letzten Atemzug getan! Möge Gott seiner Seele gnädig sein. Und dieser Haufen hier wird nicht verschwinden, bevor sie nicht seine Leiche gesehen haben. *Tut* doch etwas!“

Die Doppeltüren zum Schlafgemach wurden weit aufgerissen und die Menge der Adligen hatte jede Geduld zum Warten verloren. Sie durchbrach die Reihe der Soldaten, die keinen Befehl gehabt hatten, ihre Bajonette zu zücken und daher versuchten, die Flut mit roher Kraft aufzuhalten. Aber durch den schieren Druck der Menge drangen die Adligen durch die Reihe und platzten *en masse* in das Schlafgemach, jeder wollte der erste sein, der mit eigenen Augen sah, dass ihr geliebter Herrscher wirklich tot war. Und um ihre eigene Haut zu retten, indem sie dem zukünftigen Markgrafen ihrer uneingeschränkte Treue versicherten. Und während die neugierigen und treuen Anhänger Prinz Ernsts nach vorn eilten, zogen sich die noch unentschlossenen und diejenigen Adligen, die ihr Leben und ihr Schicksal an die Zukunft

Prinz Viktors gekettet hatten, langsam aus dem Raum zurück, in der Hoffnung, ungesehen und vergessen im Durcheinander verschwinden zu können. Als sie außer Sichtweite der Soldaten waren, rannten sie los.

Ein paar Gesten von Westover und seine Männer wussten, was sie zu tun hatten. Sie verteilten sich, einige im Schlafgemach, um den Leichnam des Markgrafen und die Person des zukünftigen Markgrafen zu schützen, andere, um jene Adligen zusammenzutreiben, die sich zur Flucht entschlossen hatten. Ein paar mehr gingen, um ihre Kameraden unten in den Unterkünften in den gewölbten Hallen und draußen auf den Zinnen und an den Toren zu informieren, dass alle Ausgänge des Schlosses gesichert werden müssten.

Inmitten dieses Aufruhrs war Sir Cosmo wie angewurzelt auf dem Parkett stehengeblieben, ohne zu wissen, was er tun oder wohin er gehen sollte. Er sah auf Luytens wie ein Schiff auf einen Leuchtturm, um ihm sichere Fahrt durch dieses Meer von Chaos zu verschaffen, blind dafür, dass er in diesem Moment verraten und verkauft wurde.

Als Westover durch den Raum zum Schlafgemach schritt, bellte er zweien seiner Männer Befehl zu, Sir Cosmo zu verhaften. Dieser Engländer war jetzt ein Gefangener und sollte in eine Zelle geworfen werden.

Luytens folgte ihm und sagte hinter seinem Rücken: „Er ist kein gewöhnlicher Krimineller ...“

„Sie sind nicht länger für ihn verantwortlich, Herr Luytens. Ich werde ein paar meiner Männer schicken, um das Mädchen zu holen. Es können nicht so viele Engländerinnen am Kai sein.“ Westover schaute über seine Schulter. „Und der andere Engländer, der, der als Sekretär hier war? Seid Ihr sicher, dass er kommen wird?“

„Ja. Ihretwegen. Ich wette mein Leben darauf.“

„Gut. Das dürfte genug Anreiz für Euch sein, dafür zu sorgen, dass er kommt.“

Baron Haderslev, der vor dem Hauptmann einher geeilt war, hielt jetzt unter der Tür an, um auf ihn zu warten. Er hatte den britischen Konsul erkannt und sich gefragt, was Luytens wollte. Der Mann war nicht vertrauenswürdig. Obwohl seine Mutter aus Midanich stammte und sein Vater Holländer war, war er keines von beidem, und mit Sicherheit war er kein Engländer, was hieß, dass seine Loyalität niemand anderem als ihm selbst galt. Ein tückischeres Individuum war dem Baron noch nicht begegnet. Seine Gedanken wurden unterbrochen, als er von Rufen in einer fremden Sprache abgelenkt wurde. Er hörte den Namen Luytens, aber der Rest der Tirade war unverständlich. Es war ein großer, wohlgenährter Gentleman in einem maßgeschneiderten Rock und einer gepuderten Perücke, der nach dem britischen

Konsul rief, da er mit Gewalt durch zwei von Westovers Soldaten aus dem Zimmer entfernt wurde.

„Was geht hier vor, Westover?", verlangte Haderslev zu wissen. „Wer war das? Warum ist Herr Luytens hier?"

„Der verhaftete Gentleman ist ein englischer Reisender. Er wird uns und unserem neuen Markgrafen sehr nützlich sein."

Baron Haderslev war interessiert aber skeptisch. „Dem Prinzen Ernst? Wie das?"

„Weil er, mein lieber Baron, uns etwas bringen wird, wonach der Prinz und die Prinzessin sich seit langer Zeit sehnen."

„Und das wäre?"

„Rache an dem Engländer Alec Halsey."

DREI

LONDON, ENGLAND, WINTER, 1763

Alec Halsey und sein Onkel waren aufgrund einer Nachricht von Olivia, der Herzogin von Romney-St. Neots, aus Bath nach London zurückgekehrt, in der diese verlangte, dass sie sie sofort benachrichtigen sollten, wenn sie den Fuß in Alecs Stadthaus am St. James' Platz setzten. Aber Onkel und Neffe waren sich einig, dass sie bis zum Morgen warten wollten. Sie waren müde von der Reise, vom Fahren im schlechten Wetter schmutzbedeckt und es war schon spät. Beide wussten, welches Drama sie am nächsten Tag erwarten würde, daher nickten sie einander einverständlich zu und gingen zu ihren jeweiligen Räumen, um zu baden und die Erschöpfung mit Schlaf zu bekämpfen.

Am folgenden Morgen jedoch, als sie ein Frühstück mit weichgekochten Eiern, Brot mit Butter und Marmelade verzehrten und Kaffee schlürften, fühle keiner sich nach einer Nacht guten Schlafes wirklich erfrischt.

„Es sind die Sorgen", meinte Plantagenet Halsey und schob seinen Teller fort. „Kann nicht schlafen, wenn in meinem Kopf alle möglichen Umstände herumgehen, echte oder eingebildete, was alles den beiden jungen Leuten und ihrem Gefolge geschehen sein kann. Wir werden uns alle besser fühlen, wenn wir deshalb etwas *unternehmen* können."

„Ja", antwortete Alec, der in seine Gedanken versunken war, während er einen Apfel in Scheiben schnitt. „Was mich jedoch vor ein Rätsel stellt, ist, warum Cosmo und Emily überhaupt in Midanich waren. Das stand nicht auf ihrer Reiseroute und ist auch kein übliches Ziel, selbst nicht für jemanden, der in die nördlichen Königreiche

Norwegen und Schweden reist, oder sogar so weit wie nach St. Petersburg. In der Tat ist es in jeder Hinsicht eine abgelegene Provinz. Dort gibt es eine flache, unscheinbare Landschaft, die immer wieder überflutet wird, weil sie unter dem Meeresspiegel liegt und *ständig* bläst dort der Sturmwind von der Nordsee. Was die Politik am Hof angeht ..." Alec schluckte schwer. „Es reicht zu wissen, dass seit meiner Rückkehr und wegen des Kriegs kein Engländer wieder einen Fuß über ihre Grenze gesetzt hat. Es ist also kein Ort für Reisende. Man muss einen Grund haben, um dorthin zu gehen."

„Deine zweite oder dritte Stationierung war in Midanich, nicht wahr?"

„Stationierung?" Alec lachte spöttisch bei dem Wort. Er bot seinem Onkel von den Apfelschnitzen an. „Es war meine zweite Stationierung. Aber es war nicht der Ort, wohin ich gebeten hatte, geschickt zu werden. Ich wurde *verbannt*. Ich hatte um einen der italienischen Staaten ersucht, aber Lord Cobham hielt es für angebracht, mich in ein deutsches Fürstentum zu schicken, als Sekretär von Sir Gilbert Parsons, des kleinlichsten Diplomaten im Dienst. Er schrieb oder diktierte währen der ganzen Zeit, als ich sein Vertreter war, nicht einmal einen Bericht, den er mich nicht mindestens zweimal neu schreiben ließ!"

Plantagenet kaute auf den Apfelschnitzen herum. „Vielleicht sind Mahon und Miss St. Neots versehentlich dort gelandet. Du sagst doch, dass Mahon keinen Orientierungssinn hat."

Alec lachte leise. „Daran könnte etwas sein. Schließlich hatten sie eigentlich nach Bern reisen sollen, was in der entgegengesetzten Richtung liegt. Sie würden jetzt in der Schweiz sein, wenn nicht Selina - wenn Mrs. Jamison-Lewis nicht - wenn ..." Alec sah den festen Blick seines Onkels. „Wenn sie nicht in Paris eine Fehlgeburt gehabt hätte."

„Dafür kannst du ihr keine Vorwürfe machen", antwortete der alte Mann ruhig. „Aber ..."

„Onkel, ich ..."

„Du tust es."

Alec legte das Schälmesser mit Elfenbeingriff beiseite. „Ich mache ihr keine *Vorwürfe*. Fehlgeburten sind eine Tatsache des Lebens. Es ist nur ..."

„Sie tat, was sie tun musste, um diese Hölle von einer Ehe mit einem sadistischen Irren zu überleben. Als Folge davon hat sie Angst, keine Kinder mehr bekommen zu können."

Alec war verblüfft. „Das hat sie dir anvertraut?"

Plantagenet Halsey zuckte mit den Schultern, als er nach einem zweiten Stück Apfel griff. „Ich war zufällig gerade dort, als sie einen Moment ihre Maske fallen ließ ... Sie war völlig aufgelöst, als sie

Miranda und ihr neugeborenes Baby sah. Einen Säugling im Arm zu halten kann das auslösen." Er lachte schnaubend. „Ich erinnere mich daran, wie ich dich das erste Mal hielt ..."

„Onkel, nicht das, was Selina während ihrer Ehe tat, beunruhigt mich. Gott weiß, dass ich ihr alles verzeihen würde - Mord - wenn es um dieses Ungeheuer von Ehemann geht. Nur, dass sie es nicht für notwendig hielt, mir anzuvertrauen, was in Paris passierte. Sie hat unser Kind bei einer Fehlgeburt verloren. Nicht ihres - *unseres*. Ich hatte das Recht, es zu wissen. Und so fand ich es in größter Öffentlichkeit heraus. Das war ein Schock. Ich stand unter Schock. Und ich denke, das tue ich noch."

„Ich wage zu behaupten, dass sie versuchte, dir ..."

„... den Kummer zu ersparen?"

„Das, und andere Einzelheiten ..."

„Andere Einzelheiten?"

„Ich habe schon zu viel gesagt", antwortete der alte Mann barsch. „Steht mir nicht zu. Was ich aber weiß, ist, dass sie denkt, dass du ihr die Schuld gibst."

„Das denke ich überhaupt nicht!", sagte Alec unverblümt, die Frustration über die ausweichenden Antworten seines Onkels ließ ihn schroff klingen. „Sie sollte mich besser kennen!"

„Nun, mein Junge, du hast eine seltsame Art, ihr etwas anderes zu zeigen. Du hast Bath verlassen, ohne ein höfliches Wort mit ihr zu wechseln. Natürlich denkt sie, dass du ihr Vorwürfe machst."

Alec schob seinen Stuhl zurück und ging zur Anrichte, um die silberne Kaffeekanne von ihrem Stövchen zu holen. Das verschaffte ihm einen Moment, um sich zu sammeln, sein Temperament zu zügeln und seine Gedanken, wenn auch nur einstweilen, von Selina abzulenken. Er füllte die Porzellanschale seines Onkels und dann seine eigene, bevor er die Kanne wieder über die Kerze stellte und zum Tisch zurückkehrte, wo er kühl hinzufügte:

„Ich will das jetzt nicht diskutieren. Es ist dumm und selbstsüchtig von mir, über etwas zu jammern, was hätte sein können und nun nicht sein wird." Er schaute zu dem alten Mann hinüber und sagte sanft: „Und, wie es scheint, vielleicht niemals sein wird. Obwohl ich denke, dass es eine allzu dramatische Reaktion von ihr ist ... Habe ich dir erzählt, dass Tam zwei Wochen als Gast bei den Cleveleys bleibt?", sagte er und wechselte abrupt das Thema, da sein Onkel ihn traurig anschaute. „Sie wollen niemand anderen haben, der sich um ihr Neugeborenes kümmert."

„Erstaunlich, wie die Liebe einer guten Frau das Beste in einem Mann zur Geltung bringen kann ..."

„Ja. Daher wirst du nicht verwundert sein, wenn ich dir sage, dass Cleveley zugestimmt hat, der Sponsor für Tams letztes Lehrjahr zu sein."

„Ha! Mit der Unterstützung des Herzogs wäre ich nicht überrascht, wenn die Ehrenwerte Gesellschaft der Apotheker dem Jungen einfach sein Siegel überreicht, ohne Fragen zu stellen! Also hat Tam sich mit seinem Beruf ausgesöhnt und damit, dass er *nicht* dein Kammerdiener ist?"

„Ja. Ich kann es nicht erwarten, Wantage die Neuigkeit mitzuteilen, dass Mr. Thomas Fisher als Mitglied unseres Haushalts hier wohnen wird. Jeffries wird mich nach Midanich begleiten."

Der alte Mann wählte mit der silbernen Zange ein Stück Zucker und ließ es in seinen Kaffee fallen; er wählte seine Worte vorsichtig, als er die Flüssigkeit umrührte. „Wenn ich mich recht erinnere, bist du bei deiner Flucht aus diesem Land gerade noch mit dem Leben davongekommen. Und ich habe dir nie viel über deine drei Jahre dort entlocken können, nur, dass du eingesperrt warst und durch das persönliche Eingreifen des Königs von Midanich ..."

„*Markgraf* Leopolds."

„... *sein* Eingreifen entlassen wurdest und nach Holland fliehen konntest. Damals sagtest du, dass nichts und niemand dich dazu veranlassen könnte, wieder einen Fuß in dieses gottverlassene Land zu setzen. Daher schätze ich, dass es verdammt gefährlich für dich sein wird, dorthin zurückzukehren."

„Ja. Das wird es sein."

„Und sagtest du mir nicht, dass Midanich sich im Moment mitten in einem Bürgerkrieg befindet?"

„Glaube mir, Onkel, der Bürgerkrieg ist bei meiner Rückkehr nach Midanich meine geringste Sorge."

Der alte Mann setzte sich auf. „Und du willst mir noch immer nicht erklären, was dir zugestoßen ist, während du dort warst, oder?"

„Besser, du weißt es nicht", antwortete Alec. „Das würde dich nur belasten. Zum Glück darf ich es dir nicht sagen. Ich habe bei meiner Rückkehr einen mündlichen Bericht erstattet, und zwar nicht bei Cobham, sondern bei unserem Herrn der Spione, General Lord Shrewsbury. Und auch dann habe ich ihm nicht absolut alles erzählt. Das konnte ich nicht. Parsons wurde auch befragt." Alec lächelte schräg über seiner Kaffeetasse. „Ich nehme stark an, dass er eine verdammende Meinung über mich hatte. Schließlich gibt er mir die Schuld an seiner Ausweisung aus dem Land. Ein großer Gesichtsverlust für einen Botschafter. Obwohl ... ich weiß nicht, was ihn am meisten ärgerte: Die Tatsache, dass er ausgewiesen wurde oder dass er zwei Nächte im Kerker des Schlosses eingesperrt war und daher von seinem Abendessen abgehalten wurde. Zumindest wurde er nicht gefoltert.“

„Du aber schon?“

„Ja. Mir gab man eine - äh - private Besichtigungstour der unterirdischen Kellergewölbe von Schloss Herzfeld. Dort gibt es eine Folterkammer, komplett mit mittelalterlicher Ausstattung. So furchterregend, dass es schon faszinierend ist ...“

Plantagenet Halsey zog den Blick seines Neffen auf sich. „Lass jemand anderen den Helden spielen.“

„Das ist nicht dein Ernst. Du weißt, dass ich gehen muss.“

Der alte Mann seufzte und nickte. „Ja, natürlich musst du gehen.“

Ein Aufruhr vor dem Speisezimmer ließ Onkel und Neffe in Richtung der zweiflügligen Tür schauen. Im nächsten Moment wurden die Türflügel weit aufgeworfen und zwei Lakaien stolperten herein, um einer entschlossenen, kleinen alten Dame in purpurner Seide und starkem Parfüm, deren graues Haar hochfrisiert und mit Perlen und Bändern geschmückt war, Platz zu machen. Es war Olivia, die Herzogin von Romney-St. Neots.

„Euer Gnaden, wie hübsch Ihr an diesem schönen Morgen ausseht“, sagte Plantagenet Halsey jovial und erhob sich, so schnell seine arthritischen Knie das zuließen. „Ich wünschte nur, der Anlass für Euren Besuch wäre weniger besorgniserregend.“

„Besorgniserregend?“ Die Herzogin richtete sich auf und sah den alten Mann böse an, der seine Begrüßung mit einer Verbeugung beendet hatte. „Es ist nicht - nicht - *besorgniserregend.* Es ist eine - es ist eine - *Katastrophe.*“

Alec trat vor. „Natürlich ist es das“, stimmte er besänftigend zu und nahm die Hand, die die Herzogin ihm hinhielt, um sie an sich zu ziehen und zuerst ihre Hand, dann ihre mit Rouge geschminkte Wange zu küssen. „Ich kann dir nicht sagen, dass du dir keine Sorgen machen sollst. Das musst du. Aber wenn es dir ein Trost ist, ich habe schon mit meinen Vorbereitungen für meine Abreise nach Emden begonnen.“

„Emden?“

„Der größte Hafen Midanichs. Ich werde Ende der Woche in See stechen.“

„Oh, mein lieber Junge, warum geschieht dies alles?“, fragte die Herzogin unter Tränen. „Warum ist mein Liebling Emily an einem so gottverlassenen Ort? Warum hat Cosmo sie dorthin gebracht? Sie sollten doch nach Italien reisen, um ihre Mutter zu besuchen! Meinst du - ich kann es kaum aussprechen, weil es mich jede Nacht wachhält, seit Cobham mir diesen grässlichen Brief vorlas - Aber glaubst du ...“ Ihre Stimme senkte sich zu einem Flüstern. „Glaubst du, dass sie noch - *am Leben* sind?“

Alec drückte ihre Hand und sagte zuversichtlich, weil er glaubte, dass zumindest das richtig war: „Ja. Ja, das glaube ich. Und ich habe vor, alles in meiner Macht Stehende zu tun, um sie sicher nach Hause zu bringen. Das ist ein Versprechen.“

Die Herzogin blinzelte ihre Tränen fort, als sie in seine blauen Augen aufschaute, und zum ersten Mal in zwei Wochen erlaubte sie ihren Gefühlen, sie zu überwältigen. Sie stieß einen Seufzer der Erleichterung aus und wollte ihm glauben. Aber dann brach sie in Tränen aus, wandte sich ab und ließ zu, dass der alte Mann sie in seine Arme zog. Es dauerte einige Zeit, bis sie wieder sie selbst war. Sie bat um Verzeihung, dass sie sich so gehengelassen hätte und es wäre ihr sehr peinlich, dass sie die ganze Vorderseite von Plantagenet Halseys eleganter, roter Wollweste mit Tränen durchnässt hatte. Er sagte ihr, sie sollte sich wegen einer solchen Kleinigkeit keine Gedanken machen, drückte ihr sein sauberes, weißes Leinentaschentuch in die Hand und nahm sie in den benachbarten Salon mit Blick auf den Green Park mit. Hier setzte er sich mit ihr auf ein gestreiftes, seidenbezogenes Sofa, während Alec ihr eine Tasse Tee einschenkte.

„Ich habe deine Nachricht mehrmals gelesen, seit ich sie in Bath erhielt“, sagte Alec ihr im Plauderton, als er ihr die Teetasse mit Untertasse reichte und sich dann gegenüber in einem Ohrensessel niederließ. Aus einer tiefen Rocktasche zog er ein zusammengefaltetes, einzelnes Blatt Papier und ein grünes Behältnis aus genarbtem Leder, das das Drahtgestell seiner Brille enthielt. „Und ich fürchte, sie wirft mehr Fragen auf, als sie beantwortet, daher hoffe ich, dass es dir nichts ausmacht, mir ein paar verwirrende Einzelheiten zu erklären?“

„Oh je, ich kann mich kaum daran erinnern, was ich geschrieben habe“, entschuldigte sich die Herzogin und nippte an ihrem Tee. „Ich war vor Kummer in einem solchen Zustand, dass ich ohnmächtig wurde, als Cobham verkündete, Emily würde als Geisel festgehalten. Das erzählte er mir - einfach so! Als ob es das Einfachste von der Welt wäre ...“

„Gefühlloser Schurke!“, unterbrach Plantagenet Halsey und knirschte mit den Zähnen.

„Mehr Narr als Teufel, was Cobham angeht“, antwortete Alec milde. „Sprich weiter, Olivia.“

Die Herzogin stellte ihre Tasse auf die Untertasse und fuhr fort, indem sie mit einem Seufzer sagte: „Ja, das ist er - beides! Also nachdem Peeble mich wiederbelebt hatte, wedelte Cobham mit einem Brief unter meiner Nase herum, als ob das auch Hirschhorn wäre! Ich habe kaum eines von fünf Worten von dem verstanden, was er sagte. Außerdem, was interessiert mich die Politik an diesem Ort, oder wer regiert, oder wer einen Bürgerkrieg angezettelt hat oder was unser britischer Konsul zur Hilfe unternommen hat - und was er noch alles erzählte! Du kannst über meinen Mangel an Interesse an einem Land, von dem ich nichts weiß, schmunzeln, mein Junge, aber nichts davon spielt eine Rolle, wenn Emilys und Cosmos Leben auf dem Spiel stehen! Alles, was ich wissen wollte, war, ob Emily und Cosmo in Sicherheit wären. Und wie antwortet Cobham mir? Er zeigt mir ... er zeigt mir - verzeiht, aber ich bin nicht sehr kräftig, nicht wahr?"

Sie reichte Tasse und Untertasse eilig an Plantagenet Halsey weiter, und als er sie ihr abnahm, kramte sie in ihrem samtenen Reticule nach einem Taschentuch, bis sie leise daran erinnert wurde, dass sie noch das des alten Mannes hatte. Nachdem sie ihre Augen abgetupft und dann ihre Nase geschnäuzt hatte, schnüffelte sie und fuhr fort.

„Er zeigte mir ein Büschel blonder Locken, sagte, es wären Emilys, und als Beweis geschickt, dass sie tatsächlich als Geisel gefangen gehalten würde. Und es wird Lösegeld gefordert. Er sagte, das Vernünftigste - wenn du glauben kannst, dass er die Frechheit besaß, das Wort *vernünftig* zu benutzen - wäre, mich auf - auf - das Schlimmste einzustellen! Nun, da war ich wieder völlig aufgelöst! Also musst du nicht alle Einzelheiten, die ich in dem Brief an dich schrieb, als reine Wahrheit nehmen. Alles, was ich wirklich weiß, ist, dass meine liebste Enkelin und mein Neffe Gefangene in einem fernen Land sind, das sich im Kriegszustand befindet, und ich sitze hier, unfähig, irgendetwas zu unternehmen, machtlos und frustriert und - und *nutzlos*. Ich wusste, dass Selina und du nach London zurückkehren würdet, sobald ihr über diese schreckliche Situation informiert würdet. Und da bist du, mein Junge, und machst schon Pläne zu ihrer Rettung. Du kannst nicht ahnen, wie - wie *beruhigend* es ist, jemanden zu haben, der sich um dieses Durcheinander kümmert; sogar Cobham sagt, du wärest der Einzige, der ihnen helfen könnte."

Daraufhin sah Alec, der die Nachricht der Herzogin überflogen hatte, über den Brillenrand auf und runzelte die Stirn. „Das hat Cobham gesagt - über *mich*? Ich frage mich, warum?"

„Der Mann hat nur das Offensichtliche festgestellt."

Alec grinste über die knappe Erklärung seines Onkels. „Danke. Aber warum sollte Cobham das sagen?"

„Ich stimme deinem Onkel zu", sagte die Herzogin. „Aber warum Cobham das sagt, was er sagt, weiß niemand. Nicht einmal Selina wird aus ihm klug, und sie ist seine Schwester. Er wollte mir nicht einmal erlauben, den Brief zu lesen, den er von Cosmo erhalten hatte. Er zog sich auf irgendeinen offiziellen Erlass über Staatsgeheimnisse zurück und dass nur vertrauenswürdige Personen - *vertrauenswürdige Personen*, also wirklich - die einen Grund dafür hätten, Zugang dazu haben dürften. Wenn er nicht auch mein Neffe wäre, würde ich mich beim Geheimen Rat über ihn beschweren und ihn aus seiner Stellung als Leiter der Außenabteilung entfernen lassen." Sie seufzte verärgert. „Es ist zu lästig, wenn man praktisch mit jedem verwandt ist!"

„Ja, das muss es sein", stimmte Alec ihr mit einem aufblitzenden Lächeln zu, warf einen Blick auf seinen Onkel, in der Hoffnung, dass dieser nicht - wie er es schon viele Male im Unterhaus getan hatte - in eine flammende Rede über das Übel der Vetternwirtschaft in der Regierung und das, was er ein korruptes System bestehend aus gedankenlosen Verwandten, die zum großen Schaden des Landes Verwandtschaft über Fähigkeit stellten, nannte, ausbrechen würde. Zum Glück blieb sein Onkel friedlich, daher fügte Alec hinzu:

„Am besten, Cobham bleibt, wo er den geringsten Schaden anrichten kann, Olivia. Er würde sich nur um eine andere Stellung bemühen, und dort könnte er vielleicht wirkliches Unheil anrichten. So, wie es ist, kann er im Außenministerium kaum einen Schritt tun, ohne dass Shrewsbury ihm auf die Füße tritt. Und da nur wenig in den nördlichen Ländern des Kontinents geschieht, das uns Sorgen macht ..."

„Außer einem Bürgerkrieg, Entführungen und Lösegeldforderungen!", warf der alte Mann mit spöttischem Schnauben ein.

„*Touché*, Onkel", murmelte Alec und senkte seinen Blick wieder durch seine Gläser auf den Brief der Herzogin. „Du erwähnst hier, dass Emily und Cosmo die Gefangenen von Prinz Viktor wären und dass es eine Forderung nach Geld und Juwelen gibt ..." Wieder schaute er über den Brillenrand auf. „Offen gesagt, das finde ich unmöglich zu glauben ..."

„Dass sie gefangen genommen wurden?", unterbrach die Herzogin rasch mit stockender Stimme; ihre Hoffnung erwachte.

Alec schüttelte den Kopf. „Nein. Das nicht. Dass Prinz Viktor Geiseln nehmen und Lösegeld fordern würde. Er ist nicht die Art von Mensch, der das tun würde. Ich habe mit ihm, als ich drei Jahre lang in Midanich war, immer wieder Zeit verbracht und solches Benehmen passt nicht zu seinem Charakter. Es liegt einfach nicht in seiner Natur. Aber natürlich war er damals erst ein Junge ... Als Sohn eines Markgrafen ist er selbst ein reicher Mann. Daher ist eine Lösegeldforderung untypisch für ihn und, um es deutlich auszudrücken, unter seiner Würde."

„Vielleicht ist er verrückt geworden oder ihm ist das Geld ausgegangen?", schlug Plantagenet Halsey schulterzuckend vor. „Der Kontinent hat gerade sieben - oder waren es zehn? - Jahre Krieg hinter sich. Kann nicht billig sein, eine Armee auszurüsten und sie über die Grenze zu jagen, um in Nachbars Garten Amok zu laufen."

„Wollt Ihr wohl ernst sein!", forderte die Herzogin, obwohl die Kurzfassung des Siebenjährigen Krieges durch den alten Mann sie zum ersten Mal, seit sie Alecs Stadthaus betreten hatte, zum Lächeln brachte.

„Und dann ist da die Tatsache, dass die meisten von ihnen aus Inzucht hervorgegangen sind. Muss so sein. Sie können nur untereinander heiraten. In der Familiengeschichte muss Wahnsinn weit verbreitet sein. Dazu dann ein Mangel an Geld ... Wahnsinn und Armut sind eine tödliche Mischung. Nichts zu verlieren, wenn man den Verstand verliert. Oh, außer das Leben. Aber wenn man irre ist, denkt man darüber nicht nach, oder doch?"

„Für einen Mann, der Lord Cobhams Politik verabscheut, passen deine Ansichten aber gut zu seiner bigotten Denkweise", lästerte Alec, faltete den Brief zusammen und ließ ihn zusammen mit seiner Brille in ihrem Behältnis in eine Tasche gleiten.

Als der alte Mann ihm zuzwinkerte, hob er seine schwarzen Brauen und ihm wurde klar, dass sein Onkel sein Bestes gab, um die Herzogin aufzuheitern; zumindest, ihre Gedanken von der schrecklichen Lage ihrer Enkelin abzulenken. Also schlug er die gleiche Richtung ein, indem er trocken bemerkte:

„Aber ich denke, das musst du wohl. Schließlich bist du einer von ihnen."

„Alec? Beschuldigst du deinen Onkel, ein durch Inzucht gezeugter Irrer zu sein?"

Alec verbeugte sich. „Ja, Euer Gnaden. Und ich stimme zu, dass auch Cobham einer sein muss."

„Euer Gnaden müssen meinem Neffen verzeihen, wenn er das verdammt Offensichtliche feststellt!"

„Hört auf! Ihr beide!", forderte sie und versetzte dem alten Mann mit den Stäbchen ihres geschlossenen Fächers einen Schlag auf das samtbekleidete Knie. „Ich weiß, was ihr vorhabt - ihr beide!"

„So?", fragten Onkel und Neffe einstimmig.

„Ihr versucht, mich von der entsetzlichen Tatsache abzulenken, dass Emily sich in den Klauen eines Wahnsinnigen auf dem Kontinent befindet! Aber ich will mich nicht ablenken lassen! Bitte! Entschuldigt euch nicht." Sie sah Alec flehend an. „Sei einen Moment lang ernst und sag mir ehrlich, dass du im Innersten deines Herzens weißt, dass Prinz Viktor nicht die Art irrsinnigen Monsters ist, das ein süßes Mädchen entführen würde und dass er ein Gentleman ist, der keiner Fliege etwas zuleide täte und eine Schatulle voller Schmuck und Münzen verlangen könnte. Kannst du das?"

Alec zögerte nicht. „Ja, das kann ich, aber ..."

„Oh, Gott sei Dank!", sagte die Herzogin mit einem lauten Seufzer und schloss die Augen, eine behandschuhte Hand auf die kleinen Seidenschleifen ihres wogenden Mieders gepresst. Und dann wurde ihr das Wort *aber* bewusst und sie riss ihre Augen weit auf. „Es gibt ein *aber*?!"

„Ja. Viktor hat zwei ältere Geschwister. Halbbruder und Halb-schwester - Zwillinge. Prinz Ernst und Prinzessin Johanna. Prinz Ernst ist der Markgraf, von dem du im Brief schreibst, dass er den Norden fest in der Hand hätte. Schloss Herzfeld liegt dort, auf einem Hügel über dem Küstenhafen. Es ist eine uneinnehmbare Festung. Riesengroß. Dicke Außenmauern, eine innere Mauer und ein tiefer Graben zwischen beiden. Und in seiner Mitte ein prächtiges Schloss mit Zinnen, Türmchen und einem Labyrinth von Palastbauten."

Die Schultern der Herzogin sackten herab. „Also glaubst du, dass es dieser Bruder ist, dieser Prinz Ernst, der Emily und Cosmo gefangen hält?"

„Ja. Aller Wahrscheinlichkeit nach", sagte Alec und schnaubte verzweifelt. „Aber das ist reine Vermutung, bis ich nicht mit Lord Cobham gesprochen und den Brief selbst gelesen habe. Erst dann kann ich dieses Durcheinander besser verstehen und hoffentlich eine deutli-chere Vorstellung von Emilys und Cosmos Lage bekommen und davon, was ich tun muss, um sie sicher nach Hause zu bringen. Was gibt es, Wantage?", fragte er, als sein Butler leichtfüßig durch den Raum kam.

„Lord Cobham und Sir Gilbert Parsons, Mylord."

Alec hatte gerade Zeit, überrascht die Augenbrauen zu heben, als die Herzogin schon herausplatzte:

„Großartig! Ich hatte darum gebeten, dass sie heute Morgen als erstes hierherkommen. Sie sind spät. Jetzt wirst du deine Antworten bekommen, mein Junge, und dann können wir endlich etwas *tun*!"

Alec verzichtete darauf zu bemerken, dass er es vorgezogen haben würde, den Leiter der Auslandsabteilung in seinem Büro aufzusuchen und sagte zu seinem Butler: „Danke, Wantage. Wir werden seine Lord-schaft und Sir Gilbert hier empfangen."

„Ja, Mylord", antwortete der Butler und fügte mit einem leichten Räuspern hinzu: „Mr. Jeffries hätte gerne kurz mit Euch gesprochen ..."

„Er wird warten müssen", sagte Alec und schaute über die Schulter seines Butlers aus dem Fenster hinaus zu dem blauen Himmel über dem Green Park. „Und ebenso Cromwell und Mazarin..."

„Wenn ich einen Vorschlag machen dürfte, Mylord?“, fragte Wantage und fuhr fort, als sein Herr zustimmend nickte. „Da Mr. Jeffries jetzt der Kammerdiener eurer Lordschaft ist, könnte er vielleicht die Windhunde zu einem Gang im Park mitnehmen?“

„Ja, vielleicht könnte er das“, antwortete Alec gelassen und ignorierte das selbstzufriedene Lächeln seines Butlers.

Er wusste sehr wohl, dass Wantage zufrieden darüber war, dass Hadrian Jeffries Tam als Kammerdiener seiner Lordschaft ersetzt hatte. Sein Butler hatte sich mit Tam Fisher nie abgefunden. Aber Wantage die gute Nachricht mitzuteilen, dass Tam als Mitglied des Haushalts an den St. James Platz zurückkehren würde, nicht als Diener, konnte warten, bis er mit Jeffries gesprochen hatte. Lord Cobham und Sir Gilbert konnten jedoch nicht warten. Obwohl dies bedeutete, dass seine beiden treuen Windhunde auf ihren morgendlichen Auslauf verzichten mussten, gleich wie sehr er sich wünschte, sie zu einem Rennen im Sonnenschein von der Leine lassen zu dürfen. Jeffries diese Aufgabe zu übertragen würde sicher die Fähigkeiten des Mannes auf die Probe stellen - wenn seine makellose Person von einem Paar freundlicher Hunde mit Pfoten geschubst und beschnüffelt würde. Er könnte sogar die Gelegenheit erhalten, aus dem Fenster zu schauen, um zu sehen, wie sein neuer Kammerdiener zurechtkam, vor allem, wenn Cobham sich *ad nauseam* in einer seiner langatmigen, pompösen Reden über die Wahrung des guten Rufes des Ministeriums verlor.

„Danke, Wantage. Oh, und wir werden mehr Tee brauchen. Füllt am besten die große Teekanne.“

Als der Butler Lord Cobham und Sir Gilbert Parsons meldete, verschwendete der Leiter der Auslandsabteilung zu Alecs Überraschung keine Zeit auf höfliches Geplauder und kam direkt zur Sache.

„Nun, Halsey, das ist eine verdammt üble Sache! Was sollen wir deshalb unternehmen, he?“

VIER

Zwanzig Minuten zuvor war Lord Cobham aus seiner Kutsche auf den kopfsteingepflasterten Bürgersteig des St. James Platzes ausgestiegen, um mit einer Sänfte zusammenzutreffen, in der der rundliche Sir Gilbert Parsons saß. Zwei Männer von herkulischer Größe hatten den korpulenten Insassen von seinem Kaffeehaus um die Ecke hergetragen und waren erleichtert, als ihnen befohlen wurde, ihren Gast am Anfang der kurzen Straße abzusetzen. Das bedeutete, dass sie ihn nicht die ganze Strecke bis zu Nummer Eins am St. James Platz und die Treppen hinauf in das luxuriöse Stadthaus tragen mussten. Mit einem verabschiedenden Wink schickte Lord Cobham die Sesselträger wieder zu der Reihe der Sänften an der geschäftigen St. James' Straße zurück und wandte sich an seinen ihm dienstlich Untergebenen.

„Es ist Euch klar, was hier auf dem Spiel steht, Parsons", sagte Cobham ohne Vorrede und verankerte die Spitze seines elfenbeinköpfigen Gehstocks zwischen zwei schmutzigen Pflastersteinen, um sich vorzubeugen. Er warf einen Blick die verlassene Straße hinauf und hinab, bevor er mit leiser Stimme fortfuhr. „Mein Ruf und Eure Pfründe, wenn irgendetwas schief geht. Verstanden?"

„Vollkommen, Mylord", erwiderte Sir Gilbert ausdruckslos und fügte ebenso emotionslos hinzu: „Ihr wollt, dass ich nach Midanich reise, um für die Befreiung der Enkelin der Herzogin von Romney-St. Neots und ihres Neffen zu sorgen. Beide sind derzeit Gefangene, soweit wir wissen, im Schloss des Markgrafen in der Stadt ..."

„Ihr müsst mir nicht sagen, was ich bereits verdammt gut weiß!", polterte Lord Cobham. „Und ich brauche keine Lektion in Geografie.

Es wäre mir völlig gleichgültig, wenn sie auf dem Mond gefangen säßen. Verdammt! Wenn ich will, dass Ihr auf den Mond reist, dann werdet Ihr verdammt noch mal auf den Mond reisen!"

Seine Lordschaft drückte sein fliehendes Kinn in seine Halsbinde und schob seine Unterlippe vor. Für Sir Gilbert sah er damit wie ein betäubter Kabeljau aus, allerdings einer mit buschigen, roten Augenbrauen. Sir Gilberts Meinung nach hatte Lord Cobham ein Gesicht und ein Aussehen, das nicht einmal eine Mutter lieben konnte.

„Tatsache ist: Die Herzogin ist meine Tante. Kann meine Verwandten nicht verärgern lassen. Schlecht für die Verdauung", fuhr seine Lordschaft mit leicht gedämpfter Stimme fort und schnüffelte. „Ich schicke Euch ins Ausland, damit Ihr Euch nach dem diplomatischen Debakel in '53 rehabilitieren könnt. Muss ich Euch erinnern, dass man Euch wegschickte und Halsey sich in eine Klemme brachte, wodurch Seine Majestät die Dienste der Söldnertruppen von Midanich verlor? Erst der letzte Krieg hat diese Dienste wieder ermöglicht. Ich schicke Euch aus zwei Gründen: um diesem kleinen, aufgeblasenen Land zu zeigen, dass es mit England nicht zu spielen hat. Und noch wichtiger, damit Ihr ein Auge auf Halsey halten könnt. Er ist derjenige, von dem sie wollen, dass er über die Freilassung von Miss St. Neots und Mahon verhandelt." Er seufzte frustriert und sah mit starrem Blick zu den milchig-grauen Wolken hinauf. „Gott weiß, warum ..." Er wandte seine kleinen Augen von den Wolken ab, um seinen Untergebenen fest anzuschauen. „Wisst Ihr es, Parsons?"

„Nein, Mylord. Es ist für mich ebenso ein Geheimnis wie für Euch. Warum der Markgraf nach Alec Halsey verlangt, wenn man bedenkt, dass sein unerträgliches Benehmen es war, das zu meiner Ausweisung und seiner Gefangennahme führte, ist offen gesagt verblüffend."

„In der Tat, ein Geheimnis ...", murmelte Lord Cobham und stellte dann, seinem Untergebenen direkt in die Augen schauend, fest: „Es mag Halsey sein, nach dem sie verlangen, aber ich übertrage Euch die Verantwortung für die Gesandtschaft, weil ich darauf vertraue, dass Ihr ..."

„Vielen Dank, Mylord. Ich werde versuchen ..."

„... tut, was Euch gesagt wird. Ich vertraue Halsey nicht! Der Mann ist unberechenbar und macht sich seine eigenen Gesetze. Er hat - Skrupel." Lord Cobham verzog angewidert das Gesicht. „Scheinheiliger Unsinn!" Er stieß einen behandschuhten Finger in der Luft, dicht vor Sir Gilbert Stupsnase. „Ihr werdet ihn unter Kontrolle halten, Parsons. Und macht das wesentlich besser als beim letzten Mal, wenn Ihr an Euren bequemen Schreibtisch zurückkehren wollt! Habt Ihr mich verstanden?"

Sir Gilbert hatte ihn selbstverständlich verstanden. Er wünschte sich nichts mehr, als zu der Sicherheit zurückkehren, die seine an den Schreibtisch gebundene Tätigkeit ihm bot. Seit seiner Ausweisung aus Midanich, von wo er in Ungnade nach Hause geschickt worden war, hatte er keine neue Position auf dem Kontinent erhalten. Die letzten zehn Jahre hatte er damit verbracht, sich über die Korrespondenz anderer Leute in der Chiffrierabteilung zu beugen. Alle, von Lord Cobham über seine liebe Frau bis zu seinem Perückenmacher, hatten seinen Abstieg mit einer Mischung aus Verlegenheit und Mitleid betrachtet. In der Öffentlichkeit zeigte Sir Gilbert sich angemessen gedemütigt. In Wahrheit war er glücklich, zu Hause zu sein und einen Posten im Außenministerium zu haben, der ihn fast bis zur Inkompetenz langweilte. Er liebte seine Bequemlichkeit, vor allem die täglichen Besuche in seinem bevorzugten Kaffeehaus am Morgen und seinem Speisehaus am Abend. Aber da er seine Stellung und damit seinen Lebensunterhalt Lord Cobhams Gnaden verdankte, hatte er bei der Frage, ob er hinter dem Schreibtisch zu bleiben oder auf eine diplomatische Mission zu reisen hatte, über der bereits das Wort Katastrophe breit geschrieben stand, bevor das Schiff auch nur Wind in die Segel bekam, kein Mitspracherecht.

„Ja, Mylord", sagte er tonlos. „Laut und glockenklar."

Lord Cobham schaute seinen Untergebenen an, ob der Mann Zeichen von Sarkasmus zeigte, aber da Sir Gilbert seinen Blick mit angemessen neutralem Gesichtsausdruck erwiderte, fuhr er, mit einem Blick über die Schulter, als ob er halb befürchtete, belauscht zu werden, fort. In der Sackgasse waren jedoch weder Fußgänger noch Pferde, daher war es eine unnötige und Sir Gilberts Meinung nach übermäßig dramatische Geste.

„Um offen zu sein, Parsons, der Grund, warum wir diese Besprechung hier draußen abhalten, bevor wir Halsey besuchen, ist, dass die Befreiung von Miss St. Neots und Sir Cosmo nicht das vorrangige Ziel *Eurer* Mission sein soll. Überlasst das Halsey. Was Ihr zu tun habt, ist, ein Mitglied von Markgraf Ernsts Hof zu identifizieren und Kontakt mit ihm aufzunehmen - einem Verräter ..."

„Verräter?"

„Nicht an uns, Parsons. Nicht an England. Einen Verräter an der Sache des Markgrafen Ernst. Jemand, der daran arbeitet, den Anspruch von dessen Bruder Prinz Viktor auf den Thron zu fördern."

„Wer ist dieser Verräter, Mylord?"

„Verdammt, Parsons, wenn ich das wüsste, würde ich *Euch* bitten, seine Identität festzustellen? Hört doch zu! Hört doch zu!"

Seine Lordschaft hob die Hand in die Luft und ließ sie dann schwer an seine Seite zurückfallen und sagte mit einem schiefen, besänftigenden Lächeln, als ob er mit einem Schwachsinnigen spräche: „Seht doch. Bei diesen Aussichten spielt es keine Rolle, welcher der beiden Brüder - Markgraf Ernst oder Prinz Viktor - siegt. Wichtig ist, dass ihr Bürgerkrieg endet, und zwar bald. Wenn sie weiter gegeneinander kämpfen, bleiben keine Truppen übrig, und wo bliebe dann England, he?" Er hielt lange genug inne, dass Sir Gilbert seinen Mund zu einer Antwort öffnen konnte, und fügte dann mit einem Grunzen hinzu: „Wenn jemand die midanicher Truppen tötet, dann sind wir das, wenn sie für England kämpfen, nicht in einem Streit zwischen Brüdern gegeneinander. Und wenn dieser Bürgerkrieg endet, muss die Regierung Seiner Majestät dafür gesorgt haben, vom Beginn des Konflikts an die siegreiche Seite unterstützt zu haben. Versteht Ihr das, Parsons?"

„Und wenn herauskommt, dass wir ein Doppelspiel gespielt haben?", fragte Sir Gilbert. „Weder Markgraf Ernst noch Prinz Viktor würden dann die Regierung Seiner Majestät als vertrauenswürdigen Verbündeten betrachten, nicht wahr, Mylord? Es könnte unsere zukünftigen Beziehungen zu dem Land ruin..."

„Verdammt! Ihr hört Euch an wie dieser scheinheilige Halsey und das gefällt mir gar nicht! Hört zu, Mann. Seine Majestät und die Regierungsminister Seiner Majestät werden dem Leiter der Auslandsabteilung eher glauben, als wütenden Vorwürfen eines verdammten Niemands von Herrscher eines unwichtigen Fürstentums mitten von Gott weiß wo in Europa. Verstanden?"

Sir Gilbert widersprach seinem Vorgesetzten nicht. Er konnte den Grund sehen, warum er sichergehen wollte, dass England auf das richtige Pferd, oder in diesem Fall, den richtigen Bruder setzte. Wer den Bürgerkrieg gewann, war unwichtig. Aber er fragte sich, wie er die Identität des Verräters entdecken sollte, ohne dass er selbst entdeckt und wieder, zum zweiten Mal, ausgewiesen würde. Nun, das wäre eine Premiere!

„Nicht ein verdammtes Wort zu diesem Halsey."

„Ja, Mylord. Sie haben mein Wort."

„Ich werde der erste sein, der Euch auf die Schulter klopft und herzlich gratuliert, wenn Ihr es schafft, zwei Fliegen mit einer Klappe zu schlagen."

„Zwei Fliegen, Mylord? Einer Klappe?"

„Ernst und Viktor! Gebraucht Euer Gehirn, Parsons", klagte Lord Cobham. „Mit *schlagen* meine ich, beiden die Hoffnung zu geben, dass Seine Majestät sie wegen der Herrschaft als Markgraf unterstützt. Aber wenn Ihr es nicht schafft, gibt es für Euch ab dann nur noch kaltes Essen. Überlasst es Halsey, sich mit der schmutzigen Angelegenheit zu befassen, die Freilassung der Geiseln zu erwirken. Mit ein wenig Glück schafft er es, sich wieder einsperren zu lassen, was zum Allgemeinwohl beitrüge - wobei dieses Allgemeinwohl in *meinem* guten Ruf und *Eurer* Stellung besteht."

Und Selinas gutem Ruf, dachte er bei sich, da er wusste, dass seine starrköpfige Schwester kurz davor stand, einen Heiratsantrag von Alec Halsey anzunehmen. Obwohl er ihr ältester Bruder und das Oberhaupt der Familie war, wusste er doch nur zu quälend genau, dass seine Stellung und seine Meinung ihm keine Macht über sie gaben. Sie würde tun, was ihr gefiel; was ihm wiederum nicht gefiel.

„Wenn Halsey es durch einen glücklichen Zufall schaffen sollte, eine Freilassung zu bewirken", fuhr er fort und schüttelte den Gedanken an seine widerspenstige Schwester ab, „dann wird es ein Erfolg für unsere Abteilung sein, und für mich. Und so wird es auch in Eurem Bericht niedergelegt werden, Parsons - Parsons?"

„Ja, Mylord. Ich werde einen Bericht schreiben."

„Und ob Ihr das verdammt noch einmal tun werdet! Und nur über meine verdammte Leiche werde ich zulassen, dass meine Schwester jemanden wie Halsey heiratet. Sie ist eine Vesey", fügte er hinzu und vergaß dabei für einen Augenblick, dass er auf offener Straße mit einem Untergebenen sprach, nicht vertraulich mit einem Mitglied seines Clubs. „Der Mann hat seinen Bruder umgebracht - ganz gleich, was der Untersuchungsrichter dazu zu sagen hatte! Mein Gott. Ich werde solches Blut nicht den Stammbaum der Veseys beschmutzen lassen. Selbst, wenn meine Tante möchte, dass er eines Tages die schwindelerregende Höhe der Stellung eines Botschafters erklimmt. Ha! Das ist, beim Teufel, kaum wahrscheinlich! Aber so etwas kann man ältlichen Tanten nicht sagen, Parsons. Frauen verstehen diese Dinge einfach nicht."

„Sehr wahr, Mylord", sagte Sir Gilbert in die Stille, die sich nach der Tirade seines Vorgesetzten ausgebreitet hatte. „Ich habe Halsey vielleicht seit einem Jahrzehnt nicht gesehen, aber über meinen Schreibtisch gingen während dieser Zeit Dokumente von seinen Vorgesetzten in Den Haag und Paris betreffs seiner unglückliche Gewohnheit, sich von seinem Gewissen leiten zu lassen. Und dann ist da sein Hang, sich mit Schlafzimmerpolitik zu befassen. Verzeihung, Mylord, aber wenn Halsey nicht mehr Zeit ohne seine Hosen als mit ihnen verbracht hätte, wären wir nicht so tief gesunken - buchstäblich, denn der Kerker liegt unter dem Meeresspiegel. Das war der Grund, aus dem ich aus Midanich ausgewiesen wurde."

„Der Grund für Eure Ausweisung, Parsons, war Eure eigenen Dummheit. Zu verlangen, dass Halsey seine Hosen anbehalten sollte, während er mitten in einer heißen Affäre mit des Markgrafs Tochter steckte, hieß, Euren eigenen Ausweisungsbefehl zu unterschreiben. Halseys unanständige Art der Diplomatie behielt die Oberhand. Seht Ihr das Haus dort?", fragte Lord Cobham und stieß seinen Gehstock in die Richtung eines freistehenden Hauses mit doppelter Fassade, dem ersten in einer abgelegenen, gut ausgestatten Reihe stand, die alle mit dem Rücken zum Green Park standen. "Dort lebt er jetzt. Teilt sich das Haus mit diesem aufsässigen Onkel. Dummer, alter Windbeutel, der im Parlament über die Abschaffung der Sklaverei und allgemeine Schulpflicht für Bälger schwätzt. Die Hirngespinste eines Wahnsinnigen! Der Mann ist ebenso unberechenbar und dazu noch explosiv. Aber niemand kann ihm etwas anhaben, da er Parlamentsmitglied ist. Ja. Da guckt Ihr wohl, Parsons. Das ist die traurige Wahrheit. Und ich befürchte, dass ich noch verblüffendere Neuigkeiten habe ..." Er schüttelte sich und schloss die Augen, als ob er sich für eine Ankündigung stärken müsste, von der er wusste, dass sie Sir Gilbert zutiefst erschüttern würde. "Seine Majestät hat es für angebracht gehalten, Halsey zum Marquess zu machen ..."

"*Was?*" Sir Gilbert taumelte zurück, als wäre er von Lord Cobhams Gehstock getroffen worden. "Plantagenet Halsey ist ein - ein Marquess? *Hölle und Teufel.*"

"Nein! Nein! Nicht der Onkel! *Alec Halsey*, Euer Untergebener in der Abteilung. Er ist jetzt *Marquess* Halsey, und daher bin ich gezwungen - ja, *gezwungen* - meinen Stolz herunterzuschlucken und ihn seinem Adel, wenn auch nicht seiner Person entsprechend, Ehre zu erweisen und ihn wie einen von uns zu behandeln. Könnt Ihr das glauben, Parsons?"

"Ich glaube es nicht!", stellte Sir Gilbert fest. "Mein Untergebener - *geadelt?*"

"Bleibt Euch auch in der Kehle stecken, he", sagte Lord Cobham mit einem Kichern über das Gesicht, das Sir Gilbert ihm zeigte; als ob ein fauliger Geruch an seine Nase gedrungen wäre. "Ich wette, Ihr hättet nie gedacht, dass Euer Sekretär jetzt ein verdammter Lord würde, noch dazu ein lebendiger!" Er wirbelte seinen Stock herum, um dann damit auf Sir Gilbert zu zeigen und fügte stirnrunzelnd mit leiser Stimme hinzu: "Aber lasst Euch nicht von dieser Erhebung blenden. Ihr seid der Leiter der Gesandtschaft nach Midanich. Es ist Eure zweite Chance - Eure *einzige* Chance. Ihr seid der ältere Diplomat. Lasst ihn nicht vergessen, wer die Leitung hat - dass es nur, weil er geadelt wurde, nicht heißt, dass er alles *seinen* Wünschen nach laufen lassen kann. Verstanden?"

"Ja, Mylord. Seid ohne Sorge. Ich habe meine Lektion gelernt. Ich

werde mit meinen Beglaubigungsschreiben unter seiner geadelten Nase
herumwedeln, wann immer ich es für notwendig halte", antwortete Sir
Gilbert und schob sein Kinn vor.

„Guter Mann!", antwortete Lord Cobham mit einem selbstzufriedenen Schnüffeln. „Ich habe Euch gesagt, was ich bei dieser Mission für
wichtig halte. Aber was ich innerhalb dieser vier Wände da sagen
werde" - er schwang seinen Stock herum, um zum St. James' Platz Nr.
Eins zu zeigen - „wird das sein, was Halsey hören möchte. Alles, damit
er nichts riecht. Verstanden?"

Sir Gilbert hatte keine Ahnung, an welchem Geruch seine Lordschaft schnuppern mochte, obwohl er den Verdacht hatte, dass es nach
Verräter oder doppeltem Spiel riechen mochte, daher nickte er
gehorsam und bestätigte das in Worten, als Lord Cobham ihn böse
anfunkelte.

„Also bringen wir diese lästige Besprechung hinter uns", fuhr Lord
Cobham fort, drehte sich auf dem Absatz um und schritt die Straße
hinab auf Alecs Stadthaus zu. Er sprach weiter und erwartete, dass der
kleinere, dickere Sir Gilbert mit ihm Schritt hielte. „Ich bin vor dem
Diner bei White's für eine Partie Piquet verabredet. Und Ihr, Parsons,
habt Eure Taschen zu packen. Kommt schon! Kommt schon! Dürfen
seine großmächtige Lordschaft nicht warten lassen!"

Während Sir Gilbert stolpernd mit Lord Cobham Schritt hielt, um
ihm dann die drei flachen Stufen und in die Weite eines mit schwarz-
weißen Fliesen ausgelegten Foyers zu folgen, fragte er sich, ob sein jetzt
geadelter Untersekretär sich überhaupt erinnern wollen würde, wer er
war. Sir Gilberts Frage wurde fast sofort beantwortet, als sie in Lord
Halseys Morgensalon traten.

„Eine Tasse Tee, Mylord, oder bevorzugt Ihr Kaffee?",
fragte Alec höflich auf Lord Cobhams unhöflichen Ausbruch bei seinem
Eintritt in den Salon hin.

„Hä? *Tee?*", erwiderte Lord Cobham und hielt auf Alecs freund-
liche Frage hin mitten auf dem Aubusson-Teppich an, wie Alec
vorhergesehen hatte. Er blinzelte, sein streitlustiger Ton verlor sich
und er antwortete, wie er angesprochen worden war. „Tee. Ja. Eine
Tasse Tee."

Alec nickte Wantage zu, der neben dem Teewagen mit einem
livrierten Diener Wache hielt, bevor er an Lord Cobham vorbei zu dem
Mann in dessen Rücken schaute. Alec erkannte ihn sofort und ging mit
ausgestreckter Hand auf ihn zu.

„Sir Gilbert! Welches Vergnügen, Euch nach all diesen Jahren wiederzusehen. Ich hätte mir nur gewünscht, dass die Umstände fröhlicher wären. Ihr seht wohl aus, Sir."

Dass Alec ihn mit echter Freundlichkeit begrüßte und den Anstand besaß, ihn mit ‚Sir' anzusprechen, ließ Sir Gilbert seinen Mund zu einem Lächeln verziehen und er schüttelte die Hand des jüngeren Mannes, als ob sie sich erst gestern auf den Stufen des Gebäudes des Außenministeriums am Strand verabschiedet hätten. Einen Moment lang vergaß er, was Lord Cobham gesagt hatte und der wohldressierte Untergebene verbeugte sich ohne einen weiteren Gedanken vor dem Titel.

„Meine Gratulation zu Eurer Erhebung in den Adelsstand, Mylord", antwortete Sir Gilbert und zur Antwort auf Alecs Kompliment klopfte er sich auf die Vorderseite seiner wollenen Weste, die knapp über seinem Bauch zugeknöpft war. „Zu viele Jahre hinter einem Schreibtisch festzusitzen macht das mit einem Mann. Während Ihr, Mylord, Euch keinen Deut geändert habt."

„Tee? Kaffee?"

„Kaffee, Mylord. Vielen Dank."

„Und wie geht es Lady Parsons? Wenn ich mich recht erinnere, liebte sie es, Frivolitäten zu häkeln ...?"

Sir Gilbert grinste und erwärmte sich noch mehr für Alec, weil dieser sich an die kleine Beschäftigung seiner Frau nach dem Diner, wenn die Männer Schach spielten, erinnerte. „Ach, Ihr erinnert Euch daran, tatsächlich? Maria wird geschmeichelt sein. Umso mehr, wenn ich ihr erzähle, dass es *Lord* Halsey war, der nach ihren Frivolitäten fragte."

„Um Himmels willen, Parsons", zischte Lord Cobham aus dem Mundwinkel, „reißt Euch zusammen!"

„Was das angeht, Sir Gilbert", fuhr Alec nahtlos fort, als ob Lord Cobham nicht gesprochen hätte, „könnt Ihr Lady Parsons sagen, dass ich gegen mein besseres Wissen überzeugt wurde, diese Ehre anzunehmen, von denen, die meine besten Interessen besser zu kennen meinen als ich selbst!" Er fügte hinzu, bevor die Herzogin noch protestieren konnte: „Erlaubt mir, Euch Ihrer Gnaden und meinem Onkel vorzustellen ..."

„Tante Olivia?", staunte Lord Cobham laut, als er dem Lakaien seinen Gehstock zuwarf, um die Tasse Tee in Empfang zu nehmen, die der Butler ihm anbot. Er blinzelte die Herzogin an, während Sir Gilbert nach einer tiefen Verbeugung über ihre ausgestreckte Hand zurücktrat. „Warum bist du hier?"

„Ihr schaut aus, als hättet Ihr einen Geist gesehen, Cobham!", erklärte Plantagenet Halsey fröhlich und nippte an seiner Teetasse. Er ließ die Tasse der Herzogin auffüllen und sagte leise zu ihr: „Hier. Trinkt das. Ihr werdet es jetzt mehr denn je brauchen, um diese Zusammenkunft zu überstehen."

Die Herzogin funkelte ihn an, begierig, ihm zu sagen, was sie von seiner Art, sie in Watte zu packen, hielte, als sie von Lord Cobham abgelenkt wurde, der mit einem Schnüffeln und einem herablassenden Blick auf den alten Mann sagte:

„Verzeihung, Tante Olivia, aber diese Angelegenheit kann nur zwischen den Mitgliedern meiner Abteilung besprochen werden. Die vertraulichen Einzelheiten können nicht an Personen weitergegeben werden, die kein Recht auf ihre Kenntnis haben. Wenn das alles bekannt würde, könnte es unseren Beziehungen zu einem ausländischen Hof nicht wiedergutzumachenden Schaden zufügen. Was wir in diesen vier Wänden sagen, darf nicht an die Ohren unserer Feinde dringen. Und unsere Feinde sind überall!" Er schaute auf den alten Mann hinab. „Ich muss darauf bestehen, dass Ihr, Sir ..."

„Sei nicht lächerlich, Clive!", sagte die Herzogin abwehrend. „Wir sprechen über die Rettung meiner Enkelin und meines Neffen, und du schwätzt pompösen Unsinn. Wo ist Shrewsbury? Warum ist *er* nicht hier?"

„Anderweitig aufgehalten", antwortete Lord Cobham in weit höflicherem Ton. „Scheint, unser oberster Herr der Spione spielt Kindermädchen bei seiner kranken Enkelin. Nichts Ernstes, wie man mir sagte. Dachte, für so etwas wären Kindermädchen da. Aber was weiß ich schon? Ich habe keine Enkel - oder Kinder, was das angeht. Daher hat er es in meine Hände gelegt, mich mit ..."

„Hast du den Brief mitgebracht, den, der an Lord Halsey adressiert ist, oder nicht?", verlangte die Herzogin zu wissen. Als er über seine Teetasse hinweg nickte, richtete sie sich auf. „Na und? Wo ist er? Du magst das Recht haben, ihn mir vorzuenthalten, aber bei ihm kannst du das nicht tun. Wenn irgendjemand in diesem Narrenspiel einen Sinn erkennen kann, ist das Alec - und dann etwas dagegen unternehmen! Was mehr ist, als deine Abteilung tut!"

Lord Cobham öffnete den Mund, um solche Behauptungen zu bestreiten, aber da es seine Tante war, die sie aussprach, wusste er, wann er sich der *force majeure* zu beugen hatte. Mit einem heimlichen Augenrollen in Richtung seines Untergebenen, als ob er sagen wollte, dass er gezwungen sei, den Launen seiner alten Tante nachzugeben, übergab er Alec ein gefaltetes Stück Papier mit erbrochenem Siegel und sagte steif: „Nur für Euch bestimmt, Halsey."

Alec nahm den Brief und zog sich zum Fenstersitz zurück, um ihn ungestört zu lesen. Er hörte, wie sein Onkel eine harmlose Bemerkung zu Sir Gilbert machte und die Herzogin ihren Neffen fragte, wie weit die Ausrüstung eines Schoners gediehen wäre, dann verlor er sich in Sir Cosmo Mahons Brief.

Je mehr er las, desto mehr verstand er die gefährliche Lage in Midanich und war imstande, Wahrheit und Dichtung in dem von Panik getriebenen Bericht der Herzogin zu unterscheiden. Er war sich der Gefahr, in der Cosmo und Emily als Gefangene in einem von Krieg zerrissenen Land schwebten, bewusst, aber der Cosmo diktierte Brief machte diese Erkenntnis viel dringlicher. Er wünschte von Herzen, dass er imstande wäre zu fliegen, denn wie ein Vogel und in dessen Geschwindigkeit zu fliegen, würde ihn in die Lage versetzen, Cosmo und Emily innerhalb von Tagen, nicht Wochen, zu retten. Cosmos Brief hatte die Wirkung, dass er sich gänzlich machtlos fühlte und dass jede Stunde, die verginge, bis er sie befreien könnte, unendlich erscheinen würde.

Er war begierig darauf, in der nächsten Stunde aufzubrechen, aber er wusste, dass das unmöglich war. So viele Dinge mussten erst noch organisiert werden, nicht zuletzt ein passendes Schiff, dessen Kapitän und Mannschaft bereit waren, in diesem Wetter und dieser gefährlichen Lage nach Norden zu segeln. Und dies trotz der Gefahr, die ihn erwartete, wenn er in ein Land zurückkehrte, aus dem er erfolgreich geflohen war und in das niemals zurückzukehren er sich geschworen hatte. Er wusste, was ihn in Schloss Herzfeld erwartete. Er war Opfer von Gewalt fast bis zur Folter geworden und Zeuge des Wahnsinns, der in den Schatten dieser dicken Mauern lauerte, und hatte es nur zollbreit vermieden, sein Leben zu verlieren. Jetzt, nach zehn Jahren, hatten sich diese traumatischen Ereignisse zu dem Stoff, aus dem Alpträume sind, gewandelt. Soweit er sie nicht völlig vergessen hatte, unterdrückte er sie doch so erfolgreich, dass er ruhig auf seinem Kissen schlafen konnte.

Und dennoch stand er hier, bereitete sich auf die Reise nach Midanich vor, wobei ihm diesmal wohl bewusst war, welches Übel ihn dort erwartete. Er scheute nicht davor zurück; er konnte es nicht. Zwei Menschen, die seinem Herzen sehr teuer waren, befanden sich in einer Notlage und brauchten seine Hilfe. Dann sollte es so sein. Er musste gehen. Wenn es ihm in den Sinn kam, dass er sich vielleicht würde selbst opfern müssen und den Platz mit Cosmo tauschen, um dessen und Emilys Sicherheit und Entkommen zu gewährleisten, schob er eine solche Möglichkeit sofort als unwichtig beiseite. Alles, worauf es ankam, war, die Freilassung seiner Freunde zu erreichen. Seine Furcht war zweitrangig. Er würde sich mit dem Markgrafen und dessen Schwester befassen, wenn die Zeit käme. Vorläufig musste er sich auf das Hier und Jetzt konzentrieren. Daher setzte er seine Brille auf seinen Nasenrücken und senkte seine Augen auf Sir Cosmo Mahons sorgfältig verfassten Brief.

Lieber Alec [las er]

Ich schreibe, was mir von einem Hofbeamten diktiert wird. Er versteht kein Englisch. Und ich kann nicht Französisch schreiben, nicht wahr? Daher werde ich mein Bestes tun, um diesen Brief hier und da mit ein paar eingestreuten Sätzen zu versehen, um dich auf bestimmte Einzelheiten aufmerksam zu machen. Unser Konsul, Jacob Luytens, wird unter Eid prüfen müssen, dass das, was ich geschrieben habe, eine wahre und korrekte Übersetzung des Französischen ist, das der Hofbeamte, dessen Muttersprache Deutsch ist, spricht. Und dass alles, was ich schreibe, eine wahre Darstellung meiner Situation ist. Das ist ein wahrer Sprachwirrwarr, den du, mein lieber Freund, problemlos auflösen könntest. Der geschworene Eid würde uns alle in Gefahr bringen, wenn dieses Papier dem Falschen unter die Augen käme.

Mr. Luytens versichert mir, dass er Dir diesen Brief übermitteln würde. Ich muss ihm vertrauen.

Ich werde gut behandelt, obwohl ich gegen meinen Willen festgehalten werde. Man hat mir einen kleinen Raum im Palast zugewiesen. Meine Uhr, Kleider, Portmanteaux - alles - wurde beschlagnahmt. Ich kratze bei Sonnenaufgang jeden Tages einen Strich auf den Holzfußboden meines Zimmers. Man erlaubt mir weder Feder und Papier noch Bücher. Einmal am Tag werde ich unter Bewachung zum Spaziergang in den Hof geführt oder auf die innere Mauer, wo es keine grausigen Hinweise an den Krieg gibt, was auch immer mir besser gefällt. Ich bekomme zum Frühstück und am Abend Essen, mein Nachttopf wird täglich geleert. Ich wünschte, ich könnte öfter als einmal in zwei Wochen baden; unter diesen Umständen ist es ein kleiner Luxus, in einem heißen Bad zu liegen, den ich zu schätzen gelernt habe.

Matthias, mein Kammerdiener, darf mich jeden zweiten Tag rasieren, dann ist er wieder fort. Wir nutzen die Gelegenheit zur Unterhaltung, solange wir es können. Er erzählt mir, er würde nicht schlecht behandelt, aber ich sehe, dass er ein blaues Auge und Prellungen hat. Er sagt, die Köpfe auf den Piken entlang der Zinnen gehören Verrätern und Deserteuren - eine Warnung an andere, die überlegen, frei zu sprechen oder zu fliehen. Es ist absolut mittelalterlich. Ich habe das Gefühl, in eine Szene aus Hamlet hineingeraten zu sein, dessen Heimatland nicht so weit von hier entfernt liegt.

Der Oberhofmeister, Herr Haderslev, hat mich bei zwei Gelegenheiten besucht. Ich soll eine Audienz beim Markgrafen gewährt bekommen, um meinen Fall vorzutragen, wenn er von seinem Feldzug gegen die gegnerischen Truppen im Süden zurückkommt. Man sagt mir, es wird die letzte Schlacht sein, bevor das Winterwetter beginnt. Ich habe eine Audienz bei der Schwester des Markgrafen, Prinzessin Johanna, gefordert. Aber unser Konsul sagt, die Prinzessin lebe völlig abgeschieden und würde während der Tagesstunden wegen ihres empfindlichen Zustands nie gesehen. Er wollte nicht näher erklären, welcher Zustand das wäre.

Ich fragte Matthias, ob er etwas über diesen Zustand wüsste, der die Prinzessin versteckt hält. Als er nächstes Mal kam, um mich zu rasieren, sagte er mir, dass niemand von dem spricht, was als ‚unaussprechliche Wahrheit‘ bekannt ist. Es hat einen langen, komplizierten deutschen Namen, aber dies ist die ungefähre Übersetzung. Ich habe Mr. Luytens gefragt. Er sagte, es wäre genug, dies hier zu schreiben, um dich darauf hinzuweisen - dass Du tatsächlich mehr wüsstest, als Matthias herausfinden könnte.

Ich lebe in der Hoffnung, dass die Prinzessin mir eine Audienz gewähren wird. Mein liebster Alec, Hoffnung ist alles, was ich noch habe.

Mr. Luytens habe ich bei drei Gelegenheiten gesehen. Das ist alles an Kontakt mit unserem britischen Konsul, was mir erlaubt wurde, und dies innerhalb eines Monats. Wäre es nur mein Schicksal, würde ich mich damit abfinden, aber es ist der Gedanke an Emily, der mich nachts wachhält.

Als ich Emily zum letzten Mal sah, verabschiedeten wir uns an Bord des Schiffs im Hafen, sie sollte dort meine Rückkehr am nächsten Tag abwarten, an dem wir nach Kopenhagen in See stechen wollten. Unser Konsul versichert mir, dass ihr jede Höflichkeit als der Tochter einer englischen Herzogin zuteilwird. Aber da er sie nicht gesehen hat, fürchte ich, dass das, was er mir sagt, nicht

*die Wahrheit ist. Der Blick in seinen Augen sagt es mir. Ich weiß
nicht, ob das geschieht, um mich zu verschonen oder um mich zu
quälen, denn nicht zu wissen, wie es ihr geht, ob sie lebt oder -
nein, das kann ich hier nicht aufschreiben - lässt mich verrückt
werden. Die einzige Tatsache, die mich bei Verstand hält, ist, dass
die hochgeschätzte Mrs. Carlisle bei ihr ist.*

*Ich bat Matthias herauszufinden, was er konnte, aber als er
versuchte, Erkundigungen einzuziehen, kam er mit leeren Händen
zurück. Jeder lebt in Furcht, nicht zuletzt die Diener, die ein maul-
fauler Haufen sind und ihre Augen nie von den Steinfliesen heben.
Und da die Bewegungsfreiheit meines Kammerdieners von den
Palastwachen sehr eingeschränkt wird und er die hiesige Sprache
nicht spricht, sind seine Information sehr mangelhaft.*

*Ich bin in meinem Zimmer eingeschlossen und allein, meine
Gedanken wandern und befürchten das Schlimmste und ich meine
nicht den Tod, liebster Freund. Der Tod wäre für eine schöne junge
Frau wie Emily vorzuziehen und eine Gnade Gottes. Wie du weißt,
werden in Kriegszeiten an den Wehrlosen, den Schwachen und vor
allem an Frauen Grausamkeiten verübt, nur, weil es möglich ist.*

*Bitte, um der Liebe Gottes willen, was auch immer du tust,
erwähne meine Befürchtungen nicht Tante Olivia gegenüber.
Erzähle ihr jedes Märchen, das du für angebracht hältst, aber halte
ihre Stimmung aufrecht. Sie muss weiter hoffen, so wie ich, dass wir
dies, wenn auch nicht unversehrt, so doch lebend und gesund
durchstehen. Also bitte, Alec, kein Wort, bevor du nicht unsere
sterblichen Überreste selbst gesehen hast. Und dann berichte ihr
auch nicht das Schlimmste, sondern irgendein Märchen, das es ihr
erlauben wird, ruhig zu schlafen.*

*Markgraf Ernst hat über sein Land den Bürgerkriegszustand
verhängt. Überall sind Truppen. Ich höre, wie sie auf dem Hof
paradieren, und das ist nur die Elite der Palastwache. Ich soll dir
sagen, dass außerhalb der Wände dieser uneinnehmbaren Festung
Krieg das Land überzieht. Prinz Viktor ist zum Landesverräter
erklärt worden, weil er die Waffen gegen seinen Bruder erhoben
und die einheimischen, friesischen Truppen zu den Waffen gerufen
hat. Jeder in Viktors Uniform angetroffene Friese wird sofort
erschossen. Sie machen keine Gefangenen. Tausende Menschen sind
auf der Flucht und ruiniert durch die gnadenlosen Taten von Prinz*

Viktor, der von seiner Mutter beherrscht wird, der „Wölfin" - der Gräfin Rosine. So wird sie mir beschrieben. Unser Konsul Luytens stimmt dem Amtsträger hier nickend zu und widerspricht nicht, daher muss ich annehmen, dass er diese Einschätzung teilt.

Herr Luytens war in Emden und ist unter beträchtlichem persönlichem Risiko zurückgekommen. Er sagt, alle Häfen würden jetzt von der Armee kontrolliert, aber Emden bliebe offen, weil durch diesen Hafen alle Waren laufen und damit wertvolle Einnahmen für das Land und nicht zuletzt für die Kriegsführung des Markgrafen bringen. Daher sollst du dich in Emden ausschiffen, mit dem Lösegeld, dessen Einzelheiten unser Konsul dir in einem separaten Schreiben mitteilen soll. Wie hoch die Summe auch sein mag - bring sie her!

Um offen zu sein, lieber Junge, ich habe die starke Befürchtung, dass Emily und ich diesen Ort nicht lebend verlassen werden, wenn du dich nicht mit der Forderung Markgraf Ernsts einverstanden erklärst, selbst in Schloss Herzfeld vorstellig zu werden, um über unsere Freilassung zu verhandeln. Niemand und nichts sonst ist für ihn annehmbar.

Als Zeichen seiner Entschlossenheit und damit du weißt, dass dieser Brief wirklich echt ist, lege ich eine Locke von Emilys Haar bei, die man mir gegeben hat. Sie wird dir ebenso vertraut sein wie zur Weihnachtszeit.

Ebenso ist ein Geleitbrief auf den Namen eines Barons Aurich beigelegt, vom Markgrafen selbst unterschrieben und mit seinem Siegel versehen. Dieser Passierschein erlaubt dir und den Mitgliedern deiner Reisegruppe, unbelästigt an allen Kontrollstellen vorbeizukommen und Hilfe von den Truppen des Markgrafen zu erhalten, wenn Du sie benötigen solltest. Er hat jede Maßnahme ergriffen, um für die sichere Ankunft dieses Baron Aurich zu sorgen, der, wie ich annehmen muss, deine geschätzte Person ist, obwohl nur du und er wissen, warum und zu welchem Zweck er dich so nennt.

Mein lieber Junge, es tut mir so leid, auch dein Leben in solche Gefahr zu bringen. Verzeih mir, ich habe die Tinte mit meinen Tränen verschmiert, ich heule wie ein Mädchen. Gott! Auf welches Niveau bin ich in dieser Hölle gesunken!

Luytens wird diesen meinen Brief, den Passerschein und die Löse-geldforderung im diplomatischen portefeuille bis nach Emden bringen und dann über Holland weiterleiten. Unser Konsul wird in Erwartung deines Eintreffens in Emden bleiben. Du hast vierzig Tage, um zu erscheinen, danach wird auch Luytens verhaftet werden. Da er aus diesem Land stammt und nicht aus unserem, wird man ihm nicht dieselbe Höflichkeit erweisen, wie ich sie genieße, sondern er wird sich in einem Kerker des Schlosses wieder-finden. Er erzählte mir, dass nur ein Mann je dem Kerker von Herzfeld entronnen wäre - deine geschätzte Person. Selbst der Amts-träger, der diesen Brief diktiert, spricht ehrfürchtig von dieser Flucht.

Um Himmels willen, Alec, komm her, so schnell Du kannst.

Cosmo Mahon

FÜNF

Alec faltete den Brief zusammen und nahm langsam seine Brille ab. Er gesellte sich nicht sofort zu den anderen vor dem Kamin. Er drehte sich auf dem Kissen des Fenstersitzes, um auf die Weite des Green Parks hinauszuschauen, aber nahm die Aussicht nicht wahr. Er bemerkte weder seine Windhunde, die zwischen den kahlen Bäumen herumsprangen, noch den Kammerdiener, der vergeblich hinter ihnen herlief. Seine Gedanken waren meilenweit entfernt, jenseits der Nordsee bei Cosmo und Emily und bei ihrer gefährlichen Lage. Dann, nach einem Augenblick, unterdrückte er seine Befürchtungen. Er musste stark und optimistisch sein, ihretwegen und Olivias wegen, und weil er die nächsten paar Wochen des Nichtwissens überstehen musste, bis er wieder in Schloss Herzfeld sein und es selbst sehen würde.

Es war noch so viel zu organisieren, bevor er auch nur in See stechen konnte. Die Reise von Harwich nach Emden war eine Überfahrt von etwa vier Tagen, bei ruhiger See, bevor er wieder einen gestiefelten Fuß auf den Boden Midanichs setzen würde. Im Hafen von Emden anzukommen war nur der Anfang, denn dann kam die Reise nach Herzfeld, im kalten Wind, der von der Nordsee blies und der schleppenden Langsamkeit des Reisens über sumpfiges Ödland, zuerst mit dem Kanalboot und dann auf einem Pferd.

Sie hatten ihm vierzig Tage eingeräumt. Jetzt hatte er noch weniger Zeit, denn Cosmos Brief war bereits vor vierzehn Tagen eingetroffen. Er hatte keinen Tag zu verlieren. Was auch gut war. Der Mangel an Zeit und die Umstände des Reisens würden jetzt seine Gedanken beschäftigen und sie daran hindern, zu unnötigen Vorstellungen zu wandern, bevor er sich auf den Weg machte. Daher kehrte er an den Kamin zurück und goss sich eine zweite Tasse Kaffee ein, um sich ein paar Minuten zu gönnen, seinen Kopf klar zu bekommen, während die anderen im Zimmer sich höflich unterhielten und auf seine Reaktion auf Cosmos Brief warteten.

„Ich möchte dies ein oder zwei Tage behalten, wenn ich darf", sagte Alec zu Lord Cobham und deutete auf Cosmos Brief. „Es gibt eine Menge zu verarbeiten und ich will sicher gehen, dass ich keine von Cosmos Botschaften an mich überlesen habe."

„Botschaften? Es gibt Botschaften?" Lord Cobham war sichtlich überrascht und schaute vorwurfsvoll zu Sir Gilbert hinüber. „Ihr sagtet mir, dass die Männer im Hinterzimmer sich jedes Wort dieses Briefes angesehen hätten und nichts zu berichten fanden."

„Dem ist so, Mylord", begann Sir Gilbert zu erklären, als Alec sich einmischte.

„Sie könnten nicht wissen, wonach sie suchen müssen. Das hier ist nicht in einem bekannten Code oder Chiffre geschrieben, weil Cosmo solche Codes nicht kennt. Doch hat er sein Bestes getan, um mich auf bestimmte Einzelheiten aufmerksam zu machen. Zum Beispiel", fuhr er fort und sah zur Herzogin, „schreibt er über die Locke von Emilys Haar, dass man sie *ihm gegeben hätte*. Nicht, dass sie dort und dann von ihrem Kopf geschnitten wurde. Und er fügt hinzu: *Sie wird dir bekannt sein, wie zur Weihnachtszeit.* Er sagt mir damit, dass die Haarlocke, die er mit diesem Brief schickt, nicht frisch ist. Vor zwei Jahren zu Weihnachten zeigte Cosmo mir eine Porzellan-Schnupftabaksdose - ein Geschenk. Im Deckel war eine Locke blonden Haars eingerahmt." Er lächelte. „Ich habe keine Ahnung, ob es Emilys Haar war, und ich habe nicht gefragt."

„Also könnte es sein, dass diese Locke nicht von Emily stammt?", fragte die Herzogin erwartungsvoll. „Diese Teufel haben vielleicht das Haar meines Lieblings gar nicht abgeschnitten?" Als Alec nickte, schloss sie mit einem Seufzer der Erleichterung ihre Augen. „Oh, Gott sei gedankt ..." Aber im nächsten Moment funkelte sie Lord Cobham an und ihre Stimme zitterte vor Wut. „Du hast mir gesagt, dass es Emilys Haar wäre! *Du* sagtest, wenn sie ihr Haar abschneiden könnten, was sie wohl als Nächstes abschneiden würden, vielleicht einen Finger, wenn wir nicht täten, was sie sagen!"

„Nun, Tante, das könnten sie sehr wohl tun", protestierte Lord Cobham. „Dieses Gesindel auf dem Kontinent sind bestenfalls Barbaren, daher habe ich nur versucht ..."

„Was? Die arme Frau vor Angst um den Verstand zu bringen? Gefühlloser Mistkerl!", knurrte Plantagenet Halsey. „Ich wusste immer, dass Ihr so viel Hirn wie ein Tiefseeschwamm habt. Das bestätigt es. Und dazu habt ihr keinen Funken Gefühl!"

„Sir! Ihr habt nicht das Recht, den Leiter der Auslandsabteilung derart zu beleidigen ..."

„Haltet die Klappe! Ich habe mehr Rechte als Ihr!", unterbrach der alte Mann Sir Gilbert, und das so heftig, dass der rundliche kleine Mann nach hinten taumelte, wobei seine Tasse auf der Untertasse klapperte.

„Oh, schweigt doch! Ihr alle!", forderte die Herzogin und schaute begierig zu Alec. „Was sonst sagt Cosmo noch, sag doch, mein Junge? Erwähnt er, wie sie - wie Emily behandelt wird? Ihre Gesundheit? Werden Sie mit aller Höflichkeit behandelt?"

„Cosmo ist dankbar, dass Emily die hochgeschätzte Mrs. Carlisle bei sich hat, was uns etwas Trost geben sollte", antwortete Alec und beantwortete ihre Frage indirekt, denn er hatte nicht vor, ihr den Inhalt des Briefs mitzuteilen.

„Doch! Ja, Mrs. Carlisle ist bei ihr", sage die Herzogin mit überraschter Erleichterung, als ob sie sich gerade erst an die Existenz der Frau erinnert hätte. „Eine ausgezeichnete Frau; meine Cousine zweiten Grades. Arm wie eine Kirchenmaus, aber ich habe für sie immer getan, was ich konnte. Wenn ich etwas über Ellen Carlisle weiß, dann, dass sie in einer Krise nicht zusammenbricht und ganz bestimmt nicht zur Hysterie neigt."

„Dann ist sie genau die Art von Frau, die Emily in dieser Zeit in ihrer Nähe braucht", sagte Plantagenet Halsey in aufmunterndem Ton.

„Ja. Du hast recht", stimmte die Herzogin zu und lächelte zum ersten Mal, seit sie Alecs Stadthaus betreten hatte.

„Also darf ich diesen Brief für einen oder zwei Tage behalten ...?", fragte Alec und widerholte seine Bitte an Lord Cobham.

„Das ist höchst ungewöhnlich", sagte Sir Gilbert mit einem stirnrunzelnden Kopfschütteln, „und es entspricht nicht den Regeln der Auslandsabteilung, wichtige Dokumente außer Haus geraten zu lassen."

„Aber da es nun in meinem Haus ist", bemerkte Alec geduldig, „dann ist es doch bereits außer Haus der Abteilung?"

„Ich erlaube mir zu widersprechen, Hal - Mylord", fuhr Sir Gilbert glatt fort, der sich jetzt in seinem Element befand. „Lord Cobham ist in jeder Hinsicht selbst die Abteilung. Daher ist die Abteilung, wohin er auch geht. Und daher befindet sich der Brief, da er hier zusammen mit seiner Lordschaft in Eurem Salon ist, im Endeffekt noch immer in der Abteilung. Also wenn Lord Cobham diesen Raum verlässt und Ihr den Brief zurückbehaltet, ist er nicht länger in der Abteilung. Habe ich mich klar ausgedrückt?"

„Klar wie Schlammbrühe!", stellte Plantagenet Halsey fest. Er schaute seinen Neffen an und sagte mit tiefer Ironie: „Und du hast drei Jahre als der Untergebene dieses pedantischen Schwätzers überlebt, ohne ihn deine Klinge spüren zu lassen?" Als Alec zur Antwort lediglich seine Brauen hob, schüttelte er langsam den Kopf. „Ich bewundere deine Selbstbeherrschung, mein Junge."

„Sir Gilbert hat recht. Aber Ihr habt meine Erlaubnis, den Brief zu behalten, solange Ihr ihn braucht, Halsey", erwiderte Lord Cobham hochmütig. Er hustete in seine Faust und fuhrt fort, den Blick fest auf Alec gerichtet, obwohl er einen nervösen Seitenblick auf seine Tante nicht unterdrücken konnte, als er sprach. Bei all seiner eingebildeten Wichtigkeit als Leiter der Auslandsabteilung, wo der Lebensunterhalt Dutzender von Männern von seiner Gunst abhing, war er, wenn es um seine weiblichen Verwandten, insbesondere diese Tante, die eine Herzogin war, ging, in ihrer Anwesenheit kaum mehr als ein zitternder Pudding. Ein Hitzestau breitete sich auf der Kopfhaut unter seiner Perücke aus und seine Wangen brannten, um in der Farbe seinen dicken, roten Augenbrauen zu ähneln, als ihre Empörung mit jedem Wort seiner Erklärung wuchs.

„Ich hatte gehofft, Euch über die Entscheidung der Abteilung vertraulich informieren zu können, aber ich bin sicher, dass Ihr - äh - ähm - es vorziehen würdet, dass ich einfach weiterspreche, damit Ihr mit den Vorbereitungen für die Reise so schnell wie möglich fortfahren könnt. Sir Cosmo Mahons Brief fordert Eure Anwesenheit, um über seine und Miss St. Neots Freilassung zu verhandeln und erwähnt niemanden sonst. Aber angesichts des Ernsts der Lage habe ich beschlossen, dass Sir Gilbert Euch begleiten wird. Um es korrekter auszudrücken, dass Ihr *ihn* begleitet. Er ist - und ich muss Euch nicht an die Tatsachen erinnern, Halsey - in der Abteilung dienstälter als Ihr, mit weit mehr Jahren Erfahrung bezüglich dieser Menschen auf dem Kontinent, als Ihr sie habt. Er war der ständige Vertreter dort und Ihr sein Untergebener als *chargé d'affaires*, als Ihr zuletzt beide in Midanich wart, also ..."

„*Wa-was?* Clive? Das ist absurd! *Absurd.*"

Die Herzogin war auf ihre zwei Zoll hohen Absätze aufgesprungen und so schnell, dass sie fast das Gleichgewicht verloren hätte. Aber da Plantagenet Halsey ähnlich reagiert hatte und jetzt neben ihr stand, schaffte er es, ihren Ellenbogen zu packen, bevor sie auf ihr Gesicht fiel. Ihre Wut war so groß, dass sie es kaum bemerkte.

„Ich verstehe ja, dass du ungehalten bist, Tante Olivia", stammelte Lord Cobham mitten in seiner pompösen Erklärung, „aber dies ist eine Angelegenheit der Abteilung und geht dich nichts an ..."

„Geht mich nichts an? Das - glaubst du! Und *ob* das meine Angelegenheit ist! Und ich werde es zu einer Angelegenheit für den Geheimen Rat machen, wenn du versuchst, meinen Patensohn so herabzusetzen ..."

„Euer Gnaden - Olivia - wenn du mir erlauben würdest ...", begann Alec, aber er wurde ebenso schroff unterbrochen.

„Alec Halsey ist ein Marquess, ein *Marquess*, Cobham! Weißt du, was das ist, Clive? Natürlich weißt du das! Einen Rang unterhalb eines Herzogs. Um die Tatsache klarzustellen, dass er höher auf den Stufen des Adels steht als du es je sein wirst! Und dieser, diese *Person*", fuhr sie fort und klatschte ihren Fächer grob in Sir Gilberts rundes Gesicht, „ist - ist ein - *Niemand*, der so viel Bedeutung hat wie ein - ein *Floh*. Erwartest du wirklich, dass *ich* es einem Niemand erlaube, meine Enkelin vor einem kontinentalen Wahnsinnigen zu retten? Nun, Clive? *Erwartest du das?*"

Während Lord Cobhams Verstand daran arbeitete, eine passende Antwort zu finden, die seine erzürnte Tante besänftigen würde - wobei seine Unterlippe unkontrolliert zitterte - warf Alec sich in die Bresche, bevor sein Onkel noch Öl ins Feuer der Tirade der Herzogin gießen konnte. Er sagte milde, aber nicht ohne einen Hauch von Ungeduld, da er diese Zusammenkunft zu einem Ende bringen wollte:

„Lord Cobhams Entscheidung ist klug, Euer Gnaden. Abgesehen von Sir Gilberts Erfahrung und intimer Kenntnis des Hofes von Midanich wird es dem neuen Markgrafen zeigen, dass die Regierung Seiner Majestät Midanich wohlgesinnt ist, wenn er als Botschafter geschickt wird. Schließlich hatte Sir Gilbert den Hof unter schwierigen Umständen verlassen, und ich ..."

„*Schwierige Umstände*? Ich wurde gefoltert und gedemütigt!", platzte Sir Gilbert heraus.

Gedemütigt, ja, und Alec verstand Sir Gilberts Demütigung. Es geschah nicht jeden Tag, dass der ranghöchste Diplomat an einem ausländischen Hof ausgewiesen wurde; ein Untergebener, ja, aber nie der Botschafter. Aber Folter? Es war das erste, was Alec davon hörte und er blinzelte überrascht.

„Gefoltert?", fragte er besorgt und wartete darauf, dass Sir Gilbert es ausführlicher erklärte.

Als aller Augen sich auf ihn richteten, wand Sir Gilbert sich und verfluchte sich selbst für seinen ungewohnt heftigen Ausbruch. Plötzlich war er kleinlaut.

„Zwei Nächte ohne Essen eingesperrt und dann kurzerhand in eine Kutsche an die Küste gesteckt und gewaltsam auf ein Boot verfrachtet! Meinem Verständnis nach ist das Folter."

Alec dachte an seine eigene grauenvolle Erfahrung, an die Misshandlungen, die er von den Händen Prinz Ernsts und dessen Schwester, der Prinzessin Johanna zu ertragen gehabt hatte, und Sir Gilberts Darstellung war im Vergleich so lächerlich, dass ihm nichts einfiel, was er hätte sagen können. Daher neigte er bei Sir Gilberts Erklärung nur den Kopf und unterdrückte ein Lächeln, weil es die Erwähnung von Essen oder dessen Mangel war, das den rundlichen Gentleman seit seinem Eintritt in den Salon am lebhaftesten reagieren ließ. Als sein Onkel seine Augen zu der Stuckdecke verdrehte, verbreiterte sich Alecs Lächeln zu einem Grinsen.

„Ihr habt ein sehr zartes Gemüt, wenn Ihr das für Folter haltet!", schnaubte Plantagenet Halsey abwehrend mit einem vielsagenden Blick auf den Bauch des Mannes.

„Hört, Halsey ...", begann Lord Cobham und wurde unterbrochen, bevor er sich in eine geistreiche Verteidigung seines Untergebenen stürzen konnte.

„Und doch hat sich Sir Gilbert trotz solcher Entbehrungen dazu bereit erklärt, als Repräsentant Seiner Majestät nach Midanich zurückzukehren", sagte Alec ruhig. „Das wird dem neuen Markgrafen mit Sicherheit zu verstehen geben, dass Seine Majestät alles vergangene Unrecht vergessen hat. Es lässt Markgraf Ernst auch wissen, dass mit Euch, Sir Gilbert, und den souveränen Interessen Englands nicht gespielt werden kann." Alec sah Lord Cobham an. „Zweifellos war es das, was Ihr die ganze Zeit im Sinn hattet, Ihrer Gnaden erklären zu wollen, nicht wahr, Mylord?"

„Im Sinn hatte ...?", wiederholte Lord Cobham langsam, als wache er aus einer Trance auf. Er wurde lebendig, als Alec ihn weiter erwartungsvoll anschaute. „Doch! Ja! Hätte es selbst nicht besser ausdrücken können. Genau meine Argumentation."

„Hätte es selbst gar nicht ausdrücken können", murmelte Plantagenet Halsey nur für seine Neffen hörbar.

„Niemand ist mehr dafür, Seine Majestät dabei zu unterstützen, diesem Markgrafen zu zeigen, dass er mit uns Engländern nicht spielen kann", stimmte die Herzogin leicht beschwichtigt zu. „Sir Gilbert kann sich wo und bei wem wichtig machen, wie es ihm gefällt, aber was spielt es für eine Rolle, wer der Botschafter für dieses oder jenes ist, wenn alles, was wirklich zählt, ist, Emily und Cosmo zu retten?"

Alec küsste der Herzogin die Hand und lächelte in ihre feuchten Augen hinab.

„Mein Stolz wird in keiner Weise davon verletzt, dass Sir Gilbert die Gesandtschaft leitet", erklärte er ihr leise. „Er ist als bevollmächtigter Gesandter eine ausgezeichnete Wahl. Seine Ernennung gibt mir die

Möglichkeit, mich ausschließlich auf Emilys und Cosmos Lage zu konzentrieren. Zweifellos haben Cobham und Sir Gilbert mit Hilfe der Abteilung und dem Segen Seiner Majestät einen Plan ausgearbeitet. Vielleicht werden sie dem Markgrafen günstige Konditionen für den Handel oder Schiffe anbieten, oder was sonst er begehrt, um meine Bemühungen zu unterstützen? Also siehst du uns alle auf dasselbe Ziel hinarbeiten, aber das Problem von verschiedenen Seiten angehen. Macht dir das das Herz ein wenig leichter?"

„Ein wenig", gab die Herzogin schmollend zu, von Alecs Zusicherungen leicht besänftigt. Sie sah ihren Neffen über Alecs Schulter hinweg augenzwinkernd an. „Natürlich ist es genau das, was du mir auch gerade sagen wolltest, ja, Clive?"

„Wortwörtlich noch dazu", fügte der alte Mann hinzu und bekam für diese Keckheit den Fächer der Herzogin in die Rippen gebohrt.

„Ja. Ja, genau meine Gedanken, und das, was Sir Gilbert und ich besprochen hatten, bevor wir hierherkamen." Lord Cobham log nach Strich und Faden. „Nicht wahr, Parsons?"

„Ja? Oh! Ja!", stimmte sein Lakai zu und nickte heftig. „Genau meine Vorstellung, wie wir das Problem angehen sollten, wenn wir den Hof von Midanich erreichen. Halsey hier ..."

„*Lord* Halsey", warf Plantagenet Halsey ein.

„Äh, ja, verzeiht mir. Lord Halsey und ich werden unsere Beglaubigungsschreiben präsentieren und ich werde Handelsverhandlungen mit Markgraf Ernst beginnen in der Hoffnung, dass wir durch diese diplomatischen Bemühungen die Freilassung dieser beiden guten Leute erreichen können", erklärte Sir Gilbert. „Und während ich in diesen Verhandlungen stehe, ist Lord Halsey frei, alternative Wege zu verfolgen, die möglicherweise nötig werden könnten, um die Untertanen Seiner Majestät aus einem ausländischen Gefängnis zu befreien, sollte der Dialog zwischen unseren Nationen sich als nicht zufriedenstellend erweisen."

„Ihr seid ja doch ein Diplomat, Parsons!", erklärte Plantagenet Halsey, aber es war nicht als Kompliment gemeint. „Was Ihr meint, ist, während Ihr auf Eurem Hinterteil sitzt, Kaffee schlürft und einem kontinentalen Tyrannen Euren Respekt erweist, wird mein Neffe Leib und Leben riskieren, um in ein feuchtes, dunkles Verlies einzubrechen?"

„Oh, es ist nicht so dunkel, Onkel", witzelte Alec. „Aber feucht ist es. Ihr müsst euch aber keine Sorgen machen, dass ich einen Kerker stürmen müsste. Cosmo wurde ein Zimmer in der Palastanlage gewährt. Also ist das Schlimmste, was ich zu tun haben könnte, eine Tür einzuschlagen!"

„Und Emily, wo ist ihr Zimmer? In der Nähe von Cosmos?", fragte die Herzogin besorgt. „Hat Mrs. Carlisle ein eigenes Zimmer oder ist sie bei Emily untergebracht?"

„Was ist mit dem Lösegeld?", fragte Alec und ignorierte wieder die direkte Frage der Herzogin in der Hoffnung, sie ablenken zu können, bevor er gezwungen wäre, sie geradezu anzulügen. Er fragte nach der Lösegeldforderung des britischen Konsuls. „Was wird in Mr. Luytens' Brief als Lösegeld gefordert?"

„Einstweilen unnötig, dich jetzt damit zu befassen, mein Junge", sagte die Herzogin zu ihm und machte sich plötzlich zum Aufbruch bereit, schüttelte ihre seidenen Röcke aus und ließ ihren Fächer an seiner seidenen Schnur an ihrem Handgelenk hinabbaumeln, um ihre Samthandschuhe überstreifen zu können. „Cobham und ich stecken unsere Köpfe zusammen, um herauszufinden, was gebraucht wird. Du hast noch viel vorzubereiten, bevor wir nach Midanich aufbrechen, und dies ist wenigstens etwas, worum ich mich kümmern kann, ohne dich mit den Einzelheiten zu belästigen." Sie hielt Lord Cobham ihren abgewinkelten Arm hin. „Komm mit, Clive. Deine liebe Frau wartet mit dem Essen auf uns und ..."

„Aber ich werde in meinem Club erwartet. Ich muss ..."

„Das kann warten. Dies hier nicht."

Lord Cobham kapitulierte sofort. Das einzige Zeichen seiner Frustration lag in der Art und Weise, wie er dem Lakaien seinen Gehstock mit einem lauten Schnauben aus den Händen riss. Gehorsam bot er seiner Tante den Arm, verbeugte sich schweigend vor dem Raum und begleitete sie zu der wartenden Kutsche. Sir Gilbert wurde zum Warten im Vorraum gelassen, während ein jüngerer Lakai ans Ende der Straße lief, um ihm eine Sänfte zu besorgen.

Alec hatte nicht darauf bestanden, dass man ihm Luytens' Brief zeigte, obwohl er es äußerst seltsam fand, dass die Herzogin nicht mit ihm über das Lösegeld sprechen oder ihm gar den Brief zeigen wollte. Er war nur froh, dass seine Patin sich endlich verabschiedete, damit er keine weiteren Fragen über Emily mehr abwehren musste, und weil er begierig darauf war, sich mit den hundertundeinen Angelegenheiten zu beschäftigen, die seiner Aufmerksamkeit bedurften, bevor er in See stechen konnte. Aber gerade, als er sich entschuldigen und auf die Suche nach seinem Kammerdiener machen wollte, fielen ihm die Worte seiner Patin ein und er musterte seinen Onkel mit einem verwirrten Stirnrunzeln.

„Was meinte Olivia mit *wir*?", fragte er. „Eben gerade sagte sie, dass ich vieles vorzubereiten hätte, bevor *wir* nach Midanich abreisten."

„Allerdings", sagte sein Onkel nüchtern. „So viel, dass ich wünschte, Tam wäre hier, um mir zu helfen oder doch wenigstens etwas mehr von dieser Salbe zu mischen, die er erfunden hat, um meiner Arthritis zu helfen, damit ich sie mitnehmen kann.“

Alec ließ sich nicht ablenken. „Was hat sie gemeint?“

„Genau das, was sie sagte. Wir haben viel zu tun, bevor das Schiff absegelt.“

„Du benutzt auch dauernd das Wort *wir*. Warum?“

Plantagenet Halsey schlug seinem Neffen auf die Schulter. „Weil *wir*, mein Junge, mit dir kommen werden.“

SECHS

„ICH WEISS NICHT, AUF WELCHE ART UND WEISE ICH ES NOCH sagen soll. Midanich befindet sich mitten in einem verdammten Bürgerkrieg. Und ich fluche nicht, wenn ich ihn verdammt nenne, obwohl ich das genauso gut tun könnte, so groß ist meine Frustration darüber, dass ich dich nicht von dem überzeugen kann, was uns - nein, *mich* - dort erwartet. Es gibt kein *uns* oder *wir*, nur *mich*. Verstehst du?"

„Ja. Ja. Verstehe vollständig", murmelte Plantagenet Halsey, dessen Aufmerksamkeit auf eine lange Liste von Dingen gerichtet war, die für eine Reise im ungewohnten Winterklima für erforderlich gehalten wurden. Er schaute sich nach Hadrian Jeffries um, der mit den Armen voll weißer Leinenhemden seines Herrn in der geräumigen Garderobe stand, wo die Türen mehrerer Mahagoni-Kleiderschränke aufklafften. „Wann sagtest du mir würde mein Schneider kommen, um diese pelz-gefütterten Reithosen zu liefern?"

„Später heute Nachmittag, Sir."

„Wieviel Paar davon hast du für seine Lordschaft bestellt?"

Der Kammerdiener warf Alec einen Blick zu und antwortete dem alten Mann. „Vier Paar, Sir. Drei sind pelzgefüttert. Das vierte Paar ist aus schwerem Kammgarnkordstoff, von dem seine Lordschaft sagt, er gebe genug Wärme an den Orten, wo Kachelöfen eingebaut sind, um die Zimmer zu heizen."

„Hoffe, du hast für dich selbst auch ein Paar dieser pelzgefütterten Hosen besorgt, ja?", fragte Plantagenet Halsey den Kammerdiener.

„Ja, Sir. Seine Lordschaft war sehr großzügig, dass er mir einen Anzug und einen Allwetterumhang anmessen ließ."

„Gut. Du wirst sie brauchen. Seine Lordschaft ist mit dem Wetter in diesem Teil des nördlichen Europas vertraut und er sagt, es ist verdammt eiskalt und stürmt die ganze Zeit von der Nordsee her. Und dort gibt es nichts, was den Wind daran hindert, weit ins Land hinein zu wehen, da die Landschaft so flach und nichtssagend ist. Hört sich verdammt ungastlich an, meinst du nicht auch?"

„Allerdings, Sir", antwortete Hadrian Jeffries mit einem seltenen Lächeln, das in dem Moment verschwand, als sein Herr sprach.

„Ich bin immer noch im Zimmer", stellte Alec trocken fest.

„Ah, natürlich!", zwinkerte Plantagenet Halsey und lächelte seinen Neffen liebevoll an. „Und wir reden weiter, wenn du aufgehört hast, mir wegen unserer bevorstehenden Reise Predigten zu halten, was du seit gestern Morgen fortlaufend tust. Olivia St. Neots und ich fahren mit dir und dabei bleibt es."

Alec nickte seinem Kammerdiener zu, mit dem, was er gerade tat, fortzufahren und ging in sein Ankleidezimmer hinaus, den alten Mann auf den Fersen. Er versuchte, seinen Ärger und seine Sorge zu beherrschen und versöhnlich zu klingen.

„Selbst, wenn ich zulassen würde, dass ihr beide Teil der Gesandtschaft wäret, musst du doch einsehen, dass es bestenfalls tollkühn wäre, Olivia das zu erlauben, und eine mutwillige Missachtung meinerseits für eure Sicherheit bedeuten würde. Wenn ihr etwas zustieße - oder dir ..."

„Ich werde meine Meinung nicht ändern und du hast ebenso viel Aussicht, Ihre Gnaden davon zu überzeugen, zu Hause zu bleiben, wie ein Weizenkorn zu finden, auf dem dein Name eingraviert ist. Verstehst du nicht, sie braucht etwas, um ihren Verstand zu beschäftigen, ebenso wie du - wie wir alle. Alles, woran sie denken kann, ist, was dieses hübsche junge Mädchen und dieser feine junge Mann zu ertragen haben, in einem feindlichen Land gefangen, das, ja, sich im Krieg befindet. Als sie mir zuerst von ihrem Plan erzählte, habe ich so reagiert wie du. Aber je mehr ich darüber nachdachte, desto mehr konnte ich sehen, dass es eine gute Sache ist, für sie wie für mich. Wir können nicht hierbleiben und unsere Ledersohlen ablaufen, während du in Gott weiß welche Gefahren gerätst. Außerdem hast du mir keine Gelegenheit gegeben, zu erklären, was wir zu tun beabsichtigen ..."

„Es tut mir leid, aber ich kann das nicht erlauben", unterbrach Alec ihn unverblümt, als er sich auf der Kante des Fenstersitzes niederließ. Er fuhr fort, bevor sein Onkel ihn unterbrechen konnte. „Ich habe nie erwähnt, was mit mir geschah, als ich in Midanich war ... warum ich eingesperrt wurde ... wie ich es schaffte, aus einer Gefängnisfestung zu fliehen ... warum ich schwor, nie zurückzukommen ..."

„Du sagtest, es wäre dir nicht erlaubt, es mir zu erzählen. Hätte etwas mit den Vorschriften der Auslandsabteilung und Dienstgeheimnissen zu tun." Plantagenet Halsey schüttelte den Kopf und kicherte. „Dieser Sir Gilbert Parsons nimmt alle Regeln und Verbote sehr wichtig, nicht wahr? Dienstbeflissener kleiner Schleicher! Du musst seinerzeit, als du für ihn gearbeitet hast, etliche Federn vor Frustration zerknickt haben!"

Der alte Mann versuchte, die Stimmung zu heben, aber ein Blick auf Alec belehrte ihn, dass er völlig aufs falsche Gleis geraten war. Es war offensichtlich, dass die Erlebnisse seines Neffen bei dieser diplomatischen Stationierung ihn selbst nach all diesen Jahren noch stark verstörten. Er konnte es an der Art erkennen, wie seine Arme in seinem weißen Leinenhemd steif an seinen Seiten herabhingen und er seine schlanken Finger um die polierte Kante des Rahmens des Fenstersitzes klammerte, so fest, dass seine Knöchel weiß hervorstanden. Es war, als zwänge er sich, ruhig sitzenzubleiben, während er sich alles andere als gelassen fühlte. Und das verräterischste war, dass sein Neffe ihm nicht in die Augen sehen konnte.

Plantagenet Halsey dämpfte sofort seine Fröhlichkeit. Er setzte sich neben Alec und sagte in völlig anderem Ton: „Du weißt, dass du mir alles sagen kannst. Ich höre zu. Ich verurteile nie."

Alec brauchte ein paar Augenblicke, um sich zu fassen, bevor er sprach. Die Erinnerung an die Ereignisse in Schloss Herzfeld hatte noch immer die Macht, ihm Übelkeit zu verursachen. Seit seiner Flucht hatte er sein Äußerstes getan, um diese Tortur in die fernste Ecke seines Gedächtnisses zu verbannen, mit jeder Absicht, sie dort zu belassen. Als er in Bath Olivia St. Neots' Nachricht über Cosmos und Emilys unglückliche Lage gelesen hatte, waren die schrecklichen Erfahrungen, die er in der Vergangenheit gemacht hatte, wieder in sein Bewusstsein getreten. Was noch schlimmer war, ihn vor Furcht lähmte, war, dass er genau wusste, was ihn in Midanich erwartete, und wenn er hoffen wollte, Cosmo und Emily zu retten, würde er sich darein ergeben müssen; es gab nichts, was er tun konnte, um sich dem Unausweichlichen zu entziehen.

Und wenn das, was in den letzten Wochen seiner Zeit im Schloss mit ihm geschehen war, ein persönliches Trauma darstellte, verfolgten ihn doch die Monate vor seiner Gefangennahme. Er war dem Erben des Markgrafen, Prinz Ernst, viel zu nahegekommen und die Dinge hatten sich bis zu einem Punkt entwickelt, wo er nicht nur sein Leben, sondern auch das einer Gräfin und ihres kleinen Sohnes in Gefahr gebracht hatte. Er war so naiv und vertrauensvoll, so arrogant selbstsicher gewesen, dass er die Gefahren dessen, was zuerst aus seiner Freundschaft mit Prinz Ernst und dessen Schwester, der Prinzessin Johanna und dann aus seiner Affäre mit der Gräfin noch entstehen sollte, nicht vorhergesehen hatte. Andererseits bezweifelte er, dass irgendjemand das vermocht hätte, so vollständig war die finstere List. Das war für ihn natürlich kein Trost.

„Ja, das weiß ich“, antwortete er schließlich auf das gute Zureden seines Onkels. „Danke. Ich wünschte - ich wünschte, ich könnte mich dir anvertrauen. Aber du solltest dich damit nicht belasten. Und selbstsüchtig wie ich bin, möchte ich nicht, dass du deine gute Meinung über mich änderst.“

„Das wird nie geschehen!“

Alec grinste über die Heftigkeit der raschen Antwort seines Onkels und entspannte sich.

„Weißt du, dass es der Gedanke daran war, zu dir nach Hause zu kommen, der mich aufrecht hielt, als ich im Gefängnis dieser Festung war? Das, und der Wunsch, dich nicht zu enttäuschen.“

„Du hast mich nie enttäuscht, mein Junge, und das ist die Wahrheit. Ich sollte hinzufügen, dass du es mir natürlich auch *nicht* erzählen kannst, wenn dir das lieber ist. Das ist ganz allein deine Entscheidung.“ Die Stirn des alten Mannes runzelte sich einen Moment. „Steht diesen beiden jungen Leuten dieselbe Tortur bevor, die du erlebt hast?

„Lieber Himmel, nein!“, versicherte Alec ihm rasch. „Das soll nicht heißen, dass das, was sie erleben, keine Tortur wäre, aber ich habe Hoffnung - und muss sie auch aufrecht erhalten - dass sie wie politische Gefangene behandelt werden und man ihnen jede Höflichkeit erweist. Sie sind nur der Köder. Ich bin derjenige, den die Kinder des alten Markgrafen wollen.“

„Kinder?“

„Prinz Ernst und seine Schwester, Prinzessin Johanna. Ernst ist der neue Markgraf. Aber es ist seine Schwester, die durch ihn regiert.“

„Ich vermute, es gefiel ihnen nicht, dass du einfach so weggelaufen bist, he? Nicht gewöhnt, dass man ihnen Trotz bietet, nehme ich an.“

Als Alec sich überrascht zeigte, erklärte Plantagenet Halsey sich.

„Du wurdest mit Namen direkt angefordert. Das ist nicht die übliche Art, wie die Freilassung von Gefangenen zwischen Königreichen ausgehandelt wird, nicht wahr? Gewöhnlich entscheidet ein Herrscher, wen er schickt, um mit einer fremden Macht um seine Untertanen zu feilschen. In diesem Fall ist es die fremde Macht, die dich angefordert hat. Das liegt entweder daran, dass die fremde Macht ein besonders herzliches Verhältnis zu dir hat, oder - und ich fürchte, dass dies der Fall ist - dass dieser neue Markgraf sich all diese Mühe macht, weil er denkt, dass du ihm oder jemandem, der ihm nahesteht, etwas angetan hast und er hat eine sich bietende Gelegenheit ergriffen, um dich zurück zu locken. Da du gefangen warst und es geschafft hast zu fliehen, schätze ich, ist es Letzteres."

„Nicht der Markgraf - seine Schwester", sagte Alec abrupt. „Die Prinzessin Johanna."

„Das überrascht mich nicht."

Das Lächeln des alten Mannes vertiefte nur die Furche zwischen Alecs schwarzen Brauen. „Nein? Das sollte es. Es ist weit komplizierter, als du dir je vorstellen könntest."

„Ich erfinde keine Entschuldigungen für dich. Ich kenne die Umstände nicht. Aber wenn man sich mit Schlafzimmerpolitik befasst, kommt es notwendig von Zeit zu Zeit zu Fehleinschätzungen."

„Fehleinschätzungen? Ha!"

„Ich sage das ja nicht nur, weil ich dein vernarrter alter Onkel bin ... ich mag so aussehen, als wäre ich in biblischem Alter, aber ich war auch einmal ein junger Mann auf der Höhe seiner Kraft und habe meinen Teil von Bettgeschichten genossen. Frag Olivia St. Neots ..."

„Guter Gott, *du* und Olivia?"

Der alte Mann richtete sich auf, die Hände auf die knochigen Knie gestützt. „Ich wüsste nicht, warum nicht!", antwortete er streitlustig. „Aber nein", fügte er schnell hinzu. „Sie war ein nettes Mädchen und ich war ein Korinthier ersten Ranges. Als wir beide viel jünger waren, hob sie ihre kleine Nase hoch in die Luft und weigerte sich, auch nur zu bemerken, dass ich mich im gleichen Raum befand. Und das hatte nichts mit meiner politischen Einstellung zu tun. *Damals* war sie so klug, sich von mir fernzuhalten."

„Was hat sie ihre Meinung ändern lassen?"

Plantagenet Halsey stieß ein bellendes Gelächter aus. „Du glaubst, sie hätte ihre Meinung geändert? Sie nennt mich noch immer einen *Schurken*, wenn sie glaubt, dass es niemand hört. Frauenzimmer!"

Alec verbarg sein Lächeln über diesen Grad der Vertrautheit zwischen seinem republikanischen Onkel und einer Herzogin, die von ihren aristokratischen Privilegien durchdrungen war, und wiederholte seine Frage.

Der alte Mann zuckte mit den Schultern und sagte einfach: „Du. Richtiger, du hast mein Leben verändert. Ich konnte doch keinen Welpen großziehen und meine üblen Gewohnheiten beibehalten, oder? Das wäre kein verantwortungsbewusster Vater oder ein besonders gutes Vorbild gewesen. Aber wie viele Jahre hat es gedauert, bis Olivia St. Neots ihre Meinung über mich geändert hat? Wie alt bist du? Also, wie du siehst, ich hatte auch einmal einen gewissen Ruf und war auch nicht zurückhaltend beim Prahlen damit - arroganter Narr, der ich war!"

Alec schnaubte verlegen und hob eine Hand zu seinen schwarzen Locken, schaute zu der Stuckdecke auf, bevor er seinen Blick auf den Holzboden richtete. Er betrachtete seinen Onkel mit einem grimmigen Lächeln.

„Wenn es nur um das zufriedene, angenehme Treiben in einigen Betten, eifersüchtige Blicke unzulänglicher Ehemänner und mein Prahlen als der englische Liebhaber-Diplomat ginge! Der einzige Teil, den du zutreffend beschrieben hast, war der letztere. Ich ließ mich von Selbstüberschätzung leiten und ließ mir schmeicheln. Und dann übertrat ich die Grenzen des Anstands. Was danach geschah, habe ich niemandem als mir selbst zuzuschreiben. Zu meiner Verteidigung kann ich sagen, dass finstere Mächte am Werk waren, über die ich keine Kontrolle hatte. Wäre ich ein weniger selbstgefälliger Liebhaber gewesen und hätte ich mir nicht erlaubt, mich so geschmeichelt zu fühlen, wäre ich vielleicht nicht in die Falle geraten, aus der es kein Entrinnen gab - Verdammt! Ich habe dir schon mehr gesagt, als ich wollte."

„Ärgere dich nicht. Für jetzt hast du mir genug gesagt. Zumindest werden bei deiner Rückkehr zu diesem Besuch deine Augen weit offen sein für jede Art von bösen Absichten, finster oder anders. Das muss ein kleiner Ausgleich sein."

„Das schon ..."

Plantagenet Halsey klopfte Alec auf die Schulter und erhob sich langsam. Hadrian Jeffries war zweimal an die Tür gekommen, nur, um sich auf dem Absatz umzudrehen und sich wieder in die Garderobe zurückzuziehen. Er konnte das den Kammerdiener nicht ein drittes Mal tun lassen, daher legte er die Liste wieder auf Alecs Frisiertisch und sagte von der Tür her:

„Ich sollte besser sehen, wie es mit meinem Packen vorangeht und bevor mein Schneider mit diesen Hosen ankommt. Was ist wärmer - Biber oder Bär? Egal. Ich werde seinem Urteil vertrauen."

„Onkel! Du kannst nicht - du kannst nicht mit mir - nach Herzfeld kommen. Es geht einfach nicht."

„Mach dir keine Sorgen, mein Junge. Ihre Gnaden und ich segeln nur bis zum holländischen Hafen von Delf-Delfzijl mit dir", erklärte Plantagenet Halsey ihm. „Der liegt am linken Ufer der Emsmündung, gegenüber von Emden. Aber das weißt du ja."

„Ja, und ich bin beeindruckt, dass du es weißt."

„Dank deiner Patin, die mir eine Lektion über die geografische Lage dieser Gegend gab, als sie und Cobham darüber stritten, wo angelegt werden sollte. Ihre Gnaden war ganz dafür, direkt in den Hafen von Emden zu segeln, aber Cobham wollte ihr seinen Schoner nicht leihen, wenn sie ihm nicht verspräche, sich ganz aus Midanich fernzuhalten.

Also sind Holland und Delfzijl so nahe, wie der Kapitän uns mitnehmen darf."

„Ich hatte angenommen, wir würden auf dem Paketboot von Harwich nach Helvoetsluys fahren. Mit einem privaten Schoner zu reisen wird vergleichsweise luxuriös sein und uns, wenn das Wetter mitspielt, mindestens einen Tag des Segelns ersparen. Sir Gilbert wird erfreut sein."

„Gewöhnliche Sterbliche mögen mit dem Paketboot reisen, aber nicht Olivia St. Neots. Du glaubst, dass deine Liste so lang ist wie dein Arm! Ihre erstreckt sich über die Länge von Pall Mall! Zu den notwendigen Dingen, die sie mitnimmt, gehört ihre Sänfte. Hast du jemals von jemandem wie ihr gehört?"

Alec lachte leise. „Das hat sie vor? Ich frage mich, ob es ihr bewusst ist, dass das bevorzugte Transportmittel in Holland und Midanich das Kanalboot ist? Aber wenn sie sich wohler fühlt, wenn sie ihre Sänfte an Bord hat, dann sei es. Es könnte ein nettes, ruhiges Plätzchen sein, wenn sie zu Seekrankheit neigt." Er wurde ernst. „Wenn ihr schön in Delfzijl bleibt, freue ich mich über eure Gesellschaft auf der Reise. Aber du musst mir versprechen, dass du Olivia nicht erlauben wirst, dich zur Überfahrt nach Emden zu überreden. Ich werde drei Tagesreisen weit fort sein und euch nicht helfen können. Ich kann es nicht brauchen, mir auch noch um dich und Olivia Sorgen zu machen."

„Du konzentrierst dich einfach auf das, was du zu tun hast, und ich kümmere mich um ihre Gnaden."

Alec drückte liebevoll den Oberarm seines Onkels. „Ich danke dir." Er wandte sich seinem Kammerdiener zu, der jetzt mit einem Paar gewirkten Kniehosen über seinem Arm in der Tür stand und ein Paar weicher Fechtschuhe aus Ziegenleder in der Hand hielt. „Ist M'sieur Poisson eingetroffen?"

„Ja, Sir. Mr. Wantage hat ihn in die Galerie hinaufgeführt und ich habe Eure Schwerter holen und auch nach oben bringen lassen."

„Eine Stunde anstrengender körperlicher Bewegung wird dir helfen, dir deine Sorgen für eine Weile aus dem Kopf zu schlagen und diese Falte von deiner Stirn vertreiben", sagte Plantagenet Halsey. „Nichts entspannt die Glieder und klärt den Kopf besser als ein kräftiger Schwertkampf - nun, etwas anderes wäre da noch", fügte er, bevor er wegschlenderte, leise und mit einem Zwinkern hinzu, als der Kammerdiener sich in die Garderobe zurückzog.

ALEC UNTERLIESS ES, DIE VERRUCHTE RANDBEMERKUNG SEINES Onkels zu kommentieren und ging, um seine Fechtkleidung anzulegen.

Und als er müde und verschwitzt nach einer Stunde der Fechtübungen in sein Ankleidezimmer zurückkam, waren seine Gedanken überraschend frei von Midanich, Cosmo und Emily und sogar von Selina. Aber ein Blick in die Garderobe, auf die ledernen Portmanteaux, die alle mit offenem Deckel, voll mit Kleidung und persönlichen Gegenständen für die Reise, säuberlich aufgereiht waren, und sein Seelenfrieden löste sich in Luft auf.

Er war derart mit dem beschäftigt, was ihm bevorstand, dass er in der Mitte des Zimmers stand, als ob er aus Stein wäre, ohne sich bewusst zu sein, dass das Wasser für sein Bad bereit war oder dass sein Kammerdiener wartete, um ihn auszukleiden. Doch ein Diener stieß versehentlich mit einer leeren Kupferkanne an die Seite der Tür, als er die Treppe für die Dienstboten hinabging, fluchte leise und riss Alec aus seinen privaten Träumen. Mit einer gemurmelten Entschuldigung knöpfte er schnell seine Leinenweste auf.

„Verzeihung, Jeffries. Mit den Gedanken meilenweit fort ...“

Hadrian Jeffries nahm schweigend die Weste, dann die abgewickelte Halsbinde und schließlich das Leinenhemd seines Herrn entgegen. Er kam wegen Hosen, Unterwäsche und Strümpfe zurück, nachdem Alec in seinem Bad lag. Dann beschäftigte er sich in der Garderobe damit, die letzten Kleidungsstücke für Alec einzupacken - die pelzgefütterten Hosen und Westen, die an diesem Morgen geliefert worden waren - bis er ins Ankleidezimmer gerufen wurde. Er fand seine Lordschaft in einem über Hosen und am Hals offenen weißen Leinenhemd geworfenen, seidenen Morgenrock, wie er zwischen den Toilettengegenständen auf der Marmoroberfläche seines Frisiertisches suchte.

Alec hob hier einen Kristallflakon, dort eine Schildpattbürste mit Eberborsten auf, bevor er mit den silbernen Putzgegenständen aus dem filigranen Etui herumspielte. Als er versehentlich dessen Inhalt über dem Durcheinander ausleerte, wurde es für Hadrian Jeffries zu viel, der vortrat.

„Sir, ich bin sicher, dass ich finden kann, wonach Ihr sucht.“

„Mr. Halsey hat die Liste für die Reise hier fallen lassen ... Egal. Ohne meine Augengläser kann ich sie ohnehin nicht lesen ... ich dachte, ich hätte eine kleine Schachtel und eine Brille hiergelassen ...“

„Nicht nötig, die Liste zu suchen, Sir. Ich kann Euch genau sagen, was darauf steht. Und Eure Brille und der Ring sind in der obersten, mittleren Schublade“, stellte Hadrian Jeffries fest und fragte sich, warum Alec die Liste für die Reise wollte, warum er plötzlich vergessen hatte, wo seine Brillen aufbewahrt wurden und warum er die Schachtel mit den Ringen erwähnte. Es juckte ihn in den Fingern, sich vorzubeugen und die verstreuten, kleinen Silberteile aus dem Etui aufzusammeln. Stattdessen ordnete er die Bürste und den Kristallflakon wieder dort an, wo er sie zuerst hingelegt hatte. „Ich werde hier sofort aufräumen, Sir. Wenn Ihr mich nur rasch ...“

„Lass das“, befahl Alec ruhig. Er legte eine Hand auf den Chippendale-Frisierstuhl neben seinem Frisiertisch. „Setz dich.“

Hadrian Jeffries trat sofort von dem Frisiertisch zurück und tat, wie ihm befohlen wurde, das gespaltene Kinn erhoben und die zu Fäusten geballten Hände auf den Knien. Er schaute zu, wie Alec sich auf den Frisierstuhl gegenüber setzte und seine Hände in den Taschen des seidenen Morgenrocks vergrub.

„Zunächst erlaube mir, mich zu entschuldigen, dass wir diese Unterhaltung nicht schon früher geführt haben“, sagte Alec und war sich des misstrauischen Ausdrucks in den Augen des Kammerdieners bewusst, als ob dieser eine Strafpredigt befürchtete. „Ich hatte gehofft, dich schon in Bath beruhigen zu können, und dann änderten sich die Umstände. Und in den kommenden Wochen wird für keinen von uns beiden viel Zeit sein, um an etwas anderes als ans Überleben zu denken. Es ist dir klar, dass dort von vielen Seiten Gefahren drohen? Und ich meine nicht nur von Soldaten. Reisen auf den Kontinent bringen immer eine Vielzahl von Schwierigkeiten mit sich. Alles, angefangen beim Umgang mit korrupten Zollbeamten, die ihren Anteil wollen bis zu ungenießbaren Speisen und dann die entsetzlichen Straßen. Obwohl dort, wohin wir unterwegs sind, zum Glück meist auf Kanälen über Land gereist wird ...“

Als Alec innehielt, erkannte Hadrian Jeffries, dass dies eine Gelegenheit für ihn war, eine Antwort zu geben.

„Ja, Sir. Das weiß ich. Ich habe etwas Erfahrung mit dem Reisen im Ausland, vor allem mit Fahrten auf den Kanälen. Ich habe zwei Jahre in Utrecht verbracht.“

„So?“ Alec war echt überrascht. Diese Offenbarung hatte er nicht erwartet. „Also sprichst du auch die Sprache?“

„Niederländisch? Ja, Sir. Ein wenig. Genug, um mich verständlich zu machen, und ein bisschen mehr.“

„Gut. Ausgezeichnet. Das wird sehr nützlich sein. Niederländisch ist die Sprache, die die Einwohner von Emden, Midanichs geschäftigstem Hafen und unserem ersten Ziel, sprechen.“

Alec machte wieder eine Pause, aber als der Kammerdiener nichts weiter über seine Zeit in Holland sagte, fuhr er fort und sagte entschuldigend: „Da Tam anderweitig mit seinen Studien beschäftigt war, hast du in bewundernswerter Weise seine Pflichten übernommen. Aber du warst schon hier in meinem Haus beschäftigt, bevor Tam mein Kammerdiener wurde, als John noch diese Stellung innehatte ...?“

„Ja, Sir.“

„Wantage sagte mir, dass John dich um die Zeit, als er uns so plötzlich verließ, unter seine Fittiche genommen hätte und dass er dich dazu ausbildete, der Gentleman eines Gentlemans zu werden?“

„Ja, Sir, aber verzeiht mir, wenn ich Euch sagen muss, dass Mr. Wantage das nicht ganz richtig verstanden hat“, sagte Jeffries und fuhr fort, als Alec seine Brauen hob. „Ich war der Gentleman eines Gentlemans, bevor ich hierherkam, um als zweiter Diener anzufangen.“

„Ich vermute, Wantage ist dies unbekannt, aber John wusste es?“

„Ja, Sir. John brachte mich hier in Euren Dienst, als zweiten Diener. Wir wurden einander im *Stock and Buckle* vorgestellt ...“

„Dem Kaffeehaus an der King Street, wo die obere Dienerschaft verkehrt?“

„Das ist richtig, Sir. Nachdem ich John erst mein Empfehlungsschreiben an Mr. Halsey gezeigt hatte, verbürgte er sich bei Mr. Wantage für mich.“

Als er das hörte, nahm Alec die Hände aus den Taschen und setzte sich verwirrt auf. „Ein Empfehlungsschreiben an meinen Onkel? Hat er es gesehen?“

„Nein, Sir. Ich hatte den Eindruck, dass das nicht nötig wäre, nachdem ich die Arbeit - die Stellung als zweiter Diener bekommen hatte.“

„Du hast diesen Brief noch?“

„Ja, Sir.“

„Von wo stammst du, Hadrian? Was für familiäre Beziehungen hast du?“

Bei diesen Fragen schwankte Hadrian Jeffries. Er hatte erwartet, dass Alec ihn fragen würde, wer das Empfehlungsschreiben verfasst hätte. Zumindest, wo er angestellt gewesen wäre und bei wem als Kammerdiener. Daher war er auf eine so persönliche Frage nicht vorbereitet. Nicht einmal Mr. Wantage hatte nach seiner Familie gefragt. Und wäre er es zufrieden gewesen, zweiter Diener zu sein, wäre ihm diese Frage nie gestellt worden. Aber als John aus Alecs Diensten ausschied, hatte er die Gelegenheit ergriffen, seine Stellung zu übernehmen und sich vorgedrängt. Mr. Wantage war sehr dafür gewesen, insbesondere, da John sagte, er sollte die Stellung bekommen, selbst wenn es nur vorübergehend wäre, um ihm und natürlich dem Herrn zu zeigen, was er konnte. Und dann entschwand seine Chance nur wegen dieses Emporkömmlings Thomas Fisher, der, was für jeden im Dienstbotentrakt offensichtlich war, nie zur oberen Dienerschaft gehört hatte, geschweige denn, Kammerdiener eines Edelmannes gewesen war. Und nun, nachdem er die Stellung noch kein Jahr innegehabt hatte, war

Tam Fisher nicht länger Kammerdiener und er, Hadrian Jeffries, hatte die Stelle ... Nun ja, beinahe.

Natürlich hätte er eine solche Frage von Lord Halsey erwarten müssen; der Edelmann war alles andere als konventionell. Er wusste auch, dass er nicht ausweichen oder lügen durfte; der Mann hatte einen zu hellen Kopf, um mit einer nichtssagenden Antwort abgespeist zu werden. Also sagte Hadrian die Wahrheit.

„Aus Edinburgh, Sir. Meine Familie ist noch dort. Alle. Ich bin der Einzige, der nach Süden gegangen ist."

Alec verbarg seine Überraschung und sagte gleichmütig: „Du hast deinen schottischen Akzent verloren. Absichtlich?"

„Ja, Sir. Ich habe hart daran gearbeitet. Aber nicht aus dem Grund, den Ihr vermutet."

„Ich weiß nicht, was ich vermuten soll, Hadrian. Deine Gründe gehen nur dich etwas an, aber ich bin daran interessiert zu erfahren, warum. Aber nur, wenn du es mir erzählen magst."

Hadrian Jeffries nickte, von Alecs gemäßigtem Tonfall besänftigt.

„Verzeihung, Sir. Ich wollte nur, dass Ihr versteht, dass es nicht war, um irgendwie zu täuschen. Mein Vater glaubte, dass ein Mann sich nur durch harte Arbeit und gute Sprache weiterbringen könnte - so gute Sprache wie Leute südlich der Grenze, denen es besser geht als uns. Daher erhielten wir Unterricht in Sprechtechnik, damit wir uns nicht wie Schotten anhören sollten." Einen Moment gestattete Hadrian Jeffries sich ein Lächeln. „Mein älterer Bruder Trajan weigerte sich, seinen schottischen Akzent zu verlieren. Es war ihm egal, dass er jedes Mal geschlagen wurde, wenn er den Mund aufmachte. Trajan ist ein Schotte durch und durch, und das sollte ihm keine Spracherziehung austreiben!"

„Es ist nichts Falsches daran, auf sein Erbe stolz zu sein, Hadrian - oder auf seinen Namen. Ich nehme an, dass Jeffries ein Nachname ist, den du dir selbst ausgesucht hast?"

„Ja, Sir", antwortete der Kammerdiener steif. Eilig fügte er hinzu: „Aber Hadrian *ist* mein Taufname."

Alec lächelte. „Mit einem Bruder namens Trajan weckte das in mir keinen Zweifel. Hast du zufällig auch noch Brüder namens Nerva, Antony und Marcus?"

„Nerva, Sir? Nein, Sir. Es gibt nur Trajan und mich."

„Aha. Wie schade, dass dein Vater nicht fünf Söhne hatte, um sie nach den fünf guten Kaisern zu nennen. Egal. Schwestern?"

Hadrian Jeffries hatte keine Ahnung, wer oder was die fünf guten Kaiser waren, aber die letztere Frage konnte er beantworten. „Ja, Sir. Eine Schwester - Marcia."

„Natürlich. Marcia war die Mutter von Trajan und Frau von Trajanius Pater. Dein Vater hat eine Schwäche für die Geschichte der spätrömischen Kaiser.“

Das war eine Feststellung, aber der Kammerdiener antwortete Alec dennoch.

„Ja, Sir. So ist es. Er war ein Lateingelehrter. Er ging mit einem Stipendium zur Universität.“

Als Hadrian Jeffries nichts Weiteres über seine Familie oder seinen Namen erwähnte, ließ Alec das ruhen und ging weiter, indem er ruhig fragte: „Muss ich dann annehmen, dass du nicht aus einer Familie stammst, die im Dienst steht?“

„Wenn Ihr mit Dienst meint, Diener eines größen Hauses zu sein, dann nein, Sir. Mein Vater steht in einer anderen Art von Dienst. Er ist der oberste Schreiber des Ersten Anwalts der Kammer. Die Kammern werden hier in London Kanzleien genannt, daher ist er der Leiter der Kanzleien in Edinburgh, wenn das verständlich ist?“, erklärte er auf Alecs Stirnrunzeln hin. „Ich bin das einzige Mitglied der Familie, das in den Dienst eines Haushalts getreten ist.“

Alec seufzte innerlich. Wie war er innerhalb von neun Monaten an zwei Kammdiener geraten, die beide nicht das waren, als das sie zuerst erschienen. Sie mochten, was das Temperament anging, Welten voneinander entfernt sein, und doch waren ihre Umstände ähnlich insoweit, als keiner in den Dienst hineingeboren oder für die spezielle Stellung, die sie ausfüllen, ausgebildet worden war. Obwohl er zugeben musste, dass Jeffries ein ausgezeichneter Gentleman eines Gentlemans war. Er stellte ihm die gleiche Frage, die er auch Tam gestellt hatte.

„Bist du geflohen, Hadrian? Hast du Schwierigkeiten mit dem Gesetz?“

„Ich, Sir?“ Der Kammdiener war gekränkt, aber er vermied es trotzdem, die Frage zu beantworten. „Bitte um Verzeihung, aber warum solltet Ihr das denken?“

„Du benutzt den Familiennamen nicht, den du seit Geburt hattest. Du hast deinen Akzent abgelegt. Und du hast mir gerade erzählt, dass du aus gutem Haus bist, mit einem Vater, der eine angesehene Position in der schottischen Justiz innehat. Also ist es leicht, davon auszugehen, dass du nach London kamst, um dich zu verstecken?“

„Nicht, um mich zu verstecken. Ich kam in Ungnade nach London“, stellte der Kammerdiener schlicht fest. „Mein Vater und mein Bruder wissen, wo ich bin. Trajan schreibt bisweilen. Vater nicht. Meiner Schwester wurde der Kontakt zu mir verboten, obwohl sie hin und wieder einen Brief schickt. Ihr Ehemann ist ein angesehener Anwalt und kann es sich nicht leisten, jemand wie mich als Schwager zu haben. Vor allem, weil ich Kammerdiener bin, weniger wegen dem, was ich getan habe.“

„Was du getan hast?“

Hadrian Jeffries schluckte. Er war beim Sprechen in seine eigene Falle gelaufen und der Art nach, wie seine Lordschaft ihn musterte, war der einzige Ausweg, die Wahrheit zu sagen.

„In diesen beiden Jahren, die ich in Utrecht verbrachte, war ich Kammerdiener des Sohnes eines zum Baronet erhobenen Anwalts. Er interessierte sich nicht besonders für sein Studium und verbrachte seine Zeit mit angenehmeren Beschäftigungen, wenn Ihr versteht, was ich meine ...“

„Ja.“

„Um die Geschichte abzukürzen: Er betrog bei einer Prüfung. Er erhielt eine zweite Chance. Bei dieser zweiten Chance schickte er mich, um die Prüfung für ihn zu absolvieren. Ich bestand an seiner Stelle mit Auszeichnung, und das zog die Aufmerksamkeit der Prüfer auf ihn. Er war nicht imstande, eine Prüfung zu bestehen, viel weniger, die beste Note des Jahres zu bekommen! Daher wurde der zweite Betrug aufgedeckt und er wurde in Ungnade von der Universität geworfen. Für meine Mühen wurde ich aus seinem Dienst entlassen. Deshalb kam ich nach London.“

„Du hast nicht daran gedacht, selbst Jus zu studieren?“, fragte Alec. „Du hast offensichtlich eine Begabung dafür.“

Der Kammerdiener brauchte einen Moment, um zu antworten, und als er tief Luft holte und dann langsam in seine Faust ausatmete, hatte Alec den Eindruck, dass Hadrian Jeffries sich entschlossen hatte, ihm zu vertrauen. Daher blieb er angemessen ernst und bereitete sich darauf vor, von nichts überrascht zu werden, das der jüngere Mann ihm erzählen würde.

„Was ich habe, Mylord, ist ein bildhaftes Gedächtnis“, gestand Hadrian Jeffries trocken. „Wenn ich etwas lese, das ich mir merken muss oder woran ich mich erinnern möchte, kann ich das. Wortwörtlich. Wenn es etwas ist, woran ich mich erinnern möchte, kann ich das, als ob das Bild vor meinem inneren Auge stünde, und kann alle Details einer Szene wieder hervorrufen, als ob ich wieder im gleichen Raum oder der gleichen Umgebung wäre. Marcia sagt, es sei eine Gabe Gottes. Mein Vater denkt, ich wäre ein Monster. Auf diese Weise bekam ich die Auszeichnung für diese Prüfungsarbeit. Aber ich könnte ebenso wenig hergehen und eine juristische Argumentation abliefern wie eine Fliege! Und ich wollte auch nie Anwalt werden. Ihr glaubt mir das mit meinem bildhaften Gedächtnis, nicht wahr?“

„Ja. Ich vermutete etwas in der Art, als du nie die Liste für die Reise mitnahmst, wenn du Besorgungen bei den verschiedenen Händlern machtest. Du hattest sie auch nicht dabei, als du gingst, um meine zusammenklappbaren Reiseutensilien auf dem Dachboden aufzuspüren. Sie lag die ganze Zeit auf meinem Frisiertisch. Das heißt, bis du sie wegnahmst. Vielleicht, nachdem mein Onkel sie zur Hand genommen hatte, um sie zu überfliegen?" Alec lächelte dünn. „Du hattest die Existenz der Liste nicht vergessen, aber nachdem du die Aufstellung erst einmal in deinem Gedächtnis aufgenommen hattest, brauchtest du sie nicht mehr, nicht wahr?"

„Ja, Sir. Ich sah keinen Grund, sie mit mir herumzutragen, nachdem ich sie hier oben gespeichert hatte", sagte er mit einem leichten Klopfen an seine Schläfe.

„Du wirst mir verzeihen, wenn ich dir sage, dass ich Wantage bat, das Inventar noch einmal zu überprüfen, als es auf die Wagen geladen wurde."

„Es war alles da, nicht wahr?", fragte der Kammerdiener leicht gekränkt. „Die beiden Faltstühle, das zusammenklappbare Reisebett, das *nécessaire de voyage*, Reisekessel, vier Bund Bienenwachskerzen, die drei *billets doux*, zehn Sack Kohle, vier Fußwärmer aus Messing ..."

Alec hob eine Hand. „Ja. Ja. Alle fünfundachtzig Teile ..."

„Zweiundsechzig. Auf der Liste für die Reise befanden sich zweiundsechzig Artikel. Ich hoffe, Mr. Wantage hat sich nicht verzählt ..."

„Nein. Ich bin sicher, dass das gesamte Inventar jetzt auf dem Weg nach Harwich ist, einschließlich der Fußwärmer und der Kohlesäcke." Alec lächelte. „Und ich stimme deiner Schwester zu. Dein außerordentliches Gedächtnis ist eine Gabe, und eine, die nützlich sein könnte - aber darüber sprechen wir später", fügte er hinzu und ließ den Gedanken, wie er eine solche Fähigkeit während des Aufenthalts in Midanich am besten nutzen könnte, beiseite. „Worüber ich mit dir sprechen muss, ist deine derzeitige Stellung als mein Kammerdiener. Ist diese von dir gewählte Anstellung etwas, das du tun möchtest, oder etwas, das du als vorübergehend ansiehst, bis du einen passenderen Beruf findest?"

„Ich habe nicht vor, wegzulaufen, um ein - ein Apotheker oder ein - ein Arzt oder so etwas zu werden, wenn es das ist, was Euch Sorge macht, Sir", sagte Hadrian Jeffries mit ungewohnter Schroffheit. „Ich bin kein Tam Fisher!"

„Nein, das bist du nicht. Thomas Fisher ist Apotheker, kein Kammerdiener", antwortete Alec ruhig und ignorierte den verächtlichen Spott des jüngeren Mannes. „Ich werde es dir jetzt sagen, damit du dich damit abfinden oder dich dazu entschließen kannst, etwas anderes zu tun, als in diesem Haus zu bleiben. Wenn Tam aus Somerset zurückkommt, wird er nicht länger mein Kammerdiener, sondern mein

Mündel sein. Er wird kein Teil des Hauspersonals sein, sondern ein Mitglied der Familie. Siehst du darin ein Problem, Mr. Jeffries?"

Hadrian Jeffries zögerte nicht. „Nein, Mylord. Kein Problem."

„Gut. Dann sage mir: welche Pläne hast du für deine Zukunft?"

„Pläne? Zukunft?"

Der Kammerdiener blinzelte und zögerte. Nicht, weil er keine Antwort hatte, sondern weil noch nie jemand ihn gefragt hatte, nicht einmal sein Vater, der angenommen hatte, dass er tun würde, was sein älterer Bruder ebenso wie sein Großvater und einer seiner Großonkel zuvor getan hatten. Solange er sich erinnern konnte, hatte Hadrian Jeffries immer nur ein unkompliziertes Leben, umringt von Reichtum, Privilegien und schönen Dingen erhofft. Aber für jemanden seiner bescheidenen Herkunft war ein solches Leben nur ein Traum. Dennoch erlaubte er sich, weiter zu träumen, bis sich eine Lösung anbieten würde. Es gab nur eine Berufung für ihn - Kammdiener eines sehr wohlhabenden Mannes, vorzugsweise eines Adligen, zu sein. Und als er sich einmal dazu entschlossen hatte, ging er daran, diesen Traum zu verwirklichen. Er war nie träge und verbrachte Jahre damit, sich auf der Leiter der Dienstboten nach oben zu arbeiten. Daher war er zu Recht stolz und konnte erwarten, nichts weniger als die Stellung zu bekleiden, die er jetzt innehatte: Kammerdiener eines Lords des Königreichs.

Als Alec seine Frage wiederholte und mit einem ironischen Lächeln hinzusetzte: „Es interessiert mich wirklich, Mr. Jeffries." Hadrian Jeffries glaubte ihm und erklärte ihm eifrig seine Philosophie.

„Meine Pläne waren immer sehr einseitig, Sir: Dienen. Mich dabei auszuzeichnen, der Gentleman eines Gentlemans zu sein. Das ist die einfache Antwort. Ich mag diese Art zu leben. Und ich mag die Regelmäßigkeit. Wenn ich so kühn sein darf, zu sagen, dass ich mich dadurch auszeichne, die Wünsche und Bedürfnisse meines Herrn vorauszusehen und darauf zu achten, dass die anderen Diener das Gleiche tun. Ich mag Ordnung. Der Grundsatz - jedes Ding hat einen Platz und es gibt einen Platz für alles - ist sehr wahr. Und ich genieße das, was andere banal finden. Ich mag das Sortieren, das Aufräumen und die Pflege gutgeschnittener, schöner Kleidung. Ich genieße es, Schuhe und Schnallen zu polieren, und nichts verschafft mir größere Befriedigung als zu wissen, dass mein Herr wohl versorgt ist und er unter seinesgleichen als wohlgekleidet gilt." Der Kammdiener nickte Alec kurz zu und lächelte. „Ich bin besonders gerne *Euer* Kammerdiener, Mylord."

„Gut. Ich bin ebenso erfreut, dich als Kammerdiener zu haben, Jeffries", erwiderte Alec mit einem Lächeln und erhob sich; der

Kammerdiener tat es ihm nach. „Und daher ist die Stellung so lange dein, wie du sie haben möchtest ...“

„Vielen Dank, Mylord! Vielen Dank. Ihr sollt Eure Entscheidung nicht bereuen!“

„Aber du könntest deine bereuen“, sagte Alec mit einem Lachen. „Hier am St. James' Platz mag es Routine geben, aber wenn ich reise, ist es alles andere als gewöhnlich. Obwohl ...“, fügte er mit einem Seufzer des Bedauerns hinzu. „Auf dieser Reise wirst du dich nicht um meine Windhunde zu kümmern haben. Mazarin und Cromwell werden hier bei Mr. Fisher bleiben.“

„Ihr könnt sicher sein, dass ich darüber wachen werde, dass eine bestimmte Ordnung aufrechterhalten wird, Sir; umso mehr an fremden Ufern. Ihr braucht Euch um die Haushaltsarrangements keine Sorgen zu machen. Und meine Fähigkeiten in einer Reihe fremder Sprachen sind ausreichend, um eine rudimentäre Unterhaltung zu führen. Zumindest, um mich verständlich zu machen.“

„Ja. Kannst du das. Das ist eine sehr nützliche Fähigkeit. Aber“, fügte Alec einer plötzlichen Eingebung folgend hinzu, „lass uns deine Sprachkenntnisse einstweilen für uns behalten. Es könnte unser Vorteil sein, wenn angenommen wird, dass du nichts außer der englischen Sprache verstehst. Und es wird das Beste sein, auch dein außergewöhnliches Gedächtnis nicht zu erwähnen. Das behalten wir auch für uns. Weiß Wantage davon?“

„Nein, Mylord. Ich habe meine - *Fähigkeit* niemandem außer Euch gegenüber erwähnt. Das geht niemanden etwas an außer mich selbst - und jetzt Euch.“

„Danke, dass du mich ins Vertrauen gezogen hast. Ich sollte dich warnen - obwohl ich sicher bin, dass du dies schon aus meinen Gesprächen mit Mr. Halsey entnommen hast - dass wir an einen gefährlichen Ort reisen. Da Midanich sich im Krieg befindet, sind wir durch beide Seiten des Konflikts besonders gefährdet. Wir werden äußerst achtsam sein müssen.“

„Ja, Sir. Ich verstehe. Ich bin nicht leicht abzuschrecken.“

Alec lächelte. „Ich bin sehr froh, dass wir dieses Gespräch geführt haben, Hadrian.“

„Ebenso wie ich, Mylord“, antwortete Hadrian Jeffries mit einer netten, kleinen Verbeugung. Er schaute zu der Uhr auf dem Kaminsims. „Sollten wir uns nicht zum Diner bereitmachen, Mylord? Die Stunde ist schon vorbei ...“

Alec lächelte innerlich über die Verwendung der ersten Person Plural, sagte aber milde, während er die kleine Ringschachtel aus der mittleren Schublade hervorzog: „Ja, das sollten wir. Wir dürfen Mr.

Halsey nicht warten lassen. Aber bevor ich das tue, sage mir: Du hast in diese Schachtel hineingesehen, nicht wahr?"

Der Kammdiener errötete. „Ja, Sir. Das habe ich."

„Danke für deine Aufrichtigkeit. Obwohl ich nie etwas anderes als die Wahrheit erwarte - immer."

„Ich habe das nur getan, weil ich diese Schachtel nie bei Euren Sachen gesehen habe, Mylord, und mich daher fragte, ob sie Mr. Halsey gehören könnte. Aber ..."

„... er würde ein solch prunkvolles Schmuckstück nie besitzen, noch tragen, nicht wahr?", unterbrach Alec und schnippte den Deckel auf, so dass sein Kammerdiener einen weiteren Blick auf den schweren, goldenen Ring in seinem Samtbett werfen konnte - ein Siegel aus vertieftem Karneol, das auf einem dicken Goldring saß. „Ich möchte, dass du dir dieses Wappen einprägst, Hadrian. Und wenn wir in Midanich sind, musst du jederzeit, wenn dieser Ring nicht an meinem Finger ist, wissen, wo er sich befindet und mit deinem Leben behüten."

Hadrian Jeffries nahm die kleine Schachtel, studierte das Karneolsiegel und ließ einen Finger zart über das in den kostbaren, orangen Stein gravierte Muster gleiten. Dann schloss er den Deckel und reichte Alec die Schachtel mit einem Nicken zurück. „Ja, Sir. Mit meinem Leben. Ihr könnt Euch darauf verlassen."

„Danke. Und danke, dass du mir keine Fragen darüber gestellt hast", sagte Alec, ließ die Schachtel auf dem Frisiertisch und befreite sich von seinem Morgenrock. Er hob seine Halsbinde von der Rückenlehne seines Stuhls und stellte sich vor den hohen Spiegel, um sie zu binden. „Es ist eine lange und komplizierte Geschichte, die man nicht wiederholen kann. Aber die Bedeutung dieses Rings wird sofort klar werden, wenn wir erst unseren Fuß in das Fürstentum setzen ... Oh, und bevor ich es vergesse", fügte er nach einem Augenblick, in dem er sein Spiegelbild betrachtet hatte, hinzu; Hadrian Jeffries vermutete, dass die Gedanken seines Herrn meilenweit entfernt waren. „Würdest du so freundlich sein, Mr. Halsey dieses Empfehlungsschreiben zu geben? Ich bin sicher, er würde gerne die Gelegenheit haben, eine Antwort an ... an ...?"

„Mr. Cale, Sir. Mr. Joseph Cale. Der Erste Anwalt, kürzlich pensioniert. Er war so freundlich, mir ein Leumundszeugnis auszustellen, als andere dazu nicht bereit waren. Ich vermute, es war der Einfluss meiner Schwester, Marcia. Sie ist mit Mr. Cales Sohn verheiratet und hat eine sehr gute Beziehung zu den Eltern ihres Mannes. Mr. Cale ist geradezu vernarrt in sie."

Alec hielt beim Binden seiner Halsbinde inne. Joseph Cale. Nun, das war ein Name und ein Mann, von der er in seiner Gegenwart seit fast einem Jahr nicht hatte sprechen hören. Ein übler Skandal verband Cale auf ewig mit der Gräfin Delvin, Alecs Mutter. Cale war den Gerüchten nach nicht nur der Liebhaber seiner Mutter gewesen, sondern Folge ihrer heißen Affäre, als sie erst neu mit dem Earl von Delvin verheiratet gewesen war, war die Geburt eines Kindes gewesen. Alec war dieses Kind, und sein Onkel Plantagenet glaubte, dass Joseph Cale Alecs wirklicher Vater wäre. Alec glaubte das nicht. Er konnte nicht. Er wollte mit Mr. Cale nichts zu tun haben.

Er machte keine Bemerkung, aber für Hadrian Jeffries war aus der groben Art, wie Alec mit seiner Halsbinde umging, offensichtlich, dass er zornig war.

„Soll ich Euren Rock holen, Sir? Ich hatte den mitternachtsblauen ausgesucht ...“

„Welchen auch immer! Es spielt keine Rolle!“, fauchte Alec, bereute es aber sofort. „Verzeihung. Ja, natürlich würde der mitternachtsblaue Rock passen. Jeffries. Einen Augenblick! Da ist noch ein Umstand, den ich zu erwähnen vergaß.“ Als der Kammerdiener sich an der Tür umdrehte und, den Morgenrock jetzt zusammengefaltet über einem Arm haltend, wartete, fühlte Alec sich peinlich töricht. Es lag daran, dass der Gedanke an die Affäre seiner Mutter und ihre Folgen ihn sofort unerklärlich an Selina denken ließ, und an die Folgen dieser Affäre - dass sie vor kurzem bei einer Fehlgeburt ihr Kind verloren hatte. Er könnte einen solchen herzzerreißenden Vorfall nicht noch einmal durchleben, nicht unverheiratet. Er musste an Selinas Seite sein, als ihr Ehemann, nicht als ihr Liebhaber. Nur als Mann und Frau konnten sie sich gegenseitig in ihrem Kummer offen unterstützen, als Eltern, und guten Gewissens. Es gab nur eine Lösung - nun gut, es gab zwei, aber er wollte nicht ohne Selina leben und er könnte nie als Mönch leben. Also musste es Heirat sein, und je früher, desto besser.

Alec wandte sich von seinem Spiegelbild ab und sein finsterer Blick verschwand.

„Wenn ich aus Midanich zurückkomme, werde ich heiraten. Das wird eine Reihe besonderer Vorkehrungen mit sich bringen, nicht nur für dich als meinen Kammerdiener, sondern für den gesamten Haushalt. Ich dachte, du solltest der erste sein, der es erfährt. Bitte behalte es für dich, bis ich die Gelegenheit hatte, mit Mr. Wantage zu sprechen.“

„Ja, Sir. Selbstverständlich.“ Hadrian Jeffries machte eine elegante Verbeugung vor Alec. „Darf ich der erste sein, der Euch Glück wünscht, Mylord.“

„Ja, Hadrian. Vielen Dank.“

Als Alec zusah, wie sein Kammerdiener sich umdrehte und in der Garderobe verschwand, waren seine Gedanken von Selina erfüllt - wo sie war, was sie vorhatte und wann er sie zum nächsten Mal sehen könnte. Er konnte nicht ahnen, dass in genau diesem Augenblick Selina Jamison-Lewis nur eine Straße weit entfernt am St. James' Square war und nicht nur an ihn dachte, sondern auch mit ihrer Tante, der Herzogin von Romney-St. Neots, über ihn sprach.

SIEBEN

„DAMIT WIRD ER NIE EINVERSTANDEN SEIN." SELINA WAR felsenfest davon überzeugt.

„Das muss er nicht, wenn er nichts davon erfährt, nicht wahr?", entgegnete die Herzogin von Romney-St. Neots laut.

Sie stand dicht auf der anderen Seite des Tapisserie-Wandschirms und hoffte, dass sie über den Anstrengungen der *corsetière* und ihrer Helferin, die ihrer Nichte mit dem Anpassen eines Patentmieders ohne Fischbein, das sich mit Haken und Ösen über den Brüsten schließen ließ, behilflich waren, gehört werden konnte.

„Er wird seinen Kopf auf dem Weg nach Harwich nicht in unsere Kutsche stecken, und wenn wir erst unterwegs sind, gibt es nicht viel, was er dagegen tun kann. Wenn ich möchte, dass meine Nichte mich begleitet, dann ist das so."

Es gab eine lange Stille, die von Murmeln und dem Rascheln von Stoff unterbrochen wurde, dann ein Aufjaulen, als die Helferin der *corsetière* versehentlich Selinas Arm mit ihrer Stecknadel piekte. Selina konnte kein weiteres Gefummel ertragen und scheuchte daher die Frauen beiseite, um zum Luftholen hinter dem Wandschirm hervorzutreten.

„Lass mich dich ansehen", bemerkte die Herzogin und drehte Selina hin und her, um das halbfertige Stück Unterkleidung kritisch zu mustern, während die *corsetière* erklärte, was erledigt war und was noch getan werden musste, um die ungewöhnlichen Anforderungen der Herzogin zu erfüllen.

Madame *Corsetière* begann in ihrem stockenden Englisch zu sprechen, aber als die Herzogin ihr auf Französisch eine Frage über das Steppen des Stoffes stellte, fuhr Madame in ihrer Muttersprache fort. Sie erklärte, dass die beiden vorderen Hälften des Mieders über Selinas Brüsten mit metallenen Haken und Ösen geschlossen würden. Eine weitere Lage Steppstoff war zwischen das Leinenfutter und den Chinchillapelz platziert worden, und dort waren, wie von der Herzogin bestellt, kleine Taschen versteckt eingenäht, so dass nur Selina sich ihrer Existenz bewusst sein würde. Madame hatte nicht so schlechte Manieren, dass sie gefragt hätte, was diese verborgenen Fächer enthalten sollten, betonte aber, dass die Bequemlichkeit dieses Stücks Unterkleidung vom Gewicht des Inhalts der Täschchen abhängen würde.

Die Herzogin war von Madames Werk entzückt, wischte aber ihre Schwierigkeiten, das Kleidungsstück innerhalb von zwei Tagen fertigzustellen, beiseite, indem sie Madams Lohn verdoppelte. Nachdem Selina das Kleidungsstück abgenommen worden war, gingen die *corsetière* und ihre Assistentin, atemlos wegen der Summe, die man ihnen zahlen würde und wegen der bevorstehenden Arbeit.

„Ich frage mich, ob sie wissen, dass du diese kleinen Täschchen mit Schmuck vollstopfen willst?", fragte Selina und warf mit Hilfe von Peeble, der Zofe ihrer Tante, einen seidenen Morgenrock über ihr Hemd und die Unterröcke.

„Das ist unwichtig. Wichtig ist, dass du mit meiner Bitte völlig einverstanden bist", sagte die Herzogin mit einem Rucken ihres gepuderten Kopfes zur Tür des Wohnzimmers - ein Zeichen für Peeble, sie allein zu lassen. „Ich habe keine Ahnung, wie lange du dieses Mieder zu tragen haben wirst, aber ich schätze, mindestens drei Wochen. Das ist eine lange Zeit, um mit solcher Verantwortung belastet zu sein. Du wirst es nicht ausziehen dürfen, außer, um zu baden, und darfst es selbst dann nicht aus den Augen lassen."

„Ich würde es für zehn Monate tragen, wenn das hülfe, Cosmo und Emily zu befreien. Obwohl ich nicht weiß, warum du das vor Alec geheim halten willst. Schmuck auf diese Weise zu verbergen ist eine geniale Idee."

„Danke, meine Liebe. Ich habe gelegentlich einen besonders hellen Moment", antwortete die Herzogin mit einem raschen Lächeln und wurde dann ernst. „Ich möchte nicht, dass er das weiß, aus denselben Gründen, aus denen ich nicht möchte, dass er erfährt, dass du mit mir reist, bevor wir nicht in Harwich sind. Für ihn bist du das Kostbarste auf der Welt. Also glaubst du, es wäre wahrscheinlich, dass er einverstanden sein würde, dich das Lösegeld eines Königs in deinem Mieder herumtragen zu lassen, ständig, noch dazu in einem im Krieg liegenden fremden Land? Niemals! Unter allen anderen Umständen als diesen würde auch ich das nicht. Es liegt mir schwer auf dem Gewissen, dich auf diese Weise zu benutzen, aber wenn es eine Alternative gäbe, mit der Emilys Freilassung erreicht werden könnte, würde ich sie liebend gerne wählen. Das verstehst du doch, nicht wahr, mein Kind?"

„Natürlich, Tante", versicherte Selina ihr mit einem Lächeln. „Ich erwarte, dass Alec sehr ungehalten sein wird, wenn er erfährt, dass ich dich und Mr. Halsey nach Holland begleite. Aber er wird kein Wort der Widerrede wagen, denn er wird einsehen, dass es das Richtige ist. Du kannst nicht allein reisen, auch nicht mit Mr. Halsey zur Unterstützung. Nur wie werden wir, nachdem wir die holländischen Gewässer erreichen, Alec dazu bringen, dass er zustimmt, mich mitzunehmen und nicht bei dir zurückzulassen?"

„Er wird keine Wahl haben. Dein Name ist im Beglaubigungsschreiben eingetragen. Daher bist du offiziell Mitglied der englischen Gesandtschaft."

Selina konnte ihr Erstaunen nicht verbergen. „Wie hast du Cobham dazu bekommen, dem zuzustimmen?"

Die Augen der Herzogin leuchteten auf und ihr Lächeln wurde verschwörerisch.

„Habe ich doch nicht", gurrte sie. „Ich habe den Obersten Schreiber der Abteilung für die nordeuropäischen Länder, einen Mr. Larpent, eingeladen, mich zu besuchen. Ich habe ihm ein Märchen erzählt. Ich sagte, diese dumme alte Frau hätte ihren Kaffee über dem Originaldokument ausgeschüttet und ich würde ihm auf ewig dankbar sein, wenn er ein gesondertes Beglaubigungsschreiben aufsetzen könnte. Und bitte Cobham nichts von diesem Missgeschick erzählte. Dass wir es für uns behalten würden, ohne dass Cobham etwas davon erführe, sonst würde er sehr böse mit mir sein! Natürlich konnte ein solcher Kriecher wie Larpent Feder und Tinte nicht schnell genug hervorholen, um mir gefällig zu sein. Dann habe ich ein Mitglied des Geheimen Rates seine Unterschrift auf das Dokument setzen lassen. Den Earl von Salt Hendon, genauer gesagt. Seine Großmutter und ich waren Cousinen ersten Grades. Wie? Du kannst doch sicherlich von meinen Methoden nicht schockiert sein", gab sie zurück, als Selina nach Luft schnappte und dann hinter ihrem Fächer kicherte. Sie zuckte mit den Achseln und schmollte. „Es gibt nichts, was unter meine Würde wäre, wenn es darum geht, für Emilys Freiheit zu sorgen. Und in einem Punkt stimmen Cobham und ich zumindest überein. Nämlich, dass der Markgraf wohlwollend gestimmt sein könnte, einer Verwandten den Zugang zu Emily zu erlauben. Natürlich hat dein Bruder keine Ahnung, dass ich dich als diese Verwandte aussuchen würde, sonst hätte er ganz sicher abgelehnt. Deine Sicherheit ..."

„Oh, es ist nicht meine Sicherheit, die für ihn eine Rolle spielt", unterbrach Selina leichtfertig. „Obwohl, das ist nicht ganz richtig. Was ich hätte sagen sollen, ist, dass ihm mehr am Namen Vesey liegt als an meiner persönlichen Sicherheit oder meinem Glück. Aber ich habe keine Angst", versicherte sie der Herzogin, nahm die Hand, die ihr hingehalten wurde und setzte sich neben ihre Tante auf die Chaiselongue. „Wenn ich erst wieder mit Emily vereint bin, bin ich fest entschlossen, uns durch nichts wieder trennen zu lassen. Sie müssten mich von ihrer Seite reißen!"

Der Herzogin kamen bei solcher eindringlichen Aufrichtigkeit die Tränen und sie strich sanft eine lose Locke aus Selinas geröteter Wange. Ihre Nichte hatte ganz das Aussehen einer zerbrechlichen, ätherischen Schönheit mit ihren zarten Wangenknochen, der weißen Haut und dem aprikosenroten Haar. Aber sie wusste, dass sie unter diesem elfenhaften Äußeren eine natürliche Widerstandskraft zum Überleben besaß, entstanden in einer arrangierten Heirat mit einer gewalttätigen Bestie. Sie wusste auch, dass Selina im tiefsten Inneren eine schamlose Romantikerin war, die denen, die sie liebte, zutiefst treu ergeben war.

„Danke, meine Liebste. Ich fühle mich besser im Wissen, dass du zu ihr gehen wirst", sagte die Herzogin. „Und für mich spielt deine Sicherheit eine große Rolle, daher ist es unabdingbar, dass du niemandem etwas über den Schmuck erzählst. Der Brief des britischen Konsuls verlangt Lösegeld, sagt aber nicht, in welcher Form, und mein Schmuck soll nur als letzte Reserve dienen. Cobham hat vorgeschlagen, und ich stimme ihm zu, dass man dem Markgrafen eine Geste des guten Willens von einem Monarchen zum anderen anbieten soll. Daher schicke ich mein kostbarstes Eigentum: den mechanischen Spieltisch, den die Gebrüder Roentgen erfunden haben."

„Der, wo die Seiten umgedreht werden, wie bei einem Buch?", fragte Selina und als die Herzogin nickte, erinnerte sie sich: „Ich habe Cosmo geneckt, weil er diesen wundersamen Tisch als Köder benutzte, um Frauen anzulocken. Er hatte den versteckten Riegel entdeckt, der es der Schachtel mit dem Backgammon-Brett ermöglicht, mitten aus dem Tisch zu springen, wie durch Zauberei. Er hat öffentlich jeden herausgefordert, herauszufinden, wo er sich befindet. Und du weißt, wie keine fünfzehn Minuten später und ohne das Geringste von dieser Herausforderung zu wissen, Alec mit Emily hereingeschlendert kam und ihr nicht nur den Mechanismus vorführte, sondern ihr auch zeigte, wo dieser Riegel zu finden war. Der niedergeschlagene Ausdruck auf dem Gesicht des armen Cosmo hat uns vor Lachen fast ersticken lassen!"

„Ja, ich erinnere mich gut daran", sagte die Herzogin mit einem

Seufzer. „Ich habe Alec nie mit einem breiteren Grinsen gesehen, noch Cosmo so verlegen!"

„Verzeiht mir. Ich wollte dich nicht aufregen", entschuldigte sich Selina, als die Herzogin rasch ihre Augen mit der Ecke eines Spitzentaschentuchs trockentupfte. „Den Tisch als Zeichen guten Willens anzubieten ist eine ausgezeichnete Idee. Selbst, wenn Soldaten das Gepäck nach Schmuck und Geld durchwühlen, wären sie kaum an einem Tisch interessiert, ganz gleich wie erfindungsreich, oder wagen, ihn zu stehlen, wenn er für ihren Herrscher bestimmt ist." Sie drehte sich beim Geräusch klappernder Porzellantassen und -teller um und sah, wie Peeble mit einem Tablett durchs Zimmer kam.

„Stelle das Teegeschirr hierher und dann kannst du mein Kleid fürs Diner bereitlegen. Und schicke Evans Nachricht, dass sie auch ein Kleid für Mrs. Jamison-Lewis vorbereiten solle. Es macht dir doch nichts aus, hier bei mir zu bleiben, nicht wahr?", fuhr die Herzogin fort, während sie, nachdem Peeble sich mit einem Knicks verabschiedet hatte, beiden eine Tasse Tee eingoss.

„Aber gar nicht. Es gibt mir in der Tat einen Ort zum Leben, bis wir zu unserem Seemannsabenteuer aufbrechen."

Die Herzogin reichte ihrer Nichte eine Tasse Tee mit Milch. „Also hast du dich endlich entschlossen, das Haus zu verkaufen, das du mit J-L geteilt hast?"

Selina schüttelte den Kopf. „Nicht zu verkaufen. Zu vermieten. Alec möchte, dass ich Hanover Square verkaufe, aber Cleveley riet mir davon ab. Er sagt, ich solle eine Art der Unabhängigkeit behalten. Andererseits riet er mir aber auch, Alec nicht zu heiraten."

„Was?" Die Herzogin war so entsetzt, dass sie fast ihre Teetasse umgeworfen hätte. „So einen Rat kann er nicht gegeben haben!" Als Selina nickte, setzte sie sich gerade auf und sagte: „Wie kann er es wagen! Heuchler. Die Vaterschaft hätte ihn weicher machen sollen, vor allem in seinem Alter oder zumindest hätte die Heirat mit Miranda das. Er hat kein Recht, sich in dein Glück einzumischen."

„Oh, er ist milder geworden. Denk nichts anderes. Er ist völlig vernarrt in sie und in seinen neugeborenen Sohn."

„Und das Baby - sieht es *gut aus*?"

Selina lächelte. „Damit meinst du, ob er mehr wie seine schöne Mama als wie sein Papa aussieht? Du kannst dich beruhigen. Baby Thomas hat viel Ähnlichkeit mit Miranda. Was mich überrascht."

„Dass er wie seine Mutter aussieht?"

„Nein. Dass ich erkenne, dass er das tut. Ich habe noch nie ein Neugeborenes im Arm gehalten ... Sie sind so winzig ... Ich verstehe jetzt, warum Eltern sich augenblicklich in ihre Kinder verlieben ..."

Die Herzogin bemerkte den Hauch von Wehmut und versuchte, ihre Stimme neutral zu halten. „Ich hätte gedacht, die Tatsache, dass Alec jetzt Marquess ist, für Cleveley Grund genug wäre, dir seinen Segen zu geben."

„Ja. Aber er sagt, da Alec jetzt ein Lord sei, müsse er eine Frau heiraten, die ihm einen Sohn schenken kann; einen Erben. Jeder weiß, dass ich nicht fähig war, J-L ein Kind zu schenken und wir waren sechs Jahre lang verheiratet."

Die Herzogin schnaubte vor Verachtung.

„Was für ein absoluter Unsinn! Was soll Cleveley - ein Mann, und einer, der nicht dein Arzt ist - über deine Fruchtbarkeit wissen? Arrogante Anmaßung! Um die Wahrheit zu sagen - und ich kann dies jetzt ohne Angst, dich zu kränken, sagen - war ich erleichtert, dass deine Ehe kinderlos blieb." Sie schauderte. „J-L war ein Ungeheuer. Dass du solche Gewalt ertragen musstest, war empörend genug! Ein Kind in dieses Haus zu bringen ... das hätte zusehen müssen, wie sein Vater seine Mutter misshandelte ... *niemals*."

Selina schluckte und sagte leise: „Darf ich dir etwas anvertrauen, was ich nie jemand anderem erzählt habe? Natürlich weiß Evans es - niemand sonst."

„Meine Liebe, du darfst mir alles erzählen und es wird niemand erfahren; das verspreche ich dir."

Selina nickte. „Ja. Das weiß ich. Ich fürchte nur - ich fürchte, du könntest schlechter von mir denken, wegen dem, was ich ..."

„Jetzt bist du es, die völligen Unsinn redet! Erzähle es mir oder nicht, aber lass mich das beurteilen."

„Nun gut ... Mir ist klar, dass ich für immer mit den Folgen leben muss, aber ich habe mich damit abgefunden, und aus den Gründen, die du erwähntest. Ich wollte kein Kind in eine so schreckliche Welt bringen, daher habe ich eine Reihe von - von *Methoden* benutzt, um dafür zu sorgen, dass keine Empfängnis eintrat.

„Aber ich dachte ... Hast du nicht mehrere Fehlgeburten gehabt, während du mit J-L verheiratet warst?", platzte die Herzogin überrascht heraus und fügte dann schnell hinzu, weil sie das ihr von jemand anderem Anvertraute verraten hatte: „Deine Schwägerin erzählte es mir streng vertraulich."

Selina schüttelte den Kopf. So sehr sie es auch versuchte, sie konnte die Tränen nicht davon abhalten, über ihre Wangen zu rinnen.

„Ich habe J-L und anderen mehr als einmal vorgelogen, dass ich schwanger wäre. In Wahrheit war ich es nicht. Ich brauchte die - die *Erholung* von seinen widerlichen Aufmerksamkeiten. Ich bin nicht stolz darauf, aber es tut mir auch nicht leid, dass meine verhasste Ehe kinderlos blieb." Sie betupfte schnell ihre Wangen, schnüffelte, riskierte unter ihren Wimpern hervor einen Blick auf ihre Tante und gestand alles. „Es war nur wenig als einen Monat nach J-Ls Tod, als Alec und ich uns - *versöhnten*. Dass wir - dass er und ich ...."

„Versöhnen ist eine gute Art, es auszudrücken", unterbrach die Herzogin trocken. „Sprich weiter."

„Und dann, gerade, nachdem Emily, Cosmo und ich in Paris angekommen waren, entdeckte ich, dass ich schwanger *war*. Um die Wahrheit zu sagen, ich war entsetzt bei dem Gedanken, dass das Kind von J-L sein könnte. Und als ich dann eine Fehlgeburt hatte, war mein überwiegendes Gefühl das der Erleichterung - dass ich das Kind dieses Ungeheuers losgeworden war. Aber dann überkam mich der entsetzlichste Gedanke: Was, wenn ich nicht J-Ls, sondern Alecs Kind verloren hatte? Und dann teilte mir der Arzt, der sich um mich gekümmert hatte, als seine fachmännische Meinung mit, dass ich, weil ich während meiner Ehe Mittel zur Empfängnisverhütung benutzt hätte, wohl nie ein Kind austragen würde können. Also jetzt verstehst du, warum ich Alec nicht heiraten kann und warum ich - warum ich so *furchtbar* unglücklich bin!"

Nach diesem Geständnis brach Selina völlig zusammen. Mit zitternder Hand schob sie ihre Teetasse auf den niedrigen Tisch, von wo die Herzogin sie aufnahm und festhielt, bis die Schluchzer verstummten. Als Selina endlich still und ruhig geworden war, richtete die Herzogin sie auf, strich die seidigen, roten Locken aus Selinas gerötetem Gesicht, küsste sanft ihre Stirn und legte schließlich ihre Hände um das Gesicht ihrer Nichte, um ihr in die dunklen Augen zu sehen.

„Oh, mein liebes, süßes Mädchen, du musst sofort aufhören, dich selbst zu beschuldigen", stellte die Herzogin fest. „Ich gebe keinen Pfifferling auf die Ansichten einer Pariser Arztes! Du wirst Kinder bekommen, davon bin ich überzeugt." Sie setzte sich zurück und faltete ihre Hände im Schoß ihrer Röcke. „Und wenn du die Wahrheit hören willst, du wirst noch mehr Fehlgeburten erleiden. Das ist eine traurige Tatsache des Lebens, die wir Frauen hinnehmen müssen. Wie, ich hatte drei Fehlgeburten, bevor ich Romney seinen ältesten Sohn schenkte. Und wir haben schließlich zehn lebende Kinder gehabt, wie du weißt. Nicht, dass ich dir eine Cricketmannschaft wünsche, mein Liebling, aber es unterstreicht, dass das, was du in Paris erlitten hast, nichts Besonderes ist und du es vergessen solltest."

„Aber was, wenn ...."

„Nein! Ich werde dir nicht erlauben, dich in was-wenns zu suhlen! Und Alec auch nicht, wenn er den lächerlichen Grund erfährt, aus dem du dich weigertest, ihn zu heiraten. Du hast endlich die Aussicht auf ein gutes Leben, ein glückliches Leben, und mit Alec, und du wirst ihm kein zweites Mal einen Korb geben. Hast du mich verstanden?"

Selina nickte gehorsam, war aber alles andere als optimistisch. Sie seufzte hoffnungslos. „Vielleicht fragt er mich nicht wieder. Ich habe in Bath versucht, mit ihm zu sprechen, ihm zu erklären, warum ich es nicht übers Herz brachte, ihm von der Fehlgeburt zu erzählen, die ich in Paris erlitten hatte, aber er wollte mir nicht zuhören. Wenn du nur den Schmerz in seinen Augen gesehen hättest, wüsstest du, dass er ..."

„... *deinetwegen* bekümmert war", beendete die Herzogin. „Zweifellos war es das erste, was er von deiner Schwangerschaft hörte ..." Als Selina sich auf die Unterlippe biss und diese Feststellung mit einem Nicken bestätigte, lächelte sie verständnisvoll. „Verstehst du nicht? Er hat im gleichen Atemzug, noch dazu in aller Öffentlichkeit, erfahren, dass du schwanger warst, eine Fehlgeburt hattest und ihm beides verschwiegen hast. Und du wunderst dich, dass er bestürzt war?"

„Ich hätte es ihm sagen sollen, als ..."

„... als ihr diese Woche in Paris zur *Versöhnung* verbracht habt?" Als Selina ihren Blick auf das feuchte Taschentuch, das zerknäult in ihrem Schoß lag, senkte, lächelte die Herzogin schräg und sagte sehr verschmitzt: „Als dein Arzt dir riet, nach deiner Fehlgeburt im Bett zu bleiben, bin ich sicher, dass er Bett*ruhe* meinte."

„Ich hatte einen Monat kompletter Bettruhe", sagte Selina kleinlaut. „Bevor Alec ..."

„Keine *Versöhnungen* mehr, Selina. Hast du mich verstanden? Ich werde nicht zulassen, dass du und Alec wieder das Bett teilt, ohne verheiratet zu sein. Das endet nicht nur mit ... *Folgen*, es verursacht auch Skandale. Vor allem, wenn ihr beide alles andere als diskret seid."

„Aber ... wir waren diskret", widersprach Selina. „Wir haben die Wohnung kaum verlassen. Wir ..."

„Ihr wurdet von Lady Russel am Louvre gesehen - beim *Küssen*. Diese Frau ist eine unverbesserliche Klatschtante. Natürlich weiß jeder, was zwischen euch beiden vorgeht!" Die Herzogin schnaubte laut, als Selina es wagte, ein schuldbewusstes Lächeln zu unterdrücken. „Keine vulgären, öffentlichen Zurschaustellungen mehr! Das ist unter euer *beider* Würde."

Selina senkte ihre Wimpern. „Ja, Euer Gnaden."

„Wo sein Bruder kaum kalt im Grab ist und mit den Gerüchten, dass Alec seine Hand in der Ermordung Delvins hatte, kann er es sich nicht leisten, dass die gute Gesellschaft über ihn flüstert - oder über dich! Wenn nicht Emilys und Cosmos Leben auf dem Spiel stünde, würde ich sagen, dass diese Reise nach Midanich ein Gottesgeschenk für euch beide ist, um die Klatschmäuler sich wenigstens beruhigen zu lassen, oder sich auf jemanden oder etwas anderes zu konzentrieren, während wir im Ausland sind. Hast du mich verstanden, Selina?"

„Ja, Euer Gnaden."

„Gut. Ich meine das ganz ernst. Du magst mich für eine prüde alte Dame halten, aber wenn ich eines über kräftige Männer weiß, dann, dass sie potent sind. Ich wäre überhaupt nicht überrascht, wenn du nach deinem Bettvergnügen in Paris schon wieder in Umständen wärest und es nicht einmal weißt!"

Selina schnappte nach Luft. „Tante Olivia! Ich versichere dir ..."

„Kannst du das?" Die Herzogin musterte sie von oben bis unten und hob ihre Brauen. „Kannst du mir ehrlich versichern, dass du nicht in Umständen bist, meine Liebe?"

Selina brauchte einen Moment, um über ihre Antwort nachzudenken, und schockierte sich mit dieser selbst. „Nein. Nein, das kann ich nicht."

„Da hast du es! Also wirst du meinem Rat jetzt mit dem Ernst lauschen, den er verdient."

„Du hast jedes Recht, verärgert zu sein, Tante", antwortete Selina niedergeschlagen. „Wenn ich Alec nicht nach Paris eingeladen hätte ... wenn ich nach Bern geeilt wäre, um Emily und Cosmo zu treffen, statt bei Alec zu bleiben, wären sie vielleicht nicht gefangen!"

„Ich werde dir nicht erlauben, dich selbst zu tadeln. Das ist Verschwendung. Um die Wahrheit zu sagen", fügte die Herzogin hinzu, als sie aufstand und ihre gesteppten Röcke ausschüttelte, während Selina das gleiche tat, „wärest du geeilt, um sie zu treffen, würdest du jetzt mit ihnen eingesperrt sein." Sie schob ihren Arm unter den ihrer Nichte und ging durch ihr Wohnzimmer. „Komm. Lass uns etwas Nützliches tun. Wir haben vielleicht gerade vor dem Essen noch Zeit, meine Schmucksammlung nach Stücken zu durchsuchen, die in diese kleinen, versteckten Täschchen passen. Das erste wird eine Rubinhalskette sein, die einmal meiner Schwiegermutter gehörte. Das ist ein auffallendes Stück und ich habe es nie getragen. Aber ich konnte es nicht ohne guten Grund loswerden." Sie gab ein trillerndes Lachen, das am Rande der Hysterie lag, von sich und wurde gleich wieder ernst. „Ich kann mir keine bessere Verwendung vorstellen, als sie als Teil des Lösegelds anzubieten, oder fiele dir eine ein?"

„Nein", stimmte Selina mit einem verständnisinnigen Lächeln zu.

„Ich bete nur, dass das Lösegeld die Leute, die sie gefangen halten, zufriedenstellt. Gott helfe ihnen, wenn das nicht der Fall ist! Ich hasse es, zu denken ... Oh, mein liebes Mädchen, warum passiert das alles?", wollte die Herzogin wissen und ihre Fassade von Stärke entglitt ihr.

„Mein Kopf - mein Kopf ist voll von allen möglichen schrecklichen Vorstellungen!"

Selina legte ihre Arme um die Tante.

„Bitte, Tante, wir dürfen nicht anfangen, uns vorzustellen, was geschehen ist. Wenn wir das tun, werden wir mit Sicherheit verrückt. Wir müssen einfach unseren Teil dazu beitragen, um dafür zu sorgen, dass Emily und Cosmo freigelassen werden. Ich habe jedes Vertrauen in Alec, dass er das zustande bringt. Wir müssen nur fest daran glauben."

„Ja. Ja, natürlich. Du bist die Stimme der Vernunft, und ich - ich benehme mich wie eine dumme Gans! Ich will brav sein und meine Gedanken nicht wieder abirren lassen."

Selina küsste sie auf die Wange.

„Wir werden beide brav sein."

Sie sagten nichts mehr. Jedoch im Gegensatz zu ihrem zuversichtlichem Lächeln und ihrem Entschluss, ihre Gedanken nicht mit allen möglichen erschreckenden Vorstellungen zu füllen, überdeckte ihre unverbindliche Unterhaltung, während sie die beträchtliche Sammlung von Schmuck und seltenen Edelsteinen der Herzogin durchsuchten, nur ihre Gedanken - Gedanken, die sich alle mit Emily und Cosmo und damit, wie sie behandelt würden, beschäftigten. Es war leicht, sich selbst zu täuschen, während sie in einem hübschen Wohnzimmer am St. James' Square in London saßen, dass Emily als Enkelin einer Herzogin und Cosmo als deren Neffe jede Höflichkeit an einem ausländischen Hof erwiesen würde. Selbstbetrug war die einzige Hoffnung, die sie noch hatten, da die Wirklichkeit in Midanich ihr Verständnis überstieg.

ACHT

SCHLOSS HERZFELD, MIDANICH

Sir Cosmo Mahon war lange genug gefangen gehalten worden, um jeden Zentimeter seiner Zelle, die ein Zimmer zu nennen er sich weigerte, zu kennen. Jeden Riss in der weißgetünchten Holzwand; wie viele Holzplanken den polierten Parkettboden bildeten; die Anzahl der Knoten am Rand des kleinen Teppichs vor dem in die Wand eingelassenen Bett. Zählen war alles, was ihm blieb, das, und seine Erinnerungen an zu Hause. Aber er versuchte, nicht an sein geliebtes England zu denken. Was hätte er nicht dafür gegeben, die Kuppel von St. Paul in einen hellblauen Himmel aufragen zu sehen. Er schwor sich, einen solch majestätischen Anblick nie wieder für selbstverständlich zu halten, oder sich über die Rücksichtslosigkeit der Sänftenträger zu beschweren, die im Londoner Verkehr hin und her schossen und das Leben ihrer Passagiere gefährdeten, oder sich darüber zu beschweren, dass die Parks, vor allem die Mall, mehr und mehr von allen Arten von Pöbel bevölkert wurden. Und wenn sein Kammerdiener alle zwei Wochen einen ganzen freien Tag zu haben wünschte, um seine kranke Mutter in Hoxton zu besuchen, sollte er den haben. Er war so sentimental und so gerührt bei dem Gedanken an Familie und Freunde, dass er sich mehr als einmal des Nachts im Schutze der Dunkelheit in seinem Bett zusammenrollte und schluchzte wie ein Kind.

Während des Tages zwang er sich, alle guten Dinge aufzuzählen. Sie waren geringe, aber doch gute Dinge. Ein blau-weißer holländischer Kachelofen in der Ecke hielt ihn warm, so warm, dass er manchmal das kleine, längs geteilte Fenster trotz des eisigen Winds, der ständig draußen blies, öffnete. Und er war dankbar für dieses Fenster, denn es

erlaubte ihm zu sehen, wie der Tag in die Nacht überging, den Winterhimmel, die Sterne und den fallenden Schnee zu betrachten. Es verlieh
seinen einsamen Tagen Normalität. Er beobachtete, wie die Bewohner
des Schlosses ihrem Alltag nachgingen: Diener huschten zwischen den
verschiedenen Flügeln des Palastes über den Burghof, Soldaten
marschierten im Gleichschritt, immer dieselbe rote Katze verfolgte eine
Maus. Manchmal, wenn er seine Aufmerksamkeit auf die Fensterreihe
direkt gegenüber hielt, sah er eine Bewegung; einmal öffnete sich ein
Fenster und ein Gesicht erschien. Aber statt zu rufen oder zu versuchen,
die Aufmerksamkeit der Person, die hinausschaute, auf sich zu ziehen,
schrak er zurück, als ob er nicht gesehen werden wollte. Es war eine
instinktive Reaktion und ließ ihn sich fragen, ob die Isolation ihn
wahnsinnig machte.

Der Schnee war ein Segen. Wenn er auf seinen Spaziergang entlang
der Zinnen eskortiert wurde, musste er seinen Blick nicht länger von
den zerfallenden Köpfen, die auf Piken staken, dieser grotesken
Mahnung daran, was mit Deserteuren und Verrätern geschah, abwen-
den. Der Schnee deckte eine weiße Decke über diese makabre
Warnung. Aber vielleicht wurde er gegen solche grausigen Anblicke
immun? Jedoch hatten sie seit einem Monat keinen neuen Kopf auf den
Pieken hinzugefügt. Auch das zählte er zu den guten Dingen.

Sein irischer Kammerdiener Matthias war nicht nur etwas Gutes -
er war eine Gottesgabe. Er hatte keine Ahnung, wie Matthias seinen
Optimismus behielt, aber er schaffte es, und ein Besuch von ihm
bewirkte Wunder für seine Laune. Er freute sich darauf, ihn zu sehen
und für den Rest des Tages, nachdem er rasiert worden war, riss ihn das
aus seiner Schwermut, und er war überzeugt, dass er gerettet werden
würde - dass Alec auf dem Weg war.

Und dann, nach einem Monat der Gefangenschaft, traf er eine
durch und durch leichtsinnige Entscheidung, eine, die aus der Frustration über die Lage entstand, in der er sich befand. Als er sie getroffen
hatte, konnte er nicht mehr zurück. Sie sollte weitreichende Folgen
haben, die er sich nie vorgestellt hätte.

Er erfuhr von Matthias, dass es allen Männern am Hofe verboten
war, irgendeine Art von Bart zu tragen. Dieses Dekret stammte aus der
Zeit des Großvaters des Markgrafen, Markgraf Maxims, während der
letzten Jahrhundertwende. Maxim hatte diese Entscheidung getroffen,
nachdem er erfahren hatte, dass der russische Zar Peter, der der „Große"
genannt wurde, ein solches Dekret in St. Petersburg erlassen hatte, nicht
nur für die Adligen, sondern auch für alle männlichen Diener in der
neuen russischen Hauptstadt.

„Es ist eine seltsame Sache, Bärte und Schnauzbärte zu verbieten, meint Ihr nicht auch, Sir?", fragte Matthias in seinem gelispelten Englisch und mit leiser Stimme, ein Auge auf der Wache, die in strammer Haltung an der Tür stand. Er arbeitete absichtlich langsam, als er seine Rasierutensilien neben der Schüssel warmen Seifenwassers ausbreitete, um mehr Zeit für eine Unterhaltung zu haben, während sein Herr schon dicht bei ihm saß, die blau-weiß gemusterte Rasierschüssel unter seinem Kinn bereithaltend. „Ich weiß, dass es nicht modern ist, einen Bart oder Schnauzbart zu tragen, aber wenn ein Herr Haar auf seinem Gesicht wachsen lassen will, wer kann ihm sagen, dass er das nicht darf? Nicht sein König, das steht fest. Das würde bei unserem Parlament nicht durchgehen, nicht wahr, Sir?"

„Mit Sicherheit nicht", stimmte Sir Cosmo zu. „Wenn ein solche lächerliches Gesetz je ins Unterhaus gelangte, würde der Kerl, der es vorschlüge, nicht nur ausgelacht, er würde auch als Irrer nach Bedlam fortgeschafft!"

„Das habe ich den Jungs im Untergeschoss auch gesagt. Ich sagte, wir *Engländer* haben Freiheiten und Rechte. Wir haben Redefreiheit, wir dürfen lesen, was wir wollen und es auch schreiben! Und wir haben die Freiheit, unsere Haare sowohl auf dem Kopf als auch im Gesicht wachsen zu lassen, so lang wie es uns gefällt, wenn es uns gefällt. Und niemand darf uns dieses Recht nehmen!"

Sir Cosmo kicherte. Nicht zuletzt, weil Matthias immer großen Wert darauf legte, in seinem singenden irischen Akzent herauszustreichen, dass er Engländer war. Jedoch hielt er dies gar nicht für unpassend, obwohl doch die meisten seiner Landsleute die englische Besetzung Irlands für eine Invasion hielten, auf die sie gerne verzichtet hätten.

„Hört! Hört!", stimmte Sir Cosmo zu. „Aber du solltest deinen Eifer besser zügeln, ebenso wie deine Zunge, sonst könnte man dich anklagen, Aufruhr unter den anderen Dienern stiften zu wollen. Sie könnten alles stehen und liegen lassen und zur Grenze laufen, auf ein Schiff nach England steigen, um diese Freiheiten selbst zu erleben."

„Sie sind nicht angestellt, und sie können nicht tun, was sie wollen. Sie sind Sklaven - Leibeigene - die überhaupt keine Rechte haben."

„Tatsächlich? Das ist nur ein Grund mehr, sie in Unwissenheit zu belassen. Arme Trottel. Und ich möchte nicht, dass ihre Unzufriedenheit auf dich zurückfällt."

„Keine Sorge deshalb, Sir. Sie würden nie daran denken, sich gegen Höhergestellte aufzulehnen. Sie haben keinen Kampfgeist. Sie würden ebenso wenig zu den Waffen greifen wie sich einen Bart wachsen zu lassen. Wenn Ihr versteht, was ich damit sagen möchte."

„Ja. Aber Gesichtsbehaarung zu verbieten scheint doch recht eigenartig und seltsam, meinst du nicht auch? Ich kann mir Hunderte anderer Dinge vorstellen, die ein Verbot lohnen würden, wenn ich ein Tyrann wäre. Einen Kerl daran zu hindern, einen Bart zu tragen, würde nicht auf dieser Liste stehen, da kannst du sicher sein!"

„Bei mir auch nicht, Sir. Wenn Ihr die Schüssel nur ein wenig fester unter das Kinn drücken würdet. Genau, so", sagte Matthias, als er fortfuhr, mit der Seifenkugel und dem Borstenpinsel Schaum zu erzeugen. „Nach dem, was Kurt sagt - er ist ein unterer Diener - hat es mit dieser Sache, die ‚unaussprechliche Wahrheit' betreffend, zu tun."

„So? ... Interessant ... Ist es dir gelungen zu erfahren, was das ist - diese *unaussprechliche Wahrheit*?"

„Nein, Sir. Niemand darf es mir sagen, aber ich habe herausgefunden, dass es mit dem Verbot von Bärten und Schnurrbärten zu tun hat. Und dass es alles mit ihrem Herrscher zu tun hat."

Matthias benutze das Wort Markgraf nicht. Herr und Diener waren übereingekommen, dass, obwohl sie Englisch sprachen, jedes Wort, das die Wachen auf den Inhalt ihrer Unterhaltung aufmerksam machen könnte - die nur den einheimischen deutschen Dialekt sprachen - durch ein anders ersetzt werden sollte.

„Aber da ich ja nur mit Leibeigenen Umgang habe", fuhr Matthias fort, „kann ich Euch nicht sagen, was dieses *alles* ist. Keiner von ihnen ist je auch nur in der Gegenwart ihres Herrschers gewesen, oder in der seiner Schwester, um das klarzustellen. Ihre persönlichen Diener befinden sich in einem anderen Flügel und bleiben unter sich. Wenn Ihr jetzt bitte Euer Kinn senken würdet, kann ich beginnen, an diesen Stoppeln zu arbeiten."

Statt zu tun, worum sein Kammerdiener ihn bat, nahm Sir Cosmo die Schüssel weg und setzte sich auf, was Matthias mit dem Borstenpinsel dastehen ließ, von dem Seifenschaum auf den Boden tropfte. Die Überraschung des Kammerdieners, dann sein nach Luft Schnappen und die schnelle Bewegung, um den schaumbedeckten Pinsel wieder in die Schüssel mit dem Seifenwasser zu bringen, ließ die gähnende Wache plötzlich Haltung annehmen und Interesse daran zeigen, was die Aufregung sollte.

Sir Cosmo drückte seinem Kammerdiener die Rasierschüssel in die Hand, zerrte das Handtuch von der Vorderseite seiner Weste und stand von dem Stuhl auf.

„Keine Rasur mehr, Matthias. Ich habe beschlossen, mir einen Bart wachsen zu lassen!"

Matthias blinzelte seinen Herrn an und fragte sich, ob die Gefangenschaft schließlich seinen Verstand zu verwirren begänne. Während er selbst schließlich mit anderen Leuten zusammen war und sprach und fast überall in den Dienstbotengängen des Palastes nach Wunsch herumlief, konnte sein Herr nichts davon tun. Aber Matthias war kein Dummkopf. Ihm war klar, dass er solche Freiheit genoss, weil man sehen wollte, ob er im Auftrag seines Herrn irgendetwas Unerlaubtes täte, wie geheime Nachrichten zu übermitteln oder geheime Briefe abzuschicken oder Kontakt zu geheimen Personen aufzunehmen. Aber er tat nichts dergleichen. Er wusste, dass er bei jeder seiner Bewegungen von Männern im Solde des Hauptmanns beschattet wurde, die dafür bezahlt wurden, über jedes seiner Worte und jede seiner Handlungen Bericht zu erstatten. Aber Matthias wusste auch, dass sein lieber Herr keine solche Freiheit hatte und während er selbst nicht misshandelt wurde, war das bei seinem Herrn mit Sicherheit der Fall. Ihn in einem kleinen Schlafzimmer mit Aussicht auf einen Innenhof viele Stockwerke weiter unten einzusperren, mit nichts, womit er seinen Verstand beschäftigen konnte, war, als ob man einen Affen ohne Gesellschaft und ohne Beschäftigung, selbst ohne einen Ast, um darauf zu schaukeln, in einen Käfig stecken wollte! Die Langeweile allein würde jede vernunftbegabte Kreatur in den Wahnsinn treiben. Und diese plötzliche Ankündigung war mit Sicherheit ein Beweis dafür.

Sir Cosmo marschierte zum Fenster, die Wache einen Schritt hinter ihm, als ob der Mann erwartete, dass der Gefangene sich durch die kleine, enge Öffnung quetschen und in den Tod stürzen würde. Sir Cosmo hatte sicher einiges Fett verloren, aber er würde auch seine halbe Größe verlieren müssen, um durch diese Öffnung zu passen.

„Kommt, Sir, setzt Euch hin", lockte Matthias und tat sein Bestes, um seine Stimme gleichmütig zu halten, damit die Wache nicht weiter alarmiert würde. „Große Gesten zu machen hilft nicht, nicht bei diesen Leuten."

Sir Cosmo setzte sich auf den harten Fenstersitz und sah seinem Kammerdiener ins Gesicht, mit einem schnellen, finsteren Blick auf die Wache, die sich wieder zur Tür zurückzog, nachdem der Gefangene sich gesetzt hatte.

„Matthias, erlaube mir diese eine winzige Rebellion gegen meine Gefangenschaft. Ich darf keinen anderen Aspekt meines Lebens bestimmen - dies wird ausreichen, um mich bei Laune zu halten. Ich werde meine Gesichtsbehaarung pflegen, bis zu dem Zeitpunkt, an dem ich befreit werde." Er wagte ein Lächeln. „Wenn nichts anderes, wird es wenigstens die, die mich hier gefangen halten, erzürnen. Vielleicht wird es sogar ihrem Herrscher zur Kenntnis gelangen, dann könnte meinem Wunsch nach einer Audienz entsprochen werden."

Matthias brauchte keine Minute, um das zu überdenken. Dann nickte er und legte das geschärfte Rasiermesser, den Wetzstein, Scheren und den feuchten Rasierpinsel in die Schildpatt-Toilettenschachtel. Er verbeugte sich.

„Sehr wohl, Sir. Ich hoffe nur, dass es Euch mehr Nutzen als Schaden bringen wird. Ich sehe Euch nach zwei Tagen wieder. Sie können mich wenigstens das Haar auf Eurem Kopf kämmen und schneiden lassen."

Das war das Letzte, was Sir Cosmo von seinem treuen Kammerdiener sah. Der Zählung unter seinem Bett nach war das vor fünfunddreißig Tagen gewesen; der volle Bart in seinem Gesicht, den er nicht sehen konnte, da er keinen Zugang zu einem Spiegel hatte, bestätigte ihm das. Und wegen seiner Widerspenstigkeit, dass er nicht zuließ, rasiert zu werden (trotz Drohungen, dass man ihn festhalten und dies ungeachtet seiner Wünsche tun würde), wurde ihm nicht nur die Erlaubnis verweigert, Matthias zu sehen, sondern man verweigerte ihm auch sein wöchentliches Bad und setzte ihn auf die Zuteilung einer Mahlzeit pro Tag. Alles, was er tun musste, um seine Privilegien wiederhergestellt zu sehen, war, sich rasieren zu lassen. Dann würde er Matthias sehen, seine Kleider gewaschen bekommen, zwei Mahlzeiten am Tag erhalten und er würde auch wieder baden dürfen.

Sir Cosmo hielt durch, und das, obwohl ihn noch größere Schwermut erfasste. Es war nur gut, dass er von Emily getrennt war, denn er hätte es gehasst, wenn sie ihn in einem so beklagenswerten Zustand gesehen hätte, ihn, der immer makellos gepflegt gewesen war. Wie musste er aussehen, mit seinen verfilzten Haaren (er hatte es längst aufgeben, seine schlaffe Perücke zu tragen), einem ungepflegten Bart und einem Körper, der einen solchen Geruch verströmte, dass er einem Tier im Stall ähnelte?

Zum ersten Mal seit langer Zeit erlaubte er es sich, bei Tageslicht zu weinen und es war ihm gleichgültig, ob die Wache es sah. Er kroch in seine Bettnische, zog die schmutzigen Laken über den Kopf und verfluchte seine Eitelkeit. Gleichmäßig Teile von Selbstmitleid und Selbsthass mischten sich mit seiner psychischen Erschöpfung und ließen sein Weinen zu leisen, schmerzvollen Schluchzern werden. Der innere Aufruhr ermüdete seinen Geist und er fiel in einen tiefen Schlaf.

Zwei Stunden später wurde er wachgerüttelt. Er hatte Besuch. Den Oberhofmeister, den Hauptmann der Wache und drei bullige Soldaten.

✠

„HÖRT IHR MICH, M'SIEUR? M'SIEUR MAHON?", WOLLTE Hauptmann Westover auf Französisch wissen. „Es ist unabdingbar, dass Ihr wisst, wie Ihr Euch in Gegenwart Seiner Durchlaucht zu verhalten habt. Ihr dürft ihm nicht in die Augen sehen. Ihr habt Euren Blick ständig gesenkt zu halten. Ihr dürft nicht sprechen, außer wenn Ihr direkt angesprochen wurdet. Ihr werdet - M'sieur Mahon? Hört Ihr zu? Hebt seinen Kopf! Hebt ihn an! Ich will sein Gesicht sehen!"

Jemand packte ein Büschel von Sir Cosmos verfilztem Haar und sein Kopf wurde zur Besichtigung durch den Hauptmann angehoben. Sir Cosmos Augen rollten in ihren Höhlen herum und sein Mund klappte auf. Baron Haderslev, der neben dem Hauptmann stand, trat einen Schritt näher. Der Gestank des Atems des Gefangenen schlug ihm entgegen und er hielt sich die Nase zu, bevor er die schäumende Spucke aus dem Mundwinkel zwischen den aufgeplatzten Lippen des Mannes herabrinnen sah.

Hauptmann Westover schnippte mit seinen behandschuhten Fingern der Wache zu, die an der Tür stand und rief sie heran.

„Ein Eimer Eiswasser! Sofort!", bellte er in seiner deutschen Muttersprache.

Der Baron konnte nicht glauben, dass dieser zerzauste, behaarte Gefangene ein und derselbe Mann war wie der vornehme Engländer, den man ihm an dem Tag, als Markgraf Leopold starb, im Vorraum gezeigt hatte. Er sah Hauptmann Westover an, um dessen Reaktion zu sehen, aber der Hauptmann hatte sich abgewandt, um mit einem seiner Soldaten zusprechen und es dem Baron überlassen, Sir Cosmo mit einem vor Scham rot angelaufenen Gesicht anzustarren.

In Wahrheit hatte er die Existenz des Engländers vergessen und auch, dass er Gefangener war. So beschäftigt war er gewesen, zuerst mit den Vorbereitungen für das Begräbnis von Markgraf Leopold und dann die aufwendige Amtseinführung seines Nachfolgers. Am Tag nach der Zeremonie war Markgraf Ernst an der Spitze seiner Armee abgezogen, um Prinz Viktors Rebellenarmee zur Schlacht zu stellen und der Baron und der Hof hatten ihn winkend an der Zugbrücke verabschiedet.

Markgraf Ernst in voller Rüstung, die Brustplatte glänzend schwarz lackiert, auf der das Wappen der Herzfelds in Gold prangte. Eine üppige Allongeperücke mit aufwändigen Locken, die aus dem Haar von zwanzig blonden Jungfrauen gefertigt war, bedeckte seinen kahlen Kopf unter einem Dreispitz, der mit Hermelin eingefasst war. Seine Lederhandschuhe waren mit Edelsteinen besetzt und das Cape, das an seinen Schultern befestigt war, bestand aus mit Chinchilla gefüttertem Hermelin. Dieser aufwendige Kleidungsstil betonte nur das eklatant Offensichtliche. Der Markgraf war ebenso zartgliedrig und zierlich wie seine Zwillingsschwester. Keine noch so männliche Kleidung konnte ihn als etwas anderes als den *petit-maître* erscheinen lassen. Er würde für immer einer von Platos Mondmenschen sein, mit weder männlicher noch weiblicher Erscheinung.

Der Baron erinnerte sich erst an Sir Cosmos Existenz, als Ernst aus der Schlacht zurückkam, einen Monat, nachdem er aufgebrochen war, mit nur der Hälfte seiner Truppen und einem Sieg in drei Schlachten. Das letzte Zusammentreffen hatte ihn fliehen sehen, das strenge Winterwetter bei seiner Flucht in die die Sicherheit seiner Festung geholfen. Prinz Viktor bezog sein Winterlager im Schloss Friedeburg im Süden mit seiner ständig wachsenden Zahl von Unterstützern und Truppen. Die einzige Tatsache, die Prinz Viktor davon abhielt, seinen Vorteil zu nutzen, waren das Wetter und die unüberwindlichen Verteidigungsanlagen von Schloss Herzfeld.

Nach einem Treffen mit den Ministern hatte der Markgraf den Baron zurückgehalten und Nachrichten über etwaige Korrespondenz des britischen Konsuls betreffend die Rückkehr von Alec Halsey verlangt. Haderslev hatte sich in Ausflüchte gestürzt und sofort auf die Suche nach Hauptmann Westover gemacht. Und nun waren sie hier und beugten sich über den Gefangenen und der Baron fühlte sich seltsam beschämt. Schließlich hatte der Engländer nichts Böses getan. Sein einziges Verbrechen war es, der beste Freund Alec Halseys zu sein. Er war auch ein Gentleman, ein Mitglied der herrschenden Klasse seines Landes und hätte entsprechend behandelt werden müssen, wenn nicht die Tatsache gewesen wäre, dass der Markgraf nach Alec Halseys Flucht beschlossen hatte, alle Engländer zu hassen.

Die Scham des Barons hielt ihn nicht davon ab, ungerührt zuzuschauen, wie der Hauptmann brutal mit dem Engländer umsprang und befahl, Sir Cosmos Kopf in den Eimer mit Eiswasser zu tunken.

Dies diente dem doppelten Zweck, das Gesicht des Gefangenen zu säubern und ihn vollends aufzuwecken. Und um sicherzustellen, dass er aufpasste, erklärte der Hauptmann Sir Cosmo, dass, wenn er nicht sofort auf die ihm gestellten Fragen antwortete, er nicht nur seine Nase, sondern auch seine Lungen voller Wasser finden würde. Hatte M'sieur Mahon das verstanden? Noch bevor Sir Cosmo antworten konnte, gab der Hauptmann ein Zeichen und Sir Cosmos Kopf wurde ein zweites Mal unter Wasser gedrückt, lange genug, dass er begann, nach Atem zu ringen.

Der Baron rettete den Gefangenen davor, Wasser zu schlucken, indem er eine behandschuhte Hand auf den Ärmel des Hauptmanns legte. „Nicht mehr. Gebt ihm etwas, um sich abzutrocknen."

Der Hauptmann nickte einem seiner Männer zu, der ein Handtuch auf den Boden vor die Knie des Gefangenen warf.

Sir Cosmo saß jetzt ohne Stütze in der Hocke und holte tief Luft, um seine gequälten Lungen zu füllen. Schließlich wischte er Gesicht und Haare trocken und rieb dann sein verfilztes Haar ab. Er blieb wo er war, mit gesenkten Augen, aber er hielt sich nicht an die Warnung des Hauptmanns, dass er schweigen sollte, bis er angesprochen wurde.

„Befindet sich Emily - Miss St. Neots wohl?"

„Das ist nicht Eure Sache, M'sieur ..."

„*Nur* das ist meine Sache!"

„Ihr werden nur sprechen, wenn Ihr gefragt werdet ..."

„Ich verlange, dass Ihr mich zu ihr bringt! Bis ich sie nicht mit meinen eigenen Augen sehe, werde ich Euch nicht glauben ..."

„Genug von Euren Forderungen!", knurrte Hauptmann Westover und schlug Sir Cosmo wegen seiner Frechheit hart übers Ohr. „Noch ein Wort und ich lasse Eure Augen ausstechen, und was werdet Ihr dann sehen, heh, Engländer?"

Sir Cosmo fiel hin, sein Kinn traf hart auf dem Parkett auf und seine Zähne schlugen gegen seine Unterlippe, so dass sie zu bluten begann. Er blieb auf dem Boden ausgestreckt liegen, jeder Kampfgeist, den er noch gehabt hatte, sickerte mit dem Blut, das in seinen Bart lief, aus ihm heraus.

„Ich sagte, das reicht!", knurrte der Baron auf Deutsch. Er eilte nach vorn, ergriff Sir Cosmos Ellenbogen und half ihm auf die Knie. „Seid gehorsam, oder ich kann Euch oder Eurer Begleiterin nicht helfen", zischte er ihm auf Französisch ins Ohr, bevor er zur Seite trat.

„Wo ist sein Kammerdiener?", wollte der Hauptmann von einer der Wachen wissen.

„Der Kammerdiener wird nicht kommen", antwortete der Baron. „Seine Durchlaucht möchten den Engländer so, wie Ihr ihn seht."

„Was?" Der Hauptmann war so schockiert, dass sein Mund aufklappte. „Mit dem Haar, das ihm im Gesicht wächst?", sagte er schließlich kleinlaut. „Aber - niemand darf so in die Gegenwart seiner Durchlaucht! Sich einen Bart wachsen zu lassen ist gegen das Gesetz. Ich werde das Gesetz nicht brechen und ich werde es Euch nicht erlauben ..."

„Ihr vergesst Euch, Hauptmann", antwortete Baron Haderslev knapp. „Das Gesetz wird nur gebrochen, wenn *wir* es tun. Das Gesetz wurde vom Großvater des Markgrafen erlassen. Unser Markgraf, sein Enkel, kann das Gesetz brechen - es ändern - tun, was immer ihm gefällt. Verstanden?"

Westover starrte den Baron in rebellischem Schweigen an, nickte dann aber.

„Sehr wohl, Herr Baron", räumte er ein. „Aber der Gefangene sollte wenigstens gebadet und in frische Kleider gesteckt werden, bevor er in die Gegenwart seiner Durchlaucht gebracht wird."

Im Gang vor dem kleinen Zimmer ertönten Stimmen. Die Soldaten an beiden Seiten des Eingangs standen stramm, Köpfe erhoben und Augen geradeaus. Hauptmann Westovers Stimme verstummte. Er machte den beiden Soldaten, die neben Sir Cosmo standen ein Zeichen, näher zu kommen; sie wussten, was sie zu tun hatten, wenn der Gefangene auch nur mit der Wimper zuckte.

„Keine Zeit", zischte Baron Haderslev über seine Schulter und trat dann vor, um seinen Landesherrn zu begrüßen.

Das kleine Zimmer war plötzlich mit feinen Herren überfüllt. Sir Cosmo spähte durch das Gewirr der Haare, die ihm in die Augen fielen auf die die Menge von Stiefeln und Schuhen mit hohen Absätzen; stoffbezogene Schuhe, die einer Frau oder einem Edelmann zur Regierungszeit des kleinen Ludwig XIV. von Frankreich besser angestanden hätten. Ein Paar Stiefel stach heraus. Sie waren aus glänzend poliertem, schwarzem Leder, das sich um die Füße ihres Trägers schmiegte, mit eckigen Spitzen und goldenen Sporen an den Absätzen. Sie reichten bis über die Unterschenkel hinauf und endeten direkt über den Knien mit einem großen Umschlag, der nach außen gefaltet war, um das Futter aus Leopardenfell zu zeigen. Eine Reihe silberner Schnallen an der Außenseite spannten das Leder um das Bein. Sir Cosmo zählte dreizehn Schnallen. In diesen Tagen war er gut im Abzählen. Es beruhigte ihn. Er nahm richtig an, dass solch luxuriöse Stiefel dem Markgrafen gehörten, zumal alle anderen Fußbekleidungen zwei Schritte dahinter blieben. Sir Cosmo wagte es nicht, seinen Kopf zu heben und hielt seinen Blick auf dieses Paar Stiefel gerichtet. Er blieb mit gesenktem Kopf auf den Knien, die Hände vor sich zusammengelegt, wie ein Bittsteller. Doch war er nicht imstande, seine Schultern daran zu hindern, vor innerer Heiterkeit zu beben. Er kicherte wegen der immensen Absurdität seiner Situation in sich hinein, und wie er trotz seiner Einzelhaft und der gewaltsamen Behandlung noch dazu neigte, ein Paar schöne Stiefel zu begehren.

„Hebt seinen Kopf an. Zeigt mir sein Gesicht."

Auf den Befehl von Markgraf Ernst nickte Westover einer der Wachen zu, der sofort wieder eine Handvoll von Sir Cosmos Haar packte und seinen Kopf ruckartig aufrichtete, aber diesmal, bis seine Nase zur Decke zeigte. Aus der Schar der Höflinge erhob sich ein kollektives Keuchen. Keiner hatte je einen Vollbart gesehen. Er bedeckte nicht nur Wangen und Kinn des Gefangenen, sondern sogar seinen Hals.

Der Markgraf hielt ein parfümiertes Taschentuch an seine Nase und trat behutsam und gefesselt näher. Die Höflinge blieben, wo sie waren, beugten sich aber ebenso fasziniert ein wenig vor.

„Und Ihr sagt, er sei ein Edelmann?“

„Ja, Durchlaucht“, antwortete Baron Haderslev.

Der Markgraf fuhr fort, Sir Cosmo weiter fasziniert zu mustern. Als er sprach entfernte er kurz das Taschentuch von unter seiner Nase, hob es aber wieder dorthin und schnüffelte jedes Mal, wenn er dies tat.

„Er hat eine andere Farbe als die Haare auf seinem Kopf...“

Haderslev und Westover wechselten einen besorgten Blick, keiner der beiden wusste, was er darauf erwidern sollte.

„Versteht er, was ich sage?“

„Nein, Durchlaucht. Er spricht Französisch und Englisch, aber kein Deutsch.“

Der Markgraf schüttelte enttäuscht den Kopf und bedeutete der Wache mit einer schlaffen Bewegung seines juwelengeschmückten Fingers, dass diese das Haar des Gefangenen loslassen könnte.

„Und er ist ein Edelmann, sagt Ihr?“, wiederholte der Markgraf. „Halsey sprach alle drei, dazu Italienisch, Spanisch *und* Holländisch.“ Er schnaubte verärgert und schnüffelte dann kräftig an dem Bergamotteduft, der auf sein Taschentuch gesprüht war. „Und dies ist *sein* bester Freund? Seid Ihr sicher?“

„Dem britischen Konsul zufolge, ja, Durchlaucht.“

„Hat er Euch irgendetwas über Halsey berichtet, was ich nicht schon weiß?“, fragte der Markgraf den Hauptmann seiner Wache.

„Nein, Durchlaucht. Das heißt, ich weiß nicht, was Eure Durchlaucht über Herrn Halsey wissen.“

Der Markgraf sah zu seinem Oberhofmeister.

„Und Ihr? Hat er Euch etwas erzählt, das des Berichtens wert wäre?“

Gegen seinen Willen errötete der Baron schuldbewusst, da er nicht verraten wollte, dass er die Existenz dieses Engländers völlig vergessen hatte. Daher log er. „Nichts, Durchlaucht.“

„Dann muss ich sehen, was ich tun kann, um den Affen zum Reden zu bringen. Obwohl ich noch nie einen Affen in irgendeiner Sprache habe reden hören ...“

Als der Markgraf über seine Schulter zu der Schar seiner Höflinge schaute, kicherten sie ausnahmslos. Haderslev und Westover wechselten einen besorgten Blick, und teilten denselben Gedanken - *hirnlose Schmeichler.*

„Verzeiht mir, Durchlaucht, aber ich ...“, begann der Oberhofmeister, wurde jedoch unterbrochen.

„Ist Halsey unterwegs?“, fragte der Markgraf. „Könnt Ihr mir zumindest *das* sagen?“

Haderslev wandte sich zu Captain Westover, der ohne zu zögern sagte: „Ja, Durchlaucht. Ich hatte gestern einen Bericht von meinem Agenten in Emden. Ein Kundschafter schickte eine Nachricht; als das Schiff Halseys in der Emsmündung einfuhr, wurde es von einem der unseren abgefangen und geentert. Wie Ihr wisst, patrouilliert eine unserer Flotten in der Mündung und sucht nach Schiffen mit Ladung - meist Holländer auf dem Weg nach Delfzijl - und bringt sie mit einer Eskorte nach Emden, wo die Waren beschlagnahmt werden.“

„Und unsere niederländischen Nachbarn? Haben sie unsere Souveränität über die Ems in Frage gestellt?“

„Soweit mir bekannt, nicht, Durchlaucht. Die Schiffe im Hafen von Delfzijl bleiben vor Anker liegen. Aber ich warte noch auf Nachricht von unseren Spionen in Amsterdam, ob unsere Nachbarn sich darauf vorbereiten, Schiffe zu schicken, um ihre Ansprüche auf die Ems zu verteidigen.“

„Und Halsey? Kam sein Schiff allein oder wurde er von seiner arroganten englischen Marine begleitet?“

„Sein Schiff fuhr allein in die Flussmündung ein und dem Bericht des Kundschafters nach überquerte es auch den Kanal ohne Eskorte.“

„Gut. Sobald Ihr Nachricht erhaltet, dass er an Land gegangen ist, sagt es mir. Prinzessin Johanna ist begierig, über die Nachrichten über ihren - unseren Freund auf dem Laufenden gehalten zu werden.“

„Ja, Durchlaucht“, antwortete Westover. „Ich habe Soldaten in jedem Dorf entlang des Kanals stationiert, um den Frieden zu bewahren und nach Verrätern Ausschau zu halten. Prinz Viktors Truppen mögen ins Winterlager gezogen sein, aber sie sind nicht weit fort von ...“

„Ich sorge mich nicht um *ihn* oder seine Friesen!“, fauchte der Markgraf ärgerlich. „Wenn der Frühling kommt, werde ich sie vom Erdboden vertilgen. Jetzt muss ich mich auf die Ankunft der Gäste vorbereiten. Meine Schwester wird wissen wollen ...“

Als der Markgraf den letzten Satz unvollendet ließ und das Schweigen sich in die Länge zog, fühlte der Baron sich veranlasst, die Sache voranzubringen.

„Durchlaucht, mit Eurer Erlaubnis, der Gefangene muss rasiert werden, das ist Gesetz, und vielleicht sollte er gebadet und in neue Kleider gesteckt werden, wie es seinem Rang entspricht.“

„Säubert ihn, unbedingt“, antwortete der Markgraf mit einer

abwehrenden Handbewegung. „Aber lasst den Bart dran - vorläufig. Er könnte die Prinzessin ein wenig amüsieren ...“

„Die Prinzessin?“ Der Baron war entsetzt. Er sprach, ohne nachzudenken. „Sicher können Durchlaucht nicht beabsichtigen, *Ihre Hoheit* solcher Barbarei auszusetzen?“

Der Markgraf hob den Kopf. „Herr Baron. Kenne ich meine Schwester besser als Ihr?“

„Jawohl, Durchlaucht“, antwortete Baron Haderslev kleinlaut. „Verzeiht mir. Natürlich. Ich dachte nur an sie ...“

„Dachtet an sie?“, blaffte der Markgraf. „Warum dachtet Ihr an sie? Ihr solltet überhaupt nicht an meine Schwester denken!“

Der Baron hob die Schultern und versuchte, seinen Herrn zu besänftigen. „Ich dachte nicht in dieser Art an sie oder in irgendeiner anderen Art. Es war eher eine Redensart, Durchlaucht. Ich meinte nur ...“

„Raus hier! Geht! Entfernt Euch!“, kreischte der Markgraf, nicht an den Baron gerichtet, sondern an sein Gefolge, das unruhig wurde und miteinander kichernd tuschelte, einige wagten es sogar, mit dem Finger auf den bärtigen Gefangenen zu zeigen, der noch immer mit auf dem Boden gerichteten Blick auf den Knien lag. „Geht! Sofort! Nun zu Euch, Herr Baron“, fügte er hinzu, als Haderslev Anstalten machte, den Höflingen zu folgen, die sich nun alle bemühten, auf einmal durch die Tür zu passen. „Was ist so erheiternd, heh?“, wollte er von seinem Hauptmann der Wache wissen.

„Gar nichts, Durchlaucht“, antwortete Westover nüchtern, denn das Benehmen der Gruppe geschminkter und mit Schönheitspflästerchen geschmückter Freunde des Markgrafen hatte ihm das Lächeln vom Gesicht gewischt.

„Ist er gefährlich?“, fragte der Markgraf und wedelte mit seinem Taschentuch in Sir Cosmos Richtung, als ob er ihm gerade einfiele, dass der Gefangene noch im Raum war. „Könnte er - *wild* werden?“

Westover fand es seltsam, dass ein General, der eine Armee im Feld kommandiert hatte, eine solche Frage stellte, insbesondere, da der Gefangene mit gesenktem Kopf still blieb, aber er zögerte nicht, eine Antwort zu geben. „Das glaube ich nicht, Durchlaucht.“

„Dann dürft Ihr auch gehen. Haderslev und die beiden, die da drüben stehen, dürfen bleiben.“

Hauptmann Westover zögerte und warf dem Baron einen raschen Blick zu, um zu sehen, ob auch dieser die Bitte sonderbar fand. Schließlich oblag es dem Hauptmann als der persönlichen Leibwache des Markgrafen zu jeder Zeit bei seinem Herrn und Meister zu bleiben. Aber als Haderslev ihn nicht anschaute oder der Aufforderung widersprach, tat er, was ihm befohlen war. Mit einer kurzen Verbeugung verließ er das Zimmer. Aber er ging nicht weit fort. Er stand vor der anderen Seite der Tür und lauschte.

„Also, Engländer", sagte Markgraf Ernst und sprach Sir Cosmo in perfektem Englisch an. „Erzählt mir alles, was Ihr über Euren guten Freund, Alec Halsey, wisst."

NEUN

EMDEN, MIDANICH

Alec stand auf dem Deck des Schoners *Caroline*, den mit Chinchilla gefütterten Wollmantel bis zum Hals zugeknöpft und den Dreispitz aus Pelz tief auf seine schwarzen Locken gedrückt. Ein feiner Nebel aus Wassertröpfchen - eine Mischung aus Nieselregen vom Himmel und Gischt, die hart gegen den Schiffsrumpf schlug - bedeckte ihn vom Hut bis zu den polierten Reitstiefeln. Aber er nahm das Wetter nicht wahr. Sein Blick lag auf der Stadt, die aus dem Nebel auftauchte, als der Kapitän geschickt den Zweimaster zum Anlegen in den Hafen von Emden manövrierte.

Der Schoner wurde an Steuerbord von einer Marineschaluppe französischer Bauart eskortiert, die Midanich als Beute aus dem letzten Krieg beansprucht hatte. Zwei Handelsfregatten blieben draußen im tieferen Wasser der Mündung, nachdem sie der Schaluppe geholfen hatten, den Schoner in den Hafen zu bringen und die *Caroline* daran zu hindern, in holländischen Gewässern Zuflucht zu suchen, oder an die Küste zu gehen, die in einer Entfernung lag, die schwimmend erreicht werden konnte. Alec vermutete, dass die Fregatten ebenfalls von Piraten im Solde des Markgrafen überwältigt und beschlagnahmt worden waren.

Mehr als zwei Dutzend Fischerboote hüpften im eisigen Wasser auf und nieder, ihre Segel und Flaggen flatterten wild in den unaufhörlichen Böen, die das brackige Wasser zu Wellen aufpeitschten und die zähen Besatzungen durchnässten. In dieser Jahreszeit und bei diesem Wetter wurden diese Heringsfischerboote gewöhnlich vertäut, die Fischer blieben an Land und igelten sich für den Winter ein. Alec vermutete, dass sie gezwungen worden waren, Segel zu setzen, als weiteres Hindernis, um die *Caroline* davon abzuhalten, nach Holland zu entkommen. Wieder wurden Alecs Vermutungen bestätigt, als einer der Piraten lachend durch die Takelage auf die Flottille von Wasserfahrzeugen zeigte und eine abfällige Bemerkung über eine so sinnlose Geste machte.

Aber der Schoner, der Alec und seine Begleitung von Harwich über die Nordsee gebracht hatte, hatte nicht die Absicht zu fliehen.

Die Caroline war der französischen Marineschaluppe begegnet, als sie durch den schmalen Kanal südlich der Insel Borkum an der Emsmündung segelte. Auf der Insel ansässige Walfänger hatten mit Interesse zugeschaut, wie die Marineschaluppe dem englischen Schoner einen Schuss vor den Bug setzte. *Die Caroline* bestätigte die Warnung, indem sie eine zivile Flagge hisste, um mitzuteilen, dass das Schiff nicht zur Marine gehört und keine Gefahr darstellte und man ihm daher erlauben sollte, seinen Weg fortzusetzen. Aber die Marineschaluppe blieb zwischen dem englischen Schoner und der holländischen Küste, kam längsseits und enterte ihn, als sie in Sichtweite von Emden kamen. Die Besatzung der französischen Schaluppe war kaum besser als Piraten, bestenfalls Freibeuter. Und obwohl der Kapitän sein Wort gab, dass die *Caroline* nicht versuchen würde, holländische Gewässer zu erreichen - ihr ursprüngliches Ziel war die Stadt Delfzijl gewesen - wollten die Piraten Garantien, daher blieben sechs von ihnen an Bord, während die Mannschaft der *Caroline* als Geisen auf die Schaluppe gebracht wurden.

Der Herzogin von Romney-St. Neots, Selina Jamison-Lewis, Sir Gilbert Parsons und ihren jeweiligen Dienern wurde befohlen, dass sie alle unter Deck gehen und dort bleiben sollten. Alle waren ungläubig und wütend, nachdem sie alle während der dreitägigen Reise in unterschiedlichem Maße unter Seekrankheit gelitten hatten und eifrig darauf bedacht waren, Land zu sehen, und zögerten daher ungeachtet der Bedrohung ihres Lebens, wieder in ihre Kabinen zurückzukehren.

Die Herzogin brach bei dem Gedanken, unter Deck zurückkehren zu müssen, in den Armen ihrer Nichte zusammen. Sie war am schlimmsten krank gewesen und ihre blassen Wangen zeigten noch einen grünlichen Schimmer. Die Piraten drohten, sie und die anderen Frauen bei ihr selbst nach unten zu bringen, wenn sie und ihre Begleiterinnen nicht täten, was ihnen befohlen wurde. Plantagenet Halsey, ungläubig und heftig in seinem Protest gegen dieses ungeheuerliche Verhalten eines Haufens von Rohlingen, trat vor, um der Herzogin seine Hilfe anzubieten. Sofort wurden Pistolen und Entermesser gezückt und drohend vor dem Gesicht des alten Mannes geschwenkt.

Alec trat dazwischen und die verfahrene Lage wurde friedlich beigelegt. Und das, ohne dass die Notwendigkeit bestanden hätte, dass er sein Schwert zog, das aus einem Grund, den nur den Piraten kannten, von ihnen beim Entern nicht konfisziert worden war. Die Passagiere zogen sich auf sein ruhiges Beharren, dass sie es im Schutz vor dem eisigen Wind und dem Schneeregen bequemer haben würden, widerwillig nach unten zurück. Ihm jedoch wurde befohlen, dass er an Deck bleiben sollte, da er Holländisch sprach und die Forderungen der Piraten dem Kapitän der *Caroline* übersetzen konnte, der selbst nur Englisch verstand.

Zu seiner eigenen Überraschung wurde auch Plantagenet Halsey erlaubt zu bleiben und ihm wurde bedeutet, sich neben seinen Neffen auf das Achterdeck zu stellen. Der Schimmer der Möglichkeit, dass die Piraten doch vernünftige Männer sein könnten, erlosch, als Alec seinem Onkel verriet, dass dieser nur dort bleiben sollte, um Alecs Mitarbeit zu gewährleisten. Sollte er sich als widerspenstig erweisen, würde der alte Mann über Bord geworfen werden.

„Sollen sie es versuchen!", knurrte Plantagenet Halsey leise, aber in seiner Stimme lag kein Kampfgeist. Er zog seinen wollenen Umhang enger um seine Schultern und hielt ihn am Hals fest zusammen. „Es würde mindestens drei dieser schmutzigen Bettler brauchen, meinen dürren Kadaver hochzuheben, geschweige denn, über Bord zu werfen. Narren."

Alec gab ob der Tapferkeit seines Onkels ein schnaubendes Lachen von sich, aber bemerkte nicht sofort etwas dazu, während sein Blick fest an der Aussicht hing. Daher schloss sein Onkel sich ihm an der Backbordreling an, wo sie den beißenden, mit Eis durchsetzten Wind, der ihre geröteten Wangen peitschte, ebenso ignorierten wie die Bootsmannspfeife und die Aktivitäten in ihrem Rücken, wo die Mannschaft die Taue zum Anlegen vorbereitete.

Alec grübelte über ihre Lage und was er tun sollte, wenn sie landeten und die Passagiere der *Caroline* sicher im Warmen wären.

Er hatte nicht erwartete, dass eine Flottille auf ihre Ankunft warten würde oder dass seine Reisegefährten gezwungen werden könnten, nach Emden zu reisen. Er hätte sich treten können, dass er ein solches Szenario nicht in Betracht gezogen hatte, denn das ergab absolut einen Sinn. Da Midanich sich im Kriegszustand befand, war jedes Schiff, das mit einer lohnenden Ladung in die Emsmündung gesegelt kam, Freiwild. Die normalen Lieferwege waren abgeschnitten und sich auf Piraterie zu verlegen war eine Art, den Mangel auszugleichen. Seine einzige Hoffnung war, dass man es nicht speziell auf ihr Schiff abgesehen hatte, weil er an Bord war, sondern dass sie wie jedes andere Schiff von den Piraten im Solde des Markgrafen aufgebracht worden waren. Er war sicher, dass Agenten des Herrschers von Midanich den Befehl erhalten hatten, jede Person, die mit ihm reiste, gefangen zu nehmen, um sicherzustellen, dass er sich allem beugen würde. Als ob Emilys und Cosmos Gefangenschaft nicht genug wäre, um seinen unbedingten Gehorsam zu bewirken!

Seine behandschuhten Hände umklammerten die Reling ein wenig zu fest und er blinzelte, als die Hafenstadt Emden aus dem Dunst auftauchte. Diese mittelalterliche Stadt war ihm so vertraut: Die Ansammlung von Ziegeldächern; die imposanten Mauern der sternförmigen Befestigungsanlagen, die die Stadt auf drei Seiten schützten; und die neun gewaltigen Windmühlen aus Ziegelsteinen und Lehm - eine für jede dreieckige Bastion, die von den hohen Stadtmauern aufragten. Wie schützende Riesen ragten sie in den Winterhimmel, hoch und stolz, während sich die langen Leinwandflügel der Windmühlen mit monotoner, doch tröstlicher Regelmäßigkeit drehten. Von dem unaufhörlichen Wind getrieben, der über die Nordsee blies, waren sie majestätische Symbole des Wohlstandes der Stadt, des Reichtums und der Unabhängigkeit seiner Kaufleute, die hier wohnten, und konnten über eine windgepeitschte Fläche von Sümpfen und Sumpfgebieten meilenweit gesehen werden. Ihre mächtige Symbolik war so groß, dass sie nicht nur auf dem Stadtwappen, sondern auch auf dem Wappen des Markgrafen auftauchten.

Als Alec diese Wahrzeichen für Wohlstand und freien Willen vor etwa elf Jahren gesehen hatte, hatte ihn das mit einem Gefühl von Abenteuer erfüllt. Emden war sein erster Eindruck von Midanich gewesen und die malerische Architektur und Ordnung des Seehafens hatten ihn überrascht und entzückt. Emdens Stadthäuser aus roten Ziegeln und Sandstein, stark von den holländischen Einwohnern beeinflusst, ragten vier oder fünf Stockwerke hinauf und waren an den zahlreichen Kanälen, die die Stadt kreuzten, säuberlich aneinandergereiht. Diese Wasserwege waren die Straßen, und die Boote mit den niedrigen Dächern - Trekschuiten genannt - waren die Fahrzeuge, mit denen Menschen und Waren durch diese ordentliche Stadt transportiert wurden. Neben den riesenhaften Windmühlen waren die einzigen anderen Gebäude von Bedeutung, auf die man ihn bei seiner Ankunft stolz hingewiesen hatte, die reformierte Kirche mit ihrem beeindruckenden Turm und das Zollhaus am Hafen. Die Kirche stand bereits seit mehr als hundert Jahren dort. Und sie war das Symbol der religiösen Toleranz der Stadt für die Holländer, die aus ihrer Heimat geflohen waren, um der Verfolgung durch die eindringenden Spanier zu entfliehen, während das Zollhaus mit seinem Kupferdach und dem unverwechselbaren Taubenschlag unter der Dachtraufe das Symbol für den Reichtum war - Reichtum, den die holländisch sprechenden Siedler entweder mitgebracht oder durch ihre harte Arbeit bei der Neuansiedlung angesammelt hatten.

Und dennoch war Emden im letzten Jahrzehnt erobert worden, zuerst von den Franzosen, und dann hatten die Engländer es im Siebenjährigen Krieg besetzt. Während es Alec schwerfiel, äußere Anzeichen der Kriegswirren zu sehen - alle Windmühlen standen noch, und die Stadthäuser und öffentlichen Gebäude zeigten keine äußeren Anzeichen von Zerstörung und Gewalt - fragte er sich, wie diese sich auf die Bevölkerung ausgewirkt hatten.

Der letzte Überfall und die Bedrohung der englischen Souveränität hatten vor fast zwanzig Jahren stattgefunden, bei dem fehlgeschlagenen Marsch des schottischen Prätendenten auf London. Er erinnerte sich daran, wie London von Panik ergriffen gewesen war, überall hatte es Gerede über blutige Massaker gegeben. Gewöhnliche Bürger waren von Entsetzen ergriffen worden und hatten zu außergewöhnlichen Maßnahmen gegriffen, um ihre Familie und ihren Besitz in Sicherheit zu bringen und zu verteidigen. Emdens Bürger mussten Ähnliches und Schlimmeres durchgemacht haben, denn der Feind hatte es geschafft, die Stadt und einen großen Teil des Landes zu besetzen. Und um es noch schlimmer zu machen, war die Bürgerschaft von Emden jetzt in einen Bürgerkrieg verstrickt.

Das ließ Alec nicht zum ersten Mal spekulieren, welchem Bruder die Stadt die Treue geschworen hatte - dem neuen Markgrafen Ernst oder seinem Halbbruder, Prinz Viktor. Und wem die Soldaten, die in Emden einquartiert waren, und die Piraten, die die *Caroline* aufgebracht hatten, Treue schuldeten. Er schätzte, er würde nicht lange warten müssen, um das herauszufinden. Ebenso würde er bald entdecken, ob seine Briefe an Jacob Luytens, dem in Emden ansässigen britischen Konsul, den er auch als Freund betrachtete, diesen erreicht hatten. Seinen letzten hatte er abgeschickt, sobald er wusste, dass er nach Midanich zurückkehren würde. Er hatte gehofft, dass diese Nachricht reichen würde, um den britischen Konsul zu einer Antwort zu veranlassen, aber wieder traf seine Korrespondenz auf Schweigen.

Es war Jacob Luytens gewesen, der ihm zehn Jahre zuvor geholfen hatte, aus dem Land zu fliehen, indem er ihn auf dem Heringsfischerboot eines Cousins versteckt hatte. Alec war unter dem Gewicht der Fischernetze geblieben, bis das Boot aus der Mündung hinaus und in Richtung Nordwesten unterwegs war. Er hatte einen letzten Blick auf die Stadt werfen wollen und hatte zugeschaut, wie sie hinter dem Horizont verschwand, die sich langsam drehenden Flügel der hoch aufragenden Windmühlen waren seine schönste Erinnerung. Von

Erleichterung geschwächt waren seine Beine dann unter ihm zusammengesackt.

Jetzt, während die *Caroline* langsam zum Pier gezogen wurde, während die Eskorte aus Piraten und Flottille von Lugern zuschauten, waren es nicht Erleichterung oder Aufregung, die seine Knie weich werden ließen, sondern Furcht. Es war die Art abscheulicher Furcht, die einen überkam, wenn man sicher wusste, dass es gleich an der Zeit sein würde, für die Folgen ungestümer Taten von vor zehn Jahren zur Rechenschaft gezogen zu werden. Sein Leben würde wieder auf den Kopf gestellt werden, und er wusste mit absoluter Sicherheit, dass Markgraf Ernst und seine Schwester Johanna die Absicht hatten, ihn für seinen Verrat zahlen, teuer zahlen zu lassen.

Was er nicht erwartet hatte, war, dass sein Onkel, seine Patentante und Selina bei dieser Rückkehr, und allem, was damit zusammenhing, Zeuge sein würden. Sie hätten am anderen Ufer der Flussmündung sein sollen, in Holland, sicher vor Schaden und ohne zu wissen, welche Ereignisse sich in Midanich abspielten. Genauer gesagt, ohne von den Ereignissen zu wissen, die ihn betrafen. Während er vollstes Vertrauen darin hatte, die widerlichsten seiner Fehler vor ihnen verbergen zu können, gab es ein paar Dinge über seine Zeit in Midanich, die öffentlich bekannt und deren Enthüllung daher unvermeidlich waren.

Er holte tief Luft. Dann sollte es so sein. Er konnte und würde jetzt auch nichts mehr von seiner Vergangenheit verstecken.

Er zwang sich, seinen inneren Aufruhr nicht anmerken zu lassen und drehte sich zu dem alten Mann um.

„Onkel! Ich möchte, dass du mir genau zuhörst."

„Faszinierend!", rief Plantagenet Halsey aus, dessen Aufmerksamkeit auf etwas anderes gerichtet war.

Er schaute zum Kai hinunter, zu den starken Männern, die das dicke Tau des Schoners um einige große Spille wickelten, die am Pier befestigt waren und die Balken der Spille mit aller Macht im Kreis drehten, was das Tau fester anzog, was wiederum das Schiff an den Pier zog. Plantagenet Halsey war voller Bewunderung für den Einfallsreichtum, ein Schiff mechanisch an einen Pier zu bringen, ohne Wind und Segel zu benutzen.

„Und ich hier hatte gedacht, wir müssten draußen im Kanal Anker werfen und uns in Boote verfrachten lassen, wo wir rudern müssten." Er wandte sich um und sah Alec an, rieb seine behandschuhten Hände aneinander; diese Bewegung hatte aber nichts damit zu tun, dass er seine Hände wärmen wollte. „Kann kaum erwarten, wie sie es anstellen werden, den Tragsessel ihrer Gnaden auszuladen", fügte er schadenfroh hinzu. „Vielleicht kann sie damit hochgehoben und über die Gangway getragen werden. Sie war krank genug, um das zu rechtfertigen. Heh?"

„Vielleicht. Obwohl ich bezweifle, dass es ihr besser gehen würde, wenn sie in einer Sänfte herumgestoßen wird", sagte Alec mit großer Geduld. „Ich möchte, dass du mir zuhörst ..."

„Natürlich, mein Junge."

„Was auch immer geschieht, wenn wir erst den Fuß auf trockenen Boden gesetzt haben, bitte denke daran: Ich bin immer noch Alec - dein Neffe."

„Ja. Natürlich bist du das", antwortete der alte Mann. Obwohl es aus dem schwachen Lächeln, das diese Worte begleitete, ersichtlich war, dass er keine Ahnung hatte, worüber Alec sprach. „Das wirst du immer bleiben."

„Ich kann mich nicht sehr gut ausdrücken", entschuldigte Alec sich befangen. „Aber es ist wichtig, dass ich dein Versprechen habe, dass du, was auch immer geschieht, was auch immer du siehst oder über mich hörst, deine Überraschung und dein Erschrecken - ja, du wirst erschrocken sein - für dich behältst. Ich werde mich dir anvertrauen. Aber vorläufig, in der nächsten kurzen Zeit, möchte ich, dass du nicht reagierst, sondern alles, was ich in deiner Nähe sage oder tue - als ob alles das, was mich betrifft, dir längst bekannt gewesen wäre."

„Du möchtest, dass ich lüge?"

„Natürlich nicht!", erwiderte Alec. Er kam näher, eine behandschuhte Hand an der Reling, als ob er trotz der gebellten Kommandos und dem damit verbundenen Chaos des Ausschiffens gehört werden wollte. „Worum ich dich bitte, ist, dass du keine Überraschung zeigst, denn wenn du es tust, wenn du irgendetwas hinterfragst, was von jetzt an geschieht, würde es Olivia und Selina sehr verunsichern. Ich möchte nicht, dass eine von ihnen sich aufregt, und ich kann es auch nicht brauchen, dass sie oder Sir Gilbert Fragen stellen - Fragen, die zu beantworten ich nicht bereit bin, nicht, bevor nicht Emily und Cosmo außer Gefahr sind. Also brauche ich dich so selbstbewusst, wie du nur sein kannst."

„Ha! Also soll mein Mangel an Reaktion Selbstbewusstsein ausdrücken, während ich unwissend bleibe?"

Alec lächelte. „So ungefähr, ja."

Plantagenet Halsey tätschelte die Schulter seines Neffen. „Es ist nur gut, dass ich Vertrauen in dich habe. Was auch immer du verlangst. Ich werde keine Fragen stellen und nicht mit der Wimper zucken. Bei meiner Ehre. Du kannst auf mich zählen."

Alecs Lächeln wurde breiter und er drückte die Hand seines Onkels, die seine Schulter berührte. „Ich danke dir."

„Im Übrigen ist es das Letzte, was ich wünsche, ihre Gnaden und deine aprikosenfarbene Schönheit bekümmert zu sehen. Obwohl - und das wird das Letzte sein, was ich frage - warum hältst du dich von Mrs. J-L fern? Du hast seit Harwich kaum zwei Worte mit ihr gesprochen."

„Sie sollte nicht hier sein!", antwortete Alec schroff und fügte hinzu, bevor er sich zu seinem Kammerdiener umdrehte, der mit einem Piraten in seinem Rücken und einer Pistole in seinen Rippen an Deck kam: „Und du hast gerade dein Versprechen gebrochen. Keine Fragen! Was gibt es, Jeffries?"

„Mylord, Sir Gilbert verursacht eine - äh - *Störung*", berichtete Hadrian Jeffries ausdruckslos in englischer Sprache. „Ich wurde geschickt, um Euch zu holen, damit Ihr diesem Individuum seine Wünsche an ihn übermitteln könnt."

Alec unterdrückte einen schweren Seufzer. Er winkte dem Piraten zu, dass er vorausgehen sollte.

„Sir—!"

Alec hielt an, als er gerade an seinem Kammerdiener vorbeigehen wollte, schaute ihm in die Augen und wartete.

„Dieses Individuum hat die Erlaubnis, Sir Gilbert die Kehle durchzuschneiden, sollte er sich nicht sofort fügen", sagte Hadrian Jeffries leise. „Unabhängig von Euren Bemühungen, ihn zur Vernunft zu bringen."

„Was sagst du da? Rede!", verlangte der Pirat und stieß den Lauf seiner Pistole fester in die Rippen des Kammerdieners.

„Mein Diener sagt, Ihr hättet den Kobold, von dem mein Freund besessen ist, aufs Äußerste gereizt", sagte Alec aalglatt auf Niederländisch und in so trockenem Ton, dass es Jeffries' gesamter Selbstkontrolle bedurfte, nicht laut über die unerhörte Behauptung herauszulachen, dass der Leiter der englischen Gesandtschaft von einem Meeresgeist besessen wäre. „Jetzt muss ich ihn beruhigen, bevor er Euch alle verflucht. Und legt doch Eure Pistole weg."

„Dieses Fass von einem Mann ist von einem ... einem *Geist* besessen?", fragte der Pirat ängstlich und führte Alecs Befehl ohne zu zögern mit einem Blick über seine Schulter aus, als ob er erwartete, den Kobold in seinem Rücken lauern zu sehen.

„Ja. Und wenn Ihr und Eure Seemannskameraden nicht für alle Ewigkeit verflucht zu werden wünscht, solltet Ihr besser beten, dass ich Mijnheer Klabautermann besänftigen kann. Jetzt bringt mich zu ihm."

Die Augen des Piraten weiteten sich vor Entsetzen.

„*Klabautermann*? Sein Name ist Klabautermann?"

„Ja. Ist etwas nicht in Ordnung?", fragte Alec gleichmütig, sehr wohl wissend, dass er sich auf die abergläubische Natur aller Seeleute verließ.

Er hatte sich an eine Geschichte erinnert, die ihm der Kapitän des Heringsfischerboots, das ihn vor all diesen Jahren in Sicherheit gebracht hatte, erzählt hatte, über einen Meeresgeist, den Fischer und Seeleute gleichermaßen fürchteten und willkommen hießen. Dieser Meeresgeist, glaubten sie, half ihnen bei ihren Seefahrten. Aber ebenso, wie er jemanden retten konnte, der über Bord gegangen war, konnte dieser Geist böse werden, wenn es sein musste. Da er nie in seiner wahren Form gesehen wurde, war es nicht weit hergeholt, diesen Piraten und seine Gefährten davon zu überzeugen, dass Sir Gilbert besessen war. Ihm den deutschen Namen des Geistes zu geben, war ein witziger Geniestreich, so dachte Hadrian Jeffries, in dessen Kehler ein Kichern aufkam, das er ungeschickt unterdrückte.

Der Pirat, voll Panik, den vom Kobold besessenen Sir Gilbert zu beruhigen, eilte hinter Alec her, der mit großen Schritten übers Deck ging, und rief seinen Kameraden zu, sich besser zurückzuhalten und nicht unter Deck zu gehen. Dort unten waren magische Kräfte am Werk, die besänftigt werden mussten.

Hadrian Jeffries war vergessen und blieb neben Plantagenet Halsey auf Deck stehen.

„Ich weiß nicht, was mein Neffe gesagt hat, aber er hat diesem salzigen Lumpenkerl und seinen Freunden tüchtig Angst eingejagt", bemerkte der alte Mann.

„Das schnelle Denken seiner Lordschaft hat Sir Gilbert davor bewahrt, zu Fischköder verarbeitet zu werden", sagte Hadrian Jeffries befriedigt.

„Und so fängt es an …", murmelte Plantagenet Halsey, mit welcher kryptischen Bemerkung er seinen feuchten Dreispitz auf sein ergrautes Haar drückte und das Deck überquerte, um sich dem Rest der Gesellschaft anzuschließen, die aus der Dunkelheit ihrer winzigen Kabinen in einen kalten und stürmischen Wintertag heraufkamen.

DIE PIRATEN SCHEUCHTEN IHRE ENGLISCHEN GEFANGENEN ZU der schmalen Laufplanke, die Entermesser noch immer blankgezogen, aber nicht mehr drohend geschwenkt. Alle außer zwei von ihnen hielten sich gut zurück, da die Nachricht, dass der einem Bierfass ähnliche Engländer möglicherweise von einem Meeresgeist besessen wäre, zu ihnen durchgedrungen war.

„Ich wusste, diese Halsabschneider würden endlich zur Vernunft kommen, wenn Ihr erst mal so klug sein würdet, ihnen genau zu erklären, wen ich vertrete", bemerkte Sir Gilbert mit einem selbstzufriedenen Lächeln, als er sich an Deck zu ihm gesellte. „Mit den Untertanen Seiner Majestät ist nicht zu scherzen."

Alec verdrehte angesichts Sir Gilberts Selbsttäuschung und neu gefundener Tapferkeit innerlich die Augen, bemerkte aber nichts dazu, sondern wandte sich ab, um darauf zu achten, dass alle anwesend waren, während sie darauf warteten, dass die Laufplanke richtig hingelegt würde. Dann teilte er ihnen kurz und leise seinen Plan mit, der ausgeführt werden sollte, sobald sie auf trockenem Boden wären, und alle stimmten zu, außer Sir Gilbert, der großspurig feststellte:

„Ihr habt nicht hinzugefügt, dass ich als Leiter der Gesandtschaft diese Gruppe anführen werde, aber ich bin sicher, dass es nur ein momentanes Versehen war; ich habe die erforderlichen beglaubigten Dokumente in meinen Händen, die ich den Amtsträgern präsentieren möchte. Wenn auch sie erst erkennen, wer ich bin und warum ich gekommen bin, bin ich sicher, dass ich die vollumfängliche Kooperation dieser Ausländer erhalten werde." Er lächelte Alec dünn an und fügte hinzu: „Ich mag die Sprache der Piraten nicht sprechen, aber meine französischen Sprachkenntnisse sind, wie Euch wohl bekannt ist, Mylord, nicht zu verachten."

„Sie werden Euch gute Dienste leisten, wenn wir erst in Schloss Herzfeld und am Hof angekommen sind, Sir Gilbert", antwortete Alec geduldig. „Aber hier in Emden spricht die Bürgerschaft Niederländisch - die Sprache der Kaufleute. Und die Berufssoldaten Deutsch. Wenn ich also irgendwie behilflich sein kann?"

Sir Gilbert wurde kurz nervös. „Als mein Untergebener könnt Ihr natürlich behilflich sein, Mylord! Jetzt lasst uns sofort das Schiff verlassen!"

Obwohl sie schwach und noch grünlich war, fand die Herzogin doch, dass Alec ein für alle Mal klarstellen sollte, dass er als Marquess Vorrang vor allen an Bord hatte, sie selbst eingeschlossen. Und dies sagte sie auch zu Sir Gilbert, der schweigend zuhörte, obwohl sein Gesichtsausdruck ihr sagte, dass er sie nur beschwichtigen wollte, da ihr Rang und seine guten Manieren das verlangten.

Als aber Plantagenet Halsey ihren Arm berührte und ihr mit einem Finger auf den Lippen zu verstehen gab, sie möge nachgeben, war es der vielsagende Ausdruck in seinen Augen, der sie die Lippen zusammenpressen und nichts mehr sagen ließ.

Und so gingen sie dann die Laufplanke hinunter, einer nach dem anderen, alle trotz des ständigen Nieselregens und des unaufhörlich windigen Wetters eifrig darauf bedacht, an Land zu gehen. Die Damen mit ihren roten Wollumhängen, deren Kapuzen hochgeschlagen und die über ihren gesteppten Röcken und von Hauben geschützten Frisuren eng zusammen genommen wurden, die Herren, ihre Hüte oder Dreispitze tief über das windzerzauste Haar gedrückt, graue Wollumhänge über den pelzgefütterten Winterröcken, die von den Stiefeln bis zum stoppeligen Kinn zugeknöpft waren, während die Hände in großen Pelzmuffs steckten, die Alec jedem der englischen Passagiere geschenkt hatte, Männern wie Frauen, da er wusste, dass ein solches winterliches Kleidungsstück in diesem Teil des Kontinents wichtig war, um den bis auf den Knochen gehenden Schmerz, den nur der Winterwind der Nordsee zu verursachen imstande war, abzuhalten.

Die Gruppe ging dann über den überfüllten und lauten Pier weiter, wie ihnen von den patrouillierenden, bewaffneten Soldaten befohlen wurde, die eine Vielzahl von Passagieren aus einer Reihe beschlagnahmter Schiffe einen schmalen Fußweg entlangschickten. Die englischen Passagiere hielten sich in der an Bord bestimmten Reihenfolge zusammen, so dass die Herzogin, Selina und ihre jeweilige Zofe den größten Schutz genossen, nicht nur vor dem scheußlichen Wetter, sondern auch vor dem Gedrängel und Unannehmlichkeiten von Fremden, Militärs wie Zivilisten.

Sir Gilbert Parsons führte die Gruppe an, einen Schritt vor Alec und Hadrian Jeffries. Plantagenet Halsey mit der Herzogin von Romney-St. Neots am Arm kam als nächster. Darauf folgten Selina Jamison-Lewis und ihre Zofe. Hinter ihnen die Zofe der Herzogin und Sir Gilberts Diener, und hinter diesen beiden zwei der stämmigsten und kräftigsten der oberen Lakaien der Herzogin, die sie mit auf die Reise genommen hatte, da sie jeden Portmanteau und jede Reisekiste heben konnten, wenn es nötig war, und imstande waren, ihre Herrin im Tragsessel zu tragen. Noch wichtiger war, wie die Herzogin Plantagenet Halsey mit einem selbstzufriedenen Lächeln anvertraut hatte, dass die Größe ihrer Fäuste und die Muskeln in ihren Oberschenkeln ausreichen würde, die Legionen von Räubern und Taschendieben, die sich bekanntlich auf dem Kontinent herumtrieben, abzuschrecken. Der alte Mann hatte über ihre Vorkehrungen gekichert und darauf hingewiesen, dass es ebenso viele, wenn nicht mehr, Gelegenheitsdiebe in London allein gäbe, und sie sich nie Sorgen über *diese* gemacht hätte. Aber jetzt, als sie sich auf dem Pier und zwischen dem Haufen verwahrloster Fremder sowie den Dutzenden von Soldaten umschauten, schienen zwei Lakaien von der Größe von Gorillas tatsächlich sehr nützlich sein.

Der Pier war kaum breit genug für eine einspännige Kutsche oder einen Wagen, aber solche Landfahrzeuge waren überflüssig. In dieser fernen Ecke des Kontinents reiste alles, von Menschen bis Waren, über die vielen, zu diesem Zweck gebauten Kanäle. Die Ladung, die von den

Schiffen, die in den Hafen kamen, entladen wurde oder von Ruder-
booten von den im tieferen Wasser ankernden Fregatten hereingebracht
wurden, erging es nicht anders, und schwere Pferde unter der Leitung
ihrer Führer stapften den Pier hinab und hinauf, um Lastkahn nach
Lastkahn beschlagnahmter Waren ins Zollhaus zu bringen.

Neben dem Pfad, der von den Kaltblütern benutzt wurde, verlief
der schmale Fußweg, auf den alle Passagiere geschickt wurden. Kanal
und Fußpfad liefen an acht vierstöckigen Stadthäusern aus rotem Backstein vorbei, deren steile Mansardendächer und Stuckverzierungen ihren
einzigartigen holländischen Charakter betonten. Und am Ende dieser
Reihe stand ein imposantes Gebäude aus rotem Ziegelstein mit einem
grünen Kupferdach und einem Uhrturm, der das Wappen von Midanich trug. Dies war das Zollhaus, dessen einer Flügel vom anderen
durch einen majestätischen Bogen getrennt wurde, durch den der Kanal
in ein zentrales Lager führte. Hier wurden die Lastkähne entladen und
ihre Ladungen zur Untersuchung sortiert.

Ballen von Baumwolle, Wolle und rot gemusterten Stoffen wurden
wahllos aufgeschnitten; die Deckel hölzerner Kisten waren aufgebrochen, die Strohpolsterung herausgerissen und auseinandergezerrt, um
den Inhalt zu enthüllen; persönliches Gepäck sortiert und auf ständig
wachsende Haufen geworfen - viele der Portmanteaux und hölzernen
Reisekisten lagen mit aufgebrochenen Schlössern da, die für wertlos
erachtete Kleidung und persönlichen Gegenstände von den nach Wertvollem suchenden Arbeitern in Schmutz und Schlamm getreten. Säcke
von Mehl, Mehl und getrockneten Hülsenfrüchten, Kisten voller Käse-
laibe und Fässer mit dünnem Bier und Wein wurden sorgfältiger inspiziert. Essen und Trinken waren für eine Festungsstadt während einer
Belagerung die wertvollsten Güter, und noch mehr in den kargen
Wintermonaten, wenn die Fischer ans Ufer gefesselt und die Bürger auf
Läden angewiesen waren, die jetzt mit den Hunderten von Soldaten
geteilt werden mussten, die die Stadt besetzt hielten.

Diese Zollinspektionen wurden von dienstbeflissenen Männern in
tristen Mänteln und einfachen schwarzen Dreispitzen überwacht, deren
an ihren Hüten befestigten, runden Messingabzeichen, wie Alec wohl
wusste, ihre Stellung als von der Stadt bestallte Amtsträger anzeigten.
Und diese Inspektoren wurden von Soldaten mit Gewehren, an denen
die Bajonette aufgesteckt waren, überwacht, die Uniformen aus blauer
Wolle mit glänzenden Messingknöpfen trugen und deren hohe Mützen
aus roter Wolle mit einer Frontplatte aus kunstvoll geschlagenem
Messing verziert waren. Sie waren Berufssoldaten, eigentlich Grenadiere, und ihre Kampffähigkeit wurde während der Zeit einer Belagerung hochgeschätzt; zusammen mit ihren Brüdern, den Füsilieren,

waren sie eine Einkommensquelle für ihren Markgrafen. Sie wurden wie jede andere Ware in Länder wie England, ohne stehendes Heer, aber mit Bedarf an professionellen Soldaten, exportiert. Alec wusste auch, dass die Grenadiere, als Experten der Belagerungskriegsführung, normalerweise in Schloss Herzfeld lagen und dass Prinz Ernst, der neue Markgraf, ihr kommandierender Offizier war und sie daher seiner Durchlaucht zutiefst ergeben waren.

Also waren es die Grenadiere des Markgrafen, die es geschafft hatten, Midanichs reichste Stadt und größten Hafen zu besetzen und zu halten, und jetzt würden sie das weiter bis zum Tauwetter im Frühjahr tun, wenn Prinz Viktor versuchen würde, Emden zu nehmen. Wer immer Emden kontrollierte, beherrschte Midanich, und für Alec hatte die Tatsache, dass Truppen, die dem Markgrafen treu ergeben waren, im Moment Emden kontrollierten und das Zollhaus überwachten, den Vorteil, ihm bei seinem Bemühen, die Sicherheit derer, die er liebte und schützen wollte, zu gewährleisten, behilflich zu sein.

Und das mochte eher in Frage stehen, als er vorausgesehen hatte, als er sich der Schlange frierender und müder Passagiere anschloss, die sich am Pier entlang zog, bis unter das Gewölbe des Zollhauses und dort hinein bis zu einem zentralen Bearbeitungslager. Zusammengepresst und nur in der Lage, so schnell wie der Mensch vor ihm zu gehen, wurden die Passagiere doch herumgestoßen, gedrückt und von Soldaten, die nichts Besseres mit ihrer Zeit anzufangen hatten, als diese tristen Zivilisten zu belästigen, angeschrien. Keiner der Erwachsenen wagte es zu protestieren, und alle Gespräche wurden auf ein Minimum beschränkt, die einzigen Klagelaute kamen von frierenden und hungrigen Kindern und Säuglingen auf den Armen ihrer Mütter, die nichts von der beängstigenden Lage wussten, in der ihre Eltern sich befanden.

Die englischen Passagiere von der *Caroline*, blieben, wie Alec ihnen auf dem Schiff geraten hatte, ruhig und so unauffällig wie möglich, als sie sich dieser Schlange aufgestörter Menschen anschlossen. In einem Punkt war die Tatsache, dass es Winter war, zu ihrem Vorteil. Umhänge und lange Mäntel verbargen das luxuriöse Tuch und die Stickerei auf ihren Kleidern, obwohl nichts den teuren Schnitt und die Passform ihrer Oberbekleidung und Stiefel und die Schuhe der Damen aus Stoff und Leder, die durch passende Galoschen vor dem Straßenschmutz geschützt wurden, verstecken konnte.

Es ging darum, an die Spitze der Reihe zu gelangen, ohne sich die Aufmerksamkeit oder den Zorn der Militärs zuzuziehen. Menschen von Wohlstand und Rang wurden in Zeiten des Konflikts besonders bedrängt, weil sie am meisten zu bieten und am meisten zu verlieren hatten. Sie konnten all ihrer Kleider und all ihres Besitzes beraubt werden und viele würden nichts sagen oder tun, um nicht auch noch ihrer Würde beraubt zu werden. Da diese Stadt, ja, sogar das ganze Land, in Aufruhr war, hatte Alec gewarnt, dass die normalen Regeln von Höflichkeit und Rang nicht galten. Alles war möglich. Das Militär hatte die Macht. Seine Loyalität galt niemandem außer dem Markgrafen und seiner Familie.

Gerade, als Alec seine Gruppe ermahnte, nichts zu sagen oder zu tun, das ihnen unerwünschte Aufmerksamkeit einbringen könnte, brach ein paar Fuß vor ihnen ein Handgemenge aus. Ein Zollbeamter griff sich einen Passagier in einem übergroßen Umhang heraus, der sich verdächtig benahm. Der Mann erhielt den Befehl, vorzutreten, um sich durchsuchen zu lassen. Die Ehefrau wollte den Arm ihres Mannes nicht loslassen. Zwei kleine Kinder, die an ihren Röcken hingen, begannen zu heulen. Mehr Soldaten kamen zu der Szene hinzu. Die Frau wurde gewaltsam beiseitegeschoben. Schreie und Rufe waren zu hören, als sie hart auf dem Boden aufschlug und ihre schluchzenden Kinder mit ihr stürzten. Der Mann in dem übergroßen Umhang zog ein Messer und stürzte sich auf den nächsten Soldaten, nur um von einem Musketenkolben hart auf den Hinterkopf getroffen zu werden, bevor zwei Soldaten ihn zwischen sich in die dunklen Tiefen des Lagers fortzerrten.

Die Menschen um die gestürzte Frau und ihre Kinder halfen ihr auf die Beine, ihre Proteste verstummten, aus Furcht, auch weggeschleppt zu werden. Einer der Männer wagte es, seinen Stock vor das Gesicht eines Soldaten zu halten und wurde für seine Frechheit ins Gesicht geschlagen. Als er taumelte und von den anderen Bürgern in die Reihe zurückgezogen wurde, rann Blut aus einem Schnitt auf seiner Stirn und noch mehr Soldaten kamen mit aufgepflanzten Bajonetten herbei. Genau da hallte ein Schuss weit hinten im Lager und die Reihe der Passagiere wurde ruhig und verstummte. Einer der Soldaten, der den Mann in dem übergroßen Umhang weggezerrt hatte, kam zurück, sagte ein paar Worte zu seinem Hauptmann und wurde entlassen. Der Hauptmann machte dann auf dem Absatz kehrt und marschierte zum Beginn der Reihe, ohne ein Wort oder einen Blick zu der Frau des Mannes, die gerade zur Witwe gemacht worden war. Es blieb ihren Freunden überlassen, ihr die herzzerreißende Nachricht zu übermitteln. Ihr mitleiderregendes Aufheulen konnte den ganzen Pier entlang gehört werden.

„Sie haben den Kerl erschossen", sagte Hadrian Jeffries verwundert mit einem Blick zu Alec, ob er das richtig verstanden hätte. „Mylord? Sie - sie haben ihn erschossen, weil er einen Sack Kohle versteckte? *Einen Sack Kohle ...*"

„Ja", stellte Alec fest und die Kälte in seiner Stimme verbarg seinen

Zorn. Er wandte sich mit sorgenvollen Augen an seinen Onkel und die Herzogin. „Ich weiß, dass ich schon auf dem Schoner dafür um Verzeihung gebeten habe, aber ich kann euch gar nicht oft genug sagen, wie leid es mir tut, dass ihr dem hier ausgesetzt werdet. Ich hatte nicht erwartet, dass wir von Piraten geentert würden, und im Nachhinein hätte ich darauf bestehen sollen, dass ihr beide über Amsterdam reist. Aber dies hier …“ Er winkte mit seiner behandschuhten Hand in die allgemeine Richtung der schlurfenden Reihe der Passagiere und der patrouillierenden Soldaten, „- das hier ist keine Überraschung für mich und ich bin gut darauf vorbereitet, damit fertigzuwerden. Ihr nicht. Und das solltet ihr auch nicht sein müssen. Aber wenn wir erst aus dem Zollhaus heraus sind, werdet ihr ein warmes Haus bekommen, wo ihr bis zu meiner Rückkehr sicher sein dürftet. Das verspreche ich euch.“

„Mach dir nichts daraus“, sagte Plantagenet Halsey abwehrend, um seine Besorgnis zu verschleiern. „Ihre Gnaden und ich würden in einer Scheune schlafen, wenn es deinem Auftrag, Emily und Cosmo zu befreien, helfen könnte. Nicht wahr, Euer Gnaden, he?“

„Eine Scheune, ja. Aber mit Euch …?“, scherzte die Herzogin mit einem spöttischen Schnauben, das die Stimmung erheblich aufhellte. Bevor der alte Mann eine passende Antwort finden konnte, beugte sie sich zu Alec, um ernst zu sagen: „Mein Junge, mache dir um uns keine Sorgen. Es ist nichts gegenüber dem, was meine Enkelin und Cosmo erleiden müssen. Wenn ich daran denke, wie sie ganz allein in diesem Schloss sind und diese Soldaten ansehe, diese *Bestien* - Wenigstens habe ich - haben *wir* - dich zu unserem Schutz, während sie - sie - Oh, verdammt!“, fügte sie hinzu und ihre Augen füllten sich mit Tränen, als Alec sie an sich zog und ihre Stirn küsste. „Ich hatte mir geschworen, dass ich nicht weinen würde, und das werde ich nicht! Ich werde mich nicht in Tränen auflösen! Nicht hier! Niemals. Nicht, bis du sie nicht sicher zurückgebracht hast … Habe ich richtig gehört?“, fügte sie hinzu und wechselte das Thema; alles war besser, als ihren Gedanken zu erlauben, sich weiterhin mit ihrer Enkelin zu befassen, vor allem jetzt, wo sie in dieser elend tristen, ausländischen Stadt war, die vor ausländischen Soldaten wimmelte und wo niemand eine zivilisierte Sprache sprach. „Habe ich dich sagen hören, dass dieser Mann, den sie weggeschleppt haben, wegen eines Sacks Kohle getötet wurde?“

„Und das überrascht Euch?“, spottete Plantagenet Halsey. Und, um die Gedanken der Herzogin von ihrer Enkelin und deren gegenwärtiger, übler Lage abzulenken, wenn auch nur für ein paar Minuten, sagte er, um sie zu reizen: „Unser Rechtssystem ist keineswegs besser. Wir hängen Leute wegen weniger!“

„Aber wir erschießen sie nicht einfach so!“, widersprach sie und ihre

Schultern strafften sich vor Empörung, als sie den Köder des alten Mannes im Ganzen schluckte. „Nicht ohne Gerichtsverfahren. Wir haben ein gesetzlich vorgeschriebenes Verfahren …“

„Gesetzlich vorgeschriebenes Verfahren? Ha! Ein Straßenjunge stiehlt Brot, weil er Hunger hat, nicht, weil er ein Dieb wäre! Und was tut unser vorgeschriebenes Gerichtsverfahren? Reißt das Kind von seinen Eltern weg und deportiert es über den Atlantik. Oder, wenn er ein Taschendieb ist, der sich mit der Taschenuhr eines Tagträumers davon macht, weil er das Ding für Essen verpfänden will, nicht, weil er wissen will, wie verdammt spät es schon ist! Was ist das Ergebnis? Er wird gehängt! Also erzählt mir nichts über einen fairen Prozess, Euer Gnaden.“

„Welch völliger Unsinn!“ Die Herzogin kochte innerlich. „Wie könnt ihr ein Gericht, das über die Taten eines Diebes ein Urteil spricht, damit vergleichen, wenn ein Soldat einen Mann kaltblütig erschießt? Eigentum muss gesichert werden, und an Dieben muss ein Exempel statuiert werden, oder unser Land versinkt in Anarchie. Ihr habt in der Vergangenheit schon idiotische Bemerkungen gemacht, Plantagenet, aber dies hier ist völliger Wirrwarr. Das übersteigt alles! All dieses Salzwasser muss Euer Gehirn verwirrt haben!“

„Nun, Euer Gnaden, dann einigen wir uns doch darauf, dass wir uns nicht einig sind“, antwortete der alte Mann besänftigend, eine Braue mit einem entschuldigenden Blick auf seinen Neffen gerichtet, als er erkannte, dass sein Trick weit erfolgreicher war, als er geplant hatte. „Und selbst Ihr müsst zugeben, dass er ein Messer gezogen und auf den Soldaten losgegangen ist. Nur ein Wahnsinniger würde so etwas tun. *Und* er hatte Kohle unter seinem Umhang versteckt. Kohle muss zu dieser Jahreszeit sehr begehrt sein, und daher eine hübsche Summe wert, schätze ich.“

„Wenigstens geben *wir* Dieben Gelegenheit, ihre Taten zu erklären. Dieser arme Kerl bekam überhaupt keine, und er hat eine Frau und zwei kleine Kinder und eine Familie … Oh, Gott …“

„Ja. Wie die meisten Diebe auch …“, murmelte Plantagenet Halsey und nahm die Herzogin tröstend in die Arme, als sie sich zu seiner Schulter wandte und weinend gegen seinen Mantel fiel. „Irgendetwas, was wir für die Witwe und die Kinder tun können?“, fragte er leise seinen Neffen.

„Schon in Betracht gezogen, wird erledigt“, antwortete Alec und wurde abgelenkt, als eine Hand auf seine Schulter klopfte.

Es war ein Zollbeamter. An seinen Seiten standen zwei Soldaten. Jeder in Alecs Gruppe hielt den Atem an und wartete. Sir Gilbert,

Hadrian Jeffries und Plantagenet Halsey waren die einzigen, die nicht von Furcht erfüllt waren. Sir Gilbert, weil er seine Nase in ein Bündel Dokumente steckte und daher beschäftigt war. Der Kammerdiener, weil er das meiste, was gesagt wurde, verstand, selbst wenn deutlich in Dialekt gesprochen wurde. Und Plantagenet Halsey, weil es während des Verlaufs der Konversation einen Austausch von Gesten gab, deren letzte, von seinem Neffen, den Zollbeamten lachen und den Kopf schütteln ließ. Die Soldaten, die kein Niederländisch verstanden, fassten das Lachen und Lächeln als Zeichen auf, dass es für sie wenig zu tun gäbe und wanderten davon, der Zollbeamte folgte bald. Alecs Gruppe atmete leichter.

Plantagenet Halsey mochte nicht verstanden haben, was gesagt wurde, aber einige Gesten waren erstaunlich universell; wie eine fortlaufende, kreisförmige Bewegung mit einem Finger neben dem Ohr.

„Also hast du ihnen erzählt, dass mein Verstand verwirrt ist, he?", stellte der alten Mann fest und schlurfte mit dem Rest der Gruppe vorwärts, als die Menschenschlange einige Schritte weiterkam, was sie noch dichter an die Zollkontrolle brachte. Er war keineswegs gekränkt. „Wenn uns das hilft, diese Tortur schneller zu überstehen und vor ein warmes Feuer zu kommen, spiele ich gerne den Trottel."

Alec wartete, bis sie wieder zum Stehen kamen, bis er seinen Onkel ansah.

„Besser, für einen Irren als für einen Spion gehalten zu werden. Wenigstens wird man dich jetzt in Ruhe lassen - möglicherweise einen Bogen um dich machen." Er schaute die Herzogin an und fügte entschuldigend hinzu: „Das gilt für euch beide. Ich habe erklärt, dass du als die Frau meines verrückten Onkels die Einzige bist, die die Macht hat, seine - äh - Wutanfälle unter Kontrolle zu halten."

„Und stimmt es etwa nicht", murmelte der alte Mann mit einem Kichern in seinen hochgestellten Kragen.

Die Herzogin war zu schockiert, um eine schlagfertige Erwiderung von sich zu geben. Aber es war nicht Alecs Lüge dem Zollbeamten gegenüber, die ihre Zunge lähmte, sondern die plötzliche Hitze, die sie in ihrem Gesicht fühlte. Sie wurde rot wie ein Schulmädchen, und das in ihrem Alter, und wegen eines alten, republikanischen Schurken. Die Seekrankheit musste auch ihr Gehirn verwirrt haben! Nicht der alte Mann war ein Wahnsinniger, sie war es!

„Peeble! Meinen Fächer! Und Riechsalz!", verlangte sie von ihrer Zofe.

„Keine Sorge", sagte Plantagenet Halsey, nicht zur Herzogin, sondern zu Peeble, die in ihrem Rücken stand. „Ihre Gnaden kann nicht weiter fallen, als bis in meine Arme! Aber jetzt glaube ich, der

Junge hat noch etwas, das gesagt werden muss, daher, gnädige Ehefrau, müsst Ihr schweigen.“

Die Herzogin schloss schaudernd ihre Augen. „Großer - Gott!“

Alec erlaubte sich ein Lächeln über die leichte, komische Erleichterung, die die dramatische Handlung zwischen seinem Onkel und seiner Patentante in einer ansonsten angespannten Lage verschaffte. Er wusste, dass das Verhalten seines Onkels Berechnung war und dass er die Herzogin und den Rest der Gruppe erfolgreich von ihrer schwierigen Lage abgelenkt hatte, wenn auch nur für wenige Minuten. Sein Blick glitt über die Gruppe, alle Gesichter waren vor Kälte verkniffen, jedoch lächelten sie jetzt und waren etwas weniger erschöpft. Ihre Ängste kehrten jedoch zurück, als eine Gruppe Soldaten vorbeimarschierte und bald zu hören war, wie sie neu angekommene Passagiere weiter hinten in der Schlange bedrängten.

Wenn sein Onkel mit seinen Dummheiten ihre Aufmerksamkeit ablenken konnte, konnte er das auch tun, indem er sie mit all den kleinen Details langweilte, was sie erwarten konnten, wenn sie erst bei der Zollkontrolle ankamen. Das war ein Trick, den er von dem Mann, der vor ihm stand, gelernt hatte. Sir Gilbert war ein Meister darin, verwaltungstechnischen Mumpitz zu versprühen, und bei nur zu vielen Gelegenheiten, als dass man sie aufzählen könnte, hatte er Alec bis zum Einschlafen gelangweilt. Er konnte es nur versuchen ...

„Wenn wir bei der Zollkontrolle da vorne ankommen, werdet ihr gefragt, ob ihr etwas von Wert zu verzollen habt. Woraufhin Sir Gilbert ...“

„Hä? Was?“, murmelte Sir Gilbert und hob seine Nase aus dem Bündel Dokumente, die er aus dem *Portefeuille*, das er jetzt dicht an seine Brust hielt, nachdem der Regen aufgehört hatte, gezogen hatte. „Was? Ja! Ja. Macht weiter! Gut zu sehen, dass Ihr eure Pflichten als mein Stellvertreter erfüllt, indem ihr die Vorgänge erklärt, die dafür sorgen, dass wir die notwendigen Formalitäten absolvieren können, um erfolgreich den offiziellen Punkt der Einreise zu passieren. Wir müssen vorbereitet sein. Auf alle Eventualitäten vorbereitet sein. Dies sind schwierige Zeiten. Wahrhaft schwierige Zeiten!“

„Woraufhin Sir Gilbert“, fuhr Alec fort, als ob Parsons nichts gesagt hätte, „Sir Gilbert dem Zollbeamten antworten wird, dass wir nichts zu verzollen haben, oder ...“

„... oder er wird abgeführt und erschossen!“, unterbrach Plantagenet Halsey schadenfroh. „Eine ziemliche Verantwortung für Euch, Sir Gilbert, Leiter einer Gesandtschaft zu sein.“

„Ich muss doch bitten, Sir! Ich finde Euren Humor gar nicht ...“

„... humorvoll?“

„Hört auf!", zischte die Herzogin. „Beide!"

„Ich spiele doch nur die Rolle, die man mir gegeben hat", murmelte der alte Mann leichtfertig. „Und ich sehe, Ihr auch. Gut gemacht."

„Es war immer die gewöhnliche Übung unter Staaten, die Verträge unterschrieben haben", erklärte Alec mit äußerster Geduld, „ihren diplomatischen Gesandtschaften zu erlauben, den jeweiligen Staat zu betreten und zu verlassen, ohne dass ihr Gepäck berührt und daher auch nicht kontrolliert wurde. Es ist auch üblich, den Mitgliedern einer Gesandtschaft zu erlauben, beim Zoll ohne Durchsuchung durchgewinkt zu werden ..."

„Also könnten sie unter ihren Kleidern oder Unterröcken ein komplettes Sèvres-Essgeschirr mitnehmen und die Beamten würden einfach wegschauen?"

„Genau", antwortete Alec auf die Frage seines Onkels. „Und oft geschieht es mit allen Arten von Waren, besonders mit Textilien, Spitzen und mit Alkohol, die Schmuggelware sind. Wir haben ähnliche Verfahren in unseren Häfen. Aber was in Friedenszeiten läuft, unterscheidet sich oft wesentlich von dem, was man in Kriegszeiten zu erwarten hat, wenn alles und jedes möglich ist."

„So ist es", stimmte Sir Gilbert zu. „Ich bin überrascht und verärgert, dass unser Mr. Luytens es nicht für nötig gehalten hat, hier zu sein, um uns zu empfangen. Es ist seine Aufgabe, uns unbeschadet durch diese lästige Prozedur zu bringen."

„Der britische Konsul", erklärte Alec den anderen. „Ja. Jacob Luytens sollte hier sein. Er könnte aus allen möglichen Gründen aufgehalten worden sein, oder vielleicht müssen seine Informanten erst noch bemerken, dass die englische Gesandtschaft angekommen ist und haben ihn noch nicht benachrichtigt. Obwohl ich gedacht hätte, dass das Einlaufen der *Caroline* im Hafen ein ausreichendes Signal für unsere Ankunft wäre ..."

Ein plötzlicher Gedanke ließ ihn jedoch verstummen. Das Gespräch über das Zollverfahren erinnerte ihn an die Lösegeldforderung, an die er seit der Unterhaltung mit Lord Cobham in seinem Stadthaus nicht weiter gedacht hatte. Und das lag daran, dass seine Patentante es für unnötig gehalten hatte, dass er diese Nachricht las. Wenn er zynisch wäre, könnte er denken, dass das in ihrer Absicht lag. Aber warum?

„Euer Gnaden. Mrs. Jamison-Lewis", sagte er abrupt und sah beide an. „Wenn Ihr irgendetwas anzumelden habt, wie Schmuck oder Geld, wäre es klug, es mir jetzt zu übergeben."

„Schmuck? Geld? Warum glaubst du, dass wir etwas hätten?", antwortete die Herzogin etwas zu schnell und zu heftig. „Du hattest uns, bevor wir London verließen, ausdrücklich gewarnt, dass wir alle wertvollen Gegenstände zu Hause lassen sollten. Was du hier an meinen Ohren siehst, sind Nachahmungen. Ebenso meine Halskette und der Ring. Wir haben nicht einmal eine Haarnadel mit Diamanten. Nicht wahr, Selina - *Selina?*"

„Ja, Euer Gnaden", antwortete Selina ruhig, ohne Alec anzuschauen, und ihre behandschuhten Hände in ihrem Muff fest gefaltet und schützend gegen ihr Samtmieder gedrückt. Ein Mieder, unter dem ein weiteres mit den versteckten Taschen saßen, in denen sich genug Schmuck und Edelsteine zwischen den gesteppten Lagen befand, um ein deutsches Fürstenhaus, wenn nicht sogar ein *Schloss* zu kaufen. „Nicht einmal eine Diamant-Haarspange." Das stimmte sogar.

Etwas in der Stimme der Herzogin und Selinas freundlicher Antwort ließ Alec sofort Verdacht schöpfen. Aber er bekam keine Gelegenheit, sie weiter zu befragen, da Sir Gilbert seine Aufmerksamkeit verlangte. Sie waren endlich an der Spitze der Schlange angelangt. Alec begann sich zögernd umzudrehen, um als Dolmetscher zu fungieren, und bemerkte daher nicht, wie die beiden Frauen die behandschuhte Hand der jeweils anderen zur gegenseitigen Unterstützung ihrer Lüge ergriffen.

Aber Plantagenet Halsey sah die Bewegung und machte sich innerlich eine Notiz, herauszufinden, was dahintersteckte. Jetzt war nicht der richtige Zeitpunkt. Jetzt wollte er nur, dass diese endlose Warterei vorbei wäre und er aus dem eisigen Wetter heraus und in ein warmes Zimmer mit einer Tasse heißen Tees käme. Er war sehr sicher, dass alle anderen um ihn herum das gleiche fühlten. Und dann geschah etwas, das weitreichende Konsequenzen für sie alle haben würde, und beantwortete, warum sein Neffe ihm an Bord des Schiffes dieses Versprechen abgenommen hatte. Dennoch hätte der Schock durch die Wahrheit hinter diesem Versprechen nicht größer sein können. Der Teufel mochte die Tasse Tee holen. Er brauchte einen Brandy und eine Mütze voll Schlaf.

ZEHN

Während Sir Gilbert darauf wartete, die Dokumente aus seiner roten Ledermappe präsentieren zu dürfen, predigte er Alec, dass er jedes Wort übersetzt haben wollte, nicht nur eine Zusammenfassung. Aber Alec hörte nur mit einem Ohr zu, eine Methode, die er vervollkommnet hatte, als er vor all diesen Jahren Sir Gilberts Stellvertreter gewesen war. Seine blauen Augen suchten in der Menge hinter der Zollschranke, wo zwei Beamte an einem langen Tisch saßen und ein ältlicher Sekretär und sein Gehilfe Seiten dicker Kladden beschrifteten, nach Jacob Luytens.

Die Zollbeamten prüften die Ausweispapiere von drei Männern vor ihnen in der Warteschlange. Alle waren mittleren Alters, dem Aussehen ihrer nüchternen Kleider und Stiefel nach Kaufleute und wahrscheinlich Einwohner, da sie sich in fließendem Niederländisch unterhielten. Dies ermöglichte es dem Beamten, ihnen mehr erzählen zu können, als die deutsch sprechenden Soldaten erlaubt hätten und zu hören sehr überrascht gewesen wären. Der Beamte hielt etwas, das wie eine auswendig gelernte Rede klang und warnte sie, dass die ganze Stadt unter Kriegsrecht stünde und jeder Bürger verpflichtet wäre, sich zu beugen und sofortigen Gehorsam zu zeigen. Aber dann fügte er eine Bemerkung hinzu, die Alec höchst interessant fand: Dass die Männer, wenn sie den wahren Stand der Dinge in Emden erfahren wollten, sich an ihren Verwandten wenden sollten, der für die Engländer arbeitete und Stammgast im Gasthof zum *Goldenen Schwan* war. Nach Einbruch der Dunkelheit würde es dort ein Treffen geben, was zu dieser Jahreszeit nicht später als vier Uhr nachmittags bedeutete.

Alec kannte nur einen Mann in Emden, der für die Engländer arbeitete: Jacob Luytens.

Die Ausweispapiere der drei Männer wurden gestempelt, zusammengefaltet und zurückgegeben, bevor die Männer von zwei Soldaten begleitet wurden, um ihre Habseligkeiten von den vorgesehenen Stapeln unten am Kanal, weniger als fünfzig Schritt entfernt, abzuholen. Hier sammelten die Bürger der Stadt, wohlhabende Reisende, die die auferlegten Zölle bezahlen konnten und die ganz Armen, die wenig besaßen, was dem Staat wertvoll war, aber gesund genug waren, um zur Arbeit herangezogen zu werden, ihre persönlichen Sachen ein. Es wurde ihnen jedoch nicht erlaubt, alles mitzunehmen, was ihnen gehörte. Gegenstände, die für den Kriegseinsatz bestimmt waren, wurden ordnungsgemäß beschlagnahmt.

Alec warf einen Blick auf den ständig wachsenden Stapel beschlagnahmter Waren, die von den Schleppkähnen, die weiter ankamen und abfuhren, abgeladen wurden, und hoffte, die Ladung der *Caroline* zu erkennen - seine Taschen, Kisten, Kästen und Habseligkeiten und die Habseligkeiten seiner Mitpassagiere. Aber sie mussten erst noch eintreffen. Daher wollte er gerade Sir Gilbert seine volle Aufmerksamkeit schenken, der seine Dokumente vor den Zollbeamten auf den Tisch geklatscht hatte, als es ein lautes Platschen gab, weil etwas oder jemand in den Kanal gefallen war.

Ein Hilfeschrei ertönte. Es war jedenfalls ein Mensch. Hafenarbeiter ließen fallen, was sie gerade sortierten und eilten an die Wasserkante. Einer der Jäger, der die Pferde führte, die die Schleppkähne über den Kanal zogen, war ins eisige Wasser gestoßen worden. Er war unter der Wasseroberfläche verschwunden. Ein Hafenarbeiter griff nach einem Tau, das um einen Poller gerollt war. Ein anderer sprang in eines der Boote, dann auf das niedere Dach und kletterte darüber, um auf der anderen Seite zu verschwinden. Der Mann mit dem Tau legte sich die Rolle über seinen Kopf und folgte ihm.

Die lange Reihe der Passagiere drängte nach vorn, begierig darauf, einen Blick zu erhaschen, einige aus makabrer Neugier, andere vor allem, weil es eine willkommene Ablenkung vom Warten auf ihre Abfertigung war. Es gab eine Menge Geplätscher und Hilfeschreie außerhalb ihrer Sichtweite, weil die Pferde und Schleppkähne ihnen die Sicht versperrten. Das machte die Menge noch neugieriger darauf, etwas von den Vorgängen mitzubekommen und sie drängte näher.

Die Soldaten waren vergessen, als die Passagiere sich aus der Reihe lösten und an die Wasserkante eilten. Der Hauptmann schickte einen Feldwebel mit einer Abteilung, nicht, um bei der Rettung des unglücklichen Ertrinkenden, oder dessen Kameraden, die ihn herauszufischen versuchten, bevor er erfror zu helfen, sondern um ihren Kameraden zu helfen, die Menge vom Kanal wieder auf den Pfad zurück zu zwingen. Der Anblick von noch mehr Soldaten, die an der Kante auf und ab marschierten, war für die meisten genug, dass sie gehorchten, aber die, die zu sehr von der dramatischen Rettung gefesselt waren, hörten den Befehl entweder nicht oder ignorierten ihn. Und erst, als sie zurückgestoßen wurden oder ein Musketenkolben hart gegen ihre Rippen schlug und Männer auf dem Kopfsteinpflaster zusammenbrachen, gehorchte der Rest der Passagiere schnell, während der Feldwebel sie in seinem bruchstückhaften Niederländisch, das mit seinem angeborenen Deutsch gemischt war, anbrüllte, um ihnen klar zu machen, was denen drohte, die nicht taten, was befohlen wurde.

Ein Mädchen in einem einfachen wollenen Mantel und abgetragenen Halbstiefelchen ignorierte jedoch die Anweisungen und blieb wie angewurzelt stehen, von der Rettung des Jägers fasziniert. Bevor ihr Großvater sie zurück neben sich ziehen konnte, packte ein Soldat sie am Arm. Er schob sie nicht auf die Menge zu, sondern zerrte sie fort, von zwei grinsenden Soldaten eifrig gefolgt.

Die Misshandlung des Mädchens ließ Selina eine Entscheidung treffen. Sie konnte nicht einfach zuschauen; ihre Geduld war am Ende; etwas musste getan werden, und zwar sogleich. Sie blickte zu Alec hinüber, um seine Reaktion zu sehen, aber er war, mit dem Rücken zu der Gruppe und in ein Gespräch vertieft, damit beschäftigt, für Sir Gilbert und die Zollbeamten von Emden zu übersetzen. Also nahm sie die Sache selbst in die Hand. Später wunderte sie sich über ihre Impulsivität, aber es war eine instinktive Reaktion, die durch ihre eigene Erfahrung unter den Händen eines gewalttätigen Ehemanns ausgelöst wurde. Weder sie noch andere Frauen, mit denen sie in Berührung kam, sollten weiterhin von Männern misshandelt werden. Sie verschwendete keinen Gedanken daran, dass ihr tollkühnes Handeln alles gefährden würde, was Alec versucht hatte, um die englische Gesandtschaft davor zu bewahren, zum Ziel der Soldaten zu werden. Sie kümmerte sich auch nicht um ihre persönliche Sicherheit und vergaß, dass sie ein Vermögen von Schmuck und Geld in ihrem Korsett versteckt hielt. Aus einem natürlichen Gerechtigkeitsempfinden heraus - Verletzliche und Schwache mussten immer beschützt werden - war alles, was ihr im Moment wichtig war, das Mädchen zu ihrem Großvater zurückzubringen.

Selina löste sich aus der geordneten Reihe. Die Herzogin gab ein unwillkürliches Keuchen von sich. Plantagenet Halsey rief ihr etwas zu. Ihre Zofe griff nach ihrem Umhang. Hadrian Jeffries trat einen Schritt aus der Reihe, um zu sehen, was Mrs. Jamison-Lewis vorhatte und sah, wie sie sich den Soldaten näherte, die ein Mädchen in Gewahrsam hielten und unterbrach Lord Halsey mitten im Satz, indem er sich zwischen Sir Gilbert und seinen Herrn warf.

Mehrere Passagiere hinter der englischen Gesandtschaft drehten sich auf einmal um, was die Schlange bis zum Ende weiterschob. Der verzweifelte Großvater des Mädchens sah Selina auf die Soldaten zu rauschen und folgte ihr auf den Fersen.

Jeder, der Zeuge dieser ungewöhnlichen Szene wurde, hatte denselben Gedanken: Was hatte diese Frau vor? Was könnte sie überhaupt zu diesen Soldaten sagen? War sie verrückt? Vielleicht war es so. Sie musste nicht recht bei Verstand sein.

Selina war sich nicht wirklich sicher, was sie tun wollte, und im Nachhinein hätte sie zugestimmt, dass ihr Handeln wie das einer Irrsinnigen gewirkt haben mussten. Aber das hielt sie nicht zurück. Sie zog ihre Hände aus dem warmen Pelzmuff, den sie an seinem Band um ihre Taille fallen ließ, um nach ihrer Kapuze zu greifen und sie unter ihrem Kinn fest zuzuhalten, damit sie ihr Haar bedeckte und die Kälte abhielte. Mit einer Handvoll ihrer gesteppten Röcke in der anderen Hand, was verhindern sollte, dass die Säume durch den Schmutz schleiften, hastete sie, so schnell ihre Galoschen es zuließen, am Kanal entlang und fing die Soldaten mit dem Mädchen zwischen ihnen ab, bevor sie im Zollhaus verschwanden.

Ein halbes Dutzend gelangweilter Soldaten, die die Zollkontrolle bewachten und mit den Füßen aufstampften, um die bittere Kälte zu vertreiben, schauten mit kaum verhohlenem Interesse zu, wie eine Frau in einem roten Umhang und ein alter Mann, der ihr fast auf den Rocksaum trat, einen Korporal und zwei ihrer Kameraden, die einen kleinen, drallen Vogel zwischen sich hatten, zur Rede stellten. Das Mädchen hätte gut dazu getaugt, ihre Frustration zu lindern, und das, ohne befürchten zu müssen, sich die Syphilis einzufangen, wie es bei den zum Angebot stehenden Huren in diesem rattenverseuchten Loch wahrscheinlich wäre. Vielleicht konnte man die Frau im roten Umhang zwingen, sich ihr anzuschließen. Ihre kalten Knochen waren für kurze Zeit vergessen, als sie einander mit derben Andeutungen anschubsten und begierig zuschauten, wie das kleine Drama sich entwickelte.

„Lasst sie los!", befahl Selina und deutete auf das Mädchen; als ob das genug wäre, um sofortigen Gehorsam zu bewirken. Sie wiederholte ihren Befehl in Französisch und hoffte, dass sie wenigstens die übliche Sprache der Reisenden verstünden. Dem war nicht so.

Ihre Dreistigkeit überraschte die Soldaten so, dass sie abrupt stehenblieben, aber sie ließen das Mädchen nicht los. Sie hatten keine Ahnung, was Selina forderte, aber dem Ton ihres Befehls und ihrem

Gesichtsausdruck nach war ihnen klar, dass sie empört war. Weit davon entfernt, zornig zu werden, lachten sie.

Selina ignorierte sie und wandte sich an das verängstigte Mädchen.

„Aucun mal ne viendra à vous. Je promets. Comprenez-vous?" (Es wird dir nichts geschehen. Ich verspreche es. Verstehst du mich?")

„Madame, Sophie ist taub", antwortete der Großvater des Mädchens neben ihr. „Das ist der Grund, dass sie den Befehl, wieder in die Schlange zurückzutreten, nicht gehört hat."

„Ihr seid kein Franzose oder Deutscher ...", stellte Selina fest, für einen Moment vom Tonfall des alten Mannes abgelenkt.

„Yorkshire in England, Madame. Reverend Shrivington Shirley, zu Euren Diensten, und dies ist meine Enkelin Sophie ..."

„Wie verständigt Ihr Euch?", unterbrach Selina; sie hatte keine Zeit für Höflichkeiten, so fesselnd sie die Geschichte des Pfarrers oder seinen Namen finden mochte.

„Ich spreche mit den Händen zu ihr, Madame."

„Dann sagt ihr, sie solle ruhig bleiben, und dass ich nicht zulassen werde, dass ihr etwas geschieht."

„Ich danke Euch, Madame. Sie ist erst vierzehn und ..."

Der Pfarrer wurde hart mit einem Musketenkolben in die Nieren gestoßen und brach in die Knie, seine Augen füllten sich durch den Schmerz mit Tränen. Seine Enkelin streckte eine Hand aus und versuchte, sich loszureißen. Selina drehte sich um und half dem Pfarrer auf die Beine, wobei sie den Soldaten, der mit erhobener Muskete über ihm stand, anknurrte.

„Lasst ihn in Ruhe! Er tut Euch nichts! Steht auf, M'sieur", fügte sie in eindringlichem Flüstern an den alten Mann hinzu. „Steht auf - ihr zuliebe! Wirkt stärker, als Ihr seid!"

Kaum hatte Selina dem Großvater des Mädchens auf die Beine geholfen, als sie gepackt wurde. Sie wehrte sich und mit einem Arm, der von den Falten ihres Umhangs frei war, schlug sie wild um sich und stieß die hohe Grenadiermütze des Soldaten weg, die klappernd auf den Boden fiel, was seine Kameraden in johlendes, anerkennendes Gelächter ausbrechen ließ.

Aber als die Kapuze ihres Umhangs auf ihre Schultern rutschte, erstarb das Lachen der Soldaten und Selina wurde sofort losgelassen. Aus der Menge erhob sich ein lautes, einstimmiges Stöhnen, furchterfüllt - man fragte sich, was die Soldaten mit ihr zu tun beabsichtigten, nachdem sie einen von ihnen geschlagen hatte - und voll Bewunderung für Selinas Schönheit, da ihr Gesicht von einer Wolke aprikosenfarbener Locken umrahmt wurde, die im grauen Licht des Winters wie ein Leuchtfeuer strahlten, das plötzlich vor dem Nachthimmel aufflammt.

Der Feldwebel, der das Mädchen festgehalten hatte, schob sie zu seinem Untergebenen hinüber und machte eine prächtige Verbeugung vor Selina, in der leichter Spott mitschwang. Er erkannte an ihren feinen Gesichtszügen, dem luxuriösen Pelzfutter ihres roten Umhangs und der Pracht ihres weichen Samtkleides darunter, dass hier eine Dame von Vermögen und möglicherweise von Stand war, der Respekt zu erweisen war. Aber noch etwas funkelte in seinen Augen, als er diese von ihren Galoschen bis zum hochfrisierten rotgoldenen Haar über sie wandern ließ - Lust. Selina sah es und errötete unfreiwillig. Aber sie hielt ihren Kopf hoch und wandte ihre dunklen Augen nicht von dem Korporal ab. Insgeheim war sie erleichtert, dass er intelligent genug war und ausreichend gute Manieren besaß, um sie nicht zu berühren. Trotzdem traute sie weder ihm noch seinen Kameraden zu, lange wohlerzogen zu bleiben, und ihre dunklen Augen folgten dem Korporal, als er langsam um sie herumkam und in einer Sprache redete, die sie nicht verstand.

„Hier ist eine echte Schönheit! Ein wundervoller Fang!", verkündete der Korporal seien Kameraden auf Deutsch. „Was haltet ihr davon, ein bisschen Spaß mit der feinen Dame zu haben. Heh?"

„Doch! Spaß! Lass uns ein bisschen Spaß haben!", kicherten seine Kameraden hämisch.

„Wisst ihr", sagte der Korporal übertrieben, „ich habe den Verdacht, dass die Dame unter ihren Röcken Schmuggelware versteckt hat. Warum sonst wäre sie so dreist, uns so wenig damenhaft anzugreifen, wenn sie nichts zu verbergen hätte, he?"

„Aber wenn sie eine Dame wäre, müsste sie nichts unter ihren Reifröcken verstecken", argumentierte der Soldat, der den Arm um die Taille des Mädchens gelegt hatte. Er deutete mir einem Ruck seines Kopfes zu den Zollbeamten hinüber. „Diese holländischen Dummköpfe werden sie einfach passieren lassen, so wie sie es bei allen Leuten von Stand und Vermögen tun, solange sie den fälligen Zoll zahlen, und ihre elenden Zahlenkolonnen abhaken können, *und* uns geben, was sie uns schulden."

„Gott, erbarme dich! Claus, ich frage mich manchmal, ob du zwischen diesen großen Henkelohren irgendetwas hast!", klagte der Korporal müde. Er erklärte es genauer. „Was hat der Hauptmann uns gesagt, was unsere Pflicht wäre, wenn wir Bürger verdächtigen, Waren zu verbergen?"

„Wir sind verpflichtet, sie zu durchsuchen, Sir!", antwortete Claus' Kamerad.

„Genau! Alle Arten von Schmuggelware passen unter die Reifröcke einer feinen Dame. Wie, erst in der letzten Woche fanden unsere Jungs drei Leinensäcke voll wertvollem Tee an die Oberschenkel der Frau eines Kaufmanns gebunden. Und sie war nicht halb so hübsch wie diese porzellangesichtige Prinzessin! Und im Namen unseres Markgrafen muss jeder seinen Beitrag zu den Kriegsanstrengungen leisten, reiche Trottel und arme; aber besonders die reichen! Es würde mich nicht überraschen, wenn dieses Mädchen und der alte Mann zu dieser feinen Dame gehörten", fuhr der Korporal fort, mehr, um sich selbst zu überzeugen, dass das, was er zu tun beabsichtigte, gerechtfertigt war. „Zweifellos sollten sie eine Ablenkung provozieren, damit ihre feine Dame durch den Zoll schleichen konnte, ohne dass einer von uns etwas von ihren versteckten Waren bemerkt!"

Der Soldat namens Claus und sein Kamerad sahen sich mit weit aufgerissenen Augen an. Beide unterdrückten ein Kichern wie zwei unartige Schuljungen. Claus' Kamerad schnaubte. „Versteckte Waren! Ha! Ha! Nun, *das* ist witzig, Korporal!"

Das Wortspiel des Korporals war unbeabsichtigt gewesen, aber er lächelte trotzdem und warf sich in die Brust, als hätte er es so gemeint. Er wurde ernst und winkte mit einer Hand dem Gemeinen zu, der das Mädchen festhielt.

„Bring sie in eine Arrestzelle. Sie wird sich gut als Nachtisch eignen. Dann schicke zwei Männer, um die feine Dame nach drinnen zu begleiten. Das Mindeste, was wir tun können, ist, ihr ein wenig Zuflucht vor diesen *schmutzigen Bauern* zu verschaffen", fügte er mit einem verächtlichen Rucks seines schweren Kinns auf die Reihe der müden Passagiere, die verstohlen die Vorgänge beobachteten, hinzu. „Na und? Worauf wartet ihr?", knurrte er seine Untergebenen an. „Schickt den alten Mann mit einem Tritt zurück in die Reihe! Und bringt das Mädchen weg!"

„Madam! Um Himmels willen! Sie wollen meine Enkelin vergewaltigen!", platzte Pfarrer Shirley heraus, aber in Englisch, als er am Genick gepackt wurde. „Und unter Euren Röcken nachsuchen! Madam! Ihr müsst uns helfen …"

Claus boxte den Pfarrer in den Magen und würgte ihn so, dass er seinen Satz nicht zu Ende bringen konnte.

Selinas Gesicht wurde fahl und sie zuckte ob solch überflüssiger Gewalt zusammen, als sie zuschaute, wie Pfarrer Shirley fortgezerrt wurde. Sie warf einen Blick auf das Mädchen, das sich bemühte, sich aus dem Griff des Soldaten zu befreien, und wünschte, sie könnte ihr Trost spenden, um ihr zu versichern, dass sie nicht erlauben würde, dass sie zu Schaden käme. Aber es war sinnlos, etwas zu sagen, da das Mädchen sie nicht verstehen würde und nicht hören konnte. Ebenso wie der Soldat, der keine zivilisierte Sprache verstand. Und wenn sie versuchte, zu dem Mädchen zu kommen, um sie zu umarmen, stand doch der Korporal so nahe, dass er sie im Handumdrehen packen könnte. Daher schwieg sie weiter und wartete auf eine Gelegenheit.

Um sich selbst machte sie sich nicht solche Sorgen. Ein angeborenes Gefühl für ihren Platz in der Welt, für ihren Stammbaum und die hohen Verbindungen ihrer Familie führten dazu, dass sie fälschlich darauf vertraute, dass die Drohung des Soldaten eine leere war. Und wenn sie so dumm wären zu versuchen, sie zu durchsuchen, nun, sie war sicher, dass Alec sie davon abhalten würde.

Was dieser dann auch tat.

Der Korporal wagte es, eine dicke Locke hellen Haares, die über Selinas Schulter nach vorn fiel, zu streicheln und dicht an ihrem Ohr zu atmen; sie roch Zwiebeln und ihre wurde übel.

„So, *Liebling*", murmelte er auf Deutsch, zuversichtlich, dass sie ihn nicht verstehen könnte, aber davon besonders erregt: „Sind die Haare zwischen deinen Beinen von der gleichen schönen Farbe? Das werden wir bald herausfinden ..."

Selina schlug seine Hand fort. Weit davon entfernt, sich angegriffen zu fühlen, lachte der Korporal.

„Du bist ja eine Muntere! Nicht wahr, Jungs?"

Aber die beiden Soldaten lachten nicht. Sie sahen ihn nicht einmal an, ihre Aufmerksamkeit war von etwas hinter der rechten Schulter des Korporals abgelenkt worden. Der Korporal wollte gerade fragen, was mit ihnen los wäre, als er fühlte, wie etwas Kaltes und Scharfes ihn hinter dem Ohr kitzelte. Aber es war die ruhige, gemessene Kommandostimme, die ihn dazu brachte, sich sofort zu fügen.

„Tretet beiseite. Langsam. Mit erhobenen Händen. Greift nicht nach Eurem Schwert, sonst schneide ich Euch die Kehle durch. Stellt Euch zu Euren Kameraden. Ihr beide! Lasst das Mädchen los! Bayonette auf den Boden!"

Der Korporal und seine beiden Untergebenen zögerten nicht zu gehorchen. Erleichtert stand das Mädchen da und fragte sich, ob ihr Retter Freund oder Feind wäre. Aber als er seinen Kopf mit einem Lächeln in ihre Richtung neigte und mit seinem Degen auf die Menge und zurück zeigte, wusste sie, dass sie frei war. Sie lächelte Selina an, machte vor ihrem Retter einen kurzen Knicks und huschte dann davon, um ihren Großvater zu suchen.

Während der ganzen Zeit war Selina dort den beiden Soldaten gegenüber stehengeblieben, den Korporal in ihrem Rücken; sie wusste, dass sie gerettet war, verstand aber das Deutsch, das ihr Befreier sprach, nicht. Als das Mädchen von der Menge der Zuschauer verschluckt worden war und der Korporal sich neben seine Untergebenen stellte, wandte sie sich um, um ihrem Retter zu danken, in der Hoffnung, er möge wenigstens aus ihrem Lächeln, wenn auch nicht aus ihrem Französisch verstehen, dass sie ihm dankbar war.

Und da stand Alec mit gezogener Klinge und den Blick auf die Soldaten gerichtet. Selina blinzelte ihn verwirrt an. Auf Deutsch zu sprechen änderte seine weiche Stimme so völlig, dass sie ein paar Augenblicke brauchte, um den Mann, den sie kannte und liebte, in diesem Fremden zu erkennen. Sie stand nur da, unfähig, sich zu bewegen. Aber er bat sie auch nicht darum. In der Tat schaute er sie überhaupt nicht an.

Selinas Zusammenstoss mit den Soldaten hatte nur Minuten gedauert, aber für die Beteiligten und die Zuschauer hatte eine Minute so lange gedauert wie eine Stunde. Die Zeit lief wieder schneller, als ein großer, dunkler und gutaussehender Gentleman in Dreispitz und langem, pelzgefütterten Umhang wie aus dem Nichts erschien. Sein Schwert war gezogen und solche Bestimmtheit lag in seinen Schritten und dem Ausdruck seiner Augen, dass die Menge wieder erwartungsvoll den Atem anhielt.

Kaum hatte dieser Gentleman - unter dem beifälligen Lächeln der Menge - den Korporal und seine Kameraden entwaffnet, das Mädchen zu seinem Großvater zurückgeschickt und die Schöne gerettet als zwei Dutzend Grenadiere aus dem Zollhaus herausbrachen und sich wie eine riesige, blaue Welle, die aus dem Kanal herausspritzte, über dem Kai ausbreitete. Sie rückten mit vorgestreckten Bajonetten vor. Die Passagiere, die diese Woge auf sich zu kommen sahen, stolperten über ihre Füße, um aus der Gefahrenzone zu kommen. Die Soldaten hielten nur eine Bajonettlänge vor ihnen an, drehte ihnen den Rücken zu und standen Schulter an Schulter, um eine undurchdringliche Schranke zwischen ihnen und dem Kommandanten zu bilden. Ein halbes Dutzend von ihnen hatte bereits Alec und Selina umzingelt.

Jeder wartete auf den Kommandanten.

Nachdem der Kai gesichert war, nahm sich der Oberst Zeit, um daran entlang zu schreiten. Seine Uniform war steif, die goldenen Beschläge an seinem blauen Rock glänzten. Ein polierter silberner Kragen, eine weiße Seidenschärpe mit übergroßer Quaste, die um seine Hüfte gebunden war, dazu passende Handschuhe mit weißen Manschetten und ein goldbesetzter Dreispitz verkündeten seinen Rang. Wohlpolierte schwarze Stiefel waren mit einem applizierten Spritzschutz bedeckt, der vom Rist seiner Füße bis über seine Knie reichte. Er schritt voll Selbstvertrauens in seine Befehlsgewalt einher und im Wissen, dass jedes Leben von seiner Laune abhing. Daher blieb sein Schwert in der Scheide und seine behandschuhte Hand hielt einen Stock mit goldenem Knauf.

„Senkt Eure Waffe!", befahl er Alec und zeigte drohend mit dem Stock auf ihn. Er wiederholte seinen Befehl auf Französisch und fügte hinzu: „Im Namen seiner Durchlaucht, des Markgrafen, befehle ich, Oberst Henrik Müller, Euch, Eure Waffen zu senken!"

Alec antwortete in deutscher Sprache. „Sehr gerne, Herr Oberst. Aber zuerst müsst Ihr dasselbe tun - und Euren Männern befehlen, sich zurückzuziehen."

Der Oberst war verblüfft, nicht nur wegen Alecs makellosem Deutsch, sondern auch wegen seiner Dreistigkeit. Er verdeckte sein Erstaunen mit einem süffisanten Lächeln. Das zeigte er seinen Männern, als er sich umschaute, um sicherzugehen, dass die Schlange der Passagiere gesichert war. Dieser Gentleman war entweder ein rücksichtsloser Held oder ein heroischer Narr. Auf jeden Fall hatte er einen Todeswunsch. Er appellierte an Selina.

„Fräulein, sagt Eurem Freund, dass er seine Waffe weglegen soll, oder ...“

„Herr Oberst, gilt dem Haus von Herzfeld Eure völlige Loyalität?", unterbrach Alec.

Wieder staunte der Oberst ungläubig. Aber er zögerte nicht mit der Antwort. „Natürlich!"

„Und Eure Männer? Sind sie alle dem Markgrafen treu ergeben?"

„Bis zum letzten Mann!"

„Sehr gut, dann. Ich befehle Euch, im Namen seiner Durchlaucht, Euren Männern den Rückzug zu befehlen und dieser Dame zu erlauben, sich ihren Begleitern wieder anzuschließen ...“

„Ihr? Ihr befehlt *mir* im Namen des - im Namen *meines* Markgrafen?"

„Tut, was Euch befohlen wird oder nehmt die Konsequenzen für den Ungehorsam auf einen direkten Befehl in Kauf, Herr Oberst!"

Oberst Müller konnte seinen Ohren kaum trauen. Seine Männer ebenso wenig. Sie standen aller erwartungsvoll da, was er wohl tun würde. Der Oberst beschloss, dass dieser Gentleman das Letztere war - ein heroischer Narr. Er verlor die Geduld.

„Hört zu, Ihr Narr!", zischte er und trat an Alec heran. „Ich gebe hier die Befehle! Wenn Ihr Eure Waffe nicht in die Scheide steckt, werde ich meine Männer Euch abstechen lassen! Verstanden? Jetzt werde ich diese Dame in ...“

„Nein, Herr Oberst."

Alecs Schwert lag unter dem dicken Kinn des Obersten, bevor der

Mann auch nur zwinkern konnte. Die Spitze berührte die bloße Kehle, direkt über den Falten seiner leinenen Halsbinde. Aller Augen hingen an ihnen; die Sinne der Soldaten waren geschärft, ihre Muskeln angespannt, aber reglos; die Menge schwankte wie ein Mensch; Selina stand so steif wie eine Statue.

Der erschrockene Blick des Obersten folgte der Länge von Alecs Klinge bis in seine ungerührten blauen Augen. Seine Stimme klang so dünn wie ein Windhauch. „Ich brauche nur meine Hand zu heben, und Ihr seid tot."

„So wie Ihr, Herr Oberst."

Während seine rechte Hand damit beschäftigt war, die Spitze des Schwerts ruhig unter dem Kinn des Hauptmanns zu halten, benutzte Alec seine Zähne, um den weichen Ziegenlederhandschuh von den Fingern seiner linken Hand zu lösen, die Augen unbeirrbar auf sein Opfer gerichtet. Als der Handschuh aufgeknöpft war, zupfte er leicht an der weichen Lederspitze seines behandschuhten Ringfingers und ließ den Handschuh dann zu seinen Füßen fallen.

„Steht ruhig, Herr Oberst", befahl er leise, als der Grenadier sein Kinn senkte. „Ich möchte Euer Blut nicht vergießen, aber ich werde es tun, wenn Ihr mich dazu zwingt."

Der Blick des Obersten ruhte auf Alecs bloßer Hand, die in den Falten seiner Kleidung verschwunden war. Aber die Warnung ließ ihn den Blick heben, nicht zu Alecs Gesicht, sondern zu einem Packen Pergamente, die, mit einem schwarzen Band zusammengebunden, aus einer inneren Brusttasche von Alecs wollenem Rock zum Vorschein kamen. Jedoch waren es nicht die gefalteten Pergamente, die den Blick des Obersten fesselten, sondern der große, gravierte Wappenring an dem schlanken Ringfinger von Alecs Hand.

Der Oberst schielte auf die Gravur und versuchte, das einfache Motiv zu erkennen. Dabei war er so geistesabwesend, dass ihm nicht auffiel, dass Alec die Spitze seines Schwertes von seinem Hals genommen und ihm damit erlaubt hatte, näherzutreten und die Gravur des Karneols im Einzelnen zu betrachten. Drei fünfspitzige Sterne, von denen einer in den Mauern einer dreieckigen Brüstung lag, alle auf einem einfachen Schild, und über dem Schild eine Krone, aus der der Kopf eines Widders wuchs. Die Gravur war unverkennbar: das fürstliche Wappen des Hauses Herzfeld. Ebenso der hellorange Edelstein. Der Karneol stammte aus dem Land, daher hatten die Markgrafen von Midanich ihn als ihren offiziellen Edelstein erwählt. Nur der Adel durfte Schmuck aus Karneol tragen und nur Mitglieder des Hauses Herzfeld eine Wappengravur.

Wieder blinzelte der Oberst, als ob, wenn er dies täte, das offizielle

Siegel sich in etwas völlig anderes verwandeln könnte. Aber es war noch dort, als er seine Augen weit aufriss und sich konzentrierte. Die Bedeutung des Wappenrings war eindeutig, doch diesen am Finger eines Fremden zu sehen, der von einem der Schiffe gekommen war, war so völlig unerwartet, dass der Oberst ein paar Minuten brauchte, um das zu verarbeiten. Was ihm jedoch klar wurde, war, dass dieser Gentleman, wer auch immer er sein mochte, kein gewöhnlicher Mann war. Er gehörte zum Haus Herzfeld. Es spielte keine Rolle, in welchem Verhältnis er zum Markgrafen stand, und das war keine Frage, die der Oberst ihm stellen konnte. Aber warum hatte dieser vornehme Herr, dieser Adlige, sich nicht sofort zu erkennen gegeben, als er den Fuß auf *terra firma* setzte? Warum kam er inkognito in Emden an? War die Mannschaft seines Schiffs zur Geheimhaltung verpflichtet worden? Und sein Gefolge ebenso? Wieder wusste der Oberst, dass er einem Mitglied des Hauses Herzfeld keine dieser Fragen stellen konnte, aber ein solcher Umstand war seltsam, und nachdem das Land sich im Bürgerkrieg befand ...

Natürlich! Plötzlich ergab es durchaus einen Sinn. Ein Verwandter, der den Markgrafen repräsentierte, würde nicht offen reisen, nicht über Land, nicht, solange die verräterischen Männer des Prinzen Viktor in den Sümpfen auf der anderen Seite der hohen Mauern herumschlichen, nicht, solange er sich der Loyalität der Truppen, die die Stadt hielten, nicht sicher war. Es würde für ihn und die, die mit ihm reisten, erforderlich sein, über See und um die Inseln herumzureisen, um damit in Deckung zu bleiben, bis er wusste, ob die Stadt und ihre Beamten Markgraf Ernst treu waren. Das war der Grund, warum nach seiner Treue gefragt worden war. Der Grund, warum dieser Adlige lieber den Ring gezeigt hatte, anstatt das Offensichtliche festzustellen. Es war eine Prüfung für ihn und seine Männer. Der Oberst wusste, was er tun musste.

ALEC BEOBACHTETE DIE GERUNZELTE STIRN DES OBERSTEN UND als der Blick von dem gravierten Ring zu seinem Gesicht flog, wusste er, dass er die bedingungslose Loyalität des Soldaten hatte. Er seufzte innerlich vor Erleichterung auf, dass seine List gewirkt hatte. Langsam steckte er sein Schwert in die Scheide. Es blieb nur noch, die komplexe Täuschung zu verstärken. Daher hielt er das Pergament hin.

„Ich denke, Ihr werdet alle meine Papiere selbsterklärend finden, Oberst ...?"

„Müller! Oberst Henrik Müller", erklärte der Oberst, stand stramm und salutierte. „Bitte um Verzeihung für meine frühere Anmaßung, und dass ich nicht erkannt habe ...“

„Wie hättet Ihr das, Herr Oberst? Das Land ist im Krieg. Dies sind schwierige Zeiten. Wir müssen alle beständig wachsam sein. Es ist nicht so einfach zu wissen, wer unser Freund ist - und wer unser Feind. Bitte“, fügte Alec glatt hinzu, obwohl das Blut ihm in den Ohren rauschte, als der Oberst schließlich behutsam das Pergament an sich nahm, „lasst Euch Zeit. Prüft die Dokumente, wenn es nötig ist.“

Er wartete und schaute zu, als Oberst Müller das schwarze Seidenband löste und vorsichtig das weiche Pergament entfaltete. Es waren zwei Dokumente. Das erste war der Geleitbrief, unter schrieben von Markgraf Ernst, der mit Cosmos Bittbrief zusammen geschickt worden war. Das zweite war ein älteres Dokument, von dessen Existenz er nur einen anderen Menschen informiert hatte - Lord Shrewsbury, Englands Herrn der Spione - und von dem er gehofft hatte, dass es zu seiner eigenen Geschichte werden würde und er es in eine verschlossenen Schublade seines Schreibtisches, zusammen mit dem Wappenring, legen könnte, auf dass sie nie mehr das Licht des Tages sehen sollten. Cosmos und Emilys Gefangenschaft änderte das alles. Dieses zweite Dokument war von Markgraf Leopold unterzeichnet. Es verlieh Alec den Titel eines Barons mit allen dazugehörigen Rechten, die ein solcher Adelstitel mit sich brachte, und dies, zusammen mit dem Wappenring, war wesentlich an der Hilfe zu seiner Flucht aus Midanich vor zehn Jahren beteiligt gewesen. Alec hoffte, es würde wieder so sein, aber dieses Mal brauchte er Titel und Wappenring noch viel mehr; diesmal stand nicht nur sein Leben auf dem Spiel.

Während der Oberst las, warf Alec ein Auge auf das halbe Dutzend Soldaten in der Nähe, die ihren Oberst nachgeahmt und sofort Haltung angenommen hatten, Musketen mit aufgestecktem Bajonett über der Schulter. Dann schaute er weiter auf die lange Reihe Soldaten, die mit ernsten Gesichtern Schulter an Schulter standen und eine unüberwindliche Schranke zwischen dem Oberst und den ausgeschifften Passagieren darstellten. Er sah, dass auch sie Haltung angenommen hatten, Musketen mit aufgestecktem Bajonett an ihrer Seite und Kinn hoch, als ob sie inspiziert werden sollten. Er sah nicht zu Selina, obwohl er sich sehr wohl bewusst war, dass sie in stummem Staunen auf sein Profil starrte, zweifellos mit hundert - oder auch nur einer - Fragen auf der Zunge. Er wollte lächeln, um ein wenig Erleichterung in der Lage zu empfinden, in der er sich jetzt befand. Aber nur der Gedanke daran, vergangene Ereignisse während dieser diplomatischen Abordnung zu gestehen, bereitete ihm tiefe Übelkeit, selbst nach all diesen Jahren, und ernüchterte ihn sofort.

Sein Blick kehrte zu Oberst Müller zurück. Auf der dünnen Oberlippe des Soldaten standen trotz der bitteren Kälte Schweißperlen. Alec
vermutete, dass der Körper des Mannes unter seinem Uniformrock und
dem dazugehörigen Hemd von einer Schweißschicht überzogen war. Es
geschah nicht jeden Tag, dass ein gewöhnlicher Soldat mit Doku-
menten zu tun hatte, die nicht von einem Herrscher, sondern von
zweien unterschrieben waren; Markgraf Leopold war von seinen Untertanen besonders verehrt worden. Alec hegte einige Sympathien für den
Schockzustand des armen Obersten und wartete nicht darauf, dass
dieser weitere Worte der Entschuldigung fände.

„Nachdem Ihr Euch jetzt über die Situation im Klaren seid, Oberst
Müller, bin ich mir Eurer Mitarbeit und Eurer ... Loyalität sicher."

„Ja, *Erlaucht!* Natürlich, *Erlaucht!*"

„Herr Baron dürfte reichen."

„Ja, Herr Baron! Natürlich, Herr Baron!"

„Gut. Ihr werdet meine Gesellschaft aus diesem Wetter hinausbe-
gleiten", befahl Alec. „Ich benötige eine passende Unterkunft - ein
Haus, keinen Gasthof. Der britische Konsul, Herr Luytens, hatte das
arrangieren sollen, vielleicht hat er das auch schon getan. Findet es
heraus. Unser Gepäck von der *Caroline* ist durch den Zoll zu winken
und sobald wie möglich zuzustellen. Ich möchte nicht, dass meine
Gäste noch mehr belästigt werden, als bereits geschehen ist. Sir Gilbert
Parsons, der Leiter der englischen Gesandtschaft, ist mein Gast und hat
Anspruch auf jede Höflichkeit. Und Ihr, Oberst Müller, werdet Euch
persönlich um die Bedürfnisse des älteren Paares kümmern." Er
erlaubte sich ein Lächeln. „Sie ist eine englische Herzogin; er hat
Arthritis und ein heftiges Temperament, wenn man ihn reizt. Für Eure
Mühe könntet Ihr einen Sack Kohlen erhalten ..."

„Herr Baron, ich verdiene kaum ..."

„... wenn das Gepäck unbeschädigt und ungeöffnet zugestellt wird.
Ihr werdet meinem Kammerherrn, Herrn Jeffries, der diesen Prozess
überwachen wird, helfen. Sollte er nicht Eure umfassende Mithilfe
erhalten und er entdeckten, dass irgendein Teil fehlt, werde ich Euch
persönlich dafür verantwortlich machen, Oberst Müller. Ist das
verstanden?"

„Vollkommen, Herr Baron!" erwiderte der Oberst. Er faltete rasch
die beiden Dokumente zusammen und band das schwarze Seidenband
wieder zu. Er hielt sie Alec mit einer leichten Verbeugung hin. „Ich
werde mich um alles kümmern, sofort. Herr ... Jeffries wird mit ausge-
suchter Höflichkeit behandelt werden, ebenso wie jedes Mitglied Eurer
Gesellschaft. Herr Luytens wird gefunden werden, ebenso die Adresse
des Hauses, das er vorbereitet hat. Euer Gepäck wird nicht angetastet

werden - von niemandem. Was immer Ihr wünscht, werdet Ihr erhalten. Was immer Ihr benötigt, werdet Ihr erhalten, Herr Baron! Meine Männer und ich stehen zu Eurer Verfügung."

Alec entließ ihn mit einem Winken seiner Hand, darauf bedacht, die Unterhaltung zu beenden, und ging, um den Handschuh aufzuheben, den er hatte fallen lassen, aber der Oberst war schon vor ihm dort. Und als Alec die Hand ausstreckte, um ihn ihm abzunehmen, sah der Oberst das als Anlass, dem Haus Herzfeld zu huldigen. Er griff nach Alecs Hand und drückte seine Lippen ehrerbietig auf das Wappen des Herzfeld'schen Familienrings. Wie ein Mann nahmen die Soldaten Haltung an und salutierten, das einheitliche Klicken und Stampfen ihrer Stiefel auf dem Kopfsteinpflaster war der einzige Laut den ganzen Kanal entlang.

Bei diesem Gruß erkannte Alec, dass Stille ohrenbetäubend sein konnte. Die niederländisch sprechenden Beamten im Zollhaus waren von der Wärme der Öfen in den eisigen Wind weggelockt worden, um zu sehen, was die Aufregung zu bedeuten hatte und drängten sich an der Zollschranke zusammen. Die Jäger standen unbeweglich an den Köpfen ihrer schweren Pferde, die auf dem ausgetretenen Pfad neben dem Kanal zum Stehen gekommen waren. Muskelbepackte Hafenarbeiter saßen still und wachsam auf Ladung, die noch von den sanft schaukelnden Schleppkähnen abgeladen werden musste. Und selbst hoch über seinem Kopf, weit über dem Spinnennetz komplizierter Takelagen der großen Schiffe, ließen Seeleute ihre Beine vom Mast baumeln und beobachteten in Gesellschaft der Möwen von diesem gefährdeten Sitz alles. In der Tat schwieg jeder Mann, jede Frau und jedes Kind, völlig auf das kleine Drama konzentriert, das sich vor ihnen abspielte. Es war, als wäre der Markgraf selbst zwischen ihnen erschienen. Für die Mehrheit der Soldaten war die Anwesenheit eines Vertreters des Hauses Herzfeld so, als befänden sie sich in der Gegenwart ihres Herrschers und so nahe, wie sie dem Markgrafen je kommen würden. Alle, Zivilisten wie Militärs, hingen an jedem von Alecs Worten.

Das hätte ihn nicht überraschen sollen, tat es aber. Es ließ ihn sich auch äußerst unbehaglich fühlen. Aber er wusste, dass die Wahl, ob er seine Vergangenheit so lange wie möglich begraben lassen und inkognito bleiben wollte, bis er auf der anderen Seite des Landes in Schloss Herzfeld angekommen war, ihm aus der Hand genommen worden war, als Selina rücksichtslos die drei Soldaten wegen eines Mädchens in ihrem Gewahrsam und eines misshandelten alten Mannes zur Rede gestellt hatte. Alles, was er gewollt hatte, war, eine Katastrophe zu verhindern. Die Ankunft eines Regiments hatte seine Pläne umgeworfen, da eine gefährliche Situation schnell und unauffällig beendet werden musste. Er hatte dann keine andere Wahl gehabt, als dem Oberst seine Identität zu enthüllen. So viel dazu, heimlich nach Emden hineinzugelangen!

Er wollte Selina und ihre Torheit, sich in etwas einzumischen, was nicht ihre Angelegenheit war und ihr Leben in Gefahr zu bringen, dafür tadeln, aber das wäre kleinlich gewesen. Es war nicht ihre Schuld. Die Möglichkeit, inkognito zu bleiben, war ihm in dem Moment genommen worden, als die *Caroline* von Piraten geentert wurde und er erfuhr, dass die Stadt unter Kriegsrecht stand. Aber so öffentlich und mit Selina als Zeugin entlarvt zu werden, hatte ihm jede Spur der Selbstachtung geraubt. Er hatte seit einem Jahrzehnt mit dieser dunklen Wolke aus seiner Vergangenheit gelebt und es erfolgreich (so dachte er) geschafft, damit zu leben, wenn er es auch nicht völlig vergessen konnte. Jetzt, als alles über seinem Kopf zusammengebrochen war, gab es kein Zurück mehr. Nur, wie sollte er diese Episode aus seiner Vergangenheit mit all ihren unglaublichen Einzelheiten erklären, noch dazu der Frau, die er liebte, ohne ein Lügner und Betrüger genannt zu werden? Das würde all sein diplomatisches Geschick erfordern. Der Ausgang lag völlig in ihren Händen.

Gott sei Dank verstand Selina kein Wort Deutsch, obwohl das ein zweifelhaftes Glück zu sein schien. Es hatte genug in den Gesten und Gesichtsausdrücken gelegen, ganz zu schweigen von der Ehrerbietung des Militärs, dass jeder, der nicht blind und taub war, hätte erkennen müssen, dass sich gerade etwas von großer Bedeutung ereignete und er im Mittelpunkt des Ganzen stand. Aber jetzt war weder die Zeit noch der Ort, um seine Sünden zu beichten, daher riss er seine Hand zurück, sein Gesicht dunkelrot wegen dieser Huldigung, und zerrte rau an seinem Handschuh, um den Ring zu verdecken und seine kalten Finger zu wärmen. Er wollte sich auf dem Absatz umdrehen und hinfort schreiten, stattdessen bot er Selina ruhig seinen Arm und sagte trocken:

„Du wirst erfrieren, wenn ich dich nicht sofort in ein Haus bringe. Du hast noch keinen Winter erlebt, wenn du ihn nicht hier, in dieser sumpfigen Einöde dieses Landes verbracht hast!"

Selina zog die Kapuze wieder über ihre Frisur und legte ihre behandschuhte Hand in seine Armbeuge. Sie wusste nicht, was sie als Reaktion auf das, was sie gerade erlebt hatte, sagen sollte, daher scherzte sie:

„Weißt du, das sind die beiden ersten vollständigen Sätze, die du seit Harwich zu mir gesagt hast. Nein! Ich lüge. Seit Bath. Seit du dich auf der Treppe von Barrs Hotel in der Trimstraße geweigert hast, mit mir zu sprechen." Sie fügte mit einem ironischen Lächeln hinzu, als er stumm blieb: „Vielleicht sollte ich nach dieser ergreifenden, kleinen Darstellung auch anbieten, diesen höchst interessanten Wappenring zu küssen, den du trägst? Oder ist nur das Militär verpflichtet, die die Ehre zu erweisen - wer auch immer du *sein* magst - *Herr Baron.*"

„Mach die Albernheit nicht noch schlimmer!", fauchte Alec. „Du weißt nicht das Geringste über - über - irgendetwas davon!"

Aufgeschreckt durch seinen uncharakteristisch barschen Ton, schluckte Selina ihre Gekränktheit hinunter und zog ihre behandschuhte Hand fort. „Nein. Nein. Das stimmt. Ich ..."

„Verzeih mir", unterbrach er sie mit entschuldigendem Unterton. „Ich - ich bin nicht ich selbst ..."

„Na, das ist eine Untertreibung, wenn ich je eine gehört habe!"

„Selina! Ich - ich werde dir - *alles* erzählen - aber nicht *jetzt*. Nicht *hier*."

„Ich frage mich ...", sagte sie und musterte ihn ausdruckslos. „Würdest du die Notwendigkeit gesehen haben, *alles* zu gestehen, wenn du nicht dazu gezwungen worden wärest?"

Alec lachte auf, zögerte aber nicht mit seiner Reaktion. Er bot ihr erneut seinen Arm und war erleichtert, als sie ihn ergriff. Sie gingen weiter auf das Zollhaus zu, Soldaten in ihrem Rücken, und unter den wieder zum Leben erwachenden Geräuschen des Kais.

„Ja. Ja, ich hatte die Absicht, alle meine Sünden zu gestehen - *dir* gegenüber", stellte er fest. „Aber erst, *nachdem* wir verheiratet sind. Und ich hätte es dir nebenbei erzählt; nur eine Geschichte unter vielen Abenteuern als eingebildeter Jungdiplomat; nichts von Bedeutung; nichts, worum es sich zu sorgen lohnte." Er lächelte sie an. „Und alles geschah, bevor ich dich kennenlernte ..."

„Als ich noch Selina Vesey war - vor meiner schrecklichen Ehe?"

„Ja. Du warst noch im Schulzimmer, als ich hier als Sir Gilberts Sekretär stationiert wurde."

Sie gingen schweigend weiter, Selinas Blick ruhte auf den Zollbeamten, die ihre Arbeit machten, aber sie sah nichts davon. In ihr blitzte eine plötzliche Erkenntnis auf.

„Es war die Entführung von Cosmo und Emily, die alles für dich verändert hat, nicht wahr?"

„Ja."

„Was - was ist mit dir *geschehen*? Was geschieht - mit *uns*?"

„Es ist - schwierig."

„*Schwierig*?" Sie blieb stehen und schaute ihm ins Gesicht, ihre dunklen Augen voller Sorge. „Natürlich kann ich mir nicht einmal annähernd vorstellen, welchen - welchen - *Schwierigkeiten* du dich bei deiner Stationierung hier gegenübergesehen hast, aber ich habe die böse

Ahnung, dass du an diesem elend düsteren Ort nicht der Alec Halsey bist, den ich kenne und liebe ...“

„Selina! Ich - ich - ja! Nein! Du hast recht“, gab er zu. „Ich bin nicht *dein* Alec; nicht hier. Nicht, bis ich nicht erreicht habe, weswegen ich hergekommen bin - Cosmo und Emily zu befreien. Dummerweise hatte ich gehofft, dir - Olivia - meinem Onkel - und mir selbst die Peinlichkeit eines Geständnisses ersparen zu können. Mir ist jetzt klargeworden, dass das Wunschdenken war. Das dass nie im Bereich des Möglichen lag. *Bitte.* Lass mich dich aus dieser elenden Kälte herausbringen, irgendwohin, wo wir besser miteinander sprechen können.“

Sie nickte, blieb aber einen Moment länger stehen und ignorierte alle Vorgänge ringsum, wo Sir Gilbert den Zollbeamten eine Szene machte und auf Französisch zu wissen verlangte, was zum Teufel hier vorginge. Sie schaute in seine Augen auf und hielt seinen Blick fest.

„Ich glaube, ich kann jedes Geständnis ertragen, das du mir machen möchtest. Gott weiß, dass ich dir auch eines zu machen habe, was du mir in Bath nicht erlaubt hast und was ich lange zuvor hätte machen sollen, als du nach Paris kamst ...“

„Selina, es besteht keine Notwendigkeit, ...“

„Doch! Doch! Aber du hast recht. Jetzt ist auch dafür nicht der rechte Zeitpunkt. „Aber ...“ Sie schluckte und drückte eine behandschuhte Hand auf seine Brust, über sein Herz. „Kannst du mir versichern, dass der Alec, den ich liebe, zu mir zurückkommen wird?“

„Ja“, sagte er mit einem Lächeln und widerstand der Versuchung, ihre Wange zu streicheln. Er konnte es sich an diesem Ort nicht leisten, seine Gefühle offen zu zeigen; die Spione des Markgrafen - und die Luytens‘ - waren überall. „Das ist ein Versprechen. Wenn ich Cosmos und Emily in Sicherheit weiß.“ Er fügte nicht hinzu: *„Denn, wenn ich sie nicht retten kann, kann ich mich selbst nicht retten.“*

ELF

Sir Cosmo wollte zum ersten Mal seit mehr als zwei Monaten aus seinem kleinen Zimmer treten. Doch er zögerte. Er fragte sich, ob er hinters Licht geführt werden sollte - damit seine Bewacher einen Vorwand hatten, ihn zu bestrafen. Vielleicht würde er kaum im Gang sein, wenn sie sich schon auf ihn stürzen würden, ihn beschuldigen, dass er zu fliehen versucht hätte und ihn in den Kerker schleppen, um ihn dort zu foltern und verrotten zu lassen.

Trotz der kalten, feuchten Luft im Gang lief Sir Cosmo ein Rinnsal von Schweiß zwischen den Schulterblättern hinab. Seine Hände waren gefesselt und er war von einem Schwarm von Soldaten umgeben, was ihm jeden Grund zu der Annahme gab, dass seine Furcht berechtigt wäre. Vielleicht wurde er in den Kerker gebracht und nicht, wie man ihn hatte glauben lassen, um mit dem Markgrafen zu dinieren. Ihm Hoffnung zu geben, würde ihn lange genug ruhig halten, bis es zu spät wäre, um nach Hilfe zu rufen.

Aber selbst, wenn er riefe, wer würde ihn hören? Und wen würde es kümmern? Die bloße Idee, dass er davorstand, mit jemandem zu speisen, geschweige denn mit dem Herrscher dieses gottverlassenen Ortes, ließ ihn seinen Rücken wieder beugen und trieb eine juckende Hitze auf seine Stirn. Trotz allem begann er zu zittern, nicht vor Verzweiflung, sondern mit stillem Gelächter, der Art von Gelächter, wie es Wahnsinnigen und Einsiedlern zu eigen ist und das für andere unverständlich bleibt. Und je mehr er über das nachdachte, was sein Kammerdiener ihm gerade anvertraut hatte, desto hysterischer vor Angst wurde er, und war überzeugt, dass er Schloss Herzfeld niemals lebend verlassen würde.

．　．　．

FRÜHER AN DIESEM NACHMITTAG WAR ES SIR COSMO GESTATTET
worden zu baden, und nicht nur mit einem Krug Wasser und einer
Schüssel. Es war sein erstes Bad seit einem Monat. Eine Kupferwanne
war gebracht worden und vier Diener mit säuerlichen Gesichtern
kamen und gingen mit heißem Wasser. Seife und Waschlappen wurden
bereitgestellt, für seine verfilzten Haare erhielt er einen Kamm und ein
würzig duftendes Mittel zum Waschen. Aber rasieren durfte er sich
nicht. Daher wusch er seinen Vollbart mit dem Rest des Kräutermittels.

Der Markgraf wollte mit ihm über ihren gemeinsamen Freund Alec
Halsey sprechen, aber er sagte, das könnte er nicht tun, solange Cosmo
wie eine Latrine stänke. Daher das Bad. Und wenn er dann vorzeigbar
wäre, sollte er sich dem Markgrafen zum Diner anschließen. Cosmo
konnte es kaum für möglich halten. Er hatte sein kleines Zimmer seit
zwei Monaten nicht verlassen. Als er in dem duftenden Wasser lag,
überkam ihn Furcht. Vielleicht war dies nur eine List zu einem unheim-
licheren Zweck?

Aber dann erschien Matthias im Eingang, ein Bündel Kleider an
seine Brust gedrückt.

Sir Cosmo sprang aus dem Bad, nahm das halbe Badewasser mit
sich, wickelte hastig das Badetuch um seine schmalen Hüften und
begrüßte seinen Kammerdiener mit offenen Armen und wassertrie-
fendem Bart. Der liebe, süße Matthias mit seiner langen Nase und dem
noch längeren Gesicht war ein so willkommener Anblick, dass seine
Augen sich mit Tränen füllten. Mehr als einmal, wenn er in äußerster
Verzweiflung wie eine Kugel zusammengerollt auf seinem Bett gelegen
hatte, war er davon überzeugt gewesen, seinen ihm ergebenen Diener
nie wiederzusehen.

Matthias war ebenso glücklich und tränenüberströmt. Er ließ
schnell das Bündel Kleider auf das ungemachte Bett fallen und verbarg
sein Erstaunen darüber, dass sein Herr mit einem Vollbart kaum
wiederzuerkennen war. Aber es war nicht nur der Bart ... Sir Cosmo
hatte all seine Fülle verloren. Er war dünn und drahtig, sein Gesicht
hager und in seinen eingesunkenen Augen stand ein gehetzter
Ausdruck. Es war ein Ausdruck, den Matthias im Blick misshandelter
Tiere gesehen hatte, die jede Annährung fürchteten, da sie gewöhnlich
von Schmerz und Leid begleitet wurde.

All dies behielt der Kammerdiener für sich. Er wusch schnell seine
Hände im seifigen Badewasser, was ihm Zeit gab, seine Fassung wieder-
zufinden, und bemerkte seine eingerissenen Nägel und abgeschürften
Fingerknöchel. Er, der so stolz auf seine Erscheinung und Sauberkeit als

der Gentleman eines Gentlemans war, hatte so lange keinen Zugriff mehr auf die Instrumente für seine Pflege gehabt, dass er aufgehört hatte, auf seine Hände zu achten. Aber was war dieser kleine Schock im Vergleich zu dem, was sein Herr durchmachen musste? Der traurige Zustand Sir Cosmos erweckte in ihm den Wunsch, in Tränen auszubrechen.

„Was für ein großartiger Anblick für mich du bist, mein lieber Matthias!", sagte Sir Cosmo mit gezwungener Fröhlichkeit und trat zurück, um seinen Kammerdiener von Kopf bis Fuß zu mustern. „Füttern dich noch, wie ich sehe. Und behandeln sie dich gut?"

„Ja, Sir. Und ich, Ihr - überglücklich, Euch zu sehen, heißt das. Und Ihr seht wirklich großartig aus, alles in allem", sagte Matthias lebhaft, der versuchte, sich der Heiterkeit seines Herrn anzupassen. Aber er scheiterte kläglich und wandte sich ab, um den Kloß, der ihm schmerzend im Hals steckte, hinunterzuschlucken, während er sich dann damit beschäftigte, Rock, Hosen, sauberes Hemd, Krawatte, Unterhosen und Strümpfe auf dem Bett zurechtzulegen. „Hier, Sir, lasst mich Euch in dieses Hemd helfen. Frische Kleider werden Euch helfen, Euch wieder wie Ihr selbst zu fühlen. Obwohl ich wünschte, sie hätten mir erlaubt, Euch zu rasieren."

„Aha! Ja, nun, ich wünschte mir *jetzt*, dass ich dir vor all diesen Wochen erlaubt hätte, mich zu rasieren", gestand Sir Cosmo mit einem tiefen Seufzer, ließ dem aber schnell ein Lächeln folgen, als ob das die Niedergeschlagenheit von seinen Schultern hätte heben können. „Und doch, wäre dieser Bart nicht gewesen, hätte ich vielleicht keinen Besuch des Markgrafen erhalten. Sagte ich dir, dass er mich besuchen kam? Ja! Ich wurde befragt und mein Kopf in einen Eimer Eiswasser getaucht. Ich sagte mir: *Das war's jetzt! Ich werde den Morgen nicht mehr sehen, oder Emily, oder Alec, oder dich, meinen lieben Matthias.* Und dann kam der Markgraf mit seinem Gefolge an. Stell dir vor! Mein kleines Zimmer voller Leute ..."

Als Sir Cosmos Stimme verstummte, reichte Matthias ihm ein paar Leinenunterhosen und fragte ruhig: „Warum kam der Markgraf Euch besuchen, Sir?"

„Keine Ahnung. Um mich zum Diner einzuladen, vermute ich", sagte Sir Cosmo nüchtern und gab dann ein nervöses, kleines Lachen von sich. „Wusstest du, dass er Englisch spricht? Ja. *English*, Matthias. Überraschte mich so, dass ich fast vergaß, meine Augen gesenkt zu halten. In einer Minute spricht um mich herum alles Deutsch - was genauso gut völliges Kauderwelsch sein könnte, denn ich verstehe überhaupt nichts davon - und in der nächsten höre ich meine Muttersprache, und zwar sehr gut gesprochen. Ich wäre fast an Ort und Stelle zusammengebrochen. Lange Zeit hatte ich keinen schöneren Laut gehört, bis du jetzt kamst, lieber Matthias."

„Der Markgraf spricht Englisch? Das ist eine Überraschung."

„Ja! Erstaunlich, nicht wahr? Aber das war nicht das Überraschendste an diesem Besuch", fuhr Sir Cosmo fort, während er die Schnüre seiner leinenen Unterhosen zuband. „Ich weiß noch immer nicht, wie er aussieht. Mir wurde befohlen, meinen Blick die ganze Zeit auf die Dielen zu richten. Auf den Boden! Seltsame Anweisung - keine Erlaubnis zu bekommen, ihn anzusehen. Wozu ist es gut, Hermelin und Goldkronen zu tragen, wenn die Menge der Ungewaschenen, von denen ich bis jetzt einer war, dich nicht mit offenem Maul anstarren und bewundern darf? Gibt mir zu denken, ob mit dem Kerl vielleicht etwas nicht in Ordnung ist. Ist er durch die Pocken oder in der Schlacht furchtbar entstellt worden? Vielleicht hat er nur ein Auge oder seine Nase ist so dick wie ein Kürbis, dass man den armen Kerl nur mit offenem Mund anstarren kann? Hast du eine Ahnung, wie er aussieht?"

„Nein, Sir. Ich schätze, ich werde nie das Privileg haben, ihn sehen zu dürfen, auch nicht aus der Entfernung", erklärte Matthias ihm gleichmütig und knöpfte die Klappe eines Paares Samthosen auf, bevor er sie weiterreichte. „Ich bin jetzt in der Spülküche *einquartiert* - wenn man ein Lager in einer Ecke hinter den Töpfen und Pfannen so nennen will - wo es schon ein Segen ist, wenn man jeden Tag einmal Tageslicht zu sehen bekommt. Aber macht Euch keine Sorgen um mich. Ich bleibe für mich und verbringe meine Zeit damit, alles zu polieren, was poliert werden muss." Er senkte seine Stimme. „Was in diesen Tagen nicht viel ist, da das Silber eingesammelt und für den Krieg eingeschmolzen wird, wie es heißt." Er hob seine Stimme wieder und fügte mit einem Schnüffeln hinzu: „Wenigstens muss ich meine Tage nicht verbringen wie der Rest dieser armen Narren, die bis zu den Ellenbogen im Wasser das Fett von Bergen von Tellern und Schüsseln waschen müssen - eine stinkige Arbeit und brutal hart."

Sir Cosmo, der gerade die bauschigen Falten seines Hemds in die Hose stopfte, sah auf. Seine Stimme hatten einen Unterton von Beklommenheit.

„Man hat dich doch nicht ... *misshandelt*, oder?"

Matthias war nicht misshandelt worden, aber eine Tracht Prügel war nicht die schlimmste Strafe, die im Dienstbotentrakt verabreicht werden konnte. Er erinnerte sich noch an seinen ersten Tag in der Küche, einem erdrückend heißen Ort mit der Temperatur und der Feuchtigkeit einer Insel in der Karibik. Ein Unterkoch, ein kleiner Franzose mit krummen Beinen, ein Deserteur aus dem Siebenjährigen Krieg, der jetzt nie mehr nach Hause gehen würde, hatte ihm eine einfache Warnung zukommen lassen - er sollte seinen Kopf gesenkt halten und niemandem in den Weg kommen, aber ohne zu fragen sofort gehorchen, wenn man ihm einen Befehl erteilte. Dann hatte er auf einen der Kesselrührer gezeigt, einen alten Mann mit einem lähmenden Buckel. Der Unterkoch erzählte ihm, dass der Buckel von den vielen Schlägen käme, die über die Jahre hinweg die Knochen gebrochen hatten. Jedoch der Kesselrührer konnte seine Meinung nicht für sich behalten und fluchte ständig über sein Los im Leben. Schließlich hatten sie ihm die Zunge herausgeschnitten.

Aber der Franzose sagte zu Matthias, er müsste sich keine Sorgen machen. Leibeigene würden nicht getötet. Man hackte ihnen nur einen Zeh oder einen Finger ab, oder, wenn sie besonders aufsässig waren, wie der Kesselrührer, wurde ihnen die Zunge genommen - nichts allzu Drastisches, nichts, was sie daran hindern würde, ihre tägliche Schufterei weiter erledigen zu können. Also müsste Matthias nur seinen Mund geschlossen halten, dann würde seine Zunge zwischen seinen Zähnen bleiben!

„Matthias?", wiederholte Sir Cosmo seine Frage, dringlicher als zuvor. „Bist du geschlagen worden?"

Der Kammerdiener vertrieb die grausigen Bilder mit einem Schütteln aus seinem Kopf.

„Nein, Sir. Nur zum Arbeiten angehalten. Ich bin nützlich. Und ich tue, was mir gesagt wird. Was der beste Weg ist, um meinen Kopf auf den Schultern und meine Zunge zwischen meinen Zähnen zu behalten."

„Gut. Ich würde es hassen, denken zu müssen - ich könnte nicht weitermachen, wenn ich wüsste, dass du misshandelt wirst. Ich bin entschlossen, dass wir die diese Burg lebend verlassen werden, Matthias."

„Ja, Sir. Das werden wir. *Wir alle vier.* Ich habe jedes Vertrauen darin, dass Lord Halsey kommen wird, um uns zu retten, und das müsst Ihr auch."

Sir Cosmo nickte, und er senkte den Kopf, als er sich darauf konzentrierte, die sechs Hornknöpfe seiner Hosenklappe zu schließen, so, dass sein Kammerdiener nicht die Tränen in seinen Augen stehen sehen konnte. Die Gefangenschaft hatte ihn so weich wie ein weichgekochtes Ei werden lassen. Oh, was hätte er nicht für ein schönes, weichgekochtes Hühnerei und eine Scheibe Brot mit Butter gegeben! Er wusste, dass die Zahl Vier Matthias taktvolle Art war, von Emily und ihrer Begleiterin, Mrs. Carlisle, zu sprechen. Und er erkannte, was für ein Feigling er war, dass er nicht nach ihnen gefragt hatte, als Matthias wieder aufgetaucht war. Aber er konnte es nicht über sich bringen, von

Emily zu sprechen, weil ihn das dazu brachte, sich zu fragen, wie sie wohl behandelt würde. Dass Matthias die beiden Frauen bis jetzt noch nicht erwähnt hatte, konnte nur schlechte Neuigkeiten bedeuten, daher war er sehr erleichtert, als sein Kammerdiener seine Besorgnis zerstreute.

„Sir, ich habe über Miss St. Neots oder Mrs. Carlisle nichts zu berichten. Und sagt man nicht: *keine Nachricht, gute Nachricht*, nicht wahr? Vielleicht werdet Ihr beim Diner eine Gelegenheit haben, nach ihnen zu fragen? Sie könnten vielleicht sogar dort sein. Nicht wahr, Sir?“

„Ja. Ja. Sie könnten dort sein ...“, antwortete Sir Cosmo und wollte das gerne von ganzem Herzen glauben, wusste aber, dass es Wunschdenken war. Er fummelte am Taillenband seiner Hosen herum, murmelt in sich hinein, um die Verlegenheit wegen der Tränen in seinen Augen zu verbergen: „Diese hier müssten besser geschnitten sein. Ein Knopf oder zwei versetzt ...“

„Ja, Sir. So ist es“, stimmte Matthias zu. „Der Bund war immer etwas locker. Ich hätte das zu der Zeit erwähnen sollen, als wir den Anzug abholten.“

Es war eine Lüge. Die Hosen hatten beim ersten Tragen perfekt gepasst. Normalerweise ließen die in der Taille hineingestopften Hemdschöße sie genau anliegen, aber nicht heute. Es war eine Sache, wenn ein Hemd etwas lockerer saß als gewöhnlich, das konnte man übersehen, aber die Hosen waren so weit, dass sie aussahen, als wären sie für einen anderen Mann angefertigt. Und das waren sie auch, für den Mann, der sein Herr gewesen war, bevor sie einen Fuß in dieses düstere, gottverlassene Land gesetzt hatten. Matthias wusste, dass auch die Weste und der Rock für die abgezehrte Gestalt seines Herrn zu groß sein würden, aber es hielt ihn nicht davon ab, die seidene Weste mit einem fröhlichen Lächeln hinzuhalten. Als nächstes bot er Sir Cosmo seine Krawatte an. Aber da es dort keinen Spiegel gab, um ihm beim Binden dieses modischen Accessoires zu helfen, stand sein Herr nur da und starrte auf den Streifen feinen Leinens zwischen seinen zitternden Fingern.

Matthias nahm ihm die Krawatte sanft ab, legte sie ihm um den Hals und begann, sie zu binden. Das Zittern in der Hand seines Herrn würde ohnehin ein fachmännisches Binden des Leinenstreifens verhindert haben, daher war es ebenso gut, dass es keinen Spiegel gab.

„Ich habe etwas entdeckt, was Euch interessieren wird, Sir“, sagte er, um Sir Cosmo von seinem modischen Kummer abzulenken.

Matthias verschwörerischer Ton riss Sir Cosmo aus seiner Schwermut. Plötzlich war er ganz Ohr für die Enthüllungen seines Kammerdieners. Er schaute zu den Wachen hinüber - die beide in einer Ecke dösten - und wandte dann Matthias wieder seine Aufmerksamkeit zu, der sorgfältig die Krawatte unter seinem behaarten Kinn knotete.

„Ja? Was?", zischte Sir Cosmo.

„Ihr hattet gefragt, was ich über die *unaussprechliche Wahrheit* herausfinden könnte", sagte Matthias. „Aber da die meisten Leute um mich herum kaum je das Tageslicht sehen, geschweige denn viel wissen und niemand Englisch versteht, dachte ich, ich hätte so viel Chancen wie eine Spinne im Badewasser, irgendetwas herauszufinden! Aber dann kam eines Tages eine der Wachen aus dem Hausregiment des Markgrafen zu mir. Ich dachte, ich wäre erledigt. Aber nein. Er war nicht da, um mich zu schlagen oder zu verhaften. Er hatte gehört, dass ich Engländer wäre. Natürlich habe ich diese seine Annahme nicht berichtigt. Für diese Ausländer sind ein Ire und ein Engländer, und was das angeht, auch ein Schotte, ein und dasselbe. Also nahm mich diese Palastwache beiseite und erzählte mir, dass er in einer Truppe war, die während des gerade beendeten Krieges in Flandern mit der Britischen Armee zusammen gekämpft hätte ... Wie fühlt sich das an, Sir? Hübsch und fest?", fügte er hinzu und ließ einen Finger leicht über den Rand der Krawatte gleiten, die er unter Sir Cosmos Kinn gebunden hatte. „Nicht zu eng, oder? Verzeihung, aber es ist schwieriger, die Falten zu arrangieren, da Ihr einen Bart habt - und es ist ein sehr schöner Bart, Sir!"

Sir Cosmo lächelte, als er seinen Hals reckte. „Danke, dass du das sagst, aber sobald wir hier raus sind, wird eine deiner ersten Aufgaben sein, diesen unmodischen Grind loszuwerden! Was sagtest du über diese Palastwache, die mit uns in Flandern gekämpft hat ... Was wollte er?"

„Nichts, als Zeit in meiner Gesellschaft zu verbringen, um Englisch zu sprechen. Ich war erleichtert, ihn das sagen zu hören, und mehr als nur ein wenig überrascht, dass er Übung in Konversation bekommen wollte. Er träumt davon, nach England davonzulaufen. Er hat so viel über das Land gehört. Wer würde nicht nach Hause - zu uns nach Hause - laufen wollen, wenn er in diesem barbarischen Ödland lebt, sage ich."

„Genau so, Matthias", stimmte Sir Cosmo zu. „Ich träume davon, England nie wieder zu verlassen. Und das werde ich auch nicht, sobald ich hier raus bin. *Niemals.*" Er schüttelte den Kopf. „Und wenn dein Freund es schafft, über den Kanal zu fliehen, wird man ihn für einen Iren halten, nachdem er seine Zeit damit verbracht hat, dir zuzuhören. Nein. Beweg dich nicht. Bleib, wo du bist. Ich glaube, dieser Knoten bedarf noch deiner Aufmerksamkeit." Flüsternd, als zupfe an den Spitzen seiner Krawatte herum, die in den Rüschen seines Hemdes eingebettet waren, fügte er hinzu: „Wenn du zurücktrittst und diese beiden dort aufwachen, werden wir vielleicht keine weitere Gelegenheit haben, vertraulich miteinander zu reden. Dieser Wachmann, der Englisch spricht - hast du ihn nach dieser *unaussprechlichen Wahrheit* gefragt?"

„Ja. Aber es geht nicht nur darum, was er weiß, sondern auch, warum er es weiß. Während des Krieges hat Hansen - so heißt er - etwas sehr Tapferes getan, und wurde für seine Heldentat zum persönlichen Leibwächter des Markgrafen befördert. Um es kurz zu machen, eines Tages fragte ich Hansen so beiläufig wie ich konnte nach dieser *unaussprechlichen Wahrheit*. Und er erzählte es mir - einfach so - als wäre es allgemein bekannt. Ich fragte mich, ob es daran lag, dass wir auf Englisch darüber sprachen, so dass es keine so schockierende Sache war, als wenn er es mir in seiner Muttersprache erzählt hätte. Oh, und dazu kommt die Tatsache, dass er sagte, wenn ich es irgendjemandem gegenüber erwähnen oder ausplaudern würde, dass er es war, der es mir verraten hat, würde er mir die Zunge herausschneiden. Und da das hier in der Gegend ziemlich regelmäßig geschieht, wusste ich, dass das keine leere Drohung von ihm war. Wie auch immer, ich empfand es als gerechten Handel und wir gaben uns die Hand darauf."

Sir Cosmo gab angesichts von Matthias' blasierter Haltung einer solchen Drohung gegenüber ein bellendes Gelächter von sich und schlug dann sofort seine Hand vor den Mund, um sich von weiterem Gelächter abzuhalten, mit einem verstohlenen Blick zu den Wachen hinüber, von denen eine ein Auge öffnete und sogleich wieder schloss, um wieder in Schlaf zu fallen, bevor er in viel gedämpfterem Ton sagte:

„Nun, das dürfte ein ausreichender Anreiz zum Schweigen sein, nicht wahr?"

„Ja. Nur, dass ich nicht das Versprechen gab, es *Euch* nicht zu erzählen. Hansen sagt, dass die *unaussprechliche Wahrheit* bekanntlich seit Jahren im Haus Herzfeld - das ist die Familie des Markgrafen - existiert. Aber es wird nie offen darüber gesprochen ..."

„Weshalb sie als die *unaussprechliche Wahrheit* bekannt ist?"

Matthias grinste. „Genau so, Sir! Hansen sagt, im Hause Herzfeld gebe es schlechtes Blut. Und die Familienmitglieder, in deren Adern es fließt, können es nicht verbergen."

„Markgraf Ernst?"

„Ja, Sir."

Sir Cosmo runzelte die Stirn. „Aber wie macht sich das bemerkbar? Ich meine, wie weiß man, wer dieses schlechte Blut hat und wer nicht?"

„Sein Haar ..."

„Sein - *Haar?*" Sir Cosmo zog an seinem Kinn. „Was ist mit seinem *Haar?*"

„Verzeihung, Sir. Ich meinte seinen *Mangel* an Haar. Er - der Markgraf - hat überhaupt keine - Haare - *nirgendwo.*"

„Keine Haare?" Sir Cosmo war ungläubig. „Was meinst du damit: er hat kein einziges *Haar - nirgendwo?*

„Ja, Sir. Kein Haar. Keine auf seinem Kopf. Keine auf seinem Körper. Weder Wimpern noch Augenbrauen. Nichts. Er und seine Schwester wurden so geboren."

Sir Cosmo ließ sich auf den kleinen Schemel fallen, der in dem Lichtfleck unter dem Fenster saß. „Guter - Gott ... Ich habe niemals etwas dergleichen gehört. Du etwa?"

„Nein. Aber bei dieser Perückenmode ist es schwierig festzustellen, wer echtes Haar hat und wer kahl ist. Ihr könntet haarlos sein, Sir, und wer würde es wissen, außer denen, die bei Eurer Toilette zugegen sind. Der gewöhnliche Mann wäre gewiss völlig ahnungslos."

„Das ist wohl so, schätze ich ...", gab Sir Cosmo zu und strich sich unbewusst über den Bart. „Und doch, selbst, wenn ein Mann sich den Kopf rasiert oder seine Frau nicht mehr als zwei Haare auf ihrem hat und beide Perücken tragen, würde man es doch verflixt gut merken, wenn sie keine Augenbrauen und keine Wimpern hätten!" Sir Cosmo schauderte und verzog das Gesicht. „Grässlich. Einfach grässlich."

„Aber wenigstens hat der Markgraf keine scheußlichen Narben oder eine Knollennase in der Größe eines Kürbisses, soweit wir wissen, wie Ihr zuerst befürchtet hattet, nicht wahr Sir?"

„Ja. Das dachte ich ..."

„Und es erklärt noch eines", fügte Matthias hinzu. „Warum es ein Gesetz gibt, dass es den Höflingen verbietet, sich einen Bart oder Schnurrbart stehen zu lassen, wenn der Herrscher sich keinen wachsen lassen kann. Kein Wunder, dass er herkam, um Euren Bart zu bestaunen, Sir."

„Kein Wunder, in der Tat! Ich wette, keiner von diesen Kerlen hatte je zuvor einen Vollbart gesehen. Na gut! Ich hätte mich nie Ausstellungsstück im Zoo oder gar als Revoluzzer gesehen, was das angeht. Aber dieser Bart hat mich offensichtlich dazu gemacht. Und ich wette, wenn der rebellische Prinz Viktor gewinnt, wird er das Gesetz, das Bärte verbietet, abschaffen und jedermann bis hin zu seiner verwitweten Mutter wird sich einen wachsen lassen!"

Matthias grinste. Es war eine solche Befriedigung zu erleben, wie sein Herr wieder wie sein altes Ich klang. Aber das Grinsen wich schnell einem Stirnrunzeln, als er sich an den Rest dessen erinnerte, was Hansen ihm über die *unaussprechliche Wahrheit* anvertraut hatte. Er glaubte ihm, denn er hatte eine höchst interessante Unterhaltung zwischen dem Haushofmeister und einem ausländischen Diplomaten mit angehört, der die Gelegenheit verpasst hatte, in sein Heimatland zu flüchten, solange die Grenzen noch offen waren. Sie hatten sich in der Sprache der Diplomatie unterhalten - in Französisch. Und zufällig war dies eine Sprache, die Matthias verstand. Und daher trödelte er länger als notwendig im offiziellen Vorzimmer und lauschte, während er langsam die mit Essensresten überhäuften Teller aufräumte. Die beiden Männer sprachen über die *unaussprechliche Wahrheit* und die Schwester des Markgrafen, die Prinzessin Johanna, in einem Atemzug.

Seit dem Tode ihres Vaters war die Prinzessin entschlossen, ihren rechtmäßigen Platz am Hof wieder einzunehmen. Sie würde sich nicht zum Schweigen bringen lassen. Sie wollte ihre Freiheit. Ihre Anfälle schreiender Wut ihrem Bruder gegenüber hallten über die verriegelten Türen ihrer Räume hinaus in die Gänge. Und ihre gequälten Jammerschreie fanden ein Echo durch die Fenster des Turms. Da ihr Zwillingsbruder jetzt Markgraf war, lag es in seiner Macht, das Edikt ihres Vaters, dass sie nie freigelassen werden dürfte, zu widerrufen. Sie hatte erwartet, dass dieser Widerruf die erste Handlung ihres Bruders sein würde. Aber er fuhr fort, sie eingesperrt zu halten, denn die unaussprechliche Wahrheit kam bei der Prinzessin in höchst peinlicher Weise zum Ausdruck - ihr Verstand war verwirrt.

Der Diplomat hielt seine Überraschung im Zaum und Matthias ertappte sich dabei, wie er nähertrat, als der Oberhofmeister verriet, dass er glaubte, die Unausgeglichenheit des Geistes der Prinzessin könnte unter Kontrolle gebracht werden. Der Diplomat bat, erfahren zu dürfen, welche Arznei für die Behandlung von Wahnsinnigen verwendet würde. Das hatte den Oberhofmeister breit lächeln lassen. Es war keine Arznei, sondern eine Person, die die schwarzen Stimmungen der Prinzessin aufhellen konnte. Er nannte diese Person und, während der Diplomat kein Zeichen des Erkennens zeigte, wusste Matthias sofort, wer es war. Dieser Name waren die beiden letzten Worte, die er von der Unterhaltung hörte. Sein Lauschen wurde abrupt beendet, als er von einem livrierten Diener eine harte Ohrfeige erhielt, der ihm befahl, mit seiner Arbeit fortzufahren.

„Hier, lasst mich helfen, Euch fertig anzukleiden", sagte der Kammerdiener und sammelte seine Gedanken, um seinem Herrn alles mitzuteilen. „Sie können jeden Moment kommen, um mich wieder wegzuführen, und Ihr müsst fertig sein, wenn Ihr abgeholt werdet."

Sir Cosmo fügte sich und ließ sich den Rock über die Schultern streifen. Er erlaubte Matthias, viel Aufhebens um ihn zu machen und wünschte, er hätte solche Feinheiten nie für eine Selbstverständlichkeit gehalten, insbesondere nicht die Dienste seines Kammerdieners. Er schwor sich, das nie wieder zu tun.

„Vielen Dank, Matthias. Und dem Himmel sei Dank für kleine Wohltaten“, sagte er mit einem weiteren Seufzer, diesmal aus Erleichterung. „Wenn es das Schlimmste ist, dass der Markgraf keine Augenbrauen und Wimpern hat - es ist anzunehmen, dass er eine Perücke trägt - dann ist es eben so. Ich werde ihm, wenn und falls die Zeit kommt, ins Auge sehen, und mit Zuversicht.“ Er zwang sich zu einem Lächeln. „Wer weiß. Vielleicht lädt er ja seine Schwester ein, mit uns zu speisen, nur, um meinen Bart zu sehen, was ihr in ihrer Abgeschiedenheit ein wenig Belustigung verschaffen könnte.“

„Was die Schwester angeht, Sir ... was sie angeht, ist mehr an dieser *unaussprechlichen Wahrheit*. Sie lebt nicht in Abgeschiedenheit, weil sie es so *möchte*, sondern weil sie es *muss*. Wenn Ihr meine Worte versteht ...“

Sir Cosmo missverstand völlig, was sein Kammerdiener andeutete und sagte ungeduldig: „Nur, weil sie keinen Kopf voller Haare, perfekt geschwungene Augenbrauen und eine Reihe dunkler Wimpern hat, sollte das doch nicht heißen, dass sie weggesperrt wird ...“

„Nein, Sir. Ich meine ... ich glaube nicht, dass sie *deshalb* weggesperrt ist.“

„Wenn nicht deshalb, weswegen denn?“ Als sein Kammerdiener von einem Fuß auf den anderen trat und zögerte, fügte er geduldig hinzu: „Matthias, was ist es, das du mir *nicht* erzählst? Besser, wenn ich es weiß. Wie die Römer zu sagen pflegten: *„Praemonitus praemunitus.“*

„Verzeihung, Sir?“

„Ist man vorgewarnt, kann man sich wappnen“, erklärte Sir Cosmo als Übersetzung des Lateinischen. „Ich möchte mich bei diesem Diner nicht zum Narren machen; etwas Unpassendes sagen; seine Schwester erwähnen; nach - nach Miss St. Neots fragen, wenn das unserer Sache und ihrer schaden könnte.“

„Ja, Sir. Ich verstehe. Und Ihr habt recht, es wäre am besten, wenn Ihr nichts davon tätet - weder die Prinzessin noch Miss St. Neots erwähntet, weil ...“ Und mit einigen zögernden Sätzen wiederholte er die Unterhaltung zwischen dem Oberhofmeister und dem Diplomaten, ließ nichts aus, auch nicht das Jammern und das Schreien, und fügte hoffnungsvoll hinzu, als er sah, dass sein Herr so weiß wie ein sauberes Laken geworden war:

„Aber der Hofmeister glaubt, dass der Wahnsinn der Prinzessin unter Kontrolle gebracht werden könnte“, erwiderte Matthias.

Er ging zu dem in die Wand eingelassenen Bett hinüber, um Sir Cosmo Zeit zu geben, das zu verdauen, was er gerade erfahren hatte und weil die Art, wie sein Herr weiß wie ein Laken geworden war, ihn an Laken im Allgemeinen erinnert hatte. Er begann, die Matratze von dem Haufen schmutziger Bettwäsche und flachen Federkissen zu befreien. Als nächstes hob er die abgelegten Unterhosen, Hemd und Hosen seines Herrn auf und wickelte diese in das schmutzige Laken, mit der Begründung, dass er vielleicht in der Lage sein würde, wenigstens das Hemd mit einer guten Wäsche zu retten, und das abgezogene Bett würde ihm eine Ausrede bieten, mit sauberen Laken wiederzukommen.

„Unter Kontrolle?", sagte Sir Cosmo schließlich und klang skeptisch. „Von welcher Art von Arznei reden wir? Laudanum? Oder einer Abart davon, um sie beständig betäubt zu halten? Armes Ding! Wenigstens wissen wir jetzt, warum nie über diese *unaussprechliche Wahrheit* gesprochen wird, und wenn doch, dann nur im Flüsterton ...“

„Es ist keine Arznei, Sir", durchschnitt die Stimme des Kammerdieners die Stille, während er den Berg schmutziger Wäsche umklammert hielt. „Sondern ein Mann - ein Edelmann. Es ist Lord Halsey, Sir ...“

„Alec—Alec *Halsey*?"

„Ja, Sir. Ich habe mich bei dem Namen nicht verhört. Der Oberhofmeister und der Markgraf sind davon überzeugt, dass Lord Halsey genau der richtige Mann ist, um den verwirrten Verstand der Prinzessin unter Kontrolle zu halten.“

Sir Cosmo erlitt einen monumentalen Schock. Jedoch glaubte er jedes Wort, das Matthias ihm sagte. Diese Enthüllung beantwortete die Frage, warum Alec und nicht irgendein anderer diplomatischer Beamter der Regierung Seiner Majestät ausdrücklich angefordert worden war, um die Bedingungen für die Freilassung seines Freundes auszuhandeln. Es war ein Mittel, um ihn nach Midanich zu bekommen, das Leben seiner Freunde war der Lockvogel, der sicherstellte, dass er kommen würde. Aber, während diese Antwort die Tür jener Frage schloss, die Sir Cosmo seit dem Beginn seiner Gefangenschaft verblüfft hatte, öffneten sich eine ganze Reihe von Türen zu anderen Fragen.

Warum setzten der Baron und der Markgraf all ihre Hoffnungen in Alec? Er wusste, dass Alec als jüngerer Beamter des Außenministeriums Zeit hier am Hof verbracht hatte. Aber das war vor langer Zeit gewesen. Was bedeutete Alec dieser Prinzessin? Hatte die Prinzessin zehn lange Jahre auf Alecs Rückkehr gewartet? War sie der Grund, warum er im Kerker des Schlosses gelandet war, nur um eine gewagte Flucht aus einem Gefängnis zu wagen, von dem es hieß, es sei unmöglich, dort auszubrechen, weshalb heute noch darüber gesprochen wurde? Und das größte Rätsel von allem: Wenn Alec wiederkäme, wie genau sollte er den Wahnsinn der Prinzessin unter Kontrolle halten?

Und dann kam ihm die Erleuchtung, als ob er mit einem stumpfen Gegenstand über den Schädel gehauen worden wäre und die Antwort dröhnte in seinem Kopf. Um den Effekt zu verstärken, ertönte gleichzeitig ein kurzes Klopfen an der Tür. Die schläfrigen Wärter wachten sofort auf und stolperten zur Antwort herum. Vier Soldaten der Leibwache des Markgrafen kamen in den Raum marschiert, hinter ihnen ihr Hauptmann, der in seiner behandschuhten Hand eine Rolle seidenen Seils hielt. Es war Zeit für Sir Cosmo, sich dem Markgrafen zum Diner anzuschließen.

Matthias ließ das Wäschebündel fallen und fiel vor seinem Herrn auf die Knie.

„Sir“, flehte er, weil er wollte, dass man ihn etwas tun sah, irgendetwas, damit er nicht eine weitere Ohrfeige für sein Trödeln bekommen würde. „Streckt Euren Fuß aus! Ich muss die Schnallen geraderücken.“

Mechanisch tat Sir Cosmo, was ihm gesagt wurde und tauchte mit steigendem Erstaunen aus seinem Tagtraum auf. Er wusste, warum der Oberhofmeister und der Markgraf Alec in Midanich haben wollten. Die Antwort hätte sich ihm gleich aufdrängen müssen, als Matthias ihm die Unterhaltung zwischen dem Haushofmeister und dem ausländischen Diplomaten wiedergab. Schließlich kannte niemand Alec besser als er - sie waren seit ihrer Jugend in Oxford die besten Freunde gewesen. Er schaute zu seinem Kammerdiener hinab.

„Der Verstand des armen Dings ist nicht das Einzige, was bei ihr gebrochen ist. Es ist ihr Herz, Matthias. Die Prinzessin leidet an gebrochenem Herzen.“

ZWÖLF

„Sagt mir noch einmal: Wie viele Meilen sind es von hier bis Aurich?“, fragte Alec und studierte die Karte von Midanich, die auf der Oberfläche eines langen Tisches ausgebreitet war, auf dem noch die Reste eines späten Abendessens standen. Als nicht sofort eine Antwort kam, schaute er über seinen Brillenrand auf, zuerst zu Oberst Müller und dann zu Jacob Luytens, die ihm beide gegenübersaßen. „Sind es zwölf oder vierzehn?“

„Vierzehn Meilen“, antwortete Jacob Luytens.

Alecs Blick kehrte zu der Generalstabskarte zurück, die Oberst Müller ihm auf seine Bitte ohne Fragen zur Verfügung gestellt hatte. Er deutete auf Zeichen auf der Karte direkt westlich eines Kirchturms. „Es ist hier nicht vollständig zu sehen, aber darf ich annehmen, dass der Kanal und der Treidelpfad die ganzen vierzehn Meilen zwischen hier und Aurich verlaufen?

„Ja. Sie wurden gerade im letzten Sommer bis Aurich fertiggestellt, rechtzeitig für die Torfernte des Jahres“, antwortete Jacob Luytens. Er deutete auf Teile der Karte. „Hier werden die Torffelder nördlich und südlich der Gemeinde angezeigt. Weiter im Nordosten gibt es noch mehr Felder, hier, nahe an Eversmeer. Es gab Pläne, den Hauptkanal über Aurich hinaus zu verlängern, bevor das Tauwetter im Frühjahr einsetzt. Wenn Midanich aus dem Mittelalter herauskommen will, brauchen wir die Wasserstraßen. Ohne sie können wir nicht hoffen, die Torfsoden hier nach Emden zu schaffen und dann auf den Markt zu verschiffen.“ Er lehnte sich in seinem Stuhl zurück und seufzte, mit einem verärgerten Blick auf Oberst Müller, der einen leeren Becher in

Händen hielt, der zuvor mit heißem Tee gefüllt gewesen war, und der jetzt auch intensiv die Karte studierte. Er war nicht in der Lage, die Schärfe aus seinem Ton zu halten. „Aber ich bezweifle, dass es das Wetter sein wird, das den Fortschritt behindert, sondern dieser Konflikt - wenn er sich durch den Frühling bis in den Sommer zieht. Und selbst, wenn das nicht geschieht, könnte es an Arbeitskräften fehlen, die nötig sind, um die Gräben zu graben, oder den Torf zu stechen, wenn ich darüber nachdenke. Der Krieg hat es verhindert, dass die letzte Torflieferung nach Holland, unserem größten Markt, gesendet wurde, was bedeutet, dass das Konsortium der Investoren, von denen ich einer bin, leere Taschen ...“

„Das ist bedauerlich, aber im Moment nicht meine Sorge“, unterbrach Alec ihn kurzerhand.

Er war müde, körperlich und emotional, und es drängte ihn, seine Brille abzuziehen. Er wünschte sich ein Bad - um den Schmutz des Tages und den metaphorischen Schmutz seines Betrugs an Oberst Müller und den Vertretern der Stadt abzuwaschen, den er begangen hatte, indem er sie nicht darüber aufklärte, dass er nicht als Repräsentant von Markgraf Ernst hier war. Er hatte den Tag damit verbracht, Truppen, Kanonen und die auf den sternförmigen Zinnen stationierten Männer zu inspizieren, und mit besorgten Stadtvertretern über ihre Zukunftssorgen zu sprechen. Solche Täuschungen passten nicht zu ihm, aber er musste sich ständig daran erinnern, dass es nicht nur Emilys und Cosmos Leben waren, um die er sich jetzt sorgen musste, wenn er seine List nicht durchhielt, sondern das Leben der ganzen Gesellschaft, die mit ihm aus England gekommen war.

Ein warmes Bad und ein Bett würden warten müssen. Es war noch viel zu tun, wenn er hoffen wollte, früh am nächsten Morgen ins Landesinnere aufzubrechen. Er durfte sich nicht länger aufhalten. Jeder Tag, der verging, steigerte seine Furcht um die Sicherheit seiner ‚Freunde‘ und auch das ließ seine normalerweise gelassene Stimme scharf klingen.

„Mit allem Respekt, Herr Baron, das ist nicht Eure Sorge, aber meine“, stellte Jacob Luytens fest und murmelte in sich hinein: „Verschwendung von gutem Brennstoff, wenn man ihn im Lager aufgestapelt hält ...“

Diese bittere und durch und durch egoistische Bemerkung reichte aus, um Alecs Gedanken kurzfristig von seiner bevorstehenden Reise abzulenken. Er musterte den Händler über den Rand seiner Brille.

„Berichtigt meine Annahme, aber sicher ist das Vorhandensein eines Vorrats von Torf auf dieser Seite der Ems ein Glücksfall für die Bürger von Emden in diesem Winter? Wenn die Stadt unter den Bedingungen der Belagerung leidet und nur sehr wenig Vorräte hereinkommen, außer dem, was von den Schiffen beschlagnahmt wird, die in der Mündung aufgebracht werden, ist Torf zum Heizen ein kleiner Trost ...?"

Alec ließ den Satz in der Luft hängen, mit einem vielsagenden Blick auf den Kachelofen - den hohen, gemauerten und mit schönen, blauweißen Kacheln bedeckten Kaminofen. Ursprünglich eine holländische Erfindung waren diese Heizöfen jetzt im ganzen nördlichen Europa verbreitet. Dieser stand in der Ecke des langen, schmalen Raums und reichte fast bis zur Decke. Er strahlte viel wirksamer als jeder englische Kamin eine konstante Wärme aus, nicht nur für die Männer, die um den Tisch herum saßen, sondern durch ein einfallsreiches System von Röhren versorgte er auch den Rest des vierstöckigen Hauses mit Wärme.

Dieses am besten Kanal von Emden gelegene Stadthaus aus Buntsandstein mit einem roten Ziegeldach gehörte dem Kaufmann und englischen Konsularbeamten, Jacob Luytens. Alec und seine Gesellschaft waren zu Luytens' Haus gebracht worden, als der britischen Konsul endlich am Zollhaus angekommen war, um seine englischen Vorgesetzten zu begrüßen, ohne einen Grund für seine Verspätung zu nennen. Und als seine Besucher zu müde waren, um sich danach zu erkundigen, bot Luytens munter Zimmer in seinem vornehmen Haus an, bis ein passendes Haus, nur ein paar Häuser von seinem entfernt gelegen, für die Herzogin von Romney-St. Neots, Plantagenet Halsey und ihre Diener vorbereitet werden könnte. Der Kachelofen des Hauses benötigte einen Tag ständiger Befeuerung, bis eine Raumtemperatur erreicht würde, die die Winterkälte aus allen Zimmern vertreiben und sie zum Bewohnen genügend erwärmen würde.

„Die Verteilung von Heizmaterial ist eine Sache für den Rat der Stadt Emden", stellte Jacob Luytens gleichmütig fest und hielt seinen Zorn Oberst Müller zuliebe in Zaum. Aber er konnte sich nicht zurückhalten, als Alec ungerührt blieb, eilig in seiner niederländischen Muttersprache hinzuzufügen: „Bei allem Respekt, aber Ihr wisst, dass ich in erster Linie Kaufmann bin. Ich muss Gewinn machen. So, wie es ist, habe ich seit der englischen Besetzung während des letzten Krieges noch viel auszugleichen. Und jetzt das hier - ein verdammter Bürgerkrieg! Das war das Letzte, was wir erwartet - oder gewünscht - hatten. Wenn der Haufen da Wind von meinen Lagervorräten bekommt, riskiere ich, meine ganze Investition zu verlieren."

Alec blieb unbewegt. Der britische Konsul hatte etwas an sich, was ihn auf der Hut bleiben ließ. Er konnte nicht genau sagen, was es war; dass Luytens ihm kaum in die Augen sehen konnte, machte ihr Zusammensein unbehaglich. Zehn Jahre zuvor hatten sie sich als Freunde getrennt, und Alec hatte angenommen, dass ihre Freundschaft unverändert geblieben wäre, ungeachtet der Zeit und der Entfernung. Aber als Alec ihm die Hand zum Gruß hingestreckte, hatte Luytens sie nur zögernd ergriffen und ohne die Freude, die man bei einem Treffen lange getrennter Freunde erwartet hätte. Und nach nicht fünf Minuten Unterhaltung begann der Kaufmann nach dem geforderten Lösegeld in Schmuck und Münzen zu fragen, einem Lösegeld, von dem Alec weiter nichts wusste, obwohl Luytens' nachdrückliche Fragen seinen Verdacht bestätigten, dass Sir Gilbert mit Olivias Segen hinter seinem Rücken einen Handel abgeschlossen hatte (und *das* war etwas anderes, womit er sich befassen musste).

Aber was ihn am meisten überraschte und enttäuschte, war, dass Luytens nicht versichern konnte, dass Cosmo und Emily in Sicherheit waren und gut behandelt wurden. Alec hatte fragen müssen. Luytens' Antwort war bestenfalls oberflächlich, was Alecs Besorgnis nur verstärkte - entweder wusste Luytens nichts oder seinen Freunden wurde nicht jede Höflichkeit als politischen Gefangenen zuteil. Alec hatte nicht auf einem Bericht bestanden, nicht, solange sein Onkel, seine Patentante und Selina in Hörweite waren. Und jetzt war der Kaufmann willens, seine Mitbürger um seines Gewinns willen zu Tode frieren zu lassen? Was war mit dem Mann geschehen, der vor all diesen Jahren seinen eigenen Hals riskiert hatte, um Alecs zu retten? Hatten der Siebenjährige Krieg und jetzt diese innere Unruhe ihn käuflich werden lassen?

„Ihr wisst besser als jeder andere an diesem Tisch", sagte Alec ruhig, „dass in Kriegszeiten Opfer gebracht werden müssen ..."

„*Opfer?* Was wisst Ihr schon von Opfern, Herr Baron?", wollte Luytens wissen, seine Fäuste schlugen auf den Tisch, was das Geschirr zum Klappern brachte und die schwarz-weiße Hauskatze, die zusammengerollt auf dem Teppich vor dem Kachelofen gelegen hatte, aufwachen und in den Flur hinausschießen ließ, als die Tür sich öffnete. „Wann wurde England zum letzten Mal von einer fremden Macht besetzt und seine Untertanen terrorisiert? Wann musste ein Engländer - musstet *Ihr* - zuletzt Haus und Hof gegen Nachbarn verteidigen?"

„Ich bin nicht hier, um mit Euch über Geschichte zu diskutieren, Jacob", antwortete Alec ruhig.

Oberst Müller war von seinem Stuhl aufgesprungen, als Luytens auf den Tisch gehauen hatte, eine Hand an seinem Schwertgriff, aber Alec schüttelte den Kopf, und so sank er wieder hinab. Der Oberst verstand kein Niederländisch. Auch Plantagenet oder Sir Gilbert Parsons nicht. Aber alle drei erkannten die Respektlosigkeit in Ton und Auftreten.

„Es ist spät und wir würden alle gerne zu Bett gehen. Aber zuerst müssen wir die Einzelheiten dieser Reise festlegen. Wenn Ihr glaubt, von der Regierung Seiner Majestät unzureichend entschädigt worden zu sein", fuhr Alec auf Englisch zum Nutzen Sir Gilberts und seines Onkels fort, die geduldig während des größten Teils der Mahlzeit und einer auf Deutsch geführten Unterhaltung dort gesessen hatten, die, wenn man sich an sie erinnerte, mit ein paar französische Worten durchsetzt worden war, um zu versuchen, die beiden älteren Gentlemen miteinzubeziehen, „schlage ich vor, Ihr tragt Eure Beschwerde später heute Abend oder am frühen Morgen, bevor ich abreise, Sir Gilbert vor. Aber in diesem Moment brauche ich Euren Rat für die Reise nach Schloss Herzfeld." Er schaute vielsagend zu Oberst Müller, der von dem Gespräch nichts verstand, und dann wieder zu Luytens. „Ich muss Euch nicht daran erinnern, warum ich hier bin."

Er ließ den Satz einsinken, um Jacob Luytens Zeit zu geben, sein Gleichgewicht wiederzufinden, und um Sir Gilbert zu erlauben, etwas zu der Unterhaltung hinzuzufügen, wenn er das wünschte. Aber weder Sir Gilbert noch sein Onkel sagten ein Wort. In der Tat hatten sie seit dem Zwischenfall auf dem Anlegesteg sehr wenig gesagt, was äußerst uncharakteristisch war, insbesondere für Sir Gilbert, der die ganze Überfahrt damit verbracht hatte, hochtrabend zu schwätzen. Ein Blick auf beide bestärkte seinen Verdacht, dass ihr Schweigen eher auf den andauernden Schock denn auf gute Manieren zurückzuführen war; sie mussten noch immer die Offenbarung verdauen, dass Markgraf Leopold persönlich ihm den Titel Baron von Aurich verliehen hatte. Er hatte höflich abgelehnt, das Warum, Weshalb und Wozu einer solchen Ehre zu verraten, obwohl er ihnen auf ihre Bitten hin widerwillig seinen Adelsring und die zu seiner Erkennung gehörenden Dokumente gezeigt hatte.

Zuvor hatte sein Onkel ihm nebenbei erzählt, dass am Hafen Sir Gilbert seine Nase gerade rechtzeitig aus seinen diplomatischen Papieren gehoben hätte, um Zeuge zu werden, wie Oberst Müller Alecs Hand ergriff, um den Siegelring zu küssen. Das, und zu beobachten, wie die Soldaten an der Landungsbrücke vor ihm Haltung annahmen, hatte den Diplomaten zum Schwanken gebracht, die Dokumente waren ihm aus der Hand geglitten und auf die schmutzigen, nassen Pflastersteine gefallen, ohne dass er es bemerkte. Der alte Mann hatte gekichert und seinen Kopf geschüttelt, aber Alec konnte bei seiner Täuschung nichts Erheiterndes sehen, und konnte sich nicht genug dafür entschuldigen, dass er ihn nicht ins Vertrauen ziehen konnte; er konnte es noch immer nicht. Woraufhin Plantagenet Halsey ihm auf die Schulter geklopft hatte und ihm gesagt hatte, er sollte sich keine Sorgen machen: Er hätte unbegrenztes Vertrauen in ihn. Weit davon entfernt, dass das

Alecs Gewissen erleichtert hätte, ließ es ihn sich noch elender fühlen. Und das wiederum ließ ihn wünschen, alle Angelegenheiten schnellstmöglich zu regeln.

Vielleicht würde mehr Tee helfen, ihn wachzuhalten und alle in bessere Stimmung versetzen. Daher hob er mit einem Lächeln seinen Becher, ein Zeichen für die Haushälterin, die strickend auf der Ofenbank saß, mehr Tee zu bringen. Mit einem scheuen Lächeln und einem raschen Knicks kam sie vor, um die Teekanne zu holen, damit sie sie mit heißem Wasser aus dem simmernden Kessel in der anschließenden Küche füllen konnte.

„Ja, Ihr wart großzügig genug mit Eurem Geld für den Unterhalt Eurer Gäste während ihres Aufenthalts hier in Emden", räumte Jacob Luytens widerwillig ein und kehrte wieder zur deutschen Sprache zurück, um Oberst Müller mit einzubeziehen. „Ich bin jeden Tag dafür dankbar, dass meine Frau und vier meiner Kinder in Holland außer Gefahr sind. Sie waren zu Besuch bei Elsas Mutter, als die Grenzen geschlossen wurden. Aber ich habe meine Älteste, Hilda, hier bei mir", fügte er hinzu mit einem Nicken zu dem Mädchen, das die Teekanne holen gekommen war. Er schaute zu, wie sie die benutzten Schüsseln und das Besteck abräumte und geschickt einen Stapel Teller wegtrug. „Hilda ist ein gutes Mädchen, eine ausgezeichnete Haushälterin und Köchin. Sie wird das Haus sauber und warm halten und ihren alten Vater füttern, bis ihre Mutter und ihre Brüder zurückkommen."

Das Mädchen lächelte, machte einen weiteren raschen Knicks und huschte aus dem Raum, kehrte mehrmals zurück, um den Rest des Geschirrs des Abendessens zu holen und stellte schließlich eine schwere Kanne frisch aufgegossenen Tees und einen Teller mit würzigen Ingwerkeksen, die am Nachmittag erst gebacken worden waren, auf den Tisch. Dann zog sie sich auf ihren Platz am Kachelofen zurück und nahm ihr Strickzeug wieder auf. Ihr Vater kümmerte sich um die große Teekanne und füllte jedermanns Becher auf, stellte dann den Milchgießer und die Schüssel mit dem Kandiszucker, der anstelle von Zucker verwendet wurde, zusammen mit den Keksen in die Mitte des Tisches. Er nahm einen vom Teller und hielt ihn hoch, als er Plantagenet Halsey den Teller anbot, wobei er in stockendem Englisch sagte: „Ingwer. Ist sehr gut. Nehmt zwei."

„Da Ihr so glücklich seid, Jacob, könnt Ihr doch sicher Euren Mitbürgern und der Miliz des Markgrafen ein wenig Gutes nicht missgönnen, also?", sagte Alec aalglatt auf Deutsch, zugunsten des Obersten, so, dass Luytens nicht umhin konnte, ein Angebot zu machen, bevor er sich gezwungen sehen würde. „Oberst Müller wird äußerst dankbar sein, Zugriff auf den Torfvorrat zu haben. Wenn Ihr ihn freiwillig herausgebt, wird der Oberst dafür sorgen, dass er gerecht verteilt wird. Nicht wahr, Oberst?"

Der Ingwerkeks verlor plötzlich seinen Geschmack. Der Kaufmann mochte es nicht, wenn man ihn nötigte. Aber er war nicht überrascht. Sein englischer Freund hatte eine glatte Zunge und ein schönes Lächeln, was dazu führte, dass die Leute über ihre Füße stolperten, um ihm behilflich zu sein. Vor Jahren hatte er ihm das Leben gerettet, und was hatte er davon gehabt? In dem Jahrzehnt, seit er bei Alec Halseys Flucht aus Midanich geholfen hatte, hatte der Mann Titel, Reichtum und ein Leben des Müßiggangs geerbt, während er, Luytens, der britische Konsul in Midanich, alles im Krieg und bei ungünstigen Investitionen verloren hatte. Das Leben war unfair gewesen, und das war nicht sein Fehler. Nun, das würde sich jetzt ändern. Man hatte ihm ein Lösegeld für einen König versprochen, wenn er Halsey aus England fortlocken und zu einer Reise nach Midanich überreden könnte; Baron Haderslev hatte gesagt, das allein würde ein Wunder sein. Nun, er hatte dieses Wunder vollbracht, denn hier saß Halsey an seinem Tisch in Emden. Er hatte es geschafft, den Edelmann bis hierher zu bringen; er konnte mit Sicherheit ein weiteres Wunder vollbringen und ihn nach Schloss Herzfeld zurückkehren lassen; das war nur ein weiterer kleiner Schritt für ihn, damit er, Luytens, für seinen Anteil an der Gefangennahme und Inhaftierung Alec Halseys reich belohnt werden würde.

Und während er also nicht den Wunsch hatte, guten Torf an die Besatzungsmacht zu verschwenden - Emdens Vorräte an Korn und anderen wichtigen Gütern waren bereits gefährlich erschöpft durch die Notwendigkeit, die Grenadiere unterzubringen und zu beköstigen - reichte doch ein kurzer Moment der Überlegung aus, dass Luytens klar wurde, wenn der Oberst dächte, dass das Angebot des Torfs freiwillig gemacht wurde, es zu seinen Gunsten sprechen würde, wenn er im Gegenzug um einen Gefallen bitten müsste.

„Natürlich möchte ich, dass jeder unserer Bürger - und die Miliz - es in diesem Winter warm haben soll, Herr Baron", antwortete Luytens und unterdrückte seinen Zorn, um Alec kurz zuzunicken. Er sah den Oberst an. „Ich werde den Rat der Stadt informieren, dass es in ihrem besten Interesse - und im allgemeinen Wohl der gesamten Gemeinde - liege, dass der Lagervorrat an Torf Euch und Euren Männern zur Verteilung unter allen Wohnhäusern innerhalb der Stadtmauern übergeben wird."

Oberst Müller sah Alec an. „Wenn ich etwas dazu bemerken darf ...?" Als Alec nickte, verzog der Mund des Obersten sich zu einem unangenehmen Lächeln, als er sich Jacob Luytens zuwandte. „Ihr wart weise, den Torf freiwillig anzubieten, Herr Luytens. Nachdem ich jetzt von dem Lagervorrat erfahren habe, wäre ich verpflichtet gewesen, jedes Lagerhaus auf der Suche nach einem so kostbaren Bestand abzusuchen. Im Winter ist der Torf wertvoller als Gold. Aber das wisst Ihr natürlich. Nur vielleicht wusstet Ihr nicht, dass es ein verräterisches Vergehen darstellt, der Armee des Markgrafen insbesondere in Kriegszeiten solche Vorräte vorzuenthalten? Der Baron hat Euch und Euren Leuten unnötige Kosten und Leid erspart. Herr Baron", fügte er, mit völlig anderer Stimme an Alec gewandt, hinzu. „Ich gebe Euch mein feierliches Versprechen, dass dieses - *Geschenk* - zuerst an Notleidende verteilt werden wird, insbesondere ans Hospital, die Waisenhäuser und die Kirchen, dann unter den Bewohnern der Stadt und meinen Männern. Ich kann Euch nicht genug danken. Ihr, und durch Euch Seine Durchlaucht, werdet viele davor bewahren, in diesem Winter zu frieren."

„Bitte, Oberst, Dank ist nicht erforderlich", stellte Alec fest und schnitt ihm die Rede ab, während starke Röte bei so übertriebener Dankbarkeit in seine Wangen stieg. „Dass Ihr richtig und anständig handeln und dafür sorgen werdet, dass die Bedürftigsten versorgt werden, ist aller Dank den ich - und seine Durchlaucht der Markgraf - wünschen."

Alec glaubte daran, dass der Oberst die Bewohner von Emden gerecht behandeln würde, da er grundsätzlich ein guter und anständiger Mann war. Er wünschte, dass sein Onkel die deutsche Sprache verstünde; die beiden Männer hätten viel Gemeinsames zu besprechen finden können, unabhängig von ihrer gegensätzlichen politischen Gesinnung.

„Wenn wir uns jetzt wieder der Karte zuwenden könnten", fuhr er ohne einen Blick auf Jacob Luytens fort, der, da war er sich sicher, vor Groll und Verlegenheit vor sich hin kochte, weil man ihn zur Rechenschaft gezogen hatte; die Drohung des Obersten würde seine Bitterkeit noch steigern. „Gehen wir die Reisevorbereitungen noch ein letztes Mal durch. Oberst, haben sie alles Angeforderte beschaffen können?"

„Ja, Herr Baron." Oberst Müller zeigte Alec die Seiten eines dünnen, ledergebundenen Hefters, in den eine lange, detaillierte Liste gekritzelt worden war. „Vier Trekschuiten - Lastkähne - wurden ausgerüstet: Zwei für Euch selbst und Eure Reisegefährten, eine weitere mit Gepäck und Vorräten beladen und eine vierte - ein Lastkahn - enthält die fünf Schlitten, die bei Bürgern der Stadt requiriert wurden."

„Schlitten?"

„Ja, Herr Baron. Der Kanal endet in Aurich, daher muss von dort an über Land gereist werden. Und zu dieser Jahreszeit mag zwar das Sumpfland noch nicht völlig gefroren sein, aber die Straße dürfte eisig genug sein, um die Schlitten zu tragen, und mit guter Geschwindigkeit."

„Und die nötigen Pferde und Kutscher?"

„Aurich hat Pferde, aber ich habe nicht viel Hoffnung, dass die Bürger imstande wären, Euch mit der Art von Tieren zu versorgen, die die Schnelligkeit und Ausdauer besitzen, die Ihr benötigt. Die Stadt ist von der französischen Besatzungsmacht schlecht behandelt worden; alles, was von Wert war, wurde geplündert. Daher wurde auch das Vieh mitgenommen oder gegessen und jedes Pferd, das seine Hufeisen wert war, beschlagnahmt. Es wird viele Jahre dauern, bis diese Stadt - viele Städte - und unsere Leute sich von dieser Besatzung erholen. Aber", fügte der Oberst mit einem gleichgültigen Achselzucken hinzu, „Krieg ist Krieg und wir sind nicht länger von einer ausländischen Macht besetzt."

„Nein. Jetzt führen wir gegen uns selbst Krieg!", warf Jacob Luytens ein und hob seinen Becher in spöttischer Gratulation. „Nach all den Jahren der Besatzung durch die französischen Schweine und dann die rotznäsigen Engländer - ohne die Anwesenden beleidigen zu wollen - möchte man meinen, dass wir genug Verstand hätten, um jeden Preis Frieden zu wollen. Aber nicht Prinz Viktor – *der verräterische Bastard.*"

Alec ließ Luytens seinen Moment auskosten und wiederholte dann seine Frage mit großer Geduld, als ob sein Gast überhaupt nicht gesprochen hätte: „Und die Pferde und Kutscher, Oberst Müller?"

„Erlaubt mir, Euch mit beidem zu versorgen. Das Regiment hat die notwendigen Pferde - Friesen, die besten, die es gibt. Zwei für jeden Schlitten. Ich habe auch Kutscher, die darin geübt sind, solche Gespanne in diesem Wetter zu lenken. Ich werde auch eine Kompanie zum Schutze Eurer Person, Eurer Gesellschaft und der Treckschuiten bestimmen. Sie werden dem Treidelpfad vor und hinter den Jägern zu Fuß folgen."

Eine Kompanie bestand aus einhundert bis einhundertfünfzig Männern und die Notwendigkeit für so viele Soldaten überraschte Alec. „Ihr erwartet, zu dieser Jahreszeit auf Prinz Viktors Truppen zu stoßen? Sagtet Ihr mir nicht, dass die Rebellen sich für den Winter so weit südlich bis nach Leerhafe zurückgezogen hätten?"

„Das ist korrekt, Herr Baron. Der letzte Bericht gab an, dass ein Bataillon Rebellen von hier marschierte ..." Der Oberst deutete auf eine Stelle der Karte am Rande der Stadt Wittmund und zog eine Linie nach Süden bis nach Leerhafe. „Wir können daraus schließen, dass der Prinz sich tatsächlich für den Winter nach Süden zurückgezogen hat. Aber wir müssen davon ausgehen, dass er in Aurich, das er vor einem Monat überrannt und besetzt hat, Truppen zurückgelassen hat - vielleicht eine

Kompanie. Diese Stadt ist die größte und am besten befestigte und sie ist strategisch bedeutsam, wenn er im Frühling auf Emden marschieren will. Und daher, mit Aurich in der Hand der Rebellen, ist es für Euch nicht sicher, den Schutz der Trekschuiten und des Kanals zu verlassen, ohne dem Markgrafen treu ergebene Truppen, die Euch und Eure Gesellschaft beschützen können. Ich erwarte nicht, dass die Rebellen die Sicherheit der Stadt verlassen würden, um gegen eine Kompanie meiner Männer zu kämpfen. Wenn ich den Befehl über Viktors Truppen hätte, würde ich eine Strategie der Einhegung anraten - um Aurich um jeden Preis zu halten. Es einer kleinen Reisegesellschaft zu erlauben, sich ungehindert weiter nach Wittmund zu begeben, ist nicht so wichtig, dass sie den Besitz der Stadt dafür riskieren würden. „Aber ..." Der Oberst lächelte schief. „... sie würden einen solchen Kampf und den Verlust riskieren, wenn sie wüssten, dass Ihr mit von der Partie seid, Herr Baron. Es ist daher unabdingbar, dass Eure Identität geheim bleibt, damit Ihr nicht von den Rebellen gefangen und zur Geisel Prinz Viktors werdet. Ihr wart weise, auf der Überfahrt hierher inkognito zu bleiben."

„Schlagt Ihr dann vor, dass wir nachts weiterreisen, während Aurich im Schlaf liegt?", fragte Luytens.

„Nein. Das ist nicht möglich. Die Nacht müsst Ihr auf dem Kanal in der Schleuse verbringen." Der Oberst lächelte Alec entschuldigend an. „Selbst, wenn es möglich wäre, sie in einem der Gasthöfe von Aurich zu verbringen, würde ich davon abraten. Eure Trekschuite, Herr Baron, wird bequemer, wärmer und von besserem Standard sein als ein Gasthof."

„Daran zweifle ich nicht, Oberst. Wisst Ihr, welche Stadt Prinzen Viktor als Hauptquartier benutzt?

„Den Friedeburger Palast. Von seinen Stufen, vor einer jubelnden Menge, hat seine Hoheit erklärt, dass er, nicht Prinz Ernst, der vierzehnte Markgraf unseres Landes wäre.

„Friedeburg? Kenne ich gut", stellte Alec fest und ignorierte für einen Moment die kurze Bezeichnung ‚seine Hoheit' für Prinz Viktor durch den Oberst, das erste und einzige Mal, dass er sie verwendete. Aber er war sich nicht bewusst, dass seine Aussage von einem müden Seufzer begleitet wurde, da vor seinem inneren Auge eine Flut seither verdrängter Erinnerungen vorbeizogen.

Wenn er glückliche Erinnerungen an seine Zeit in Midanich hatte, dann waren sie in Friedeburg, dem Sommerpalast des Markgrafen, zu finden, dem kulturellen und künstlerischen Mittelpunkt des Fürstentums. Die kunstvoll geschmückten Audienzräume und Salons des Palastes wimmelten vor Gelehrten, Kunsthandwerkern, Höflingen,

Künstlern und Musikern, die alle um die fürstliche Gunst wetteiferten. Und natürlich streiften Diplomaten fremder Länder durch die Gänge, erwiesen dem Markgrafen und seiner Familie die Ehre und verbrachten Unmengen von Stunden damit, das Vertrauen und das Ohr von Staatsdienern zu gewinnen, die die staatliche Bürokratie mit Präzision, wenn nicht sogar mit Schwung bewältigten.

Die Ansammlung von Gebäuden bestand aus rosa- und cremefarbenem Sandstein und weißgetünchten Ziegeln, mit Kupferdächern, fantasievollen Türmchen und vergoldeten Gesimsen, die an Versailles erinnerten. In Friedeburg hatte Markgraf Leopold mit seiner zweiten Frau, Helena, der Gräfin Rosine, residiert, und dort hatte sie ihren Sohn, Prinz Viktor, zur Welt gebracht und in diesem Palast, weit fort von Schloss Herzfeld, der offiziellen Residenz des Markgrafen, großgezogen. Daher war es für Alec keine Überraschung, dass der junge Prinz Friedeburg gewählt hatte, um seine Erklärung abzugeben und als Hauptquartier für seinen Krieg gegen seinen Halbbruder zu benutzen.

Es war in den Gärten von Friedeburg gewesen, mit den zahlreichen Teichen, aus denen Fontänen emporsprangen und in denen in jeder Ecke eine abgelegene Grotte zu finden war, wo Alec den größten Teil der Zeit in einem bestimmten Sommer zu verbringen vorgezogen hatte, auf Kosten seiner Pflichten als jüngerer Sekretär der britischen Botschaft. Zu jener Zeit war seine jugendliche Selbstüberschätzung seiner Fähigkeiten so groß gewesen, dass er sich selbst eingeredet hatte, dass die Zeit, die er mit Schäferstündchen in Grotten mit einer ausländischen Fürstin verbrachte, in gewisser Weise die Diplomatie zu einem natürlichen Abschluss mit beiderseitiger Befriedigung der Parteien brachte. Was er zu verstehen versäumt hatte, da er ein arroganter Dummkopf war, war, dass diese unerlaubte Liebschaft schon vor ihrem Beginn zum Scheitern verurteilt gewesen war - entdeckt und verurteilt, wie alle geheimen Vereinbarungen zwischen ausländischen Mächten - wegen ihrer hinterhältigen und durch und durch amoralischen Natur.

Wie hatte er annehmen können, dass er davonkommen könnte, nachdem er unter der Nase Markgraf Leopolds eine unerlaubte Affäre gehabt hatte? Zu seiner Schande wusste er die Antwort: Wenn er mit seinem Verstand und nicht mit dem, was in seinen Hosen war gedacht hätte, würde er diese heiße Liaison erst gar nicht begonnen haben. Er hatte es geschafft, nicht nur sein, sondern auch das Leben anderer in Gefahr zu bringen. Diese Affäre und ihre Folgen waren der Grund, warum er sich jetzt in einem Land wiederfand, in das niemals zurückzukehren er sich geschworen hatte, und warum Cosmos und Emilys Leben in Gefahr waren.

„Herr Baron", sagte Oberst Müller, schaute in seine Richtung und räusperte sich, um Alec aus seinen schuldbewussten Träumen zu reißen. „Während Prinz Viktor und der größte Teil seiner Streitkräfte vermutlich den Winter in Friedeburg verbringen, wäre es nachlässig von mir, nicht zu erwähnen, dass im Norden unter den Dörflern noch Nester heftigen Widerstands existieren. Denen ist es gleichgültig, ob es Winter ist oder nicht und sie halten sich auch nicht an die üblichen Regeln der Kriegsführung."

Alec zwang seine Gedanken wieder in die Gegenwart zurück und bemühte sich, desinteressiert zu klingen. Er hoffte auch, indem er sich den Becher wieder mit Tee füllen ließ, von seiner Neugier darauf, wie es Prinz Viktor und seinen Unterstützern im Bürgerkrieg erging, abzulenken. Und indem er das tat, konnte er vielleicht Oberst Müller oder Jacob Luytens in die Falle locken und sie verraten lassen, wem ihre echte Treue galt - dem neu anerkannten Markgrafen Ernst oder unterstützten sie heimlich den rebellischen Prinzen? Was seine eigenen Hoffnungen anging, ruhten diese auf Prinz Viktor. Wenn Midanich bis zum nächsten Jahrhundert gedeihen sollte, lag die einzige Hoffnung bei Ernsts Halbbruder. Das Land brauchte Viktor. Die Markgrafschaft würde ohne ihn Ernst nicht überleben. Alec wusste besser als jeder Lebende, dass Ernst und Johanna alles ruinieren würden, was ihr Vater Leopold für sein kleines Land vor der Grenze Hannovers hatte erreichen können. Denn alles in allem waren Ernst und seine Schwester kaum besser als intrigante Wahnsinnige.

„Es muss für einen Berufssoldaten ein ständiges Ärgernis sein, wenn man es mit unwissenden Bauern zu tun hat, die solche Regeln des Krieges nicht kennen", bemerkte Alec und hoffte, einen der beiden Männer zu einer unvorsichtigen Reaktion provozieren zu können. „Derart gedankenloser Eifer lässt sie die Sache der Rebellen vorantreiben, indem sie Raubzüge und Scharmützel durchführen. Jedoch sind diese durch ihre laienhafte Art selbst von Beginn an zum Scheitern verurteilt."

„Ha! Scheitern?" Das war Jacob Luytens. „Wenn sie scheitern, wird es nicht daran liegen, dass sie es nicht versucht hätten! Die meisten dieser unwissenden Bauerntölpel, die ein mühsames Leben als Schafbauern zur Eigenversorgung führen, wetten ihre besten Lämmer der neuen Saison darauf, dass Viktor allen Widerstand brechen wird. Optimistisches Pack! Jeder weiß, wer auch immer diesen Hafen kontrolliert - das Juwel des Handels in der Krone Midanichs - beherrscht das Land. Und mit treuen Kommandanten wie Oberst Müller und seinen Grenadieren werden wir den Winter überstehen und der Aufstand wird, wenn der Frühling kommt, niedergeschlagen werden. Ist es nicht so, Oberst?"

„Das wäre der gewünschte Ausgang, Herr Luytens. Aber mit den meisten Soldaten des Markgrafen im Winterquartier in Schloss Herzfeld oder in diesem Hafen sind die Wasserstraßen und die daran liegenden Landstriche nicht sicher, Herr Baron."

„Dann werden die Soldaten, die Ihr für die Begleitung abgestellt habt, äußerst willkommen und notwendig sein", antwortete Alec, der bemerkte, wie energisch der Oberst das Thema wieder auf Alecs Reise durch das Land zurückbrachte und ohne bei Jacob Luytens Tirade über die Rebellen und ihren Anführer Öl ins Feuer zu gießen.

„Die Fahrt von hier nach Aurich ...?", erkundigte sich Alec, nippte an seinem Tee und richtete seine Aufmerksamkeit wieder auf die Karte. „Wie lange wird sie erwartungsgemäß dauern?"

„Einen Tag ..."

„Ein Tag?" Alec klang ungläubig. „Vierzehn Meilen Reise per Lastkahn brauchen einen ganzen Tag?"

„Ja, Herr Baron. Ihr müsst bedenken, dass vier Lastkähne dabei sind, die schwere Last befördern. Und alle müssen als Einheit zusammenbleiben, sonst können meine Leute nicht hoffen, sie zu verteidigen. Aber die Schlittenfahrt von Aurich nach Wittmund sollte viel schneller vonstattengehen", fuhr Oberst Müller fort und zog eine imaginäre Linie auf der Karte. „Hier ist das Land sehr flach, und sollte somit leicht zu durchqueren sein, aber es ist auch eine große Sumpflandschaft und übersät mit tückischen Wasserlöchern."

Er schaute zu Jacob Luytens auf und versuchte, die Missbilligung aus seiner Stimme herauszuhalten. „Den Torf abzugraben hat diese Situation nur verschlechtert. Das Herausnehmen der Soden hat große Wassermengen aufsteigen lassen und das Land nutzlos gemacht. Ich weiß das, weil ich früher Ingenieur war und es in Holland aus erster Hand gesehen habe. Die Niederländer haben ihre Landschaft allen Torfs beraubt und nutzlose Seen überall geschaffen, wo früher gutes Ackerland war. Und dieses Land will jetzt Torf aus unserem Land. Ironie, nicht wahr? Außerdem", fügte er mit einem Schulterzucken hinzu, „ist es so flach hier, dass man in der Nacht jede Kerze meilenweit sehen kann und ein Feind würde Euch bereits Stunden vor Eurem Eintreffen kommen sehen und vorbereitet sein."

Jacob Luytens öffnete seinen Mund, um einen Kommentar über die Torfgewinnung abzugeben, überlegte es sich dann anders, vor allem wohl, weil der Oberst recht hatte, und fügte dann mit einem Grinsen hinzu: „Wir haben ein Sprichwort über das Land, dass es so flach ist, dass man Mittwoch schon sehen kann, wer einen am nächsten Sonntag besuchen wird."

Oberst Müller nickte, fand es aber nicht witzig. „Leider ist das nur zu wahr, Herr Luytens."

„Und die Zeit, die man braucht, um Wittmund mit dem Schlitten zu erreichen?", fragte Alec, lehnte sich zurück und zog endlich seine Brille ab.

„Ein halber Tag, Herr Baron", sagte der Oberst entschuldigend. „Das heißt, wenn das Wetter hält und wir nicht auf - *Widerstand* - stoßen. Die größten Widerstandsnester im Norden liegen zwischen Aurich und Wittmund. Die Straße ist nicht sicher und wurde seit Beginn des Krieges kaum befahren. Diese Reise wird es ermöglichen, viele notwenige Informationen für die Generäle des Markgrafen zu sammeln."

„Ihr sagt ‚wir', Oberst. Wollt Ihr freiwillig diese kleine Expedition anführen und die notwendigen Informationen sammeln?"

Der Oberst nickte. „Ich melde mich nicht nur freiwillig, ich bin um Euer Wohlergehen bemüht, Herr Baron. Und ja, es wird mir die Gelegenheit verschaffen, persönlich dem Markgrafen Bericht zu erstatten." Er wandte sich an Jacob Luytens. „Ich werde Emdens Verteidigung während meiner Abwesenheit in den fähigen Händen von Hauptmann Rall lassen. Und diese Einteilung wurde den Ratsherren der Stadt bereits am Nachmittag bekanntgegeben."

„Dann freue ich mich über Eure Gesellschaft, Oberst", sagte Alec. „Und nachdem wir Wittmund erreichen, wie setzen wir dann die Reise nach Herzfeld fort?"

„Wenn alles gut geht und wir Wittmund ohne Zwischenfälle erreichen, wird des Rest der Reise ebenso mit dem Schlitten erfolgen. Das ist die bei weitem schnellste Reisemöglichkeit."

„Eine halbe Tagesreise?"

„Ja, Herr Baron."

Alec unterdrückte einen ungeduldigen Seufzer. Zwei Tagesreisen für etwas, das normalerweise nicht mehr als einen Tag dauern sollte, wenn es Sommer gewesen wäre und nicht Winter und das Land nicht mit sich selbst im Krieg gelegen hätte. Zwei Tage, in denen er für die Sicherheit seiner Reisegesellschaft sorgen musste und bevor er Ernst gegenübertreten konnte, um wegen Cosmos und Emilys Freilassung zu verhandeln. Verhandeln? Er lachte sich selbst aus. Er wünschte, es wäre so einfach.

„Zeit, dass ich mich für die Nacht zurückziehe", verkündete Plantagenet Halsey und streckte langsam seine arthritischen Knie durch, eine Hand auf der Schulter seines Neffen. „Kommt Ihr, Parsons? Ich verstehe kein verdammtes Wort von dem, was sie sagen, und Ihr daher wohl auch nicht!"

Als Sir Gilbert nickte und begann, seine Papiere wieder in die Tasche zu stopfen, wandte der alte Mann sich zu Alec, der ebenfalls aufgestanden war und drückte seinen Arm, um leise zu sagen: „Du musst auch ein wenig Schlaf bekommen, wenn du früh am Morgen aufbrechen willst, mein Junge. Aber bevor du das tust, ist da jemand, der mit dir sprechen möchte ..." Er machte mit einem Rucken des Kopfes ein Zeichen zur Tür, und als Alecs Blick dorthin huschte und seine Stirn sich runzelte, als er Selina sah, flüsterte der alte Mann leicht verärgert hinzu: „Ich bezweifle nicht, dass dieser Baronsring eine Art magischer Kraft über diesen Haufen hier hat, so, wie sie an jedem deiner Worte hängen, und sich vor dir verbeugen und Kratzfüße machen, als ob du der Sonnenkönig wärest, der zu ihnen herabsteigt. Also ist es gut, dass du mich hast - und sie - um deine Füße auf dem Boden und deine hübsche Nase nach unten gerichtet zu halten! Ich bin müde. Du bist müde. Aber wir sind beide nicht so müde, dass ich dir keinen Rat geben und du ihn nicht annehmen könntest. Jetzt geh, um Himmels willen, und versöhne dich mit ihr! Und erwarte keine Hilfe von diesem verdammten Ring!"

DREIZEHN

Alec gelang es, einen Schritt in Selinas Richtung zu machen, bevor der Schoß seines wollenen Rocks grob von Sir Gilbert gepackt wurde, der ihn mit der Forderung aufhielt, dass er, als Repräsentant Seiner Majestät und Leiter der Gesandtschaft ein Recht auf eine vollständige Zusammenfassung der Unterhaltung mit diesen *ausländischen Subjekten* hätte.

„Diesmal bin ich nicht Euer Lakai, Parsons!", zischte Alec ihm durch zusammengebissene Zähne zu und riss seinen Rock los.

Aber er bereute seinen Ausbruch sofort. Er war übermüdet und er hatte zu viele Stunden damit verbracht, den Herrn Baron zu spielen und dabei zu vergessen, dass er das weder wirklich war noch sein wollte. Vielleicht hatte sein Onkel recht - der Ring des Herzfelder Barons besaß eine Art magischer Macht über ihn und die Einwohner von Midanich. Der Ring hatte ihm vor zehn Jahren geholfen, Midanich zu entkommen und half ihm jetzt, zu Cosmo und Emily zu gelangen. Aber welche übernatürlichen Kräfte, tatsächliche oder eingebildete, dieser auch haben mochte, er konnte es kaum erwarten, ihn loszuwerden - und diesmal für immer. Einstweilen jedoch musste er den Schein wahren; zu viele Leben hingen jetzt davon ab.

Als daher Oberst Müller zum Leben erwachte und zornig einen Schritt nach vorn machte, beleidigt, dass der fette, kleine Engländer es gewagt hatte, Hand an ein Mitglied des Hauses Herzfeld zu legen, hielt Alec ihn mit einem Wort auf. Er machte Sir Gilbert eine kurze Verbeugung zur Entschuldigung und nahm alle seine Geduld zusammen, um diplomatisch zu sagen:

„Ich werde Euch Morgen nur zu gerne diese Zusammenfassung geben, wenn die Reise mit dem Kahn uns alle Zeit der Welt geben wird. Aber jetzt müsst Ihr mich entschuldigen." Er hatte einen plötzlichen Einfall, sein Blick huschte zu der Tasche, die Sir Gilbert eifersüchtig an seine fassähnliche Brust gedrückt hielt und er streckte seine Hand aus, um mit einem berechnenden Stirnrunzeln zu sagen: „Und um unsere Besprechung zu vereinfachen, wäre es günstig, wenn ich voll und ganz über die Angelegenheiten Seiner Majestät informiert wäre. Wenn Ihr nichts dagegen hättet, mir die Diplomatentasche zu übergeben, Sir Gilbert."

Die Tasche wurde noch fester an die Brust des Diplomaten gedrückt. „Ich habe etwas dagegen, Sir! Ich habe sogar sehr viel dagegen! Dies sind Dokumente - vertrauliche Briefe, Memoranden ..."

„Umso mehr Grund für mich als Euren Untergebenen, Zugang zu ihnen zu bekommen, damit ich mir der Wünsche Seiner Majestät vollumfänglich bewusst bin. Und da Ihr Euch ohnehin zurückziehen wollt, könnt Ihr doch kaum etwas dagegen einzuwenden haben ...?"

Er ließ den Satz unbeendet und hielt seine Hand ausgestreckt, aber Sir Gilbert ließ sich nicht beirren, bis Oberst Müller einen Schritt weiter auf Alecs Rücken zuging und Plantagenet Halsey ihm ins Ohr zischte:

„Seid kein größerer Narr, als ihr ohnehin seid, Parsons! Diesem Soldaten neben meinem Neffen könntet Ihr nicht gleichgültiger sein. Er hat kein Verständnis für Eure Stellung oder die englische Sprache, aber ich kann Euch eines nennen, worauf er sich versteht, und das ist Lehenstreue. Er würde Euch ohne zu zögern aufspießen, wenn Ihr nicht tut, was Euch gesagt wird."

„Aber ich bin der Repräsentant Seiner Majestät! Ich habe Rechte und Pflichten. Ich ..."

„Nein, die habt Ihr hier nicht! Niemand interessiert sich hier für einen Penny für Euch, oder, was das angeht, für Seine Majestät", sagte der alte Mann mit einem Schnauben und verdrehte die Augen zu seinem Neffen, um dann Sir Gilbert auf die Schulter zu klopfen, als das rundliche Männchen widerwillig die Tasche aushändigte. „Na, seht Ihr, das hat doch gar nicht wehgetan, nicht wahr?"

„Ich muss Euch sagen, Sir, dass ich wahrhaftig nicht verstehe, was an diesem Ort vor sich geht", konnte man Sir Gilbert sich bei dem alten Mann beklagen hören, der ihn, die Hand leicht in dessen Kreuz gelegt, aus dem Raum scheuchte.

„Ha! Ihr und ich, beide, Parsons! Ihr und ich, beide."

. . .

IN DEN WENIGEN MINUTEN, SEIT SELINA IN DER TÜR ERSCHIENEN war und Alec sich in den Besitz der Diplomatentasche gebracht hatte, war sie weiter in den Raum hereingekommen und jetzt in ein leises Gespräch mit Luytens' Tochter Hilda vertieft. Und ihrem Lächeln und ihren Gesten nach zu urteilen, schaffte sie es, sich einem Mädchen verständlich zu machen, das drei Sprachen beherrschte, zu denen das Englische aber nicht zählte. Daher nahm er seinen Platz wieder ein und wartete, die Diplomatentasche vergessen auf dem Schoß haltend, dankbar für den Aufschub und zufrieden damit, Selina zu betrachten. Er hätte sie den ganzen Tag beobachten mögen. Er bemerkte nicht, dass er selbst, während er sie anschaute, beobachtet wurde.

Jacob Luytens saß vergessen am Tisch, tunkte einen Ingwerkeks in seinen Tee, ein schweigender Beobachter des Wortwechsels zwischen Sir Gilbert und Alec Halsey, der alles verstanden hatte. Ebenso wie er jetzt, ohne einer Übersetzung in eine andere Sprache zu bedürfen, den universellen Ausdruck der Liebe ... des Verliebtseins verstand. Er sah mit großem Interesse zu, wie das Licht in Alecs blauen Augen aufleuchtete, sein schmales Gesicht weicher wurde und das kleine Lächeln, das um seine Lippen spielte, als er die englische Schönheit mit ihren zarten Gesichtszügen, der Porzellanhaut und dem flammend roten Haar betrachtete. Und, während sein erster Gedanke der richtige war - Alec war aus tiefstem Herzen in Selina Jamison-Lewis verliebt - war sein zweiter Gedanke raubtierhaft: Wie er diese höchst interessante Offenbarung zu seinen Gunsten nutzen könnte.

Luytens war sich nicht bewusst, dass die Hälfte seines Kekses in die milchigen Tiefen seines Tees gebröckelt war.

ALEC HATTE SELINA, SEINE PATIN UND IHRE ZOFEN SEIT DEM TAG zuvor nicht gesehen, als sie von Oberst Müller und seinen Männern zum Hause des britischen Konsuls eskortiert worden waren. Olivia hatte sich weiter unwohl gefühlt und Selina war an der Seite ihrer Tante geblieben und hatte mit ihr die Mahlzeiten in einem Wohnzimmer des Obergeschosses eingenommen, wo es ruhig und abgeschieden war. Die Herzogin brauchte Zeit, sich zu erholen, nicht nur von der Seereise, der Übernahme der *Caroline* durch Piraten und der Tortur am Hafen, sondern auch von der Erkenntnis, dass sie in ein im Kriegszustand befindliches, fremdes Land geraten war, ganz zu schweigen von dem kalten Wetter - jede einzelne Tatsache hiervon wäre genug gewesen, um auch die stoischste, ältere aristokratische Matriarchin mit Migräne ins Bett zu schicken.

Es war das erste und einzige Mal, dass Alec sich darüber freute, dass

Selina Olivia nach Midanich begleitet hatte. Dass sie nach Schloss
Herzfeld mit ihm reisen sollte, war ein enormer Schock für ihn gewesen, als Sir Gilbert ihm das von Lord Salt unterschriebene Beglaubigungsschreiben unter die Nase gehalten und sich auf die Wünsche
Seiner Majestät berufen hatte. Papiere, die er jetzt in der Diplomatentasche in seinem Besitz hielt und die er ganz einfach den Flammen
übergeben könnte, als hätten sie nie existiert. Ohne Papiere konnte er
ihr die Weiterreise über die Festungsmauern von Emden hinaus
verwehren. Das war seine erste Reaktion auf diese Neuigkeit gewesen,
so groß war seine Wut. Aber nach einer Nacht schlaflosen Grübelns
und leidenschaftsloser Betrachtung der Angelegenheit sah er die
Notwendigkeit ein, eine Frau dabei zu haben, die sich um Emily
kümmern würde, während ihrer Gefangenschaft und später, nach ihrer
Freilassung. Er wünschte nur von ganzem Herzen, dass diese Frau nicht
Selina wäre.

MIT EINEM LÄCHELN, EINEM NICKEN UND EINEM KURZEN KNICKS
konnte Hilda Selina verständlich machen, dass sie verstand, was sie
wollte und verschwand, um ihre Bitte zu erfüllen. Das war Anlass genug
für Alec, sich beim Obersten, der damit beschäftigt war, die Karten auf
dem Tisch zusammenzuräumen, und bei Jacob Luytens, der in beschau-
lichem Schweigen seinen Tee schlürfte, zu entschuldigen, um sich der
Liebe seines Lebens zu nähern. Aber das Paar hatte nur Zeit, sich
schnell anzulächeln, bevor Hadrian Jeffries in der Tür auftauchte. Alec
wusste, dass der Augenblick für eine vertrauliche Unterhaltung mit
Selina wieder aufgeschoben werden musste; er hatte mit seinem
Kammerdiener über dessen Tag zu sprechen.

Jeffries hatte den Nachmittag am Hafen verbracht, wo er die
Soldaten beaufsichtigte, die die Trekschuiten für die Reise gen Osten
nach Aurich beluden und dem Ausdruck auf seinen sonst gleichmütigen
Zügen nach zu urteilen, wollte er dringend sofort an Ort und Stelle mit
seinem Herrn sprechen. Aber, noch rätselhafter für Alec, hatte Jeffries
nicht nur seinen warmen Mantel, Handschuhe und Schal nicht abgelegt, sondern trug Alecs chinchillagefütterten Umhang und schwarzen
Dreispitz über seinem Arm, als ob er erwartete, dass sein Herr in die
kalte Nachtluft hinausgehen würde.

„Wenn Ihr mich für einen Moment entschuldigen würdet, Mrs.
Jamison-Lewis“, entschuldigte Alec sich.

„Ich bin bei Ihrer Gnaden“, stellte Selina fest und fügte mit einem
leichten, bedauernden Lächeln hinzu: „Tante Olivia bat mich, Euch zu
holen. Sie möchte kurz mit Euch sprechen und es würde ihr jetzt besser

passen als am Morgen, da ich annehme, dass wir bei Tagesanbruch aufbrechen werden."

Mit diesen Worten ging sie die schmale Treppe wieder hinauf, die zu der Schlafkammer führte, die sie mit der Herzogin von Romney-St Neots teilte und ließ Alec stehen, der hinter ihr her schaute, während die beunruhigende Furcht in seine Magengrube zurückkehrte, und er wusste, dass sie absichtlich das Personalpronomen der Mehrzahl verwendet hatte.

„Hast du heute überhaupt gegessen?", fragte er seinen Kammerdiener und riss schließlich seinen Blick von den leeren Treppenstufen. Hadrian Jeffries sah erschöpft aus.

„Mit den Soldaten, Sir. Am Hafen. Eine Art Kohleintopf, der mit tagealtem Brot angedickt war, aber ich hatte Hunger."

„Ging alles glatt?", fragte Alec leise und zog seinen Kammerdiener den Flur entlang zur Vorderseite des Hauses, damit sie offen sprechen konnten. Sie mochten sich auf Englisch unterhalten, aber er wusste, dass Jacob Luytens die Sprache gut verstand, selbst wenn er sie nicht fließend sprach.

„Glatt genug, Sir. Das heißt, ich habe alle unsere Portmanteaux, Koffer und Kisten gezählt und sie wurden ohne viel Aufhebens verladen. Und die Kajüte - die, wie man mir sagte, auf einem Lastkahn Deckshaus genannt wird - wurde mit allen Bequemlichkeiten ausgestattet, die wir mitgebracht haben - Teppiche, Bärenfelldecken, Kohleheizbecken und Möbel. Es sieht so aus, als sollte es eine lange Reise werden, Sir?"

„Eine langsame ist wohl der passendere Ausdruck. Und wir werden dankbar für die Wärme sein. Es gibt nicht viel Schutz zwischen uns und der Nordsee; das Land nördlich von hier besteht nur aus Sümpfen und Torfmoor. Ich vertraue darauf, dass die Trekschuiten bewacht werden?"

„Ja, Sir, mit dem Leben ihrer Wachen, wie der Kommandant seinen Männern befohlen hat. Also keine Gelegenheit für jemanden, dort herumzuschleichen."

Alec dachte an das Lösegeld, das Luytens früher erwähnt hatte und fragte: „Also ist jemand dort herumgeschlichen - suchte er nach etwas Bestimmten?"

„Ja, Sir. Da war jemand. Ein *Mitarbeiter* des Konsuls trieb sich am Hafen herum, während die Lastkähne - Verzeihung, *Trekschuiten* - beladen und ausgerüstet wurden. Er fragte die Hafenarbeiter aus und die Soldaten, die das Beladen überwachten, was in den jeweiligen Kisten wäre. Und als sie ihm das nicht sagen konnten, begann er herumzustochern, als hätte er ein Recht, dort zu sein. Als er darauf angesprochen wurde, sagte er, dass er in offizieller Eigenschaft als Repräsentant des Konsuls handele. Die Soldaten fanden das überraschend und die Hafenarbeiter hätte es nicht weniger kümmern können, wer er war und man befahl ihm, zu verschwinden, andernfalls er sich einem Erschießungskommando gegenübersehen würde."

„Du bist sicher, dass er in Luytens Diensten steht?"

„Ja, Sir. Ich habe ihn beim ersten Morgenlicht hier im Haus gesehen. Ich vergesse kein Gesicht oder ..."

„Vielen Dank, Jeffries. Das weiß ich", sagte Alec mit einem Lächeln über die Gekränktheit seines Kammerdieners. „Und die andere Angelegenheit, um die ich dich gebeten hatte, dich zu kümmern?"

„Die Frau, die am Hafen zur Witwe gemacht wurde, und ihre beiden Kinder? Sie sind bei der Schwester des toten Ehemannes. Wie ich aus ihrer Unterhaltung entnehmen konnte, hatte die frisch Verwitwete ihren Mann immer wieder gewarnt, dass seine Schmuggelei zu nichts Gutem führen würde. Ich gab vor, nur Deutsch zu verstehen, so dass sie sich frei und offen vor mir auf Niederländisch unterhielten. Und auf diese Weise erfuhr ich, dass die Witwe weit unglücklicher darüber war, dass ihre Kinder den Vater und den Versorger verloren hatten, als wegen Gefühlen zarterer Natur, die sie für ihn gehabt haben könnte. Die Schwester ihres Mannes war mehr geradeheraus. Sie sagte, ihr toter Bruder wäre ein *Vrouwenklopper* gewesen ..."

„Ein Frauenschläger?"

„Ja, Sir. In der Tat war die Schwester des toten Mannes offener als seine Frau und sagte, die Soldaten hätten ihnen allen einen Gefallen getan, um sie zu zitieren - und ich muss Euch um Verzeihung bitten, Sir - indem sie *eine Bleikugel in diesen Klootzak jagten.*"

„Wenn unser Kohlenschmuggler tatsächlich ein Frauenschläger war, dann ist es gut, dass sie ihn los ist, obwohl ich mit der Methode, die benutzt wurde, um ihn zu beseitigen, nicht einverstanden bin! Du hast ihr die Münzen und den Sack Kohle gegeben?"

„Ja, Sir. Die Tränen, die sie bei diesem Anlass vergoss, waren echt und sie konnte Euch nicht genug für Eure Großzügigkeit danken. Da das Haus so warm war wie ein Eisberg, war in diesem Moment der Sack Kohlen das zehnfache dessen wert, was Ihr ihnen in Goldmünzen gegeben habt."

„Zweifellos, wenn ihr Haus wieder warm ist, werden sie ihr Glück erkennen. Vielen Dank, Jeffries. Das hast du gut gemacht."

„Vielen Dank, Sir."

Alecs Blick huschte zu dem über dem Arm seines Dieners hängenden Umhang und dem Hut in dessen behandschuhter Hand und er stellte die unvermeidliche Frage. „Ich wollte dich schon für den Abend entlassen und mich selbst versorgen. Aber ich fürchte, du hast mir noch mehr zu erzählen oder noch mehr, was ich heute Abend tun soll?"

Hadrian Jeffries sah die Müdigkeit in den Augen seines Herrn und hörte sie auch in seiner Stimme und wünschte von Herzen, dass er ihm ein Bad bereiten und ihn ins Bett schicken könnte. Aber er wusste, dass Alec es ihm nicht danken würde, wenn er ihn über das, was direkt außerhalb dieses Hauses vor sich ging, in Unwissenheit ließe. Er wusste auch, dass Alec etwas dagegen unternehmen wollen würde, und zwar, bevor die Soldaten die Angelegenheit in ihre eigenen Hände nahmen, so, wie sie es am Hafen getan hatten - bevor noch mehr unschuldige Leben verloren gingen, für wie wertlos sie auch von Freunden und Verwandten gleichermaßen gehalten werden mochten.

„Ja, Sir", sagte Jeffries entschuldigend, als er den Umhang ausschüttelte. Er hielt ihn offen hin und legte ihn seinem Herrn über die Schultern, als Alec ihm zu diesem Zweck den Rücken zuwandte. „Es tut mir leid, aber es gibt zwei Dinge, die nicht bis zum Morgen warten können, insbesondere, da wir bei Morgengrauen aufbrechen."

„Ich schätze, ich kann immer noch in der Trekschuite schlafen ...", murmelte Alec in sich hinein und hob sein Kinn, um es seinem Kammerdiener zu erlauben, den Umhang über seiner Krawatte zuzuknöpfen. Er zwang sich, wacher zu sein, als er sich fühlte, drückte Jeffries die Diplomatentasche im Austausch gegen den gestrickten Schal, den dieser ihm hinhielt, in die Hände und wickelte den Schal um seinen Hals. „Was kann nicht bis zum Morgen warten?"

Als nächstes reichte Jeffries Alec ein Paar fellgefütterter Handschuhe.

„Ihr erinnert Euch an den alten Mann und seine Enkelin, die Ihr am Hafen gerettet habt?" Als Alec nickte, fuhr er fort. „Nun, die Diener hier sagten mir, er wäre heute mehrfach zum Haus hier gekommen und jedes Mal abgewiesen worden, ohne dass eine seiner Nachrichten weitergeleitet wurden. Und das sagte er mir auch selbst, als er gerade eben mit mir sprach."

Alec schaute auf, während er den Lederhandschuh über dem Wappenring glattstrich. „Ich hatte keine Ahnung, dass er vorgesprochen hat. Er ist hier - *jetzt?*"

„Ja, Sir. Sowohl er wie auch seine Enkelin. Sie sind seit der Abenddämmerung hier."

„Seit der Abenddämmerung? Was will er?"

„Seinen Fall vortragen, wie jeder andere, ist meine Vermutung", erklärte Hadrian Jeffries. „Er ist Engländer - ein Pfarrer - und er und seine Enkelin waren auf dem Weg von England nach Hannover über Holland, als ihr Schiff ebenso wie das unsere geentert und über die

Mündung hierhergebracht wurde. Er zeigte mir seine Papiere - eines war ein Schreiben des Ehrenwerten Reverend Richard Osbaldeston, des Lord-Bischofs von London, und einem flüchtigen Blick auf seine anderen Papiere nach zu urteilen ist er der, der er zu sein behauptet und sagt die Wahrheit ...“

„Von einem Pfarrer möchte ich das doch hoffen! Warum gerade der Bischof von London?“

„Der Brief des Lord-Bischofs gibt Pfarrer Shirley - Samuel Shrivington Shirley, um genau zu sein - die Vollmacht, Engländer im Ausland zu trauen ...“

„Ein englisches Paar?“, unterbrach Alec und verfluchte seine Müdigkeit dafür, dass sie ihn den gedachten Wunsch laut aussprechen ließ - den sofortigen Einfall, dass der Pfarrer ihn und Selina heute Abend trauen könnte, bevor sie abreisten. Eine solche Idee war nicht nur absurd romantisch, er bezweifelte auch, dass die Entschuldigung, man befände sich in einem vom Krieg zerrissenen Land, für Selina ausreichen würde, dass sie zustimmte, insbesondere mit ihm in seiner Rolle als der Herr Baron. Sie würde zu Recht eine spitze Bemerkung darüber machen, wen sie eigentlich heiratete - den Baron oder den Marquess? Der Baronsring würde diesmal nicht zu seinen Gunsten sprechen. Und da er fühlte, wie ihm seiner unbesonnenen Bemerkung wegen die Hitze in die Wangen stieg und sein Kammerdiener ihn neugierig musterte, winkte er ihm mit der Hand, dass er fortfahren sollte.

„Ja, Sir. Jedes Paar, das der Kirche von England angehört“, antwortete Hadrian Jeffries. „Solche Ehen, wie der Pfarrer sie im Ausland schließt, werden in England als rechtmäßig anerkannt, als ob die Braut und der Bräutigam tatsächlich in einer englischen Kirche auf englischem Boden geheiratet hätten. Und da Pfarrer Shirley mir diesen Brief unter die Nase hielt, las ich ihn und kann bezeugen, dass das tatsächlich darinsteht; und er trägt die Unterschrift und das Siegel des Lord-Bischofs. Laut Pfarrer Shirley hat er Hunderte von Paaren auf diese Weise getraut, von Verona bis Paris, Den Haag bis St. Petersburg. Und jetzt scheint es, dass seine Dienste in Hannover erwünscht sind.“

„Warum ist es so dringend?“

„Er sagt, wenn er nicht innerhalb des nächsten Monats in Hannover ankäme, könnte seine Lizenz widerrufen werden, denn dort ist ein Paar - keine Adligen, aber Verwandte des Lord-Bischofs - die seine Dienste schnellstmöglich benötigen. Der Pfarrer sagte dies nicht direkt, vielleicht, weil seine Enkelin anwesend war, aber es scheint, dass die junge Braut in ...“ Jeffries senkte seine Stimme und sagte betont: „... in anderen Umständen ist.“

Alec schloss seine Augen für einen winzigen Moment, um sie nicht zur Decke zu verdrehen und sagte mit übermäßiger Geduld:

„Pfarrer Shirley muss klar sein, dass er sich in einem Land aufhält, das sich im Bürgerkrieg befindet? Dass Emden unter Belagerung steht und niemand ein- oder ausreisen kann, ohne befürchten zu müssen, getötet zu werden, wenn nicht von Rebellen, die nach einem Weg herein suchen, dann von den Grenadieren, die diese Festungsstadt bewachen? Und das, ohne die Tatsache in Betracht zu ziehen, dass es Winter ist, was ihn und seine Enkelin innerhalb einer Meile von hier zu Tode frieren lassen könnte!“

„Ja, Sir. Ich habe ihn auf diese Tatsachen hingewiesen. Aber er ist unnachgiebig. Weshalb er darum ansucht, dass ihm und seiner Enkelin als Teil Eurer Reisegesellschaft sicheres Geleit gewährt werden möchte. Und weshalb er noch nach Einbruch der Dunkelheit hier ist und darauf wartet, Euch sein Anliegen persönlich vorzutragen.“

„Wo genau ist *hier*?“

„Draußen vor der Vordertüre ...“

„*Draußen?* Er und seine Enkelin warten in dieser Kälte draußen?“

„Ja, Sir“, antwortete Hadrian Jeffries. „Sie können nirgendwo anders hingehen. Alle Gasthöfe sind voll - nun, die anständigen jedenfalls sind es, und er kann seine Enkelin nicht in einen anderen mitnehmen, weil ...“

„Ja. Ja. Schon gut“, antwortete Alec mit einem ungeduldigen Seufzer. Er runzelte die Stirn. „Aber warum soll ich mich für draußen ankleiden? Sicher könnten er und das Mädchen doch hereinkommen, um mit mir zu sprechen?“

„Ja, das könnten sie, Sir, aber es ist wegen der anderen Bittsteller. Es sind zu viele von ihnen.“ Jeffries schnitt eine Grimasse. „Ihr würdet sie nicht nach drinnen bitten, selbst, wenn Ihr könntet.“

„*Bittsteller?*“

„Ja, Sir. Sie haben sich schon seit vor Sonnenuntergang angestellt, nachdem sie jetzt wissen, wo Ihr residiert. Die Schlange erstreckt sich über eine halbe Meile, möglicherweise weiter, da ich vom Zollhaus her gekommen bin, und obwohl sie nicht ganz bis dorthin reicht, schlängelt sie sich doch über drei Kanalbrücken und aus zwei Richtungen.“

Als Alec seinen Kammerdiener anstarrte, als spräche dieser in Rätseln und sich fragte, ob seine Müdigkeit sein Gehör ebenso wie sein Sehvermögen beschädigt hätte, fügte Jeffries entschuldigend hinzu:

„Ich fürchte, wenn Ihr - wenn der - der *Herr Baron* - diesen Leuten nicht einen Moment seiner Zeit gewährt oder zumindest erscheint, könnte es zu einem Chaos führen.“

„*Chaos?*“

„Im Moment sind sie ruhig und es scheint, dass alles, was sie wollen, ist, dass man ihre Beschwerden anhört, aber als ich hereinkam, sah ich eine Patrouille die Brücke in dieser Richtung im Marschschritt überqueren. Nach dem, was sich gestern am Hafen abgespielt hat ...“

„Ja. Ja, ich verstehe. Du hattest recht, dass du mich geholt hast.“ Er streckte seine behandschuhte Hand nach dem Hut aus und drückte ihn auf sein dichtes, schwarzes Haar. „Schließe diese Tasche in mein *nécessaire de secrétaire*, und hole dann Oberst Müller. Sage ihm, dass er draußen gebraucht wird. Das Letzte, was der Herr Baron auf seinem Gewissen haben will“, fügte er in sich hineinmurmelnd hinzu, während er eilig die Treppen hinabging, „sind noch mehr Tote!“

Er nickte dem schläfrigen Portier zu, die Vordertür zu öffnen, straffte in Erwartung der Kälte seine Schultern und versenkte sein Kinn tiefer in den weichen Wollschal, der um seinen Hals geschlungen war. Wie er erwartet hatte, traf ihn ein Schwall eisiger Luft, die nach seinen mageren Wangen schnappte und seinen heißen Atem in der schwarzen Nacht sichtbar werden ließe, als er auf die oberste Stufe hinaustrat. Völlig unerwartet war jedoch der Empfang, der auf ihn wartete. Als seine Augen sich an den grellen Schein einer Vielzahl brennender Kerzen gewöhnten, die zum Himmel hoch gehoben wurden, um ihn in einen goldenen Schein zu hüllen, stieg ein Jubel der Begrüßung in der Menge auf, der seine Ohren klingen ließ und seinen Kopf verwirrte.

Er starrte zu dem Meer erhobener, erwartungsvoller Gesichter hinüber, zusammengedrängt und vor Kälte verkniffen, und war überwältigt. „Lieber Gott“, murmelte er. „Was habe ich getan ...“

❦

Als Alec aus Jacob Luytens Vordertür trat, kam der Mitarbeiter des britischen Konsuls, den Hadrian Jeffries zuvor am Hafen richtig erkannt hatte, durch den Dienstboteneingang herein und verlangte sofort nach einer Schale Suppe und etwas Brot. Er setzte sich dann ohne Einladung auf einen Schemel am offenen Küchenfeuer und aß schweigend; es wurde Nachricht nach oben gesandt, dass der Herr in einer dringenden Angelegenheit im Untergeschoss verlangt wurde.

Jacob Luytens kam fünfzehn Minuten später, da er gewartet hatte, bis Oberst Müller mit Alecs Kammerdiener verschwand, um eine Unruhe in der Straße am Kanal zu unterdrücken. Er war nicht überrascht, seinen Mitarbeiter zu sehen, und goss ihnen beiden eine Tasse Tee aus der Kanne auf dem Kochfeld ein, mit einer Kopfbewegung, die der Köchin bedeutete, sich zu entfernen.

„Nun?“, verlangte Jacob Luytens zu wissen, als sein Mitarbeiter wenig mitteilsam schien und weiter schweigend seinen Tee schlürfte. „Hast du das Lösegeld?"

„Es ist wohl da."

„Was? Du hast es nicht bei dir?"

Der Mitarbeiter musterte den Konsul, als fehle diesem das Hirn. „Es ist in einer Kiste", erklärte er. „Wie sollte ich unter der Nase eines Dutzend Soldaten, der Zollbeamten und des persönlichen Dieners des Herrn Barons, der da herumschnüffelte und jede meiner Bewegungen beobachtete, eine Kiste stehlen?"

„Der war da? Dann werden wie sie auf der Reise nach Osten unter ihrer Nase wegstehlen müssen." Luytens knirschte mit den Zähnen. „Und wenn wir Glück haben, geraten wir in einen Hinterhalt und der Herr Baron und sein Diener mit seinen neugierigen Augen werden eher früher denn später ihre gerechte Strafe erhalten! Wenn nicht, wird er bald genug in Schloss Herzfeld hinter Schloss und Riegel sitzen."

Die Augenbrauen des Mitarbeiters schossen nach oben. „Ich kenne den Engländer nicht, und ich kann nicht sagen, dass mir an ihm liegt, nach allem, was wir der Engländer wegen im Krieg durchgemacht haben. Da bin ich ganz bei dir. Aber du bist dabei, einen Mann zu verraten, der dich einmal seinen Freund genannt hat. Der an deinem Tisch saß und mit deiner Familie das Brot brach. Und sein Land vertraut dir so weit, dass es dich zum Konsul gemacht hat ..."

„Wer bist du? Mein Beichtvater?"

„Nein. Ich bin dein Schwager Horst Visser und das gibt mir das Recht zu sagen, was ich sage. Elsa würde nicht wollen, dass du das tust." Er schob seine Unterlippe vor. „Von den Engländern stehlen - ja. Aber einen Freund verraten? Nein."

Luytens kippte den Schluck Tee, der noch am Boden seines Bechers verblieben war, ins Feuer und hielt seinen Blick auf die Flammen gerichtet. Seine Stimme war ausdruckslos. „Elsa und die Kinder sind in Amsterdam in Sicherheit. Das ist alles, was zählt. Und was ich tue - was ich getan habe - tue ich für sie." Er sah seinen Schwager an. „Was längst nicht genug ist, nachdem nun der Herr Baron es für angebracht hielt, mich um den Gewinn aus dem Torfgeschäft zu bringen. Kannst du das glauben? Er hat den gesamten Torfvorrat Müller angeboten, damit der ihn unter den Bedürftigen verteilen soll! *Den Bedürftigen!* Verdammt soll er sein! Daher müssen wir unbedingt diese Kiste in die Hände bekommen. Sieh es als Entschädigung für entgangenen Gewinn an."

Horst Visser hob seinen Becher heißen Tees wie zum Gruß.

„Du wirst kein Wort der Klage von mir hören."

„Kannst du die Kiste herausfinden?"

Horst Visser nickte. „Den Gewinn aus dem Torf mal beiseitegelassen, warum hast du angefangen, den Engländer so zu verabscheuen, Jacob?"

Jacob Luytens hob eine Hand, als wäre es nicht wert, wiederholt zu werden, aber er wusste, dass sein Schwager nicht locker lassen würde, bis er eine Antwort hätte, und daher sagte er leise: „Es hat mit Elsa zu tun. Sie sagte es mir einfach so - warf es mir ins Gesicht wie eine Ohrfeige - als wir Streit hatten. Ich weiß gar nicht mehr, worüber wir stritten. Aber ich erinnere mich noch sehr deutlich daran, was sie sagte. Es ging um ihren zweitjüngsten Sohn ..."

„Peter?"

„Ja, natürlich Peter! Ich kenne seinen Namen!"

„Warum nennst du ihn dann nicht bei seinem Namen? Das hast du immer getan. Nennst ihn ,ihren Sohn', als wäre er gar nicht deiner. Der Junge weiß es auch. Ebenso wie Elsa."

„Weil er nicht meiner ist. Er ist *seiner* - er ist Halseys Sohn!"

Einen Moment lang herrschte absolute Stille, alles, was beide Männer hörten, war das Spucken des Feuers und ein entferntes Brüllen, wie Donner oder Rufe, oder war es Jubel? In den Straßen hätte offener Krieg herrschen können, ohne dass es die beiden gekümmert hätte.

Dann stand Horst Visser von seinem Schemel auf und packte seinen Schwager an der Kehle. Er schob ihn nach hinten, durch den Vorhang schwerer Töpfe und Pfannen, die von eisernen Haken vom Rand des riesigen Schornsteins herabhingen und jetzt aufgestört nach vorn und hinten schwangen und dabei beiden Männern um die Ohren schlugen; Horst spürte nichts davon, während Jacob aufjaulte, als eine schwere Gusseisenpfanne ihn vor die Stirn traf. Aber Horst hörte nicht auf. Er stieß seinen Schwager weiter, bis es keinen Platz mehr zum Ausweichen gab und Jacobs Schultern gegen die Keramikfliesen stießen, die die Umrandung der Feuerstelle schmückten, seine Schuhe nur zollbreit von der heißen Asche entfernt.

„Nimm das zurück, Lügner! Nimm das zurück! Elsa würde niemals ihren Eheschwur brechen! Niemals! Du irrst dich!"

Luytens starrte in Horsts blutrotes Gesicht und sein erster Gedanke war: Warum war er derjenige, der bestraft wurde, wenn doch Alec Halsey es war, der eine Anschuldigung zu beantworten hatte? Und wie immer kam dieser Mann davon, wie von Feenstaub verzaubert! Doch der wilde Ausdruck in den Augen seines brutalen Schwagers sagte ihm, dass er zu Brei geschlagen werden würde, wenn er ihm nicht die ganze, schmutzige Geschichte erzählte. Daher nickte er und wurde widerwillig losgelassen.

Horst trat zurück, seine Hände noch immer zu Fäusten geballt. Luytens nahm sich also einen Moment, um seine Halsbinde zu richten und die Vorderseite seiner einfachen Wollweste zu glätten, in der Hoffnung, seinem Schwager Zeit zu geben, sich zu beruhigen. Er war sicher, dass er jetzt an der Stirn eine Beule hatte und am nächsten Tag würde dort ein Bluterguss zu sehen sein. Das war aber immer noch besser, als Horsts Faust ins Gesicht und ein paar seiner guten Zähne ausgeschlagen zu bekommen. Schließlich versenkte er seine Hände in den Taschen seines Rocks und gab einen Seufzer von sich.

„Das ist, was Elsa mir gesagt hat, Horst. So wahr Gott mein Zeuge ist ...“

„Lass Ihn aus dem Spiel!“

„Sie erzählte mir, ihr Junge - Peter - wäre von ihm. Dass sie eine Affäre gehabt hätten. Also was sollte ich tun? Ihr keinen Glauben schenken?“

„Ja! Sie muss es als Antwort auf etwas gesagt haben, was du gesagt oder getan hast. Elsa ist ein gutes Mädchen. War sie immer. Und aus irgendeinem Grund, den nur sie kennt, hat sie dich immer geliebt.“

„Beruhige dich! Beruhige dich! Das weiß ich - *jetzt*.“ Er berührte vorsichtig seine Stirn mit seiner Hand und zuckte zusammen. Dort bildete sich bereits eine Beule. „Sie hat das mit Berta und mir herausgefunden, und daher gedacht, sie wollte sich rächen - und das hat gewirkt ... eine Zeitlang.“

„Ach! Du und deine verhurten Sitten. Allein dafür sollte ich dich zusammenschlagen!“ Horst hob den Kopf. „Sprich weiter. Erzähle mir den Rest. Sag mir, dass deine Frau treu ist, oder ich werde ...“

„Behalte deine Fäuste bei dir! Sie ist unschuldig.“

„Ha! Also hat sie den Engländer *nicht* zwischen ihre Beine gelassen und Peter ist *dein* Sohn, nicht *seiner*.“

„Ja. Aber das ändert nichts an der Tatsache, dass Elsa gewollt hat, dass der Engländer sie bespringen sollte! Der einzige Grund, warum das nicht geschah, ist, dass *er sie* abwies. Und das *ist* jetzt die Wahrheit! Sie hat mir gesagt, dass sie versucht hätte, ihn zu verführen, aber er sagte so ungefähr, dass, so gerne er ihr Angebot angenommen und mir ihr geschlafen hätte, sie meine Frau wäre und wir - er und ich - Freunde wären, daher lehnte er höflich ab.“ Luytens spuckte ins Feuer. „Höflich! Pah! Ich bezweifle nicht, dass er höflich war!“

„Also hast du deine Frau der Untreue beschuldigt, deinen Sohn einen Bastard genannt und dem Engländer vorgeworfen, deine Frau verführt zu haben, und nichts davon ist wahr? Und das sagst du alles zu mir, ihrem Bruder? Du bist nicht nur ein verdammter Lügner, Jacob, sondern ein verdammter Narr! Ich sollte dir trotzdem das Gesicht einschlagen.“ Horst Visser trat hart gegen den Schemel, der im Feuer landete. „Verdammt sei das Lösegeld! Ich hoffe, Elsa bleibt in Holland und lässt dich hier verrotten!"

Als er sich abwandte, um zu gehen, packte Luytens ihn am Arm.

„Bleib! Ich bin ein verdammter Narr, Horst. Du darfst nicht gehen! Nächste Woche um diese Zeit werden wir reiche Männer sein! *Reich,* Horst!"

Horst betrachtete ihn mit Groll, als er den Schemel aus dem Aschehaufen holte und ihn wieder hinstellte. Er hatte sich nie für Jacob Luytens erwärmen können. Seine Eltern dachten, die Sonne schiene aus seinem Hintern. Er stolzierte herum, als wäre er fleißig und voller Pläne für die Zukunft. Aber Horst wusste, dass er vom Reichtum seiner Eltern lebte, und seine Pläne nur Hirngespinste waren. Horst und Elsa kamen aus einer streng calvinistischen Familie. Harte Arbeit, sauberes Leben und Sparsamkeit zahlten sich aus, nicht Hirngespinste, Diebstahl und Betrug an Freunden. Dennoch, Krieg und harte Zeiten hatten Horst pragmatisch werden lassen. Er redete sich ein, dass der Diebstahl an Ausländern nur ein Weg war, sich das zurückzuholen, was sie Midanich und seinem Volk zuvor geraubt hatten. Nein. Es schlug ihm nicht aufs Gewissen, das englische Lösegeld zu stehlen. Aber dabei mitzutun, den Engländer und seine Freunde zu betrügen, schon.

„Finde nur einen Weg, dass wir das Lösegeld in die Hände bekommen, ohne uns erschießen zu lassen", sagte Horst schließlich. „Ich weiß nicht, was für deinen englischen Freund im Schloss geplant ist, aber ich bete, dass du nichts damit zu tun hast, und wenn doch, dass du dabei nicht erwischt wirst! Meine Schwester und ihre Kinder brauchen immer noch einen Versorger."

Jacob Luytens zuckte gedankenlos mit den Schultern. „Keine Sorge. Ich werde vorsichtig sein. Und was mit Halsey geschieht, wird niemandes Schuld sein außer seine eigene. Er hat sich das selbst eingebrockt." Dann schlug er seinem Schwager auf den Rücken, als er ihn zu der Seitentür führte. „Wer weiß! Der Herr Baron könnte alles überstehen, so wie beim letzten Mal ... Er hat teuflisches Glück. Ich hoffe, dass ein wenig von diesem Glück auf uns abfärbt. Wir brauchen es, um ein königliches Lösegeld an uns zu bringen. He, Horst? Nächste Woche um diese Zeit werden wir reiche Männer sein!"

Horst Visser wollte seinem Schwager glauben. Aber er konnte es nicht. Er hatte nichts zu verlieren und alles zu gewinnen. Die nächste Woche konnte nicht früh genug kommen.

VIERZEHN

„Geht es ihm gut? Er ist nicht angegriffen und verwundet worden, nicht wahr? Selina? Selina, was geht da unten vor sich? Sag es mir!"

Das war die Herzogin von Romney-St. Neots, sie saß gegen einen Berg von Daunenkissen gelehnt in dem großen, einfachen Holzbett, das mitten im Raum stand, einen wollenen Schal mit Hermelinbesatz um ihre Schultern gelegt und mit einer hübschen Nachthaube mit Puffbändern und gerüschten Spitzen, die ihre Frisur bedeckte. Sie hatte sich den größten Teil des Tages unwohl gefühlt und war daher im Bett geblieben, wo sie abwechselnd dünnen Tee und Ingwersirup und einen Aufguss aus nur ihrem Apotheker bekannten Zutaten nippte, was ihr alles von ihrer geduldigen Zofe Peeble gereicht wurde. Sie war nicht sicher, ob diese Mittel der völligen Wiedererlangung ihrer Gesundheit helfen oder entgegenstehen würden, aber Peeble bestand darauf, dass sie ihre Medizin einnahm, und sie war zu krank, um sich zu streiten.

Die Herzogin hasste es, krank zu sein. Sie hasste es noch mehr, nichts ausrichten zu können. Und sie hasste es, in einem fremden Land steckengeblieben zu sein, in einer Stadt, die von ausländischen Truppen besetzt war, die in einer Sprache redeten, die im Ohr schmerzte und für sie keinerlei Sinn ergab. Sie hatte sich darauf vorbereitet, die Unkenntnis der englischen Sprache zu erdulden, aber zu entdecken, dass nur wenige, wenn überhaupt jemand, die Weltsprache Französisch sprachen, empörte sie sehr. Sie war in einem Land von Ignoranten gelandet! Sie wollte nach Hause. Sie wollte ihr eigenes Bett und ihr eigenes Essen und die Geräusche von London vor ihrem Fenster. Sie war sicher, dass sie an diesem Ort sterben würde. Und dann dachte sie an Emily und Cosmo und geißelte sich innerlich für ihre Selbstsüchtigkeit. Aber der Gedanke an Emily und daran, was sie an einem noch düstereren Ort als diesem würde erdulden müssen, brachte Tränen und Sorge zurück und ihr Herz begann zu rasen und der Kreislauf von Krankheit, Besorgnis und Selbstmitleid begann wieder von vorn.

Daher war alles, was ihr eine Ablenkung verschaffte, ihrer gesamten Aufmerksamkeit wert. Und was sich vor ihrem Fenster, unten an der Straße, die parallel zum Kanal verlief, abspielte, war sehr ablenkend. Doch machte es sie gleichzeitig ängstlich, denn es wurde viel geschrien und ihr Patensohn war irgendwo dort in einer Menge von Halsabschneidern, Dieben und Amok laufender Soldaten, wenn das, dessen Zeugin sie am Hafen geworden war, während sie auf den Durchgang beim Zoll wartete, ein Beispiel für die rauen Kerle war, die diese unzivilisierte Festungsstadt bewohnten.

„Selina! Erlöse mich aus meiner Qual! Geht es ihm gut? Sag mir, dass es ihm gut geht!"

Selina wandte sich widerwillig vom Fenster ab und ließ den Vorhang fallen. Plötzlich war ihr kalt, obwohl sie ein doppelt gestepptes Mieder, das mit Münzen und Schmuck gefüllt war, trug. Die eisige Nachtluft war jedoch über das Fenstersims gekrochen und bis in ihre Knochen gedrungen. Daher ging sie eilig zu dem gemauerten Kaminofen hinüber und streckte ihre Finger der ausstrahlenden Wärme entgegen. Das half, aber es war etwas Unbefriedigendes daran, kein prasselndes Feuer sehen zu können, was ihr das Gefühl verschafft haben würde, dass ihre Hände wärmer wurden, obwohl sie wusste, dass das nur unsinnige Einbildung war.

„Ja, es geht ihm gut, Tante", beruhigte sie die Herzogin mit einem müden Lächeln. „Es geht ihm ziemlich gut, wenn man bedenkt, dass dort eine große Menge von Menschen gleichzeitig auf ihn einredet und mit Papieren vor seinem Gesicht herumwedelt. Sein Kammerdiener hat schon die Arme voll davon, es müssen Petitionen sein, und daher folgt ihm jetzt noch ein Soldat, der auch jede Menge beschrifteter Zettel einsammelt. Gott weiß, was sie glauben, das er für sie tun kann!"

„Eine ganze Menge, wenn man nach dieser Vorstellung am Hafen urteilen kann", brummelt die Herzogin. „Dieser Soldat küsste das Wappen, das er trug, nicht wahr? Ich habe mir das nicht nur eingebildet?"

Selina lachte und schüttelte den Kopf. „Nein, du hast es dir nicht eingebildet. Obwohl ich vermute, Alec wünscht, es wäre alles nur ein böser Traum, aus dem er erwachen könnte. Du weißt doch, dass er keine große Zurschaustellung von Privilegien mag. Obwohl er der erste wäre, der sich an die Grundsätze von *noblesse oblige* halten würde.“

„Er hatte die Frechheit, den Titel eines englischen Marquess abzulehnen, als er ihm zuerst angeboten wurde, und hier, an diesem elenden Ort, sagt man mir, er sei ein Baron aus dem regierenden Haus Herzfeld!“

„Ich bin sicher, dass es nicht besser ist, Baron von Aurich zu sein als Marquess Halsey“, bemerkte Selina verschmitzt, die wusste, dass Alec Titel und Zeremonien nur widerwillig ertrug.

„Nun, natürlich nicht, Selina!“, erwiderte die Herzogin, die den Hauch von Ironie in der Stimme ihrer Nichte nicht herausgehört hatte. „Die bloße Vorstellung ist absurd. Ein englischer Marquess steht in jeder Hinsicht über einem ausländischen Baron, der am Hof von St. James nicht viel zu bedeuten hätte. Und dies trotz der deutschen Abstammung des Königs. Dennoch“, fuhr sie mit einem Schmollen fort, lehnte ihre Schultern gegen die Kissen und glättete eine Falte der bestickten Bettdecke, „bin ich überaus verärgert, dass er mir - uns - nicht anvertraut hat, dass er, als er vor diesen vielen Jahren hier stationiert war, so geehrt worden ist.“

Selina verließ die Wärme des Ofens, um sich auf den Rand der Matratze zu setzen und schaute ihre Tante an.

„Es scheint etwas zu sein, worauf er nicht stolz ist und was er für sich behalten würde, wenn er die Wahl hätte. Aber hier ist es zu seinem und unserem Vorteil, als Herr Baron herumzustolzieren. Zweifellos hofft er, wie wir auch, dass der Herr Baron besser in der Lage sein wird, Cosmo und Emily befreien zu helfen.“

„Ja, ich bin sicher, dass du recht hast. Und jedenfalls scheint er die Soldaten auf seiner Seite ... Oh! Was ist jetzt passiert? Geh nachschauen! Geh nachschauen!“

Die Herzogin scheuchte Selina zurück zum Fenster, als ein zweiter, ohrenbetäubender Jubel sich erhob.

Selina spähte auf die Straße hinab; ihr Interesse wurde weiter gesteigert, als sie Alec am Rande des Kanals, etwas von der Menge entfernt, im Gespräch mit dem alten Mann vom Hafen und dessen Enkelin sah. Sie war so erleichtert, sie nach dieser Tortur sicher und wohlbehalten zu sehen, und erfreut, weil sie Alec aufgesucht hatten, und er ihnen Zeit gewährte. Sie hoffte, er würde etwas für sie tun können. Eine Minute verging, vielleicht zwei, und dann führte ein Soldat das Paar ins Haus. Alec folgte ihnen, ging aber nicht sofort nach drinnen. Er hielt auf der oberen Stufe an und wandte sich auf dem Stiefelabsatz um, um die Menge anzusehen. Und als er eine behandschuhte Hand zu den Massen hob, die vor ihm herumschwärmten, jubelten sie wie ein Mann. Die

Meute - wie sonst sollte sie hundert oder mehr Männer nennen, die sich im Schein hochgehaltener, flackernder Kerzen in einer engen Straße zusammengerottet hatten - wurde dann still und drängte nach vorn, von einer Reihe aus Soldaten, die ihre Bajonette als Barriere benutzten, in Schach gehalten.

Alec, Oberst Müller an seiner Seite, sprach zu der Menge. Auf Alecs Aufforderung hin sagte auch der Oberst einige Worte. Dann redete Alec wieder. Selina konnte nicht hören, was er sagte, weil das Fenster geschlossen war. Nicht, dass sie ein Wort hätte verstehen können, denn sie war sicher, dass er Deutsch oder Niederländisch sprach, oder vielleicht beides. Seine Begabung für Fremdsprachen erstaunte sie immer wieder. Ein letzter Jubel erhob sich, als Alec wieder seine behandschuhte Hand hob und dann verschwanden er und der Oberst nach drinnen, Hadrian Jeffries und ein Soldat folgten ihnen, beide mit den Händen voller Papiere und Schriftrollen.

Sie stand noch ein wenig länger da, während die Soldaten die Menge zerstreuten, die zuerst zögerte zu weichen, aber bald erkannte, dass an diesem Abend nicht mehr zu erreichen war; wo auch die Temperatur schnell fiel, galt es, so schnell wie möglich nach drinnen zu kommen oder sich der sehr realen Möglichkeit gegenüberzusehen, zu Tode zu frieren.

Es war ein leises Klopfen an der äußeren Türe, nicht, weil die Herzogin zu wissen verlangte, was unter ihrem Fenster geschah, was Selina dazu veranlasste, sich wieder dem Zimmer zuzuwenden. Peeble erschien fast wie aus dem Nichts, um zu öffnen und den Besucher mit einem raschen Versinken in einem Knicks einzulassen, bevor sie wieder in die kleine Kammer verschwand, die sie sich mit Selinas Zofe Evans teilte.

„Ihr solltet beide schon schlafen", bemerkte Alec milde, als er die Tür schloss und weiter ins Zimmer trat. Er hatte Umhang, Schal und Hut abgelegt und streifte gerade die Lederhandschuhe ab. „Aber ich bin froh, dass ihr noch wach seid. So kann ich mich jetzt verabschieden, da ich euch morgen nicht wecken möchte, bevor die Sonne aufgegangen ist." Er schaute zu Selina hinüber, als er seine Handschuhe in die Rocktaschen steckte und warf ihr mit einer hochgezogenen Augenbraue einen Blick zu, um fast in seiner gewohnten Art neckend zu sagen: „Ich hoffe, Ihr verzeiht dieses Eindringen in Euer Schlafzimmer, Mrs. Jamison-Lewis?"

Selina presste ihre Lippen zusammen, um ein Lächeln zu unterdrücken, woran sie kläglich scheiterte und spürte, wie ihre Wangen erglühten, dann senkte sie ihre Wimpern. Liebe Güte! Also reichte es in diesen Tagen, dass er nur eine Augenbraue in ihre Richtung hob, um sie in ein kicherndes Mädchen aus dem Schulzimmer zu verwandeln? Sie vermisste ihre Intimitäten mehr, als ihr klar gewesen war. Aber das war nur ein Teil des Ganzen. Der sanfte Ton seiner Stimme und diese gehobene Augenbraue waren ein Angebot auf Versöhnung, und sie konnte nicht glücklicher sein, dass er sie endlich ohne den sonst so finsteren Blick ansprach, wie sie es seit Harwich hatte ertragen müssen, selbst wenn er sie noch immer damit neckte, dass er ihren verhassten Ehenamen unnötig betonte. Bevor ihr eine passende, scherzhafte Antwort einfiel, sagte die Herzogin, die zu sehr mit sich selbst beschäftigt war, um den Wortwechsel zwischen dem Paar zur Kenntnis zu nehmen, in das Schweigen hinein:

„Rede keinen Unfug, mein Junge! Das ist nicht Selinas Schlafzimmer. Es ist meins - *unseres* - bis etwas Passenderes als diese Schuhschachtel für uns bereitgestellt werden kann. Natürlich bist du im Schlafzimmer dieser alten Dame willkommen. Jetzt komm her und lass mich dich anschauen!", forderte sie, setzte sich auf und klopfte auf den Platz auf der Bettdecke neben sich. Als er tat, wie ihm befohlen wurde und ihre Stirn küsste, bevor er sich halb auf dem Matratzenrand niederließ, bedeckte sie seine bloße Hand mit ihrer und sah ihn eindringlich an. „Selina sagte, du wärest draußen gewesen und hättest zu dieser Meute *gesprochen*. Zu dieser späten Stunde! Und in dieser Kälte? Ich war darauf vorbereitet, dass du angegriffen würdest, wenn nicht von ihnen, dann von den Soldaten, die sich auf dich oder sie oder auf beide stürzen könnten! Nach diesem schrecklichen Ereignis am Hafen war ich jedenfalls darauf gefasst, dass geschossen werden könnte!"

„Das war eher eine Abordnung als eine Meute."

„Alle mit Bittschriften für den Herrn Baron?", fragte Selina, die sich ohne Aufforderung auf die andere Seite des Bettes, Alec gegenüber, hinsetzte.

Alec nickte. „Ja. Mein geduldiger Kammerdiener - nun, er wird nach der Arbeit dieser Nacht sehr müde sein. Armer Jeffries! Ich habe ihm die Aufgabe übertragen, alles durchzulesen, und mit Hilfe eines der Männer des Obersten eine Liste aufzustellen. Ich habe vor, mir die Liste und eine oder zwei Bittschriften anzusehen, sobald ich gute Nacht und Adieu gesagt habe."

„Aber - es müssen Dutzende sein, wenn nicht hundert?", fragte Selina erschrocken.

„Ja. Ich schätze, so ist es. Obwohl ich lieber nicht die genaue Anzahl wissen möchte, sonst schlafe ich vielleicht ein, bevor ich angefangen habe."

„Was kannst du dir erhoffen, wenn du sie heute Nacht liest?", fragte die Herzogin ungehalten und drückte unbewusst seine Hand ein wenig zu fest. „Du bist völlig erschöpft. Was du brauchst, ist Schlaf.“

„Ja. Ich werde schlafen. Morgen. Auf der Trekschuite. Das wird die Zeit angenehmer vergehen lassen, als wenn ich auf die flache Landschaft hinausstarre und warte, dass die nächste Windmühle oder die nächste Kirchturmspitze aus dem Nebel auftaucht.

Die Herzogin wollte sich nicht besänftigen lassen und sagte mürrisch: „Du hast diese Rolle des Herrn Baron mit solchem Elan übernommen, dass ich sicher bin, du kannst diese Erfahrung nutzen, wenn wir nach England zurückkommen und du endlich deinen Platz als Marquess von Halsey einnimmst.“ Sie schniefte und fügte barsch hinzu: „Ich werde dir sogar einen Siegelring mit dem Halsey-Wappen anfertigen lassen, wenn es das ist, was du brauchst ...?“

Alec unterdrückte einen ungeduldigen Seufzer über das eifersüchtige Brummen seiner Patentante. Es war nicht unerwartet in Anbetracht der Tatsache, dass die Engländer - vom Straßenjungen bis zur Herzogin - gegenüber ihren europäischen Nachbarn ein angeborenes Überlegenheitsgefühl hatten, und das trotz des Umstands, dass der größte Teil der Menschen kaum ihr eigenes Dorf je verlassen hatte. Bei einem Inselvolk bot das Wasser eine Barriere, die Abgeschlossenheit und Angst vor dem Unbekannten förderte. Und es gab keine größere Barriere als die Sprache. Es war ihm nur zu gut bewusst, dass seine Patentante nie über die Küsten Englands hinaus gereist war und daher jetzt so weit von ihrer gewohnten Umgebung entfernt, dass sie ebenso gut auf einer Insel im Atlantik gelandet sein könnte! Er bezweifelte nicht, dass sie ebenso verängstigt wie verwirrt war. Daher milderte er seine Antwort ab, vor allem, da er nicht den Wunsch hatte, Fragen darüber, wie er diesen Titel des Barons erlangt hatte, zu beantworten, bevor er nicht zuerst Gelegenheit gefunden hatte, Selina alles zu erklären, und zwar unter vier Augen - etwas, das er nicht auf ewig hinausschieben konnte.

„Zweifellos werde ich einen Scheffel Erfahrung mit nach England zurücknehmen, aber du und ich wissen beide, dass ich keinen Titel brauche, um meinen Selbstwert zu stützten, oder einen Wappenring, was das angeht“, antwortete er sanft. „Was ich auch weiß, ebenso wie du, meine liebe Olivia, ist, dass hier an diesem Ort mein englischer Titel als Marquess für Emily und Cosmo keinerlei Nutzen hat. Wenn jedoch der Umstand, Herr Baron zu sein, helfen kann, sie freizubekommen, werde ich meine Stellung in jeder Weise ausnutzen.“

Der Herzogin kamen sofort die Tränen und sie fühlte sich elend wegen ihrer Kleinmütigkeit.

„Verzeih mir. Natürlich musst du das. Ich bin eine lästige alte Frau und wollte das gar nicht sein“, antwortete sie reuevoll und betupfte schnell ihre in den Augen stehenden Tränen mit dem Taschentuch, das Selina ihr in die Hand drückte. „Natürlich musst du alles tun, was auch immer notwendig ist, sein, wer du sein musst, um meine Enkelin und meinen Neffen von diesem elenden Ort zu retten! Das ist alles, was ich mir wünsche oder je gewünscht habe." Sie schniefte und zwang sich zu einem Lächeln. „Nur schade, dass der Herr Baron mir nicht den Wunsch erfüllen kann, *mich* hier wegzubringen!"

„Oh? Bevor du gesehen hast, was Emden zu bieten hat?", neckte er. „Wie schade, dass ich am Morgen abreisen muss, denn ich hatte gehofft, dich zu einem Spaziergang auf den Wällen mitzunehmen, um dir die öde Landschaft zu zeigen. Kein Berg in Sicht und Sumpf, soweit das Auge reicht. Aber die Windmühlen sind wirklich großartig. Ein wahres Wunder der Technik und etwas, worauf die Leute in der Stadt außerordentlich stolz sind. Doch ich bin sicher, dass du nicht zu enttäuscht sein wirst, wenn dir dieser Ausflug entgeht, wenn dein Wunsch erfüllt wird", fügte er hinzu und küsste ihre Hand, wobei er ihre Finger tröstend festhielt und Selina erneut einen Blick zuwarf. „Denn morgen verlässt du das hier. Nicht das Haus. Das Land."

Die Herzogin setzte sich mit einem scharfen Atemzug auf. Sie konnte ihre freudige Überraschung nicht verbergen. „Morgen? Das Land verlassen? Wirklich? Aber wohin ...?"

„Zuerst nach Holland, wie geplant. Ich fürchte, das bedeutet eine weiter kurze Reise auf der *Caroline*", sagte Alec entschuldigend. „Nur auf die andere Seite der Ems, nach Delfzijl, was keine Stunde dauern sollte, nachdem ihr Segel gesetzt habt. Mein Onkel, die Diener und all euer Gepäck werden mit euch reisen."

Die Herzogin lehnte sich mit einem Seufzer der Erleichterung und eine Hand auf ihrem Busen in ihren Kissenberg zurück. „Oh, Gott sei Dank."

„Und, selbst wenn ich ihn dazu festnehmen und an Bord tragen lassen muss, auch Sir Gilbert", fügte Alec hinzu. „Es ist viel zu gefährlich für ihn, nach Midanich zurückzukehren. Oberst Müller hat das vollkommen deutlich gemacht. Er sagte mir, dass alle ausländischen Gesandtschaften ihre Tore geschlossen haben. Botschafter und ihre Gefolge haben alles, was sie konnten, in ihre Kutschen gepackt und sind über die Grenze nach Hannover geflohen oder haben das letzte Schiff nach Kopenhagen genommen, sobald der Bürgerkrieg ausbrach. Die wenigen Diplomaten, die blieben, wurden in die Kämpfe verwickelt und gefangen genommen, entweder durch den Markgrafen oder seinen Bruder Viktor. Sie blieben als Kriegsgefangene. Also ist jetzt nicht der Zeitpunkt für Parsons, diplomatische Angebote irgendwelcher Art zu machen."

„Ich wette, dass du bereits lange bevor wir England verließen beschlossen hast, dass du Sir Gilbert seiner Stellung berauben und ihn in Holland zurücklassen würdest, nur, dass wir von den Piraten geentert wurden", sagte Selina mit unverhohlenem Vergnügen zu Alec. „Zum Teufel mit Cobhams Anweisungen!"

Daraufhin drehte sich Alec zu ihr, um sie anzuschauen, und sagte trocken mit einem spitzen Blick auf seine Patin, um diese Bemerkung auch an sie zu richten: „Genauso, wie ihr beide euch hinter Cobhams Rücken verschworen habt, dich der Gesandtschaft nach Schloss Herzfeld hinzuzufügen. Auf den Geleitbriefen ist Lord Salts Unterschrift, nicht Cobhams. Also ja, zur Hölle mit den Anweisungen seiner Lordschaft. Und das scheint auch für meine zu gelten, sowie alle Rücksicht auf deine persönliche Sicherheit."

„Mylord - Alec!", stammelte Selina, als sie so unverblümt angesprochen wurde. „Du darfst nicht Tante Olivia tadeln, weil ich ..."

„Die Entscheidung war allein meine", unterbrach die Herzogin. „Und Selina ..."

„Bitte, Olivia. Die Zeit für Entschuldigungen ist längst vorbei. Ich will darüber jetzt nicht diskutieren", stellte er schroff fest, den Blick noch immer auf Selina gerichtet, die ihn weiter genauso musterte, jedoch mit einem leichten, trotzigen Heben ihres Kopfes, obwohl das rasche Erröten an ihrem Hals Bände über ihr Schuldgefühl wegen des Betrugs an ihm sprach. „Ich möchte nur unbedingt klarstellen, dass ihr - ihr beide - mir an diesem gefährlichen Ort nichts verheimlichen dürft. Das Risiko ist zu groß. Also, wenn es irgendetwas gibt, was ihr mir mitteilen möchtet, so wie das Lösegeld ..."

„Da ist der mechanische Spieltisch von Roentgen, der dem Markgrafen als Geste guten Willens von einem Monarchen zum anderen als Geschenk geschickt wird", sagte die Herzogin. „Er ist weit wertvoller als Geld und Schmuck, dem musst du zustimmen."

„Ja. Aber es war nicht der Spieltisch, den Luytens erwähnte, als er das Thema des Lösegelds bei mir ansprach. Er sagte ausdrücklich, wie du es eben gerade tatest, Geld und Schmuck ..." Als seine Patentante unbehaglich zwischen ihren Kissen herumrutschte und ihm nicht in die Augen sehen konnte, fügte er ruhig hinzu: „Wenn ihr diese Art von Lösegeld habt, sollte ich es zur Sicherheit in Verwahrung nehmen. Ihr solltet es nirgendwo am Körper aufbewahren. Ich kann nicht genug betonen, dass wir in einem Land sind, das sich im Kriegszustand befindet. Die normalen Regeln der Höflichkeit gelten nicht. Ihr habt gesehen, was am Hafen passierte. Ein Mann wurde erschossen, weil er einen Sack Kohlen versteckt hatte." Alec beugte sich vor, um die Herzogin aus der Nähe zu mustern. „Olivia..."

„Oh, schon gut!", gestand die Herzogin mit einem schuldbewussten Grummeln. „Ich habe Schmuck und Goldmünzen mitgebracht."

„Danke, dass du mir das *endlich* erzählst", antwortete Alec mit dem Hauch eines Lachens.

„Du weißt, dass ich dir wehrlos ausgeliefert bin, wenn du mich derart anschaust!", fuhr die Herzogin, immer noch verstimmt, fort. „Ich habe nur getan, was von mir gefordert wurde. Und wir - Cobham und ich - wollten nicht das Risiko eingehen, kein solches Lösegeld mitzunehmen, falls der Spieltisch für ein unannehmbares Geschenk gehalten würde. Selina wird den Schmuck morgen mit sich nehmen ..."

„Tante. Euer Gnaden. Ich dachte, wir hätten vereinbart ...", warf Selina ein, wurde aber ignoriert.

„Und du wirst aufhören, ihr Vorwürfe zu machen", fuhr die Herzogin fort, als ob ihre Nichte nichts gesagt hätte. „Die Idee, dass sie mit dir reisen sollte, um Emily retten zu helfen, war allein meine. Ich habe es ihr verboten, es dir und Cobham zu sagen. Er wäre ermüdend gewesen und hätte jede Menge vernünftiger Gründe aufgezählt, warum sie England nicht verlassen sollte. Nicht zuletzt, weil sie seine Schwester ist! Eine lächerliche Ausrede. Und du hättest dasselbe getan. Aber für Emily ..."

„Ja, für Emily, da stimme ich dir zu", antwortete Alec und unterbrach sie. „Wir müssen daran denken, was für sie das Beste ist. Und Selina zur Unterstützung zu haben, wenn wir das Schloss erreichen, wird genau das sein, was sie braucht. Aber das wird mich morgen an Bord der Trekschuite nicht daran hindern, meine liebe Mrs. Jamison-Lewis", sagte er und sprach direkt zu Selina, „Euch mein Missfallen auszudrücken."

„Gut. Ich bin froh, dass das geregelt ist", erklärte die Herzogin beschwingt.

Sie hatte nicht die Absicht, Selina zu erlauben einzugestehen, wo das Lösegeld versteckt war, denn sie hielt an dem Glauben fest, dass ihr Schmuck und ihr Gold vielleicht nicht gebraucht werden würde. Was wäre dann der Grund, etwas Unnötiges zu verraten, was nur zu Alecs Sorgenlast beitragen würde? Sie erkannte auch, dass sie selbstsüchtig war. Sie würde außer Landes und damit weit von seinem Unmut entfernt sein, wenn je die Zeit käme, dass er die Wahrheit entdeckte. Einstweilen war sie einfach erfreut, dass sie ihn genügend abgelenkt hatte, um ihn nicht weiter fragen zu lassen. Sie hoffte, diese Ablenkung fortsetzen zu können und sagte daher mit geübter Verstellung:

„Also wie hast du es geschafft, den Oberst zu überreden, dass er uns morgen abzureisen erlaubt? Hat der Herr Baron ihn wieder mit dem Schwert bedroht, damit er seinen Befehlen Folge leistet?"

Alecs Mundwinkel zuckte. „Nichts derart Heroisches oder Idiotisches. Obwohl es ziemlich dramatisch war, wenn man bedenkt, wie über zweihundert Männer auf dieses Haus zukamen, mit Papieren wedelten und verlangten, dass der Herr Baron sich ihrer Beschwerden annehmen möchte.“

„Was glauben diese Narren, was du für sie tun könntest, wenn ihre eigenen Führer, Zivilisten oder Militärs, es nicht können? Tölpel!“, spottete die Herzogin. Sie schauderte leicht vor Missfallen und straffte ihre Schultern. „Ich bin nicht überrascht, dass dieser Ort im Krieg gegen sich selbst liegt, wenn zugelassen wird, dass sich eine solche Meute sammelt; das ist der Anfang vom Ende. Selina sagte, die Soldaten hätten sie schließlich ihrer Wege geschickt. Aber erst, nachdem du zu ihnen gesprochen hattest. Ich vertraue darauf, dass du ihnen eine Strafpredigt gehalten und befohlen hast, wieder in ihre Betten zu gehen.“

Das löste ein zögerliches Lachen bei Alec aus. Er wusste, was sein Onkel über das aristokratische Misstrauen und die Furcht der Herzogin, wenn es darum ging, dass Mitglieder der unteren Stände zu mehr als drei Personen zusammenkamen, zu sagen haben würde. Ganz zu schweigen davon, dass sie von ihnen sprach, als wären sie Kinder, die der Erziehung bedürften, und nicht Wesen mit echten Beschwerden. Aber er behielt Plantagenet Halseys Kritiken für sich und sagte grinsend:

„Ja, ich habe ihnen eine - äh - *Predigt* gehalten, aber keine Strafpredigt. Ich habe ihnen gesagt, was sie hören wollten.“

„Was der Grund ist, warum sie dir zujubelten und friedlich fortgingen“, stellte Selina fest und streckte vorsichtig ihre Hand über der Bettdecke aus.

„Ja“, gab Alec zu und griff mit einem Lächeln nach ihrer Hand. „Aber sie haben nicht mir zugejubelt, sondern dem Herrn Baron.“

Selina lächelte verständnisvoll. Sie lächelte noch mehr, weil er ihre Hand hielt. „Natürlich. Aber während wir in Midanich sind, bist du beides, nicht wahr?“

„Ja, ich schätze, so ist es …“

„Was wollten sie? Was hast du ihnen gesagt?“, fragte die Herzogin und in ihrem Eifer, die Antworten auf diese Fragen zu erfahren, übersah sie die Tatsache, dass das Paar sich an den Händen hielt, was sicher eine Versöhnung bedeutete und eine Nachricht größerer Tragweite für sie hätte sein sollen, als ein Mob unter ihrem Fenster. „Warum haben sie dem Herrn Baron zugejubelt?“

„Ich befahl, den Hafen zu öffnen, so dass sie abreisen und in ihre Heimat und zu ihren Familien zurückkehren können.“

„Das kannst du machen?"

„Der Baron von Aurich kann es. Er ist ein persönlicher Repräsentant des Markgrafen und hat daher die Befehlsgewalt über die Ratsherren und den Militärkommandanten hier, und ist in Abwesenheit seiner edlen Verwandten de facto der Oberkommandierende des Militärs hier. Daher schulden Oberst Müller und seine Männer ihm Gehorsam."

„Ach du meine Güte! Du als Befehlshaber? Und sie müssen?" Die Herzogin war erstaunt. „Und du kannst das so einfach machen?"

„Diese Meute, wie du sie nennst, Tante Olivia, ist keine gesichtslose Masse. Sie sind Kaufleute, Bankiers, Geschäftsleute, Reisende und Gesellen, die gegen ihren Willen in diesem Konflikt festsitzen. Sie sind am falschen Ort, Opfer dieses Bürgerkrieges. Als der Markgraf befahl, die Grenzen zu schließen, um Männer von der Flucht und feindliche Truppen vom Eindringen abzuhalten, saßen diese Leute in der Falle. Einige waren wegen Geschäften in Emden, andere, um ihre Familien zu besuchen. Die meisten kümmerten sich auf Schiffen in der Bucht oder weiter draußen nahe den Inseln vor der Küste um ihre eigenen Angelegenheiten und wurden von Piraten und Freibeutern geentert, genauso wie wir. Sie und ihre Schiffe wurden hierhergebracht. Alles, was sie wollen, ist das, was du auch willst: Hier abreisen, um zu ihren Familien zurückzukehren."

„Und ihre Bittschriften?" fragte Selina.

„Forderungen nach Entschädigung, Bitten der ein oder anderen Art, um sicher nach Hause gelangen zu können. Informationen darüber, wo sie wohnen. Ich lasse das alles Jeffries und Müllers Sekretär durchlesen und in Listen aufnehmen, in der Hoffnung, dass es das morgen für die Zollbeamten und Offiziere leichter machen wird, diese Männer mit einem Minimum an Aufwand abzufertigen. Was mich an etwas erinnert", fügte er hinzu, indem er ein Gähnen hinter seiner Faust versteckte, bevor er sich wieder Olivia zuwandte. „Da die *Caroline* das größte Schiff im Hafen ist, habe ich die Erlaubnis erteilt, dass sie Passagiere nach Delfzijl übersetzen darf. Und man sagte mir, dass es Leute gibt - Familienmitglieder - die dort im Hafen festsitzen und auf die Erlaubnis warten, nach Emden überzufahren, um wieder mit ihrer Familie hier vereint zu werden. Daher wird es einen Austausch von Passagieren geben."

„Oh wie wunderbar, dass du es diesen Familien ermöglichst, zu Weihnachten wieder vereint zu werden!", sagte Selina und drückte seine Hand leicht, so dass er sie anschaute. „Ich habe den alten Mann vom Hafen und seine Enkelin unter dem Mob gesehen. Hilft der Herr Baron auch ihnen?"

„Ja. Der Pfarrer Shirley und seine Enkelin werden mich - *uns* - bis zur Ostküste begleiten und dann weiter nach Hannover reisen. Das ist das Mindeste, was ich für sie tun konnte." Er lächelte schief. „Zumal er nur zu glücklich ist, mir meinen Wunsch erfüllen zu können."

Selina wollte ihn gerade nach der Art dieses Wunsches fragen, zumal er sie mit einem Ausdruck in seinen schönen, blauen Augen betrachtete, der sie misstrauisch werden ließ, dass er irgendwie mit ihr zu tun hätte, als an der Außentür wieder ein leises Kratzen zu hören war. Und wieder, als könnte sie Besucher vor dem Schlafgemach ihrer Herrin vorausahnen, tauchte Peeble auf, um die Tür zu öffnen. Auf der Schwelle stand ein müde aussehender Hadrian Jeffries, der nicht wegen der Bittschriften oder etwas anderem, das die Aufmerksamkeit seines Herrn erforderte, kam, sondern mit der willkommenen Ankündigung, dass ein Bad für seine Lordschaft bereitet worden wäre, voll heißem, duftendem Wasser. Daher war Selina nicht vor dem nächsten Tag in der Lage, ihre Frage zu stellen, und da erhielt sie die Antwort in der überraschendsten Weise.

FÜNFZEHN

AM FOLGENDEN MORGEN, KURZ VOR TAGESANBRUCH, ALS DER Nachthimmel sich von schwarz zu grau verfärbte und eine Nebeldecke über Emdens sauberen Kopfsteinpflasterstraßen lag, erschien eine Militärpatrouille, um Selina Jamison-Lewis und ihre Zofe abzuholen. Vom Kopf bis zu den Zehen in Pelze gewickelt, die behandschuhten Hände in großen Pelzmuffs versteckt und die bestrumpften Füße in ebenfalls fellgefütterte Stiefel gesteckt, wurden die beiden Frauen und ihre Portmanteaux mit der Kutsche und Eskorte zu einem wartenden Kahn gebracht. Die Fahrt auf dem Kanal führte sie unter mehreren niedrigen Brücken hindurch, fort von den eng aneinandergedrückten, hohen Häusern in der Stadt an der einen Seite des Kanals, und auf der anderen entlang der Marktgärten, die den größten Teil des Jahres intensiv bewirtschaftet wurden, aber jetzt über den Winter brachlagen.

Als der Kahn anlegte, befanden sie sich am hinteren Ende einer langen Mole an der Mündung des größten Kanals, der Zugang zur Emsmündung und dem Meer dahinter hatte. Hier wurden die *Caroline* und andere, kleinere Schiffe zum Absegeln fertiggemacht. Die Passagiere warteten bereits darauf, an Bord gehen zu dürfen. Einige waren die ganze Nacht draußen geblieben und alle kauerten sich jetzt um provisorische Lagerfeuer zusammen, ihr Gepäck zu Füßen. Hafenarbeiter huschten auf diese Seeschiffe hinauf und wieder herunter, beluden sie mit Vorräten und Ausrüstungsgegenständen für die Reise. Der Hafen von Emden war wieder für den Verkehr geöffnet, aus dem Hafen hinaus und auch herein, was es denen, die seit vielen Monaten draußen festgesessen hatten, ermöglichte, nach Hause zurückzukehren und denen, die in Emden zu bleiben gezwungen gewesen waren, endlich abzureisen.

Und, während diese Vorgänge am östlichen Ende der Mole weitergingen, wurden Selina und Evans abseits dieses Lärms bei einer Reihe von Trekschuiten abgesetzt, die ebenfalls für die Reise vorbereitet wurden, aber auf einer anderen Strecke, nicht übers Meer, sondern durch das Land. Auch hier gab es geschäftige Hafenarbeiter, die überall auf den Kähnen herumkreuchten und sich in letzter Minuten um Änderungen der Seile, die das Gepäck sicherten, kümmerten, während Jäger in schweren Umhängen und genagelten Stiefeln, die aus langen Tonpfeifen rauchten, die Gurte und Führungsstricke ihrer schweren Pferde prüften. Jungen rannten mit Leuchtern herum, wenn nach Licht gerufen wurde. Soldaten in ihren leicht erkennbaren blauen Wollröcken und Grenadiermützen, mit weißem Spritzleder über ihren glänzenden schwarzen Stiefeln, Musketen mit aufgestecktem Bajonett über den Schultern und auf den Rücken aufgeschnallten Rucksäcken, hatten Haltung angenommen und hörten ihrem Kommandanten zu, der über den Lärm hinweg Befehle brüllte.

Selina nahm all diese Vorgänge mit einem Blick in die Runde auf, als sie aus dem Kahn stieg und versuchte, hinter den großen Schiffen die größere Wasserfläche der Bucht zu erkennen. Aber der dicke Nebel machte das unmöglich. Daher wandte sie sich von dem Lärm, der weiter unten vom Kai kam, mit einem aufsteigenden Gefühl der Trauer ab, da sie wusste, dass die Herzogin von Romney-St. Neots, Plantagenet Halsey, Sir Gilbert Parsons und ihre Diener sich bald auf den Weg zur *Caroline* und ihre Reise nach Westen machen würden, nach Holland in die Freiheit. Sie andererseits würde nach Osten in ein ihr unbekanntes Land reisen, aber im Wissen, dass sie bei der Rettung von Emily und Cosmo helfen dürfte. Und sie unternahm diese Reise mit der Liebe ihres Lebens, was sie mehr als erträglich machte. Sie konnte es kaum erwarten, Zeit mit ihm zu verbringen und sich richtig zu versöhnen. Sie war so voller Hoffnung und bei der Aussicht auch ein wenig aufgeregt, was den Abschied von ihrer Tante und Alecs Onkel ein wenig bittersüß machte.

Sie nickte dem Hauptmann zu, der geduldig darauf wartete, sie und Evans an die Spitze einer Reihe von fünf großen Trekschuiten zu führen.

Jeder der Kähne war mit zwei schweren Pferden, die von Jägern geführt wurden, verbunden; diese zogen ihre Hüte, als Selina vorbeirauschte. Die erste Trekschuite, an der Selina vorbeikam, war mit vier - oder waren es fünf? - Schlitten und ihrem Zubehör beladen. Die zum Ziehen dieser Schlitten benötigten Pferde waren robust und wurden paarweise von ihren Betreuern, von denen Selina richtig vermutete, dass sie auch die Schlittenkutscher waren, am Kai auf und ab geführt; sie sollten auf der zweiten Etappe ihrer Reise hinter Aurich benutzt werden. Die beiden nächsten Kähne waren unter mit Seilen gesicherten Planen vollgeladen, während der vierte und fünfte Kahn Trekschuiten für Passagiere waren. Sie erkannte das, weil sie im Vergleich zu den drei anderen Booten anders gebaut waren. Sie hatten einen längeren Rumpf und waren mit einem langen, niedrigen Deckshaus mit gebogenem Dach ausgestattet, das an Steuer- und Backbordseite Fenster mit Vorhängen besaß und vom Deck führte eine Reihe flacher Stufen an jedem Ende in diese Kajüte.

Die Insassen dieser Boote mussten erst noch einsteigen und pusteten ihren warmen Atem in die behandschuhten Hände, während sie mit den Füßen stampften, um sich an einem Feuer, das in einem großen Fass loderte, aufzuwärmen. Sie erkannte keinen dieser Männer und nahm daher richtig an, dass sie die persönlichen Diener und Lakaien der Insassen des ersten Kahns wären. Sie sollte später erfahren, dass sich unter ihnen ein Koch und sein Küchenjunge befanden. Diese zweite Trekschuite war mit einer kleinen Küche ausgestattet, um Mahlzeiten für die Passagiere und Offiziere der mit der Bewachung des Konvois der Kähne und des Lebens des Herrn Barons und seiner Reisegesellschaft beauftragten Soldaten zu bereiten.

Neben einem zweiten Feuer in einem halben Fass vor der führenden Trekschuite stand der britische Konsul Jacob Luytens und neben ihm ein großer Mann mit kräftigen Kinnbacken, den Selina im Hause des Konsuls gesehen hatte. Bei ihm waren Pfarrer Shrivington Shirley und seine Enkelin Sophie und hinter ihm, ein kleines Stück weiter am Kai, eine zweite Abteilung schnittig ausgestatteter Soldaten, die auch den hohen Hut der Grenadiere trugen und denen noch in letzter Minute Befehle von ihrem Kommandeur erteilt wurden. Über die Vorgänge wachte Oberst Müller, den Kragen seines blauwollenen Uniformrocks bis zu den Ohren aufgestellt und seinen schwarzen Dreispitz in die Stirn gezogen.

Der Hauptmann, der Selina begleitete, machte eine kurze Verbeugung vor ihr, bevor er auf den Oberst zumarschierte und salutierte. Der Oberst sah auf, gerade als die Enkelin des Pfarrers Selina sah, die Augen aufriss und mit echter Freude, sie zu sehen, lächelte. Sie zupfte ihren Großvater am Ärmel und ließ ihn ihrem Blick folgen, sie zeigte in Selinas Richtung, sprang dann auf sie zu und versank in einem Knicks. Und als Selina eine behandschuhte Hand aus ihrem Muff zog, um sie dem Mädchen zum Gruß hinzuhalten, fasste Sophie das als offene Einladung auf, die Arme um sie zu werfen.

Selina lachte leise bei der begeisterten Begrüßung des Mädchens. Aber Evans fand solchen Vorwitz von jemandem, der nicht vom gleichen Stand war wie ihre Herrin, nicht erheiternd.

„Ich vermute, sie hat keine Ahnung von meiner Stellung, Evans", scherzte Selina und trat lächelnd zurück. Jedoch hielt sie das Mädchen locker am Arm und behielt den Augenkontakt bei, als sie mit ihrem Muff über die Schulter des Mädchens deutete, damit dieses sich nicht erschreckte und den Oberst bemerken würde, bevor er bei ihnen war, da sie ja seine Annährung nicht hören konnte. „Sie hat sich bei ihrer Umarmung nichts gedacht, M'sieur Colonel", versicherte sie ihm auf Französisch, da sie dachte, er wollte Sophie für ihren Vorwitz bestrafen.

Wenn sie etwas über die sauertöpfigen Midanicher gelernt hatte, dann war es ihr großer Respekt von gesellschaftlichem Rang und die Einhaltung des Protokolls. Sie hatte diesen Umstand Plantagenet Halsey gegenüber erwähnt und gesagt, dass die Engländer im Vergleich praktisch Republikaner waren, was ihn freuen sollte. Woraufhin er ihr mitgeteilt hatte, dass sie eine wundervolle Unruhestifterin wäre und wenn sie ein Mitglied ihrer oder seiner Familie, abgesehen von ihm selbst, benennen könnte, das auch nur einen republikanischen Knochen im Leibe hätte, würde er seinen Mantel aus Seehundsfell essen!

„Sie ist jung und ihre Taubheit mag sie daran hindern, ihre Freude in der üblichen Weise zum Ausdruck zu bringen."

„Ja, Madame. Damit könntet Ihr recht haben", stellte Oberst Müller mit einer formellen Verbeugung fest. „Bitte kommt mit mir. Der Herr Baron wünscht vor der Abreise noch etwas zu sagen. Um Eure Zofe müsst Ihr Euch keine Sorgen machen", fügte er hinzu, als Selina instinktiv über ihre Schulter schaute und dann Evans ihren dicken Muff übergab. „Sie wird es nicht lange unbequem haben. Wir gehen während der nächsten Viertelstunde an Bord."

„Vielen Dank, Colonel", antwortete Selina und reichte ihm eine behandschuhte Hand, als er zuerst auf den Kahn stieg und ihr seine Hand hinstreckte, damit sie ohne Zwischenfall vom Kai auf das Boot klettern konnte.

Er hielt ihre Hand weiter, bis sie sicher stand und die andere Hand auf dem Messinggeländer hatte, das nach unten in die Kajüte führte. Dann ging er vor ihr her zu einem Vorhang am anderen Ende des Deckshauses und wartete dort, schweigend und mürrisch wie eh und je, dachte Selina mit einem leichten Seufzer. Sie fragte sich, ob er jemals lächelte, denn er hatte kein unfreundliches Gesicht und in seinen Augen stand eine Spur mehr als nur die Beschäftigung mit militärischem Drill und Befehlserteilung. Jedoch erkannte sie, dass das Leben eines Soldaten kein einfaches war, daher bedrückten ihn vielleicht seine Erlebnisse aus Kriegszeiten und diesem neuen Bürgerkrieg, der für jeden Soldaten verdrießlich sein musste. Wie auch immer seine Laune sein mochte, war sie doch froh, dass er und seine Männer sie auf dieser Reise über offenes Gebiet bewachen würden, wo es hieß, dass es von Rebellen und Einwohnern, die dem neuen Markgrafen des Landes feindlich gesinnt waren, geplagt wurde. Aber worüber sie besonders froh war, war die Achtung, die der Oberst Alec als dem Herrn Baron entgegenbrachte. Sie hatte keinen Zweifel daran, dass der Mann sein Leben in Alecs Diensten geben würde und das ließ sie ihn unabhängig von seinem Verhalten, mürrisch oder anders, mögen.

Sie ließ sich Zeit damit, zu ihm zu gehen, überrascht vom Inneren der Trekschuite, die täuschend geräumig und üppig ausgestattet schien, gar nicht so, wie sie es sich von einem Kahn in der kargen Gegend Emdens vorgestellt hatte, wo das Innere der Häuser mehr zu den pragmatischen niederländischen Kaufleuten passte als die barocken Exzesse von österreichischen oder französischen Königshäusern. Aber nicht diese Trekschuite.

Wegen des breiten, niedrigen und leicht konvexen Daches hatte sie mit Blick vom Treidelpfad aus angenommen, der Raum drinnen müsste beengt sein. Aber sie konnte, nachdem sie die große Kapuze ihres Capes von ihrem Haar nach hinten geschoben hatte, aufgerichtet dort stehen. Und wenn das Deckshaus auch nicht übermäßig breit war, gab es doch ausreichend Raum für eine Holzbank auf jeder Seite, die die ganze Länge unter den Fenstern verlief und nahe den Stufen, die sie herabgekommen war, stand ein schmaler Tisch zwischen den Bänken, der es den Passagieren erlaubte, einander gegenüberzusitzen um Karten, Schach oder Dame zu spielen und Platz zu bieten, ihre Teebecher abzustellen. Die Bänke waren mit roten Samtkissen bedeckt. Die Wände waren in Taubenblau mit vergoldeten Bleifassungen an den Fenstern gehalten, und diese Fenster waren mit Gardinen in rotgolden gemustertem Damast, die mit schweren goldenen Kordeln zusammengefasst waren, geschmückt, so dass die Passagiere die Aussicht genießen konnten.

Das Deckshaus war auch behaglich warm durch einen mit Kohle gefüllten Messingofen in einer Ecke, dessen Schornstein aus Messing durch die gestrichene Decke reichte, und unter den Füßen lagen Webteppiche. Am anderen Ende hing ein langer Vorhang, der sich von der Decke bis zum Boden erstreckte, aus demselben Stoff wie die Fenstervorhänge, und an diesem langen Vorhang hielt Oberst Müller an und klopfte mit seinen Fingerknöcheln an die gestrichene Holzvertäfelung, um auf seine Anwesenheit aufmerksam zu machen. Er wurde hinter den

Vorhang gerufen und hielt ihn auf, um Selina zu erlauben, vor ihm hineinzugehen.

Aber Selinas Blick hatte sich noch nicht von der Decke gelöst. Sie war ebenfalls bemalt, mit einem blauen Himmel und darauf verstreuten flauschigen Wölkchen, die von geflügelten Putten bevölkert waren. Es war ein fantasievoller Anblick, der so genau zum Rest der Dekoration passte, dass sie sicher war, dass dieser Kahn nie irgendeinem Geschäftszweck gedient hatte, sondern immer das Vergnügungsboot eines wohlhabenden Gentlemans gewesen war. Sie hing noch diesem Gedanken nach, als sie aus ihren Träumen schrak, um den Oberst geduldig den Vorhang beiseite halten zu sehen, dann trat sie rasch hinter den Vorhang und traf wieder auf Unerwartetes.

Sie fand sich in einem Raum wieder, der das Ankleidezimmer eines Gentlemans zu sein schien. Der Raum war mit einer Reihe von Reisemöbeln ausgestattet, von einem ausklappbaren Feldbett, das mit daunengefüllten Decken und Kissen zurechtgemacht war, bis zu einem zusammenfaltbaren Toilettentisch aus poliertem Mahagoni mit einer gemusterten Porzellanrasierschüssel. Dieser stand in einer Ecke neben einem mahagonifarbenen Rohrstuhl, über dessen Rücken ein dunkler Samtrock hing. In der gegenüberliegenden Ecke befanden sich eine Reihe von Reisekisten übereinandergestapelt, und neben dem Kopf des Feldbetts stand ein Feldtisch mit einem offenen Schreibzeug, auf dessen grüner Filzoberfläche alle notwendigen Gegenstände lagen, um Briefe mit Wachs zu siegeln, und ein säuberlich geordneter Stapel dieser Briefe neben dem geschlossenen, silbernen Tintenfass.

Selina erfasste all das mit einem herumhuschenden Blick, übersah aber Alec, der am Fenster stand, wo sein Kammerdiener eine silberne Nadel in die Falten seiner Krawatte steckte, da ihr Blick auf der Rasierschüssel hängen blieb. Sie war voller Seifenwasser, ein offenes Rasiermesser mit Elfenbeingriff hing über dem Rand. Aus einem unerklärlichen Grund ließ der Anblick dieser alltäglichen, aber äußerst persönlichen Toilettengegenstände ihre Kehle eng werden. Sie drehte ihren Kopf zur Seite, ihr Gesicht vor Hitze errötet, als ihre Gedanken von Bildern überflutet wurden, wie sie und Alec sich in einem Pariser Bett liebten. Plötzlich war ihr pelzgefüttertes schwarzes Wollcape zu schwer und zu heiß.

„Vielen Dank, dass Sie Mrs. Jamison-Lewis zu mir gebracht haben, Oberst", sagte Alec und trat vom Fenster weg, wo er auf die Aussicht über den Kanal hinausgestarrt hatte. Er war noch in Hemdsärmeln und trug darüber eine feine, ärmellose schwarze Wollweste, die zu seinen Hosen passte; seine schwarzen Locken waren säuberlich gekämmt und geflochten und mit einer weißen Satinschleife zusammengebunden. Er hob das Bündel Briefe auf und hielt sie dem Soldaten hin, um auf Deutsch fortzufahren: „Dies sind die letzten. Alle Menschen, die eine sichere Überfahrt nach Holland brauchen, wurden berücksichtigt. Ich nehme an, es gab wenig Schwierigkeiten dabei, ihr konfisziertes Eigentum zurückzugeben?"

„Keinerlei Schwierigkeiten, Herr Baron", antwortete Oberst Müller gleichmütig und mit einer kleinen Verbeugung. „Die Zollbeamten hier in Emden sind außergewöhnlich gut beim Erstellen von Listen. Alles wurde genau aufgenommen, außer vielleicht Nahrungsmittel, die in die Sammellager kamen, um zu helfen, die zusätzlichen Münder zu füttern, da man eine Garnison hier für die Wintermonate einquartiert hat."

„Dann ist das ihr kleiner Beitrag zu den Kriegsanstrengungen", sagte Alec und warf das Handtuch beiseite, das er benutzt hatte, um seine rasierte Haut trockenzutupfen. Er wurde kurz von seinem Kammerdiener abgelenkt, der herumhuschte, um das weggelegte Handtuch und die Rasierschürze einzusammeln, bevor er Rasiermesser, Zahnbürste und Zahnkreide aufräumte und während der gesamten Zeit die Rasierschüssel balancierte, ohne einen Tropfen des Seifenwassers über den Rand zu verschütten. „Ich erwarte einige Stunden lang nicht, dich zu sehen, Jeffries", sagte er fest auf Englisch. „Suche dir eine Ecke, wo du dich zusammenrollen kannst und schlafe ein wenig."

„Ich brauche keinen ..."

„Ja. Du brauchst Schlaf", sagte Alec energisch. „Geh jetzt." Er wartete, bis Hadrian Jeffries über die hinteren Stufen gegangen war und wandte sich dann wieder auf Deutsch an den Obersten. „Ich muss mit Mrs. Jamison-Lewis unter vier Augen sprechen. In der Zwischenzeit können die anderen Passagiere zusteigen, aber stellt einen Eurer Männer vor den Vorhang. Wir dürfen nicht gestört werden, außer bei einem Großangriff feindlicher Truppen. Und wenn Ihr den Konvoi und Eure Soldaten für bereit befindet, könnt ihr die Abfahrt befehlen."

Er gab dem Obersten ein kurzes Nicken zum Abschied und der Soldat salutierte und ging, wobei er die Falten des Damastvorhangs wieder gegen die Wand fallen ließ, was die Welt praktisch ausschloss.

Es war das erste Mal seit Monaten, dass Alec und Selina allein waren.

Unerklärlicherweise war sie plötzlich schüchtern in seiner Gesellschaft und hatte keine Ahnung, was sie sagen sollte. Und dies trotz der Nächte, die sie damit verbracht hatte, vor dem Kamin in ihrem Ankleidezimmer auf und ab zu gehen, um die genauen Worte einzustudieren, die sie sagen wollte, wenn dieser Moment käme. Jetzt schien ihre Zunge unfähig, ihren Lippen zu helfen und ohne befriedigende Ausdrucksmöglichkeit schmerzte ihr Kopf durch all die Gedanken, die hinter ihren Augen Worte bildeten, jedenfalls schien es Selina so.

Es half nicht dabei, dass Alec beim Tisch stehenblieb und sie schweigend betrachtete, mit dem Siegelring spielte, ihn an seinem schlanken Finger hin und herdrehte, was betonte, dass er hier, an diesem Ort, in diesem fremden Land, zuallererst der Herr Baron war - ein ausländischer Titel, der ihm verliehen worden war und den er vor jedem, der in seinem Leben wichtig war, geheim gehalten hatte, ohne dass sie oder jemand anders eine zufriedenstellende Erklärung dafür erhalten hätten, worauf dieser Umstand beruhte. Daher hatte er noch ebenso viel zu erklären wie sie, vielleicht sogar mehr.

Als er ihren Blick auf den Ring und das Stirnrunzeln sah, legte er ihn ab und auf die grüne Unterlage, ohne seine Augen von ihr abzuwenden. Dann streckte er seine Hand aus und das reichte, um sie weiter in den Raum zu locken und ihre Hand in seine zu legen. Doch sie konnte noch immer nicht die rechten Worte finden, obwohl sie in der Lage war, die Sprache wiederzufinden und eilig herauszuplatzen:

„Ich habe dich gestört!"

„Überhaupt nicht, Mrs. Jamison-Lewis."

Die Verwendung ihres Ehenamens riss sie aus ihrer Befangenheit, was Alecs Absicht gewesen war. Er unterdrückte ein Lächeln, als sie unwillkürlich seufzte und die Augen verdrehte.

„Oh, wann wirst du endlich aufhören, mich mit diesem *verhassten* Namen anzureden?", klagte sie.

Er setzte ein völlig sorgloses Gesicht auf und hob eine Schulter, da er wusste, dass sie dies noch wütender machen würde, und fügte so lässig, wie er es bewerkstelligen konnte, hinzu: „Heute. Wenn du es wünschst."

Ihre behandschuhte Hand in seiner zuckte und sie schmollte.

„Ich wünsche es! Ich wünsche es *sehr*!"

Ihr Schmollen gab ihm fast den Rest. Sie ließ sich schnell ärgern. Er führte es auf ihre Jugend zurück. Schließlich war sie erst vierundzwanzig, elf Jahre jünger als er. Und dann war da ihre Ehe mit einem sie prügelnden Ehemann gewesen; ein Viertel ihres Lebens hatte sie mit einem Ungeheuer verbracht, was Narben hinterlassen hatte, psychische und physische, und ein Misstrauen gegenüber anderen, selbst geliebten Menschen, und sogar ihm gegenüber, der sie liebte. Aber er war nicht da gewesen und hatte es vorgezogen, während dieser Jahre der Misshandlungen nichts über ihre Ehe zu wissen, daher war es nur natürlich, dass sie ihm deshalb grollte, selbst wenn sie das erst noch sich selbst gegenüber zugeben musste. Er glaubte, Zeit und Geduld würden sie dies durchstehen lassen. Zeit für sie, Geduld für ihn.

„Dann soll es so sein - heute Abend", sagte er gleichmütig mit völlig ruhigem Gesichtsausdruck, aber einem Zwinkern in seinen blauen Augen.

Selina hatte keine Ahnung, wovon er sprach. Sein gleichmütiger Ton und ihre Neugier nahmen ihr jeden Widerspruchsgeist. „Heute Abend? Was soll da geschehen?"

„Ich werde es dir erklären. Aber zuerst müssen wir reden, und zwar, bevor ich einschlafe."

Selina runzelte die Stirn, ihre Gereiztheit schwand vor Sorge um ihn.

„Ja. Ja, du brauchst Schlaf. Ich kann es an deinen Augen erkennen - die ... die Müdigkeit. Vielleicht wäre es besser, wenn du zuerst schläfst und wir später reden?", schlug sie vor.

Als er nickte, aber keine Antwort gab und anscheinend völlig in ihre behandschuhte Hand vertieft war, schluckte sie schwer. Er hatte ihre Hand umgedreht und schob langsam das weiche Leder des fingerlosen Handschuhs, der ihren Unterarm bedeckte, zurück, um die bloße Haut an ihrem Handgelenk freizulegen. Dann hob er ihre Hand und drückte sanft seine Lippen darauf; sie sagte im Flüsterton, ohne auf ihre Worte zu achten, da sie durch den Druck seines Mundes auf ihrer warmen Haut abgelenkt war:

„Ich wage zu behaupten, dass du die ganze Nacht auf warst, um diese Bittschriften zu sortieren, damit die Menschen, die da hinten bei den großen Schiffen warten, ungehindert diesen Ort verlassen können?"

„Ja", sagte er mit dem Anflug eines Lachens und schaute in ihre dunklen Augen auf, bevor er ihr Handgelenk erneut küsste und sanft sagte: „Und während all der Zeit, in der ich schrieb und Briefe für freies Geleit unterschrieb, wartete ich auf die Dämmerung, die dich zu mir bringen würde. Alles, damit wir miteinander sprechen können."

„Ja, sprechen", fügte sie leicht atemlos und schwindelig hinzu. „Wir müssen miteinander sprechen ... weil ..."

Sie verlor völlig den Faden ihrer Gedanken, als er langsam ihren Handschuh abstreifte, das Ziegenleder abrollte, wodurch das feine Chinchillafutter zu sehen war und zuerst ihr Handgelenk, dann der weiche Ballen am Ansatz ihres Daumens und dann die Linien in ihrer Handfläche enthüllt wurden, bis er schließlich den Handschuh bis über ihre Fingerspitzen geschoben hatte, und dieser Aufgabe seine gesamte Aufmerksamkeit widmete. Er könnte sie genauso gut nackt ausgezogen haben, so erregend war die Art, in der er ihr den Handschuh abnahm. Sie starrte auf seinen gebeugten Kopf voll blauschwarzer Locken, die aus der Stirn gekämmt waren und dann zu der schmalen Linie seiner langen, knochigen Nase bis zu seinem Mund; das war alles, was ihr zu tun blieb, um nicht in Ohnmacht zu fallen. Und alles, was er getan hatte, war, ihr Handgelenk zu küssen und einen Handschuh auszuziehen! Sie raffte all ihre Selbstbeherrschung zusammen und sagte strenger als beabsichtigt:

„Es ist äußerst wichtig, dass wir reden!"

„Ja", sagte er ruhig. Er hielt noch immer ihren Handschuh, als er ihr befahl, ihr Kinn zu heben, damit er den silbernen Knopf und die Schließe ihres Umhangs öffnen könnte. „In diesem engen Raum ist es viel zu warm für Handschuhe und einen Umhang, so elegant sie auch sind. Vielleicht möchtest du dich zu dieser Unterhaltung lieber setzen?"

Er wandte sich ab, um den Umhang über die Rückenlehne des mahagonifarbenen Rohrstuhls neben seinen Rock zu hängen. Als nächstes ließ er den Handschuh auf die Sitzfläche fallen und streckte die Hand nach dem anderen aus, den Selina grob von ihren Fingern riss und ihm reichte. Dann setzte er sich auf die Kante des Feldbetts, die Hände auf die Knie gestützt und nickte zu dem Platz neben ihm.

„Möchtest du zuerst sprechen?"

Selina setzte sich dorthin, wo er sie hingewiesen hatte und sie sahen einander an.

„Danke. Ja. Aber du wirst mir verzeihen müssen, weil in meinem Kopf alles etwas durcheinander geht. Ich habe seit einer Ewigkeit darauf gewartet, dir dies zu erzählen."

„Bitte, lass dir Zeit. Wir werden nicht vor Einbruch der Nacht in Aurich erwartet, obwohl ich hoffe, dass wir während der Fahrt etwas zu essen und zu trinken bekommen werden."

Selina nickte, die Falte zwischen ihren Brauen ließ deutlich erkennen, dass sein Versuch, etwas Leichtigkeit aufkommen zu lassen, fehlgeschlagen war, so sehr war sie mit ihren Gedanken beschäftigt. Daher sagte er nichts weiter und wartete geduldig.

Wie sollte sie dieses Geständnis beginnen - denn das war es. Was genau wollte sie sagen?, fragte sie sich, die Lippen aufeinander gepresst, der Mund trocken, und schob ihr Verlangen danach, dass er sie in seine Arme ziehen und ihr einen richtigen Kuss geben sollte, beiseite. Aber sie bewegte sich nicht, hielt ihre Hände im Schoß ihrer gesteppten Baumwollröcke, den Rücken gerade aufgerichtet und den Körper leicht gedreht, um ihn anzusehen, während er direkt neben ihr saß.

Dass er sie mit etwas anderem als Müdigkeit in seinen blauen Augen betrachtete, war beunruhigend. Da stand ein Glänzen - oder war es ein Funkeln? - das sie an vergangene Zeiten erinnerte, so wie an das erste Mal, als er ihr gesagt hatte, dass er sie liebte, sie heiraten wollte und nur einzig ihr allein gehören würde. Oder als sie sich zum ersten Mal im Hain geliebt hatten und er ihr wieder erklärt hatte, dass er sie liebte. Aber dies war anders. Es war Arroganz. Oder Selbstvertrauen? Oder beides? Es war eine Art von Blick, der sagte, dass er wusste, was er wollte und es auch bekommen würde. Einen Moment lang fragte sie sich, ob es der Herr Baron war und nicht Alec Halsey, der ihr gegenübersaß, verwarf diese Idee jedoch schnell. Ihr Instinkt sagte ihr, dass es Alec war, der Mann, den sie liebte, und wenn je die rechte Zeit gewesen war, ihr Herz zu erleichtern, dann jetzt, und er würde zuhören und sie nicht verurteilen.

Und weil dieser Kuss auf ihr Handgelenk und der Ausdruck in seinen blauen Augen die Macht hatten, ihre Gedanken zu verwirren und ihr Herz zum Rasen zu bringen, brach sie einfach in ihre Erklärung aus, plapperte weiter, wusste kaum, was sie sagte, wusste aber, dass ihre Gedanken sie zu einem Thema führen würden, das zwischen ihnen nicht angesprochen worden war, seit sie sich in Bath getrennt hatten, als er ihr nicht erlaubt hatte, ihre Gründe oder ihre Handlungen zu erklären. Und während sie sprach, wurde der Glanz seiner Augen deutlicher, seine Gesichtszüge weicher, so dass ein Lächeln darüber schwebte und um seine Lippen spielte, was Selina im Unklaren ließ, ob er verständnisvoll lächelte oder über sie lächelte, weil sie zusammenhanglos faselte. Sie hatte keine Ahnung, was er dachte, aber was sie wusste, war, dass er zuhörte, intensiv lauschte. In diesem Moment hätten an beiden Seiten des Kanals Kanonenfeuer zu hören und Soldaten dabei sein können, einander mit Bajonetten zu durchbohren, er hätte nichts davon vernommen, nur den Klang ihrer Stimme. Und daher erlaubte sie es sich, ihm zu gestehen, was sie nie jemand anderem gestanden hatte. Und sie wusste, dass sie mit diesem Geständnis ihre Seele bloßlegte, dass es kein Zurück gäbe - ihre Zukunft lag völlig in seinen Händen.

„Ich schulde dir eine Erklärung", sagte sie. „Über die Anschuldigungen, die diese grässliche Lady Rutherglen in Bath gegen mich erhoben hat. Sie waren ein Schock für dich. Ich sah es in deinem Gesicht und die Art, wie du dich danach mir gegenüber benommen hast, sprach Bände über deine Erschütterung. Mir ist jetzt klar, dass diese Zwangslage, in der wir uns jetzt befinden, nicht zustande gekommen wäre, wenn ich, als du mich in Paris besuchtest, mich dir gleich anvertraut hätte und nicht meiner *Selbstsüchtigkeit* erlaubt hätte, mich davon zu überzeugen, dass alle Erklärungen auf eine andere Gelegenheit warten könnten, weil ich wollte, dass dein Besuch ein erfreulicher würde.

„Du hättest nicht von anderen von meiner Fehlgeburt erfahren, sondern von mir selbst. Und ja, ich habe dir das Recht verwehrt, mit mir den Verlust unseres Babys zu bedauern, und ich weiß, dass das falsch war. Und es tut mir zutiefst leid, ich *bereue* es, dass ich diese Entscheidung getroffen habe. Aber das tat ich, weil ich in jenem

Moment nicht trauern wollte. Ich wollte in Paris, dass wir glücklich sein sollten. Ich wollte alle diese Dinge spüren, die Liebende fühlen, wenn sie frei sind zu lieben und zu leben und endlich unbelastet zusammen sind. Hätte ich dir vom Verlust unseres Kindes erzählt ... wie hätten wir unter der Belastung solcher Neuigkeiten eine sorgenfreie Woche verbringen können? Und die ganze Zeit während deines Besuchs wäre sie dort gewesen, eine dicke, dunkle Wolke."

„Du fühltest nicht vielleicht das Bedürfnis, dass jemand - ich - dir ein wenig die Last der Trauer abnähme?", fragte er sanft.

Sie schüttelte den Kopf. „Nein. Ich bin durchaus fähig - nun, ich dachte ich wäre durchaus in der Lage - eine solche Trauer allein zu ertragen. Ich wollte dich nicht belasten ...“

„Oh, mein Liebling, du weißt, ich ...“

„Bitte! Behalte dir dein Urteil vor, bis du mich zu Ende angehört hast! Danke“, fügte sie hinzu, als er nickte und den Mund schloss. „Ich habe seit Bath viel über mein seltsames Verhalten nachgedacht. Ich habe mich gefragt, warum ich es nicht über mich brachte, es dir zu erzählen, dich teilhaben zu lassen. Aber so war es für mich immer, seit ich heiratete und du fortgingst. Allein mit ... mit *Situationen* und *Folgen* fertigzuwerden. Ich tadele dich deshalb nicht. Das darfst du nie denken.“

Sie lächelte ein wenig schief und seufzte kurz, bevor sie hinzufügte: „Der Tadel für meine *gedankenlose* Herzlosigkeit gebührt meinem abscheulichen Ehemann. Am Anfang meiner Ehe mit J-L wurde mir schnell klar, dass ich es mir nicht erlauben durfte, *irgendetwas* zu fühlen. Prellungen heilen und verschwinden, man kann Vergewaltigung in einer Ehe akzeptieren, wenn man sich erlaubt zu denken, dass es das Recht eines Ehemannes ist, sich von seiner Frau zu nehmen, was ihm zusteht, wie unwillig sie auch immer sein mag. So ist schließlich das Gesetz. Ich hätte eine fügsame Ehefrau sein sollen. Das war ich nicht. Ich habe seine Besuche in meinem Bett ertragen, indem ich meinen Geist an einen weit entfernten Ort schickte. So, dass nicht ich es war, die missbraucht wurde, sondern jemand anderes.

„Das Wunder dabei ist, dass ich nicht innerlich geschrumpft und gestorben bin. Aber hätte ich mir erlaubt, es zu - zu *fühlen*, hätte ich es meinem Herzen erlaubt, all dieses Elend aufzunehmen, hätte ich mich umgebracht oder J-L - oder uns beide, nur um frei zu sein. Daher tat ich das Einzige, das ich konnte: ich verhärtete mein Herz. Es wurde zu Stein. Es war besser, auf diese Weise einfach gar keine Gefühle zu haben. Es war der einzige Weg, wie ich sechs Jahre solch üble Misshandlungen überleben konnte. Ich wurde taub für alles und das Leben war auszuhalten. Und das wurde zum Allerwichtigsten für mich: das Leben einfach zu *ertragen* ...“

Sie schaute von ihren Händen auf, wohin ihr Blick konzentriert gerichtet gewesen war, und lächelte ihn an, aber ohne ihn wirklich wahrzunehmen. Hätte sie das getan, wäre ihr aufgefallen, dass seine Augen voller Tränen standen.

„Aber ... damit ich dieses Leben ertragen konnte, durfte es in dieser Ehe keine Kinder geben. Ich konnte mein eigenes Herz verhärten, mich um mich selbst kümmern, aber wie hätte ich ein Kind vor einem solchen Ungeheuer beschützen können? Mir zu erlauben, J-Ls Kind zu haben, wäre mein Verderben gewesen. Und daher traf ich Vorkehrungen. Du brauchst die Einzelheiten nicht zu wissen oder woher ich solche Substanzen und Mittel bekam. Aber ich bekam sie. Und ich bereue nicht, sie benutzt zu haben, um nicht zu empfangen. Lady Rutherglens Anklage ist richtig. Ich habe auch gelogen, um mich zu schützen. Von Zeit zu Zeit habe ich eine Schwangerschaft angekündigt, nur um etwas Ruhe vor J-Ls Besuchen zu haben. Aber ich konnte einen solchen Schwindel nur ein paar Monate durchhalten. Dann musste ich, zum Bedauern der anderen, eine Fehlgeburt erleiden. Und dann begann der Kreislauf wieder von vorn ...“

Sie zuckte die Achseln und biss sich auf die Unterlippe, als sie zu der Aussicht durch das nicht verhangene Fenster schaute, ihr inneres Auge mit Bildern einer gewaltsamen Ehe erfüllt, die zu unterdrücken sie hart gekämpft hatte. Aber diese Beichte würde das letzte Mal sein, dass sie je ihre Seele über dieses Kapitel ihres Lebens würde entblößen müssen. Nachdem sie fertig wäre, könnte sie ihr Leben weiterleben, mit Alec. Dazu war sie entschlossen.

Sie wurde wieder in die Gegenwart zurückgeholt, dass sie Passagier auf einem Wasserfahrzeug war und sie schließlich ihre Reise nach Osten begonnen hatten, als die Trekschuite gegen die Mauer des Kais schlug, als sie losgebunden wurde und hinaus in den Kanal gelenkt und von den zwei außer Sicht trottenden Pferden gezogen wurde. Sie hätte nicht glücklicher sein können, als wieder unterwegs zu sein. Dass diese Reise bedeutete, den Schutz von Emdens befestigten Mauern zu verlassen und sich in das offene Feindesland und in Gefahr zu begeben, war unwichtig, denn diese Reise würde sie einen Schritt näher zu Emily und Cosmo und ihrer Befreiung bringen. Die Grenadiere in Formation den Treidelpfad entlangmarschieren zu sehen, bot einigen Trost. Die Soldaten würden neben den Trekschuiten bleiben, bis die Kähne die drei Schleusen passiert hatten und unter den vier Brücken durchgefahren waren, um die Stadt hinter sich zu lassen, danach würden sie voraus, an den Pferden vorbei, marschieren, um eine erste Verteidigungslinie für den Konvoi zu bilden, während eine ähnliche Kompanie die Nachhut bildete.

Alec wurde auch kurz durch die Bewegung der Trekschuite, dem Klang von Stimmen auf der anderen Seite des Vorhangs, die vor Aufregung über den Beginn der Reise lauter wurden und den Vorgängen vor dem Fenster abgelenkt. Aber er wusste, dass ihr Vorankommen langsam und langweilig sein würde und es eine Stunde dauern mochte, bis der Konvoi den Stadtrand und die letzte Schleuse erreichte, bevor sie die Stadt hinter sich lassen würden. Außerdem zog er es vor, Selina in ihrer Geistesabwesenheit zu beobachten, ihr schönes Profil zu betrachten und die aprikosenfarbenen Locken, die unter dem Rand einer kleinen, spitzenbesetzten Haube unter einer spitz zulaufenden Samtschute, die mit einer schrägen Schleife unter ihrem Kinn zugebunden war, hervorlugten.

Und während er geduldig darauf wartete, dass ihre Ablenkung enden und sie mit ihrer Beichte fortfahren würde, betupfte er rasch seine nassen Augen mit einem weißen Leinentaschentuch. Dann richtete er Hals und Schultern auf, als ob er sich darauf vorbereitete, noch mehr Last aus ihrem Geständnis zu tragen, das es bereits vermocht hatte, seinen Rücken zu beugen. Das war auch gut so, denn als sie endlich von der Aussicht fortschaute, sah sie ihm direkt in die Augen und ihre dunklen Augen waren voller Trostlosigkeit.

„Verzeih mir. Ich - ich bin froh, dass wir endlich unterwegs sind ... Ich - es gibt keinen schmerzlosen Weg, um es dir zu sagen ... Aber du weißt schon, dass ich eine Fehlgeburt hatte ... Es war unausdenkbar, dass ich nur Monate nach J-Ls Tod plötzlich schwanger war", fuhr sie fort. „Mein erster Gedanke war, dass ich sein Ungeheuer trüge, und ich war entsetzt. Aber da gab es noch eine Möglichkeit. Eine sehr viel schönere Möglichkeit, eine, von der ich zu hoffen wagte, dass sie die richtige wäre. Dass das Baby von ... von dir wäre. Dass ich empfangen hatte, als wir uns im Hain versöhnten. Und dann ... und dann erlitt ich in Paris eine Fehlgeburt."

Sie streckte die Hand nach ihm aus und lächelte traurig, als er sie fest ergriff und ihre verschlungenen Hände auf sein Knie legte. „Ich dachte daran, es dir zu erzählen. Aber ich beschloss, dass das nicht nötig wäre, dass ich am besten allein mit dem Verlust fertig würde und du es nie erfahren müsstest. Und das, was ich selbstsüchtiger Weise mehr als alles andere wollte, war, unsere Zeit in Paris damit zu verbringen, uns zu lieben. Und hätte ich es dir gesagt, hätten wir nicht nur diese Woche mit einer über uns hängenden, dicken schwarzen Wolke verbracht, sondern ich hätte dir alles gestehen müssen. Das hätte bedeutet, dir von der niederschmetternden Diagnose des Arztes zu erzählen: dass ich nie ein anderes Kind haben würde. Er glaubte, meine Fehlgeburt hätte mich unfruchtbar werden lassen ..."

Als sie spürte, wie Alecs Hand unwillkürlich zuckte und er die Zähne zusammenbiss, um sich davon abzuhalten, sie zu unterbrechen, fügte sie rasch hinzu:

„Mir ist inzwischen klargeworden, dass die Meinung des Arztes nur das ist, eine Meinung. Er könnte nicht mit Sicherheit wissen, ob ich unfruchtbar bin, wie Tante Olivia mir versicherte. Sie bestand energisch darauf, dass ich es dir erlauben müsste, selbst die Entscheidung zu treffen, ob du mich unabhängig von der Diagnose des Arztes heiraten wolltest. Und sie hat recht, ich habe zugelassen, dass andere mir das einredeten, was angeblich für *dich* das Beste wäre. Nur du weißt, was am besten für dich ist - für uns, und für unsere Zukunft, und es - es - tut mir wirklich so leid, dass ich dir Schmerz und Kummer verursacht habe, aber siehst du, es liegt daran, dass mein Herz ..."

Alec konnte nicht länger schweigend zuhören. Nicht jetzt, als die Tränen über ihr Gesicht strömten.

„Liebling! Meine Süße! Mein geliebtes Mädchen! Um Himmels willen, du musst aufhören, dich selbst zu quälen wegen ..."

„Bitte! Bitte, unterbrich mich nicht! Ich muss dir den Rest erzählen. *Ich muss.* Es ist der wichtigste Teil - das, was ich dir am *meisten* zu sagen wünsche."

Als er ihre Hände losließ, sich zurücksetzte und mit zusammengepressten Lippen nickte, lächelte sie unter Tränen und wischte sich schnell die Wangen mit dem Rücken einer zitternden Hand trocken, bevor sie leise, aber mit fester Stimme sagte:

„Ich sagte dir, dass ich mein Herz bei meiner Heirat hatte verhärten müssen, um mein Leben erträglich zu machen. Aber was ich nicht verstand, war, dass es einige Zeit dauern würde, um meine *normale* Art zu fühlen wiederzuerlangen und mein Herz in - in seinen normalen *weichen* Zustand zurückzuführen, so wie es war, bevor ich die Ehrenwerte Mrs. Jamison-Lewis wurde, nachdem es sechs qualvolle Jahre so geblieben war. Wieder vertrauen und lieben zu können wie vor meiner Ehe, jemand anderen - dich - in mein Leben lassen zu können, wurde fast unvorstellbar."

Sie berührte seine glattrasierte Wange und lächelte in seine blauen Augen. „Aber ich - ich will dich unbedingt in meinem Leben haben. Ich liebe dich von ganzem Herzen, so, wie mein Herz jetzt ist, beschädigt oder nicht. Aber es ist wieder aus Fleisch und Blut und schlägt wie damals, als ich achtzehn war und dich zum ersten Mal traf, den schönsten, aber sicher auch unpassendsten Junggesellen von ganz London." Sie kicherte, als er eine übertriebene Grimasse zog. „Meine Eltern, Cobham, meine Freunde, sie alle hielten mir Predigten gegen dich, aber ich wusste, ich *wusste* aus dem Schlagen meines Herzens, dass du der

Richtige warst. Von dieser Überzeugung bin ich nie abgewichen. Ich wünschte, ich wäre wieder dieses achtzehn Jahre alte Mädchen. Ich weiß, dass ich es sein kann, mit der Zeit. Denn mein Herz ist nicht mehr hart wie Stein. Es schlägt stark und echt und nur für dich." Sie fügte mit einem scheuen Lächeln hinzu: „Ich würde mich sehr freuen, wenn du mich noch einmal bätest, deine Frau zu werden, und ich werde dir die Antwort geben, die du - die *wir* hören wollen ..."

Für eine Zeit, die minutenlang schien, aber weniger als eine dauerte, erwiderte Alec ihren Blick und sagte nichts. Dann löste er langsam die Schleife ihrer Haube, nahm sie sorgsam von ihrer Frisur herunter und legte sie beiseite. Sie blinzelte und versuchte, auf seinem Gesicht seine Gedanken zu lesen. Aber seine Konzentration wanderte von ihren sich befreienden Locken zu ihren leicht geöffneten Lippen, bevor sie an ihren dunklen Augen hängen blieb. Er lächelte und zog sie dichter an sich, so dicht, dass sie seinen männlichen, mit Bergamotte, Pfeffer und Seife seiner frisch rasierten Haut vermischten Duft auffing, und ihr Atem stockte.

„Und mein Herz schlägt stark und echt, immer und einzig nur für dich", wiederholte er und hob ihre Hand, um ihre Finger, dann ihre Handfläche zu küssen und dann lag ihre Hand auf seinem Knie. Er lächelte in ihre feuchten Augen und fragte: „Wirst du einwilligen, meine Frau zu werden, hier, heute, von diesem Tag für alle Zeit, Selina Margaret Olivia Vesey?"

Der Atem in Selinas Kehle wurde zu einem Schluchzen, als er ihren Mädchennamen benutzte und die letzten sechs Jahre fielen von ihr ab. Sie fühlte sich so schwindelig wie beim ersten Mal, als er ihr dieselbe lebensbestimmende Frage kurz nach ihrem achtzehnten Geburtstag gestellt hatte. Sie nickte und lächelte und lachte leise unter Tränen auf. „Ja! Ja, ich will. Ich möchte das mehr als alles andere. Also, ja, hier. Heute. Noch in dieser Stunde, wenn du das einrichten kannst!"

Er verspürte große Erleichterung und lachte laut auf. „In dieser Stunde? Ich wünschte *mir* von ganzem Herzen, dass ich das einrichten könnte! Aber es *wird* heute sein. Das verspreche ich."

Mit diesem Versprechen nahm er sanft ihr Gesicht in seine warmen Hände, neigte seinen Kopf und küsste sie mit großer Zärtlichkeit und Bedachtsamkeit. Und als sie nachgab, als ihr Mund sich unter seinem öffnete und ihre Hände Halt in den sich bauschenden Falten seines weißen Leinenhemds fanden, gab sie ein leises Wimmern des Verlangens gemischt mit Befriedigung von sich. Das war das Zeichen, das er brauchte, um leidenschaftlich zu werden. Und so gaben sie sich einem langen, genüsslichen Kuss hin, der ebenso liebevoll wie leidenschaftlich war und keinen Zweifel an der Tiefe ihrer Gefühle und Absichten ließ.

SECHZEHN

„Tee!", sagte Alec, als sie nach Luft rangen.

Selina lächelte scheu und nickte. Und als er zurücklächelte und mit seinem Daumen ihre errötete Wange streichelte, ließ sie ihren Blick und den Kopf sinken, erhitzt und noch von ihrer Beichte, seiner Liebeserklärung, ihrer Zustimmung und schließlich ihrem Kuss erschüttert. Er verstand. Er war selbst überwältigt von dem, was gerade geschehen war. Also versuchte er, sie zur Ruhe kommen zu lassen, indem er auf Alltägliches zurückgriff. Eine Tasse Tee zuzubereiten würde ihnen beiden helfen, sich zu beruhigen und hoffentlich ihren Gefühlen etwas Erholung verschaffen, bevor er seine eigene Beichte beginnen würde.

Er stand von dem Feldbett auf und küsste sanft ihre Stirn, bevor er sich abwandte, um in der Ecke zu kramen, wo die Kisten aufgestapelt waren. Er hob einen kleinen Lederkoffer herunter und legte ihn auf das Feldbett, wo er gesessen hatte. Es war ein *nécessaire de voyage*, das seine Mutter ihm vererbt hatte und drinnen war alles, was man zum Teekochen und -trinken benötigte: Ein verziertes Teeservice aus französischem Porzellan, ein Stövchen mit Kerze, um den Tee in der passenden Porzellankanne warmzuhalten und ein Porzellantöpfchen, das mit seiner bevorzugten Mischung aus grünem Tee gefüllt war. Er machte auf seinem Feldtisch Platz und begann, das *nécessaire* auszupacken, wobei er so beiläufig sagte, wie er es vermochte:

„Alles, was wir jetzt brauchen, ist heißes Wasser und ein paar von Elsas köstlichen Ingwerkeksen aus der Küche des Lastkahns ..."

„Ich werde Evans nach ihnen schicken", bot Selina an, wie gewünscht von ihrer Nachdenklichkeit abgelenkt.

„Ja, bitte Evans darum", sagte Alec mit einem Lächeln über seine Schulter, bevor er damit fortfuhr, das Teegeschirr aufzustellen und ihre Zeit ließ, ihr Gleichgewicht wiederzufinden, so, wie auch er es tat.

Sie kümmerte sich schnell um ihre Haare, steckte eine Reihe von Nadeln wieder fest, um eine verirrte Locke zu befestigen und hoffte, dass ihr Gesicht nicht so erhitzt wäre, dass es ihre Gefühle verraten würde, was ihre Zofe zu Fragen veranlassen könnte und sie besorgter machen würde, als sie wegen des fragilen Gefühlszustands ihrer Herrin ohnedies war. Aber die Anwesenheit anderer im Deckshaus, die sie sich auf der anderen Seite des Vorhangs unterhalten hören konnte, würde ausreichen, um alles außer dem banalsten Wortwechsel zu unterbinden.

Daher schlüpfte sie durch den Vorhang in die Hauptkajüte und Alec ging ans Fenster. Er zog seinen dunklen Wollrock über Weste und Hemdsärmel, so gut er das ohne die Hilfe seines Kammerdieners konnte und betrachtete die malerische Aussicht.

Hohe niederländische Giebelhäuser, die den Kanal säumten, wurden in kühles Morgenlicht getaucht, als die Sonnenstrahlen sich durch einen schweren Winterhimmel kämpften. Die Trekschuite ließ die Dunkelheit hinter sich, als sie sich langsam nach Osten auf die befestigten Mauern und die Schleusen, die sie aus der Stadt und in die gefrorene Wildnis dahinter bringen würden, bewegte. Dies würde sein letzter Blick auf Emden sein, davon war er überzeugt. Jedoch hatte er vor zehn Jahren denselben überzeugten Gedanken gehabt und hier war er wieder an einem Ort, an den er in seinem Leben nicht hatte zurückkehren wollen. Er schüttelte den Kopf über das Schicksal. So viel zu letzten Blicken! Und so viel zum Schicksal.

Jetzt musste er sich darauf vorbereiten, Selina alles darüber zu gestehen, warum er nach Midanich zurückgelockt worden war und warum. Ebenso, wie Selina ihre Seele bloßgelegt hatte, würde er das Gleiche tun; sie verdiente die gleiche Höflichkeit und Respekt von ihm. Sie könnten ihre Ehe nicht unter einer dunklen Wolke beginnen; der gleichen dunklen Wolke von Zweifel und Betrug, die Selina in Paris verfolgt hatte, hing nun sozusagen genauso über seinem Kopf.

Doch trotz der drohenden Aufgabe der vor ihm liegenden Beichte war sein überwiegendes Gefühl das des vollkommenen Glücks. Er war mit einem Gefühl von Zufriedenheit erfüllt, das er seit sehr langer Zeit nicht erlebt hatte. Dass Selina endlich seinen Heiratsantrag angenommen hatte, bedeutete, dass sie ihre gemeinsame Zukunft planen konnten. Und er würde sie noch an diesem Tag heiraten, Pfarrer Shrivington Shirley würde sie an Bord der Trekschuite zu Mann und Frau erklären, sobald sie in Aurich anlegten.

Er hoffte nur, dass Selina bald mit dem heißen Wasser für den Tee zurückkäme, damit er die Möglichkeit hatte, die nächste Stunde noch wach zu bleiben. Das Feldbett sah immer einladender aus, aber er blieb am Fenster. Er wusste, dass er, legte er sich auch nur für ein paar Minuten darauf, sofort einschlafen würde; er war so müde nach der zur Gänze durchwachten Nacht. Ein paar Augenblicke lang beneidete er Hadrian Jeffries, der in einer Ecke zusammengerollt schlief. Und dann wurde der Vorhang von dem diensthabenden Soldaten beiseitegeschoben und da war seine Verlobte. Ihr Lächeln vertrieb seine Müdigkeit sofort und er erwiderte es mit seinem eigenen.

Hinter ihr kam ein junger Mann, der über seiner Uniform eine Küchenschürze trug und einen großen Kessel dampfenden Wassers in Händen hielt. Er stellte den Kessel auf einem Untersetzer auf dem Tisch ab, salutierte und verabschiedete sich, der Vorhang fiel wieder herab, als der diensthabende Soldat auf seinen Posten zur Bewachung des Herrn Barons zurücktrat.

„Es scheint, dass jeder deiner Wünsche hier vorhergeahnt wird; das Wasser war bereits am Kochen“, sagte Selina zu ihm.

„Mit Sicherheit nicht *jeder* Wunsch“, sagte er mit spielerischem Stirnrunzeln, als er bemerkte, dass ihre Hände hinter ihrem Rücken waren, zeigte das aber nicht. „Wo sind die Lieblingskekse des Herrn Barons?“

„Ich habe sie hier“, antwortete sie mit einem verschmitzten Lächeln und holte einen blauweißen Keramiktopf heraus, den sie aber an ihr Mieder gedrückt hielt. „Du darfst einen nehmen, wenn du mir eine einfache Frage beantwortest.“

Er lachte leise.

„Ist das die Art, wie du beabsichtigst, deinen Ehemann deinem Willen zu unterwerfen? Indem du drohst, ihm Elsas köstliche Ingwerkekse vorzuenthalten?“

Sie schmollte und er sah das Zögern in ihren dunklen Augen. „Es ist keine Drohung“, sagte sie ruhig und stellte den Topf neben das Teegeschirr auf den Tisch, um sich dann zurückzuziehen und auf das Feldbett zu setzen. Sie schaute ihm zu, wie er heißes Wasser über die Teeblätter am Boden der hübsch gemusterten Teekanne goss. „Wer ist Elsa?“

„Elsa?“

„Du sagtest: „Elsas köstliche Ingwerkekse. Zweimal. Mr. Luytens Tochter heißt Hilda. Ich hatte angenommen, dass sie die Ingwerkekse gebacken hätte, die wir gestern aßen.“

„Ja. Nach einem Rezept, das von der Mutter auf die Tochter vererbt wird.“

„Du nennst Hildas Mutter Elsa? Nicht Mrs. Luytens? Du musst sie gut kennen.“

Alecs Hand, in der er den Kessel mit heißem Wasser hielt, erstarrte mitten in der Luft. Es war nicht nur die Art ihrer Frage, die ihn überraschte, sondern auch ihr Tonfall. Er hörte die Unsicherheit und wusste warum. Er stellte den Kessel wieder auf dem Tisch ab.

„Ich kannte sie, Selina", antwortete er ruhig. „Aber nicht im biblischen Sinne."

„Ich hatte nicht angedeutet ..."

„Doch. Hast du." Als Selina nicht weiter widersprach, ihren Mund zu einem geraden Strich zusammenpresste und seinem Blick standhielt, fügte er geduldig hinzu: „Du hast sie nicht kennengelernt, weil sie und der Rest ihrer Kinder in Holland sind. Nachdem der Hafen wieder offen ist, steht zu hoffen, dass sie die Überfahrt nach Hause antreten können. Und ich habe weder sie noch ihre Kinder seit zehn Jahren gesehen. Als ich zuletzt hier war, eigentlich. Sie half mir zusammen mit ihrem Mann zu entfliehen, und dafür bin ich auf ewig dankbar." Er lächelte schief. „Mein Schatz, diese Kekse sind allgemein als ‚Elsas Ingwerkekse‘ bekannt. Das Rezept stammt von einer Ahnin, die auch den Namen Elsa trug."

Selinas Augen wurden rund und ihre Lippen öffneten sich überrascht. Und auf sein anhaltendes, verständnisinniges Lächeln hin stieg ihr die Röte ins Gesicht und sie fühlte sich töricht.

„Ich bitte um Verzeihung", sagte sie offen. „Ich wollte den Ruf der Frau nicht in Zweifel ziehen. Es ist nur ... wenn man ein wenig über deine Vergangenheit weiß ... wenn man Geschichten gehört hat über deine Zeit auf dem Kontinent ... Selbst, als ich verheiratet war, konnte ich nicht umhin, den Klatsch mit anzuhören - Nein! Das ist nicht ganz wahr. Ich *wollte* ihn hören." Sie sah zu ihm auf und ihre Augen spiegelten ihre Unsicherheit wieder. „Jede Nachricht, die von dir zu hören war, war besser als keine."

„Du warst verheiratet. Ich nicht", antwortete er gleichmütig und blieb beim Teetisch, während er wartete, dass der Tee zog. „Das schien für jede Möglichkeit, dass wir zusammen zu sein könnten, das Ende zu bedeuten. Daher konnte ich es mir nicht leisten, darüber nachzudenken, was zwischen uns hätte sein können. Ich beschloss, mein Leben zu leben. Aber weit fort von London und von dir. Ja. Ich hatte viele Affären. Ich will dich deshalb nicht belügen, weder jetzt noch später. Aber der meiste Klatsch, die meisten saftigen Bemerkungen, die dir zu Ohren gekommen sind, betrafen Ereignisse in meinem Leben, die stattgefunden haben, lange bevor ich dich traf." Er lächelte schräg. „Um es genauer zu sagen, diese skandalösen Vorfälle ereigneten sich hier, in Midanich, als ich viel jünger und sehr viel weniger klug war. Als ich, in

Ermangelung eines besseren Ausdrucks, ein arroganter, schürzenjagender Dummkopf war.“

Als Selina sich aufrichtete und ihn anschaute, als hätte er zwei Köpfe, lachte er und schüttelte den Kopf, seltsam getröstet, dass sie ihn nicht der Arroganz oder der Dummheit oder, hoffentlich, des Schürzenjagens für fähig gehalten hatte. Aber dies hielt die Röte der Verlegenheit nicht auf, die ihm in die Wangen flutete wegen dem, was er ihr und niemand anderem zu gestehen hatte.

„Es waren diese Arroganz und Dummheit, nicht zu vergessen meine völlige Missachtung der Folgen bei der Befriedigung meiner Lust, was zu der Gefangennahme unserer lieben Freunde führte und mich an einen Ort zurückbringt, an den nie wiederzukommen ich mir geschworen hatte. Es hat auch alles, was mir auf dieser Welt lieb ist - dich, meine liebsten Freunde und meine Familie - in Gefahr gebracht.“

Er wandte sich ab, um den Tee in die Teetassen zu gießen und gab ihr einen Moment Zeit, um das, was er gesagt hatte, zu verarbeiten. Er legte einen von Elsas Keksen auf die Untertasse neben die Teetasse und reichte sie ihr. Dann kramte er in einer Kiste mit Vorräten, die er von seinem Kammerdiener an Bord hatte bringen lassen und fand, was er suchte: Emdener Kandiszucker.

„Leider haben wir den größten Teil des Rohrzuckers auf der Reise verbraucht, und was übrig war, wurde vom Zoll konfisziert. Ich habe darum gebeten, den Rest auf die *Caroline* zurückbringen zu lassen, für Olivia und Onkel Plant. Also müssen wir uns mit dem einheimischen Kandiszucker begnügen. Aber ich ziehe es vor, meinen Tee ungesüßt zu trinken und wir scheinen keine Sahne zu haben ...“

Er kippte eine kleine Menge des Kandiszuckers, der in passende Stückchen zerschlagen war, in eine silberne Schale, legte die silberne Zange auf das Häufchen und stellte dies neben Selina auf das Feldbett. Als sie es nicht beachtete, war er nicht überrascht. Er war sicher, dass ihre Aufmerksamkeit vielmehr seiner Vergangenheit galt und dass sie darauf wartete, dass er ihr genauere Erklärungen wegen seines verblüffenden Geständnisses gab, vor allem, da er seinem damaligen Verhalten die Schuld an Emilys und Cosmos Gefangenschaft gab. Er nippte an seinem Tee und gönnte sich einen Moment, um den Geschmack auf seiner Zunge und die Wärme der Flüssigkeit, als sie seine Kehle hinabglitt, zu genießen, und um sich zu stärken, bevor er in gemessenem Tonfall sagte:

„Bevor ich mich kopfüber in die Erklärung stürze, wie eine anrüchige Affäre in meiner Vergangenheit uns in die gefährliche Zwangslage gebracht hat, in der wir uns befinden, möchte ich mich für mein

Verhalten in Bath entschuldigen. Meine Reaktion auf die Nachricht über deine Fehlgeburt war alles andere als eines Gentlemans würdig. Mein Onkel hatte recht. Ich war egoistisch und gedankenlos. Das soll nie wieder vorkommen. Aber", fügte er mit einem sanften Lächeln hinzu und stellte seine Teetasse auf der Untertasse ab, „sollten wir uns wieder in einer so traurigen Lage wiederfinden, werde ich da sein, um den Kummer mit dir zu teilen - immer. Obwohl ich große Hoffnung habe, dass du, wenn du wieder empfängst - und das wirst du, mein Liebling - du die Tortur einer ganzen Schwangerschaft und Geburt wirst ertragen müssen."

„Oh, ich gebe zu, nachdem ich bei Mirandas Wehen als Lauscher zugegen war, bin ich weit davon entfernt, über die Schmerzen einer Geburt beruhigt zu sein." Sie schüttelte sich ein wenig, lächelte aber dann über ihrer Teetasse. „Miranda erzählte mir jedoch, dass alle Unannehmlichkeiten sofort vergessen wären, wenn das Baby der Mutter in den Arm gelegt wird. Und nachdem ich Baby Thomas im Arm hielt ... Nun, er ist wirklich ein perfektes Baby, nicht wahr?"

„Ja. Aber du hast dich auch nie ans Reisen gewöhnt", sagte er, um sie wieder in die Gegenwart zurückzubringen. Er hätte nichts lieber getan, als sich weiter über die Vorzüge des Neugeborenen der Herzogin von Cleveley zu unterhalten, aber seine noch abzulegende Beichte lag ihm schwer auf dem Herzen und er wollte es jetzt einfach hinter sich bringen, da er ihre Reaktion fürchtete, doch er war so müde, dass das hinter seinem Schlafbedürfnis zurücktrat. „Und doch bist du hier auf einem Kanalboot, hunderte von Meilen von zu Hause entfernt. Und die Reise ist nicht so unangenehm, nicht wahr?"

„Ich verabscheue das unaufhörliche Rollen der Wellen auf dem Meer, aber ich habe entschieden, dass ich diese Art von Wasserfahrzeug durchaus mag. Und ich würde vielleicht einer Reise auf einem Kahn durch die englische Landschaft zustimmen, wenn du Lust hättest, mich zu begleiten. Es ist recht erholsam und wird dich vermutlich schneller einschlafen lassen, als ich mit den Fingern schnippen kann." Sie nippte wieder an ihrem Tee und ihr fiel ein, dass er ungesüßt war, ließ daher rasch ein kleines Stück Kandiszucker hineinfallen, rührte um und knabberte, während sie darauf wartete, dass es sich auflöste, an dem Ingwerkeks. „Sie sind wirklich köstlich ... Verzeih mir. Ich schwatze hier vor mich hin und du wolltest mir alles über deine ... arrogante, schürzenjagende Dummheit erzählen?"

Alec verlor sein Lächeln und Selina erkannte aus der Veränderung seines Gesichtsausdrucks, dass die Zeit für verspieltes Geplänkel vorbei war. Daher setzte sie ein passendes Gesicht auf und wappnete sich für alle Enthüllungen, die er ihr gleich anvertrauen wollte. Und doch schaffte er es, sie zu schockieren.

„Ich hoffe, du wirst berücksichtigen, dass ich zu der Zeit, als ich die Stellung als Sir Gilberts Sekretär am Hof von Midanich antrat, jünger war, als du es jetzt bist. Männer benehmen sich wie Jungen, wenn sie damit durchkommen können, und niemand mehr als junge, kräftige Männer mit zu viel freier Zeit zur Verfügung und viel Gelegenheit für Sport jeder Art. Daher spielt meine Unreife eine Rolle dabei, warum ich so dämlich war zu denken, ich könnte ohne Konsequenzen mit meinem Verhalten davonkommen. Wenn ich es genauer betrachte, dachte ich überhaupt nicht an Konsequenzen! Hierher zu kommen war nicht die Stellung, die ich gewollt hatte. Und es schien, dass es eine Stellung war, die auch sonst niemand in der Außenabteilung gewollt hatte. Daher war ich mehr als nur ein wenig verdrießlich darüber, hier festzusitzen. Mein erster Eindruck war ganz ähnlich wie deiner und Tante Olivias, als wir durch die Emsmündung segelten. Große Flächen von Sumpfgebieten auf beiden Seiten, flach und ungefähr so interessant wie ein Stück weißes Papier! Ah, aber im Sommer verwandelt sich das Land. Selbst hier, in dieser flachen Wildnis, gibt es Farben und eine Fülle von Wildtieren - Mengen an Wasservögeln und Schwänen, Schafe grasen auf den Weiden. Aber es ist im Süden, in Richtung Hannover, wo die wahre Schönheit liegt. Dichte Wälder voller Rehe, malerische kleine Dörfer, die alle sauber und ordentlich sind, und Burgen - genauer Schlösser - die so unterschiedlich wie schön sind ...

„Verzeih mir", fügte er mit einem schnaubenden Lachen hinzu und schüttelte sich innerlich selbst. „Was als Geständnis begann, verwandelt sich in eine Geografielektion! Es reicht zu wissen, dass ich mich in das Land und die Menschen verliebte, insbesondere in den Friedeburg-Palast, die Sommerresidenz des Markgrafen, wo der Hof den größten Teil des Jahres verbrachte, und daher auch Sir Gilbert und ich. Der Palast ist sichtlich kontinental, von drinnen wie von draußen, und mit vielen Arten von Vergnügungen und Ablenkungen für einen jungen Botschaftssekretär, der zu viel Zeit zu seiner Verfügung hat."

Er hielt inne und erwartete, dass Selina ein wenig über die Art der Ablenkung scherzen würde, die einen kräftigen Mann in seinen frühen Zwanzigern interessiert hätten. Als sie das nicht tat und ihr Gesichtsausdruck weiter höflich fragend blieb, fuhr er sachlich fort:

„In Friedeburg habe ich den ältesten Sohn und Erben des Markgrafen, Prinz Ernst, zum ersten Mal getroffen. Ich kann mich nicht genau erinnern, was zu unserer Freundschaft führte. Ich glaube, es war in der Fechtschule. Wir sind im gleichen Alter und ihm gefiel es, dass ich ehrlich war und ernsthaft kämpfte. Er suchte meine Freundschaft. Er war daran interessiert, Englisch sprechen zu lernen, wegen der engen Verbindung zwischen dem Nachbarstaat Hannover und England. Es faszinierte ihn, dass ein Kurfürst von Hannover König von England geworden war. Ich nehme an, er glaubte, er könnte das auch, wenn er dazu aufgefordert würde!

„Ich wurde sein Englischlehrer und wann immer wir zusammen waren, bestand er darauf, so viel wie möglich Englisch zu sprechen. Innerhalb von sechs Monaten sprach er fließend. Was keine Überraschung war, denn er erwartete, dass ich fast täglich in seiner Gesellschaft sein sollte. Es gab Leute am Hof, insbesondere den Oberhofmeister, der missbilligte, dass der Erbe Markgraf Leopolds seine Zeit mit dem niederen jungen Sekretär des englischen Botschafters verbrachte. Und da war Sir Gilbert, der mir den Umgang mit dem Prinzen rundheraus verbot. Bei ihm lag es an dem Vorurteil wegen Ernsts Zustand, den er als Ausdruck einer tiefersitzenden Krankheit empfand ...“

„Zustand?“

„Dem Prinzen wachsen keine Haare, weder im Gesicht noch sonst. Anscheinend hatte sein Großvater dasselbe Leiden und er war derjenige, der das Edikt erließ, dass alle Gentlemen am Hof stets glattrasiert zu sein haben.“

„Aber dadurch, dass das Tragen der Perücken und glattrasierte Gesichter für den größten Teil der Männer der Mode entsprechen, kann sein Zustand keinen Anstoß erregt haben“, meinte Selina. „Was eine tiefersitzende Krankheit betrifft ... Das war sicher nur ein Vorurteil von Sir Gilbert?“

„Ja. Das war es. Sir Gilbert konnte nicht wissen, dass Ernst von Dämonen besessen war, aber diese Dämonen hatten nichts mit seinem fehlenden Haar zu tun; nun, jedenfalls denke ich, dass es so war. Um ehrlich zu sein, war ich insgeheim erfreut, dass Sir Gilbert dazwischengetreten war und unsere Freundschaft beendet hatte. Ich hatte begonnen, mich von der Freundschaft des Prinzen erstickt zu fühlen. Jede meiner Bewegungen wurde beobachtet und dem Prinzen berichtet. Ich konnte mit niemandem sprechen, Mann oder Frau, ohne dass Ernst mir Fragen über meine Beziehung, tatsächliche oder eingebildete, zu dieser Person, stellte. Ich erklärte dem Prinzen, dass ich nicht mehr so viel Zeit in seiner Gesellschaft verbringen könnte, dass ich zu meinen Pflichten beim englischen Botschafter zurückkehren müsste. Ich war so töricht, ihm zu erzählen, dass mir Sir Gilbert den Umgang mit ihm verboten hätte. Innerhalb von zwei Wochen wurde Sir Gilbert geraten, den Hof zu verlassen. Als er ablehnte, wurde er aus dem Land gejagt. Im Nachhinein wurde mir klar, dass es der Vorwand war, den Ernst gesucht hatte, um Sir Gilbert loszuwerden, damit er nicht unserer - unserer - *Freundschaft* im Wege stünde.

„Ich reiste als Mitglied des Gefolges des Prinzen nach Norden zum

Schloss Herzfeld, als er als Oberbefehlshaber der Armee dorthin ging, um die Truppen zu inspizieren. Ich konnte eine solche Ehre kaum ablehnen. Sehr wenige Ausländer besuchen Schloss Herzfeld, Hauptquartier und Ausbildungsort für die große Armee des Markgrafen. Und während ich im Schloss zu Gast war, lernte ich Ernsts andere Seite kennen - eine dunkle, beunruhigende Seite - die in Friedeburg nicht zu bemerken war ... Ich bemerkte die Veränderung, die ihn überkam, noch bevor wir durch das Burgtor des Schlosses geritten waren. Er wurde launisch. Er wurde geistesabwesend. Er war kurz angebunden seinen Männern gegenüber. Er wollte sich nicht mit mir oder anderen unterhalten. Einer seiner Offiziere vertraute mir an, dass es immer so wäre, wenn sie ins Schloss zurückkämen. Er riet mir, mich nicht darum zu kümmern, nach einem oder zwei Tagen würde Ernst wieder sein altes Selbst sein.

„Ich war drei Wochen im Schloss und Ernst blieb weiter zurückgezogen. Tage und Nächte vergingen, an denen ich ihn überhaupt nicht sah. Und dann gab es immer mal einen Tag, an dem er der Ernst war, den ich aus Friedeburg kannte. Bei solchen Gelegenheiten pflegte er verschwenderische Banketts zu veranstalten und verlangte nach Unterhaltung. Es wurde erwartet, dass sein Gefolge lebhaft und witzig sein und die mürrischen Zeiten seines Herrn vergessen sollte. Sie taten ihr Bestes, um seinen Wünschen zu entsprechen. Niemand verweigerte dem Sohn des Markgrafen, was er begehrte. Auch ich tat mein Bestes. Dann, in einer Nacht der letzten Woche meines Aufenthalts, änderte sich alles ...

„Ich wachte mitten in der Nacht auf und stellte fest, dass ich nicht mehr unter der Bettdecke lag und nicht allein war. Jemand ... berührte mich. Es war nicht die Art von Berührung, die man in der Absicht macht, den Schlafenden sofort aufzuwecken. Sie war viel - vertraulicher. Es war die Art von angenehmer Zärtlichkeit, die ein Liebender zum Wecken verwendet ... In meinem halbwachen Zustand sah ich im orangen Licht eine Fremde im Nachthemd, mit Haaren, die ungebunden auf die Matratze fielen, die neben mir auf dem Bett kniete. Etwas Vertrautes war an ihr, aber ich konnte mich nicht daran erinnern, wo wir uns schon begegnet waren. Jedoch dachte mein Verstand überhaupt nicht - Selina!", sagte er abrupt in einer völlig anderen Stimme und schaute ihr ins Gesicht. „Du musst bedenken, dass ich in jenen Tagen kein Heiliger war. Eine schöne Frau, die sich selbst in mein Bett einlud, wer war ich, dass ich sie abweisen sollte? Ich habe bei solchen Nächten freiwillig mitgespielt, ohne Fragen zu stellen. Aber diesmal ... Da war etwas ausgesprochen ... *Seltsames*. Und doch erlaubte ich es ihr, mich zu verführen ..." Er schnaubte verlegen. „Es machte mir nichts aus, dass ich ans Bett gefesselt worden war. Ich dachte, das wäre alles Teil des Abenteuers ...“

Selina schauderte. „Ans ... ans Bett gefesselt? *Abenteuer?* ‚Seltsam‘ ist eine Untertreibung! Aber ich sehe an deinem Erröten“, fügte sie hellsichtig hinzu, „dass die Fesselung das am wenigsten Seltsame bei dieser speziellen ... *Begegnung* war.“

„Ja. Du hast recht“, antwortete er kleinlaut, spülte seine Kehle mit einem Schluck Tee und fuhr fort. „Als ich ... als sie ... um es unverblümt zu sagen: Als ich befriedigt war, bat ich darum, losgebunden zu werden, um mich revanchieren zu können. Aber sie antwortete nicht, und lag sehr lange ruhig neben mir, so lange, in der Tat, dass ich wieder einschlief ...“

Selina blinzelte. Manchmal - nein, nicht manchmal, *oft* - fand sie Männer unverständlich.

„Du bist eingeschlafen? Du hast *geschlafen*, noch immer angebunden? Wirklich?“

Alec wirkte verlegen. „Ja. Es war mitten in der Nacht und ich war müde.“

„Nun, natürlich warst du das, nicht wahr?“, stellte Selina beißend fest. „Dort liegen zu müssen und eine völlig Fremde dich befriedigen zu lassen, würde jeden Mann müde machen!“

„Ich denke mir das nicht aus. Es ist das, was passiert ist. Aber wenn es dir lieber ist, dass ich es dir nicht erzähle ...“

„Ja, das wäre mir lieber!“, gab Selina zurück, setzte sich gerade auf und hielt mit den Händen ihre Teetasse auf dem Schoß fest. „Was du mit dreiundzwanzig Jahren zwischen den Laken angestellt hast, wie vielen Frauen du es erlaubt hast, dich zu befriedigen, geht mich nichts an. Ich hoffe nur, dass du nicht völlig mit dir selbst beschäftigt warst. Obwohl ...“ Sie legte den Kopf zur Seite und lächelte ihn wissend an. „Du hast dich immer liebevoll um meine Bedürfnisse gekümmert, daher nehme ich an, dass du seit den frühen Zeiten deiner Schlafzimmerabenteuer ein aufmerksamer Liebhaber warst.“

„Selina, diese ... *Begegnung* ... ist nicht, was du glaubst. Sie begann als ein Stück lustvollen Spaßes, aber erwies sich dann als etwas absolut Abstoßendes ... ich sagte dir, dass ich mich von Prinz Ernsts Freundschaft erdrückt fühlte; dass er von Dämonen besessen war, von denen ich nichts ahnte; dass seine Launen sich dramatisch zum Schlechteren veränderten, sobald er in Schloss Herzfeld ankam. All das kam in jeder gewissen Nacht heraus, als er und seine Schwester, die Prinzessin Johanna, in mein Schlafzimmer kamen ...“

„Prinz Ernst und seine Schwester kamen *beide* in dein Schlafzimmer?“ Als Alec nickte, schnaubte sie. „Warum überrascht mich das plötzlich nicht?“

„Du hast jedes Recht, Männer für Barbaren zu halten, die sich zu ihrem eigenen Vergnügen über Frauen hermachen um mit ihnen zu tun, was sie wollen, ungeachtet ihrer eigenen Wünsche und oft trotz dieser, nach deiner schrecklichen Erfahrung im Ehebett in deiner Heirat mit J-L“, sagte er rasch. „Aber es gibt seltene Fälle, wo ein Mann zum Opfer wird ...“

Opfer? Sie erbleichte. *Er war das Opfer geworden?* Ihre erste Reaktion war Unglaube. Sie hatte nie über die ihrer Situation umgekehrte Lage nachgedacht. Und sie wusste besser als jeder andere, dass solche sexuellen Begegnungen nichts mit dem Geben und Empfangen von Lust, aber alles mit Macht, Demütigung und Dominanz zu tun hatten. Oh ja, wenn sie unter diesen Gesichtspunkten daran dachte, konnte sie durchaus glauben, was er gerade hatte gestehen wollen, aber ungesagt gelassen hatte. Es brach ihr das Herz, dass die Liebe ihres Lebens, der ein so sanfter Mann war, der sie und ihre körperlichen Bedürfnisse nie anders als mit äußerster Ehrfurcht behandelt hatte, so geschändet worden war, und sie hätte weinen mögen. Aber sie weinte nicht. Um seinetwillen durfte sie das nicht. Sie war sicher, wenn sie weinte, würde sein Geständnis sofort an diesem Punkt enden. Sie wusste instinktiv, dass sie ihm erlauben musste, alles zu gestehen, denn nur dann würde er imstande sein, diese Episode ruhen zu lassen und Frieden zu finden.

Daher erlaubte sie dem Schweigen zwischen ihnen, anzudauern, bis sie ihm wieder in die Augen schaute. Was sie dort sah, ließ sie bereuen und wünschen, dass sie ihre Zunge und ihre kleinliche Eifersucht in Zaum gehalten hätte. Sie schluckte, beugte sich vor und berührte sein Knie.

„Verzeih mir“, sagte sie sanft. „Ich weiß, dass du einen guten Grund hast, mir das zu erzählen, nicht, um mich zu reizen oder mich unbehaglich fühlen zu lassen. Dieses Geständnis hat viel Mut gekostet. Also erzähle mir bitte alles. Ich verspreche, dass ich rücksichtsvoller sein werde.“

Er nickte, bedeckte ihre Hand mit seiner und fuhr fort.

„Ich gebe zu, dass ich bei der ersten Begegnung willig mitgemacht habe. Aber als ich zum zweiten Mal aufgeweckt wurde, fand ich mich nicht nur an das Bett gefesselt, sondern die Frau, die mich verführt hatte, war nicht mehr dort. Ein völlig anderes Wesen hatte ihren Platz eingenommen. Und als ich in die Augen dieses - dieses Geschöpfs sah, wusste ich, dass ich aus vielen Gründen gefesselt worden war, aber Lust war keiner davon! Verzeih mir. Ich brauche frische Luft.“

Er schritt die hinteren Stufen hinauf und riss die Tür auf. Ein eisiger Luftzug strömte herein und füllte den warmen Raum hinter dem Vorhang und er atmete tief durch. Selbst nach all diesen Jahren hatte die Erinnerung an diese Nacht die Macht, ihm Übelkeit zu bereiten.

Selina spürte die Kälte an ihrem nackten Nacken und hörte Stimmen hinter sich, aber sie drehte sich nicht um oder ging vom Feldbett weg. Sie blieb dort, mit fest zusammengepressten Lippen, beide Hände umklammerten noch immer ihre Tasse auf der Untertasse in ihrem Schoß. Und dann wurde die Tür vor der Kälte und den Vorgängen auf ihrer anderen Seite geschlossen und Alec kam zurück in den Raum, aber nicht zu ihr. Er stellte sich ans Fenster.

Sie konnte sehen, dass er nichts von dem wahrnahm, was auf der anderen Seite der Scheibe vor sich ging, wo die Einheimischen, in Lagen von Kleidern gehüllt, um die Kälte abzuhalten, die Wärme ihrer Öfen verlassen hatten, um sich in die Türen ihrer Hütten zu stellen und die Prozession der vorbeigleitenden Kähne anzusehen, die von genug Soldaten begleitet wurden, um sich mit einer kleinen Armee messen zu können. Den Alltag vor dem Fenster weitergehen zu sehen, half ihr, sich zu beruhigen.

„Irgendwie gibst du dir selbst die Schuld. Dass du dem Prinzen irgendein Zeichen gegeben hättest, dass deine Freundschaft doch mehr als das wäre", hörte sie sich mit einer Ruhe sagen, die ihren inneren Aufruhr verbarg, wo sie versuchte, ihre empörten Gefühle in Zaum zu halten. „Ich gab mir die Schuld, dass ich eine schlechte Ehefrau wäre. Aber was mit dir geschah, ist nicht deine Schuld, so wie es nicht meine war. Du hast es nicht ausgesprochen, aber vielleicht solltest du das. Du wurdest vergewaltigt, Alec. Und das ist nichts, wofür du dich schämen müsstest, aber du tust es ..."

Er zuckte bei dem Wort zusammen, stritt es aber nicht ab. Wie hätte er das gekonnt? Sie hatte die bloße Wahrheit ausgesprochen, doch war es ihm zu peinlich gewesen, hatte er sich zu sehr geschämt, es so zu sagen. Nicht nur wegen des Gefühls, seiner Männlichkeit beraubt worden zu sein, sondern weil er das, was sie von den Händen eines gewalttätigen, sadistischen Ehemannes hatte ertragen müssen, nicht kleinreden wollte. Sie hatte Jahre der Misshandlungen erduldet. Bei ihm war es nur ein solcher brutaler Vorfall gewesen. Und die körperlichen Schmerzen dabei waren nichts im Vergleich zu dem, was kommen sollte ...

Er stellte ihre Tasse und Untertasse beiseite, ergriff ihre Hände und sah in ihre dunklen Augen.

„Mein Liebling, du bist der einzige Mensch in meinem Leben, der verstehen könnte - der je verstehen wird - in welcher unaussprechlichen Zwangslage ich mich befunden habe. Ich war der Gegenstand einer krankhaften Besessenheit, und dieser - *Vorfall* - war der Anfang vom Ende meines Seelenfriedens. Ich wusste, dass ich das Land verlassen musste. Wenn ich kein so arroganter, schürzenjagender Dummkopf gewesen wäre, hätte ich das erste Schiff genommen, das den Hafen von Herzfeld verließ. Aber zufällig tat ich etwas, das du nicht nur für dumm, sondern für extrem arrogant halten wirst."

Selina riss die Augen weit auf und hielt den Atem an.

„Wie bist du diesem schrecklichen Ort entkommen? Was hast du getan?"

„Aus dem Schloss zu fliehen war einfach. Ich ritt am nächsten Morgen einfach aus, ohne mich von Prinz Ernst zu verabschieden und kehrte nach Friedeburg zurück. Ich hatte keine Ahnung, was ich wegen eines so abscheulichen Vorfalls tun könnte oder tun sollte. Ich musste nur Abstand zwischen mich und diesen Ort und diese beiden bringen. Und ich war aufs Äußerste entschlossen, alle Erinnerung an diese Nacht aus meinem Gedächtnis zu tilgen. Also tat ich das Einzige, von dem ich zu dieser Zeit dachte, dass es helfen könnte ..."

Als er zögerte, stellte sie sich jede Menge von Möglichkeiten vor, wie er ein so unbeschreibliches Erlebnis hätte auszulöschen versuchen können, außer der einen, die er ihr gestand. Als er das tat, setzte sie sich kerzengerade auf und fühlte sich wie betäubt.

„Ich stürzte mich Hals über Kopf in eine heiße Affäre mit einer hochrangigen, verheirateten Dame des Hofes."

„*Heiß*?"

„Ja. Sie war heiß und sie war schäbig", erklärte Alec, ohne etwas zu beschönigen. „Und in einer perversen Art gab sie mir meine Männlichkeit zurück, die sehr unter den Schändlichkeiten, die Ernst und seine Schwester mir angetan hatten, gelitten hatte, oder so dachte ich jedenfalls. Welche Teufel mich auch ritten, ich hoffte, dass die Affäre von ihrem Ehemann und dem Hof entdeckt werden würde. Und natürlich bedeuteten Treffen in öffentlichen Räumen wie dem Palastgarten nicht nur, dass eine Entdeckung hochwahrscheinlich war, sondern trugen auch zur Würze dieser Affäre bei. Aber sie halfen auch bei der Zerstörung meiner Geliebten, wofür wir beide teuer bezahlten."

„Würze?" Selinas Kopf dröhnte bei jeder Enthüllung, aber sie schaffte es, mit tiefer Ironie zu sagen: „Ich nehme an, mit dieser Dame zu kopulieren, hat geholfen, dein männliches Selbstbewusstsein wiederherzustellen?"

So viel zu Rücksichtnahme! Aber sie hatte ein Recht auf ihre scharfe Ironie, wenn man sein unverzeihliches Benehmen ansah. Nur war er zu müde, um zu erklären, dass jeder ungebundene Mann von dreiundzwanzig, dem die Gelegenheit sich bot, täglich eine schöne Frau zu lieben, sie ohne zu zögern ergreifen würde; es war nicht sein Gehirn, das die Entscheidungen traf. Und in diesem Fall hatte er sich etwas beweisen müssen. Stattdessen sagte er geduldig:

„Liebling, das war viele Jahre, bevor ich dich kennenlernte und mich in dich verliebte. Ich sagte dir, dass ich als junger Mann ein arroganter, schürzenjagender Dummkopf war. Und glaube mir, ich zahlte den Preis für meine Dummheit und meine ungezügelte Lust, und sie auch. Ohne, dass wir es bemerkten, wurden unsere - äh - *Treffen* - genau beobachtet. Der Markgraf wurde ordnungsgemäß vom Ehebruch seiner Frau informiert. Ja. Ich habe - wie du es so unfreundlich, aber korrekt ausdrückst - mit der Gräfin Rosine kopuliert, der viel jüngeren, zweiten Ehefrau des Markgrafen Leopold.“

„Unter allen Frauen, unter denen du zur Wiederherstellung deiner Männlichkeit wählen konntest, musstest du dir ausgerechnet die Frau des *Markgrafen* aussuchen?“ Weit davon entfernt, entsetzt zu sein, bebten Selinas Schultern vor Lachen. Sie presste ihre Hand vor den Mund, um ihr Kichern zu unterdrücken, und als sie wieder sprechen konnte, platzte sie heraus: „Lieber Gott, du warst ein arroganter, schürzenjagender Dummkopf, nicht wahr?“

Er wurde scharlachrot.

„Wenn du glaubst, ich wäre der einzige arrogante Idiot gewesen, der mit der Frau des Markgrafen Ehebruch beging“, fuhr er unverblümt fort, „die Gräfin Rosine hatte sich andere Liebhaber genommen, und mit dem Wissen ihres Mannes. Es war nicht die Affäre, die ihn störte, sondern ihre Intensität und die völlige Missachtung jeder Diskretion, was allein mein Fehler war. Markgraf Leopold wollte keinen öffentlichen Skandal, aber den bekam er, als die Feinde der Gräfin beschlossen, etwas zu unternehmen, solange er noch vom Hof fort war.

„Ernst kehrte aus Herzfeld zurück, als sein Vater noch in seiner Jagdhütte weilte. Er wurde vom Oberhofmeister informiert, dass das Verhalten der Gräfin Rosine die Grenzen sittlichen Anstands überschritten hätte und etwas unternommen werden müsste. Das war ein taktischer geschickter Zug. Der Oberhofmeister hasste Gräfin Rosine ebenso wie Prinz Ernst sie hasste. Sie hatten sich seit Jahren verschworen, sie loszuwerden. Die öffentliche Bloßstellung unserer Affäre war ihre Gelegenheit, sich von dem zu befreien, was sie für den unguten Einfluss der Gräfin auf den Markgrafen hielten. Ernst versammelte die vertrauten Berater seines Vaters und ein Gefolge aus seinen eigenen Anhängern und ging zusammen mit dem Oberhofmeister zu einem Spaziergang durch den Garten. Niemand außer ihnen kannte den Grund für diesen Spaziergang im Sonnenschein. Als daher sein Gefolge direkt während des - äh - Aktes über uns stolperte, war der Schock völlig echt."

Selina konnte sich nicht zurückhalten. „Wie konntet ihr beide so dumm sein? Gab es kein Anzeichen für das, was euch drohte? War ihr nicht klar, dass sie Feinde hatte, oder war es ihr gleichgültig? Und du hättest diskreter sein müssen, um ihretwillen, wenn aus keinem anderen Grund!"

Alecs Stimme war heiser vor Scham. „Glaub mir, meine Liebste. Das sind alles Fragen, die ich mir selbst immer wieder gestellt habe, während ich Gefangener im Kerker von Schloss Herzfeld war. Aber vor allem fragte ich mich, wie ich so unglaublich naiv gewesen sein konnte, mich in die familiären Verstrickungen des Hauses Herzfeld einzumischen. Ich wusste, dass Ernst seine Stiefmutter nicht mochte, aber ich hatte keine Ahnung, dass er seinen Halbbruder Viktor als Bedrohung für sein Erbe betrachtete. Er war davon überzeugt, dass die Gräfin plante, ihn zugunsten seines jüngeren Bruders enterben zu lassen. Später erinnerte ich mich daran, dass er in unseren englischen Unterhaltungen immer an den Lebensgeschichten unserer Hannoveraner Könige interessiert gewesen war. Er war vor allem davon beeindruckt, wie unser erster König George seine Frau Sophia Dorothea von Celle wegen ihres angeblichen Ehebruchs verbannen und einkerkern ließ und dass man ihr nie erlaubte, ihre Kinder wiederzusehen oder Königin von England zu werden."

„Was geschah mit ihr und mit dir? Hatte der widerliche Ernst Erfolg?"

Alec seufzte. Wenn er nicht schon durch den Mangel an Schlaf der letzten Nacht übermüdet gewesen wäre, sog ihm doch die Belastung durch diese Beichte den letzten Rest seiner noch verbliebenen Kraft aus. Die Übermüdung ließ seine sonst so milde Stimme knapp klingen.

„Ja. Die sehr öffentliche Art, wie der Ehebruch der Gräfin dem Hof bekannt wurde, dass sie die Unbesonnenheit besaß, sich einen Ausländer als Liebhaber zu wählen, einen Mann, der viel jünger war als der Markgraf, brachte noch größere Schande über das Haus Herzfeld. Um der Ehre der Familie willen und um den Respekt vor dem Markgrafen wiederherzustellen, hatte Leopold keine Wahl, als zu tun, was der Oberhofmeister und Ernst forderten. Die Gräfin Rosine und ihr kleiner Sohn wurden in das Haus ihrer Familie, das Schloss Rosine, verbannt und erhielten Befehl, genau wie Sophia Dorothea von Celle, für den Rest ihres Lebens dort zu bleiben. Ihrem Sohn Viktor wurden alle Titel, aber Gott sei Dank nicht die Legitimität, aberkannt und zumindest durfte er bei seiner Mutter bleiben. Er war erst elf Jahre alt."

„Dieser kleine Junge ist der Prinz Viktor, der dem neuen Markgrafen den Krieg und sich selbst zum rechtmäßigen Nachfolger seines Vaters, Prinz Leopolds, erklärt hat?"

„Genau der."

Selina sprang mit einem Rauschen ihrer gesteppten Röcke von dem Feldbett auf. Sie war nicht länger fähig, still zu sitzen und musste ihre Beine bewegen, daher ging sie auf der kleinen Fläche zwischen Alecs Feldstuhl und dem niedrigen Fenster des Kahns auf und ab, bis sie schließlich vor ihm stehenblieb.

„Hast du daran gedacht, dass ohne deine Affäre mit seiner Mutter dieser Bürgerkrieg vielleicht nie ausgebrochen wäre? Dass du der Auslöser bist, der Viktor in einen Krieg gegen seinen Bruder getrieben hat? Er möchte sein Geburtsrecht wiedererlangen, und der einzige Weg, das zu tun, ist, es Ernst zu entreißen! Ach, Alec!"

Sie fügte nicht hinzu: „Wie konntest du?", aber sie hätte es genauso gut aussprechen können, so deutlich stand es auf ihrem schönen Gesicht geschrieben. Ihre Reaktion kam für ihn nicht überraschend. Er wusste, dass Selina, wie er selbst, einen tiefsitzenden Sinn für Gerechtigkeit hatte. Daher würde sie natürlich Viktors Partei ergreifen, der bei dieser schmutzigen Geschichte der Unschuldige war. Natürlich würde sie sich auch mit dem kleinen Jungen identifizieren, der von seiner Mutter und ihm, dem Liebhaber seiner Mutter, verraten worden war, die beide nicht an die Folgen ihres Handelns gedacht hatten, und von seinem Vater, der ihn bestraft hatte, um die Untreue seiner Mutter zu ahnden.

Alec erhaschte ihre Finger und küsste ihren Handrücken, bevor er zu ihr aufschaute und resigniert sagte: „Die ganze Geschichte war mit Sicherheit ein Tiefpunkt in meinem Leben. Schlimmer war nur, von deinen Eltern als geeigneter Ehemann abgelehnt zu werden und zusehen zu müssen, wie du an Jamison-Lewis verheiratet wurdest. Und nachdem du jetzt die widerlichen Einzelheiten meiner Misshandlung in Schloss Herzfeld kennst, kannst du verstehen, warum es mir nichts ausmachte, entdeckt zu werden und in Ungnade zu fallen. Männer können sich von solchen geschmacklosen Skandalen erholen; manche suhlen sich darin, durch eine solche Affäre berüchtigt zu werden. Ich tat es. Für ungefähr fünf Minuten. Und dann wurde mir klar, was es für die Gräfin und ihren Sohn bedeutete. Ungeachtet der Tatsache, dass sie bei unserer Affäre freiwillig mitgemacht hatte und die Risiken kannte, verdiente sie eine so öffentliche Demütigung nicht. Und Viktor verdiente es nicht, für die Sünden seiner Mutter bestraft zu werden. Dass ich der Auslöser für diese Katastrophe war, führte fast zu meinem Verderben. Und ich fand mich mit der Strafe ab, die ich erhielt."

„Was geschah mit dir?", fragte sie sanft und streichelte sein kantiges

Kinn mit ihrem Handrücken. „Was haben sie getan, um dich zu bestrafen, mein Liebster?"

Er zog sie an sich, um sie auf seinen Schoß zu setzen, seine Hände um ihre Taille gelegt, und sie legte ihren Arm um seine Schultern und kuschelte sich an ihn.

„Ich kehrte nach Schloss Herzfeld zurück, diesmal nicht als Gast, sondern als Ernsts Gefangener. Um für immer im Kerker zu verfaulen, wenn es nach ihm ging. Verstehst du, der Oberhofmeister hatte ihm den Namen des Liebhabers der Gräfin Rosine nicht genannt. Er hatte diese Information absichtlich zurückgehalten, damit Ernsts Schock über die Entdeckung, wer der Liebhaber war, wenn er die Gräfin im Garten antraf, größer sein würde. Und so war es. Ich war bereits der Gegenstand einer krankhaften Besessenheit Ernsts und seiner Schwester, mich dann noch mit der einzigen Frau schlafen zu sehen, die er mehr als alle anderen hasste, war der äußerste Verrat. Sie waren wahnsinnig vor Wut und entschlossen, mich zu bestrafen, und zwar übel."

„Aber wieder hast du es geschafft zu entkommen, diesmal nicht nur aus dem Kerker, sondern auch aus Midanich. Wie?"

Ein Klopfen an der Holzverkleidung auf der anderen Seite des Vorhangs ließ Selinas Frage unbeantwortet, obwohl sie um ein Haar dem Störenfried gesagt hätte, er solle wieder gehen. Zumindest wollte sie ihn ignorieren, so dringend wollte sie den Rest von Alecs Geständnis hören. Aber als das Klopfen sich wiederholte und diesmal dringender als zuvor, gebot ihr Anstand ihr das Gegenteil und sie stand widerwillig von Alecs Schoß auf. Sie glättete den Fall ihrer Röcke, während Alec den Wappenring wieder über seinen Finger gleiten ließ und den Besucher einzutreten bat.

Oberst Müller trat in den privaten Bereich ein, verbeugte sich und entschuldigte sich für die Störung.

„Was gibt es, Oberst?", fragte Alec in Französisch, damit Selina den Verlauf der Unterhaltung verstehen konnte. „Hat Madame Jamison-Lewis es geschafft, mich lange genug zu unterhalten, dass die Zeit schneller vergangen ist und wir in Aurich angekommen sind?"

„Nein, Herr Baron. Leider wird die Reise noch viele Stunden dauern. Ich bin gekommen, um Euch mitzuteilen, dass wir den Schutz der Stadtmauern verlassen haben und uns nun im offenen Land befinden. Wir müssen ständig auf der Hut sein. Ich habe die Passagiere dieses Bootes und des nächsten angewiesen, ständig in der Kajüte zu bleiben, außer im absoluten Notfall. Man kann nicht vorsichtig genug sein, da militärische und zivile Rebellen erst letzte Woche in dieser Gegend gesehen wurden. Aber fürchtet Euch nicht, Madame", fügte er mit einer kurzen Verbeugung vor Selina hinzu. „Meine Männer werden diese Trekschuiten und Euer Leben mit ihrem eigenen schützen."

„Das glaube ich, Oberst", stellte Alec mit einem Lächeln fest. „Danke. Wenn Ihr beide mich nun entschuldigen wollt, ich glaube, ich sollte mich hinlegen, bevor ich umfalle, und ein paar Stunden ausruhen. Wir sprechen uns bald wieder, Mrs. Jamison-Lewis."

Der Oberst verbeugte sich, als er den Vorhang für Selina aufhielt, damit sie aus dem Privatzimmer des Herrn Baron vor ihm hinausgehen konnte, und Selina hatte keine Wahl, als zu knicksen und sich zu verabschieden. Erst, als sie auf der anderen Seite des Vorhangs bei den anderen Passagieren war, wurde ihr klar, dass bei all der Offenheit ihrer Unterhaltung er ihr den einen von allen Umständen, den jeder, von seinem Kammerdiener bis zu seinem Onkel, wissen wollte, nicht erzählt hatte: Wie er der Herr Baron von Aurich geworden war. Angesichts dessen, was sie jetzt wusste, war das verblüffender denn je.

SIEBZEHN

Alec schlief tief und ungestört, viele Stunden lang. Er war erschöpft und er schlief umso friedlicher, da er Selina sein Herz ausgeschüttet hatte und dank der sanft schaukelnden Bewegung des Kahns, der langsam den Kanal entlang gezogen wurde. Und als er träumte, träumte er von Cosmo und glücklicheren Zeiten.

Und während Alec von Cosmo träumte, träumte sein bester Freund von ihm. Aber seine Träume waren aus dem Stoff, aus dem Albträume sind. Er schrak hoch und setzte sich im Bett auf, schweißgebadet, das Gesicht mit den Händen bedeckend, und seine Finger zupften an seiner Haut im Versuch, die Schandmaske abzuziehen, die über seinem Kopf befestigt war. Und während er mit dem Eisenkäfig kämpfte, konnte seine dicke, schwere, trockene Zunge sich nicht bewegen, so dass er nicht um Hilfe rufen konnte. Je mehr er in Panik geriet, desto fester saß die Maske, bis er nach Atem rang, seine Finger waren schlüpfrig und feucht, der Kopf heiß und das Mundstück, das in seinen Mund ragte, drückte so hart auf seine Zunge, dass er würgte. So eifrig er jedoch versuchte, die Schnalle zu finden, so sehr seine Finger auch an dem metallenen Käfig kratzten, er konnte das Foltergerät, das Alec ihn zu tragen gezwungen hatte, nicht abnehmen.

Er brauchte eine volle Minute, bis ihm klar wurde, dass seine eigenen Hände sein Gesicht und seinen Mund bedeckten, nicht eine eiserne Maske, die als öffentliche Demütigung für Frauen, die ihre Männer beschimpften, gedacht war. Und Alec war nicht hier, war nie in diesem kleinen Raum gewesen, und mit jedem Tag, der jetzt verging, seit er am Diner des Markgrafen teilgenommen hatte, bezweifelte er mehr, dass er seinen Freund je lebend wiedersehen würde.

Zu wissen, dass er keine Schandmaske trug, verschaffte ihm große Erleichterung, aber damit kamen auch Tränen der Frustration und der Angst. Nicht um ihn selbst, sondern um Emily und ihre Begleiterin, Mrs. Carlisle. Er legte sich wieder zwischen die zerknüllten Laken und umarmte sein Kissen, erfüllt von Erleichterung, während er sich das Diner des Markgrafen wieder ins Gedächtnis rief. Das war vor drei Tagen gewesen und das erste Mal seit einem Monat, dass er dieses Zimmer verlassen hatte.

Das Diner fand in dem eichengetäfelten Festsaal des Schlosses statt, der über eine vergoldete Balkendecke und einen gigantischen, steinernen Kamin verfügte, vor dem fünf treue Wolfshunde sich räkelten; alle Wände waren mit jeder Art mittelalterlicher Waffen und Porträts früherer Markgrafen in ihrer militärischen Pracht bedeckt. Weiter oben, über der kleinen Galerie, wo ein Streichquartett außer Sichtweite spielte, hingen die präparierten Köpfe exotischer Tiere - Elefanten, Bären, Löwen, Antilopen, Nashörner, Zebras, Hirsche, Wildschweine - Trophäen von Jagdausflügen hier in Midanich und weiter fort von den äußersten Rändern des Heiligen Römischen Reichs Deutscher Nation. Der Markgraf, seine militärischen Befehlshaber, die engsten männlichen Freunde und Höflinge, saßen an drei langen Tischen, die alle Wände außer einer säumten. Frauen, Töchter und Mätressen waren bei solchen Diners nicht zugelassen; auch alle Diener waren männlich.

Man aß von goldenen Tellern und trank aus Kristallbechern, als ob es ein Sommertag wäre und Essen reichlich vorhanden. Nicht, wie der Oberhofmeister, der am weitesten von seinem Herrn entfernt saß, angeraten hatte, bescheiden wegen eines langen Winters und mit Rücksicht darauf, dass die Burg belagert wurde.

Hinter den hochlehnigen, schweren Stühlen der Gäste standen die Soldaten der persönlichen Leibwache des Markgrafen in strammer Haltung. Ihr Kommandant, Hauptmann Westover, hatte den Ehrenplatz hinter dem thronähnlichen Stuhl des Markgrafen inne und schaute mit einem stets wachsamen Auge auf allen Anwesenden und nicht, wie alle anderen, auf die in der großen Freifläche in der Mitte verstreuten Teppiche, wo eine Gruppe reisender Zirkusartisten Unterhaltung bot. Der illustre Gastgeber und seine Gäste wurden durch diese Darstellung abgelenkt, aber auch davon gelangweilt, da die Truppe drei Abende hintereinander aufgetreten war und der Ablauf so schal wurde wie das Brot von gestern.

In diesen Lärm und das helle Kerzenlicht wurde Sir Cosmo, die

Hände vor sich gefesselt, eskortiert. Nicht an die laute Unterhaltung, das Gelächter und die Rufe der herumspringenden Artisten und den Applaus des Publikums gewöhnt, schloss Cosmo seine Augen fest und tat sein Bestes, um die in ihm aufsteigende Panik zu unterdrücken. Es war so lange her, seit er sich in einem solchen Getöse befunden hatte, dass er sich fragte, wie er je die geschäftigen Straßen von Westminster und Paris überlebt hatte. Als er am Ellenbogen genommen und in die Mitte des Raumes geführt wurde, hielt er den Kopf gesenkt, nicht, weil man es ihm befohlen hatte, sondern weil er einer Ohnmacht nahe war.

Die Zirkustruppe lief nach allen Seiten aus dem Weg, um dieser neuesten und höchst faszinierenden Art der Unterhaltung Platz zu machen. Bei der plötzlichen Stille und unterdrückten Unterhaltung hob Sir Cosmo den Kopf und blinzelte ins Licht. Und als er seine Umgebung erkennen konnte, fand er sich nur einen Fuß weit von dem mittleren Tisch und dem dort auf einem hochlehnigen Stuhl Sitzenden, der in einen schillernden Rock aus goldenen und silbernen Fäden gekleidet war, entfernt. Aber es war nicht so sehr die Pracht seiner Kleidung, die Sir Cosmo erstaunte, sondern der Mann selbst. Er nahm zu Recht an, dass dies Markgraf Ernst wäre, der ihn in seinem Zimmer besucht hatte, dem er aber nicht hatte ins Gesicht sehen dürfen, und daher nur dessen auf Hochglanz polierte Stiefel bewundert hatte. Nach dem, was sein Kammdiener ihm über die Unfähigkeit des Markgrafen, Haarwuchs zu haben, anvertraut hatte, der also an der *unaussprechlichen Wahrheit* litt, war er darauf vorbereitet, dass er seltsam, vielleicht scheußlich, anzusehen wäre. Nichts hätte der Wahrheit ferner liegen können.

Das Aussehen Markgraf Ernsts stand in deutlichem Gegensatz zu den fleischigen Männern mit dichten Augenbrauen und breiten Kiefern, die um ihn herumsaßen. Er hatte feine Gesichtszüge mit hohen Wangenknochen und einer breiten Stirn. Seine Augenbrauen waren bleistiftdünn. Seine großen, blauen Augen wurden von schwarzen Wimpern umrahmt und sein Mund in Form einer Rosenknospe trug noch die Überreste von roter Lippenschminke. Und als wäre das nicht genug, um ihn von seinen Genossen abzuheben, hatte er die Art von sahnig-goldenem Teint, leicht gepudert, der Cosmo an seine Cousine Selina erinnerte. Und dieses schöne Gesicht, denn es war eher schön als gutaussehend, wurde von einer großen Perücke aus blonden Locken umrahmt, die über seine Schultern fielen und mit seidenen Bändern durchflochten und mit Diamantspangen geschmückt waren.

Wie um sich zu überzeugen, dass hier ein Mann saß und nicht eine als Mann verkleidete Frau, blickte Cosmo auf die Hände des Markgrafen, denn sicher würden diese sein Geschlecht verraten, wenn sonst nichts, was zu sehen war, das konnte. Wenn er den vorstehenden Kehlkopf eines Mannes besaß, war das nicht zu sehen, denn wie immer war dieser von dem feinen Leinen und der Spitze einer Krawatte bedeckt. Aber die Hände eines Mannes waren im Allgemeinen größer, die Fingernägel flacher und die Handflächen viereckiger als die einer Frau. Wieder jedoch wurde Cosmo überrascht und verwirrt. Ernsts Hände waren lang, die Finger spitz zulaufend und elegant, und da sie von Juwelen und weichen Spitzenrüschen bedeckt wurden, die von seinen Handgelenken hinabfielen, war es schwer, das Geschlecht solch weicher, weißer Hände zu bestimmen.

Sir Cosmo wagte es, den Markgrafen offen anzustarren und Ernst starrte zurück, so wie alle Männer, die um die drei Tische herumsaßen. Cosmo brauchte nicht viele Minuten, um zu erkennen, dass er jetzt die Gäste mit einer abendlichen Unterhaltung versorgte. Er wurde vorgeführt, als wäre er das neueste zoologische Ausstellungsstück im Zoo des Towers, und alles nur wegen seines Bartes und der langen Haare. Und als zwei der Höflinge um Erlaubnis baten, sich dem Gefangenen nähern zu dürfen, machte Markgraf Ernst mit einer lässigen Handbewegung das Zeichen der Zustimmung. Ein Lächeln verzog seinen schönen Mund und seine blauen Augen lösten sich einen Moment lang nicht von Cosmos Blick.

Sir Cosmo zwang sich, nicht zusammenzuzucken, als die beiden Höflinge es wagten, vorsichtig seinen Bart zu berühren, das kurze Haar zwischen Daumen und Zeigefinger zu reiben und der versammelten Gesellschaft, als sie wieder zu ihren Plätzen zurückkehrten, zu bestätigen, dass das Barthaar des Gefangenen tatsächlich so hart war wie das Brusthaar eines Mannes.

Cosmo verstand die deutsche Sprache nicht, aber was immer gesagt wurde, löste unter der versammelten Gesellschaft eine hitzige Diskussion aus, obwohl der Markgraf nicht einmal seine Stimme erhob. Er nahm seinen Becher und trank, aber seine Augen blieben auf den Gefangenen gerichtet. Was konnte Cosmo anders tun, als still und gehorsam zu bleiben? Er hatte längst die Vorstellung aufgegeben, dass er je die Rücksicht und die Stellung eines Gentlemans seines eigenen Landes eingeräumt erhalten würde, und immer nur ein Kriegsgefangener sein und in diesem gottverlassenen Fürstentum entsprechend behandelt werden würde.

Als dann der Markgraf befahl, die seidenummantelte Schnur von seinen Handgelenken zu entfernen und dem Gefangenen einen Stuhl zu bringen, damit er sich ihm gegenüber an den Tisch sitzen könnte, war es nur natürlich, dass Sir Cosmo misstrauisch war. Er zögerte, sich hinzusetzen, wo man ihn hinwies, bis er von einem Soldaten am

Oberarm gepackt und auf den Stuhl gedrückt wurde, der dann die Stellung hinter seinem Rücken einnahm. Ein Teller wurde vor ihn hingestellt und ein leerer Becher gefunden und mit Wein gefüllt. Diener wurden angewiesen, die Platten mit den Speisen zu bringen, aber als sie ihm angeboten wurden, wehrte Sir Cosmo ab. Der Geruch der fetten Saucen und der Anblick großer Stücke gebratenen Fleischs ließen seinen Magen brennen. Seine übliche Verpflegung als Gefangener bestand aus Brühe und Brot, Käse, eingelegtem Hering mit Kohlgemüse und einer Scheibe Fleisch pro Woche. Daher war er sicher, dass alles andere seinem empfindlichen Magen nicht behagen und ihm sofort Übelkeit bereiten würde. Doch trank er aus dem Becher und der Wein, sein erster seit Monaten, war eine flüssige Köstlichkeit für seinen Gaumen.

„Ihr könnt doch nicht nach alle dieser Zeit noch glauben, dass Euer Freund noch kommen wird, um Euch zu retten, Sir Cosmo Mahon?"

Cosmo schaffte es, den Becher mit ruhiger Hand auf dem Tisch abzustellen, trotz seiner Überraschung, auf Englisch angesprochen zu werden. Aber seine Überraschung galt nicht der Fähigkeit dieses Edelmannes, seine Sprache zu sprechen; davon wusste er bereits. Es war der Klang der Stimme. Sie war weich, sonor und tief. Das hatte er vergessen. Also doch keine Frau in Männerkleidung.

„Ja, Euer Durchlaucht. Das erwarte ich."

Der Markgraf verzog angesichts solcher Überzeugung den Mund.

„Ich glaube das nicht", sagte er mürrisch. „Warum sollte er? Er ist aus meinem Land entflohen. Er kennt die Konsequenzen, die ihn erwarten, sobald er einen Fuß in dieses Schloss setzt."

„Dennoch wird er kommen, Euer Durchlaucht. Und Ihr müsst wissen, dass er kommen wird, oder ich wäre nicht mehr Euer Gefangener."

Der Markgraf kicherte, war aber nicht belustigt. „Welch ein Narr Ihr seid, Sir Cosmo Mahon! Ihr wisst nicht einmal, was mit Eurem Freund geschah, als er das letzte Mal hier war, nicht wahr?"

„Nein, das weiß ich nicht, Euer Durchlaucht."

„Ich habe ihn foltern lassen."

Sir Cosmo zuckte bei dem Wort zusammen, antwortete aber nicht.

„Ihr glaubt mir nicht?"

Sir Cosmo dachte an die abgeschlagenen Köpfe auf Piken über den Zinnen und die Tatsache, dass er seit zwei Monaten in einem winzigen Raum mit keiner anderen Gesellschaft als den Soldaten, die ihn bewachten, eingesperrt war. Und an den Moment, als sie seinen Kopf in einen Eimer Eiswasser getaucht und ihn fast ertränkt hatten, nur, um ihn gefügig zu machen. Oh ja, er konnte durchaus glauben, dass dieser Herrscher imstande war, jemanden foltern zu lassen.

„Doch, Durchlaucht, ich glaube Euch."

„Ich verstehe nicht, warum er Euch als seinen besten Freund wählen sollte", beschwerte sich der Markgraf, lehnte sich in seinem Stuhl zurück und musterte seine Geisel über den Becher hinweg. „An Euch ist absolut nichts Anziehendes. Ihr seid ordinär. Eure Nase ist nicht der Rede wert. Eure Augen sind zu klein. Eure Gesichtszüge wird man nie in Stein verewigen. Und mit dieser Matte, die Euer Gesicht bedeckt, seht Ihr aus wie ein Affenmensch. Ihr seid zweifellos Alec Halseys Aufmerksamkeit nicht würdig."

„Verzeiht, Euer Durchlaucht, aber Ihr verwechselt mich mit einer Frau. Ich bin Alec Halseys Freund, nicht seine Geliebte."

„Geliebte?" Der Markgraf schnitt eine Grimasse. „Nur zu wahr. Ich kann mir nicht vorstellen, dass Ihr ihn als Geliebter interessieren würdet." Er beugte sich vor und fragte in vertraulichem Ton, wie ein Freund den anderen, und plötzlich strahlen seine Augen hell: „Sagt mir, hat er viele Geliebte? Hält er sich eine Mätresse? Hat er eine Engländerin geheiratet? Hat er Kinder? Bastarde, vielleicht? Oder zieht er es noch immer vor, die Frauen anderer Männer zu bespringen?"

„Das sind Fragen, die ich nicht beantworten kann, Euer Durchlaucht."

„Natürlich könnt Ihr das", fuhr der Markgraf im gleichen vertraulichen Tonfall fort, der dazu dienen sollte, Vertrauen zu erwecken, der aber Sir Cosmo das Gefühl gab, als kröchen Ameisen über seine Haut. „Ihr seid sein bester Freund. Beste Freunde wissen diese Dinge übereinander. Beste Freunde vertrauen sich Dinge an. Und als sein bester Freund müsst Ihr all das wissen, und mehr."

„Und selbst, wenn ich es wüsste, dürfte ich es Euch nicht erzählen, Durchlaucht", entschuldigte sich Sir Cosmo.

Der Markgraf wehrte solch ehrenhafte Vorstellungen mit einer Bewegung seiner juwelengeschmückten Hand ab. Die Soldaten hinter Sir Cosmos Stuhl hielten dies versehentlich für ein Zeichen, dass sein Gespräch mit dem Gefangenen beendet wäre, packten Sir Cosmo an beiden Armen und zerrten ihn vom Stuhl hoch.

„Setzt ihn hin! Setzt ihn hin, ihr Narren!", kreischte der Markgraf auf Deutsch und schoss so schnell aus seinem Stuhl hoch, dass er fast seinen Becher umgeworfen hätte. Der Wein spritzte über den Tisch. Alle, die dort saßen, unterbrachen ihre Gespräche und standen auf wie ein Mann. Markgraf Ernst zeigte mit einem langen, ringgeschmückten Zeigefinger auf den letzten der Wachen in der Reihe an der Wand. „Du! Ja, du! Komm hierher und stelle dich hinter den Gefangenen. Ihr zwei, geht mir aus den Augen!" Er schaute über seine Schulter zum Hauptmann seiner Wache, der den Stuhl zurechtrückte. „Westover! Sagt mir, warum Ihr mein Hauptmann seid, wenn Ihr es Dummköpfen erlaubt, mich zu bewachen! Nein! Antwortet nicht. Aber diese beiden sind entlassen. Nehmt ihnen die Uniformen ab und lasst sie im Keller Abfälle schleppen!"

Er ließ die Schöße seines Rocks aus silbernem und goldenen Garn nach hinten fliegen und setzte sich wieder, wie alle anderen es auch taten.

„Ihr könnt mir nichts sagen, weil Ihr nichts wisst", sagte er auf Englisch zu Sir Cosmo, als ob sein Ausbruch nicht stattgefunden hätte. „Oder, weil Ihr ein störrischer Narr seid. Welches von beidem stimmt?"

„Keines von beidem, Durchlaucht", antwortete Cosmo höflich. „Es ist nur, weil beste Freunde nicht das Vertrauen des anderen missbrauchen."

„Ach! Haltet es, wie Ihr wollt! Ihr kriegt die Zähne so wenig auseinander, wie Eure Begleiterin eine Plaudertasche ist!"

„Emily?" Sir Cosmo zischte den Namen und seine plötzliche Bewegung auf seinem Stuhl ließ die Hand des Soldaten hart auf seine Schulter fallen, damit er nicht aufspringen sollte. „Geht es ... Miss Mahon gut? Wird sie mit allem Respekt behandelt und hat jede Bequemlichkeit? Darf ich erfahren, wie es ihr geht, Euer Durchlaucht?"

„Oh? Oh! Jetzt werdet ihr lebendig! Nun, wenn Ihr einen Bericht über Eure Begleiterin haben wollt, solltet Ihr mit den Antworten auf meine Fragen besser etwas mitteilsamer sein." Der Markgraf hob seine gemalten Augenbrauen. „Wenn Ihr sehr brav seid, lasse ich sie Euch vielleicht sehen ...“

„Vielen Dank, Euer Durchlaucht."

Markgraf Ernst lächelte mutwillig. Er schaute sich unter seinen Gästen um und sprach in ihrer eigenen Sprache zu ihnen. „Seht, wie lebhaft dieser haarige Affe wird, wenn ich seine Begleiterin erwähne! Was für Tiere diese Engländer sind! Nur gut, dass wir sie in getrennten Käfigen gehalten haben, sonst könnten wir sicherlich bald unser erstes haariges Baby erwarten!"

Einen Moment lag war alles still, und dann gab einer der Gäste ein gezwungenes, lautes Lachen von sich und die anderen stimmten ein, wobei sie einander anstießen und anfeuerten, lauter über das schwache Bonmot ihres Herrschers zu lachen. Baron Haderslev versuchte, den Blick Hauptmann Westovers einzufangen, als er innerlich die Augen verdrehte, aber der Hauptmann der Wache war mit seinen eigenen Gedanken beschäftigt.

Der Hauptmann der Wache dachte, dass der Sohn weder als Mann, noch als Herrscher je seinem Vater gleichkommen würde. Markgraf Leopold war ein ausgezeichneter Herrscher, ein tapferer Soldat und ein gerechter und fähiger Verwalter gewesen. Und während sein Sohn Ernst ein wilder und tapferer Soldat war, der fähig war, Männer in die Schlacht zu führen, war er kein Verwalter oder ein ehrenhaftes Staatsoberhaupt, wie Leopold es gewesen war. Es wurde viel über Ernsts Fähigkeit, Herrscher zu sein, gemunkelt und über die immer längeren Zeiten, die er mit Besuchen bei seiner schwachsinnigen Schwester, der Prinzessin Johanna, verbrachte. Aber nichts davon reichte aus, um einen Markgrafen abzusetzen, der aus einer langen Reihe von Herzfelder Fürsten stammte, die durch Gottes Gnaden regierten. Westover hatte Ernst den Treueid geschworen, so, wie er es bei Markgraf Leopold getan hatte, und er würde diesen Schwur halten, bis er seinen letzten Atemzug täte.

Und während Westover überzeugt war, dass es Gottes Wille wäre, dass Ernst Markgraf war, fragte sich Baron Haderslev, der dem alten Markgrafen gedient hatte und nun ein alter Mann war, wie viele Stunden, Tage, Wochen, vielleicht Monate länger er es würde ertragen müssen, Ernsts Albernheiten anzuhören, bis sein Halbbruder Viktor die Burg stürmen und den Thron für sich selbst beanspruchen würde. Es war nicht so, dass er Viktors Ansprüche auf den Thron besonders unterstützte. Schließlich war er der Spross aus einer morganatischen Ehe und konnte daher rechtmäßig nicht erben. Aber je mehr Zeit Haderslev in Ernsts Gesellschaft verbrachte, desto mehr war er dafür, alle Gesetzmäßigkeiten zugunsten eines Herrschers zu verwerfen, der geistig gesund war und nicht unter dem Einfluss einer Schwester stand, die seit ihrem fünfzehnten Geburtstag eingesperrt gewesen war. Als Leopold noch lebte, hatte er Ernst unter Kontrolle und mit Sicherheit Johanna hinter Schloss und Riegel gehalten ...

Vielleicht würde der Winter den Adligen helfen, den Mut für einen Umsturz aufzubringen. Aber Haderslev wusste, dass dies ohne die Unterstützung oder die Kapitulation des hündisch ergebenen Hauptmanns der Leibgarde unmöglich wäre.

„Haderslev! Haderslev! Träumt Ihr mit offenen Augen?"

Das war der Markgraf und Baron Haderslev verbannte schnell seine verräterischen Gedanken und stand auf.

„Wo ist die Begleiterin dieses Affen? Lasst sie holen!" Ernst wandte sich mit einem strahlenden Lächeln an Sir Cosmo und fuhr auf Englisch fort: „Während Eure Begleiterin geholt wird, werdet Ihr mir vielleicht jetzt mehr über unseren Freund erzählen ...?" Als Sir Cosmo nickte, seufzte er befriedigt und legte seine Finger zeltartig zusammen, während er die Ellenbogen auf den Tisch stützte und fragte: „Erzählt mir von seiner Frau oder seiner Mätresse oder von beiden. Meine Schwester will unbedingt wissen, mit wem er Unzucht treibt und so sein Gelübde ihr gegenüber als ihr Ehemann zum Spott macht.“

Sir Cosmo war sicher, dass er richtig gehört hatte, aber er fragte sich, ob der Markgraf bei der Übersetzung ins Englische seine Worte durcheinandergebracht hatte. Daher berichtigte er ihn höflich.

„Ich bitte um Verzeihung, Euer Durchlaucht, aber Alec Halsey ist nicht verheiratet und war es auch nie.“

„Ha! Dann kennt Ihr ihn überhaupt nicht und könnt keinesfalls sein bester Freund sein, wenn er Euch nicht anvertraut hat, dass er tatsächlich verheiratet ist, und zwar mit meiner Schwester Johanna. Sie wurden hier im Schloss getraut, mit meinem Vater und dem Oberhofmeister als Zeugen der Eheschließung. Ist es nicht so, Baron?“

Er wiederholte auf Deutsch zum Haushofmeister, was er gerade zu dem Gefangenen gesagt hatte und Sir Cosmo schaute seinerseits den Baron an, der sich verbeugte und zur Bestätigung der Behauptung seines Herrschers nickte. Sie Cosmo sah sich unter den Gästen um, und als nicht einer überrascht schien, sondern alle mit Essen und Trinken fortfuhren, drehte er sich wieder zu Ernst und sagte ruhig:

„Wenn das tatsächlich der Fall ist, Euer Durchlaucht, dann ja, habt Ihr recht. Er hat mir, oder sonst jemandem in England, dies nicht anvertraut.“

Der Markgraf wirkte selbstgefällig, aber dann verzog sich sein Mund zu einem ungehaltenen Ausdruck.

„Dann werde ich Euch sagen, was er Euch nicht erzählt hat. Mein Vater hat ihn am Morgen dieser Zeremonie in den Adelsstand erhoben - denn wir hätten einem Bürgerlichen nicht erlauben können, in die Familie einzuheiraten - und dann wurden sie hier, in der Schlosskapelle, getraut. Und was tat er? Wie hat er uns behandelt? Er verließ meine arme Schwester. Er floh noch in der Nacht und ließ meine Schwester mit gebrochenem Herzen zurück. Und sie blieb untröstlich. Eine solche gefühllose Behandlung einer Braut - *meiner Schwester* - ist unverzeihlich. Und dennoch würde *sie* ihm vergeben und wieder als ihren Ehemann aufnehmen, das weiß ich, wenn er sie bei seiner Rückkehr um Verzeihung bitten würde. Ha! Was denkt Ihr jetzt über Euren besten Freund, Sir Cosmo Mahon?“

Sir Cosmo wusste nicht, wie er reagieren sollte. Er versuchte immer noch die erstaunliche Nachricht zu verdauen, dass Alec die Schwester des Markgrafen geheiratet und sie dann verlassen hatte. Sein Freund würde nie so leichtfertig eine derart lebensbestimmende Entscheidung treffen oder so grausam sein zu heiraten und dann seine Braut zu verlassen - dafür war er viel zu sehr Gentleman. Es sei denn, hieß das, wenn er zu einer solchen Verbindung gezwungen worden wäre. Das schien im Bereich der Fantasie zu liegen, bis es Cosmo einfiel, wo er war und bei wem er war und wie er seit zwei Monaten eingesperrt war und auf Alec wartete, der ihn retten sollte. Nie wieder würde er einfach so etwas abstreiten, das seiner Meinung nach nur aus der Feder eines Märchenautors stammen konnte. Er lebte jetzt in einem und es wurde von Tag zu Tag absonderlicher.

Und als er vor diesem Mann mit seinen blonden Locken saß, der von einem Hofstaat aus Soldaten und Speichelleckern umgeben war, die sich vollstopften, als ob das Essen reichlich vorhanden wäre, wurden Cosmo zwei Dinge klar: Er selbst war nicht verrückt geworden - er war noch so geistig gesund wie an dem Tag, als er im Vorzimmer verhaftet worden war. Zweitens, weit erschreckender, war der Markgraf ganz offensichtlich geistig gestört, insbesondere, wenn es um Alec ging. Es sah seinem Freund ähnlich, der Gegenstand einer solchen Besessenheit zu werden! Aber es war nicht nur die Schwester, die besessen war. Es war mehr als ein Jahrzehnt her, seit Alec in diesem Land und in der Gesellschaft dieses Adligen gewesen war, und doch sprach der Markgraf, als wäre es erst gestern gewesen. Für jeden war die Zeit weitergelaufen, außer, wie es schien, für Markgraf Ernst.

„Kommt her! Kommt her!", sagte der Markgraf zu dem neuesten Gast in der Festhalle, was Cosmo aus seinem Grübeln riss und ihn seinen Stuhl drehen ließ, in der Erwartung, Emily zu sehen. „Hier ist Eure Begleiterin, Sir Cosmo! Wie Ihr seht, hat man sich gut um sie gekümmert und ihr wird jede Höflichkeit zuteil, die ihrem Rang als der Enkelin einer englischen Herzogin entspricht. Kommt näher, meine Liebe! Kommt näher!"

Sir Cosmos Lächeln gefror und sein Herz setzte bei dieser Wiedervereinigung einen Schlag aus.

Dieses arme Geschöpf konnte unmöglich Emily sein! Sie wurde an einer Kette, die an den Handschellen um ihre Handgelenke befestigt war, in den Raum geführt, aber es war ihr Kopf, den er voller Entsetzen anstarrte, denn dieser war in einen Käfig aus eisernen Stangen eingeschlossen. Er wusste, was das war. Es war eine Schandmaske und er hatte so etwas nur bei einer Ausstellung im Tower gesehen. Sie sollte einem längst verstorbenen Lord gehört haben und zur Unterwerfung von Ehefrauen benutzt worden sein, von denen ihre Männer dachten, dass sie eine böse Zunge hätten. Man hatte ihm erzählt, dass dieses barbarische Gerät noch in Teilen Schottlands und auf dem Kontinent in Gebrauch wäre. Er hatte noch nie etwas so scheußlich Mittelalterliches gesehen und konnte nicht glauben, dass ein solches Folterinstrument je das Licht des Tages erblickt hätte. Aber hier war jetzt eines, in Midanich, und sehr wohl in Gebrauch.

Das Geschöpf starrte ihn hinter dem Eisengitter heraus an, große dunkle Augen voller Furcht schauten um sich. Aber als sie Sir Cosmo sah, wurde ihr Blick starr und ihre Augen füllten sich mit Tränen des Wiedererkennens. Zur Antwort brach Sir Cosmo in Tränen aus und bedeckte sein Gesicht mit seinem Ärmel, um sein Schluchzen zu ersticken und rasch die Tränen abzutupfen.

„Aha! Unser haariger Affe ist überglücklich, seine Partnerin wiederzusehen!", verkündete der Markgraf mit Applaus, der schnell vom Applaus entlang der Tische gefolgt wurde.

Ohne Erlaubnis und ohne einen Gedanken an seine Umgebung trat Sir Cosmo vor und ergriff die Hände der Frau. Er schaute auf sie hinab und versuchte, in dem verängstigten Ausdruck eine Spur seiner Emily zu erkennen. Sie blinzelte zu ihm auf und schaute ihn fest an, als ob sie seine ungeteilte Aufmerksamkeit wollte, und als er zustimmend nickte, lächelte sie. Er sah, dass der Apparat in ihren Mund reichte und ihre Zunge nach unten drückte, so dass sie nicht sprechen konnte. Und obwohl sie es nicht in Worte fassen konnte, wusste er, was sie ihm sagen wollte und er erkannte, wer sie war. Dies war nicht Emily; das hatte er von Anfang an gewusst, als er in ihre Augen sah, die dunkel waren, nicht blau. Aber bis dieses arme Wesen lächelte, war er über ihre Identität in Zweifel gewesen. Es war Mrs. Carlisle, Emilys Gesellschafterin, und sie hatte irgendwie Emilys Platz eingenommen. Er hätte weinen mögen, ihretwegen, aber auch vor Freude, dass es nicht Emily war, die in dieser abscheulichen Weise gefoltert wurde. Und mit großer Erleichterung für Emily kamen Schuldgefühle und Besorgnis für ihre Begleiterin.

„Ihr seht, dass sie wohlgenährt und gesund ist, aber da sie ihren Mund nicht halten wollte", beschwerte sich der Markgraf, „fand meine Schwester ein Mittel, um sie ganz am Sprechen zu hindern."

„Sicherlich würden fünf Minuten, in denen sie ein solches Gerät trägt, genug Zeit sein, dass sie ihre Lektion lernt, Euer Durchlaucht?", sagte Sir Cosmo leise und kämpfte hart darum, seine Gefühle zu verbergen.

„Das ist die Entscheidung meiner Schwester. Aber möchtet Ihr Eure Freundin nicht umarmen, Sir Cosmo? Ich bin sicher, sie wird Euch nicht beißen!" Er grinste über seinen eigenen Witz und wiederholte ihn in Deutsch für seine Höflinge, die wieder lachten, aber diesmal aus echter Belustigung. „Umarmt Euch! Keine Angst! Umarmt Euch, sage ich!", forderte er das Paar auf Englisch auf. „Ich möchte sehen, wie mein Affe und mein Käfigvogel sich umarmen!"

Langsam nahm Sir Cosmo Mrs. Carlisle in seine Arme und zog sie an sich. Sie lehnte sich an seine Schulter. Und da standen sie einige Sekunden lang, ihre Umgebung und das Bild, das sie für die Welt abgaben, völlig vergessend und genossen die sanfte Berührung eines anderen menschlichen Wesens. Der Markgraf sprang applaudierend auf die Füße und die anderen Gäste taten es ihm nach, als ob dies die beste Abendunterhaltung wäre, deren Zeuge sie je geworden waren, als ob dieses Paar die Hauptattraktion einer Vorführung von Absonderlichkeiten wäre.

Als Mrs. Carlisle zu schluchzen begann, flüsterte Sir Cosmo in ihr Ohr: „Seid tapfer. Tut, was man Euch sagt. Habt Hoffnung. Lord Halsey wird uns beide retten. Ich verspreche es Euch." Er zog sich etwas zurück, damit er ihr Gesicht deutlich sehen konnte. „Sagt mir: Geht es ihr gut?"

Mrs. Carlisle nickte.

„Ist sie im Schloss?"

Mrs. Carlisle schüttelte den Kopf.

„Sie ist geflohen?"

Mrs. Carlisle schüttelte den Kopf und riss ihre Augen weit auf.

Sir Cosmos Augen weiteten sich ebenfalls voller Hoffnung und er atmete rasch auf. „Sie entkam, bevor Ihr aufs Schloss gebracht wurdet?"

Diesmal lächelte Mrs. Carlisle. Sie wurde gezwungen, zurückzutreten, als ihr Wärter an der Kette um ihre Handgelenke zerrte. Aber Sir Cosmo folgte ihr, umfing ihre Hände und küsste sie, wobei er atemlos, während ihm die Tränen die Wangen hinabliefen, hinzufügte: „Gott segne Euch, werte Dame. Vielen Dank. Ich danke Euch aus ganzem Herzen."

Der Markgraf war Sir Cosmos Gesellschaft müde geworden und auch der seiner Gefährten, daher gab er den Gästen das Zeichen, ihn zu verlassen und rief nach Baron Haderslev, der ihm aufwarten sollte.

„Ihr auch, Westover." Er machte eine Handbewegung in Sir Cosmos Richtung und sagte in ihrer Muttersprache zu ihnen: „Lasst ihm diese ekelhafte Matte aus dem Gesicht entfernen. Es ist mir gleich, wie Ihr das tut. Entweder erlaubt Ihr seinem Kammerdiener, ihn zu rasieren, oder Ihr lasst Eure Männer ihn festbinden und sie irgendwie, wie Ihr es für richtig haltet, entfernen. Verstanden?"

„Ja, Euer Durchlaucht. Es soll sofort erledigt werden."

„Und bringt ihn dazu, so zu bleiben. Ihr kennt das Gesetz."

„Ja, Euer Durchlaucht."

„Wir können nicht zulassen, dass Prinzessin Johanna sich wegen dieses Narren irgendetwas einbildet. Er ist bei weitem kein Alec Halsey. Sie darf ihn nie wiedersehen ...“

„Sie hat den Gefangenen *besucht*?“ Das war Baron Haderslev. Seine Ungläubigkeit wurde als Schock aufgefasst.

„*Nein*, Haderslev“, stöhnte der Markgraf verärgert. „Wo ist Euer Verstand?“

„Verzeihung, Durchlaucht“, murmelte der Haushofmeister und hoffte, dass er sich nicht verraten hatte. „Natürlich würde die Prinzessin sich nicht für diesen Affen von einem Mann interessieren.“

„Nein, das würde sie nicht. Und es ist nur gut, dass ich keine Frauen, Schwestern, Töchter oder sonstige weibliche Wesen bei meinen Banketten zulasse. Mit Sicherheit wäre der Anblick des Freundes meines Freunds ein zu erschreckender Anblick auch für sie gewesen, wie er es für meine Schwester wäre.“

Der Markgraf drehte sich auf dem Absatz um und wollte gehen, als ihm plötzlich etwas einfiel. Er wandte sich um und musterte seinen Gefangenen leidenschaftslos, als Sir Cosmo aus dem Saal eskortiert wurde.

„Meiner Rechnung nach hat Halsey noch knapp zwei Wochen Zeit, um hier aufzutauchen, bevor sein haariger bester Freund und dieses plappernde Weib ihren letzten Atemzug machen dürfen. Ja?“

„Ja, Euer Durchlaucht. Elf Tage noch, um genau zu sein.“

„Gut. Wenn Halsey bis dahin nicht hier ist, schneidet ihnen die Kehlen durch. Zwei Mäuler weniger zu stopfen sollte Euch den Koch vom Hals halten.“

ACHTZEHN

Alec wurde von der explosiven Entladung einer Muskete in der Nähe der Trekschuite plötzlich aufgeweckt.

Der Konvoi wurde angegriffen.

Er kroch aus dem Feldbett und spähte vorsichtig aus dem Fenster, den Rücken gegen die Holztäfelung gepresst, den Kopf mit gestrecktem Hals zu Seite gedreht, so dass nur sein Profil der Glasscheibe zugewandt war. Das gedämpfte Licht eines Wintertages begann, sich zur Nacht hin zu verdunkeln und dicker Nebel hing über dem sumpfigen Moorland hinter dem Treidelpfad, der unheimlich verlassen aussah. Und doch ging das unverkennbare Trommeln von Gewehrfeuer weiter, draußen und über seinem Kopf.

Er folgerte, dass die Soldaten sich auf der anderen Seite des Kahns befinden müssten und ihn als Deckung nutzten, während sie über die Dachlinie in den Nebel feuerten. Wer dort das Feuer erwiderte, nutzte den Nebel zu seinem Vorteil aus. Zwischen je zwei Gewehrsalven wurden Befehle gebrüllt, während die Musketen neu geladen wurden. Das Gewehrfeuer ging weiter. Dann ertönte ein überraschter Schrei. Das Geräusch, wie etwas Schweres auf dem Dach über Alecs Kopf auftraf, ließ ihn kurz aufblicken, da er erwartete, dass ein Soldat durch die Decke gekracht käme. Neue Befehle wurden gebrüllt. Mehr Gewehrfeuer.

Alec fragte sich, was auf der anderen Seite des Vorhangs vor sich gehen mochte; ob Selina in Sicherheit war; ob die Passagiere es geschafft hätten, Deckung zu finden. Um sich von dort, wo er flach gegen die

Wand gedrückt stand, zum Vorhang zu bewegen, würde bedeuten, dass er an dem Fenster vorbeigehen musste und voll in Sicht wäre, wenn auch nur für einen winzigen Moment, was während einer Schlacht nicht die klügste Vorgehensweise wäre. Also zog er sich aus dem Blickfeld zurück und beabsichtigte, um das Feldbett herumzugehen, und wenn nötig, bis zum Vorhang hinüber zu kriechen. Das Geräusch von Stiefeln, die über das Deck des Lastkahns trampelten, gefolgt vom Aufschlagen der hinteren Tür, ließ ihn auf der Stelle, wo er stand, erstarren.

Es war Hadrian Jeffries.

Mit weit aufgerissenen Augen und wild zerzaustem Haar rutschte der Kammerdiener, dem der Überzieher aus Seehundsfell um seine gestiefelten Knöchel schlug, die wenigen flachen Stufen herab und stürzte sich sofort auf Alec. Er packte seinen Herren an den bestickten Schößen seines Rocks, zerrte ihn nach hinten, hielt ihn fest, als rechnete er mit Widerstand und warf ihn zu Boden, wobei er die Feldmöbel beiseitestieß, als Alecs Schulter hart auf den Bodendielen aufprallte. Dann warf er sich als menschlichen Schild über seinen Herrn und befahl ihm, ruhig zu liegen.

„Um Himmels Willen, Jeffries! Ich bin nicht ...“

Alec kam nicht dazu, den Satz zu beenden. Das Wort wurde ihm von einem ohrenbetäubenden Knall abgeschnitten, der Holz brechen und Glas explodieren ließ. Splitter der Holzverkleidung und winzige Glasscherben fegten durch den Raum und regneten auf Herrn und Diener herab, eine Bleikugel schoss durch das Deckshaus und durch die gegenüberliegende Wand wieder hinaus.

Einen Moment herrschte ehrfürchtige Stille, als beide Männer nach weiteren Schüssen lauschten, aber da die Kämpfe sich nach weiter unten am Kanal verzogen zu haben schienen, kam Hadrian Jeffries auf die Füße und bot Alec seine Hand, um diesem beim Aufstehen zu helfen.

„Verzeihung, Sir. Keine Zeit für Erklärungen“, entschuldigte sich der Kammdiener noch immer außer Atem, während er sich abbürstete. „Ich sah Euch am Fenster und ...“

„Bitte. Das ist nicht nötig“, stellte Alec fest, dem der Schock auch den Atem geraubt hatte. Er sah im Licht des Nachmittags, das jetzt durch das große Loch an der Seite des Deckshauses drang, dass die Ärmel seines Rocks von zerbrochenem Glas glänzten und begann, sich vorsichtig aus dem Kleidungsstück herauszuschälen, wobei Hadrian Jeffries ihm zu Hilfe kam. „Vielen Dank, Hadrian. Nicht hierfür“, sagte er mit einem kurzen Auflachen, als er seines Rockes entledigt wurde, erleichtert, einem Zusammenstoß mit einer Musketenkugel so knapp entronnen zu sein. „Aber für den Bluterguss auf meiner Schulter! Was geht da draußen vor?“

„Wir haben gerade in der Schleuse bei Aurich angelegt ...“

„Wir *sind* schon in Aurich?“

„Ja, Sir. Ihr habt die gesamte Fahrt über geschlafen.“

„Guter Gott. Ich muss müde gewesen sein.“

„Ja, Sir. Nicht sicher, wer da draußen schießt. Es gibt einige Verwirrung. Mit dem Nebel und dem nachlassenden Tageslicht ist keiner sich sicher, wer was tut. Einige der Soldaten wurden über das Moor in Richtung der Stadt losgeschickt, und da waren die ersten Schüsse zu hören. Sie kamen zurückgerannt und suchten Deckung hinter den Kähnen. Es sieht so aus, als wären wir in einen Hinterhalt der Rebellen geraten, die schon auf uns warteten.“

Bei dem plötzlichen Geräusch eines halben Dutzends Männer, die schrien und herumliefen, als ob der Kahn gleich gestürmt werden würde, schauten beide Männer zu dem Loch in der Wand, dass nicht nur dem Licht, sondern auch der eisigen Nachmittagsluft Zutritt zu dem kleinen Privatraum erlaubte, der einmal gemütlich warm gewesen war. Soldaten eilten an dem zerbrochenen Fenster vorbei und dann war es ein paar Augenblicke wieder still. Lange genug für Alec, um zu fragen:

„Wo sind die anderen Passagiere? Mrs. Jamison-Lewis?“

„Mr. Luytens und Pfarrer Shirley waren beim Kartenspielen, als ich zuletzt nach ihnen schaute. Aber Mrs. Jamison-Lewis, ihre Zofe und das taube Mädchen waren alle vor einer halben Stunde zu einem Spaziergang auf dem Treidelpfad aufgebrochen.“

Alecs Gesicht wurde weiß.

„Du meinst, sie ist *da draußen - da* draußen?“

„Ja, Sir ...“

„Lieber Gott, *nein.*“

„... irgendwo weiter unten am Treidelpfad, in die Richtung zurück, aus der wir gekommen sind“, erklärte Hadrian Jeffries eilig und folgte Alec, der den Vorhang beiseite geschleudert hatte, um mit großen Schritten in den anderen Teil des Deckshauses zu gehen. „Zwei Soldaten sind mit ihnen gegangen, daher bin ich sicher, dass Mrs. Jamison-Lewis und ihre Begleiterinnen sich außerhalb des Gefechtsbereichs befinden ...“

„Bist du das wirklich?“, stellte Alec hart fest. „Wer zum Teufel war so dumm, sie - sie alle - den Schutz des Kahns verlassen zu lassen, wenn bekannt ist, dass es im Moor vor Rebellen wimmelt? Wo ist Müller?“, fragte er und warf einen kurzen Blick durch den verlassenen Raum.

Unter dem Tisch erblickte er zwei zusammengekauerte Gestalten. „Wer ist da? Seid Ihr das, Luytens? Shirley?"

„Kommt herunter, Mylord! Runter!", jammerte Pfarrer Shirley mit schwacher Stimme. „Wir werden angegriffen! Wir werden ..."

Alec ignorierte die kauernden Gestalten und wollte zur anderen Tür hinübergehen, als sie aufgetreten wurde und der Eingang sich mit Menschen füllte, die schrien, weinten, Befehle ausstießen und alle versuchten, in die Sicherheit der Kajüte zu gelangen.

„Macht Platz! Macht Platz!"

Ein Soldat kam leichtfüßig die Stufen herab auf den Tisch zu, den er mit einer ausholenden Armbewegung leerfegte, Tassen, Teller, Spielkarten, Tonpfeifen und Zeitungen flogen zu Boden. In der folgenden Verwirrung krochen Jacob Luytens und Pfarrer Shirley aus ihrem Versteck und fragten sich, was hier vorginge; eine Hand über dem Kopf, um Schläge abzuwehren und über zerbrochene Teller und Tassen stolpernd.

Dem Soldaten, der den Tisch freigefegt hatte, folgte Jacob Luytens Schwager, Horst Visser, die Stufen hinab, der eine schlaffe Selina auf seinen Armen hielt. Hinter ihnen folgte Evans, die am Ellenbogen durch den Kapitän des Kahns gestützt wurde, dann die Enkelin Pfarrer Shirleys, die, als sie ihren Großvater erblickte, zu ihm herübereilte und begann, ihm verzweifelt Zeichen zu machen. Als Nachhut folgte ein weiterer Soldat, der bei den Stufen blieb, die Muskete übergelegt.

Alec war für alles und jeden außer Selina blind.

Die Kapuze ihres roten Wollumhangs war von ihren aprikosenfarbenen Locken gerutscht, die in wildem Durcheinander um ihr totenblasses Gesicht lagen. Der Rest dieses Übergewandes war so völlig verschoben, dass es von ihren Schultern fiel, der schlammige Saum glitt über den Boden, als Horst Visser sie sanft auf den Tisch legte, während Evans schnell den riesigen Muff ihrer Herrin unter Selinas Kopf legte.

Rufe nach einem Arzt wurden laut. Nach jemandem. Irgendjemandem mit medizinischen Kenntnissen. Einer der Offiziere, vielleicht?

Alec hörte nicht zu.

Was war geschehen? Alle sprachen gleichzeitig. Soldaten. Rebellen. Nebel, zu dick, um etwas zu sehen. Der Konvoi hatte mindestens sechs Soldaten verloren. Eines der Zugpferde war im Kreuzfeuer getötet worden. Wer konnte ahnen, wie viele Rebellen tot waren oder draußen im Moor starben. Alle, wie man hoffte.

Alec hörte nichts davon.

Riechsalz. Verbände. Ein Arzneikasten. Jemand sollte Wein holen, süßen Tee, um die Schöne wiederbeleben zu helfen. Arbeitete die Küche auf dem anderen Kahn noch? Wer sollte gehen? Der Soldat, der den Tisch abgeräumt hatte, meldete sich freiwillig.

Alec unterschied einzelne Worte, aber sie ergaben noch immer keinen Sinn für ihn. Er starrte Selina an, die reglos auf dem Tisch lag und seine Füße wollten seinem Gehirn nicht gehorchen, um zu ihr zu gehen. Er sah, dass die Vorderseite ihres Kleides mit Schlamm bespritzt war, oder war es Blut? Die Haken und Ösen ihres Mieders waren aus ihren Nähten gerissen worden und die vielen Lagen weicher, gesteppter Baumwolle, aus denen das Kleidungsstück bestand, waren wie die Blätter eines offenen Buches aufgeblättert worden. Und in der Mitte dieser flauschigen Baumwollwolke war ein klaffendes Loch, das eine große, rotglänzende Masse enthüllte, die sich im Heben und Senken ihrer entblößten Brüste bewegte.

Jesus - war das ihr Herz? Bei einer solchen Verletzung könnte es keine Überlebenschance geben. Wozu zum Teufel war da ein Arzt noch nutze? Oder Verbände oder eine Tasse süßen Tees? Worüber schwatzen sie, wenn die Liebe seines Lebens auf dem Tisch vor ihnen im Sterben lag?

Er musste etwas tun, irgendetwas, stand aber nur da und gaffte.

Er erwachte zum Leben, schob die kleine Menge beiseite und knurrte sie an, dass sie vom Tisch zurücktreten und Selina ihm überlassen sollten. Er packte ihre Hände, drückte seine Lippen auf den Rücken ihrer behandschuhten Hand und ließ sich neben dem Tisch auf ein Knie nieder. Er legte eine kühle Hand auf ihre Stirn und starrte ungläubig in ihr bleiches Gesicht.

„Lieber Gott, *bitte* lass sie leben", betete er laut, ihre schlaffe Hand an seine Stirn gedrückt. „Lass nicht zu, dass dies geschieht. Unser gemeinsames Leben soll doch erst noch beginnen ...“

„Mylord, sie ...“, begann Evans, presste dann aber ihre Lippen fest aufeinander, als ihre Herrin sich beim Klang der Stimme seiner Lordschaft zu regen begann.

Selinas Augenlider zuckten und sie drehte langsam ihren Kopf auf dem Muff zur Seite und öffnete ihre Augen. Als sie Alec sah, seufzte sie und lächelte.

„Oh, du bist in Sicherheit. Gut. Ich glaube, ich fiel in Ohnmacht, als - egal. Ist Janet in Sicherheit? Das Mädchen?“

„Ich bin hier, Mylady“, antwortete Evans sofort von der anderen Seite des Tisches her. Sie ergriff Selinas freie Hand und schaffte es, ruhig zu sagen: „Ich bin in Sicherheit. Ebenso wie das Mädchen. Wir alle.“ Sie schaute zu Alec, der aufgestanden war und eine zitternde Hand auf seinen Mund gelegt hatte, zu überwältigt, um zu sprechen, und auf Selina hinabschaute, als ob sie von den Toten auferstanden wäre. „Mylord, einer der Soldaten, die bei uns waren, wurde getroffen - getötet", erklärte sie, und als Alec den Blick von Selina abwandte, um sie anzusehen und ihr zuzunicken, dass sie fortfahren sollte, sagte sie: „Das Blut auf ihrem Kleid und meinem ist seines. Er hatte sich heruntergebeugt, um ihr Haarband aufzuheben, das sich durch den starken Wind gelöst hatte und an den Rand des Kanals gefallen war. Er kam nie dazu, es zurückzugeben. Die Bleikugel ging durch den Hinterkopf des armen Jungen und dann direkt vor dem Mieder meiner Lady vorbei. Ihr seht, sie stand zur Seite gedreht, sonst hätte die Bleikugel auch sie durchbohrt. Es war sehr knapp, Gott sei gedankt. Ich glaube, der Schmuck half - der Schmuck könnte die Bleikugel daran gehindert haben, wirklichen Schaden anzurichten."

„Schmuck?", wiederholte Alec verständnislos.

„Das Lösegeld ... Olivias Schmuck", fügte Selina hinzu und versuchte, sich aufzusetzen. Und als Alec ihr mechanisch half, sich aufzurichten, dankte sie ihm und fügte hinzu: „Ich kann mich nicht daran erinnern, in Ohnmacht gefallen zu sein. Es muss passiert sein, als die Bleikugel vorbeipfiff ... Alec, mir ist kalt."

Zuerst hörte er ihre Feststellung nicht. Er blickte fest auf die funkelnde rote Masse, die sich an ihre linke Brust schmiegte und versuchte, dem, was er gerade gehört hatte und was er sah, einen Sinn zu geben. *Olivias Schmuck? Lösegeld? Was hatte das damit zu tun?* Und dann legte sich der Schock, mit der geistigen Klarheit wurde auch seine Vorstellungskraft wieder wach. Bei genauerem Hinsehen und wo sie jetzt aufrecht saß, konnte er bemerken, dass die rote Masse verrutschte und überhaupt nichts Lebendiges war. Sie bestand aus einer Rubinhalskette, die aus einem Schlitz in einer Tasche des beschädigten Mieders herausquoll. Und das war nicht das einzige Schmuckstück, das zwischen den Baumwollschichten ihres Korsetts versteckt war. Die Schlinge einer Perlenkette ragte aus einem Riss und auch der Glanz von etwas Goldenem war dort zu sehen. Wenn er sich nicht sehr irrte, stellte Selinas Korsett eine Fundgrube der besten Schmuckstücke seiner Patentante dar.

Sein Seufzer der Erleichterung war hörbar, ebenso sein ärgerliches Luftholen angesichts der naiven Doppelzüngigkeit der beiden wichtigsten Frauen in seinem Leben. Wie hatten Selina und Olivia ihm das antun können? Aber er unterdrückte seine Gefühle schnell. Wichtig war Selinas Wohlergehen. Endlich wurde ihm etwas über ihr Gefühl der Kälte bewusst und da erkannte er, dass sie praktisch vom Hals bis zur Taille nackt war. Er warf einen schnellen Blick auf ihr Publikum und ein Wort von ihm brachte alle dazu, überall hin zu schauen, nur nicht zu dem Tisch. Er wandte sich an seinen Kammdiener.

„Jeffries, geh nach hinten, schüttele das Glas vom Bett und räume auf. Nimm Herrn Visser mit. Zu zweit solltet ihr in der Lage sein, den Stapel Kisten vor das Loch in der Wand zu schieben. Das wird helfen, wenigstens die eisige Luft abzuhalten, bis das Fenster vernagelt werden kann. Du", fügte er zu der Wache vor den flachen Stufen hinzu. „Finde heraus, was vor sich geht. Und finde euren Hauptmann. Pfarrer? Ich bin sicher, dass Eure Enkelin nicht verwundet ist, obwohl ich nicht bezweifle, dass sie einen Schock erlitten hat wegen dem, dessen Zeugin sie gerade wurde?"

„Sophie wird es gleich wieder gut gehen, Mylord", antwortete Pfarrer Shirley, leicht abgelenkt davon, dass seine Enkelin ihn ständig am Ärmelaufschlag zupfte und darauf bestand, dass er seiner Lordschaft erzählen sollte, was sie gesehen hatte, als sie draußen auf dem Treidel-pfad war. Er machte ihr Zeichen und sie unterhielten sich kurz, bevor er laut zu Alec sagte: „Wenn Ihr einen Augenblick Zeit habt, muss ich sobald wie möglich ein Wort mit Eurer Lordschaft reden. Natürlich erst, wenn Mrs. Jamison-Lewis untergebracht ist ... Es ist von einiger Wichtigkeit, nicht ohne Zusammenhang mit dem tragischen Zwischen-fall, der den jungen Soldaten das Leben kostete."

„Ja, ja, natürlich", antwortete Alec, selbst etwas abgelenkt, während er beobachtete, wie Evans Selinas Umhang so arrangierte, dass er jetzt ihr irreparabel beschädigtes Mieder und Korsett verdeckte. „Geht es dir gut?", fragte er die Zofe. „Auf deinem Rock ist Blut ... Du bist nicht verletzt?"

„Oh nein, Mylord. Ich glaube, ich sagte Euch bereits, dass es das Blut des jungen Soldaten ist", antwortete Evans und kam zu seiner Seite des Tisches herum. „Ich stand auf seiner anderen Seite, als ... Er war kaum mehr als ein Junge, Mylord", fügte sie dann hinzu und brach prompt in Tränen aus. Aber sie fasste sich schnell wieder. „Verzeiht mir. Es muss der Schock sein. Dieser arme Soldat ... es war so knapp ... es wird mir gleich wieder gut gehen."

Alec legte einen Arm um ihre bebenden Schultern, gerade, als Jeffries seinen Kopf durch den Vorhang streckte und nickte, das Zeichen, dass das Zimmer so bereit war, wie es nur sein konnte. Horst Visser hielt den Vorhang zur Seite und wartete.

„Ich werde deine Herrin zu meinem Feldbett hinübertragen", sagte er leise zu Evans. „Sie braucht Kleidung zum Wechseln. Ich lasse ihre Kiste holen. Sobald sie umgezogen ist und ihr beide eine Tasse Tee hattet, räume bitte den Inhalt des Mieders aus. Ich habe eine Geldkas-sette. Ich vermute, ihr werdet euch beide besser fühlen, wenn ihr von diesem Gewicht und der Verantwortung befreit seid."

Evans seufzte erleichtert. „Ja, Mylord. Oh ja! Und ich muss Euer

Lordschaft sagen", fuhr sie fort, während sie hinter Alec herging, als er Selina zu seinem Feldbett hinübertrug und sie sanft darauf legte, „bitte verzeiht meine Illoyalität, Mylady, aber ich war von Anfang an sehr gegen den gefährlichen Plan ihrer Gnaden. Ich wusste, dass nichts Gutes dabei herauskommen würde. Da bestand natürlich Gefahr, aber meine Hauptsorge war, dass das Tragen eines so schweren Mieders tagein, tagaus anstrengend sein und sich nachteilig auf Myladys Gesundheit auswirken würde."

Selina starrte sie mit offenem Mund an. „Evans! Du hast nie ein Wort gesagt!"

„Ich bezweifle, dass dich das aufgehalten hätte", murmelte Alec. Und als sie schuldbewusst errötete, gab er ihr einen leichten Knuff unters Kinn, um zu zeigen, dass er nicht länger böse war wegen der einfallsreichen List, die sie und die Herzogin angewandt hatten.

„Aber jetzt, an diesem Tag", fuhr Evans fort, wobei sie ihre Herrin nicht beachtete und sich ausschließlich an Alec wandte, „bin ich sehr froh, dass sie alle diese Juwelen in ihrem Mieder trug, Mylord, denn andernfalls wäre sie vielleicht nicht mehr bei uns, und vielleicht auch nicht Euer Ba..."

„Janet! *Es reicht*", unterbrach Selina, bevor Evans ihre Überraschung ruinieren konnte, etwas, das sie Alec mitteilen würde, nachdem sie geheiratet hatten; es sollte ihr Hochzeitsgeschenk für ihn sein. „Der Schock lässt deine Zunge mit dir durchgehen. Ich bin erschüttert, aber vollkommen gesund - *alles an mir* ist gesund."

„Ja, natürlich", stellte Alec scharf fest, nicht, weil er Evans Empfindungen nicht geteilt hätte, aber damit ihre Gedanken sich nicht in Melancholie und Schuldgefühlen wegen des gerade Durchgemachten verlieren sollten. Und weil er darauf aus war, die Stimmung aufzuhellen, entgingen ihm die Andeutungen beider Frauen, und er blinzelte Selina an und sagte zu Evans mit einem schrägen Grinsen, obwohl sein Tonfall grimmig war: „Keine Sorge, Janet. Es wird keine haarsträubenden Intrigen mehr geben - nun, jedenfalls nicht mit meinem Wissen - wenn ich deine Herrin erst zur Marchioness Halsey gemacht habe, darauf kannst du dich verlassen!"

„Ich bin sehr froh, Euch das sagen zu hören, Mylord", antwortete Janet Evans förmlich und wandte sich mit einem inneren Lächeln der Befriedigung ab, da sie befürchtete, seine Lordschaft könnte sehen, wie sie bei seinem Gebrauch ihres Vornamens errötete.

Selina schmollte und kuschelte sich tiefer in die Falten ihres pelzgefütterten roten Wollumhangs. Das hatte nichts mit dem Winterwind zu tun, der durch das zerbrochene Fenster pfiff, vor dem jetzt ein Stapel Kisten stand, sondern mit dem Unbehagen, von Alec dabei erwischt zu werden, wie sie das Lösegeld eines Königs an ihrem Köper trug und ihn darüber in Unwissenheit gelassen hatte.

„Intrigen?", sagte sie trotzig, um ihr Schuldgefühl zu verbergen. „Haarsträubend? „Alec! Wie kannst du das sagen, wenn ..." Und dann wurde ihr plötzlich die Absurdität klar, sich wegen eines solchen kleinen Details Sorgen zu machen, wo sie doch beinahe ihr Leben im Schlachtgetümmel verloren hatte. Sie war so froh, am Leben zu sein. Sie lachte und fing Alecs Finger ein, als er seine Brauen in gespielter Missbilligung hob und neckte ihn. „Ich vermute, dass es nur ein Trick ist, mich zu deiner Marchioness zu machen, damit du mich dazu bringst, dass ich dich ‚Mylord' nenne!"

„Oh, wie hast du das herausgefunden?" Er lachte leise und tupfte ihr einen Kuss auf die Stirn, wobei er neckend und so leise, dass nur sie es hören konnte, sagte: „Aber ich erwarte, die Anrede zu verdienen, auf die ein oder andere Weise ... Hast du das gehört?", fügte er hinzu, als er sich aufrichtete und einen Finger an seinen Mund legte, dass sie schweigen sollten.

Beide Frauen lauschten und hörten nichts. Sie sahen zuerst einander und dann Alec um eine weitere Erklärung bittend an.

„Die Kämpfe, sie haben aufgehört."

Alle drei fragten sich, für wie lange.

Es war eine Stunde her, seit der letzte Schuss gefallen war. Jetzt war es dunkel, der Himmel so dunkel wie eine Kohlengrube. Schwerer Nebel bedeckte den Boden und versperrte den Blick auf einen Nachthimmel, von dem Alec wusste, dass er im Sommer mit funkelnden Sternen und einem hellen Mond erleuchtet wurde. Die dicke Suppe des Winterwetters war so dicht, dass nichts außer dem Treidelpfad zu sehen war. Irgendwo in der Nähe befand sich die befestigte Stadt Aurich. Wegen der Überschwemmungsgefahr auf einem künstlichen Hügel errichtet und gegen Eroberungen durch eine hohe Mauer geschützt, besaß die Stadt selbst eine schöne Kirche, deren Turmspitze meilenweit zu sehen war und ein Wahrzeichen für Reisende und Bauern gleichermaßen darstellte. Es gab auch einen Marktplatz und ausgedehnte Gärten, wo im Frühling die Obstbäume blühten, und es war Aurich, wohin die Bauern ihr Vieh zum Markt trieben. Alec kannte es wohl, dies und die Tatsache, dass er Baron von Aurich war; wie hätte er einen solchen Ort vergessen können?

Er hatte Selina allein gelassen, damit sie sich in der Privatsphäre seines Raums umziehen könnte und dem Rest der Passagiere befohlen, im Deckhaus zu bleiben und dafür gesorgt, dass sie mit heißem Wasser für Tee und mehr Kohle für den Kachelofen versorgt wurden. Dann hatte er seinen pelzgefütterten Umhang über seinen wollenen Rock geworfen, seinen Dreispitz tief in die Stirn gezogen und seine Handschuhe übergestreift, um die Sicherheit der Trekschuite auf der Suche nach Oberst Müller zu verlassen. Hadrian Jeffries und einer der Adjutanten gingen mit ihm, der Soldat trug eine Laterne, um den Weg zu beleuchten.

Soldaten patrouillierten entlang des Konvois auf dem Treidelpfad und an jedem Ende dieses Abschnittes des Pfades hatten die Soldaten, die keinen Dienst hatten, Zelte aufgebaut, und Feuer entfacht, die Licht spendeten und Hitze, um Wasser zu kochen. Die Jäger hatten ihre Arbeitspferde angebunden, ebenso wie die Pferde, die am nächsten Tag die Schlitten ziehen sollten, und ihr eigenes Lager errichtet, ihre Schützlinge gefüttert und getränkt und Decken auf ihre Rücken geschnallt, um die nächtliche Kälte abzuhalten.

Alec wanderte zwischen den drei Lagern umher und sprach sowohl mit Soldaten wie mit den Jägern und lauschte ihren Geschichten über den Kampf mit den Rebellen am Nachmittag. Er entdeckte, dass sieben Soldaten ihr Leben bei der Verteidigung der Trekschuiten verloren hatten und zwei der Pferde hatten getötet werden müssen, nachdem sie im Kreuzfeuer schwer verwundet worden waren. Er war überrascht zu erfahren, dass die Rebellen es geschafft hatten, die Linie zu durchbrechen und die Ladung von einer der Trekschuiten zu plündern. Als er fragte, was gestohlen worden war, blieben die Antworten vage: Ein paar Kisten und ein paar Säcke. Und als er die Bemerkung machte, dass er es interessant fände, wie die Rebellen es insbesondere auf einen der Kähne abgesehen hatten, nicht auf alle fünf, konnte ihm niemand eine Erklärung geben. Daher war er nicht überrascht, dass ihm auf seine Frage, wo Oberst Müller wäre, die Männer ihm auch das nicht sagen konnten.

Es blieb von ihm nicht unbemerkt, dass die Soldaten bei jeder Frage zunehmend nervöser wurden, besonders ein Infanterist war erregt genug, um Alec respektvoll zu raten, dass es am besten wäre, wenn der Herr Baron in seine Trekschuite zurückginge; in einem Nebel, wo es schwer war, weiter als bis zur eigenen Nasenspitze zu sehen, könnten die Rebellen überall sein und hörten vielleicht der Unterhaltung zu. Was der Grund wäre, aus dem niemand mit Informationen herausrücken wollte. Er bezweifelte nicht, dass sie die Gefangennahme des Herrn Baron als lohnendes Ziel ansehen würden. Woraufhin einer seiner Kameraden ihm sagte, er sollte *die Klappe halten*.

Ein Streit zwischen diesem Infanteristen und einem anderen ergab sich, aber er wurde nicht auf Deutsch geführt, sondern im Dialekt von Midanich, was bedeutete, dass diese Männer zumindest aus dieser

Gegend und nicht aus dem Süden des Landes stammten. Es wurde angenommen, dass Alec und sein Kammdiener nichts verstünden, daher waren die Männer locker und ungehemmt mit ihren Bemerkungen. Alec ließ sich nicht anmerken, dass er sie verstand, als er den Männern eine gute Nacht wünschte und den Soldaten mit der Laterne ihn hinüberbegleiten ließ, um den Konvoi aus Lastkähnen zu inspizieren.

Als sie außer Hörweite waren, sagte Hadrian Jeffries leise hinter Alecs Rücken auf Englisch: „Konntet Ihr verstehen, worüber sie stritten, Sir?"

„Ja. Und du?"

„Nein. Aber sie sprachen nicht Deutsch, sondern einen Dialekt, den ich schon zuvor in Emden zwischen den Hafenarbeitern gehört habe. Es lässt mich überlegen, ob wir in das Lager des Feindes gelaufen sind, wenn Ihr versteht, was ich meine."

Um Alecs Mund entstand ein grimmiger Zug. „Ja. Dass sie es vorzogen, sich im einheimischen Dialekt zu streiten, war vielsagend genug. Das sollten wir einstweilen für uns behalten. Kein Grund, die anderen zu beunruhigen ..."

Als sie vor dem Kahn standen, für den die Rebellen sich interessiert hatten, befahl Alec dem Soldaten, seine Laterne hochzuhalten, damit sie ihren Weg an Bord finden konnten. Er stand mit seinem Kammerdiener an Deck und sah zu, wie der Soldat seine Laterne drehte, damit sie vor ihren eigenen Füßen etwas sehen konnten, was ihnen ermöglichte, nach unten zu gehen, während er ihr Gespräch auf Englisch fortsetzte.

„Die Männer da hinten erwähnten Musketen und Schießpulver. Du warst am Hafen und hast unser eigenes Gepäck und Vorräte überwacht, als die Kähne beladen wurden ... Kannst du dich daran erinnern gesehen zu haben, dass Kisten mit Musketen und Fässer mit Schießpulver an Bord gebracht wurden?"

„Nein, Sir. Sonst würde ich mich daran erinnern, und auch daran, wie viele Fässer!"

Alec lächelte. „Ja, das dachte ich mir. Natürlich ist es nichts Ungewöhnliches für Soldaten, die sich in ein Gebiet begeben, das bekanntlich von rebellierenden Soldaten besetzt ist, einen Vorrat an Waffen und Pulver mitzuführen. Trotzdem, ein Kahn, der mit genug Musketen und Fässern voll Schießpulver für eine kleine Armee beladen ist, würde auf Schmuggel schließen lassen ..."

„Für die Rebellen?"

„Das war mein erster und einziger Gedanke, insbesondere, da dieser Kahn der einzige war, für den die Rebellen sich interessierten." Alex beugte den Kopf, um seinen Hut aufzubehalten, als er die Stufen in die Kajüte hinunterging. Er ließ den Soldaten Licht auf die offene Tür werfen. Dort waren ein Riegel und ein großer Ring für ein Vorhängeschloss. Aber weder Tür noch Riegel hatten irgendwelchen Schaden gelitten. „Kein gewaltsames Eindringen also ...“

Mit Hadrian Jeffries hinter sich folgte er dem Soldaten, der die Laterne hochhielt und auf Befehl in Ecken und Nischen stocherte, ins Innere der Kajüte. Der Boden war von einer feinen Staubschicht, möglicherweise Schießpulver, bedeckt, und in diesem Staub waren Stiefabdrücke und Kratzer von etwas Schwerem, das von einer Seite des Deckshauses zur anderen geschleift worden war, zu sehen. Aber außer ein paar Stoffballen an der Rückwand war die Kajüte ihrer gesamten Ladung beraubt worden. Überraschenderweise lagen auch ein paar verstreute Federn und Vogelkot einer Ente herum, oder handelte es sich um eine Gans? Alec hob eine der Federn auf.

„Wie überaus interessant,“ sagte er ohne Überraschung und musterte die Feder. „Eine Taubenfeder, Jeffries. Irgendwelche Ideen, warum die Rebellen einer Kiste Tauben stehlen würden?“

„Für Pasteten?“, fragte der Kammdiener ohne jegliche Überzeugung. „Zusammen mit den Säcken von Lebensmitteln wurden eine Reihe von Tieren und Vögeln an Bord gebracht.“

„Und auf diesen Kahn verladen? Ich hätte angenommen, dass alles, was der Koch benötigen könnte, eher auf dem Kahn verstaut würde, wo die Küche untergebracht ist?“

„Ja. Ja. Da habt Ihr recht, Sir“, antwortete Jeffries mit einem zerstreuten Blick, als er die Ereignisse jenes Morgens, als die Ladung auf den Kähnen verstaut worden war, vor seinem inneren Auge vorbeiziehen ließ. „Wenn ich recht darüber nachdenke, Sir, *wurden* Tiere und Lebensmittel auf den zweiten Kahn, den mit der Küche, verladen. Ich war damit beschäftigt sicherzustellen, dass die Gesamtheit unserer Truhen und Feldmöbel auf den ersten Kahn gebracht wurde, daher habe ich dem, was sich auf den anderen Kähnen tat, nicht viel Aufmerksamkeit geschenkt. Aber jetzt erinnere ich mich, dass die Ladung für diesen Kahn ausschließlich von den Soldaten betreut wurde. Sie wollten die Hafenarbeiter nicht in die Nähe der Kisten lassen; diese wurden die ganze Zeit bewacht. Verzeihung, Sir. Ich hätte besser aufpassen sollen.“

„Warum? Du warst erschöpft, nachdem du die ganze Nacht wachgeblieben warst, um mir mit den Geleitbriefen für die Reisenden, die nach Holland zurückkehren wollten, zu helfen und es war nichts Ungewöhnliches daran, dass Soldaten eine Ladung bewachen. Das Militär hat Kontrolle über alles und jeden. Gehen wir zu unserem Kahn und in etwas Wärme zurück. Nicht einmal dieser Umhang kann die arktischen Temperaturen lange abhalten."

Alec bedeutete dem Soldaten, auf dem Weg zum Deck nach oben voranzugehen.

„Aber warum waren hier Tauben zusammen mit Schießpulver und Musketen?", fragte Hadrian Jeffries, der hinter Alecs Rücken folgte. „Scheint das nicht eine seltsame Zusammenstellung zu sein?"

„Nicht, wenn es genau die Dinge sind, die du erwischen möchtest", antwortete Alec ruhig. „Es ist sinnvoll, alles an einem Ort zu haben - auf einem der Kähne. Und die Rebellen wussten wohl genau, was sie wollten. Sie hätten alle Kähne plündern können, sich Geiseln verschaffen, Nahrungsmittel, Geld und Schmuck und unsere Kohlensäcke mitnehmen können. Alles sehr wertvolle Beute. Und trotzdem stammte alles, was sie nahmen, nur von diesem Kahn und keinem anderen. Nur diese paar Stoffballen wurden zurückgelassen."

„Die hätten sie vermutlich auch noch mitgenommen, wenn sie Zeit gehabt hätten", spottete der Kammdiener.

„Oh, aber sie hatten Zeit", stellte Alec selbstsicher fest. „Ich glaube, sie hatte alle Zeit der Welt. Hier wurde nichts verschüttet, nichts deutet darauf hin, dass sie es eilig hatten, die Waren an sich zu bringen und wegzulaufen. Das Schloss ist nicht kaputt und die Tür wurde nicht aufgebrochen. Wenn sie in solcher Eile gewesen wären, hätten sie sich sicher ungeschickter aufgeführt, wären gestolpert, hätten einen oder zwei Säcke fallen lassen? Eine Kiste zerbrochen? Der Vogelkot und die Federn deuten auf nervöse Vögel hin, nichts sonst. Wenn man den Krach des Gewehrfeuers bedenkt, ist das nicht überraschend. Aber ich bin sicher, dass sie sehr vorsichtig behandelt wurden. Und da nichts Wertvolles zurückgelassen wurde, weder hier drinnen noch draußen oder auf dem Deck oder dem Treidelpfad, würde ich sagen, dass ihnen jegliche Hilfe zuteilwurde ...“

„... von Oberst Müllers Männern?", zischte Hadrian Jeffries förmlich.

„Keine Namen, Jeffries", sagte Alec glatt und setzte die Unterhaltung auf Englisch fort, wobei er selbstbewusst den Soldaten abwehrte, der über seine Schulter zurückschaute, als er den Namen seines Obersten erwähnen hörte. „Wir möchten doch unsere uniformierten Freunde nicht warnen, dass wir sie durchschaut haben."

„Haben wir sie durchschaut, Sir?"

Alec blieb am Fuße der flachen Stufen stehen, die zum Deck hinaufführten und drehte sich um, um seinen Kammerdiener anzuschauen. Da der Soldat schon vor ihnen hinaufgegangen war, hatte er sie in völliger Dunkelheit zurückgelassen.

„Ich habe keine Möglichkeit zu erfahren, ob alle oder einige der Soldaten, die diesen Konvoi bewachen, daran beteiligt sind oder ob der Oberst das in der Tat auch ist", sagte Alec leise im Dunkeln. „Obwohl, wenn man die Leichtigkeit bedenkt, mit der dieser Kahn seiner Ladung beraubt wurde ..."

„Ihr denkt, der Kampf wurde für uns vorgetäuscht - nun, für Euch, Sir?", fragte der Kammerdiener überrascht mit einem Blick zu dem Lichtkreis über ihnen.

„Oder für die wenigen, dem Markgrafen treuen Soldaten, und in einer Art, dass kein Verdacht auf jemand Bestimmtes fällt, bevor diese Ladung nicht sicher hinter den Linien der Rebellen angekommen ist, ja. Komm, wir sollten besser an Land gehen, bevor unser besonderes Interesse an diesem Kahn noch Verdacht erregt. Pass auf deinen Kopf auf", riet Alec, als er sich, eine Hand auf seinem Dreispitz, duckte, um die flachen Stufen in die kalte Nachtluft hinaufzusteigen.

„Sir! Aber warum die Tauben?", fragte Jeffries und blieb auf den Stufen stehen. „Ich nehme einmal an, dass sie nicht für Pasteten gedacht sind?"

Alec drehte sich um und sah seinem Kammdiener ins Gesicht, das plötzlich von Kerzenlicht erhellt wurde, als der Soldat mit schwingender Laterne ins Leere herunterblickte.

„Nein. Nicht für Pasteten", sagte Alec mit einem Lächeln. „Sie sind zu wertvoll und wichtig, um im Pastetenteig zu enden. Hast du je von Taubenpost gehört, Hadrian?"

„Brieftauben? Ja. Dafür gibt es in ganz Holland Taubenschläge."

„Hier auch. Emdens wichtigster Taubenschlag befindet sich auf dem Dachboden des Zollhauses. Hast du die Löcher und die Landeplattformen unter der Dachkante bemerkt?"

„Ihr glaubt, die Tauben auf diesem Kahn wurden aus dem Zollhaus gestohlen? Warum?"

„Jede Stadt unter Belagerung braucht eine Möglichkeit, sich schnell und effektiv mit der Außenwelt in Verbindung zu setzen. Männer könnten zu Pferd, zu Fuß oder mit dem Schiff, oder in unserem Falle mit den Trekschuiten geschickt werden, aber das ist alles langsam und gefährlich. Sie müssen feindliches Gebiet durchqueren, oder im Falle eines Schiffes diese Piraten an der Emsmündung ausmanövrieren. Eine Nachricht wird viel wahrscheinlicher und viel schneller ihr Ziel erreichen, wenn sie mit einer Brieftaube versandt wird. Wenn man eine Stadt ihrer Kommunikationsmittel beraubt, isoliert sie das noch mehr und bringt sie einen Schritt weiter zur Kapitulation."

„Das ist schlau. Diese Tauben aus ihrem Schlag zu holen würde aber einiger Planung bedürfen. Daher war meiner Einschätzung nach dies hier kein Hinterhalt, sondern eine geplante militärische Operation, von der der gute Oberst Kenntnis gehabt haben dürfte. Es sei denn, dass er selbst in den Hinterhalt geraten ist und von den Rebellen entführt wurde, denn er ist nicht hier, nicht wahr, und ..."

„Alle Fragen können wir Oberst Müller stellen", sagte Alec auf Deutsch, als sie auf Deck kamen und den bewussten Offizier auf sie warten sahen. „Ach! Oberst. Wir fragten uns gerade, wo Ihr sein könntet und ob Ihr den Angriff der Rebellen überlebt hättet. Und hier steht Ihr und scheint diese Tortur gut überstanden zu haben. Und ich sehe auch, dass Ihr Eure Streifen geändert habt ..."

Der Kammdiener verstand, was sein Herr auf Deutsch gesagt hatte, erfasste jedoch nicht, was er damit meinte oder warum sein Tonfall plötzlich so heiter geworden war, bis er die Stufen zum Deck hinauf und in das Licht der Laterne kam. Und dort stand Oberst Müller, hinter sich ein halbes Dutzend Soldaten. Alle hatten ihre Schwerter gezogen, deren Spitzen drohend in Alecs Richtung zeigten.

NEUNZEHN

„Sehr lustig, Herr Baron", antwortete Oberst Müller auf Alecs wenig subtilen Scherz, dass er seine Streifen gewechselt hätte, somit die Seite im Bürgerkrieg, obwohl er die Unterstellung nicht zurückwies. Er gab seinen Männern Zeichen, die Schwerter wegzustecken. „Wir werden Euch auf Euren Kahn zurückbringen, Herr Baron, wo es warm ist und wo Ihr vor den *Elementen* beschützt werden könnt."

Er bedeutete Alec, vor ihm herzugehen und dem Soldaten mit der Laterne zu folgen, und mit Hadrian Jeffries hinter seinem Herrn, folgte er ihm. Auf dem Treidelpfad bildeten die Soldaten eine Wache um Herrn und Diener.

„Ich würde Euch und Eurem Diener nicht raten, während des Rests unserer Reise etwas Dummes zu versuchen, oder ..."

„Das ist ein kaum notwendiger Ratschlag, Oberst", stellte Alec müde fest.

„... nicht Ihr werdet für Eure Widerspenstigkeit büßen, sondern die, die Euch lieb sind. Verstanden?"

„Verstanden, Oberst. Aber wie gesagt, unnötig."

„Ich bin General Müller von Prinz Viktors Leibregiment."

Alec machte eine übertriebene Verbeugung. „Ich lasse mich gerne korrigieren. Nehmt meine Entschuldigung und meine Glückwünsche an. Obwohl ich vermute, Ihr wart bereits vom Beginn des Bürgerkriegs an General in der Armee des Prinzen ...?"

General Müllers einzige Bestätigung dieser Vermutung war ein kurzes Nicken. Er wollte gerade den Herrn Baron zu dessen Kajüte abführen lassen, als einer seiner Männer sich ihm näherte, salutierte und vortrat, um ihm eine wichtige Neuigkeit zuzuflüstern. Es gab einen knappen Wortwechsel zwischen dem Soldaten und seinem Vorgesetzten und dann ging der Soldat mit seinen Befehlen fort, verschwand im dichten Nebel, aus dem er zuvor aufgetaucht war. Müller schickte die Wache mit den zwei Gefangenen voraus und eine halbe Stunde verging, bevor er die flachen Stufen in die Wärme von Alecs Kajüte herabkam.

ALEC STAND IN DEM TEIL DES DECKSHAUSES, DAS ZU SEINEM privaten Gebrauch durch den Vorhang abgeteilt worden war. Der Damastvorhang, der diesem Zweck gedient hatte, war heruntergerissen worden und der Raum war nicht länger privat; zwei Soldaten standen an jedem der Eingänge zu der Trekschuite Wache. Er untersuchte gerade den Schaden an dem Korsett - oder wie Selina es genannt hatte, dem *Schlupfmieder* - den die verirrte Kugel angerichtet hatte, die den Soldaten tötete, der so galant versucht hatte, ihr Haarband aufzuheben. Die Kugel hatte die Vorderseite des Stoffes gestreift, die oberen Lagen abgeschabt wie eine Muskatreibe fein die äußere Haut der Nuss abreibt, gerade nur die Steppnähte der Füllung berührt, aber das hatte gereicht, um sie platzen und die Baumwolle herausquellen zu lassen, was das Kleidungsstück irreparabel beschädigte. Seiner nüchternen Schätzung nach hätte die Kugel, wäre ihre Flugbahn auch nur einen Zoll höher gewesen, Selinas Brust durchbohrt.

Er schob diesen erschreckenden Gedanken schnell beiseite und untersuchte den Aufbau des Kleidungsstücks, der ihn wegen des Einfallsreichtums des Designs, um seinen wertvollen Inhalt zu verstecken, mit Bewunderung erfüllte. Die gepolsterte, gesteppte Füllung zusammen mit den aufwendig genähten Taschen halfen, den Inhalt flachzudrücken, so dass beim Tragen das Mieder nicht anders aussah als jedes andere weibliche Stück Unterbekleidung, nur dass Haken und Ösen die beiden Seiten über der Brust zusammenhielten ... Als er bemerkte, dass seine Gedanken wieder zu dem Unvorstellbaren abwanderten, legte er das Mieder auf das Feldbett und schaute sich nach der Geldkassette um, die er für Selina dagelassen hatte, damit sie den Schmuck dort zur Sicherheit aufbewahren konnte. Und da erblickte er General Müller. Er war so in seine Untersuchung vertieft gewesen, dass er den Soldaten nicht die Kajüte hatte betreten hören.

Müller steifte seine Lederhandschuhe ab und legte sie in die Krone seines Dreispitzes, den er einem Untergebenen übergab und sagte mit einem Nicken zu dem Korsett auf dem Bett: „Das war knapp ...“

Alec hatte nicht den Wunsch, mit diesem Mann - mit irgendeinem Mann - über Selinas Unterbekleidung zu diskutieren. Und als Müller das Kleidungsstück aufhob und es untersuchte, dabei mit seinen Fingern tief in die kleinen, versteckten Taschen stieß, um sich davon zu überzeugen, dass alle verborgenen Schätze gefunden worden waren, spürte Alec, wie sein Gesicht vor Verlegenheit und unvernünftigem Zorn heiß brannte.

„Eine einfallsreiche Methode, um das Lösegeld für einen König zu verstecken", sinnierte Müller und fuhr fort, in den weichen Baumwolllagen herumzustochern. „Eure Idee?"

„Nein", antwortete Alec schroff, den es juckte, Müller das Korsett aus der Hand zu reißen.

„Das dachte ich auch nicht. Ihr seid viel zu ritterlich, um das Leben einer Dame in Gefahr zu bringen. Trotzdem", fuhr Müller fort und drehte das Kleidungsstück herum, „wenn der Schmuck und die Münzen nicht auf diese Weise versteckt gewesen wären und eine Schutzschicht gebildet hätten, könnte das auch anders ausgegangen sein ..."

Alec war zum Fenster bei dem Tisch hinübergegangen und schaute hinaus, überallhin, nur nicht zu dem Soldaten, der weiter Selinas Korsett in den Händen drehte. Er fragte sich, ob Müller ihn absichtlich reizte und dazu bringen wollte, etwas zu tun, was er bedauern würde. Er befahl sich selbst, ruhig zu bleiben, sagte sich, dass er unvernünftig wäre. Es war nur ein Korsett - Ja, es gehört Selina ... er zählte bis zehn, bevor er seine Stimme wiederfand. Alles, was er herausbrachte, war ein kurzes: „Ja."

„Ihr werdet es nicht wissen, aber einer dieser Rubine wurde von der Kugel, die Feldwebel Schmitt getötet hat, zerschossen", erklärte Müller ihm. Endlich ließ er das Korsett auf das Bett fallen und schloss sich Alec am Fenster an. Obwohl überraschend wenig Blut auf dem Korsett ist, wenn man bedenkt, dass sein Kopf ..."

Alec unterbrach ihn.

„Das würde ich lieber nicht weiter diskutieren. Euer Soldat hat sein Leben im Krieg verloren und das ist bedauerlich. Um seinetwillen hoffe ich, dass er sofort tot war."

„Ja."

„Gut. Vielleicht könnt Ihr mir auch sagen, wie es Mrs. Jamison-Lewis geht? Ich verließ sie, um ihr die Möglichkeit zu geben, im Privaten ihre Kleider zu wechseln und erwartete, sie - und den Rest der Passagiere - bei meiner Rückkehr wieder vorzufinden."

„Mrs. Jamison-Lewis und die anderen sind auf einem anderen Kahn untergebracht, einem, wo es warm ist und sie erhalten dort zu essen und werden mit aller den Umständen entsprechenden Sorgfalt betreut."

„Ich bin erfreut, das zu hören, General. Ich halte Euch nicht für einen unvernünftigen Mann. Vielleicht wäret Ihr jetzt so freundlich, mich zu ihnen zu begleiten."

„Ihr und ich werdet das Diner hier einnehmen", stellte General Müller fest und gab den beiden Soldaten, die in der Nähe herumlungerten, ein Zeichen, den Tisch mit Besteck, Tellern und Pokalen zu decken. „Ihr werdet erfreut sein zu erfahren, dass die Damen Eurer Gesellschaft nach dem bedauerlichen Vorfall auf dem Treidelpfad alle wohlauf sind. Die Enkelin des Pfarrers war verstört und brauchte eine Dosis Laudanum. Einer meiner Adjutanten ist auch Arzt. Er bot auch an, Mrs. Jamison-Lewis zu untersuchen - bitte, Herr Baron, seid nicht beunruhigt", fügte Müller hinzu und hob seine Hand in einer beruhigenden Geste, als Alec die Fäuste ballte. „Es geht ihr ausgezeichnet. Sie weigerte sich, nahm aber eine Salbe für die Blutergüsse an ihrem Knie an ..."

„Blutergüsse?"

„Ihre Zofe sagte, sie wäre vor Schock zusammengebrochen, als der Soldat vor ihren Augen starb, und ..."

„Sie hat mir nicht gesagt ...", begann Alec, unterbrach sich dann aber selbst.

„Mrs. Jamison-Lewis bedeutet Euch sehr viel, Herr Baron, ja?"

„Ja. Wir sind verlobt."

General Müller neigte den Kopf. „Darf ich Euch gratulieren. Und danke, dass Ihr aufrichtig wart."

„Ich habe keinen Grund, Euch diese Information zu verheimlichen. Ich denke, ich verfüge über gute Menschenkenntnis und habe daher jegliches Vertrauen, dass Ihr uns den Respekt zollen werdet, den unsere Umstände verdienen."

Müller deutete auf die Bank auf der anderen Seite des Tischs. „Bitte, wollt Ihr Euch mir nicht anschließen? Ihr müsst völlig ausgehungert sein, da Ihr seit dem frühen Morgen nichts mehr gegessen habt."

Alec setzte sich an den ihm angewiesenen Platz und breitete die Leinenserviette auf seinem Schoß aus. „Nicht so hungrig wie Ihr. Dafür zu sorgen, dass diese Kisten mit Musketen, Fässer voll mit Schießpulver und, die Kiste mit den Tauben nicht zu vergessen, hinter Aurichs Mauern verschwinden konnten, dürfte Euch einen ziemlichen Appetit verschafft haben."

Müller lächelte zum ersten Mal seit seiner Rückkehr aus der Stadt. Er schob die Rockschöße seines Uniformrocks beiseite und setzte sich

Alec gegenüber, um dann den herumstehenden Untergebenen Zeichen zu geben, dass sie mit dem Servieren des Diners beginnen könnten.

„Rindfleischeintopf und frisches Brot, mit freundlichen Grüßen der Bürgerschaft von Aurich und für ihren Herrn Baron."

„Keine Taubenpastete auf der Speisekarte...?" Als dies den Soldaten lächelnd den Kopf schütteln ließ, fügte Alec hinzu, während er seinen Suppenlöffel hob: „Meiner Vermutung nach sind diese Vögel mehr wert als die Musketen und das Schießpulver zusammen ...?"

„Sehr richtig, Lord Halsey. Darf ich Euch bei Eurem englischen Titel nennen? Die Krone eines Marquess steht Euch besser zu Gesicht als die eines Barons von Aurich. Obwohl Ihr mir und seiner Hoheit als Herr Baron sehr nützlich gewesen seid. Aber lasst uns zuerst essen! Wir haben die ganze Nacht Zeit zum Reden, nicht wahr?"

„Wie Ihr wünscht, General", erwiderte Alec entgegenkommend; der Duft der heißen Suppe ließ ihn spüren, dass er tatsächlich hungrig war und es wäre nicht gut zu versuchen, mit leerem Magen um seine oder die Freiheit seiner Mitpassagiere zu feilschen.

Die Männer aßen ihren Eintopf schweigend, beide genossen die Wärme und den Geschmack. Als Alec der Laib frischen Brotes angeboten wurde, nahm er ihn dankbar entgegen und brach ein Stück ab, um dann das weiche, weiße Brot in die reichlich mit Zwiebeln und Gewürzen angerichtete Flüssigkeit zu tauchen. Als eine zweite Portion in ihre Schalen gefüllt worden war, fragte Alec im Plauderton:

„Würde es Euch etwas ausmachen, mir zu verraten, warum ein hochrangiger Offizier der Armee des Markgrafen zum Verräter wurde und sich den Rebellen anschloss?"

„Ich bin kein Verräter, Lord Halsey", antwortete Müller ebenso ruhig, während er die Soße mit einem Brocken Brot ebenso auftunkte, wie Alec es getan hatte. Er aß, bevor er weitersprach. „Ich bin ein loyaler Offizier der Armee von Midanich, der seinem Herrscher, dem Markgrafen Leopold während des Siebenjährigen Krieges gedient hat, und zwar mit Auszeichnung. Ich bin meinem Herrscher und meinem Land noch immer treu. Es ist nur so, dass ich seinen ältesten Sohn nicht für fähig halte zu regieren."

„Nicht fähig zu regieren? Aber Ihr könnt doch sicher nicht leugnen, dass Prinz Ernst sich in der Schlacht als großartiger Soldat erwiesen hat?"

„Das nicht, aber großartige Soldaten geben nicht notwendig gute und gerechte Herrscher in Friedenszeiten ab, dessen seid Ihr Euch sicher bewusst. Für einen treuen Soldaten sind meine Worte verräterisch, aber da meine Handlungen bereits weit über meine Worte hinausgegangen sind, spielt es kaum eine Rolle, was ich sage. Alles, was mir wichtig ist,

ist die Zukunft meines Landes, und dass es von einem gerechten und geistig gesunden Mann regiert wird."

Alec legte seinen Suppenlöffel weg und ließ den herumstehenden Soldaten seine leere Schüssel wegnehmen und durch einen sauberen Teller und Besteck ersetzen. Zugedeckte Platten mit Aal und Hering, eine mit Karotten und Kartoffeln, wurden in die Mitte des Tischs gestellt und Servierlöffel neben sie gelegt. Die Speisenden sollten sich selbst bedienen. Alec wartete, bis General Müller seinen Eintopf aufgegessen hatte. Als der Soldat aufschaute, hielt er dessen Blick fest und sagte leise:

„Ihr glaubt nicht, dass Prinz Ernst gerecht oder vernünftig ist?"

Müller zögerte nicht mit seiner Antwort.

„Nein, Lord Halsey. Ich kann es mir hier in Aurich, im Kreise meiner Kameraden, der Soldaten der Rebellen-Armee, erlauben, offen zu sprechen. Ihr habt einmal mit dem Prinzen und seiner Familie auf vertrautem Fuß gestanden. Markgraf Leopold hat Euch in den Adelsstand erhoben. Der Wappenring, den Ihr tragt, ist der Beweis dafür. Aber Ihr seid intelligent und scharfsinnig und habt seit mehr als einem Jahrzehnt außerhalb Midanichs gelebt. Würdet Ihr aus freien Stücken hierhergekommen sein, nachdem Prinz Ernst jetzt Markgraf ist? Ich glaube nicht. Ihr seid nur hier, weil Ihr dazu gezwungen wurdet, im Versuch, Eure englischen Freunde zu retten."

Alec war überrascht. „Ihr wusstet die ganze Zeit von meiner Mission, oder ist das etwas, das Ihr erst kürzlich erfahren habt?"

„Der britischen Konsul machte mich auf Eure Gründe für die Rückkehr nach Midanich aufmerksam; Luytens konnte man nie trauen."

„Meiner Regierung und mir ist aus Luytens' langer Geschichte bekannt, dass er lieber auf der Mauer sitzt, bis er erkennen kann, ob die eine oder die andere Seite ihm zum Vorteil gereichen würde." Alec runzelte die Stirn, als ihm etwas auffiel. „Ihr spracht in der Vergangenheit, als Ihr den britischen Konsul erwähntet. Gibt es noch etwas, das ich über ihn wissen sollte, abgesehen von seinem Mangel an Prinzipien?"

„Für ihn und seinen Schwager wurde entsprechend gesorgt", erklärte Müller unverblümt. „Das ist alles, was ich im Moment sagen will. Was Eure im Schloss gefangenen Freunde angeht, ist es zweifelhaft, ob sie noch am Leben sind", fügte er fast entschuldigend hinzu. „Ihr seid jedoch entschlossen, zu ihnen zu gehen. Ich bewundere solche Entschlossenheit, obwohl ich glaube, dass Euer Vorhaben von Beginn an zum Scheitern verurteilt ist, da der Prinz geistig krank ist. Indem Ihr in dieses Land zurückkehrt, seid Ihr entweder überaus mutig oder selbst leicht verrückt. Was mir eine Menge erklären würde. Aber ... ich denke das Erstere. Und daher bewundere ich Euren Mut, obwohl ich glaube, wie ich sagte, dass Eure Mission zum Scheitern verurteilt ist."

„Dann werde wir uns darauf einigen müssen, verschiedener Meinung zu sein, denn ich glaube - ich *muss* glauben - dass es mir möglich sein wird, meine Freunde zu befreien. Sie sind aus keinem anderen Grund als wegen ihrer Verbindung zu mir eingesperrt. Wenn Ihr so freundlich sein würdet, dies auszuführen: Wie seid Ihr zu dem Schluss gekommen, dass Prinz Ernst geisteskrank ist? Als ich zuletzt in diesem Land war, konnte er seine psychischen Probleme vor der Mehrzahl seiner Höflinge verbergen, mit der Hilfe seines inneren Kreises, und insbesondere seines Vaters."

General Müller wurde deutlicher.

„Eine Zeitlang war ich Teil dieses inneren Kreises, diente bei einer Reihe von Feldzügen als sein Adjutant. Nennt es Bauchgefühl. Aber es gab Zeiten, wo ich das Gefühl hatte, zwei völlig verschiedenen Männern zu dienen, so groß waren die Schwankungen seines Geistes. Dies wurde in Schloss Herzfeld in den Monaten vor Markgraf Leopolds Tod noch deutlicher. Der Prinz zog sich in sich selbst zurück und blieb in seinen Räumen. Mehr und mehr geriet er unter den Einfluss seiner Schwester, bis es für die ihm am Nächsten stehenden offensichtlich wurde, dass seine Entscheidungen von ihr getroffen wurden. Er will nicht von ihr beherrscht werden, aber er ist zu schwach, um sich ihren Wünschen zu widersetzen. Selbst Markgraf Leopold war in seinen letzten Wochen zu schwach an Geist und Körper, um ihren Forderungen zu widerstehen."

„Und doch, obwohl er wusste, dass sein ältester Sohn nicht geistig gesund war, machte er Ernst zu seinem Nachfolger. Es gab eine Zeit, als ich am Hof war, als die Hoffnung bestand, dass Leopold Ernst zugunsten seines Sohns mit der Gräfin Rosine übergehen würde."

General Müller war aufrichtig überrascht. „Ernst ist der Sohn einer bayrischen Prinzessin. Prinz Viktors Mutter, die Gräfin Rosine, ist eine Bürgerliche und daher waren alle Kinder aus dieser Ehe von der Nachfolge ausgeschlossen. Midanich ist nicht der einzige deutsche Staat, der seinen Herrschern solch mittelalterlichen Gesetze aufzwingt."

„Und doch seid Ihr und andere zu Verrätern geworden und kämpft, um den Sohn einer Bürgerlichen auf den Platz seines Bruders zu setzen?"

„Ja. Das ist die einzige vernünftige Alternative, die uns bleibt, wenn wir unsere Nation aus dem Mittelalter herausführen und sie bis ins nächste Jahrhundert überleben sehen wollen. Mit Ernst auf dem Thron würden wir wahrscheinlich immer wieder von Holland oder Preußen überfallen werden. Und es besteht jede Möglichkeit, dass wir im Kurfürstentum Hannover aufgehen könnten. Das darf nicht zugelassen werden. Es würde aber dazu kommen, wenn Ernst Markgraf bleibt."

Alec nippte an dem Wein in seinem Pokal und brachte die Unterhaltung wieder auf die Bewohner von Schloss Herzfeld zurück, in dem er so nebenbei, wie er konnte, fragte, obwohl er sicher war, die Antwort zu kennen: „Während Ihr Adjutant wart, habt Ihr je die Prinzessin Johanna kennengelernt?"

Müller schüttelte den Kopf.

„Wart Ihr nicht neugierig?", fragte Alec.

„Neugierig, ja. Aber nicht genug, um zu versuchen, an ihren Wärtern vorbeizukommen. Ich erzähle Euch nichts, was Ihr nicht bereits wisst, wenn ich sage, dass sie seit ihrer Jugendzeit unter ständiger Bewachung steht. Und da ihre Diener in der Angst leben, dass man ihnen die Zungen herausschneiden wird, wenn sie es wagen, ihren Namen zu erwähnen oder gar mit anderen über sie zu sprechen, wurde nur sehr wenig jemals über sie berichtet. Es ist die seit langem bestehende Überzeugung, über die in Hofkreisen geflüstert wird, dass sie nach der Erkrankung an Masern schwachsinnig wurde. Ich für mein Teil glaube das nicht ..."

„Nein? Warum nicht?"

„Masern hatten nichts damit zu tun. Sie wurde verrückt geboren." General Müller schaute unverwandt über den Rand seines Pokals. „Wie ihre Mutter vor ihr. Obwohl das nicht bestätigt werden kann, da sie nach der Geburt der Zwillinge im Kindbett starb. Jedoch müsstet Ihr besser als jeder andere, außer ihrem Vater und ihrem Bruder, wissen, wie Prinzessin Johanna wirklich ist. Ihr habt sie geheiratet. Es sei denn, dass die Ehedokumente, die Ihr mir zusammen mit Eurem Adelsbrief zeigtet, Fälschungen sind? Das glaube ich nicht."

„Sie sind keine Fälschungen. Und da wir hier gerade offen sprechen und meine Verbindung mit der Familie das Ergebnis der Ereignisse hier in Aurich nicht mehr beeinflussen kann, darf ich Euch sagen, dass ich zu dieser Ehe gezwungen wurde ..."

General Müller brüllte derart vor Lachen, dass einer seiner Untergebenen, der an der Tür Wache stand, zwei Schritte nach vorn machte, weil er dachte, sein Kommandeur wäre vielleicht mit dem Besteck angegriffen oder zumindest von seinem Gast beleidigt worden und hätte Wein ins Gesicht geschüttet bekommen. Aber als er sah, dass der General aufrichtig erheitert war, trat er schnell mit rotem Gesicht zurück, ohne einen Blick auf seine Kameraden zu werfen, die alle über sein Ungestüm in sich hinein grinsten.

„Mein lieber Lord Halsey!", keuchte der General und betupfte ein

tränendes Auge mit der Serviette. „Wenn ich irgendetwas anderes angenommen hätte, würde ich nicht gezögert haben, Euch schon längst an
eine Wand stellen und erschießen zu lassen! Aber bitte, sprecht weiter“,
fuhr er fort, ließ das Lächeln von seinem Gesicht verschwinden und
wurde ernst. „Ich werde Euch nicht wieder unterbrechen. Ich kann
sehen, dass die Erinnerung an diesen Vorfall Euch noch immer belastet
und ich entschuldige mich für meine Leichtfertigkeit. Aber wie es kam,
dass Ihr mit einer solchen Kreatur verheiratet wurden, interessiert
mich.“

Alec nickte, räusperte sich und fuhr fort.

„Während ich im Kerker von Herzfeld eingesperrt war, gab mir
Leopold die Wahl zwischen zwei Möglichkeiten, und da ich am Leben
bleiben wollte, war es die einzige Alternative, die Prinzessin zu heiraten.
Natürlich ist die Verbindung nicht rechtmäßig, unabhängig von
meiner *erzwungenen* Teilnahme an der Zeremonie. Als Engländer und
Protestant kann ich nicht durch die Katholische Kirche verheiratet
werden. Aber für Leopold spielte nur eine Rolle, dass die Prinzessin
glaubte, dass ich für immer mit ihr verbunden wäre. Ich glaube, er
hatte die Hoffnung, dass ihre Ehe mit mir ihren gestörten Geist
irgendwie beruhigen und es ihr erlauben würde, etwas Frieden zu
finden.

„Was meine Erhebung in den Adelsstand betrifft ... die ist rechtmäßig. Vom Markgrafen vor der Zeremonie verfügt. Auch das war etwas,
was ich nicht wünschte, aber Leopold wollte seine Tochter nicht mit
einem Bürgerlichen verheiraten.“ Jetzt lächelte Alec und schüttelte den
Kopf. „Er war ein rechter alter Autokrat. Er wusste sehr gut, dass sein
Kind nicht geistig gesund war, aber das hielt ihn nicht davon ab, dafür
zu sorgen, dass der Bräutigam seiner Abkömmlinge würdig war. Und
doch war seine zweite Frau eine Bürgerliche ...“

„Die Gräfin Rosine ist eine Bürgerliche, ja, aber sie ist keine
gewöhnliche Person. Nicht wahr, Lord Halsey?“

Alec hielt dem Blick stand und versteckte seine Überraschung über
die Schärfe in der Stimme des Soldaten - als ob Müller persönlich
gekränkt sein würde, stimmte er nicht zu. Und wenn er zustimmte,
würde ihn das nicht sicher verraten, dass er die Gräfin besser kannte als
er das sollte? Er erkannte bald, dass die Bemerkung rhetorisch gewesen
war, als der Soldat ihre Pokale neu füllte und der General wieder dazu
überging zu essen, was er auf seinen Teller gelöffelt hatte.

„Ihr sagt, es wäre nur darum gegangen, dass die Prinzessin glaubte,
ihre Ehe mit Euch wäre legal“, sagte der General nach ein paar Minuten
des Schweigens zwischen ihnen. „Aber wie ist es mit dem Prinzen?
Glaubte er das auch?“

Alec legte seine Gabel auf den Rand des Tellers und begegnete offen dem Blick des Soldaten.

„Prinz Ernst setzte sich für die Verbindung ein, aber nur Prinzessin Johanna, ihr Vater, ich und Leopolds Kaplan nahmen an der Zeremonie teil. Beantwortet das Eure Frage?"

Der Soldat unterbrach den Blickkontakt nicht, als ob er Alecs Worte abwägen wollte. Schließlich blinzelte er, nickte und wandte sich wieder dem Essen zu. Als sein Teller leer war, sagte er:

„Danke für Eure Aufrichtigkeit, Lord Halsey. Würdet Ihr mir nun die Freundlichkeit erweisen, mir zu erzählen, wie ihr es angestellt habt zu entkommen?"

„Der Ehe? Dem Schloss? Oder beidem?"

Müller war wieder erheitert. „Beidem. Aber ich bin sicher, dass Ihr bereits erkannt habt, dass das, was mich am meisten interessiert, ist, wie Ihr aus dem Schloss geflohen seid. Auf alle Fälle müsst ihr, während wir unser Mahl beenden, mich mit der Erzählung über Eure Flucht aus den Klauen Eurer wahnsinnigen Braut unterhalten!"

„Wenn Ihr zunächst die Freundlichkeit hättet, mir zu erklären, wie Ihr glaubt, dass ich Euch und Prinz Viktor in meiner Eigenschaft als Herr Baron nützlich sein könnte."

„Na gut. Im Gegenzug werdet Ihr mir verraten, wie Ihr es geschafft habt, aus dem unzugänglichen Schloss auszubrechen, ein Kunststück, das in der Geschichte des Schlosses schon viele Male versucht worden ist, aber nie erfolgreich war - bis Ihr kamt. Eure Flucht ist so wundersam, dass sie in die Folklore unseres Landes eingegangen ist; die im Schloss stationierten Soldaten haben viele Male versucht, Eure kühne Flucht nachzuvollziehen, aber ohne Erfolg." Müller hob seinen Pokal zu Alec. „Einverstanden?"

Alec berührte Müllers Pokal mit seinem und beide tranken aus. „Einverstanden."

General Müller schob seinen Teller beiseite und lehnte sich an die Rücklehne der Bank, seine Finger leicht um den Stiel seines Pokals gelegt.

„Ich werde Euch sagen, Lord Halsey aus England, Baron von Aurich aus Midanich", begann er. „Ich war noch nie so glücklich wie an dem Tag, als Ihr im Hafen von Emden ankamt. Ich wusste, dass Ihr unterwegs wart. Ein Boot der Fischereiflotte kam früh mit der Nachricht herein, dass die *Caroline* gekapert worden wäre, also warteten wir auf Euch. Mit Eurer Ankunft entstand Hoffnung und ein Plan. Ohne Euch würde ich jetzt nicht hier sitzen und dieses Essen genießen und die Kräfte der Rebellen, die Aurich halten, hätten nur ungefähr für eine Woche Lebensmittel, um sie durch den Winter zu bringen. Die meisten der Schießpulverfässer enthielten Mehl und andere Lebensmittel. Die Musketen werden die Bauern weiter draußen bewaffnen, die durch Angriffe von Ernsts Soldaten verwundbar sind. Und ohne die Brieftauben ist Emden wirksam von jeder Verbindung mit Schloss Herzfeld, dem militärischen Hauptquartier des Markgrafen und ihrem Taubenschlag, abgeschnitten. Jetzt ist es nur eine Frage der Zeit, dass, nicht ob, wir Emden, das Juwel im Westen von Midanichs Krone, erobern. Mit dem Fall von Emden kommt der Fall von Ernst und das Ende seiner Amtszeit als Markgraf. Und das haben wir Euch zu verdanken."

„Mir?" Alec wirkte zweifelnd. „Ihr schreibt dem Herrn Baron zu viel zu. Alles, was ich tat, war, an Land zu kommen und den Herzfeld'schen Wappenring zu zeigen; das war ein Akt der Selbsterhaltung und schützte meine Mitpassagiere, nichts weiter."

„Ich werde Euch nicht erlauben, Euer Licht so unter den Scheffel zu stellen!", sagte der General und schlug mit der Handfläche auf den Tisch, um seinen Standpunkt zu betonen. „Als Ihr Euch so zeigtet, konntet Ihr auf keinen Fall wissen, wie Ihr empfangen werden würdet. Emden hätte in der Hand der rebellischen Truppen sein und Ihr verhaftet werden können, eingesperrt als Pfand, um vom Markgrafen gegen Zugeständnisse losgekauft zu werden, sollte der Krieg nicht so laufen wie von den Rebellen erhofft. Doch ihr stolziertet tapfer als der Herr Baron herum, und wie es der Zufall wollte, wurde die Stadt von den Truppen des Markgrafen kontrolliert und ihre Bürger sind dem Hause Herzfeld treu ergeben."

„So wie Ihr?"

„Ja, so wie ich, bis zu dem Zeitpunkt, als ich im Interesse Prinz Viktors handeln konnte", erklärte Müller. „Aus welchem Grund ich nur zu gerne Euren Plänen zustimmte. Meine Darstellung der Lehnstreue vor den Truppen und den Beamten des Emdener Zolls war nur das und half, jegliche Gerüchte, dass ich ein Spion der Rebellen wäre, zu zerstreuen."

„Was Ihr aber wart."

Müller nickte und trank aus, wonach er seinen Pokal ausstreckte, damit einer der bedienenden Soldaten, der in der Nähe stand, ihn wieder füllen sollte. Er winkte dem Diener, auch Alecs Pokal wieder zu füllen, aber als dieser ablehnte, sagte er achselzuckend:

„Mäßigkeit in den meisten Dingen, he, Lord Halsey?! Das gefällt mir, und Ihr gefallt mir auch." Der General beugte sich vor, den Pokal in der Beuge seiner verschränkten Arme ruhend. „Durch die Kraft Eurer Persönlichkeit habt Ihr in einer Stadt am Rande der Rebellion Ordnung geschafft. Ist Euch das klar? Wäret Ihr nicht gerade da ange-

kommen, und hättet Ihr nicht das in Bewegung gesetzt, was Ihr veranlasst habt, wäre Blut in den Kanälen geflossen, täuscht Euch nicht!"

Alec war skeptisch. „Meint Ihr?"

„Das meine ich nicht nur, ich weiß es! Denn ich war derjenige, der
kurz davorstand, den Rebellen in der Stadt Befehl zu geben, zu den
Waffen zu greifen. Und dann erschient Ihr und verschafftet uns ein
Wunder. Euer zweites, tatsächlich."

Alec zog eine Grimasse und lachte, um seine Verlegenheit über
solch überschwängliches Lob zu überdecken. „Seid Ihr sicher, dass Ihr
trinken solltet, General? Ich glaube, der Wein hat Euren Verstand
benebelt."

Müller schüttelte den Kopf. „Nein. Nein. Ihr seid zu bescheiden.
Aber das ist das Problem mit bescheidenen Männern, dass sie ihre
Stärken nicht vollständig einschätzen können und diese oft als Schwä-
chen betrachten, was sie natürlich nicht sind. Und da ich nicht so
bescheiden bin, kann ich Euch nun sagen, dass ich, während Ihr dachtet, die Lage in Emden als Herr Baron unter Eurer Kontrolle zu haben,
Euch kontrollierte."

„Ich mag bescheiden sein, Herr General, aber ich bin nicht einfäl-
tig", scherzte Alec. „Ihr habt sehr bereitwillig meine Befehle befolgt,
ohne Fragen zu stellen. Das war für sich allein ein höchst verdächtiger
Umstand."

„Das stimmt. Aber täuscht Euch nicht. Hätten mir Eure Befehle
nicht gefallen und der Sache der Rebellen nicht gedient, hätte es ein
ganz anderes Ende genommen. Ihr würdet sicherlich nicht hier sitzen
und Euer Mahl an meinem Tisch genießen. Ich benutzte Euren Sinn
für Gerechtigkeit, für Fairness, dafür, das Rechte zu tun, zu meinem
Vorteil. Ich erlaubte Euch, der Herr Baron zu sein, eure guten Taten zu
verrichten, den Hafen zu öffnen und den Händlern und ihren Familien,
die in Emden wegen des Bürgerkriegs gestrandet waren, nach Hause
oder nach Holland zurückzukehren, oder wohin auch immer sie hin
und her reisen wollten. Ich bin ein vernünftiger Mann. Seine Hoheit ist
ein vernünftiger Mann. Unsere Sache ist vernünftig. Wir wollen kein
unnötiges Blutvergießen. Dieses Land und seine Menschen haben im
Siebenjährigen Krieg und den Kriegen davor genug gelitten. In der Tat
vertrieb Euer Land die französischen Besatzungstruppen und benutzte
dann Emden für seine eigenen Zwecke.

„Ich konnte den Hafen nicht öffnen. Nur der direkte Befehl des
Markgrafen konnte das veranlassen. Und dann kamt Ihr, der Schwager
des Markgrafen, ein Mitglied des Hauses Herzfeld, und es war leicht,
meine Untergebenen und die Ratsherren der Stadt davon zu überzeugen, dass Euer Wort das des Markgrafen war. Den Hafen zu öffnen war

von vordringlicher Wichtigkeit für die Sache der Rebellen und Ihr habt das für uns erledigt."

„Ich vermute dann, dass das Schauspiel der mit Petitionen winkenden Menge vor Luytens' Haus in der Nacht vor unserer Abreise von niemand anderem als Euch inszeniert wurde?"

Müller hob eine Schulter. „Ich wünschte, ich könnte ja sagen. Denn es wäre ein brillanter Trick gewesen, aber nein. Im Wesentlichen war es eine spontane Demonstration, die von Eurem englischen Priester und seiner tauben Enkelin begonnen wurde. Aber sie griff um sich wie ein Buschfeuer mitten im Sommer. Und dann, ja, dann halfen wir, die Flammen der Unzufriedenheit zu schüren."

„Ich nehme daher an, dass Prinz Viktor auf der anderen Seite der Ems Truppen zusammengezogen hat, die nur auf die Gelegenheit warteten, dass der Hafen geöffnet wurde, um überzusetzen und Emden einzunehmen?"

Die Augen des Generals leuchteten auf.

„Genau! Ein großes Truppenkontingent wartet in Delfzijl. Sie sind als Zivilisten gekleidet und werden mit den Schiffen, denen Ihr das Auslaufen mit den für Holland bestimmten Passagieren genehmigt habt, in den Hafen kommen. Die Soldaten werden die Stadt infiltrieren, Waffen verteilen und, wenn die Zeit gekommen ist, sich erheben. Und während Emden sich ergibt oder brennt, werden Schiffe nach Herzfeld segeln, Schiffe, die Kanonen, Waffen, Männer und Nahrungsmittelvorräte für die Rebellen, die direkt vor dem Schloss stationiert sind, an Bord haben. Alles, was Euch noch bleibt, ist, dass Ihr uns den Weg ins Schloss zeigt und dann wird der Gerechtigkeit genüge getan werden - bei Ernst und seinen Unterstützern am Hofe."

Alec nickte, aber er hatte nur die erste Hälfte dessen gehört, was der General sagte, denn bei der Enthüllung, dass einige der Schiffe, die Emdens Hafen verließen und über den Norden nach Herzfeld gehen sollten, hatte er eine erschreckende Vorahnung.

„Müller, sagt mir, dass Ihr Euer Wort gehalten habt und meiner Patin und meinem Onkel erlaubt habt, auf der *Caroline* abzureisen und sich in Delfzijl auszuschiffen."

Als der General zögerte und den beiden ihm am nächsten stehenden Soldaten einen Blick zuwarf, die daraufhin vortraten, die Hand am Heft ihres Schwertes, als ob sie erwarteten, dass der Herr Baron gewaltsam reagieren würde, hatte Alec seine Antwort, ohne dass ein Wort gesprochen worden wäre. Er warf die Hände hoch, fühlte sich dumm und war wütend auf sich selbst, dass er geglaubt hatte, Müller würde sein Versprechen halten. Aber natürlich, warum sollte er die beiden Menschen, die Alec neben Selina am meisten auf der Welt liebte, freilassen, wenn sie für ihn als Mittel, um Alec ... zu halten, weit nützlicher wären?

„Ihr seid in ein Land im Kriegszustand gekommen", stellte Müller fest. „Ihr und die Mitglieder Eurer Reisegesellschaft kanntet die Gefahren von Beginn an. *Die Caroline*, ihre Mannschaft und die Passagiere, sind auf dem Weg nach Herzfeld, zusammen mit einer Reihe kleinerer Schiffe. Eine wahre Flotte der Rebellen. Eurem Onkel, der Herzogin und dem Botschafter wird kein Leid geschehen, solange Ihr Euch kooperativ verhaltet ..."

„Kein Leid? Ihr habt sie bereits in Gefahr gebracht, indem Ihr ihren Schoner in ein Kriegsschiff verwandelt habt! Ihr könnt mir eine solche Zusicherung nicht mit irgendeinem Anspruch auf Vertrauenswürdigkeit geben, es ist sinnlos, das zu versuchen!"

Alec hatte genug geredet und die Gesellschaft dieses Soldaten genossen. Er musste Selina sehen, sicherstellen, dass es ihr nach diesem bösen Vorfall gut ging und dass die anderen Passagiere gut behandelt wurden. Er hatte jedes Vertrauen darein, das Wohlergehen derer, für die er sich verantwortlich fühlte, in den Händen anderer, vor allem derer mit politischen Absichten, zu lassen, verloren.

„Wenn Ihr mir erlauben würdet, die anderen Passagiere zu sehen, um mich zu vergewissern, dass sie in Sicherheit sind und es ihnen an nichts fehlt, bevor wir uns für die Nacht niederlassen, wäre ich Euch sehr verbunden, Herr General", sagte Alec höchst formell, legte die Serviette auf dem Tisch beiseite und stand auf, zum Zeichen, dass die Unterhaltung beim Abendessen beendet wäre.

General Müller legte ebenfalls seine Serviette beiseite. Mit einem Seufzer stand er auf. Er hatte das Mahl und Alecs Gesellschaft genossen. In der Tat bewunderte er den Mann und wünschte, sie hätten Freunde sein können, aber er wusste, dass dies unter den gegenwärtigen Umständen unwahrscheinlich war. Lord Halsey, der Herr Baron oder wie immer er sich nennen wollte, war zu ehrenhaft, zu sehr an das gebunden, was Recht war, statt an das, was zweckdienlich und notwendig war. Daher würde er ihn, Müller, eher nach seinen Taten als nach den Umständen, die diese erforderlich gemacht hatten, beurteilen. Und so hielt Müller ihn für schwach und er hatte keine Zeit, Erklärungen zu geben. Er gab Alec die Antwort, die notwendig war, nicht die, die recht oder gerecht gewesen wäre.

„Das kann ich nicht erlauben, Lord Halsey. Ihr werdet hierbleiben, unter Bewachung, bis es Zeit zum Abreisen ist. Was beim ersten Morgenlicht der Fall sein wird. Ich werde Euren Kammdiener schicken, wenn es Zeit ist, dass Ihr Euch anzieht und um einen kleinen Portemanteau für die Reise zu packen. Leider können die Schlitten Eure hübschen Reiseutensilien nicht aufnehmen, daher müssen sie hierbleiben. Ich werde Befehl geben, sie unter meinen Männern zu verteilen, damit sie gut genutzt werden. Obwohl Ihr erleichtert sein werdet, dass ich Platz auf dem Frachtschlitten für den mechanischen Tisch gefunden habe. Es gibt unter der Kriegsbeute Stücke, die es wert sind, dass man sie behält und seine Hoheit wird ein so wertvolles Geschenk der englischen Regierung zu schätzen wissen."

Alec starrte aus dem Fenster; es hatte keinen Sinn, etwas dazu zu sagen, daher machte Müller eine formelle Verbeugung vor ihm und wandte sich zum Gehen. Und dann fiel ihm etwas auf dem Feldbett ins Auge.

„Ihr habt nicht nach dem Schmuck und dem Geld gefragt, das in Mrs. Jamison-Lewis' Mieder so geschickt versteckt gefunden wurde."

„Ich vermute, dass dies auch Kriegsbeute ist."

Müller lächelte schmallippig. „Ja. Und Eure Geldkassette steht jetzt unter Bewachung, alle Stücke sind noch vorhanden." Als Alec verwirrt schaute, fügte Müller hinzu: „Ihr könnt dem tauben Mädchen dafür danken. Vielleicht kann sie nicht hören, aber sie hat scharfe Augen. Sie sah, wie Horst Visser mehrere Schmuckstücke stahl, die aus dem Korsett auf den Boden gefallen waren, als Mrs. Jamison-Lewis getroffen wurde. Ganz richtig alarmierte sie ihren Großvater, der es dann korrekt mir erzählte. Als Horst Visser nicht zu finden war, schickte ich einen Suchtrupp los. Der Narr wurde erwischt, als er mit seiner Beute nach Emden zurückmarschierte und man hat sich um ihn gekümmert."

Alec konnte sich gut vorstellen, wie, daher fragte er nicht, aber Müller erzählte es ihm trotzdem und schaffte es, ihn zu überraschen und auch zu schockieren.

„In Kriegszeiten - zu keiner Zeit - gibt es Platz für Plünderer. Ihr habt gesehen, was mit dem Dummkopf geschah, der versuchte, einen Sack Kohlen am Hafen zu stehlen. An ihm wurde ein nötiges Exempel statuiert. Es gibt auch keinen Platz für Verräter. Luytens hat Euch verraten. Er bot mir den mechanischen Spieltisch an, weshalb ich von dessen Existenz weiß. Er bot mir auch an, den Schmuck und das Geld mit mir zu teilen. Er sagt, Ihr hättet keine Ahnung von diesem Lösegeld und dass es seine Idee gewesen wäre, nichts, was Markgraf Ernst als Gegenleistung für das Leben Eurer Freunde verlangt hätte. Ja, ich dachte mir, dass Euch das überraschen würde. Mich hat es überrascht. Was Euch nicht überraschen wird, ist, dass ich einen egoistischen, verlogenen Schuft ohne jeden Glauben für schlimmer halte als einen Dieb. Aber ich bin nicht von Natur aus grausam. Ich kann Euch versichern, dass ihr Tod schnell und schmerzlos war."

„Nicht schmerzlos für ihre Familien!"

„Sie hätten an nichts anderes denken sollen als an ihre Familien, *bevor* sie Verrat und Diebstahl begingen. Jetzt müsst Ihr mich entschuldigen, es gibt viel zu tun vor unserer Abreise."

„Ich habe eine Bitte, Herr General."

Müller blieb an den zum Deck führenden Stufen stehen und wartete.

„Ich möchte heiraten - heute Abend."

ZWANZIG

MÜLLER KAM ZURÜCK IN DIE KABINE, ÜBERRASCHUNG STAND deutlich auf seinen Zügen geschrieben. Er fragte sich, ob er Alec richtig verstanden hatte, aber als der Engländer ihn nur ansah, grinste er.

„Was für ein Romantiker Ihr seid!"

„Der englische Pfarrer an Bord hat sich bereit erklärt, uns zu trauen", erklärte Alec ihm.

„Aber - seid Ihr nicht schon mit der Prinzessin Johanna verheiratet?"

„Nein. Das habe ich Euch erklärt", sagte Alec mit großer Geduld. „Die Trauung war eine List von Seiten des Markgrafen, um seine Tochter gefügig zu halten."

„Weiß die schöne Mrs. Jamison-Lewis von Eurer früheren Heirat - Ah! Ihr müsst es ihr erst noch erklären. Daher die Eile, sie ohne Verzug zu heiraten. Ihr habt vor, Eurer Braut *nach* Eurer Eheschließung zu erklären, dass Ihr bereits verheiratet *wart*? Ist das eine Art, das Eheleben zu beginnen?"

„Aurich hat eine schöne Kirche, in der Pfarrer Shirley die Zeremonie abhalten kann", fuhr Alec fort und ignorierte die ironische Frage des Generals.

„Dies sind wirklich unsichere Zeiten. Aber Ihr habt mein Versprechen, dass Ihr lebend mehr wert seid als es wäre, Euch an eine Wand zu stellen und zu erschießen, wenn das Eure Bedenken sind."

„Ich gab Mrs. Jamison-Lewis mein Wort, dass wir heute Abend heiraten würden."

„Dann werde ich ihr die enttäuschende Nachricht übermitteln. Die

Stadt steht unter Kriegsrecht und selbst ich habe jetzt dort keinen
Zutritt. Unsere kleine Reihe von Lastkähnen und meine Soldaten, die
uns bewachen, sind auf sich allein gestellt. Vielleicht wird Seine Hoheit
Eure ach-so-romantische Bitte erfüllen, bevor er sein Urteil über Euch
wegen Eures Anteils am Krieg des Markgrafen fällt?"

„Meinen Teil? Ich habe keinen Teil daran. Ich bin hier in diplomati-
schem Auftrag, um über die Freilassung meiner Freunde zu verhandeln,
nichts weiter", argumentierte Alec. „Und Ihr sagtet selbst, dass mein
Handeln in Emden Prinz Viktors Griff nach der Markgrafschaft eher
geholfen als behindert hat."

„Ich habe keinen Zweifel daran, dass dies von seiner Hoheit berück-
sichtigt werden wird", stimmte der General zu. „Obwohl Ihr bedauerli-
cherweise in dem Moment, als Ihr Eure Hand, an der Ihr den Herzfeld-
Wappenring trugt, mir entgegenstrecktet, durchaus ein Teil dieses
Bürgerkrieges wurdet." Der General verbeugte sich höflich. „Aber es ist
nicht meine Aufgabe, ein Urteil zu fällen, das obliegt seiner Hoheit.
Morgen werdet Ihr Gelegenheit haben, ihm Euren Fall vorzutragen.
Einstweilen schlage ich vor, dass Ihr Euch etwas ausruht. Man wird
Euch vor Morgengrauen wecken, wir brechen bei Sonnenaufgang auf."

Alec folgte dem General zu den Stufen hinüber. Er konnte die
Furcht nicht aus seiner Stimme heraushalten. „Wir fahren wie geplant
nach Herzfeld?"

„Möglicherweise. Aber nicht sofort."

„Ich *muss* zum Schloss fahren. Wenn ich nicht rechtzeitig dort bin,
werden meine Freunde ..."

„Lord Halsey, es ist am besten, dass Ihr Euch mit der veränderten
Situation abfindet", antwortete General Müller von den Stufen her, wo
zwei Soldaten mit Bajonetten am Fuße der Treppe Alec davon abhiel-
ten, ihm zu folgen. „Eure Reisepläne sind unwichtig. Was zählt, ist,
diesen Krieg zu gewinnen. Euer Schicksal liegt jetzt in den Händen
seiner Hoheit Prinz Viktor, nicht Prinz Ernst. Was Eure englischen
Freunde betrifft, die in der Burg gefangen sind ..." Müller schob seine
Unterlippe vor und zog ein unbeteiligtes Gesicht. „Soweit irgendjemand
das beurteilen kann, sind sie bereits tot."

„Das will ich nicht glauben. Niemals!"

„Ihr könnt glauben, was Ihr wollt. Aber Ihr solltet Euch besser
darauf vorbereiten. Das Gebet ist die einzige Zuflucht, die Euch bleibt
– und ihnen. Gute Nacht."

ALEC VERBRACHTE EINE UNRUHIGE NACHT UND WURDE GEWECKT,
als es schien, dass er erst gerade in tiefen Schlaf gefallen wäre. Es war

Hadrian Jeffries, und draußen war es noch dunkel. Sein Kammdiener hatte Kleider zum Wechseln herausgelegt, entschuldigte sich aber dafür, ihn nicht rasieren zu können. Auf Befehl General Müllers wurde es allen Gentlemen verboten, sich zu rasieren.

„Wie einer der Soldaten mir erklärte, Sir, haben die Offiziere der Rebellenarmee ihre Rasiermesser beiseitegelegt und sind dazu übergegangen, ihre Gesichtsbehaarung wachsen zu lassen in einer Geste der Unterstützung und Solidarität für ihren Anführer, Prinz Viktor, der einen Schnurrbart trägt, entgegen dem Edikt des Hofes, das jede Art von Gesichtsbehaarung verbietet.“

Alec verdrehte die Augen und unterdrückte die Erwiderung, dass er sich fragte, ob der Prinz alt genug sei, dass seine Schamhaare wuchsen, noch viel weniger ein Schnurrbart. Daher ging das Ankleiden unter Schweigen vor sich, bis Jeffries die Riemen über Alecs bis über die Knie reichenden Lederstiefeln verschnürte und Alec sagte:

„Ich sehe mein Schwert nicht. Ich nehme an, es wurde zusammen mit meinen Rasiermessern konfisziert?“

„Ja, Sir. Einer von General Müllers Adjutanten hat es“, antwortete Jeffries und half Alec, seinen Seehundfellmantel anzuziehen. Er reichte ihm seine Handschuhe. „Irgendetwas derart, dass Ihr es öffentlich dem Prinzen als Zeichen der Niederlage der Truppen des Markgrafen überreichen sollt ...?“

Alec unterdrückt den Wunsch, seine Augen wieder zu verdrehen und erklärte, während er seine Handschuhe anzog:

„Dem Anführer einer gegnerischen Truppe sein Schwert anzubieten, ist in der Tat die übliche große Geste der Kapitulation. Da ich aber weder der Kommandeur einer gegnerischen Armee bin, noch Prinz Ernsts Armee diese Kapitulation anerkennen und Prinz Viktor Markgraf werden lassen wird, ist es bestenfalls eine hohle Geste. Ich schätze, dass Müller hofft, dass ein solch theatralisches Schauspiel dazu dienen wird, die Zuversicht von Prinz Viktors Männern zu stärken. Genauso wie seine rohe Behandlung von Luytens und Horst Visser dazu dienen wird, den Einheimischen Angst einzuflößen, damit sie selbst in den trostlosesten Wintern und Umständen auf Plünderungen verzichten, oder sonst einem Erschießungskommando gegenüberstehen könnten - Verzeihung, wusstest du davon?“

„Ja, Sir. Kein Grund, sich zu entschuldigen. Müllers Adjutant verkündete das gestern Abend beim Abendbrot, nachdem die Abwesenheit von Herrn Luytens und Horst Visser von Reverend Shirley bemerkt wurde. Gefühllos, wenn Ihr mich fragt.“

„Er verkündete das in Anwesenheit der Damen?“

„Ja, Sir. Verzeihung, Sir. Genau das tat er", antwortete Jeffries und zuckte instinktiv zusammen, als Alec in sich hinein fluchte.

„Die Enkelin des Pfarrers auch?"

„Ja, Sir. Aber der Großvater enthielt ihr die genauen Einzelheiten dessen, was mit den beiden Männern geschehen war, vor. Das hörte ich Mrs. Jamison-Lewis ihrer Zofe sagen, als diese fragte, ob das Mädchen verstanden hätte, was der Soldat sagte. Ich vermute, der Pfarrer hat ihr nicht die Wahrheit gesagt."

„Ich hoffe, du hast Recht."

„Wir wurden dann zum Glück durch das Kommen und Gehen der Soldaten mit unseren Habseligkeiten abgelenkt. Sie ließen uns wählen, was wir mitnehmen wollten; es musste in einen Portemanteau passen, was jeden für den größten Teil des Abends beschäftigt hielt und unsere Gedanken von der Situation ablenkte."

Alec wagte zu lächeln. „Zweifellos beschwerte sich Mrs. Jamison-Lewis bitterlich über die Selbstherrlichkeit des Generals?"

Hadrian Jeffries schaute auf von dem Lederkoffer, den er bis zum Bersten gepackt mit so viel von Alecs Sachen, wie er hineinstopfen konnte und den er jetzt zudrückte.

„Ja, Sir, das hat sie."

„Und er hat ihre Strafpredigt mit Anstand entgegengenommen?"

„Ja, Sir."

Alec ging hinüber, um seinem Kammerdiener beim Schließen des Koffers zu helfen.

„Gut. Das wird ihr geholfen haben, sich besser zu fühlen. Unsere Mitreisenden müssen beruhigt, und wenn das nicht möglich ist, von unserer gegenwärtigen Zwangslage abgelenkt werden." Alec ließ den Kofferdeckel los, nachdem die Schlösser gesichert waren, trat aber nicht von seinem Kammdiener weg, sondern sagte leise: „Hadrian, ich will dich nicht anlügen. Wenn ich General Müllers barbarische Behandlung von Luytens und Visser in Betracht ziehe, habe ich keine Vorstellung, welche Art von Empfang uns bei Prinz Viktor erwartet. Aber unabhängig davon, was mit mir geschieht, werde ich den Prinzen inständig um die Freiheit für den Rest meiner Reisegesellschaft bitten. Ich kann nicht glauben, dass er unvernünftig sein wird, nicht, wenn er meine Hilfe will, um Schloss Herzfeld zu erstürmen ...

„Ich möchte, dass du dich um Mrs. Jamison-Lewis und ihre Zofe kümmerst. Die *Caroline* soll im Hafen von Herzfeld anlegen und ich werde verlangen, dass ihr alle dorthin gebracht werdet und freies Geleit erhaltet, selbst wenn es nur über die Bucht nach Dänemark sein sollte. Dann wäret ihr wenigstens außer Gefahr."

„Was ist mit Euch, Sir? Ihr werdet doch sicher mit uns kommen können?“

„Mein vorrangiges Ziel ist es, Sir Cosmo und Miss St. Neots zu retten. Ich hoffe, dass ich das tun kann, wenn Prinz Viktor das Schloss einnimmt, mit meiner Hilfe. Also verstehst du, warum ich dich bitte, dich um Mrs. Jamison-Lewis und Mrs. Evans zu kümmern?“

„Ich werde Euch nicht im Stich lassen - oder sie, Sir.“

Alec streckte seine behandschuhte Hand aus, und als sein Kammdiener sie freudig und fest ergriff, hielt er die Hand des jüngeren Mannes ein wenig länger fest.

„Vielen Dank, Hadrian. Ich stehe in deiner Schuld. Und das meine ich ernst.“

Hadrian nickte, ein wenig überwältigt, und zwang sich zu einem Lächeln. „Ich hätte um nichts in der Welt versäumen wollen, Euch zu begleiten, Mylord.“

Alec trat zurück, als die Kabinentür sich öffnete und zwei Soldaten eintraten.

„Ich hoffe, dich das noch einmal sagen zu hören, wenn wir sicher auf der Rückreise weit draußen auf See sind. Aber worum ich dich jetzt bitten muss“, fuhr er auf Englisch fort, wovon er wusste, dass die Soldaten es nicht verstanden und beobachtete, wie diese seine Kiste aufhoben und damit hinausgingen, „ist, dass du weiter so tust, als ob wir von der Situation, in der wir uns befinden, nicht im Mindesten eingeschüchtert oder verängstigt bist. Ich möchte nicht, dass die anderen in unserer Gruppe in Panik geraten oder sich Sorgen machen. Wir müssen sie glauben lassen, dass alles so ist, wie es sein sollte und die Schlittenfahrt mit so viel Begeisterung genießen, als ob wir zum Eismarkt auf die Themse führen. Meinst du, dass du das schaffst?“

„Um ehrlich zu sein, Sir“, gestand Hadrian Jeffries, während er Alec an Deck folgte, „ich werde mich nicht verstellen müssen. Ich bin noch nie in einem Schlitten gefahren, daher freue ich mich darauf.“

Sie gingen von der Trekschuite an Land und überquerten den Treidelpfad; Alec wünschte, er könnte die freudige Erregung seines Kammdieners teilen, als er die Aktivitäten für ihre Abreise im frühen Morgengrauen beobachtete. Aber was ihm das Herz schwer machte, war die Tatsache, dass die Zeit für Cosmo und Emily ablief. Er war jetzt nur einen Zweitagesritt vom Schloss entfernt, aber ihnen in seiner gegenwärtigen Zwangslage nicht näher, als wenn er in Emden geblieben wäre.

Hinter dem Treidelpfad patrouillierten Soldaten in langen Mänteln und schweren Stiefeln auf einem eisbedeckten Feld, ein wachsames Auge auf die kleine Schar der in Pelzumhänge und Hüte gewickelten Passagiere gerichtet, die das Kinn tief in warme Schals gruben, während sie sich zusammendrängten und darauf warteten, zu den Schlitten geschickt zu werden. Vor die nebeneinander aufgereihten Schlitten waren je zwei prächtige friesische Kaltblüter gespannt. Fünfzehn Hand hoch und mit mächtigen Hinterteilen, einem edlen Kopf und pechschwarzen Haaren war dies die in Midanich heimische Zucht und zusammen mit den gut ausgebildeten Soldaten des Landes ein vielbegehrter Exportartikel.

Das Holzgestell jedes Schlittens war mit zwei glatt polierten Kufen ausgestattet, die es dem Schlitten ermöglichten, mühelos und schnell über vereisten Boden zu gleiten. Der Innenraum war groß genug, um zwei Passagiere und eine kleine Menge persönlichen Gepäcks zu transportieren, und ein gewölbtes, ledernes Dach, das sich über Holzleisten spannte, bot Schutz vor scharfem Wind und Schneeregen. Da sie jedoch nach vorn für die Elemente geöffnet waren, hatte jeder Schlitten den Luxus eines Fußwärmers aus Messing und den Insassen wurde ein Bärenfell zur Verfügung gestellt, um ihnen Wärme zu geben. Für den Kutscher, der vorn auf einem Holzsitz saß, gab es keinen solchen Schutz.

Einer der Schlitten hatte kein solches Dach. Er war hochbeladen mit dem Gepäck der Passagiere und der großen Holzkiste, die den mechanischen Spieltisch enthielt. Unter der Aufsicht eines Offiziers packten Soldaten die letzten Kisten an Bord und hielten eine Plane und Seile bereit, um die Ladung für die Reise zu sichern. Eine Reihe von Offizieren saß bereits auf den Pferden, darunter auch General Müller.

Alec sah weiter hinaus, über die düstere, flache Landschaft zur Stadt auf ihrem künstlichen Hügel, deren Einwohner und Rebellensoldaten sicher hinter ihren stark befestigten Mauern waren. Die Ansammlung von Gebäuden aus rotem Backstein war in Morgennebel gehüllt und aus dieser Wolke heraus ragte die Turmspitze von Aurichs Kirchturm.

Die Kirche lenkte seine Gedanken zurück zu Selina und er sah sich nach ihr um, gerade, als der Befehl gegeben wurde, dass die Passagiere in die ihnen zugewiesenen Schlitten klettern sollten. Er erhaschte einen Blick darauf, wie Pfarrer Shirley und seine Enkelin zum dritten Schlitten geschickt wurden und war erleichtert, dass Müller sie nicht in Aurich zurückließ. Er fragte sich, was den General veranlasst hatte, den Pfarrer und das Mädchen mit auf die Reise zu nehmen, denn ihre Anwesenheit war sicher eher ein Hindernis als eine Hilfe. Vielleicht sollten sie auch als Geiseln dienen? Er sah, wie ein Soldat Evans half, in den zweiten Schlitten zu steigen und Hadrian Jeffries dann dorthin gebracht wurde, um sich neben sie zu setzen.

In diesem Moment hörte er seinen Namen, drehte sich um und sah, wie Selina mit einer behandschuhten Hand aus dem ersten Schlitten winkte. Er winkte zurück. Sie war schon an Bord und unter dem Bärenfell verpackt. Er schloss sich ihr unter dem gewölbten Dach des Schlittens an, kuschelte sich aus der Kälte heraus neben sie, während ein Soldat sie sicher einpackte, die Fußstütze hochklappte und dem Kutscher zunickte, dass der Schlitten bereit wäre.

Alec suchte schnell unter der Decke nach Selinas behandschuhter Hand und hielt sie fest, als bräuchte er einen Halt, als ob er fürchtete, sie würde ihm irgendwie genommen werden, wenn er sie losließe. Als er in ihr zart gerötetes Gesicht und ihre dunklen Augen sah, wurde er kurz von seinen Gefühlen überwältigt und wusste nicht, was er zu ihr sagen sollte: Über ihre üble Lage; über die Hinrichtung von Herrn Luytens und dessen Schwager; dass er Gott dankte, dass sie lebte und wohlauf war und nach dem schlimmen Erlebnis, ins Kreuzfeuer von dem Markgrafen treuen Soldaten und Rebellen geraten zu sein, nicht schlechter aussah; weil er sie so sehr liebte und ohne sie nicht würde weiterleben wollen. Seine blauen Augen mussten ihr alles gesagt haben, was sie von seinen Gedanken wissen musste, denn sie lächelte voll Verständnis und beugte sich herüber, um zuerst seine stoppelige Wange und dann seinen Mund zu küssen, bevor sie den Kopf an seine Schulter schmiegte.

Da zügelte General Müller neben ihrem Schlitten das prachtvolle, schwarze friesische Ross, das gut über fünfzehn Hand hoch und dessen Mähne aus glänzend schwarzem Haar geflochten und mit Bändern geschmückt war. Es war ein stolzer Reiter auf einem kostbaren Tier.

„Genießt die Fahrt, Lord Halsey“, sagte Müller auf Deutsch zu Alec. „Wenn alles gut geht und wir auf der Strecke nicht auf Widerstand stoßen, wird es in zwei Stunden in Wittmund einen Pferdewechsel geben. Und dann liegen noch zwei Stunden Fahrt vor uns, bevor wir unser Ziel erreichen. Genug Zeit, die Winterlandschaft zu bewundern, wenigstens ein paar vertrauliche Stunden mit Eurer Liebsten zu verbringen und sich Gedanken über die Zukunft zu machen, soweit es eine gibt.“ Er blickte zu Selina und fügte mit einem Grinsen und einem Nicken hinzu, bevor er sie mit einem Griff an seine Pelzmütze grüßte und sein Pferd herumwarf, um dem Konvoi Befehl zum Aufbruch zu geben: „Ihr seht, auch ich bin ein Romantiker.“

Alec glaubte ihm nicht. Er fasste Selinas Hand fester.

DIE ERSTE HÄLFTE DER SCHLITTENFAHRT FÜHRTE NACH OSTEN, in die aufgehende Sonne hinein, die jedoch von tiefhängenden grauen Wolken verdeckt wurde. Der Nebel hing noch tief, als sie Wittmund erreichten. Der General hatte richtig gerechnet. Zwei Stunden hatte die

Reise über eine flache Landschaft von gefrorenen Sümpfen und aufgegebenen Torfgruben im bewirtschafteten Land gedauert, ohne dass sie eine einzige Seele getroffen hätten, lebend oder tot. Es war, als ob dieser Teil der Welt von nichts und niemandem bewohnt wäre. Aber als die Stadt in Sicht kam, gab es ein paar einsame Bauernhäuser dicht an der Straße am Rande der Siedlung. Ihre Bewohner zogen einen Vorhang vor einem einzelnen Fenster zurück oder öffneten eine Tür einen Spalt breit im eisigen Wind, um einen Blick auf die Reisegesellschaft zu erhaschen, insbesondere auf die von prächtigen, schwarzen Friesen gezogenen Schlitten und ihre reichen Insassen mit Pelzmützen, die sich unter Bärenfelle kuschelten. Aber dieselben Türen wurden sofort wieder verschlossen und verriegelt, wenn der Konvoi, der vorn und hinten von bewaffneten Soldaten zu Pferd beschützt wurde, vorbeipreschte, ohne rechts oder links zu schauen.

Für den Bürgerkrieg gab es in dieser entlegenen, nordöstlichen Ecke von Midanich nicht viel zu holen. Alec nahm an, dass es in einem solch elenden Stück Moorland mit wenigen Einwohnern nicht viel gab, worum man kämpfen konnte, und wenig zu plündern außer dem Vieh, das zu dieser Jahreszeit im Haus gehalten wurde. Aber als die Pferde beim Herannahen der Stadt langsamer wurden, wurde offensichtlich, dass Wittmund von dem Konflikt nicht verschont worden war. Eine Windmühle am Rande der Stadt hatte beschädigte Segelflügel und es waren Anzeichen eines Kampfes zwischen gegnerischen Kräften in dem zerstörten und zersplitterten Holz der Fensterläden und der von Bleischrot durchlöcherten, weißgetünchten Wände zu sehen. Besonders aufschlussreich waren die frischen Hügel eisbedeckter Erde. Unmarkierte Gräber. Alec zählte wenigstens zwanzig Hügel, als die Schlitten langsam in die Stadt hinein glitten. Er fragte sich, welches Bruders Truppen diese einfachen Bauern für ihre Feinde hielten.

MÜLLER SCHICKTE EINEN KUNDSCHAFTERTRUPP VORAUS UM festzustellen, ob sich feindliche Kräfte dort befanden. Aber der Ort schien verlassen, seine Bewohner und ihr Vieh hinter ihren Türen eingeschlossen und verriegelt, um den Winter und den Krieg auszusperren, bis das Tauwetter des Frühjahrs einsetzte. Die Schlitten wurden zu einem Gasthof am anderen Ende des Dorfs gelenkt und hier stiegen Müller und seine Leute ab, der General und zwei seiner Adjutanten verschwanden im Gasthof, während der Rest seiner Truppe die Schlitten bewachte.

Eine Stunde später, nachdem die Pferde getränkt und die Passagiere der Schlitten ausgeruht waren, setzte sich der Konvoi wieder in Bewe gung. Während des Aufenthalts wurden die Frauen von den Männern getrennt und zuerst in den Gasthof geführt, alles unter Bewachung. Sie konnten die Einrichtungen benutzen, soweit vorhanden, erhielten heißen Tee oder Bier angeboten und wurden dann zu ihren jeweiligen Schlitten zurückbegleitet, ohne Zeit oder Gelegenheit für Gespräche zu haben. Da es bitterkalt war und der Gasthof kaum mehr als eine Hütte, war dies allen recht. Es führte sogar zu einem Moment der Leichtigkeit, als Alec aus dem Gasthof zurückkam und Selina unter das Bärenfell gekuschelt fand, die noch immer den Ausdruck absoluten Ekels auf ihrem schönen Gesicht trug, den sie erfolglos hatte verbergen wollen, als sie aus dem Gasthof wieder herauskam.

„Sag mir nichts. Lass mich raten, was du da hinten am furchtbarsten fandest", sagte er, als er neben sie kletterte und den schweren Bärenpelz über seinen Schoß warf, um ihn dann um sie beide herum festzustopfen. „War es der alles durchdringende Geruch von tierischen Exkrementen, gemischt mit dem Eintopf aus Wurzelgemüse, oder der Mangel an angemessenen - äh - Annehmlichkeiten?"

„Du meinst ihren zweitbesten Eimer?"

„Zweitbesten?"

„Sicher behalten sie doch ihren besten zum Füttern der Tiere zurück?"

Da musste Alec leise lachen.

Selina lächelte, sein Lachen gefiel ihr. Sie zog ihre behandschuhte Hand unter der Decke heraus und zeigte ihm ein kleines, leeres Porzellanbehältnis, das wie eine Sauciere geformt und mit einem Blumenmuster und feiner Blattvergoldung geschmückt war, bevor sie es schnell an sein Versteck unter den Sitz neben ihr mit Chagrinleder überzogenes *Nécessaire de Voyage* zurückstellte.

„Ich mag das Reisen hassen", murrte sie mit erröteten Wangen, nicht so sehr wegen der Kälte, sondern wegen ihres Impulses, ihm einen so überaus privaten Gegenstand zu zeigen. „Aber ich weiß, *wie* man reist. Männliche Bedürfnisse sind so leicht zu befriedigen - *in jeder Hinsicht.*"

Weit davon entfernt, gekränkt zu reagieren, grinste Alec und küsste sie auf die Schläfe.

„Wie wahr, mein Liebling. Aber Frauen sind weitaus geschickter darin, Hindernisse zu überwinden."

„Nicht alle Hindernisse", antwortete sie kryptisch und seufzte vor Erleichterung, als die Pferde anzogen und die Reise weiterging, in der Hoffnung, dass sie keine Erklärung abgeben müsste.

Sie hatte ihm ihre *Bourdaloue* in der Hoffnung gezeigt, ihn abzulenken. Sie wollte ihm nicht sagen, dass zwar die primitiven Umstände, die sie im Gasthof vorgefunden hatte, sie erschreckt und abgestoßen hatten und der stechende Geruch zweifellos ihren Zustand verschlimmert hatte, jedoch die Übelkeit, unter der sie litt, in Wahrheit Morgenübelkeit war. Sie hatte dasselbe üble Gefühl gehabt, als sie an diesem Morgen aufgewacht war und das hatte nichts mit Gerüchen zu tun - ob von Gemüse, Tieren oder sonst etwas. Evan war zur Reaktion darauf überglücklich gewesen, sie hatte ihr gesagt, dass die Morgenübelkeit etwas Gutes wäre, dass das Baby gedeihe und dann im nächsten Atemzug, dass sie es nicht erwarten könnte, seine Lordschaft zu informieren, denn dann müssten sie ohne weitere Verzögerung heiraten - und dass Pfarrer Shirley durch die Vollmacht des Bischofs von London ermächtigt wäre, die Zeremonie durchzuführen. Selina hatte sich zum Streiten zu krank gefühlt und nur gesagt, dass Evans Herzenswunsch zweifellos in Erfüllung gehen würde.

Aber als sie Alecs schönes Profil anschaute, während Wittmund hinter ihnen lag und der Konvoi den Weg nach Süden einschlug - die Sonne, die hinter den Wolken hervorkam, sagte ihr das - beschloss sie, dass er genug Sorgen hätte, ohne dass ihr Zustand seine Last noch vergrößerte. Unabhängig davon, wie glücklich ihre Neuigkeit ihn, wie sie wohl wusste, machen würde, durfte sie nicht so egoistisch sein. Sie waren in einem feindlichen Land, einem, wo Männer für ihre Überzeugungen starben; ein junger Soldat direkt vor ihren Augen. Und obwohl sie ihr Bestes getan hatte, um dieses erschütternde Bild aus ihrem Kopf zu vertreiben, hatte es sie doch verstört zurückgelassen. Ebenso wie der gewaltsame Tod von Luytens und seinem Schwager. Aber vor allem dachte sie an Cosmo und Emily, die noch immer als Gefangene in einem Schloss saßen, in dem sich auch die wahnsinnige Schwester des Herrschers aufhielt. Ja, ihre freudigen Neuigkeiten konnten warten - einstweilen. Insbesondere, da sie keine Vorstellung davon hatten, welches Schicksal sie an ihrem endgültigen Ziel erwartete.

Daher kuschelte sie sich an Alec, als er seinen Arm um sie legte und sie dichter an sich zog, um es ihr bequemer zu machen. Sie schaute zufrieden zu, wie die düstere Landschaft zurückblieb und die Umgebung sich von endlosen Ebenen gefrorener Felder ohne ein Haus oder einen Baum in Sicht zu einer verwandelte, wo Bäume in winterlichem Kleid die Seiten der Straße säumten, und ihre schwarzen, laublosen Äste von Schnee bedeckt über die schmale Kluft nacheinander griffen. Es gab Weiler mit ordentlichen Häusern aus roten Ziegelsteinen, große Windmühlen neben zugefrorenen Kanälen, verschneite, brachliegende Felder, alles malerisch und still und ohne den Anschein der Zerstörung, die ein Krieg mit sich bringt. Es war, als ob der Krieg keinen Flecken Erde in diesem Teil Midanichs je berührt hätte.

Niemand war überraschter als Selina, als sie am späten Nachmittag aufwachte, weil der Konvoi sich langsam über eine Brücke, die einen breiten Kanal überspannte, bewegte. Auf der anderen Seite dieser Brücke war ein reich verziertes Torhaus mit zweiflügligem Tor aus schwarz-gold lackiertem Schmiedeeisen, das für die Besucher aufgerissen wurde. Zwei Soldaten standen mit den Musketen über der Schulter vor einem Wachhäuschen auf jeder Seite des Tores in Habachtstellung. Sie salutierten, als General Müller an der Spitze des Konvois vorbeikam.

Als Selina sich bewegte und aufsetzte, nahm Alec den Arm weg, mit dem er sie an sich gedrückt hatte, und setzte sich auch auf. Beide betrachteten die Szenerie aus dichtem Wald, der am Kanal entlang stand, als ihr Schlitten über die Brücke glitt. An ihrem Kutscher vorbeizuschauen, um zu sehen, was vor ihnen lag, erwies sich als schwierig, aber bald bogen die Pferde nach links in ein Viereck ab, das an zwei Seiten an eine Reihe langer, niederer Gebäude mit zwei Stockwerken aus rotem Ziegelstein grenzte und am hinteren Ende an einen großen Stallkomplex. Hinter den Ställen lagen weitere Gebäude vor einem Hintergrund von dichtem Wald und schienen Offiziersunterkünfte zu sein, denen ein Lager aus vielen Zelten, die von den gewöhnlichen Infanteristen bewohnt wurden, gegenüberstand. Hier gab es auch das übliche Waffenlager mit Kanonen und Kanonenkugeln, das zu einer großen Streitmacht gehörte. Soldaten waren mit allen möglichen Tätigkeiten beschäftigt und für Alec sah es aus, als machten sie sich für eine Schlacht bereit, die kurz bevorzustehen schien.

Und während Alec noch mit der Beobachtung des Militärlagers beschäftigt war, konzentrierte sich Selinas Aufmerksamkeit auf die entgegengesetzte Richtung, über eine zweite Brücke und auf ein zweites Paar geschmückter Torflügel, die aber geschlossen und bewacht waren.

Die Brücke überquerte einen Wassergraben, der sich zu einem kleinen See verbreiterte, der das Inselschloss umringte.

Dieses kunstvoll verzierte Inselschloss sah so aus, wie Selina meinte, dass ein Märchenschloss aussehen müsste. Aber nicht der Größe nach, denn das Gebäude selbst, mit Fenstern, die bis zur Wasserlinie hinab reichten, war nicht größer als ein ansehnliches Backsteinherrenhaus aus der Zeit der Königin Anne zu Hause in England. Es waren seine verschiedenen Teile, die man meist auf dem Kontinent sieht, das es von englischen Schlössern und Häusern unterschied: die sehr steile Schräge des Mansardendachs aus Schiefer, das leicht mit Schnee überstäubt war; der große, runde Turm mit seinen vier Stockwerken aus Fenstern; und an seiner Spitze ein glockenförmiges Schieferdach mit vergoldeten Motiven, die zu einer großen, verzierten Uhr gehörten, die zweifellos die Stunden schlug. An der einen Seite dieses dekorativen Turms lag der Haupteingang, der zweiflüglige Türen hatte, die von einem verzierten Türsturz aus Marmor eingerahmt wurden, der wirkte wie etwas, das aus einem griechischen Tempel gestohlen worden war. Der Marmorgiebel war aus klassischen Figuren geformt, auf deren oberem Ende zwei Wasserspeier saßen, die auf die zur Vordertür Schreitenden hinabschielten. Vor allem schien dieses fantasievolle Schloss auf dem teilweise zugefrorenen See zu schwimmen, denn das rote Mauerwerk verschwand unter der Wasserlinie.

Es war so malerisch, so bezaubernd und einladend, dass für einige Augenblicke nicht nur Selina, sondern auch der Rest der Schlittenpassagiere das skurrile Schlösschen anstarrten und ihre missliche Lage vergaßen. Das hieß, bis eine Kompanie Soldaten unter dem Kommando ihres Hauptmanns vor dem Lager aufmarschierte, um sich um die Offiziere und ihre Reittiere zu kümmern, das Zaumzeug der Schlitten abzunehmen, das Gepäck abzuladen, den Passagieren auf festen Boden zu helfen und Befehle von General Müller entgegenzunehmen.

Der General stieg ab, und nachdem er die Zügel überreicht und seinem Untergebenen Befehle erteilt hatte, kam er zu Alec herüber, der Selina beim Aussteigen aus dem Schlitten half.

Er machte dem Paar eine kurze, formelle Verbeugung. „Willkommen auf *Schloss Rosine* ...“

„Rosine?“ Alec wandte sich stirnrunzelnd dem General zu. „Dies ist das Zuhause der Gräfin Rosine?“

Müller beobachtete Alec eindringlich, mit einem Auge auf Selina. „Ja, Lord Halsey. Das ist es. Das Heim ihrer Vorfahren und der Kindheit von Prinz Viktor und das Heim - meiner Frau.“

Alecs Stirnrunzeln vertiefte sich, da er die Worte des Generals zweideutig fand. Er konnte sich nicht zurückhalten zu fragen: „Eurer Frau?“, fügte aber hinzu, da er nicht unhöflich oder völlig dumm wirkten wollte: „Dann sind wir nur ungefähr eine Fahrstunde von Schloss Herzfeld entfernt?“

„Richtig.“

„Warum sind wir dann nicht von Aurich aus direkt nach Osten gefahren, statt nach Norden nach Wittmund, bevor wir nach Süden abbogen? Sicher wäre die Straße ebenso wie die Strecke viel direkter gewesen?“

Müller war von Alecs Kenntnis der Geografie des Landes beeindruckt. „Das stimmt. Aber der größte Teil der Truppen Prinz Ernsts belagert Friedeburg, da sie glauben, dass seine Hoheit und die Streitkräfte der Rebellen dort im Palast lagern, bis das Tauwetter einsetzt, was aber falsch ist. Sie sind hier."

„Hier? Prinz Viktor und der größte Teil seiner Truppen sind hier, auf Schloss Rosine?" Alec war überrascht. Aber als er die Anzahl der Soldaten und ihre Vorbereitungen im Lager hinter den Ställen betrachtete, wusste er, dass General Müller die Wahrheit sagte.

„Ja. Und mit Eurer Hilfe werden wir das Schloss einnehmen und diesen Krieg beenden, bevor der Winter wirklich einsetzt. Jetzt müssen Sie beide mich entschuldigen", sagte er auf Deutsch, bevor er sich mit einer Verbeugung zu Selina wandte und sie in fließendem Französisch ansprach.

„*Bienvenue au Château de Rosine, Madame Jamison-Lewis*. Ich hoffe, Ihr hattet eine angenehme Reise. Zumindest die Schlittenfahrt verlief ereignislos. Diese Ansammlung von Gebäuden, die Ihr hinter uns seht, ist nicht nur das inoffizielle Hauptquartier der Armee, sondern auch Prinz Viktors Hof. Daher gibt es dort bequeme Quartiere für die verschiedenen Hofbeamten, ausländische Würdenträger, Adlige und ihre Familien, die unserer Sache treu ergeben sind. Ich bin sicher, dass Ihr Eure Unterkunft annehmbar und die Gesellschaft angenehm findet werdet. Die meisten der Adligen sprechen Französisch. Und ich hoffe, dass Ihr während Eures Aufenthalts bei uns Euch als geehrter Gast seiner Hoheit Prinz Viktors und meiner Frau, seiner Mutter, der Gräfin Rosine, betrachten werdet. Bitte entschuldigt mich, wenn ich Euch jetzt etwas eilig verlasse. Ich habe weder meine Frau, noch meinen Stiefsohn seit Monaten gesehen."

Alec und Selina sahen schweigend zu, wie der General seine Verbeugung machte, sich umdrehte und in Richtung auf das Schloss zuging; ihr Schock darüber, dass dieser Soldat niemand anders war als der Ehemann von Alecs früherer Geliebten aus der damaligen Zeit, der Gräfin Rosine, der morganatischen Ehefrau und Witwe des Markgrafen Leopold, dass eine Feder, wenn jemand sie damit gestoßen hätte, sie beide hätte umfallen lassen.

Und das war noch die am wenigsten überraschende Offenbarung, die sie im Schloss Rosine erwartete.

EINUNDZWANZIG

AM VORMITTAG DES FOLGENDEN TAGES BRACHTE EINE KUTSCHE Alec und Selina die kurze Strecke zur Burg, obwohl es nur ein paar Minuten über die Brücke ging. Eine weitere Kutsche folgte, geschickt, um ihre persönlichen Diener, das Gepäck, das sie aus Aurich mitbringen durften, und den speziell gefertigten mechanischen Spieltisch aufzunehmen.

An den zwei Wachen am Haupteingang vorbei und von einem Hofbeamten in Livree nach innen geführt, trafen sie in der kargen Eingangshalle auf einen ernsten, jungen Adligen mittlerer Größe mit einem breiten Kinn und einem so üppig buschigen Schnurrbart, dass Selina nicht umhin konnte, seine haarige Oberlippe anzustarren in der Erwartung, sie zum Leben erwachen und davonhuschen zu sehen. Sie war so beeindruckt, dass sie für seine Willkommensrede taub war, die zuerst ihretwegen auf Französisch gehalten wurde. Er erklärte dem Paar, dass ihnen auf Anweisung der Gräfin Rosine ein Apartment innerhalb des Schlosses zugewiesen worden wäre und fügte vertraulich hinzu, dass dies einiger verwaltungstechnischer Anstrengungen bedurft hätte, da die Unterkünfte des Schlosses überquellen würden, seit der Hof der Rebellen dort residierte.

Hadrian Jeffries, Janet Evans und das Gepäck wurden dann mit einem wartenden livrierten Diener weggeschickt, und der Hofkämmerer machte auf dem polierten Absatz kehrt und bat Alec und Selina, ihm zu folgen. Der Hof und die Gräfin erwarteten sie in der Mars-Empfangs-Galerie im ersten Stock.

Selina hatte nur ein Wort unter fünfen verstanden, so sehr war sie von dem Schnurrbart des jungen Edelmannes abgelenkt und sie öffnete schnell ihren Fächer, um ihn dicht vor ihrem Gesicht zu bewegen und ein aufkommendes Lächeln zu verbergen. Der buschige Schnurrbart verschaffte ihr nach den traumatischen Ereignissen der vergangenen Tage ein wenig Erheiterung. Das hieß, bis ihr die Ankündigung des Hofkämmerers ins Bewusstsein drang, dass sie gleich einem Zimmer voller Höflinge, darunter vor allem der Gräfin Rosine, vorgestellt werden sollten.

Die Aussicht, Alecs Geliebter aus seinen Tagen im Friedeburg-Palast von Angesicht zu Angesicht gegenüber zu stehen, ließ ihr Herz rasen. Sie hatte nie eine seiner Geliebten kennengelernt, noch dies auch nur gewünscht. Als sie noch mit George Jamison-Lewis verheiratet gewesen war, hatte sie über Alecs Heldentaten im Ausland flüstern hören, denn er war ziemlich berüchtigt. Aber was an Höfen auf dem Kontinent geschah, war eine Welt weit entfernt von der englischen Gesellschaft und ihrer Welt. Nie auch nur in ihren kühnsten Träumen hatte sie sich je eine solche Szene vorgestellt: Sie war hier, auf dem Kontinent, an einem fremden Hof und stand kurz davor, vor der Ex-Geliebten ihres Verlobten knicksen zu müssen. Sie wusste nicht, ob sie weinen oder lachen sollte und entschied sich daher für Letzteres.

„Glaubst du, dass alle Männer an diesem Hof ein Wiesel unter ihrer Nase tragen?", fragte sie Alec neckisch und hob mit der Hand ihre Röcke aus Samt und Seide leicht an, sobald der Hofkämmerer sich auf dem Absatz umdrehte und das Paar ihm eine Flucht von Treppen hinauf folgen ließ.

„Leider ja!", war Alecs knappe Antwort; er hielt seinen Blick auf den Rücken des ernsthaften jungen Edelmannes gerichtet.

„Lässt du dir jetzt auch einen wachsen?", spottete sie, obwohl sie sehr wohl wusste, dass man ihm wieder die Aushändigung seiner Rasiermesser verweigert hatte und sein Kammerdiener ihn daher nicht hatte rasieren können. Seine Wangen und sein Kinn waren ausgesprochen unrasiert und zeigten den Beginn eines Bartes. Sie vermutete, dass sie auch schlechter Laune sein würde, hätte man ihr ihre Schildpatt-Haarbürsten und Evans Hilfe beim Frisieren ihrer Locken verweigert. Aber sie wusste auch, dass er ebenso wie sie wegen dieser Audienz bei der Gräfin Rosine besorgt sein musste. Gut, dachte sie. Das sollte er auch. Also stichelte sie weiter. „Ich würde gerne einen Mann mit einem Schnurrbart küssen, nur einmal. Um zu sehen, wie sich das anfühlt. Ich bin sicher, dass es kitzeln muss, und ich würde mich winden und kichern. Wirst du mir den Gefallen tun?"

„Nein! Aber viele der jungen Männer hier würden das nur zu gerne!"

Als ein langes Schweigen folgte, blieb Alec auf der obersten Stufe stehen und schaute sie an, sich seiner rüden Antwort auf ihr spielerisches Geplänkel kaum bewusst. Seine Gedanken waren damit beschäftigt gewesen, sich zu fragen, wie sie empfangen werden würden, nicht nur von Prinz Viktor, sondern viel wichtiger noch, durch die Gräfin Rosine. Als er auf der Trekschuite Selina seine schmutzige Vergangenheit gestand, hatte sie erklärt, dass ohne seine Affäre mit Prinz Viktors Mutter der Bürgerkrieg nie begonnen hätte; daran war mehr als ein Körnchen Wahrheit und das störte ihn. Würde die Gräfin ihm für das, was mit ihr und ihrem Sohn in Folge ihrer Affäre geschehen war, die Schuld geben? War sie auf Rache aus, so wie Prinz Ernst? Würden Mutter und Sohn ihm bei seinem Bemühen, Cosmo und Emily zu retten, behilflich sein oder ihn behindern? Aber vor allem wollte er Selina vor jeder Unannehmlichkeit schützen, die aus diesem Wiedersehen entstehen könnte und erkannte zu seiner Frustration, dass er das nicht vermochte. Daher seine uncharakteristische Reizbarkeit.

Sein leerer Blick ließ Selina mit einem Seufzer des Bedauerns sagen: „Ach, mein Liebster, ich wünschte, du hättest ja gesagt ...“

Alec sah das spielerische Funkeln in ihren dunklen Augen verlöschen, ebenso wie ihr Lächeln, als sie ihren Blick auf die zusammengerafften Stäbchen ihres Fächers sinken ließ und merkte, dass seine gefühllose Bemerkung sie verletzt hatte. Anstatt also dem Hofkämmerer durch den Flur zu einem Paar Doppeltüren zu folgen, wo zwei Soldaten in makelloser Paradeuniform Wache standen, zog er sie in eine Nische und in seine Arme.

„Vergib mir“, sagte er und küsste sie auf die Stirn. „Meine Besorgnis ist grundlos. Ich weiß, was auch immer in diesem Raum geschieht, wie werden immer einander haben. Niemand und nichts bedeutet mir mehr als du. Seit deinem achtzehnten Geburtstag war das immer so. Das musst du doch wissen?“

Sie nickte und lächelte zu ihm auf. „Und was in deiner Vergangenheit geschah, wird hierbleiben, wenn du es lässt. Wie du heute und in Zukunft dein Leben gestaltest, das ist mir wichtig - das sollte *uns* wichtig sein. Also wenn wir den Raum mit diesem Gedanken betreten, weiß ich, dass du in der Lage sein wirst, mit allem fertigzuwerden und zu ertragen, was diese Leute von dir verlangen ... Einverstanden?“

Er küsste sie zärtlich auf den Mund. „Einverstanden ...“ Dann trat er zurück und kniff sie mit einem Lächeln spielerisch ins Kinn. „Aber ich ziehe die Grenze dabei, mir einen Schnurrbart wachsen zu lassen. Dem stimme ich nicht zu!“ Er ergriff ihre behandschuhte Hand und als er sie aus der Nische herausführte, drückte er sie leicht. „Meine Nase ist lang genug, ohne die Aufmerksamkeit noch darauf zu lenken!“

„Oh, aber ich mag deine knochige Nase sehr", antwortete sie und lachte, als er schnaubte.

Aber ihr Lächeln wurde sofort erstickt, als sie an ihm vorbei zu der Doppeltür schaute, die aufgerissen worden war. Helles Licht, das leise Summen von Gesprächen und Wärme winkten.

ALS SIE DIE MARS-EMPFANGSGALERIE BETRATEN, WURDEN SIE sofort von einem Vorhang aus warmer Luft eingehüllt. Ein großer, blau-weiß gefliester Kachelofen in einer entfernten Ecke war für die sommerlichen Temperaturen verantwortlich und erklärte, warum die Anwesenden imstande waren, ihre besten Seidenkleider und schnallenverzierten Röcke zu tragen, ohne schwere Samtstoffe, Pelze, Umhänge und Muffs zu brauchen. Die vier Kronleuchter und die vom Boden bis zur Decke reichenden Spiegel an einer Wand, die das Kerzenlicht und das Licht der gegenüberliegenden Fenster widerspiegelten, halfen, den Winter aus diesem Audienzsaal zu vertreiben.

Es waren mindestens hundert Menschen anwesend. Alle standen an den hohen Fenstern mit dem Blick über den teilweise zugefrorenen See und das Militärlager, wo sie die Soldaten von Prinzen Viktors Rebellenarmee beobachteten, die auf einem Paradeplatz gedrillt wurden, der von einer knirschenden und knackenden Schneeschicht bedeckt war.

Auf den ersten Blick unterschieden sich diese Höflinge nicht von den Damen und Herren, die Alec immer wieder an den verschiedenen Höfen überall in Europa gesehen hatte. Stets in die feinste Seide, pomadisierte Perücken, hochhackige Schuhe gekleidet und in berauschende Düfte gehüllt, um Eindruck zu machen, waren ihre Tage von Flirts und Intrigen bestimmt. Es gab viel Neckereien, Gelächter und witzige Bemerkungen, über das Wetter, die Kleidung einer älteren Dame hier oder den Bauch eines Herrn dort, und die Langeweile des Hoflebens, wenn es alles andere als langweilig war. Und immer mit einem Unterton von Zynismus und Verlangen - dem Bedürfnis, bemerkt zu werden, und der gierigen Erwartung, für seine Bemühungen Lohn zu erhalten. So war das Hofleben.

Aber während die Höflinge, die sich in Gruppen von den Fenstern lösten, so zu sein schienen wie an jedem anderen europäischen Hof - die Damen ließen ihre Fächer über ihren tief ausgeschnittenen Miedern flattern; die Herren zeigten fein geformte Beine in weißen Seidenstrümpfen, die Schnupftabakdose in der Hand - waren sie in ihrem Temperament doch entschieden anders. Es gab keine hinterhältigen Blicke oder geschürzten Lippen, als ihre Blicke über die Neuankömmlinge schweiften. Ihre Blicke waren fest, ihre Gespräche leise und in ernstem Ton. Und Alec vermutete, dass dies zu erwarten war, wenn man bedachte, dass der Krieg vor der Schwelle stand, keine hundert Meilen entfernt.

In einer Art wohleingeübter Theateraufführung nahmen die Höflinge schweigend ihre Positionen an beiden Seiten eines Podiums ein, auf dem ein übergroßer Stuhl - ein Thron - stand. Mit seinen gepolsterten Kissen aus blauem Samt mit Kanten aus goldenen Tressen und einer hohen, hölzernen Rückenlehne, die fast bis zu der reich verzierten Decke reichte und in die das Wappen des Hauses Herzfeld eingeschnitzt und gemalt war, war dessen Zweck hier klar.

Nur der Markgraf von Midanich durfte auf dieser zeremoniellen Darstellung seiner Macht sitzen, und dieser Thron war aus dem glitzernden Audienzsaal des Palasts in Friedeburg entführt worden. Hier im Schloss Rosine war er ein mächtiges Symbol der Unterstützung des anderen Markgrafen, der von den versammelten Edelleuten anerkannt wurde, von den hunderten von Soldaten, die draußen den Paradeplatz auf und ab marschierten, und, wie Alec erriet, von tausenden Menschen im Land, draußen in Städten und Weilern, als der eine Fürst Viktor Fredrick Leopold Rosine Herzfeld.

Und gerade, als Alec und Selina sich fragten, wo der Inhaber dieses aufwendigen Throns sein könnte, trat eine Frau in schwarzen Samt und weiße Seide gehüllt, mit üppigem, dunklem Haar und hellen Augen aus der Menge heraus. Sie stand nicht in der ersten Blüte ihrer Jugend, aber sie war schön und glühte vor Lebendigkeit. Als sie ihnen gegenüberstand, verbargen ihre weiten Reifröcke ihren Zustand. Erst, als sie eine Hand auf den runden Bauch unter ihren Brüsten legte, wurde er offensichtlich. Die Gräfin Rosine, die Witwe Markgraf Leopolds und jetzt Ehefrau General Müllers, war hochschwanger.

Die Gräfin kam ein Stück in die Mitte des Raums und blieb dort stehen, um darauf zu warten, dass Selina und Alec zu ihr kämen. Es brauchte keinen Hofdiener, um ihr Kommen anzukündigen, oder dass die Menge sich teilte, die Damen knicksten und die Herren sich wie ein Mann verbeugten, damit Selina erkannte, wer sie war. Es war ihr Lächeln und das Licht in ihren Augen, als sie Alec ansah, was ihr sagte, dass hier seine frühere Geliebte stand und sie entgegen aller ihrer und seiner Befürchtungen sehr erfreut war, ihn zu sehen.

Alec verbeugte sich und Selina knickste, und als die Gräfin Rosine eine mollige Hand ausstreckte, damit Alec sie ergreifen sollte, küsste er ihre Finger. Dann trat er zurück, aber nicht, bevor Selina nicht das vertrauliche Lächeln gesehen hatte, das zwischen dem Paar ausgetauscht wurde. Die Jahre fielen von ihnen ab und für einen Moment schien es, als wären die Gräfin und der englische Diplomat wieder die jungen

Liebenden in der Grotte. Der Moment kam und ging mit einem Wimpernschlag, aber das Lächeln blieb. Es war ein Lächeln, das eine geteilte Vergangenheit anerkannte, und doch gab es weder Feindseligkeit noch Bedauern, nur bleibende Zuneigung. Das faszinierte Selina. Aber was sie noch mehr überraschte, war, dass sie nicht eifersüchtig auf diese Frau war. Ihre vorherrschende Empfindung war Erleichterung, dass sie durch dieses Lächeln wusste, dass die Gräfin Alec noch immer zugetan war und sie ihm nie Schaden zufügen würde. Alles würde gut werden. Sie würden hier im Schloss Rosine geschützt sein, wenn aus keinem anderen Grund als dem, dass die Gräfin die Vergangenheit, die sie mit Alec geteilt hatte, im Herzen trug.

Als dann die Gräfin sich Zeit nahm, allein mit ihm zu sprechen, akzeptierte Selina ihre List und ging am Arm eines der Höflinge davon, um warmen Wein zu trinken und sich die Porträts der Ahnen der Rosines anzuschauen, die die Wände zwischen den hohen Spiegeln schmückten.

Die Gräfin Rosine sagte etwas über ihre Schulter und sofort tauchten livrierte Diener mit Tabletts mit Erfrischungen für die versammelten Höflinge auf. Sie winkte das Tablett fort, den Blick weiter auf Alec gerichtet, obwohl sie einen Moment zu Selina sah, wie diese mit dem Hofkämmerer davonschlenderte.

Sie hatte auf den ersten Blick erkannt, dass die Engländerin sehr schön war, ihre Haare eine beneidenswerte Masse lebendiger Kupferlocken, die tun würden, was sie wollten, ganz gleich, wie viele Nadeln man benutzte. Sie sah auch, dass sie jung war, vielleicht ein Jahrzehnt jünger als ihr früherer Geliebter, daher viel jünger als sie selbst, etwa im gleichen Alter wie ihr Sohn. Mit einem Hauch von Neid lenkte sie ihren Blick wieder auf Alec, legte eine Hand auf ihren Leib und bot ihm ihren Arm. Sie würden die Galerie entlanggehen, damit sie allein wären und nicht belauscht würden.

Am entgegengesetzten Ende der Galerie wandte die Gräfin den Gemälden ihren Rücken zu und schaute Alec ins Gesicht. Sie sprachen Deutsch, ihre Muttersprache.

„Ich riskiere, dass es sich abgedroschen anhört, aber in den zehn Jahren, seit wir uns zuletzt sahen, ist viel geschehen."

Alec lächelte.

„Nicht abgedroschen, Durchlaucht. Aber untertrieben."

„Nennt mich Helena."

Alecs Lächeln erlosch. „Das wäre - *politisch nicht klug*, nicht wahr - Helena?"

Sie lachte hinter ihrem Fächer. „Nein, das wäre es nicht!" Sie senkte ihren Fächer und hob ihre Wimpern, um ihm in die Augen zu sehen.

„Aber es gab eine Zeit, da war Politik das Letzte, das ihr im Kopf hattet ..."

Er hob eine Augenbraue. „Das war kaum meine Schuld."

„Ich kann nicht glauben, dass Ihr zurückgekehrt seid. So viele Male dachte ich daran, Euch zu schreiben - aber ... Was hätte ich sagen sollen? Wie erklären ..." Sie zuckte die Schultern, lächelte und seufzte, ohne es zu bemerken. „Männer altern auf gute Weise. Nun, manche Männer. Ihr. Aber Ihr wart immer der bestaussehende aller Männer, selbst, als Ihr noch so viel jünger wart und so - so männlich. Ich wage zu behaupten, dass sich das bei Euch nicht geändert hat." Als er hochrot anlief, lachte sie lauter. „Ach! Ja! Das hatte ich vergessen. Ihr Engländer seid so bescheiden. Köstlich!"

Alec rieb sich die Stoppeln auf der Wange und murmelte verlegen: „Besonders *köstlich* fühle ich mich gerade nicht. Die Reise und der Grund, aus dem ich hier bin, haben ihren Tribut gefordert."

„Ja. Das kann ich mir vorstellen", sagte die Gräfin ernst; ihre Heiterkeit war völlig erloschen. „In unserem Land hat mit Unterbrechungen ständig Krieg geherrscht, seit der Zeit, bevor Ihr nach England geflohen seid. Und dieser Krieg, der Krieg, der alle anderen beenden wird, hat sich als besonders brutal erwiesen. Aber bevor ich darüber spreche, bevor mein Sohn und mein Mann jeden Moment von der Truppenbesichtigung zurückkommen, wollte ich diese wenigen Minuten mit Euch allein nutzen, um mich für das zu entschuldigen, was Ihr meinetwegen durchmachen musstet ..."

„Euch entschuldigen? Bei - bei *mir*? Was ich wegen Euch durchmachen musste?", wiederholte Alec ungläubig. „Eure Durchlaucht - Helena - sicher gibt es doch nichts, wofür Ihr um Verzeihung bitten müsstet?"

„Ja. Ich muss. Wenn ich nicht gewesen wäre, würde man Euch nicht in den Kerker von Herzfeld geworfen haben und Ihr hättet all das nicht ertragen müssen - Verdammt! Ich hatte mir geschworen, ich würde nicht in Tränen ausbrechen, und jetzt fange ich schon bei den ersten Sekunden meines Geständnisses an zu weinen. Das muss diese verflixte Schwangerschaft sein."

Alec ergriff ihre Hand und küsste sie rasch, um mit einem traurigen Lächeln zu sagen: „Wenn jemand um Verzeihung bitten muss, dann ich. Und jetzt höre ich mich abgedroschen an. Wenn es nicht wegen meines von Lust angeheizten Leichtsinns gewesen wäre, hätte man Euch und Euren Sohn nicht verbannt und ..."

„Das ist einfach nicht wahr. Nein! Es ist wahr, aber es war nicht Euer Leichtsinn, der zu unserer Verbannung führte", gestand die Gräfin. Sie schnüffelte, um ihre Tränen zurückzuhalten. Ein nachsichtiger Glanz erschien in ihren Augen und sie lächelte schief. Ihr Fächer flatterte. „Es war *mein* Leichtsinn. Und der war vorsätzlich. Oh, ich wollte Euch sehr gerne als Liebhaber haben, seit ich Euch zum ersten Mal sah. Leopold wusste das, und er sah es mir nach, wie er es immer tat. Aber diesmal war es anders, weil Ihr anders wart. Zum ersten Mal erlaubte ich meinen Gefühlen, die Oberhand zu gewinnen, als ich mir einen Liebhaber nahm. Und *das* gefiel Leopold überhaupt nicht. Er war ein *verständnisvoller* älterer Ehemann, aber er konnte auch eifersüchtig sein. Aber weil er unseren Sohn und mich in Sicherheit wissen wollte und meinen Plan kannte, ließ er unsere Affäre gewähren.“

„Plan?“

„Ja, Plan. Meinen Plan, meinen Sohn und mich vom Hof verbannen zu lassen.“

„Ihr *wolltet* verbannt werden?“

Das war Alec neu und seine Überraschung ließ sie unter ihrer Schminke rot werden. Sie hatte gehofft, dass er es in all diesen Jahren selbst herausgefunden haben würde und sie ihre berechnende Hinterhältigkeit nicht würde erklären müssen, aber sie hatte nicht daran gedacht - oder vielleicht es über die Jahre vergessen - dass dieser Mann nach einem Ehrenkodex lebte und von seinen Freunden erwartete, dasselbe zu tun. Es schien, dass ihm nie der Gedanke gekommen war, dass er von ihr und Markgraf Leopold getäuscht worden war. Er hatte ihre leidenschaftliche Affäre für bare Münze genommen: ein Paar, das so voll Verlangen nacheinander war, dass die Befriedigung ihrer körperlichen Lust wichtiger als alles und jedes andere in ihrem Leben war. Darin lag natürlich ein Körnchen Wahrheit, aber er hätte sie nie verraten. In seinem Handeln hatte kein hintergründiges Motiv gelegen, nur reine Lust und Vergnügen, und für sie hatte das ein mächtiges Aphrodisiakum dargestellt; sie hatte sich geschmeichelt gefühlt. Jedoch abgesehen davon, dass sie ihn körperlich genoss, hatte sie andere Gründe gehabt, ihn in eine sehr öffentliche Affäre hineinzuziehen, die zu einem Skandal am Hof wurde, und daher sagte sie zu ihm:

„Ja. Ich wollte verbannt werden. Am wichtigsten war, dass Viktor mit mir zusammen fortgeschickt werden sollte. Ich wusste, wenn ich meinen Sohn nicht fort vom Hof, fort von Ernst, bringen konnte, würde er in große Gefahr geraten. Auch Leopold wusste das. Aber ich konnte nicht einfach den Hof verlassen und hierherkommen, um mit unserem kleinen Jungen hier zu leben. Das hätte Ernst nur misstrauisch gemacht und er hätte gedacht, dass ich gegen ihn intrigierte. Leopold und ich mussten ihn glauben machen, dass er unsere Verbannung bewirkt hatte, und zwar mit Leopolds Segen. Er musste überzeugt sein, dass sein Vater wütend auf mich war, dass er mich nicht länger liebte und dass er mich durch unseren Sohn bestrafen wollte."

„Und so habt Ihr Ernsts Freundschaft zu mir - oder, genauer gesagt, seine Besessenheit - als Katalysator für Eure Verbannung ausgenutzt?"

„Ja", gestand sie schuldbewusst.

„Nun, das beantwortet zumindest alle Fragen und dämpft meine Hybris, warum Ihr gerade mich ausgewählt habt, wenn Ihr die Wahl unter allen Männern am Hof hattet", stellte Alec mit einem verärgerten Schnauben über solche Doppelzüngigkeit fest, als er daran dachte, wie er zu einem Bauern im dem Spiel um hohe Einsätze mit der Gräfin und Leopold auf der einen, Ernst auf der anderen Seite geworden war. Aber er konnte nicht lange böse sein. Er lächelte sie an und verbeugte sich. „Ich bin voller Bewunderung für Euren Einfallsreichtum."

„Glaubt nicht einen Moment, dass jeder Mann dazu gut genug gewesen wäre. Ich wollte Euch wirklich gerne als meinen Liebhaber haben, täuscht Euch nicht. Von dem ersten Moment an, als ich Euch in den Fluren von Friedeburg erblickte. Ihr wart so - so ..."

„... leichtgläubig?"

„... männlich, und jung."

„Ja. Was mich leichtgläubig machte, Euer Durchlaucht. Egal. Ich bedauere unsere Affäre nicht, nur die Folgen, insbesondere für mich selbst. Nachdem ich jetzt weiß, dass unsere Entdeckung in der Grotte genau so lief, wie Ihr es geplant hattet, und Ihr Euer Ziel erreichtet, Euch und Euren Sohn hierher verbannen zu lassen, kann ich mich endlich von einem Jahrzehnt der Schuldgefühle befreien."

Die Gräfin sah betroffen aus. „Ihr habt Euch so lange schuldig gefühlt? Nein!"

„Nein. Es hat mir nur hin und wieder einen Stich versetzt. Vielleicht wäre ich, wenn ich gewusst hätte, dass ich nur der lüsterne Bauer auf Eurem Spielfeld war, vorsichtiger gewesen und hätte nicht das Bedürfnis gehabt, so einfach meine Seele zu reinigen, wie ich es tat."

Sie sah ihn zum anderen Ende des Raums schauen und seinen Blick kurz auf Selina ruhen, die mit dem Hofkämmerer zusammen vor einem Porträt Ivans Graf Rosine, dem Großvater der Gräfin, stand. Eine Reihe fließend Französisch sprechender Adliger hatte sich ihrer Unterhaltung angeschlossen.

Es reizte die Gräfin, ihn nach der Schönheit mit den tizianroten Haaren zu fragen, aber zuvor musste sie ihm verständlich machen, warum sie ihn schamlos ausgenutzt und dann nichts getan hatte, um ihn vor Ernst und der Folter in Schloss Herzfeld zu retten. Wenn sie sich selbst gegenüber ehrlich war, lag auf ihren Schultern ein Jahrzehnt voller Schuldgefühle, von denen sie sich jetzt mit einem Geständnis befreien wollte.

„Ihr wisst wie ich, wozu Ernst fähig ist. Ich konnte nicht riskieren, dass er sich bei Leopolds Tod gegen meinen Sohn wenden würde, weil er ihn als Rivalen um den Thron betrachtete."

„Aber ist das nicht genau das, was passiert ist?", spöttelte Alec.

„Es war eine sich selbst erfüllende Prophezeiung, und das wisst Ihr!", gab die Gräfin zurück.

Alec senkte den Kopf. „Verzeiht mir. Ja, das weiß ich. Und ich tadele Euch nicht dafür, dass Ihr Viktor fortbringen wolltet. Es war viel besser für ihn, hier aufzuwachsen, weit weg vom Hof: aus den Augen und für Ernst damit auch aus dem Sinn."

Die Gräfin nickte, erleichtert, dass er es verstand. Unbewusst rieb sie ihren Leib mit einer beschwichtigenden Hand, als sie spürte, wie das Baby sich bewegte. „Ja. Er konnte eine Kindheit haben und für die Stellung, die er einmal erben sollte, erzogen und vorbereitet werden."

„Erben?" Alec war überrascht. „Ich dachte, Viktor wäre wegen seiner Geburt von der Nachfolge ausgeschlossen?"

„Das war er und wäre es auch geblieben, wenn nicht zwei Gründe dagegen gesprochen hätten. Den zweiten Grund will ich Euch zuerst nennen. In den letzten Jahren seines Lebens änderte Leopold seine Einstellung und seine Vorlieben", erklärte die Gräfin. „Ihr werdet das sofort verstehen, wenn Ihr meinen Sohn seht. Er ist das Ebenbild seines Vaters und seines Großvaters. Ein echter Herzfeld. Für Leopold war es ein großer Anreiz, Viktor als seinen Nachfolger anerkennen zu lassen."

„Welcher Herrscher würde nicht wollen, dass ein Sohn, der sein Ebenbild ist, ihm nachfolgt?", stellte Alec fest. „Insbesondere ein Mann von Leopolds Arroganz und Haltung. Er muss Gott und Euch täglich gedankt haben, dass er schließlich doch einen Sohn bekam, der nicht nur wie er aussah, sondern auch im Besitz aller seiner Fähigkeiten war!"

„Ja. Ich sehe, dass Ihr es versteht", erwiderte die Gräfin erleichtert und überhörte die Ironie in seinem Tonfall. „Aber sehr lange Zeit wollte Leopold nicht zugeben, dass seine Kinder von seiner ersten Frau geistig nicht gesund waren, dass sie tatsächlich ebenso wahnsinnig sind wie ihre Mutter. Leopold hatte die Prinzessin geheiratet und geschwängert, bevor es offensichtlich wurde, dass sie geisteskrank war. Es hieß, dass sie auch unter einem Zustand litt, der dazu führt, dass sie keinerlei Körperbehaarung hat, denn diese *unaussprechliche Wahrheit* wurde als Grund dafür angegeben, dass sie sich immer in ihren Räumen aufhielt. Als daher Johanna die gleichen Symptome zu zeigen begann wie ihre Mutter, nutzte Leopold die *unaussprechliche Wahrheit* als Vorwand, um auch sie wegsperren zu lassen. Zuerst, wie Ihr wisst, traten Ernsts

Anfälle von Wahnsinn immer in Herzfeld auf, wenn er mit Johanna zusammen war. Aber nach der *Hölle*, die Ihr im Schloss durchgemacht habt, sind dies keine Offenbarungen für Euch, nicht wahr?"

„Nein", stellte Alec ruhig fest. Er hatte nicht den Wunsch, diese Momente wieder zu durchleben, und er wollte auch nicht mit ihr darüber sprechen, daher fragte er: „Leopold starb in Herzfeld, nicht in Friedeburg?"

„Leopold reiste nach Herzfeld zu einer Truppenschau und um Ernst mit dem Minotaurus von Midanich auszuzeichnen, dem höchsten militärischen Orden des Landes. Ich fuhr mit ihm. Seine Gesundheit war seit einigen Monaten nicht die beste gewesen, aber er war fest entschlossen, Ernst entgegenzutreten. Er hatte Berichte erhalten, geheime Bericht aus dem Schloss, dass Ernst sich mehr und mehr auf Johanna verließe, dass sie ihm sagte, was er zu tun hätte. Aber die Lage war weit schlimmer, als wir es für möglich gehalten hätten. Als er seinen Sohn in diesem Zustand sah ... verschlechterte sich Leopolds Gesundheitszustand weiter ..."

Die Gräfin erschauerte bei der Erinnerung leicht. „Im Nachhinein betrachtet war es idiotisch, das zu tun. Leopold ging in eine Falle. Er, ein Anhänger der Lehren Machiavellis, hatte nicht mit einberechnet, dass es am Hof Fraktionen mit eigenen politischen Plänen gab. Sie wollten, dass Ernst die Nachfolge anträte, weil er ihren Wünschen nach manipuliert werden könnte, während Viktor eine unbekannte Größe war. Und dann waren da innerhalb Leopolds eigenem Rat die, denen Ernsts Geisteszustand gleichgültig war, die nichts davon wissen wollten, dass ein Bürgerlicher - Viktor - die Nachfolge des Markgrafen antrat." Sie begegnete Alecs Blick. „Wir haben den Verdacht, dass Leopold keines natürlichen Todes starb. Dass er - dass er zuerst vergiftet und dann, kurz vor dem Ende, *erstickt* wurde."

„Guter Gott! Ermordet?" Als die Gräfin nickte, runzelte Alec die Stirn. „Das tut mir leid. Ich hatte keine Ahnung."

„Nicht viele wissen davon. Es würde unseren Zielen nicht dienen, das öffentlich werden zu lassen. Es sähe aus wie ein gemeiner Versuch von Viktor, Ernst zu diskreditieren. Einstweilen ist Ernst Markgraf. Für die konservative Mehrheit, für die Kirche und die Soldaten seiner persönlichen Leibwache ist er der Markgraf, weil seine Nachfolge durch Gott geweiht wurde. Selbst, wenn Viktor diesen Krieg gewinnt, was er wird, muss er, wenn wir dauerhaften Frieden wollen, Ernsts Anhänger für sich gewinnen. Um das zu tun, muss Ernst sich in sein eigenes Schwert stürzen. Und da seid Ihr das Mittel."

„Ich?" Alec war verblüfft. „Was kann ich zu bieten haben ..."

„Warum, glaubt Ihr, hält Ernst Eure Freunde gefangen? Warum

verlangt er, dass Ihr persönlich um ihre Freilassung bittet?" Sie drückte Alecs Unterarm durch den Samtärmel seines Rocks und riss ihre Augen weit auf. „Weil *sie* Euch sehen will. Er tut, was *sie* will. Und *sie* will Euch; sie wollte immer schon *Euch*. Ihr seid der Einzige, der Ernst von Johanna trennen kann, der sie aus dem Schatten herauslocken kann, und wenn Ihr das tut ... Niemand will einen Markgrafen, der wahnsinnig ist, ganz gleich, wie loyal sie in der Vergangenheit waren. General Müller glaubt, dies wäre unsere Chance; mein Sohn glaubt das auch."

Alec war hiervon nicht nur verblüfft, sondern ungläubig. Das ließ seine Antwort schroff und ungläubig klingen.

„Sie beide kennen die Wahrheit über Johanna? Ihr habt ihnen erzählt, was ich Euch anvertraut habe? Und sie haben Euch *geglaubt*?"

„Natürlich. Wenn man akzeptieren kann, dass Leopolds Kinder von seiner ersten Frau den Wahnsinn im Blut haben, ist es nicht schwer, den Rest zu glauben, nicht wahr? Und das ist der Grund, warum wir - wir drei - glauben, dass Ihr Erfolg haben werdet, wo andere versagten und zum Lohn für ihre Bemühungen sterben mussten. Unserer Berechnung nach wird es für Johanna, wenn sie sieht, dass Ihr zu ihr zurückgekehrt seid, denn das ist es, was sie denken wird, ausreichen, um die Vorsicht in den Wind zu schlagen. Der einzige Mann, den Ihr überzeugen müsst, ist Hauptmann Westover, den Hauptmann der persönlichen Leibwache des Markgrafen. Er mag bereits einen Verdacht haben, aber wie andere vor ihm, wie General Müller, mag er nicht in der Lage sein, das, was er sieht und das, was seinem Verstand nach nicht die Wahrheit sein kann, obwohl sie es ist, miteinander zu vereinbaren! Daher muss Johanna sich vor Westovers Augen bloßstellen."

„Ich glaube, die Rolle als lüsterner Bauer war mir lieber als die des Opferlamms!", gab Alec zurück, obwohl er keine Einwände gegen den Plan erhob. Schließlich hatte er ja gerade die Absicht, direkt ins Schloss zu gehen und Ernst gegenüber zu treten, um die Freilassung seiner Freunde zu bewirken. Wenn es ihm dabei gelang, Johanna aus ihrer Schattenwelt herauszulocken und Ernst als das bloßzustellen, was er wirklich war, würde er Viktor und seinem General gerne den Gefallen tun. „Aber ich werde das, worum Ihr bittet, nur tun, wenn Euer Sohn mir verspricht, dass meine Freunde gerettet werden und unversehrt bleiben."

Die Gräfin küsste aus einem Impuls heraus überglücklich seine Wange. „Danke. Ich sagte Henrik, Ihr würdet uns nicht im Stich lassen. Ich kann ihn für seine ursprüngliche Skepsis nicht tadeln, aber nachdem er Euch jetzt kennengelernt und Zeit in Eurer Gesellschaft verbracht hat, ist er bereit zuzugeben, dass ich von Anfang an Recht hatte, auf Euch zu vertrauen."

Alec wusste, von wem sie sprach, fragte aber trotzdem, in der Hoffnung, sie würde ihm mehr über ihre Ehe anvertrauen. „Henrik?"

„Mein Ehemann. General Müller. Er weiß alles über uns. Ich fand es nur fair, es ihm zu sagen."

Alecs Brauen zogen sich über seiner langen Nase zusammen. „Nur fair? Wann habt Ihr es ihm gesagt?"

Die Gräfin zuckte mit den Schultern und sagte nüchtern: „Er wusste von Euch, seit ich vor fünf Jahren zum ersten Mal mit ihm ins Bett fiel. Aber wir haben erst vor zwei Monaten geheiratet." Sie legte eine Hand auf ihren runden Leib. „Ich konnte dieses Baby nicht länger verstecken und musste daher auf die gewöhnliche Trauerzeit für Leopold verzichten." Sie lächelte zu Alec auf. „Ich bin eine veränderte Frau, seit ich meinen gestrengen Henrik kennengelernt habe. Er warnte mich, dass er Untreue nicht dulden würde und wenn ich es wagen sollte, einen anderen Mann anzusehen, würde er mich übers Knie legen und verprügeln! Stellt Euch vor! Ganz davon abgesehen, was er mit meinem Liebhaber anstellen würde. Wie hätte ich mich in einen solchen Mann nicht verlieben können?" Sie trat näher und drückte ihren offenen Fächer gegen Alecs Brust, um ihm anzuvertrauen: „Aber natürlich durfte ich ihn nicht zu selbstgefällig werden lassen. Also versprach ich, brav zu sein, es sei denn, dass Ihr jemals wieder in mein Leben trätet. Ja! Das tat ich. Aber in hundert Jahren hätte ich mir nicht träumen lassen, dass Ihr hierher zurückkommen würdet. Das verletzte ihn ein wenig ..."

„*Verletzte ihn*?", schnaubte Alec. „Euer General hat mein vollstes Mitgefühl. Das war äußerst grausam von Euch, Helena. Da erscheint es mir wie ein Wunder, dass er mich nicht an die Wand gestellt und erschossen hat, sobald wir uns trafen."

„Das liegt daran, dass er Euch mag. Er hat Moral und Skrupel und handelt nicht ohne guten Grund. Ihr müsst Euch um nichts Sorgen machen. Er sagt mir, dass er Euch mag."

„Das freut mich zu hören. Ich mag ihn auch, obwohl ich mit seiner Art, Gerechtigkeit auszuüben, nicht einverstanden bin, selbst wenn Krieg herrscht."

„Er ist Soldat. Er tut, was getan werden muss. Er ist auch meinem Sohn gegenüber zutiefst loyal und glaubt, dass er die Zukunft des Landes darstellt. Was mich ihn noch mehr lieben lässt. Oh! Und da sind sie jetzt!", verkündete sie mit einem Lächeln und wandte sich um, als die Doppeltüren sich öffneten und der Zeremonienmeister vortrat, um seine Hoheit, den Prinzen Viktor und den hochedlen General Baron Müller anzukündigen. „Kommt!", befahl die Gräfin Alec und schob ihren Arm durch seinen. „Lasst mich Euch den anderen wundervollen Männern in meinem Leben vorstellen."

DER PRINZ WAR EIN HOCHGEWACHSENER, SCHLANKER JUNGER Mann mit rotblondem, schulterlangem Haar und einem dazu passenden Schnurrbart. Er hatte helle Augen und die feingezeichneten Wangenknochen seiner Mutter. Aber in jeder anderen Hinsicht war er das Bild dessen, wie Alec vermutete, dass sein Vater Leopold ausgesehen haben musste, als er ein gutaussehender junger Mann von zweiundzwanzig gewesen war. Die Ähnlichkeit war ausgeprägt genug, dass Alec sich überrascht zeigte und die Gräfin Rosine drückte verständnisvoll seinen Arm.

Der Prinz, in eine Militäruniform aus Blau und Gold mit Orden an seiner Brust und einer karmesinroten Schärpe über der rechten Schulter gekleidet, von der an seiner Hüfte ein kreuzförmiger Orden hing, schritt in den Versammlungsraum und suchte sofort nach seiner Mutter. Mit seinem hoch erhobenen Haupt und der behandschuhten Hand am verzierten Griff seines Schwertes umgab ihn die Aura des Befehlshabers, eines Mannes, der seinen Platz an der Spitze der Gesellschaft kannte, der auch jedem anderen bewusst war. Er erwartete absolute Loyalität und bekam sie auch. Und dennoch war an seiner Person eine unbeschwerte Kraft und solche Leidenschaft für das Leben, dass jeder, der in seine Nähe kam, von derselben Begeisterung erfüllt wurde. Und das war der Grund, warum die Männer und Frauen im Raum nach vorn drängten und ihren erwählten Herrscher mit Applaus und Lächeln umringten.

Alec hatte Prinz Viktor zuletzt gesehen, als dieser ein schmalbrüstiger Junge von elf Jahren war. Er erinnerte sich lebhaft an ihren letzten Tag zusammen, denn sie hatten das Modellschiff des Jungen in einem der vielen Zierteiche der Gärten des Friedeburg-Palasts segeln lassen. Die Hemdsärmel aufgerollt, hatten sie auch Schuhe und Strümpfe ausgezogen, die seidenen Hosen bis übers Knie geschoben und wateten im Wasser, das dem Jungen bis zu den Hüften reichte. Die Gräfin war höchst verärgert gewesen und hatte mit ihren Hofdamen um sie herum am grasbewachsenen Ufer gesessen, geschmollt und Alec gewarnt, dass ihm und ihrem Sohn mit Sicherheit ein Missgeschick zustoßen würde, zumindest würden sie wegen dieser Dummheit Fieber bekommen. Alec und der junge Prinz hatten sie ignoriert. Es war ein heißer Sommertag und Alec konnte am Grinsen des Jungen sehen, dass er glücklich und dankbar für jeden Vorwand war, sich aus seinem beengenden Rock zu befreien. Alec war sich nicht sicher, wie es angefangen hatte, aber bald bespritzten er und Viktor sich mit Wasser und beachteten die Gräfin nicht, wie sie über diese Ungezogenheit mit dem Fuß aufstampfte, bis sie bis auf die Haut durchnässt waren; das Modellsegelschiff war völlig vergessen.

Und jetzt stand hier der Junge, zu einem großen, jungen Mann herangewachsen, der einen Bürgerkrieg begonnen hatte und der, wenn alles nach Plan lief und mit Gottes Segen, bald der Herrscher dieses Landes sein würde. Er war jetzt groß genug, um Alec in die Augen zu sehen und tat das auch, als Alec sich aus seiner formellen Verbeugung wieder aufrichtete. Was er als Nächstes tat, überraschte Alec dermaßen, dass er sprachlos war; zum ersten Mal in sehr langer Zeit fehlten ihm die Worte. Aber es ließ die Höflinge, die jetzt einen Kreis um Prinz Viktor, General Müller, die Gräfin und Alec bildeten, in frenetischen Applaus ausbrechen.

Prinz Viktor trat vor und umarmte Alec, wie man einen lange verlorenen Lieblingsonkel umarmt, hielt dann seine Hand fest ergriffen, mit feuchten, leuchtenden Augen.

„Es ist so gut, Euch wiederzusehen, Herr Baron. Ich wünschte, es geschähe unter besseren Umständen, aber wenn mein Land im Frieden wäre, würde ich diese Gelegenheit gar nicht gefunden haben, um Euch zu danken ...“

„Eure - Eure Hoheit, ich - ich brauche keinen ...“

„Bitte. Erlaubt mir, Euch zu danken. Ihr habt meiner Mutter und mir vor all diese Jahren einen großen Dienst erwiesen.“ Viktor lächelte die Gräfin an. „Ich hatte die allerschönste Kindheit, als ich hier aufwuchs, und sie sagte mir, dass dies zum nicht geringen Teil Eurem Opfer für uns zu verdanken wäre. Daher nehmt bitte meinen Dank freundlichst an und erlaubt mir, die Ehre, die mein Vater Euch erwies, formell zu bestätigen. General Müller hat mir gesagt, was Ihr für unsere Bürger in Emden getan habt und allein dafür würde ich Euch zum Baron von Aurich erheben.“ Er schaute Alecs Hand an und runzelte die Stirn. „Aber Ihr tragt den Ring nicht? Ich nehme aber an, dass Ihr ihn noch besitzt?“

„Ja, Euer Hoheit“, antwortete Alec und grub tief in einer Rocktasche, um Prinz Viktor die kleine Samtschachtel zu überreichen. „Bereit, ihn seinem rechtmäßigen Eigentümer zurückzugeben.“

„Ihr, Herr Baron, seid der rechtmäßige Eigentümer“, stellte Viktor fest, nahm den Wappenring aus seiner Schachtel und schob ihn wieder über den Ringfinger an Alecs rechter Hand. „Hier gehört er hin, Euer Leben lang.“ Er drückte Alecs Hand, bevor er sie losließ und trat mit einer kleinen Verbeugung und einem Lächeln zurück. Dann drehte er sich um, schaute über den Kreis der Höflinge hinweg und verkündete

Alecs Titel, sein Tonfall drückte die Erwartung aus, dass sie sich vor dem Baron von Aurich verbeugen und knicksen würden, was sie pflichtschuldig taten. Zufrieden verkündete er dann der versammelten Gesellschaft etwas, das nicht nur erneuten Applaus auslöste, sondern auch alle vor Aufregung, gemischt mit Beklommenheit, nach Luft schnappen ließ: „Übermorgen werde ich mit General Müller, Baron von Aurich und unseren Truppen nach Herzfeld aufbrechen. Wir werden das Schloss einnehmen und diesen Krieg beenden, damit unser Volk endlich in Frieden leben kann. Wir werden uns nicht länger Tyrannen und ausländischen Mächten unterwerfen. Midanich wird seinen rechtmäßigen Platz innerhalb des Heiligen Römischen Reichs wieder beanspruchen.“

Er hob eine Hand zum Dank für den Applaus und damit die Höflinge sich beruhigen und zuhören sollten. Und als er ihre volle Aufmerksamkeit hatte, bedeutete er Alec vorzutreten und sprach dann über seine Schulter mit General Müller, der die Antwort in das Ohr des Prinzen flüsterte, den Blick direkt auf Selina gerichtet, die neben dem Hofkämmerer im Kreis stand. Der Prinz trat sofort auf Selina zu und bot ihr mit einer Verbeugung seinen abgewinkelten Arm. Dann brachte er sie neben Alec, das Paar tauschte nur den winzigsten Blick aus, beide verlegen darüber, im Mittelpunkt solcher Aufmerksamkeit zu stehen.

„Heute wollen wir nicht an den Krieg denken! Heute wird gefeiert“, fuhr der Prinz fort. „Heute wird mein guter Freund, der Baron von Aurich, heiraten, und wir werden ein Fest feiern, tanzen und uns bis in die Nacht hinein amüsieren!“

Als die Höflinge laut klatschten, schaute Selina Alec fragend an, denn sie hatte kein Wort verstanden. Der Prinz hatte Deutsch gesprochen.

Alec beugte sich zu ihr, um es ihr so zu sagen, dass sie ihn in dem Lärm hören konnte.

„Dies wird der letzte Tag vom Rest unseres Lebens sein, an dem du je als Mrs. Jamison-Lewis angesprochen werden wirst.“

Selina blinzelte zu Alecs schmunzelndem Gesicht auf, unsicher, was er meinte, daher erklärte er es ihr und sie schnappte nach Luft, lächelte und sagte mit einem Unterton des Erstaunens:

„Wir sollen heiraten - *hier?*“

Er nickte und streckte ihr seine Hand hin. Sie nahm sie; Tränen glitzerten auf ihren Wimpern.

„Mein einziges Bedauern“, fuhr er fort und küsste ihre Hand, was zu noch mehr Applaus führte, „ist, dass unsere Familie - mein Onkel, deine Tante, Cosmo und Emily - nicht hier sind, um diesen Tag mit uns zu teilen.“

Selina nickte zustimmend, gerade, als der Prinz sich von seiner Mutter und General Müller abwandte, um sie und Alec auf Französisch anzusprechen.

„General Müller teilte mir mit, dass Ihr mir ein Geschenk Eures Königs Georg von England mitgebracht hättet. Mit Eurer Erlaubnis werde ich es bei Eurem Hochzeitsfrühstück enthüllen, denn man sagte mir, es würde dem ganzen Hof Unterhaltung bieten. Ich habe auch ein Geschenk für Euch beide. Aber dieses Geschenk kann nicht bis zu Eurer Hochzeit warten." Er lächelte und hob seine Brauen mit einem verschwörerischen Zwinkern. „Ich bin sicher, dass insbesondere Ihr, Madame Jamison-Lewis, seinen Trost und seine Unterstützung vor und während der Zeremonie zu schätzten wissen werdet. Und meine Mutter sagt, es sei äußerst grausam von mir, Euch beiden dies zu verwehren. Also lasst uns nicht länger warten!"

Er gab seinem Hofkämmerer ein Zeichen, der seinerseits zwei livrierten Dienern eine wortlose Anweisung gab, die in den Kreis der Höflinge traten und ihn durchbrachen, indem sie die Damen und Herren nach rechts und links verteilten, um Platz zu machen für den Hofkämmerer, der in die Mitte des Kreises trat, um eine Ankündigung zu machen. Selina und Alec schauten einander an und dann erwartungsvoll, als die Doppeltüren zum Audienzsaal aufgerissen wurden. Ohne Andeutung, was ihr Hochzeitsgeschenk sein könnte, hielten sie alles für möglich, außer diesem.

Das Geschenk war keine Sache oder ein Tier, sondern ein Mensch. Es war Emily.

Sie hatte nie schöner oder glücklicher ausgesehen und lächelte über das ganze Gesicht. Nach einem Knicks in den Raum, dann zu Prinz Viktor und Gräfin Rosine, rauschte sie in einer Woge aus bedruckter Baumwolle und gesteppten Röcken auf Selina und Alec zu und warf ihre Arme um Selina.

„Oh! Ich bin so froh, dass ihr endlich gekommen seid!", verkündete sie mit einem Blick zu Alec, der sie anstarrte, als wäre sie eine Erscheinung. „Ich habe euch beide so schrecklich vermisst. Ist das hier nicht der zauberhafteste Ort?"

Selinas Schock war so groß, dass ihre Knie nachgaben, sie aus Emilys Umarmung glitt und ohnmächtig auf dem Boden zusammenbrach.

ZWEIUNDZWANZIG

ZWEI STUNDEN WAREN SEIT SELINAS PEINLICHER OHNMACHT BEI Emilys Anblick vor dem gesamten Rebellenhofstaat vergangen. Alec hatte sie aufgefangen, bevor sie auf dem Boden aufkam und sie war in seinen Armen erwacht, hatte ihm versichert, dass es ihr gut ginge, aber sich gefragt, ob Emily eine Erscheinung gewesen wäre. Und da war ihre blonde Cousine, neben ihr auf dem Boden, und hielt ihre Hand. So viele Fragen lagen ihr auf der Zunge und sie sah, dass Alec ebenso erschrocken, verwirrt und voller Fragen war. Jedoch waren sie von Höflingen umringt und sie durfte sich nicht bewegen, bevor nicht der Hofarzt ihr die Erlaubnis dazu gab.

Dann wurde sie in einen Tragsessel gesetzt und zwei stämmige Sesselträger hoben sie auf und trugen sie in ihre Zimmer im Turm, während Emily neben den Trägern folgte.

Alec wurde nicht erlaubt, mit ihr zu gehen. Braut und Bräutigam mussten bis zur Zeremonie getrennt bleiben. Nachdem der Hofarzt sowie Selina selbst ihm versichert hatten, dass Selina keinen Schaden erlitten hätte und sich vollständig erholen würde, erlaubte er, sich von Prinz Viktor und General Müller und einigen der männlichen Höflinge wegführen zu lassen. Der Prinz sagte, er müsste mit Alec Dinge besprechen, bei denen es um die Erstürmung der Festung seines Halbbruders ging, und General Müller sprang ihm bei und sagte, er wollte, dass Alec ihnen alles darüber erzählen sollte, wie er es geschafft hatte, vor all diesen Jahren dem Kerker von Schloss Herzfeld zu entkommen.

. . .

Im Turmappartement kümmerten sich ein halbes Dutzend der Zofen der Gräfin um Selina, dazu Evans, die vor sich hin summend in den Räumen herumhuschte, überglücklich, dass ihre Herrin jetzt endlich Lord Halsey heiraten würde; Selina hatte den Verdacht, dass ihre Zofe ebenso zufrieden gewesen wäre, wenn sie nichts als einen Mehlsack zu der Zeremonie zum Anziehen gehabt hätte. Wie es aussah, war alles, was sie anzuziehen hatte, ein Tageskleid aus Samt mit gesteppten Röcken, die alle fast irreparabel zerdrückt waren, da sie in eine Tasche gestopft worden waren, um sie auf dem Schlitten mitnehmen zu können. Nicht das aufwendigste oder schönste Ensemble, um darin zu heiraten. Aber Selina war das gleichgültig. Endlich würde sie Alec heiraten und Emily war unverletzt.

Sie war deshalb noch immer benommen, als sie auf einer Chaiselongue vor der Wärme des Kamins saß, frisch aus einem Bad, in einem seidenen Morgenrock über ihrem Unterkleid und mit einer wollenen Decke auf den Knien, während sie zuhörte, wie Emily über ihre Zeit auf Schloss Rosine plauderte. Ihre Cousine war gesund und sicher und schien unberührt zu sein. Am überraschendsten war, dass sie sich der Gefahr von Tod und Entbehrungen, die durch den Bürgerkrieg außerhalb der wohlbewachten Mauern dieser Zuflucht existierten, nicht bewusst zu sein schien.

Selina konnte sich einige Worte vorstellen, um ihre Situation und die winterliche Landschaft zu beschreiben, die letzten paar erschütternden Wochen nicht zu erwähnen, aber Emilys Wahl der Worte *magisch* und *zauberhaft* waren nicht das, was ihr in den Sinn kam. Doch sie würde ihre junge Cousine nicht berichtigen. Noch, ihr die Augen darüber öffnen, was außerhalb dieses friedlichen Hafens, der von der Anwesenheit hunderter Soldaten geschützt wurde, vor sich ging. Sie alle brauchten etwas, um ihre Laune zu heben, und was konnte sich dazu besser eignen als eine Hochzeitsfeier. Sie hatte sich immer vorgestellt, dass ihre Hochzeit mit Alec eine fröhliche Angelegenheit sein würde, aber nie davon geträumt, dass sie auf fremden Boden inmitten eines Krieges stattfinden würde. Jedoch war sie entschlossen, dass heute und heute Abend eine Feier all dessen sein sollte, was in ihren Leben gut war. Emilys Gemütszustand würde sehr gut dazu beitragen, dies zu erreichen.

Doch konnte Selina ihre Neugier nicht unterdrücken. Sie musste einfach erfahren, wie es kam, dass Emily in Schloss Rosine war und nicht mit Cosimo in Schloss Herzfeld. Sie war sicher, dass Alec das bei der ersten Gelegenheit fragen würde, ohne Rücksicht auf das Hochzeitsfrühstück.

„Oh, das ist einfach, aber schwer zu erklären", sagte Emily sachlich, überhaupt nicht verstört. „Und ich will mein Bestes tun, nicht alles durcheinander zu bringen." Sie lehnte sich gegen eines der Gobelinkissen im Fenstersitz. „Als wir im Hafen von Herzfeld ankamen, ging Cosmo zum Schloss, mit Herrn Luy-Luytens? Ja, Herrn Luytens, dem britischen Konsul. Mrs. Carlisle und ich blieben auf dem Schiff zurück. Cosmo wollte nichts davon hören, dass wir ihn begleiten könnten. Er sagte, er würde nur ein paar Stunden fortbleiben. Er und Herr Luytens müssten etwas offiziöse diplomatische Korrespondenz abliefern. Und es sah auch wichtig aus, in einer roten Ledermappe mit Goldprägung. Ich glaube, es war vom König ... Und während er fort war, sollten Mrs. Carlisle und ich uns für die Reise über die Meerenge nach Dänemark vorbereiten.

„Cosmo sagte, es wäre alles für die Überfahrt arrangiert. Und das Schiff wäre im Hafen. Er zeigte es uns sogar. Also warten wir, und warteten und *warteten*. Aber erst am Morgen des nächsten Tages beschlossen wir, mit unserem Gepäck und Cosmos Taschen von Bord zu gehen und uns damit auf den Kai zu begeben, um für die kurze Strecke mit dem Boot zu unserem neuen Schiff bereit zu sein. Und während wir auf dem Kai mit unseren Portmanteaux warteten, wurden wir Zeugen eines außergewöhnlichen Anblicks."

Emily beugte sich mit weit aufgerissenen Augen vor.

„Soldaten! Mehr Soldaten, als man zählen konnte! Sie schwärmten über den Kai wie Ameisen und waren auch so leise wie Ameisen. Und genau wie Ameisen verschwanden sie in Rissen und Spalten vor unseren Augen, denn in einer Minute waren sie dort und in der nächsten - fort! Sie versteckten sich unter dem Deck der Schiffe und in der Dunkelheit der Lagerhäuser. Als Mrs. Carlisle diese Soldaten sah, entschied sie, dass auch wir uns verstecken sollten. Sie sagte, wenn sie sich nicht sehr irrte, stünden wir kurz davor, in ein Scharmützel zwischen gegnerischen Truppen verwickelt zu werden. Und nie wurde ein wahreres Wort gesprochen! Es war wirklich der aufregendste Spaß, Selina!"

Sie kicherte bei der Erinnerung hinter ihrem Fächer; Selina erstarrte bei dem Gedanken, dass ihre junge Cousine so leichtfertig über die offensichtliche Gefahr, der sie und ihre Begleiterin ausgesetzt gewesen war, sprechen konnte. Aber sei blieb stumm und ließ ihre Cousine fortfahren.

„Also versteckten wir uns hinter ein paar dicken Ballen. Sie waren aus Stoff, oder Baumwolle, oder war es Wolle? Egal, sie waren groß, aber wir konnten noch immer sehen, was auf den Kais passierte, durch die Ritzen zwischen den Ballen. Es kamen noch mehr Soldaten, aber diese Männer marschierten in Formation, die Musketen über ihren Schultern, und ein großer Hauptmann brüllte Befehle. Natürlich hatten wir keine Ahnung, was gesagt wurde, weil alles in Deutsch war. Diese Soldaten gingen nur auf ein Schiff, das Schiff, mit dem wir zusammen mit Cosmo gesegelt waren. Währenddessen blieben die Soldaten, die wie die Ameisen auf den Kais ausgeschwärmt waren und sich verborgen hatten - von denen ich später erfuhr, dass sie in der Tat die Männer Prinz Viktors waren - in ihren Verstecken.

„Erst als die Soldaten, die das Schiff durchsuchten, den Kai auf und ab marschierten und die Männer, die dort arbeiteten, ausfragten, Kisten auskippten und Ballen beiseite stießen, war Mrs. Carlisle sich sicher, dass sie nicht nach den versteckten Soldaten, sondern nach uns suchten. Denn warum sonst sollten sie nur das eine Schiff durchsuchen, das, auf dem wir gekommen waren, und keines der anderen? Sie hatte ein Gefühl *in ihrem Bauch* - das waren genau ihre Worte - dass etwas gar nicht in Ordnung war. Vor allem, da Cosmo noch immer nicht zurück-gekommen war. Wenn ich jetzt daran zurückdenke", sinnierte sie verwundert, als ob es ihr zum ersten Mal auffiele, „fürchte ich, dass Mrs. Carlisle sich geopfert hat, damit ich entkommen konnte ...“ Sie sah Selina an und lächelte zögernd. „Diese Männer im Schloss werden sie, die Gesellschafterin einer Lady, doch mit dem Respekt behandeln, der ihr gebührt, nicht wahr, Selina? Sie werden sie doch genauso gut behandeln wie man mich hier auf Schloss Rosine behandelt, nicht wahr? Sie sollten ... ich bin sicher, dass sie das tun ... Und wenn sie irgendwie in Schwierigkeiten geriete, bin ich sicher, dass Cosmo ihr zu Hilfe kommen und dafür sorgen würde, dass ihr jeder Respekt erwiesen wird. Ist es nicht so?“

Selina erwiderte ihr Lächeln und versuchte, beruhigend zu klingen. Obwohl sie kein Wort von dem glaubte, was sie sagte. Sie war erstaunt, wie mühelos sie eine so hohlklingende Antwort geben konnte, die ihre Cousine tatsächlich beruhigte, weil sie nicht das Herz hatte, ihr zu erzählen, was sie befürchtete, das Cosmo und Mrs. Carlisle wirklich zugestoßen sein könnte.

„Ich weiß - wir beide wissen - dass Cosmo, wenn er in der Lage dazu ist, alles in seiner Macht Stehende tun wird, um Mrs. Carlisle zu beschützen. Er wird dafür sorgen, dass sie jegliche Annehmlichkeiten und Rücksicht genießt ... Also, wie ich es verstehe, hat Mrs. Carlisle sich selbst diesen Soldaten ausgeliefert und sie hatten keine Ahnung, dass du dort zurückbliebst?“

Emily nickte eifrig.

„Ja! Genau so ist es. Sie hat sich diesen Soldaten vorgestellt, als wäre sie ich, und warum sollten sie Grund zu der Annahme haben, dass sie nicht die Wahrheit sagte? Und daher verließen sie den Hafen mit ihr fast sofort. Da kamen die anderen Soldaten aus dem Versteck, und, zu meiner sehr großen Überraschung, mit der Gräfin. Sie war es, die sie die ganze Zeit beschützt hatten. Wir hatten sie in der Masse der Soldaten völlig übersehen, als sie zuerst den Kai erreichte, weil sie einen Umhang mit einer Kapuze trug und von einer Gruppe Soldaten umringt war. Ich beschloss, mich zu zeigen, nachdem ich sie erspäht hatte."

„Dich diesen anderen Soldaten zu zeigen, denen, die wie Ameisen über die Kais geschwärmt waren und sich versteckt hatten und die die Gräfin in Gewahrsam hatten?", wiederholte Selina und versuchte, im Geist einen Überblick über Emilys verwickelte Geschichte zu behalten.

„Ja. Aber sie war nicht in Gewahrsam. Diese Soldaten hatten ihr geholfen, aus dem Schloss zu fliehen, wo sie gefangen gehalten worden war. Und als ich sah, wie ein Offizier - der sich als General Müller herausstellte - auf sie zu kam, sie in die Arme nahm und küsste, weil er so froh war, sie zu sehen und sie ihn, wusste ich, dass ich sie um Hilfe bitten konnte." Sie stieß einen tiefen Seufzer der Zufriedenheit aus uns schaute auf die opulente Einrichtung, während sie den Moment vor ihrem inneren Auge wieder durchlebte. „Sie wiedervereint zu sehen, war vermutlich die romantischste Szene, deren ich je Zeugin wurde! Besser als jede Theatervorstellung."

„Wie romantisch", räumte Selina ein. „Aber warum glaubtest du, dass sie dir helfen würden?"

Wieder lachte Emily hinter ihrem Fächer.

„Ach, Selina, sei nicht albern! Du müsstest besser als jeder andere wissen, warum. Weil verliebte Paare nicht böse sein können, nicht wahr? Verliebt zu sein, macht Menschen glücklich, und sie möchten, dass alle um sie herum ihr Glück teilen und genauso glücklich sind. Ich konnte sehen, dass General Müller und die Gräfin Rosine sehr verliebt waren und so glücklich, sich zu sehen, dass sie wohlwollend auf meine Notlage blicken würden. Und sie haben sich um mich gekümmert, sehr gut gekümmert. Soll ich dir eine Tasse Tee machen?"

„Ja. Ja, du hast recht", gab Selina ruhig zu, verblüfft von Emilys naiven Ansichten. „Und ja, eine Tasse Tee wäre mir sehr willkommen. Vielen Dank, mein Liebes."

Sie sah zu, wie Emily vom Fenstersitz herabhüpfte und ihre gesteppten Röcke ausschüttelte, als zwei Dienstmädchen den Teewagen zur Chaiselongue rollten, knicksten und gingen und Emily die Verantwortung für das Teegeschirr überließen. Sie versuchte, ihre Stimme gleichmütig klingen zu lassen, als sie wie nebenbei fragte:

„Also kamst du in Gesellschaft von General Müller und Gräfin Rosine hierher nach Schloss Rosine und wurdest hier seiner Hoheit, Prinz Viktor, vorgestellt?"

„Oh nein. Wir - Viktor - seine Hoheit - wir wurden einander in der

Nähe von Herzfeld vorgestellt. Er wartete darauf, seine Mutter hierher, in ihr Heim, zurückzubegleiten", erklärte Emily, während sie mit dem Teegeschirr herumhantierte. Ihr kam ein plötzlicher Gedanke und sie schaute mit weit aufgerissenen blauen Augen von der silbernen Teekanne auf. „Weißt du, dass deine Hochzeit die zweite sein wird, an der ich in ebenso vielen Monaten teilnehme, und in derselben Kapelle, wo Alec und du eure Gelübde ablegen werdet? General Müller und die Gräfin Rosine haben fast sofort geheiratet, als wir von Herzfeld herkamen. Und ebenso wie du und Alec haben sie ihre Hochzeitsnacht hier oben im Turmappartement verbracht. Es war eine eilige und eher heimliche Angelegenheit, weil der General genau am nächsten Morgen an der Spitze seines Regiments als Teil der Armee des Markgrafen nach Emden abmarschieren sollte. Und weil ..." Emily ließ ihre Wimpern sinken, als ihre Wangen vor Verlegenheit heiß erröteten und sie sprach leise, als sie damit fortfuhr, Tassen und Teller zu verschieben. „Weil die Gräfin fast fünf Monate schwanger war und sie nicht sicher waren, wann oder ob der General wiederkommen würde."

„Dann war es wichtig, dass sie zu diesem Zeitpunkt heirateten, damit er in den Kampf ziehen konnte in dem Bewusstsein, dass er eine Frau und ein Kind hatte, zu dem er nach Hause kommen wollte. Es ist ironisch, aber in Zeiten großer Konflikte wird uns das Leben - das, was uns am wichtigsten ist - deutlich vor Augen geführt."

Emily reichte Selina eine Tasse Tee und stellte Zuckerdose und Milchgießer vor sie auf den niedrigen Tisch.

„Ich freue mich so sehr, dass Alec und du endlich heiraten könnte, noch heute Nachmittag. Es ist doch, was ihr beide euch schon so lange wünschtet, und jetzt wird es wahr! Ich hoffe nur ... ich hoffe, dass trotz dieses Krieges und allem, was um uns herum passiert, wir es alle schaffen werden zu überleben ... Oh! Selina! Oh! Ich bin so furchtbar froh, dass du und Alec mich gefunden habt!"

Selina stellte ihre Teetasse auf der Untertasse beiseite und öffnete ihre Arme weit, um Emily zu umarmen, die zum ersten Mal ihrer sorglosen Fassade erlaubte, zu bröckeln und ihre Tränen nicht aufhalten konnte. Emily fiel in ihre Arme und blieb dort neben ihrer Cousine auf der Chaiselongue zusammengerollt liegen, während Selinas kühle Hand auf ihrem blonden Haar lag. Bis Emily sich schließlich aufsetzte und ängstlich fragte:

„Glaubst du ... *glaubst* du, dass Cosmo und Mrs. Carlisle noch - *leben*?"

„Ja! Natürlich!", antwortete Selina sofort, denn sie glaubte es. „Ebenso, wie Alec und ich immer gewusst haben, dass wir dich gesund und wohlbehalten wiederfinden würden. Genauso werden wir Cosmo finden. Ich bin mir sicher." Sie lächelte und versuchte, fröhlich zu klingen. „Und ich bin auch sicher, dass er sich um Mrs. Carlisle kümmert."

„Aber wenn sie noch immer in diesem Schloss sind ..." Emily schluckte. „Ich habe ein wenig über diesen Ort gehört, genug, dass ich sehr froh bin, hier zu sein und nicht dort, obwohl seine Hoheit und die Gräfin sich sehr bemüht haben, ihn nicht zu erwähnen. Ich weiß, dass Alec eine Zeit lang dort gefangen war und dass er es geschafft hat, aus dem Kerker zu entkommen, was, wie man mir sagte, bereits an sich ein Wunder ist. Und jeder, der von Herzfeld spricht, tut das mit größtem Unbehagen."

Selina sah Emily an und nahm ihre Hand. „Ich habe jedes Vertrauen darin, dass Alec und der Prinz und wen auch immer sie mit sich nach Herzfeld nehmen, Cosmo und Mrs. Carlisle retten und in Sicherheit bringen werden. Das muss ich glauben, und du musst es auch. Nun lass uns heute nicht weiter Trübsal blasen", fügte sie hinzu und zwang sich zu einem fröhlichen Lächeln. „Heute Nachmittag heirate ich endlich den Mann, den ich liebe, sehr zu Evans' Freude - die nicht aufhören kann, vor Aufregung darüber, mich als Lady Halsey zu sehen, zu summen - und du, meine Liebste, wirst als meine Brautjungfer neben mir stehen. Nicht zu erwähnen, dass es ein wundervolles Hochzeitsfrühstück geben soll. Also haben wir alles, um glücklich zu sein und können unseren Männern, die morgen in die Gefahr reiten, einen Nachmittag und Abend bereiten, den sie nie vergessen werden, einverstanden?"

Emily nickte eifrig.

„Zweifellos denken sie in diesem Moment an wenig außer einen Nachmittag mit gutem Essen und Trinken zu verbringen, obwohl ich sicher bin, dass Alec so nervös bei der Aussicht ist, vor einem ganzen Hof voll Adliger vor Pfarrer Shirley zu stehen, dass er an überhaupt nichts mehr denkt. Jetzt müssen wir unseren Tee trinken und uns vorbereiten. Aber zuerst, warum zeigst du mir nicht das Kleid, das du beschlossen hast anzuziehen?"

Trotz Selinas zuversichtlicher Aussage, die Emilys Stimmung sofort aufhellte, glaubte sie ihren eigenen Worten nicht. Die Männer würden gar nicht an Hochzeiten und Feiern denken, sondern sich mit dem Schlachtplan beschäftigen, um in Schloss Herzfeld einzudringen und es zu erobern. Und sie hatte recht.

„ICH VERSTEHE NICHT ... DAS KANN NICHT WAHR SEIN!"
Das war General Müller. Und er war ungläubig und daher zornig.

Er stand auf der anderen Seite des breiten Tisches, auf dessen Oberfläche ein detaillierter Plan von Schloss Herzfeld und seinen Befestigungen ausgebreitet war, stützte sich mit den Fingerknöcheln auf den Tisch, hatte aber den Blick fest auf Alec gerichtet.

Der General, Alec und Prinz Viktor waren die einzigen Menschen im Kabinettsraum mit seinem Blick auf den Exerzierplatz. Mittelalterliche Waffen schmückten eine Wand, eine andere war vom Boden bis zur Decke mit Fächern bedeckt, die gerollte Karten auf Pergament enthielten, alte und neue, von Midanich und den umliegenden Bezirken. Im Mittelpunkt des Zimmers stand der große Kartentisch.

Die Generäle und Ratgeber des Prinzen hatten sie entlassen. Die Entschuldigung, die sie ihnen gegeben hatten, war, dass die Stunde der Hochzeit schnell heranrückte und der Bräutigam ein wenig Zeit allein mit seinen männlichen Begleitern verbringen sollte, um seine Gedanken und seinen Mut zu sammeln. Um die Wahrheit zu sagen, brauchte Alec keine Ermutigung. Er konnte es nicht abwarten, mit Selina vor den Pfarrer zu treten, aber was er dem Prinzen und Müller anzuvertrauen hatte, befasste sich ausschließlich mit dem Armeeangriff auf Herzfeld, der für den nächsten Tag geplant war und war daher nur für ihre Ohren bestimmt.

Der Prinz, der vor Konzentration an seinem Daumen genagt und auf die Karte geschaut hatte, wo seine Augen den Umriss der nordwestlichen Mauer des Schlosses, die parallel zur Küste verlief, verfolgten, schaute bei General Müllers Ausbruch auf. Er sagte ruhig:

„Alec Halsey lügt nie, Herr General."

Müller unterdrückte seinen Wutanfall sofort und murmelte eine Entschuldigung, die Alec nachsichtig annahm, aber weiter schwieg. Als das Schweigen sich zog, hob der Prinz seinen Blick und seine Konzentration von der Karte und schaute vom Ehemann seiner Mutter zu ihrem früheren Liebhaber, lächelte in sich hinein und verschränkte die in Hemdsärmeln steckenden Arme vor seiner golddurchwirkten, seidenen Weste, ohne einen Gedanken an die akribische Pflege durch seinen Kammerdiener und die zarte Goldstickerei zu verschwenden. Ein passender Rock, ebenso prachtvoll, war über einen der hochlehnigen Stühle gehängt, und neben dem Stuhl stand der Kammerdiener des Prinzen, bereit, sich um dieses Kleidungsstück und alles andere zu kümmern, was von ihm verlangt werden könnte, damit sein königlicher Herr bei der Hochzeit im besten Licht erschiene. Ebenso im Raum war Hadrian Jeffries, der drei Stühle weiter in Habachtstellung stand und ebenso über Alecs Rock und eine kleine Samtschachtel, die zwei goldene Eheringe enthielt, wachte, und dessen Ohren weit offen dem Gespräch folgten. Dass die Kammdiener Zeugen einer sehr vertraulichen Unterhaltung zwischen einem Prinzen, einem General und einem ausländischen Edelmann wurden, fiel den ersteren nicht einmal auf; schließlich waren sie nur Dienstboten. Alec jedoch schaute mehr als einmal zu Hadrian hinüber, ob er aufpasste. Das tat er jetzt, bevor er seinen Blick auf den Prinzen richtete, als dieser ihn ansprach.

„Bitte, Herr Baron, würdet Ihr wiederholen, was ihr eben sagtet und es weiter erklären. Ich muss zugeben, verwundert zu sein, obwohl ich Euch glaube."

„Selbstverständlich, Euer Hoheit", antwortete Alec gleichmütig. Er räusperte sich, nahm seine Brille ab und wiederholte, was er keiner lebenden Seele erzählt hatte, seit er vor zehn Jahren aus Midanich geflohen war. „Ich bin nicht aus den Kerkern in Herzfeld geflohen. Weder durch Gewalt, Zauber oder andere mir zur Verfügung stehende Mittel. Es gibt nur zwei Möglichkeiten, diesen - Ort - zu verlassen. Eine ist der Tod. Die andere ist, freigelassen zu werden. Zu meinem Glück traf das zweite zu und es war Leopold, der mich rettete. Und es war Leopold, der ausstreute, dass ich meine eigene Flucht durch List und Waghalsigkeit inszeniert hätte."

„Warum?", fragte Müller, noch immer skeptisch. „Warum sollte er das Märchen aufrechterhalten, dass Ihr entkommen wäret? Warum diesen Mythos begründen, dass ein Ausländer in der Lage war, einen Fluchtweg aus einem Kerker zu finden, aus dem ein Entkommen ein Jahrhundert lang angeblich - und wie wir jetzt entdecken, tatsächlich - für unmöglich gehalten wurde?"

„Ich kann mir nur denken, dass es den Familien derer, deren geliebte Menschen in diesen grausigen Mauern eingesperrt waren, eine falsche Hoffnung gab, dass eine Chance zur Flucht vorhanden wäre, obwohl das nicht stimmte", antwortete Alec ohne zu zögern. „Es war eine grausame Hoffnung, aber doch eine Hoffnung. Jedoch war das nicht der Grund für Leopolds Handeln. Er brauchte eine plausible Erklärung für meine Flucht, eine, die Ernst und Johanna akzeptieren würden. Eine, die weder mit ihm noch mit der Gräfin zusammenhing."

„Und warum sollte Markgraf Leopold sich Euretwegen so viel Mühe machen, Herr Baron?", fragte General Müller, obwohl er recht sicher war, die Antwort zu kennen. Dennoch wollte er hören, wie Alec Halsey es aussprach.

Als Alec zögerte zu antworten, tat Prinz Viktor das für ihn, da er spürte, dass es Alec verlegen machte, in seiner Gegenwart die Wahrheit auszusprechen und dass er nicht den Zorn des Generals auf sich ziehen wollte. Alles hatte mit der Gräfin Rosine zu tun. Aber seine Mutter hatte ihm nie etwas verheimlicht. Er wusste alles über ihre Affären und ihre offene Ehe mit seinem alten Vater. Und er wusste, dass Alec Halsey als junger, englischer Diplomat der Liebhaber seiner Mutter gewesen war und sie glücklich gemacht hatte; ebenso, wie er wusste, dass General Müller seine Mutter liebte und sie jetzt glücklich machte. Aber er spürte auch, dass der General doch ein kleines bisschen, wenn auch ziemlich unnötig, eifersüchtig auf die Geschichte war, die diesen gutaussehenden Engländer mit der Gräfin verband.

„Weil meine Mutter meinen Vater darum bat, Henrik", stellte der Prinz ruhig fest. „Aber das wusstet Ihr, so, wie Ihr alles über die Gräfin und den Herrn Baron wisst. Ebenso wie Ihr Euch bewusst seid, dass das alles in der Vergangenheit war und dort bleiben wird. Der Herr Baron wird in weniger als zwei Stunden die Frau heiraten, die er liebt und die Frau, die *Ihr* liebt, meine Mutter, wird in weniger als einem Monat Euren Sohn gebären; so Gott will, in einem Land, das endlich Frieden hat."

Alec war voller Bewunderung für die Selbstbeherrschung des jungen Mannes und erkannte in diesem Moment ohne Vorbehalt, dass die Menschen dieser kleinen Markgrafschaft am Rande des Heiligen Römischen Reichs in Prinz Viktor einen würdigen Nachfolger seines Vaters, Markgraf Leopold, hatten. General Müller wusste das auch, hatte das seit Monaten, wenn nicht seit Jahren erkannt und war entsprechend zerknirscht.

„Verzeiht mir, Hoheit", stimmte General Müller mit einem Neigen seines Kopfes vor dem jungen Prinzen zu. Dann senkte er in einer Geste der Versöhnung seinen Kopf auch vor Alec. „Bitte nehmen Sie meine Entschuldigung an, Herr Baron. Ihr wart nur gerecht und vernünftig. Und ich war zu Unrecht eifersüchtig ... ich werde Euch oder Eure Geschichte nicht länger anzweifeln. Bitte fahrt fort, Herr Baron."

Alec neigte den Kopf und tat, wie gewünscht.

„Der Mythos über meine Flucht hielt sich, da niemand es wagte, Leopolds Worte in Frage zu stellen. Wenn er sagte, dass es das wäre, was geschehen war, dann war es so. Alles, worauf es ihm jedoch ankam, war, dass Ernst es glaubte. Und wenn Ernst es glaubte, dann würde auch Johanna das tun."

„Alle haben es geglaubt, Herr Baron", erklärte General Müller. „Eure Flucht aus Herzfeld wurde zu einer Legende und Ihr in den Augen vieler ein Held, insbesondere bei den Unzufriedenen unter unseren Leuten, die es satt hatten, dass unser Land eine Spielwiese für fremde Mächte war und sich gegen das, was sie als die Kapitulation des Markgrafen vor ausländischen Interessen betrachteten, auflehnten."

„Eine Metapher, wenn Sie es so ausdrücken wollen, wie das Unmögliche das Wahrscheinliche überwindet. Alec Halsey war Midanich, der Kerker von Schloss Herzfeld das Joch der fremden Invasion, seine Flucht das Wunder, das wir alle ersehnten."

„Genau so, Hoheit", stimmte Müller mit einem seltenen Grinsen zu. „Also wie habt Ihr es geschafft, aus dem Schloss zu entkommen, Herr Baron?"

„Leopold kam mich im Kerker besuchen", erklärte Alec, unfähig zu verhindern, dass seine mageren Wangen sich röteten. All dies Gerede über Legenden und Helden war ihm nicht angenehm. „Er hatte einen seiner persönlichen Diener in tiefer Verkleidung bei sich. Dieser Diener und ich tauschten die Plätze und ich ging in dieser Verkleidung mit Leopold fort. Er führte mich durch ein Labyrinth von Kasematten zu einem eisernen Gitter. Dies schloss er auf und zeigte mir eine Treppe, die zu den Abflüssen tief unter den Kasematten führten. Dann gab er mir eine Wegbeschreibung, einen Kerzenleuchter und die Dokumente, die ich Euch vorgelegt habe, Herr General."

Alec setzte seine Brille wieder auf, um die Karte genau zu betrachten, und legte einen Finger auf eine Stelle an der nordwestlichen Uferlinie.

„Hier. Das ist der Grund, warum ich erwähnte, dass diese Mauer zum Meer zeigt. Bei Ebbe ist der Eingang zum Abfluss sichtbar, aber wenige sehen ihn, da man zu dieser bewussten Tageszeit mit einem Boot auf dem Meer sein müsste. Während die Mündung des Tunnels nicht höher ist, als ein Mann in gebückter Haltung, weitet er sich drinnen, so dass selbst der größte Mann leicht hindurchlaufen kann. Und er ist breit genug, dass eine Gruppe von zwanzig Männern sich nicht beengt fühlen würde. Bei Ebbe sind die Schleusen im Mittleren Kanal geschlossen, so dass die Seitenwege trocken bleiben. Mit ausreichend Leuchtern würden Eure Soldaten kein Problem haben, durch den Abfluss bis zu dem eisernen Gitter zu finden. Es ist nicht zu verfehlen, denn dort ist eine Treppe."

„Ihr schlagt vor, dass ich eine Truppe in diesen Abfluss führe und auf diese Weise in das Schloss eindringe?", fragte General Müller.

„Nein. Ich werde die Truppen durch diesen Abfluss führen", stellte Prinz Viktor fest und richtete seine Aufmerksamkeit wieder auf die Karte.

Er fuhr mit dem Finger über den detaillierten Umriss des Schlosses von der nordwestlichen Mauer aus, und der General und Alec folgten ihm. Sein Finger wanderte durch das Zentrum der Palastgebäude und über den Graben hinaus, dann über die südöstliche Verteidigungsmauer zu der kleinen Stadt Herzfeld. Hier hielt er an und tippte auf die kleine Ansammmlung von Gebäuden.

„Vor einigen Wochen haben unsere Soldaten die Stadt überrannt, vor dem Schnee, und biwakieren jetzt mit Kanonen und Musketen in Erwartung weiterer Befehle." Er schaute zuerst Alec und dann Müller an. „Wir sollten ein Kontingent von Männern dort bereithalten, nicht mehr als hundert, um das Schloss zu stürmen, aber erst, nachdem man Euch Einlass gewährt hat. Und wenn wir erst drinnen sind und die Möglichkeit dazu haben, werden wir die vorderen Tore öffnen und sie einfach einlassen." Er lachte leise. „Wir werden es so machen wie mein Vater und unseren eigenen Mythos schaffen, wie weniger als einhundert Soldaten Herzfeld erstürmt und uns den Sieg gebracht und dem Krieg ein Ende bereitet haben."

Alec verstand es sofort. „Der Sieg wird inszeniert. Er wird erst stattfinden, nachdem Ihr Ernst das Schloss abgenommen habt. Ein unblutiger Staatsstreich, wenn man es so ausdrücken will."

„Genau. So muss es laufen. Es ist genug Blut unter Brüdern geflossen und ich will, dass dieser Krieg beendet wird, bevor der Winter wirklich hereinbricht und Männer auf beiden Seiten des Konflikts beginnen, in ihren jeweiligen Lagern zu erfrieren. General Müller wird vor den Toren des Schlosses mit einigen seiner Männer und Euch als seiner Geisel auftauchen. Ernst hat keine Ahnung, dass sein Oberst ein Verräter an seiner Sache ist, daher wird niemand Verdacht schöpfen und er wird sofort eingelassen werden. Und während Ihr zu Ernst gebracht werdet, werden die Männer in Eurer Begleitung leise in die Kasematten schlüpfen und das Gitter öffnen, um mir und meinen Männern Zutritt zum Schloss zu gewähren. Sobald die Soldaten bei mir sind und den gesamten Palast und das Schlossgelände gesichert haben, werde ich Euch finden, seid dessen versichert. Dann wird es noch erforderlich sein, dass der Hauptmann der Wache kapituliert. Wenn er das tut, wird die gesamte Palastwache mitmachen und Ernst wehrlos sein - dann muss und wird er sich ergeben."

„Wie wollt Ihr Westover dazu bringen, Hoheit?", fragte General Müller. „Alle unsere Informationen besagen, dass er ein stur loyaler Hauptmann der Wache für Ernst ist, ebenso wie er es für Markgraf Leopold war."

Prinz Viktor warf einen Blick auf Alec und sagte: „Wenn der Herr Baron seine Rolle gut spielt, wird Westover keine andere Wahl haben, als sich zu ergeben. Seine Augen werden ihm ganz und gar geöffnet werden."

General Müllers Brauen hoben sich überrascht. Doch er wusste, worauf der Prinz anspielte. Er wandte sich an Alec. „Ihr glaubt, dass Ihr schaffen könnte, was bisher noch keinem anderen gelang? Die Prinzessin Johanna aus dem Schatten herauszuholen, wenn Publikum vorhanden ist?"

Alec grinste schief und sagte leichthin: „Ich habe durch meine Flucht aus dem Kerker ohne Fluchtweg schon früher ein Wunder bewirkt, warum nicht wieder?"

„Ha! Durch den Einsatz von Zauberei?"

„Wenn man den Teufel aus dem Schatten hervorholen soll, ja."

„Ich habe Johanna nie … nie *gesehen*", gab der Prinz nüchtern zu. „Ich habe nur Müllers Wort dafür - und Eures, Herr Baron. Ich glaube Euch beiden, und das tut auch meine Mutter. Aber Ihr werdet mir vergeben, wenn ich meiner Skepsis Ausdruck verleihe. Ich finde es immer noch schwierig, die Wahrheit ihres Seins, dessen, was sie wirklich ist, zu glauben. Könnt Ihr verstehen, warum?"

„Vollkommen", sagten beide Männer einstimmig und nickten einander dann überrascht mit einem Lächeln zu.

„Ich glaube, Leopold wusste bereits, dass seine Zwillinge nicht normal waren, als sie noch in der Wiege lagen", sagte Alec leise. „Und als sie älter wurden und sich immer näherstanden, wurde es für ihn unmöglich, sie zu trennen, irgendetwas gegen ihre einzigartige Verbundenheit miteinander zu tun. Und dann, als Johanna krank wurde … Da war es bereits zu spät, etwas zu tun. Zu diesem Zeitpunkt war alles, was Euer Vater tun konnte, zu hoffen, dass Ernst mit der Zeit in der Lage sein würde, ihrem Einfluss zu entgehen, jedenfalls genug, um regieren zu können. Aber dann … Ernsts Besessenheit für mich und Johannas Eifersucht auf unsere Freundschaft … Es zeigte Leopold deutlich, dass Ernst nie geheilt werden könnte."

„Aber Markgraf Leopold war starrsinnig, Hoheit", sagte General Müller, der Alec zustimmte, zu dem Prinzen. „Er weigerte sich zuzugeben, dass er ein solches Geschöpf gezeugt hatte. Er wachte jeden Morgen mit der Überzeugung auf, dass dies der Tag sein würde, an dem Ernst Johanna endgültig verbannen würde. Es spielte keine Rolle, dass sein Oberhofmeister und Ernsts engster Freund - ich - ihm das Gegenteil versicherten. Es spielte keine Rolle, dass die Beweise vor seinen Augen lagen, wenn er Johannas Räume besuchte und seine Tochter selbst sah. Sie, gekleidet in all ihre Pracht, umgeben von ihren stummen Dienern, Sklaven, die in ihren Räumen mit ihr gefangen waren. Sie würde einen armen Idioten von Mann unterhalten - quälen -, den Ernst ihr als Spielzeug gebracht hatte und der am Morgen tot sein würde, denn die Wahrheit durfte nicht ausgesprochen werden. Diese Männer waren unwichtig, ihr Tod kein Problem, denn sie entstammten den niederen Ständen und ihr Verschwinden interessierte niemanden."

Der General holte Atem und zwang sich, ruhiger zu werden. Weder der Prinz noch Alec unterbrachen ihn, obwohl sie einen Blick wechselten, der deutlich machte, dass ihnen beiden klar war, dass Müller aus eigener Erfahrung sprach - er war Zeuge all dessen gewesen. Es war, als hätte er ihre Gedanken gelesen oder ihren Blick aufgefangen, denn er bestätigte ihren Verdacht, als er leise sagte:

„Es gab nur zwei Anlässe, bei denen Johanna sich von Ernst überreden ließ, sich außerhalb ihrer Räume zu zeigen. Einmal mit mir. Zum Glück hatte ich bereits Verdacht geschöpft und reagierte nicht darauf und zu noch größerem Glück war nicht weit von Ernsts Räumen ein Feuer ausgebrochen, was sie in den Schatten zurückzwang, als Dienstboten durch die Tür brachen, um den Prinzen vor der Gefahr zu warnen." Er schaute dann zu Alec. „Das zweite Mal war bei Euch, Herr Baron. Aber bei Euch war sie viel listiger ..."

„Ja. Viel", unterbrach Alec. „Ich denke nicht, dass es unseren Zwecken dient, wenn ich diese unangenehme Episode noch einmal durchlebe, Herr General. Eure Hoheit."

Beide Männer stimmten zu und sagten nichts mehr darüber. Der General fügte hinzu:

„Aber was Ihr vorschlagt zu tun, wenn wir erst einmal im Schloss sind und zu Ernst gebracht werden - um Johanna aus dem Schatten zu locken - wird nicht nur unangenehm, sondern gefährlich für Euch sein, Herr Baron."

„Ebenso für Euch, Herr General. Und für seine Hoheit", antwortete Alec ruhig. „Und wir sind uns darüber einig, dass es der einzige Weg ist, um Hauptmann Westover die Augen für die Wahrheit zu öffnen. Also werden wir den Plan wie besprochen ausführen und Erfolg haben. Wir haben alle zu viel, wofür wir leben wollen."

Der Prinz schlug Alec auf die Schulter und drückte sie freundschaftlich. „Das ist sehr wahr, mein Freund. Und an diesem Punkt lasst uns unsere Toilette beenden und uns auf den Weg zur Kapelle machen! Ich für mein Teil freue mich auf einen Nachmittag und Abend voll Festlichkeit und Belustigung!"

„Es bleiben noch zwei Dinge, die ungelöst sind, Hoheit", sagte Alec entschuldigend. „Zuerst, und am wichtigsten, ist die Rettung meines lieben Freundes, Sir Cosmo Mahon, seines Dieners und einer Mrs. Carlisle, Miss St. Neots Gesellschafterin. Sie wurden inzwischen seit fast drei Monaten gegen ihren Willen festgehalten. Gott weiß, in welchem Zustand sie sind, wenn sie überhaupt noch ..." Alec schluckte hart und räusperte sich, bevor er fortfuhr. „... wenn sie überhaupt noch am Leben sind ..."

„Wir haben keinen Bericht, der das Gegenteil besagen würde, Herr Baron", sagte General Müller sanft zu ihm. „Und wir haben Agenten in den Wänden des Herzfeld-Palastes, die seit dem Tode des Markgrafen viele Berichte herausgeschmuggelt haben und ich kann Euch versichern, dass keiner davon den Tod eines Engländers oder anderer ausländischer Gefangenen erwähnte."

Alec nickte. „Vielen Dank, Herr General. Das ist beruhigend. Ich darf dann darauf vertrauen, Hoheit, dass Eure Männer ihn und die anderen, die ich erwähnt habe, suchen und retten und in Sicherheit bringen werden, während das Schloss von Euren Männern besetzt wird?"

„Ja, Herr Baron. Natürlich. Fräulein St. Neots hat mir so oft von ihrem Cousin Sir Cosmo Mahon erzählt, dass ich das Gefühl habe, ihn bereits zu kennen. Ihr könnt sicher sein, dass ich es als vordringliche Aufgabe betrachten werde, seinen Aufenthaltsort ausfindig zu machen." Der Prinz warf dem General einen Blick zu ergänzte: „Was Müller nicht hinzufügte, aber was Ihr, wie ich denke, wissen solltet, ist, dass Euer guter Freund, wenn er auch noch am Leben ist, nicht - gut behandelt wurde. Ihr müsst Euch darauf vorbereiten, dass er vielleicht nicht mehr ganz - *er selbst* ist.

Alec schrak zusammen. „Er wurde gefoltert?"

Der Prinz schloss den Mund und nickte.

Alec wischte sich mit der Hand über den Mund und holte tief Atem. „Danke, dass Ihr es mir gesagt habt."

„Und das zweite?", drängte der Prinz.

„Mir ist bekannt, dass eine Flottille von Emden losgesegelt ist und jeden Tag im Hafen von Herzfeld anlaufen dürfte", stellte Alec fest. „Meine Patentante - Fräulein St. Neots Großmutter - und mein Onkel sind an Bord der *Caroline*. Ebenso der englische Sondergesandte für Midanich, Sir Gilbert Parsons. Ich möchte, dass ein Boot losgeschickt und meine Familie zusammen mit anderen Zivilisten heruntergeholt und aus der Gefahrzone gebracht wird. Euer Hoheit, dies ist nicht verhandelbar. Sie müssen dort weggeholt werden oder ich gehe morgen nicht ins Schloss, sondern zum Hafen, um, wenn es sein muss, selbst hinaus zu rudern und sie zu retten."

General Müller und der Prinz tauschten einen Blick. Es war der General, der sprach.

„Es tut mir leid, Herr Baron, dass Mitglieder Eurer Familie in diesen Bürgerkrieg hineingezogen wurden. Aber ich bedauere nicht, die *Caroline* für unsere Zwecke requiriert zu haben. Wie Ihr wisst, habe ich die Brieftauben mitgenommen und damit ist die Verbindung nach Emden abgeschnitten, daher wird Prinz Ernst nicht erfahren haben, dass die Stadt überrannt und von Rebellentruppen eingenommen wurde. Wichtiger noch, er wird keine Kenntnis davon haben, dass eine Flottille hierher unterwegs ist, mit Kanonen und Männern, wenn sie benötigt werden sollten. Und daher werden die Kanonen, die in Herzfeld aufs Meer gerichtet sind, nicht in Bereitschaft und die Grenadiere nicht auf eine solche Eventualität vorbereitet sein ..."

„Das wisst Ihr nicht. Nach allem, was wir wissen, könnte die Flottille bereits an der Küste erspäht und die Kanonen bereitgestellt worden sein."

„Aber selbst, wenn die Schiffe entdeckt wurden", antwortete der General geduldig, „werden sie die englische Fahne führen und damit nicht als Feinde angesehen werden. In Schloss Herzfeld wird man nicht wissen, dass diese sogenannten englischen Schiffe Kanonen und Soldaten aus Emden an Bord haben.

„Wenn alles nach unseren Plänen geht, Herr Baron, werden die Schiffe - insbesondere die *Caroline* - nicht benötigt werden, um das Schloss anzugreifen. Das Schloss wird unser, dann wird Friede ausgerufen, dort und am Hafen, wo ich Soldaten bereitstehen habe. Eines der Schiffe mit Kanonen an Bord wurde angewiesen, eine Reihe von Warnschüssen in die Nähe des Schlosses abzugeben, aber erst, nachdem der größte Teil der Flottille in den Hafen gesegelt ist. Die *Caroline* wird einfach im Hafen vor Anker gehen, ihre Ladung, Männer und Ausrüstung, alle rechtzeitig und sicher entladen."

Alec ließ sich nicht besänftigen. „Ich will zugeben, dass das, was Ihr sagt, aller Wahrscheinlichkeit nach so geschehen wird. Aber da es dafür keine Garantie gibt, will ich Euer Wort, dass ein Boot zur *Caroline* geschickt wird und die Zivilisten abgeholt und sicher an Land und in Sicherheit gebracht werden, bis wir wieder vereint sind."

Als der Prinz und der General nicht sofort ihr Schweigen brachen, um Alecs Forderung zuzustimmen, kam Unterstützung aus einer unerwarteten Ecke.

„Lord Halsey! Herr Baron! Ich melde mich freiwillig. Erlaubt mir, ihre Gnaden und Mr. Halsey und alle Personen, die aus der *Caroline* ausgeschifft werden müssen, abzuholen."

Es war Hadrian Jeffries. Er trat vor, und alle drei Edelmänner am Kartentisch drehten sich um, um ihn anzustarren. Alec war der Einzige, der nicht bis zur Sprachlosigkeit verblüfft war, einen Diener - noch dazu einen Ausländer - sprechen zu hören, ohne angesprochen worden zu sein, und einen, der annehmbar Deutsch sprach.

„Das würdest du tun, Jeffries?"

Der Kammdiener nickte, Nervosität schlich sich in seine Stimme, als er jetzt angeschaut wurde, als ob sichtbare Flecken vom Essensresten vorn an seiner Weste zu sehen wären. Und niemand starrte intensiver als des Prinzen eigener Kammerdiener, der auf seine Weise ein Gentleman war.

„Ja, Mylord. Jemand sollte gehen, der ihrer Gnaden und Mr. Halsey bekannt ist", erklärte Hadrian Jeffries, wobei er wieder ins Englische zurückfiel. „Wie ich es sehe, werden sie verängstigt genug sein, nachdem man sie entführt und gegen ihren Willen wieder auf See gebracht hat, und nicht, wie sie erwarteten, nach Holland und in Sicherheit." Er erlaubte seinem Blick nicht, zu General Müller zu wandern, der die Schuld an den Ängsten der Herzogin und des alten Mannes trug. „Es ist unwahrscheinlich, dass sie in ein Boot steigen würden, wenn sie von Menschen, die ihnen ebenso fremd sind, dazu aufgefordert werden. Aber wenn ich in dem Boot säße und in der Lage wäre, eine kurze Botschaft von eurer Lordschaft zu überbringen, glaube ich, dass sie gerne mit mir und zu jedem von Euch bestimmten Ort mitkommen würden."

„Danke, Hadrian", sagte Alec mit einem Lächeln. „Du hast mir gerade eine große Sorge abgenommen. Wenn ich den Prinzen dazu bringen kann, zuzustimmen, wäre ich dir sehr dankbar ..."

„Das ist eine wirklich ausgezeichnete Idee!", verkündete der Prinz, ebenfalls auf Englisch. Als Alec und sein Kammerdiener nun ihn fassungslos anstarrten, lachte er. „Mein Englisch ist nicht gut, aber ich verstehe es besser, als ich es spreche." Er beugt sich zu Alex und zwinkerte. „Nur, bitte, erzählt das nicht Miss St. Neots. Wir genießen es, uns auf Französisch zu unterhalten. Na und? Das wird arrangiert", fuhr er in seiner Muttersprache fort und schloss Hadrian Jeffries in diese Unterhaltung mit ein. „Euer Kammerdiener wird morgen mit uns reisen. Ich werde eine kleine Gruppe von Soldaten mit ihm zum Hafen schicken, sie werden mit einem Boot zur *Caroline* hinausfahren, alle abholen, die geholt werden müssen und mit ihnen hierher, in Sicherheit, zurückkehren. Einverstanden?"

Alec verbeugte sich vor dem Prinzen. „Einverstanden ... Und vielen Dank."

Der Prinz klatschte in die Hände und rieb sie dann gegeneinander. „Gut! Und jetzt müssen wir uns beeilen und uns ankleiden, oder Eure Braut wird vor Euch am Altar sein, und das geht auf keinen Fall. Wir wollen doch nicht, dass sie und die Gemeinde denken, dass Ihr ein widerstrebender Bräutigam seid, nicht wahr, Herr Baron?"

Alec konnte sich nichts vorstellen, das der Wahrheit ferner gelegen hätte.

DREIUNDZWANZIG

Alec wurde aus tiefem Schlaf geweckt. Er wollte nicht aufwachen. Er war erschöpft. Er war sicher, dass er erst vor fünf Minuten seinen Kopf auf das Kissen gelegt hatte. Mit noch geschlossenen Augen zog er die Decke bis zum Kinn hoch. Dann streckte er eine Hand im Bett aus, spürte warme Haut neben sich und lächelte. Jetzt erinnerte er sich, warum er so müde war. Er bewegte seinen nackten Körper unter den Decken, um ihn um Selinas nackte Wärme zu schlingen. Ihre Rundungen waren herrlich. Er kuschelte sich an sie, sein Gesicht in ihren zerzausten Locken vergraben, die nach Lilien dufteten, und fiel mit einem breiten Grinsen wieder fest in den Schlaf.

Wieder wurde er wachgerüttelt.

Eine Stimme zischte in sein Ohr, dass es Zeit wäre.

Oh Gott, musste er aufwachen? Wie spät war es genau? Warum hatte er dem zugestimmt? Eigentlich sollte ihm an diesem Morgen unter allen, dem Morgen nach seiner Hochzeitsnacht, der tiefe Schlaf erlaubt sein, den man brauchte, wenn Lust und Liebe mit kräftigem Appetit bis zur Befriedigung ausgekostet worden waren. Er brauchte noch ein paar Stunden, um seine Frau im Arm zu wiegen, nur um allein diese Tatsache zu genießen. Seine Frau. Selina war seine Frau. Er war ihr Ehemann. Selina und er waren jetzt verheiratet und diese Tatsache hatte die Kraft, ihn sich voll Erstaunen fragen zu lassen, ob die Ereignisse des vergangenen Nachmittags und Abends tatsächlich so abgelaufen waren.

Sie waren vor den englischen Pfarrer - Pastor Samuel Shrivington Shirley - getreten und hatten vor mehr als hundert ausländischen Adligen, die in ihre besten Seiden-, Samtstoffe und Pelze gekleidet waren, ihr Ehegelübde abgelegt. Ein königlicher Prinz in einem goldenen Anzug und einem dazu passenden goldenen Schnurrbart stand als sein Trauzeuge neben ihm und ein halbes Dutzend schnurrbärtiger Generäle mit all ihren Orden und goldenen Tressen standen hinter seinem Rücken stramm. Er hatte dann Selina aus der Kapelle in die frische Luft eines sonnigen Wintertags geführt, unter dem ohrenbetäubenden Geräusch eines Saluts aus Musketen und Kanonen. Sie waren über das schneebedeckte Karree gegangen, zurück über die Märchenbrücke, die sich über den gefrorenen Schlossgraben zog, und ihr Weg war von der Kapelle bis zum Bankettsaal mit Soldaten in voller Paradeuniform und in Habtachtstellung gesäumt gewesen. Sophie Shirley als Blumenmädchen und Emily am Arm Prinz Viktors folgten ihnen, beide trugen Buketts aus silbernen Blüten. Die Gräfin Rosine, die es abgelehnt hatte, einen Tragsessel zu benutzen, aber doch Teil des Brautzugs sein wollte, lehnte sich auf den Arm ihres Bräutigams und folgte in gemessenem Schritt, wobei ihre fortgeschrittene Schwangerschaft sie ihre Füße im Schnee vorsichtig aufsetzen ließ. Und hinter dieser kleinen Hochzeitsgesellschaft folgten die Adligen des ausländischen Hofs, die geduldig in einer Trauungszeremonie gesessen hatten, die zuerst in Englisch und dann für sie auf Deutsch abgehalten worden war und die jetzt einen Abend mit Wein, Musik und Unterhaltungen wollten, die zur Feier einer Vermählung von Edelleuten gehörten.

Alec konnte sich nicht daran erinnern, ob er gegessen hatte, was ihm vorgelegt worden war. Das musste er wohl. Teller kamen und wurden weggenommen. Kristallgläser wurden gefüllt, geleert und wieder gefüllt; er hatte keine Vorstellung, wie viel er getrunken hatte, wenn überhaupt. Er war nur so glücklich. Er konnte sich nicht erinnern, jemals glücklicher gewesen zu sein. Sein Glück, und er war sicher, auch die Ausgelassenheit, mit der alle im Raum sich in die Festlichkeiten stürzten, waren ausgeprägter wegen dem, was am nächsten Tag kommen sollte. Die meisten der anwesenden Männer würden vor Tagesanbruch nach Schloss Herzfeld aufbrechen, alle hatten ihre eigenen Aufgaben zu erfüllen, alle hofften, dass bei Sonnenuntergang das Schloss in der Hand der Rebellen, Markgraf Ernst von seinem Bruder abgesetzt und Prinz Viktor von allen und jedem als der neue Markgraf von Midanich anerkannt sein würden.

Für den Moment jedoch war alles, was sie interessierte, zu essen, zu trinken und Spaß zu haben. Zu diesem Zweck rief Prinz Viktor, als die Reden beendet waren, dass das Geschenk des englischen Königs an ihn gebracht und in der Mitte des Zimmers ausgepackt werden sollte. Dann fragte er den Bräutigam, ob er so freundlich sein würde, dieses so außer-

gewöhnliche Geschenk zu enthüllen. Alec war einverstanden und bat
Emily, ihm dabei behilflich zu sein, seiner Hoheit und den versammelten Gästen den Spieltisch vorzuführen. Selina hatte verständnisvoll
seine Hand gedrückt, Tränen hatten bei dieser Geste in ihren Augen
gestanden, denn beim letzten Mal, als dieses Wunder der Ingenieurs-
kunst vorgeführt wurde, war Cosmo bei ihnen gewesen und er hatte
Emily stolz den Mechanismus gezeigt. Emily bei der Vorführung zu
beschäftigen, würde mit Sicherheit ihre Aufmerksamkeit ablenken und
sie nicht über Cosmo und seine Situation grübeln lassen, die doch in
Köpfen aller präsent war.

Die Kiste wurde ordnungsgemäß von vier livrierten Dienern in den
Bankettsaal gebracht und vorsichtig auf dem Parkettboden abgestellt.
Die hinten im Saal Sitzenden standen auf, um besser sehen zu können,
während andere ihre Hälse hinter flatternden Fächern reckten und
Augengläser erhoben wurden, um dieses Geschenk zu bestaunen. Alle
waren fasziniert. Aber als die Kiste aufgeschlossen und eine polierte
Holzschachtel herausgenommen wurde, war niemand beeindruckt. Als
nächstes kamen vier gedrechselte, polierte Holzbeine, die sorgfältig an
ihren Platz geschraubt wurden, was es möglich machte, die Schachtel
aufzustellen, so dass sie zu einem Tisch wurde. Aber auch das war nichts
Besonderes.

Doch der Prinz hatte vor Aufregung ganz große Augen, hockte auf
dem Rand seines dünnbeinigen Stuhles in Erwartung dessen, was als
Nächstes geschehen würde. Dass Emily hinter ihrem Fächer kicherte
und ihre Schultern vorbeugte, steigerte die Aufregung des Prinzen so,
dass er den Atem anhielt.

Als die erste Platte umgedreht wurde, hatten Alec und Emily die
Aufmerksamkeit jedes Menschen im Bankettsaal. Etwas Dergleichen
hatte man noch nie gesehen. Dieser Spieltisch, der in eine unscheinbare
Kiste verpackt und überallhin transportiert werden konnte, bestand aus
vielen hölzernen Platten, die wie die Seiten eines Buches umgedreht
werden konnten, und, wenn sie flach lagen, bei jedem Umdrehen eine
andere Spielfläche boten. Zuerst war dort eine mit Filz belegte Platte,
die sich für alle Arten von Kartenspielen eignete. Beim nächsten
Umdrehen der Platte wurde eine mit Leder belegte Oberfläche enthüllt,
zum Briefschreiben. Nicht nur das, sondern Emily hob eine Ecke des
aufgelegten Leders, um eine Halterung zu zeigen, an die man, wenn
man sie hochklappte, ein Buch zum Lesen anlehnen konnte, ohne dass
die am Tisch sitzende Person es halten musste.

Während Emily die Platten umdrehte, gab Alec einen Kommentar
dazu ab, in Deutsch, in Französisch und schließlich in Englisch, was für
die Anwesenden schon allein ein Wunder war. Und mit jedem

Umwenden der hölzernen Platten zogen mehr und mehr Gäste ihre
Stühle näher oder kamen dreist zum Tisch herübergewandert, um sich
hinter Alec und Emily zu stellen und einen näheren Blick auf dieses
mechanische Wunderwerk zu werfen.

Natürlich wurden die verblüffendsten Überraschungen bis zuletzt
aufgehoben, als Emily eine Platte umwendete und einen Tisch
vorzeigte, der in der Mitte ein Schachbrett hatte, und auf beiden Seiten
des eingelegten Holzes die Deckel von versteckten Fächern wegschob,
wo die Schachfiguren aufbewahrt wurden. Aber nicht nur Schachfiguren, sondern auch Spielsteine für Backgammon.

Alec erklärte, wie die Fächer funktionierten. Emily stellte die
Figuren auf das Schachbrett und Alec lud den Prinzen ein vorzutreten,
um einen genaueren Blick auf diese wundersame Erfindung zu werfen.
Der Prinz trat wie gewünscht vor, das Entzücken stand ihm deutlich auf
den schönen Zügen geschrieben. Er war so angetan von dem Geschenk
des englischen Königs, dass er sich kaum beherrschen konnte. Er wollte
zwei Stühle an den Tisch ziehen lassen, damit er und Alec eine Partie
Schach spielen konnten.

Aber würde seine Hoheit nicht eine Partie Backgammon vorziehen?,
fragte Emily, als sie die Schachfiguren ohne seine Erlaubnis wegräumte.
Er nickte. Natürlich! Aber er sah keine Oberfläche, auf der man Backgammon spielen könnte. Da forderte Emily den Prinzen auf, mit einem
Finger auf einen bestimmten Teil des Spielbretts zu drücken, aber sehr
vorsichtig zu sein, dass er es sanft machte, um die Anwesenden nicht zu
erschrecken.

Er tat, wie er gebeten worden war, und als er es tat, spürte er, wie
die Oberfläche des Tisches nachgab. Seine Überraschung war so groß,
dass er zurücksprang, da er befürchtete, der Tisch würde zusammenbrechen. Das geschah jedoch nicht. Sondern das Gegenteil. Ein Teil des
Tisches erhob sich wie aus dem Nichts und öffnete sich wie durch
Zauberhand zu einer Backgammonplatte. Der Prinz trat vor Erstaunen
noch einen Schritt zurück, eilte dann aber wieder zu dem Tisch, um
sich zu vergewissern, dass dies nicht nur ein Trick war.

Er war so überwältigt und aufgeregt, dass er mit Emilys Hilfe die
Backgammonplatte wieder wegklappte, nur, um das Vergnügen und die
Aufregung erneut zu erleben, als sie wie durch Zauberhand wieder
auftauchte.

Der Hof applaudierte. Der Prinz lud seine Höflinge ein, nach vorn
zu kommen und den Tisch selbst zu untersuchen, und das Interesse war
so groß, dass der Prinz vergaß, dass man hatte tanzen wollen. Bis seine
Mutter ihn daran erinnerte und sich für den Rest des Abends entschuldigte. Das Baby war besonders lebendig und sie benötigte Ruhe. Bevor

der General sie hinausbegleitete, küsste sie den Bräutigam und dann die
Braut auf die Wange und wünschte ihnen ein langes und glückliches
gemeinsames Leben. Und mit einem Zwinkern in den Augen befahl sie
ihrem Sohn, das glückliche Paar sich für den Abend zurückziehen zu
lassen, lange bevor der Tanz vorbei wäre; sie könnten die beschränkte
Zeit, die sie zusammen hatten, bevor Alec mit dem Prinzen, seinem
General und der Armee am Morgen nach Herzfeld marschieren musste,
angenehmer nutzen.

Das erweckte Alec aus seinem träumerischen Halbschlaf. Er blinzelte ins Halbdunkel, setzte sich auf und strich sich die langen,
schwarzen Locken aus den Augen. Der Samtvorhang auf seiner Seite des
Betts war zurückgezogen und hochgebunden worden, was ihm einen
Blick ins Zimmer ermöglichte. Es wurde von einem Kandelaber auf
dem Tisch und einem orangen Glühen aus dem Kamin erleuchtet.
Zwei Lakaien waren dabei, parfümiertes Wasser in eine Sitzwanne vor
dem Kamin zu gießen. Ein dritter Lakai räumte das Zimmer auf,
während sein Kammdiener herumkramte, verschiedene Stücke abge-
legter Kleidung aufhob - Kleidung, die im ganzen Schlafzimmer
verstreut war. Ebenso wie das halbe Bettzeug. Einen Teil der Nacht
hatten sie vor dem Kamin geschlafen - nein, *geschlafen* hatten sie dort
nicht. Sein Blick huschte zum Fenstersitz, zu den dort verstreuten
Kissen; auch dort hatten sie nicht geschlafen. Er ließ sich mit einem
Grinsen in die Kissen zurücksinken und sah ungefähr fünf Sekunden
lang überglücklich zu dem gefältelten Betthimmel auf. Er widerstand
dem Drang, seine Frau zu küssen, um sie nicht aufzuwecken und
schickte sich ins Unvermeidliche, warf mit einem Seufzer die Decken
zurück und sprang förmlich aus dem Bett. Er wollte direkt zu der Sitzwanne gehen, die nur sieben Schritt entfernt stand, sah sich aber Evans
gegenüber, die genau vor ihm stand, ein Teetablett in den Händen.

Er war nackt und sie erstarrte.

„Guten Morgen, Evans", sagte er im Plauderton, nahm ihr beiläufig
das Teetablett aus den steifen Fingern, stellte es auf den Nachtisch und
trat dann um sie herum, um zu seinem Bad zu gehen.

„Guten-guten Morgen, Mylord", krächzte Janet Evans schließlich
mit trockener Kehle, noch immer erstarrt, aber besser erzogen als sie
dachte, dass sie sich gegenüber dem Herrn und Meister ihrer geliebten
Selina würde benehmen können.

HADRIAN JEFFRIES BEFESTIGTE DIE SCHNALLEN VON ALECS
kniehohen Reitstiefeln, als Selina durch das Ankleidezimmer kam, die
Bettdecke wie ein römischer Senator umgeschlungen, die Masse

zerzauster Locken um ihre Schultern wie eine aprikosenfarbene Wolke, mit einer Tasse Tee in der Hand.

Alec schaute von seinem Kammdiener auf und lächelte. „Guten Morgen, Mylady.“

„Guten Morgen, Mylord.“ Sie hielt ihm die Tasse Tee mit einem schüchternen Lächeln hin. „Evans dachte, du hättest vielleicht gerne etwas Tee, bevor du losreitest.“

Alec nahm die Teetasse. „Wie rücksichtsvoll von ihr.“

„Evans dachte auch, es wäre eine gute Idee, wenn ich dir meine Neuigkeiten vor deiner Abreise mitteilten würde. Sie sagte, es würde dir etwas anderes geben, an das du denken könntest, als das, dem du dich in diesem schrecklichen Schloss gegenüber sehen wirst. Dass es dir die nötige Kraft geben würde, wenn du das Unüberwindbare besiegen müsstest.“

„Dann dürfte es das Beste sein, wenn wir Evans Rat befolgen; sie hat dich noch nie im Stich gelassen.“

Als Selina nickte, aber nicht fortfuhr, erkannte er, dass, was auch immer sie ihm erzählen wollte, sie ihm unter vier Augen zu sagen wünschte. Hadrian Jeffries musste das nicht gesagt werden. Er hatte es auch verstanden und richtete sich aus seiner gebückten Stellung auf, um sich dann mit einer kurzen Verbeugung vor Alec aber ohne einen Blick auf die Lady zu entschuldigen. Aber Alec sprach ihn direkt an, während Selina zum Fenster ging, angezogen von dem Lärm des Aufbruchs auf dem kopfsteingepflasterten Innenhof vor dem Turm - den Bewegungen der Räder und der Pferde und der Stiefel der Männer auf den Pflaster- steinen, gebellten Befehlen und Gesprächen.

„Sage seiner Hoheit, dass ich dir in wenigen Minuten folgen werde.“ Er streckte die Hand aus und als sein Kammerdiener sie ergriff, sagte er: „Sei vorsichtig. Halte den Kopf unten. Spiele nicht den Helden. Ich brauche dich lebend. Ihre Gnaden und mein Onkel brau- chen dich lebend. Lass dich nicht von Parsons herumschubsen. Du bist für die Sicherheit meiner Familie verantwortlich. Wenn du die Lage aus irgendeinem Grund für zu gefährlich hältst, ist sie das vermutlich auch. Dann suche Deckung, bleibe mit ihnen in Sicherheit und warte auf Verstärkung. General Müllers Männer werden euch am Ende finden.“

„Ja, Sir. Das werde ich tun. Ich werde Euch nicht im Stich lassen.“

Alec lächelte. „Natürlich wirst du das nicht. Ich danke dir.“

„Sir! Verzeiht mir. Da ist noch ein Letztes, das ich zu tun vergaß, und das muss ich noch erledigen.“ Jeffries ging in eine dunkle Ecke, um ein in einer Scheide steckendes Schwert und einen ledernen Schwert- gürtel zu holen. Sie gehörten Alec, waren aber in Wittmund von General Müller konfisziert worden. Jeffries gab sie nun mit einer kurzen

Verbeugung zurück. „Mit den besten Empfehlungen des Generals, Mylord."

Selina wartete, bis der Kammerdiener geholfen hatte, Gürtel und Schwert unter Alecs Rock zu befestigen und dann gegangen war, um vom Fenster herüberzukommen. Sie hatte beobachtet, wie die Soldaten sich in der Dämmerung unter dem orangen Licht dutzender Kerzenleuchter bereit machten; Offiziere stiegen auf ihre prachtvollen Friesen in all ihrer militärischen Pracht; Wagen wurden mit Vorräten beladen und ein Dutzend Lakaien oder mehr rannten zwischen diesen Karren, Pferden und Soldaten umher und kümmerten sich um Wünsche in letzter Minuten. All das verschaffte ihr ein Gefühl für die Ungeheuerlichkeit dessen, was Alec und diesen Männern bevorstand und was der Ausgang dieses Tages für sie alle bedeuten würde. Herzfeld lag nur eine Stunde entfernt. Bei Sonnenaufgang würden sie dort im Kampfgetümmel stehen, bereit, für ihre Sache zu sterben. Sie war sicher, dass die, die mit ihr im Schloss zurückblieben - die Frauen, alten Männer, Kinder und Kranken - das Toben des Kampfes und jeden ohrenbetäubenden Kanonenschuss hören und jeden Moment, der ihr Herz stehen lassen würde, mit ihnen durchleben würden.

War es ein Wunder, dass sie wünschte, der Tag wäre vorbei, bevor er auch nur begonnen hatte?

Alec traf sie auf halbem Weg durch das Zimmer und nahm sie in seine Arme. Er küsste ihre Stirn, lehnte dann seine einen Moment gegen ihre und stand schweigend da, diesen Augenblick der Stille genießend. Aber der Trubel und Lärm von unten drängten sich bald herein und beide wurden von einem Gefühl der Dringlichkeit erfasst. Für Selina gab es keinen anderen Weg, das auszusprechen, was ihr auf dem Herzen lag, also sagte sie es einfach.

„Ich bin schwanger."

Alec lachte leise und ungläubig. „Das ging schnell. Ist das die beste Ausrede, die Evans einfiel, um mich zum Bleiben zu überreden?"

Selina trat einen Schritt zurück, zog die Decke fester um sich und schaute in seine blauen Augen. In ihren dunklen Augen oder ihrem Tonfall lag keine Belustigung.

„Nein. Es ist die Wahrheit. Ich habe in Paris empfangen, als du zu Besuch kamst. Seitdem haben wir uns nicht wieder geliebt - bis letzte Nacht." Sie lächelte zögernd, als er sie weiter benommen und stumm anstarrte. „Wir glauben - Evans und ich, und ich denke, ein Arzt wird meine Rechnung bestätigen, ich bin sehr gut bei Zahlen, wie du weißt - dass das Baby in der Mitte des Sommers kommen dürfte. Also viel Zeit, den Weg nach Hause zurückzulegen, nach Delvin. Dein Sohn sollte auf dem Landsitz geboren werden, meinst du nicht auch? Ich sage dir das nicht, damit du bei mir bleibst. Ich ... ich möchte, dass du Cosmo rettest und ihn zurückbringst, meine Tante und deinen Onkel - nun, er ist jetzt auch mein Onkel, ob ihm das gefällt oder nicht - und dass wir dann alle hier mit Emily und mir wieder vereint werden. Wir können es ihnen dann gemeinsam erzählen, unsere Hochzeit und das - das Baby. Evans und ich dachten nur, du solltest wissen, was auch immer dich in Herzfeld erwartet, welchen furchtbaren Dingen du dich gegenüber sehen wirst, dass wir - deine Frau und dein Kind, die dich lieben - auf dich warten."

Sie lächelte unter Tränen und schluckte mit trockener Kehle, als Alec, der zu überwältigt war, um sprechen zu können, auf die Knie fiel und sie umarmte, das Gesicht in der Bettdecke verbarg. Mit einer Hand auf seinen schwarzen Locken zog sie ihn sanft an sich und ließ die Tränen über ihr Gesicht strömen.

So fand ein Lakai das Paar, den der Prinz geschickt hatte, um Baron von Aurich zur Eile aufzufordern. Die Sonne, soweit sie scheinen würde, sollte in der nächsten Stunde am Horizont aufgehen. Da das Wetter günstig war, sollte der Himmel wolkenlos sein und sie würden direkt gegen die Sonne marschieren. Der Diener warf einen Blick in den stillen Ankleideraum und zog sich ebenso leise zurück, wie er ihn betreten hatte und berichtete, dass der Baron auf dem Weg wäre. Was zwischen dem Paar gewesen und dessen Zeuge er geworden war, ging niemanden etwas an außer ihnen selbst, nicht einmal den zukünftigen Markgrafen; doch es war eine Erinnerung, die er für den Rest seiner Tage bewahren würde.

✴

ALLES VERLIEF GEMÄSS DEM PLAN, DER AN PRINZ VIKTORS Kartentisch besprochen und vereinbart worden war. In der Tat wurde er so perfekt ausgeführt, dass ein glattrasierter General Müller (er konnte natürlich das Schloss nicht mit seinem Schnurrbart betreten, denn das hätte das Ganze sicher verraten) und Alec als seine Geisel sich einen Blick zuzuwerfen wagten, als eine der schwer beschlagenen Türen des Fallgitters langsam geöffnet wurde und ihnen, zusammen mit vier der geschicktesten Vasallen des Generals Einlass in Schloss Herzfeld gewährt wurde.

WÄHREND GENERAL MÜLLERS GRUPPE VON MITGLIEDERN DER persönlichen Leibwache des Markgrafen über ein unheimlich verlassenes Karree geführt wurden, wo nur eine rote Katze als Zeuge saß, suchten sich Prinz Viktor und mehr als vierzig Soldaten heimlich ihren Weg entlang der sandigen Küste am Fuße der nordwestlichen Befestigungen des Schlosses, einer beeindruckenden Mauer aus rotem Backstein, die etwa zehn Fuß dick war und dreißig Fuß in den Himmel ragte. Die Nordsee hatte sich bei Ebbe weit genug zurückgezogen, dass sich ein breiter Streifen nassen Sandes bot, und dort, wie Alec es dem Prinzen erklärt hatte, war das Loch in der Wand - die Mündung des Schleusenabflusses, nicht höher als halb mannshoch - aus dem Alec vor einem Jahrzehnt entflohen war. So unscheinbar und unnötig diese Abflussmündung erschien, war sie doch die Achillesferse einer Festung, die für uneinnehmbar gehalten wurde und die nur einmal erfolgreich erstürmt worden war, was hundert Jahre zurücklag.

Und genau wie Alec beschrieben hatte, war der Durchgang, wenn man erst einmal darin war und die Kerzenleuchter entzündet hatte, leicht, wenn auch unangenehm zu begehen. Mit Prinz Viktor in Führung huschten die Soldaten rasch durch dieses Stück des Abflusses zu beiden Seiten eines tiefen Kanals, der bei Flut alle Arten von Abfall aus dem Schloss trug. Dann kletterten sie eine Wendeltreppe mit flachen Stufen hinauf und fanden sich in einem viel größeren Tunnel, der es ihnen erlaubte, sich aufzurichten. Sie waren nun in den Kasematten, die aus einer Reihe miteinander verbundener Tunnel und Räume bestanden, die unter den Befestigungsanlagen und unter dem Hauptgebäude des Palastes verliefen. Dieser spezielle Tunnel führte direkt zum Kerker. Sie fanden das schwere Eisengitter, wie vorhergesagt, verriegelt.

Die Luft mochte hier weniger feucht sein, stank aber unerträglich. Alec hatte das zu erwähnen versäumt, und es war etwas, das er vielleicht absichtlich vergessen hatte - der Prinz verstand, warum: dieser unbeschreibliche, überwältigende Gestank. Als sie die Kerzenleuchter senkten, um den Boden unter ihren Stiefeln zu beleuchten, fanden sich der Prinz und seine Männer knöcheltief in menschlichen Exkrementen und Knochen und Leichen von kürzlich verstümmelten Folteropfern.

Mehr als ein Soldat wandte sich ab und erbrach sich, wobei sein Mageninhalt sich über die Tunnelwände ergoss. Soldaten versuchten schleunigst, ihre Halsbinden und Schals so zu richten, dass sie ihre Nasen über den Schnurrbärten bedeckten, um zu helfen, den überwältigenden Gestank abzuhalten. Der Prinz befahl, die Kerzenleuchter nach oben zu richten und die Blicke der Männer zum Himmel, um ruhig und bereit zu bleiben. Alle taten ihr Bestes, um den Gestank unter ihren Füßen zu ignorieren und lauschten auf Lebenszeichen von oben, warteten schweigend, wenn auch ungeduldig, darauf, dass ihre Kameraden sie finden würden, um den Riegel zurückzuschieben und das Gitter zu heben.

• • •

ALEC WURDE ZWISCHEN ZWEI VON GENERAL MÜLLERS MÄNNERN über das Schlossgelände eskortiert. General Müller schritt voran und vor ihm gingen zwei von Markgraf Ernsts ahnungslosen Leibwachen, die den Weg wiesen. Gerade, als die Gruppe um eine Ecke in einen Flur des inneren Palastgebäudes bog, ließen sich zwei der hinter Alec marschierenden Soldaten Müllers still zurückfallen und schlichen fort, um im Schatten zu verschwinden. An ihrer Stelle fiel einer der Soldaten an Alecs Seite zurück und der General nahm seinen Platz neben Alec ein. Die List funktionierte. Als die Leibwache vor einer reich verzierten, zweiflügeligen Tür aus Walnussholz und Bronze stehenblieb, an deren beiden Seiten je eine Wache von zwei livrierten Dienern stand, hatte diese Eskorte keine Ahnung, dass jetzt zwei von Müllers Männern frei im Schloss herumliefen.

Die Männer fanden ihren Weg hinunter in die Kasematten, zum Kerker, der eine, um die Zellen nach Sir Cosmo zu durchsuchen, der andere auf der Suche nach einem bestimmten schweren Eisenfallgitter. Das eiserne Gitter wurde immer nur von Dienern geöffnet, um menschliche Abfälle und die Körper von Folteropfern oder von Gefangenen, die in ihren Zellen eines natürlichen oder gewaltsamen Todes gestorben waren, zu entsorgen. Sie sollten die Überreste bis zum Abfluss der Schleuse durch den Tunnel schaffen und dort die Körper und Körperteile in den Kanal werfen, weil bekannt war, dass bei steigender Flut das Meer hereinströmen und diese unglücklichen Opfer in ein unauffindbares, nasses Grab mitnehmen würde. In der Praxis sahen die Diener keinen Grund, sich so anzustrengen und öffneten oft nur das Gitter, um den Inhalt ihrer Eimer direkt in den Tunnel zu schütten. Erst, wenn der Gestank überwältigend wurde und giftige Dämpfe durch das Gitter aufstiegen, machten sie sich die Mühe, die menschlichen Abfälle und Überreste weiter durch den Tunnel zum Abfluss zu schieben.

Als daher einer von Müllers hartgesottenen Leuten auf einen Lakaien zuging und den Befehl brüllte, dass die Luft viel zu schlecht zum Atmen wäre und der Tunnel gesäubert werden müsste, sprang der Lakai, der in einer dunklen Ecke vor den Zellen gedöst hatte, sofort auf die Beine und kehrte mit einem Bund langer Schlüssel zurück. Der Mann folgte, das schwere Gitter wurde gefunden, das Schloss geöffnet, der Riegel zurückgeschoben und das Gitter hochgezogen. Zum Dank für diese Mühe wurde dem Diener der Hals durchgeschnitten. Prinz Viktor und seine Männer krochen leise in den Kerker und der leblose Körper des Dieners wurde ins Loch hinabgeworfen, das Gitter wieder herabgelassen. Aber es wurde nicht verriegelt.

DER GROSSE AUDIENZSAAL DES SCHLOSSES WAR LAUT UND VOLLER Adliger, die sich zur morgendlichen Audienz des Markgrafen versammelt hatten. Die Höflinge standen im Gespräch beisammen, livrierte Diener gingen zwischen den zerknitterten Samt- und Pelzkleidern mit Tabletts voll Essen für die Tafel des Markgrafen herum. Soldaten der persönlichen Leibwache des Markgrafen standen mit ausdruckslosen Gesichtern in strammer Haltung an den Eingangstüren und säumten eine Wand, die mit einer riesigen Tapisserie bedeckt war, auf der in ausführlichen Stickbildern an die ruhmreiche militärische Geschichte Midanichs erinnert wurde.

Der Hauptmann der Wache stand schweigend mit grimmigem Gesicht, stets auf der Hut, neben dem hochlehnigen Stuhl seines Herrschers. Das tägliche, unzufriedene Flüstern wurde lauter, je mehr die Lebensmittelvorräte sich ihrem Ende zuneigten. In der Woche zuvor war ein Mordkomplott entdeckt worden. In der Woche davor hatte sich herausgestellt, dass ein Ratsherr Soldaten bestochen hatte, um ihm, seiner Frau und seinem Sohn zu erlauben, im Schutze der Dunkelheit aus dem Schloss zu fliehen. Eingehende Berichte bestätigten, dass Prinz Viktors Rebellen die Stadt Herzfeld erobert hatten und jetzt den ganzen Süden des Landes beherrschten. Da kein Wort aus Emden kam - in den letzten vierzehn Tagen hatte es keine Brieftaubenpost gegeben - wurde angenommen, dass die Handelsstadt ebenfalls an die Rebellen gefallen war, und wenn nicht an die Rebellen, dann an ausländische Truppen, die mit Prinz Viktor verbündet waren.

Und wenn dies nicht genug gewesen wäre, um die Kräfte und die Geduld von Hauptmann Westover, des treuesten Untergebenen des Markgrafen, auf die Probe zu stellen, war da die beunruhigende Tatsache, dass seine Durchlaucht mehr und mehr Zeit fern seiner Pflichten und seines Hofes hinter verschlossenen Türen mit seiner Schwester in ihren Räumen verbrachte - Räume, die Westover nicht betreten durfte und deren Betreten allen außer Prinz und Prinzessin und ihrem Gefolge stummer Diener verboten war. Dies machte Westovers erste Pflicht - die Person des Markgrafen jederzeit zu schützen - bei solchen Gelegenheiten fast unmöglich.

Baron Haderslev vertrat die Meinung, dass zum Tauwetter im Frühjahr Ernsts Amtszeit als Markgraf ein gewaltsames Ende finden würde, wenn das Schloss sich gezwungen sehen müsste, sich Prinz Viktor zu ergeben. Aber Hauptmann Westover hatte einen Eid geleistet, seinem

Markgrafen zu dienen und ihn zu beschützen und hatte genau dies unter Markgraf Leopold getan und würde dies auch für dessen rechtmäßigen Erben tun und diesen und dessen Schwester mit seinem Leben verteidigen. Westover war blindlings treu ergeben und glaubte an das Gottesgnadentum der Könige - dass Gott Prinz Ernst dazu bestimmt hatte, als Nachfolger seines Vaters zu regieren und dass nur Gott ihn absetzen könnte. Und das hatte er dem Hofkämmerer gesagt. Er würde Ernsts Recht als Herrscher schützen, solange noch ein Atemzug in seinem Körper und in den Körpern seiner Männer verbliebe, die ihm bis zum letzten Mann treu ergeben waren.

MIT KLOPFENDEM HERZEN, ABER VÖLLIG NICHTSSAGENDEM Ausdruck auf seinem kantigen Gesicht, ließ Alec seinen Blick über den Audienzsaal schweifen, von der bemalten, vergoldeten Decke bis zu der langen Galerie gegenüber dem Wandteppich, von wo aus die Frauen die Vorgänge hinter einem geflochtenen Wandschirm verfolgen durften, und bis zum entgegengesetzten Ende des Raumes, wo der Markgraf auf einem Podest auf einem riesigen Stuhl aus Ebenholz oder zu den Mahlzeiten hinter einem Tisch saß. Er erinnerte sich an all das, als wäre es erst gestern gewesen, als er, damals ein grünschnäbliger Untersekretär, Sir Gilbert Parsons als Teil der englischen Gesandtschaft begleitet hatte. Und genau wie damals war der Saal jetzt mit Adligen überfüllt, die ihren Geschäften nachgingen. Was Alec überraschte, da das Schloss sich im Belagerungszustand befand. Aber nichts war, wie es schien, und dies galt an diesem Tag umso mehr.

Als Alec, General Müller und ihre Eskorte sich durch die Menge drängten und damit veranlassten, dass sich die Köpfe voll Interesse drehten, um zu sehen, warum ihnen befohlen wurde, Platz zu machen, wurden sie vom säuerlichen Gestank ungewaschener Körper überrascht. Scharfer Körpergeruch, unordentliche Kleidung, ungeübt gepuderte Perücken, die schlaff aussahen und als ob sie der Pflege bedürften, waren überdeutliche Anzeichen dafür, dass keiner dieser Männer seit Monaten die Schlossmauern verlassen hatte. Und nachdem das Wetter umgeschlagen und der Krieg jetzt auf ihrer Türschwelle angekommen war, war auch nichts und niemand ins Schloss hereingelangt.

Aber Viktor wollte kein unnötiges Blutvergießen oder Truppen wegen geringen Gewinnen auf beiden Seiten sterben lassen. Wenn er Ernsts Stellung als Markgraf durch einen unblutigen Staatsstreich erobern konnte, würde das Land wieder in Frieden leben können. Aber um das zu tun, musste er die Leibwache des Markgrafen dazu bringen, sich zurückzuziehen, und er war sich sicher, dass dann die Adligen, die Ernst treu waren, sich ihm kampflos unterwerfen würden.

Als Alec den gehetzten Ausdruck auf den hageren Gesichtern dieser übel riechenden Adligen und ihre verstohlenen Blicke bemerkte, war er sicher, dass alle Loyalität, die diese Männer Ernst bei seiner Krönung zum Markgrafen erwiesen hatte, seit Leopolds Tod so gut wie verbraucht war. Sie mochten unter sich sprechen, ihre besten Samtanzüge tragen, ganz gleich, wie sehr diese einer guten Wäsche bedurften und vortäuschen, dass in Ernsts Herrschaftsbereich alles normal war, aber es war offensichtlich, dass sie unter Zwang und in Angst in diesem Saal weilten; wenn die Zeit kam, war Alec überzeugt, würde Prinz Viktor kein Problem haben, die Lehenstreue der Oberhäupter der ersten Familien Midanichs zu gewinnen.

Oberst Müller (denn hier im Schloss war er kein General) schaute jedoch weder rechts noch links auf die Adligen, die ihn umgaben und schritt zielbewusst vor, beachtete den säuerlichen Geruch nicht, der in seine Nase drang und hielt sein schweres Kinn hoch über seiner leinenen Halsbinde. Eine behandschuhte Hand ruhte auf seinem Degen und sicher unter seinem Umhang und unter seinem Arm hielt er die Schachtel mit den Juwelen, die Olivia, der Herzogin von Romney-St. Neots gehörten und die Alec verwenden wollte, um Prinzessin Johanna aus dem Schatten zu locken.

Müller war auf jeden Fall vorbereitet, und wenn Prinz Viktor die Zeit für gekommen halten würde, sich selbst hier in diesem Raum zu zeigen, würde er seinen Stiefsohn mit seinem Leben verteidigen; ebenso wie diesen Engländer neben ihm. Er war auf der Hut, als der Oberhofmeister sich ihm in den Weg stellte. Baron Haderslev entließ den livrierten Diener mit einem Wink und mit einem schnellen Blick auf Alec, der diesem sagte, dass er keine Ahnung hatte, wer er wäre, sagte er durch zusammengebissene Zähne:

„Das ist nicht der beste Moment, Oberst!"

„Gut, wieder zurück zu sein, Herr Baron", antwortete Müller laut und gleichmütig. „Wie Ihr selbst sehen könnt, hatte ich eine sichere Reise von Emden, trotz der vereisten Straßen, Nebel, so dick wie Eurer Mutter Kohlsuppe und wilden Rebellen, die in jedem Dorf zwischen hier und Wittmund lauern!"

Weiter vorn ertönte ein Jaulen, jemand lachte laut auf und dann lachten die Adligen zur Antwort ebenfalls, das halbherzige Lachen verbreitete sich wellenförmig in der Menge, die keine Ahnung hatte, wer oder was diese Heiterkeit ausgelöst hatte, aber es war das Beste zu lachen, um nicht aufzufallen.

Müllers Brauen zogen sich über seiner langen Nase zusammen und sein Blick huschte zum Podium, aber sein Blick wurde von der Menge blockiert, die sich Schulter an Schulter voll Neugierde und Beklommenheit vordrängte.

„Was ist hier los?", fragte Müller mit völlig anderer Stimme.

„Es ist Wahnsinn. *Wahnsinn*", zischte Haderslev mit einem Blick über seine Schulter, was Alec verriet, dass er fürchtete, belauscht zu werden und dass solche Illoyalität ihn als Verräter entlarven könnte. „Ihr hättet in Emden bleiben sollen, bis etwas ..."

„Bringt uns zu seiner Durchlaucht, Haderslev. Dies hier ist Alec Halsey - Baron von Aurich."

Baron Haderslev stolperte einen Schritt zurück, als wäre er geschlagen worden. Er konnte es kaum glauben. Er legte eine behandschuhte Hand auf die Brust, als verspüre er einen plötzlichen Herzschmerz. Er starrte Alec aus großen Augen an, erschrocken und schließlich mit dem Ausdruck des Wiedererkennens. „Mein Gott! Ihr *seid* es! Ihr seid gekommen? Ich hätte nie gedacht ..." Er warf Müller einen Blick zu. „Wir dachten nie, dass Ihr kommen würdet!"

Alec sah den Blick und verstand sofort. „Wie könnte ich nicht? Euer Herr hält meinen besten Freund als Geisel. Aber vielleicht war das nur ein Trick - Ernst zu erzählen, dass ich Cosmos wegen kommen würde, obwohl Ihr dachtet, dass ich es nicht tun würde - um zu einem größeren Plan zu passen?"

Der letzte Teil des Satzes richtete sich an General Müller, der gleichmütig gestand: „Ja. Um den Markgrafen beschäftigt zu halten, bis wir Westover zur Kapitulation überreden könnten oder wir einen Weg fänden, um ins Schloss einzudringen, was auch immer zuerst eintreten mochte. Natürlich", fügte er mit einem ironischen Lächeln zu Alec hinzu, „schwankte die Gräfin nie in ihrer Überzeugung, dass Ihr tatsächlich dem Ruf folgen und kommen würdet, um die Freilassung Eures Freundes zu erbitten."

„Dass Ihr Ernst erlaubtet, meinen besten Freund als sein Spielzeug zu benutzen, nur, um Eure Ziele zu erreichen, werde ich Euch nie vergeben", stellte Alec mit unterdrücktem Zorn fest. „Ich verstehe, warum Ihr es tatet - zum Wohle der Allgemeinheit. Aber das versöhnt mich nicht mit dem, was Ihr tatet. Und jetzt stehen wir alle hier!", fügte er bitter hinzu und wandte sich an den Hofkämmerer. „Ich vermute, Westover ist so unnachgiebig wie je, andernfalls hättet Ihr es Müller inzwischen wissen lassen?"

„Leider ist das so, Herr Baron", entschuldigte sich Baron Haderslev. „Westover ist hartnäckig treu."

Alec warf die Vorderseite seines grauen, wollenen Umhangs über eine Schulter und zog seine Handschuhe aus, plötzlich fühlte er sich in diesem überfüllten, stinkenden Raum unangenehm warm.

„Dann hilft es nichts. Wir müssen Westover die Augen öffnen. Und zwar sofort. Aber zuerst solltet ihr diesen Saal besser räumen lassen. Sie wird sich nie vor Publikum zeigen." Er machte eine ruckartige Bewegung mit dem Kopf in Richtung des geflochtenen Wandschirms der Galerie: „Ihr werdet dort einen Logenplatz haben. Achtet darauf, dass auch Westover sich dort befindet. Es wird keine zweite Vorstellung geben." Er streckte eine Hand zu Müller aus. „Ich nehme die Schachtel jetzt." Als er die Schmuckschatulle in der Hand hatte, Haderslev sich aber noch nicht rührte, machte er eine Handbewegung. „Geht voran, Herr Baron. Wir haben keine Zeit zu verlieren, wenn Ihr einen blutigen Kampf vermeiden wollt."

Haderslev zögerte und sah General Müller mit hochgezogenen Brauen an, um nähere Erklärungen zu erhalten. Als er diese nicht bekam, drehte er sich auf dem Absatz um und mit einer ausholenden Handbewegung und einem gebellten Befehl wies er die vor ihm Stehenden an, Platz zu machen.

Müller und Alec folgten ihm, ohne einander anzuschauen. Sie entdeckten, wie Prinz Viktor einige Minuten zuvor, dass Sir Cosmo Mahon doch nicht im Kerker des Schlosses gefangen gehalten wurde.

Sir Cosmo und sein Kammdiener Matthias standen mit gesenkten Köpfen nur ein paar Fuß entfernt vor dem Podium. Damit sie nicht zu fliehen versuchen konnten, was auch nicht wahrscheinlich war, da sie kaum genug Kraft hatten zu stehen und der Raum voller Soldaten war, standen hinter ihnen zwei Soldaten der Leibwachen des Markgrafen in Habtachtstellung. Beide Männer wirkten niedergeschlagen. Sie waren fast drei Monate lang Gefangene. Es fühlte sich an wie drei Jahre. Sir Cosmos verschmutzte Kleidung passte ihm nicht mehr, seine Strümpfe, die einst weiß gewesen waren, sahen jetzt grau aus und waren voller Laufmaschen. Seine Haare waren nicht nur verfilzt, sondern auch von Läusen befallen und er trug durch die Unterernährung verursachte Schrunden. Jedoch hatte er keiner Bartstoppeln; beider Wangen und Kinn waren glattrasiert.

Das Einzige, was Sir Cosmo aufrecht hielt, war Matthias, der ihn am Ellenbogen stützte. Und das Einzige, was Matthias davon abhielt, vor Verzweiflung zu zittern, war, dass der Soldat in seinem Rücken sein Freund Hansen war, und Hansen hatte versprochen, dass er, wenn die Zeit käme, ihre Leben so schnell und schmerzlos wie möglich beenden würde. Er hatte Matthias den Dolch gezeigt, den er im Stiefel trug und ihm versichert, dass er die Klinge immer scharf genug hielt, um Haare zu spalten.

Der Markgraf verzehrte sein Frühstück und zu seiner und der Erheiterung seiner Höflinge hatte er befohlen, seinen Gefangenen eine letzte Mahlzeit anzubieten. Er wollte, dass sie aufaßen und den Moment genossen. Aber keiner der Männer war im Geringsten an dem Teller mit gedünstetem Obst und Nüssen interessiert, der vor die abgestoßenen Spitzen ihrer Schuhe gestellt worden war und sie starrten lediglich zu Boden, unbewegt und undankbar, so dass Ernst zunehmend zornig wurde, weil man ihm derart trotzte. Er warf hin und wieder eine Nuss auf sie, um eine Reaktion hervorzurufen, was seine Höflinge zum Lachen brachte, aber die beiden Männer waren so bar jeder Hoffnung, dass sie auf diese kindische Quälerei nicht einmal reagierten. Er wollte gerade den Befehl geben, die Engländer endlich in den Kerker abzuführen und dort verrotten zu lassen, als die Menge sich aus der Mitte heraus teilte.

Auf ihn zu kam der einzige Mann, der zählte.

Ernst war so verblüfft, dass er sich mitten im Satz unterbrach; die beiden Gefangenen waren nicht länger von Interesse oder eines weiteren Gedankens würdig. Er ließ seine Gabel fallen und starrte mit offenem Mund und einem Gesichtsausdruck wie jemand, der gerade einen Geist sieht, nach vorn. Er hatte nie geglaubt, dass dieser Tag kommen würde, obwohl er sich das in den zehn Jahren seit Alec Halseys Flucht jeden Tag gewünscht und darum gebetet hatte.

Sein erster Gedanke entsprang seiner Eitelkeit. Er war für eine solche Gelegenheit nicht richtig gekleidet. Er hätte seinen besten Rock tragen müssen, den mit den goldenen Pailletten. Und seine besten Stiefel, die aus schwarzem Leder und Seide mit bezogenen Knöpfen, die ihm bis übers Knie reichten. Und seine Perücke war nicht prachtvoll genug. Er hatte seinem Gesicht keine Aufmerksamkeit geschenkt. Er hatte weder Rouge noch Puder aufgelegt und seine Augenbrauen waren seit dem Vortag nicht nachgezogen worden. Dass er bei diesem Wiedersehen nicht in voller Pracht dastand, macht ihn gereizt und trotzig. Sein zweiter Gedanke war, dass er zornig sein sollte, mörderisch zornig, da der Mann die unglaubliche Dreistigkeit besaß, auf ihn zu zu kommen, als hätten sie erst gestern zurückgelehnt nebeneinander gesessen, die Stiefelabsätze auf einem Schemel, und einen guten Portwein und einen guten Witz genossen. Aber er empfand keinen Zorn, er empfand Besorgnis. Er wollte nicht, dass seine Schwester von Alec Halseys Rückkehr erführe, nicht, bis er nicht bereit war, es ihr zu erzählen; sie würde seine Zeit für sich beanspruchen und hatte er ihr nicht immer und immer wieder erklärt, dass Alec Halsey in allererster Linie *sein* Freund war?

Als Hauptmann Westover vortrat und ihm etwas darüber ins Ohr sagte, dass der Oberhofmeister das Zimmer von Höflingen räumte, winkte Ernst ihn ungeduldig fort, ohne seine Augen von Alec abzuwenden. Er würde nichts und niemandem erlauben, diesen Moment zu verderben.

„Ja! Ja! Schickt sie hinaus. Schickt sie *alle* hier hinaus. Und schickt diesen Haufen da auch weg!", verlangte Ernst, indem er mit einer spitzengeschmückten Hand zu der Reihe von Wachen deutete, die entlang der mit Wandbehängen bedeckten Wand Wache standen. „Ihr verschwindet auch!"

Da Ernst die beiden Gefangenen nicht erwähnte, blieben sie unbeachtet, zusammen mit den hinter ihnen stehenden Wachen. Dann jedoch flüsterte Hansen seinem Kameraden der Wache zu, wenn er sich in den Augen ihres Hauptmanns und des Hofkämmerers verdient machen wollte, warum er dann nicht diesen Adligen half, sich schneller zu bewegen und nach draußen zu kommen; er, Hansen, würde ein Auge auf die Gefangenen haben. Und damit verschwand diese zweite Wache, sehr zu Hansens Befriedigung, der dann Matthias einen freundlichen Schubs gab und ihm ins Ohr sagte:

„Nimm deinen Herrn am Ellenbogen. Wir schleichen uns weg. Bewege dich langsam und halte deine Augen gesenkt."

Und während Hansen Sir Cosmo und seinen Kammerdiener langsam in die Galerie und in Sicherheit schob, drängten seine Kameraden der Wache die Höflinge durch die zweiflügelige Tür hinaus; die Adligen konnten nicht schnell genug den Raum verlassen. Baron Haderslev, mit General Müller und Alec neben sich, näherte sich dem Podium und dem Markgrafen. Sie hatte sich kaum aus einer respektvollen Verbeugung erhoben, als Ernst plötzlich zum Leben erwachte. Er sprang auf, warf dabei seinen hochlehnigen Stuhl klappernd zu Boden, stieß mit dem Finger in die Luft zu den drei Männern und rief seinem Hauptmann der Wache zu:

„Westover! Verhaftet ihn! Verhaftet den Verräter! Verhaftet Baron Haderslev!"

VIERUNDZWANZIG

Hauptmann Westover zögerte. Er glaubte nicht einen Moment, dass der Oberhofmeister ein Verräter war. Diese kleine Verzögerung war alles, was Alec an Zeit brauchte, um einfach auf das Podium zu steigen, die kleine Schmuckschatulle vor Ernst hinzustellen und seine Hände flach auf den Tisch zu legen. Dann beugte er sich zu ihm und sprach in einem Ton zu ihm, der allen im Raum den Mund offenstehen ließ.

„Haderslev ist kein Verräter, und Ihr wisst das, Ernst", ermahnte Alec milde, wie man es bei einem kleinen Kind tut. „Ihr seid nur einfach schlecht gelaunt, weil Ihr nie dachtet, mich jemals wiederzusehen. Aber hier bin ich! Zurück! Freut Ihr Euch nicht, einen alten Freund zu sehen?"

Ernsts Unterlippe zitterte. Er fasste sich sofort. Er deutete auf Haderslev.

„*Er* sagte, Ihr würdet nicht kommen. *Er* sagte, wir würden Euch nie wiedersehen!"

Alec kam auf seine Seite des Tisches, setzte sich halb auf eine Ecke und ließ ein gestiefeltes Bein lässig baumeln.

„Aber hier bin ich! Nur, weil der Baron sagte, ich würde nicht kommen, heißt das doch nicht, dass er ein Verräter ist, nicht wahr?", schmeichelte Alec. Er machte eine Kopfbewegung in Richtung der anderen im Raum. „Schickt sie weg", sagte er leise. „Dann können wir reden ... Nur Ihr und ich ... Es ist zu lange her und ich bin sicher, dass Ihr mir so vieles zu erzählen habt ..."

Ernst schwankte innerlich unentschlossen. Er schaute zum Haupteingang hinüber, wo die letzten Adligen hinausgetrieben und die großen, mit Bronze eingelegten Türen hinter ihnen geschlossen wurden. Auch die Wachen waren jetzt auf der anderen Seite dieser Türen. Dann sah er zu Baron Haderslev, der die Hände rang, und erkannte neben ihm Oberst Müller. Er dachte, er hätte ihn nach Emden geschickt ... Und dort drüben an der Galerie waren die beiden englischen Gefangenen und eine Wache. Was machten sie noch hier? Er wollte niemanden von ihnen jetzt hier haben; er wollte nur mit Alec sprechen, der den ganzen Weg von England gekommen war, um ihn zu sehen - Nein! Er war gekommen, um seinen englischen Freund zu holen! Warum sollte er etwas anderes vortäuschen? Warum sollte er ihm zuhören? Aber Alec hatte nicht einmal zu den Engländern hinübergesehen. Es war, als wären sie überhaupt nicht da. Alec hatte seinen Blick auf ihm und nur auf ihm allein ruhen lassen.

Er wollte - nein, er *musste* - mit ihm allein sein, mit ihm reden. Nur sie beide. Er war jetzt so einsam, seit Papa fort war ... Und er musste mit ihm sprechen, bevor Johanna Wind von seiner Rückkehr bekäme, denn dann wäre sie im Nu hier und würde Alecs Zeit für sich allein beanspruchen, wie sie es immer tat und er würde kein Wort mehr sagen können ... Sie wurde immer fordernder und fordernder, und ihm gingen die Ausflüchte aus, um sie eingesperrt zu halten. Er hasste es, nicht alles unter Kontrolle zu haben ... Er war der Markgraf ... Niemand hatte das Recht, ihm vorzuschreiben, was er tun sollte. Niemand.

Und dann kam Westover herüber, stellte seinen Stuhl wieder auf und verwirrte seine Gedankengänge. Und als der Hauptmann weiter neben seiner Schulter herumstand, reizte ihn das über alle Maßen. So sehr die Gegenwart des Hauptmanns ein Trost gewesen war, dann, als er ihn brauchte, wie ein altes Lieblingsspielzeug, wollte er doch aus einem unerklärlichen Grund in diesem Moment, wo Alec Halsey ihn anlächelte und ihn bat, mit ihm allein sein zu dürfen, weder Westover noch jemand anderen in seiner Nähe haben. Er wollte nur mit Alec zusammen sein; so wie in alten Zeiten. So, wie es gewesen war, bevor Johanna es sich in den Kopf gesetzt hatte, dass es irgendwie *seine* Schuld war, dass Alec sie verlassen hatte. Nun, sie war nicht die Einzige, die verlassen worden war!

„Raus mit Euch, Westover! Nehmt sie mit! Ich will niemanden von Euch ...“

„Durchlaucht, ich kann Euch nicht allein lassen! Ich muss bleiben ...“

„Raus hier! Raus hier!“, kreischte Ernst.

„Aber Durchlaucht, er hat ein Schwert ...“

„... und ich werde es für *Euch* benutzen, wenn Ihr uns nicht allein lasst!"

„Durchlaucht, ich muss und will Euch beschützen!"

„Dann beschützt mich von irgendwo anders aus! Geht mir nur aus den Augen! Und wenn Ihr ein Wort hiervon meiner Schwester verratet, steckt Euer Kopf auf einer Pike! Verstanden? Kein Wort zu ihr!"

Westover blinzelte. „Kein einziges Wort, Durchlaucht. Nicht ohne Eure Erlaubnis!"

„Kommt, Hauptmann", sagte General Müller ruhig neben Westovers Schulter. „Ziehen wir uns in die Galerie zurück."

Alec schnallte sein Schwert ab und hielt es ihnen hin. „Hier. Nehmt es."

„Da. Jetzt könnt Ihr keine Einwände mehr haben, wo er unbewaffnet ist", sagte Baron Haderslev an Westovers Ohr. „Wenn Ihr Euch einfach in den Eingang stellt, könnt Ihr durch das Gitterwerk immer noch sehen, was geschieht. Ihr seid nur zwei Schritt entfernt."

Westover gab nach. Er schaute Alec an, der unbeweglich neben dem Markgrafen blieb, verbeugte sich dann und machte auf dem Absatz kehrt. General Müller ging vor ihm weg. Er hatte die beiden Gefangenen mit ihrer Wache in die Galerie schlüpfen sehen und ging ihnen jetzt nach, sah sie auf die in der Täfelung eingelassene Tür zu gehen und forderte sie auf zu bleiben, wo sie waren.

Sofort trat Hansen vor Sir Cosmo und Matthias, um sie zu schützen und zog dabei sein Schwert.

„Ich bringe diese beiden unschuldigen Männer in Sicherheit! Oder Ihr müsst mich niederstechen, wo ich stehe! Ich habe genug von Seiner Durchlaucht besonderer Art von Gerechtigkeit gesehen!"

„Wartet! Bleibt!", forderte General Müller in lautem Flüsterton mit einem Blick über seine Schulter und einer erhobenen, behandschuhten Hand. Sein Schwert blieb in der Scheide. Als Hansen blieb, wo er war, fragte er: „Wer sind diese beiden Männer?"

„Sie sind Engländer. Ein Lord und sein Diener."

„Sir Cosmo Mahon?", fragte Müller überrascht und bemerkte den zerzausten, schmutzigen Zustand der Gefangenen. Als Hansen nickte, aber nichts weiter sagte, fügte er hinzu: „Bei mir werdet Ihr sicherer sein. Vertraut mir. Die Ereignisse sind im Begriff, den Markgrafen zu überrollen."

Hansen zögerte unentschlossen und wog ab, ob dies ein Trick war, um ihn dazu zu bringen, sein Schwert wegzustecken, bevor sie alle verhaftet würden. Sir Cosmo nahm ihm die Entscheidung ab. Die Knie des Engländers gaben nach und er brach zusammen. Matthias fing seinen Herrn auf und Hansen, der noch immer mit gezogenem Schwert dastand, hatte nur eine Hand frei und konnte daher nicht helfen. In zwei Schritten schob sich Müller an der Wache vorbei und hielt Sir Cosmo am anderen Ellenbogen fest. Er half Matthias, ihn auf den Boden zu setzen und gegen die Täfelung zu lehnen, bevor er sich aufrichtete und Hansen anschaute.

Er streckte der Wache die Hand entgegen, der sofort sein Schwert wegsteckte und diese ergriff.

„Prinz Viktor könnte einen Soldaten wie Euch gebrauchen, Herr …?"

„Hansen Bootsmann, Herr Oberst!", sagte der Mann von der Leibwache und stand stramm. Er konnte sein Grinsen nicht verbergen. „Ja, das könnte er, Herr Oberst!"

„Es heißt General Müller. Aber um die Formalitäten kümmern wir uns später. Einstweilen schützt diese Männer mit Eurem Leben. Wenn das hier vorbei ist, sprechen wir über Eure Beförderung."

Müller ging zurück und stellte sich zu Baron Haderslev, der an Hauptmann Westovers Seite stand.

Der Hauptmann der Wache musterte Müller stirnrunzelnd. „Was hat das hier zu bedeuten, Oberst? Was geschieht …"

„Seht nicht mich an! Dreht Euch um und beobachtet das!", zischte Müller. „Schaut hin und *hört zu.*"

Alle drei Männer spähten durch den geflochtenen Wandschirm und konnten ihren eigenen Augen und Ohren nicht glauben.

⚗

ALEC WARTETE, BIS ER MIT ERNST IN DEM HÖHLENARTIGEN Audienzsaal allein war, bevor er sich ihm näherte, um den Abstand zwischen ihnen zu verringern. Ernst duckte sich, als Alec ihm so nahe kam. Aber er zog sich nicht zurück. Seine Unterlippe begann wieder zu zittern und Tränen füllten seine Augen. Er blinzelte sie schnell weg, denn er musste sicher sein, dass sein lange verloren geglaubter Freund noch immer dort war, dass dies nicht nur ein schlechter Traum war. Instinktiv streckte er eine Hand aus und seine Finger berührten schon fast Alecs Wange, als Alec diese Hand ergriff und festhielt.

„Jetzt, wo ich deine Hand halte", sagte Alec mit einem freundlichen Lächeln, „glaubst du es, dass ich wirklich hier bei dir bin?"

Ernst nickte und schniefte, riss aber seine Hand los und sagte verärgert, wenn auch ohne Aufregung in seiner Stimme: „Du bist nicht hergekommen, um mich zu sehen. Du bist gekommen, um deinen haarigen englischen Freund zu retten. Du wärest fast zu spät gekommen! Er ist schon fast tot, also als Freund nicht mehr zu viel nutze, nicht wahr? Ich sollte ihn trotzdem töten lassen, nur, um dir eine Lektion zu erteilen, weil du uns - weil du *mich* verlassen hast."

„Ich kann nicht glauben, dass du ihn töten wolltest, nur, um dich an mir zu rächen?", log Alec.

Er hatte sich gezwungen, Cosmo nicht anzusehen, obwohl er sich bewusst gewesen war, dass er dort mit seinem Kammerdiener und eine Wache hinter beiden stand. Er nahm an, dass Müller sie an einen sicheren Ort gebracht hatte und er würde sich um Cosmo kümmern, ihn wiedersehen, sobald er diese Kreatur und sein Monster für alle Zeit hinter Schloss und Riegel gebracht hatte. Im Augenblick konnte er es sich nicht leisten, an irgendjemanden oder irgendetwas anderes als den zartknochigen Edelmann zu denken, dessen Hand er hielt. Er lächelte ihn mit einem so liebenswürdigen Ausdruck an, dass er sicher war, Ernst würde die Lüge, dass nur wegen der Freude an seiner Gesellschaft den ganzen Weg hierhergekommen war, mochten sein englischer Freund und der Krieg zum Teufel gehen, glauben.

„Ich hoffe, du hast mir ein Geschenk mitgebracht, das eines Markgrafen würdig ist?", sagte Ernst gereizt. „Ich bin jetzt Markgraf, falls du es nicht wusstest!"

„Ja. Das weiß ich. Und ja, ich habe dir ein Geschenk mitgebracht."

Alec öffnete die Schatulle und kippte ihren Inhalt neben dem Kerzenleuchter auf den Tisch. Perlenschnüre, Broschen, diamantbesetzte Schuhschnallen und goldene Ohrringe, von denen Edelsteine hingen, quollen heraus. Es gab Stücke, die mit Diamanten, Smaragden, Rubinen und Saphiren besetzt waren. Auch gab es eine Handvoll einzelner Edelsteine, und dann war da die Halskette aus Rubinen, die Alec für Selinas Herz gehalten hatte, als sie im Schusswechsel in Aurich getroffen worden war.

Ernsts Augen leuchteten vor unverhüllter Gier auf und er ließ seine Finger über den kostbaren Haufen streichen. Er hob eine Schuhschnalle auf, fand dann einen besonderen Diamantring, ließ die Schuhschnalle auf den Haufen fallen und den Ring über einen schlanken Finger gleiten. Er streckte die Hand aus, um ihn zu bewundern.

Als Alec langsam Ernsts Hand ins Kerzenlicht zog und sanft das spitzenbedeckte Handgelenk umdrehte, so dass die Facetten des Diamanten funkelten, rückten General Müller, Baron Haderslev und Hauptmann Westover dichter an den geflochtenen Wandschirm heran, so dass ihre Nasen fast durch die Löcher in dem Holzgeflecht drangen, alle ebenso hypnotisiert wie Ernst selbst. Und als Alec noch dichter an Ernst herantrat, so dass seine Brust nur einen Knopf breit von der des anderen entfernt war, hielten General Müller und Baron Haderslev den Atem an.

Alec schaute Ernsts zarte Gesichtszüge an, die von einer Überfülle blonder Locken umrahmt wurde, die Perücke fiel in dicken Strähnen auf die Schultern und die hellen, blauen Augen blinzelten mit etwas wie Anbetung zu ihm auf, und er zwang sich, mit der Täuschung fortzufahren. Er wusste, dass sein nächster Zug sehr wohl Cosmos Schicksal entscheiden konnte, ebenso wie sein eigenes. Mochte indessen seine Stimme sanft und weich sein, war jedoch jede Faser seines Körpers aufs äußerste angespannt. Es war, als wären seine Stiefel am Parkett angenagelt. Sein Kiefer war angespannt und seine Hände waren zu Fäusten geballt; die hinter dem Wandschirm Stehenden sahen dies, aber Ernst nicht.

„Es ist ein schöner Ring, nicht wahr", murmelte er dicht an Ernsts Ohr. „Ein schöner Ring für eine schöne Frau. Er wird perfekt auf Johannas Finger passen. Aber wird er ihr gefallen, was glaubt Ihr? Ist er Eurer Schwester würdig? Schaut ihn gut an und sagt mir, was Ihr denkt, Ernst. Sagt mir, ob der Ring einer Prinzessin würdig ist ..."

Ernst starrte den Diamantring an, auf die Art, wie das Licht sich in den vielen Facetten brach. Wie er im Kerzenlicht funkelte und die Farben der Umgebung an sich zog. Licht und Farben wirbelten vor seinen Augen. Und als seine Hand sich aus dem Licht fortbewegte, wie durch Magie, denn er war sicher, dass sie einen eigenen Willen hatte, blieb sein Blick von dem Diamanten gefesselt. Und das alles, während er Alecs Stimme an seinem Ohr lauschte. Der tiefe, sanfte Klang überflutete ihn wie das warme Wasser seines Bades, und als seine Hand sich zu Alecs Kinn hob, glitt sein Blick mühelos von dem Diamanten zu Alecs Gesicht, zu den dunklen Bartstoppeln, die das kantige Kinn übersäten, bis zur Rundung des schönen Mundes, dann weiter nach oben zu den eckigen Linien der Wangenknochen. Das Gesicht seines Freundes war dünner. Älter. In den Augenwinkeln waren Falten. Augen, die blau waren, aber viel dunkler als seine eigenen. War sein Haar immer so dick gewesen? Er wusste, dass es ihm, wenn es nicht durch ein Band zusammengehalten war, in Wellen über die Schultern hinab fiel. Er hatte vergessen gehabt, wie blauschwarz das Haar seines Freundes war. Johanna hatte solche Haare immer begehrt ...

„Du bist nicht rasiert ... Jeder muss sich rasieren ...", brachte Ernst im Flüsterton heraus. „Es ist Gesetz ..."

„Nein. Nicht rasiert", wiederholte Alec mit leiser, besänftigender Stimme. „So bin ich ihr am liebsten. Sie mag es, wenn ich mein Haar offen trage, so dass es meinen Rücken hinabfällt ... Sie mag auch mein Parfüm. Es ist Sandelholz, mit einem Hauch von Pfeffer ... Erinnert Ihr Euch daran? ... Erinnert Ihr Euch, wie es Euch fühlen lässt ... Wie ich Euch fühlen lasse ...?"

Ernst wurde tiefer in den Bann von Alecs zärtlichen Tönen gezogen. Er schwankte, als er den Geruch einsog ... Es war so lange her, dass er etwas so ... so *Männliches* gerochen hatte. Es brachte ihm Erinnerungen an eine längst vergangene Zeit zurück, an sorglose Tage, die er in der Gesellschaft seines englischen Freundes verbracht hatte. Die Tage, die sie im Sommerpalast in Friedburg beim Schwimmen im See, beim Fechten in der Akademie, beim Jagen im Wald und beim Flirten in Fluren und auf Bällen mit den Töchtern der Hofadligen verbracht hatten. Er hatte eine Zeitlang diesen düsteren Ort vergessen können, und die Forderungen seines Zwillings. Alec hatte ihm geholfen, zu vergessen und neues Vertrauen in sich selbst zu finden. Er hatte gewagt zu denken, dass er vielleicht in der Lage wäre zu leben, ohne dass Johanna ihm sagte, was er zu tun hätte; ganz ohne Johanna. So groß war sein Selbstvertrauen, dass er Alec nach Schloss Herzfeld eingeladen hatte, als es für ihn an der Zeit gewesen war, seine Pflichten in der Armee von Midanich wieder aufzunehmen. Mit Alec an seiner Seite würde er das Selbstbewusstsein und die Kraft haben, sich Johanna entgegenzustellen, für das, was er im Leben wollte, einzutreten und nicht für das, was sie ihm sagte, was er angeblich wollte.

Er hätte es besser wissen müssen. Er hätte erkennen müssen, dass Johanna, sobald sie seinen englischen Freund sah, ihn für sich allein würde haben wollen. Wenn sie ihm nur diesen einen Freund gelassen hätte, wären die Dinge ganz anders verlaufen. Aber Johanna hatte ihre eigene Art, ihn glauben zu lassen, dass das, was sie wollte, auch das war, was er wollte. Und bei Alec Halsey war das tatsächlich wahr. Sie überzeugte ihn, dass sie ihn teilen könnten. Zwillinge teilten alles, selbst die, die sie liebten. Teilten sie nicht auch Papa? Und sie hatten immer ihre Liebhaber geteilt. Was nutzte die Liebe, der Genuss des geliebt Werdens, wenn er nicht mit dem geteilt werden konnte, den man auf der Welt am meisten liebt? Und sie liebte ihren Bruder mehr als jeden oder alles andere. Sicher empfand er doch dasselbe für sie? Sie könnte nicht leben, wenn er sie nicht ebenso liebte wie sie ihn. Er konnte nicht so grausam sein, den schönen Engländer für sich allein zu behalten. Ernst kapitulierte. Wie immer. Aber diesmal weigerte er sich, aufs Zuschauen beschränkt zu werden. Sie würden den Engländer in allen Dingen und auf jede Weise teilen, oder er würde sie nicht in dessen Schlafzimmer lassen. Sie stimmte zu und er hätte nicht glücklicher sein können.

Aber dann war der Engländer ihnen entflohen und während er Johanna die Schuld gab, beschuldigte sie ihn. Daher zögerte er jetzt, wo Alec wieder da war, ihn zu teilen. Er wollte nicht einmal, dass seine Schwester erführe, dass Alec Halsey zurückgekommen war. Er wollte es vor ihr so lange wie möglich geheim halten. Aber er wusste, dass das Wunschdenken war. Seine Schwester hatte ein überwältigendes Verlangen nach Rache an dem Engländer, weil er sie verlassen hatte. Selbst nach all diesen Jahren und wenn sie auf einem Tiefpunkt war, wenn sie ihren Vater und ihn beschimpfte, weil sie eingesperrt blieb, obwohl er ihm beim Tode ihres Vaters versprochen hatte, sie freizulassen, war es Alec Halsey, den sie für ihre vergangenen und gegenwärtigen Leiden verantwortlich machte. Wenn er geblieben wäre. Wenn er ein richtiger Ehemann gewesen wäre. Wenn er sie so geliebt hätte, wie sie ihn. Wenn Ernst mehr ein Mann und weniger ein Milchbart wäre. Wenn sie der erstgeborene Sohn und keine Tochter wäre, wäre sie und nicht Ernst der Herrscher von Midanich. Wenn sie nur nicht dazu verdammt gewesen wäre, ein Leben im Schatten zu führen. Wenn sie sich ihm nur zeigen könnte, in diesem Raum, jetzt. Wenn. Wenn. Wenn. Wenn. *Wenn ...*

„WAS MACHST DU HIER?" FAUCHTE JOHANNA ALEC AN. „ICH wünschte, du wärest nie zurückgekommen! Ich wünschte, du wärest ertrunken! Erfroren. Erstochen worden, verstümmelt - alles, nur dass du nicht hier wärest!"

„Ach! Da bist du ja", murmelte Alec befriedigt. „Es ist schön, dich zu sehen, Hoheit. Und ich weiß, dass du mich so *sehr* vermisst hast."

„Dich vermisst? *Dich vermisst?* Ich habe nicht einen Gedanken an dich verschwendet, seit dem Tag, an dem du fortgingst!"

„Komm schon. Du weißt es besser", tadelte Alec spielerisch, hielt ihre Hand und umkreiste sie langsam, brachte sie dichter an den Wandschirm und stellte sie so, dass die Zuschauer alles sahen und jedes Wort hörten. „Sei ehrlich, du hast an kaum etwas anderes als an mich gedacht. Dein Netz gesponnen und im Schatten gewartet; auf eine Gelegenheit zum Zurückschlagen gewartet. Armer Cosmo. Er hatte keine Ahnung, in was er bei seinem Kommen hineingeraten würde."

„Umso mehr ist *er* ein Narr. Wenn er von dem Schmerz, den du uns zugefügt hast, nichts wusste, ist es deine Schuld. Sein Leiden ist *allein* deine Schuld."

„Ja", sagte Alec traurig und zog sie dichter an sich.

Seine Worte und seine Berührung kühlten ihren Zorn ab und sie verringerte willig den Abstand zwischen ihnen. Ihr Blick suchte in seinem Gesicht, ihr Mund bebte vor Erwartung, dass er sie küssen würde, er musste es tun, aber ihre Worte straften ihre Gedanken und ihr Handeln Lügen.

„Ich *hasse* dich so sehr."

„Ja, das musst du", flüsterte er zärtlich, neigte den Kopf und kam mit seinem Mund näher an ihren. „Du bist ein Ungeheuer und ein niederträchtiges Biest, und dennoch hast du auf deine Weise gelitten und das tut mir leid. Ich bin hier, um dein Leiden zu beenden. Verstehst du mich, Hoheit?"

„Nenn mich Johanna", flehte sie und legte schließlich ihre Arme um seinen Hals und drückte sich an ihn. „Es ist Johanna. Es war *immer* Johanna."

Sein Mund schwebte so aufreizend dicht, dass sie seinen Atem auf ihren Lippen spürte. Ihre Nasenflügel bebten, sogen seinen pfeffrigen Duft ein und alles, was sie wollte, verzweifelt wollte, war, ihn in ihren Mund zu nehmen.

„Dann, *Johanna*, mach mit mir, was dir gefällt ... Das ist doch, was du willst, nicht wahr?" Als sie stumm nickte, ihren Blick in seinen getaucht, lächelte er. „Dann stehe ich völlig unter deinem Kommando ..."

Unfähig, ihm einen Moment länger zu widerstehen, zog sie ihn zu sich herab und legte ihren Mund auf seinen.

Er schloss die Augen, versuchte, an nichts zu denken und ergab sich in das Unvermeidliche. Wenn es keine Wahl gab, war er doch zufrieden. Es musste sein - um Cosmo zu befreien, um sich selbst von der Vergangenheit zu befreien, um Ernst Frieden zu schenken und ihn von dem Ungeheuer zu befreien, das ihn und durch ihn auch Midanich beherrschte. Daher erlaubte er es sich, der Fantasie nachzugeben, in diesem Augenblick gefangen zu sein, diesen Kuss so leidenschaftlich und verzehrend zu machen, als wären sie wirklich Liebende. Johanna musst es glauben, und das tat sie.

Sie verschmolz mit ihm, dieser Kuss war alles, wovon sie je geträumt hatte, das er sein würde, so wie vor zehn Jahren, als sie in Alecs Zimmer gegangen war, ihn verführt hatte, sich ihm aufgezwungen hatte und Ernst daran hatte teilhaben lassen. Und weil er sie verlassen hatte, war sie begierig gewesen, ihn und jeden, den er liebte, zu bestrafen. Doch jetzt, mit diesem Kuss, war aller Kampf, aller Hass, alle Qual und alle Verstellung verschwunden.

„*E-EINE FRAU? GOTT IM HIMMEL!* EINE *FRAU!*"

Das war Hauptmann Westover und die Worte entfuhren ihm zischend, als er das Paar einen leidenschaftlichen Kuss tauschen sah. Er taumelte von dem geflochtenen Wandschirm zurück, ungläubig, mit stockendem Atem, als ob er zu weit gelaufen wäre. Er war verwirrt; wütend; betrogen. Und das würde er sich nicht gefallen lassen. Er hatte nicht die letzten fünf Jahre als Hauptmann der Leibwache verbracht, Markgraf Leopold und die königliche Familie der Herzfelds geschützt, um von einer Frau hinters Licht geführt zu werden - ganz gleich, wie edel ihre Abstammung war und dass sie Leopolds Tochter war. Sie hatte nicht das Recht zu herrschen. Es war verboten. Und es war gegen die weibliche Natur, angezogen und auftretend wie ein Mann in der Gesellschaft herumzustolzieren, ein Land zu regieren und sich wie ein Mann zu benehmen. Männer herumzukommandieren, als wäre sie einer von ihnen. Wie konnte er so blind gewesen sein? Warum war er nicht selbst darauf gekommen? Er starrte Haderslev und Müller zitternd und mit wildem Blick an.

Der General nahm ihn am Oberarm und schob ihn weiter in die Galerie hinein, damit sie von dem Paar nicht gehört werden könnten. Seine Stimme war kaum mehr als ein Flüstern und seine Worte kamen rau heraus, voll Bestürzung über das, dessen auch er gerade Zeuge geworden war. Nie im Leben hätte er gedacht, dass er sehen würde, wie diese Kreatur sich im Licht der Kerzen vor seinen Augen zeigen würde. Er war voller Bewunderung für Alec Halseys Geschick, das Ungeheuer aus seinem dunklen Versteck zu locken.

„Nachdem Ihr es jetzt mit eigenen Augen gesehen habt, Westover, und gehört habt, was gesagt wurde, versteht Ihr sicher, warum Prinz Ernst nicht fähig ist, weiter Markgraf zu bleiben.“

Verstehen? Westover verstand es jetzt völlig! Er verstand jetzt, warum Ernst kein Barthaar wuchs; warum Bärte und Schnurrbärte verboten worden waren. Das hatte nichts mit einer *unaussprechlichen Wahrheit* zu tun, sondern weil dieser sogenannte Ernst als Frau nicht fähig war, sich überhaupt einen Bart stehen zu lassen! Kein Wunder, dass er eine hübsche Nase, große, blaue Augen hatte und langhaarige blonde Perücken mit Bändern darin trug. Er kicherte und schwatzte sogar wie eine Frau. Jetzt verstand er, warum *Ernst* sich mit einem Haufen Dummköpfe und wieselgesichtigen Narren umgab, alles nur, damit er - *sie* - nicht so unmännlich wirkte. Das erklärte, warum er nie geheiratet hatte, keine Frau zweimal anschaute, selbst, wenn sie sich ihm praktisch in die Arme warfen, nur wegen der Aussicht, Markgräfin zu werden. Jetzt verstand er, warum Leopold auf seinem Totenbett beklagt hatte, dass seine Linie nur durch Prinz Viktor, den Sohn einer Bürgerlichen, würde weiterleben können.

Und es gab nur eine Erklärung für das, was er gerade mitangesehen hatte. Westover wandte sich an Baron Haderslev, der dem General und dem Hauptmann tiefer in die Galerie hinein gefolgt war.

„Sie ist wahnsinnig, ja?“

Der Baron nickte und schnüffelte. In seinen Augen standen Tränen. Er brachte kein Wort heraus.

Westover zog sein Schwert, die Klinge bebte in seiner zitternden Hand. „Gut. Ich weiß, was jetzt zu tun ist."

„Wartet! Halt!", flehte Haderslev und wäre ihm gefolgt, wurde aber von General Müller zurückgehalten, der sein eigenes Schwert benutzte, um den Baron still zu halten.

„Lasst ihn, Baron", schnurrte der General. „Lasst ihn tun, was schon vor langer Zeit hätte getan werden müssen."

„Er wird ihn umbringen", wimmerte der Baron.

General Müller lächelte schief.

„Das hoffe ich von Herzen. Es wird mir die Mühe ersparen."

Es war vorbei, bevor Alec wusste, was geschah.

Johanna stöhnte auf, wurde schlaff und sank an seine Brust. Er fing sie auf, bevor sie aus seinen Armen zu Boden gleiten konnte und hielt sie fest, ohne sich bewusst zu sein, dass sie einen tödlichen Stich in den Rücken und durch ihr Herz erhalten hatte.

Aber er wusste, dass etwas Furchtbares passiert war, als sie nicht auf seine Stimme oder seine Berührung reagierte. Ihr Kopf fiel zurück, die Augenlider flatterten und die blonde Perücke rutschte auf eine Seite. Da sah er den großen, sich ausbreitenden Fleck und das Blut auf der Vorderseite der safrangelben Weste und wusste, dass sie tot war.

Er schaute auf, streifte die geistigen Umnebelung, die ihn umhüllt hatte, seit Prinzessin Johanna erschienen war, ab und sah Hauptmann Westover, das Gesicht rot vor Zorn und das blutige Schwert in der Hand. Der Soldat wischte seine Klinge zwischen seinen behandschuhten Fingern ab und schleuderte das Blut verächtlich fort, so dass es über den Boden spritzte. Aber er steckte sein Schwert nicht in die Scheide. Er starrte Alec mit höhnischer Verachtung an und machte einen Schritt auf ihn zu.

Alec fragte sich, ob er Westovers nächstes Opfer sein würde. Er war noch zu benommen von dem, was er sich gerade gezwungen hatte durchzumachen, um Westovers Augen für die Wahrheit zu öffnen. Er hatte erwartet, dass der Hauptmann reagieren würde, aber nicht mit Mord. Und dann sprach Westover, und Alec erkannte, dass der Soldat, trotz allem, dessen Zeuge er gerade geworden war und des Gesprächs, das er belauscht hatte, keine Ahnung von der tatsächlichen Wahrheit hatte. Aber das hätte ihn wirklich nicht überraschen dürfen. Denn selbst nach Bloßlegen der Tatsachen ging es sicherlich über das

Verständnis der meisten hinaus, die genaue Natur und Gestalt des Ungeheuers, mit dem sie es zu tun hatten, zu erfassen.

Nachdem er den toten Markgrafen sanft auf den Boden hatte gleiten lassen, stand Alec Westover ruhig gegenüber, mit einem Blick in die Galerie, aus der Baron Haderslev und General Müller herauskamen. Der Oberhofmeister hastete herüber und fiel neben der Leiche des Markgrafen auf die Knie und stieß ein solches Wehklagen aus, dass es Alecs Nackenhaare sich aufstellen ließ. Der alte Mann war vor Trauer von Sinnen, warf sich über den Körper und schluchzte.

„Nicht so. Niemals so", weinte der Hofkämmerer und setzte sich auf die Knie.

Er richtete die blonde Perücke des Markgrafen, damit sie sein zierliches Gesicht besser umrahmen sollte, glättete dann den Rock, strich die Falten glatt, als ob es noch eine Rolle spielte. Dann nahm er die Arme des Markgrafen und legte sie sorgfältig kreuzweise über seine Brust, so dass es aussah, als ruhe sein toter Herr nur. Und das alles, während er weinte und in sich hineinmurmelte. Schließlich küsste er die Stirn des Markgrafen, bevor er sich hinkniete und den Kopf zum Gebet neigte.

Es war erschütternd, seine liebevolle Behandlung des Toten zu sehen und Westover war nicht in der Stimmung, solcher kriecherischen Trauer zuzusehen. Er befahl dem Baron, aufzustehen und sich Alec und General Müller anzuschließen. Aber als Haderslev schwankte und seine bestrumpften Knie unter ihm nachgaben, trat Alec vor und half ihm auf.

Durch seine Tränen schaute der Baron zu Alec auf, der ihn mit dem Arm stützte. „Ernst war ein guter, lieber Junge, der nie jemandem Schaden zufügen wollte, aber ...“

„... er war schwach und von der Bosheit seiner wahnsinnigen Schwester angesteckt", unterbrach Müller mitleidslos. „Johanna war eine Teufelin. Sie tötete ihren Vater und war dabei, langsam auch ihren Bruder zu töten."

„Baron, Ihr wisst besser als jeder andere, dass Ernst fast seit der Wiege von seiner Schwester beherrscht und gequält wurde", sagte Alec. „Sogar im Tode ließ sie ihn nicht los. Jetzt zumindest, mit seinem eigenen Tod, kann er endlich von ihr frei und in Frieden ruhen."

Haderslev nickte. „Ja. Ja. Endlich. Ironisch, nicht wahr, dass es den Tod brauchte, um sie zu trennen ...“

Alec hob eine Braue. „Ironisch? Herr Baron, glaubt mir, das ist das am wenigsten ironische Detail an diesem tragischen Zustand."

Westover fuchtelte drohend mit seinem Schwert.

„Kommt hierher! Ich verlange Antworten, bevor ich Euch alle einsperren lasse!"

„Westover, Euer Markgraf ist tot", stellte Müller ruhig fest. „Und Ihr habt ihn getötet. Der einzige Mensch, der hier eingesperrt wird, seid Ihr, wenn Ihr nicht zur Vernunft kommt und erkennt, was um Euch herum vorgeht!"

„Müller, wo ist Sir Cosmo? Ist er in Sicherheit?", unterbrach Alec mit einem Blick zur Galerie.

„Er ist hinter dem Wandschirm und wird von einer riesigen Wache beschützt. Keine Sorge. Er ist in Sicherheit."

„Ich muss zu ihm gehen ...", begann Alec und wurde aufgehalten, als Westovers Degen in die Falten seiner Krawatte stach.

„Ihr geht nirgendwohin", stellte Westover fest.

„Hinter diesem Wandschirm befinden sich drei Männer und mindestens zwei davon brauchen Hilfe ..."

„Niemand bewegt sich, bis ich Antworten habe", knurrte Westover und schritt vor den drei Männern auf und ab, mit wildem Blick über seinen nächsten Zug nachgrübelnd. „Ein Ruf von mir und dieser Raum füllt sich mit meiner Wache." Er deutete mit dem Degen auf die Leiche und wandte sich an sie alle. „Wie lange wusstet Ihr von ihr, he?"

„Es gibt keine *sie*, Westover", antwortete Müller mit einem ungeduldigen Seufzer, während Alec und Haderslev schwiegen. „Dies ist die Leiche von Fürst Ernst, dem Markgrafen von Midanich. Und Ihr habt ihn getötet."

„*Ihn* getötet? Das ist eine Frau!" Westover zeigte mit seinem Degen auf Alec, sprach aber zu General Müller. „Die Art, wie sie ihn anschaute - ihn küsste - zu ihm sprach - Wofür haltet Ihr mich? Er würde keinen Mann so küssen, nicht einmal mit einem Flintenlauf an seinem Kopf! Ha! Glaubt ihr, ich hätte überhaupt keinen Verstand? Ich weiß, was hier los war. Das ist nicht Fürst Ernst, sondern seine verrückte Schwester Johanna, die als unser Markgraf herumstolzierte!"

„Wie scharfsinnig von Euch, Hauptmann", erwiderte Alec ruhig, obwohl er nicht verhindern konnte, dass sein Gesicht heiß wurde, als er sagte: „Ich habe in der Tat einen leidenschaftlichen Augenblick mit Prinzessin Johanna geteilt. Sie hegte immer eine irrationale Zuneigung für mich. Wir hatten gehofft, wenn ich sie aus dem Schatten *hervorlocken* könnte, würden Eure Augen für die tatsächliche Natur der - äh - *Beziehung* zwischen Fürst Ernst und seiner Schwester geöffnet werden."

„Beziehung? Das ist mir egal! Alles, was eine Rolle spielt, ist, dass diese Leiche nicht Fürst Ernst ist. Es ist eine Frau in Männerkleidung. Und ich habe nicht geschworen, einer verrückten Frau zu dienen und sie zu schützen! Sagt mir, was sie mit ihrem Bruder getan hat oder was Ihr mit ihm getan habt, oder, so wahr mir Gott helfe, werde ich Euch alle foltern lassen, bis Ihr es mir sagt!"

„Aber Herr Hauptmann, ich versichere Euch, das ist die Leiche von Prinz Ernst", antwortete Baron Haderslev traurig. „Prinzessin Johanna starb, als sie fünfzehn war und ist in der Familiengruft unter dem Schloss begraben. Sie war fast von der Wiege an wahnsinnig, obwohl es viele Jahre dauerte, bis Markgraf Leopold und ihre Damen erkannten, wie sehr wahnsinnig. Es geschah, als sie zur Frau wurde, dass ihr Wahnsinn sich in der niedrigsten Art und Weise zeigte. Sie wurde zur Hure, erlaubte ihren Wachen, ihren Dienern, jedem Mann, der ihr gefiel, sie zu beschlafen. Sie versuchte sogar, ihren eigenen Vater zu verführen. Ungeheuer! Und sie benutzte ihre Hurenkünste, Ernst zu verführen und zu beherrschen. Widerliches, übles Scheusal! Es war ein Gottesgeschenk, als sie sich mit fünfzehn mit Masern ansteckte und starb."

„Unfug! Jeder, von der Spülmagd bis zu Euch als Oberhofmeister, Haderslev, weiß, dass Prinzessin Johanna eine Gefangene ist, und äußerst lebendig! Sie hat Wachen, sie hat Diener und ihr Vater und ihr Bruder besuchten sie regelmäßig in ihren Räumen. Was ich nicht weiß und was Ihr mir sagen werdet, ist, wann der Austausch stattfand, wann seine Durchlaucht starb, oder wann er getötet wurde und Ihr ihr erlaubt habt, seinen Platz einzunehmen!"

„So hübsch diese Theorie ist, Westover", stellte Müller fest, „entspricht sie doch nicht der Wahrheit. Ich wünschte bei Gott, es wäre so. Es wäre so viel einfacher, die Tatsachen durch Euren dicken Schädel in Euren Verstand zu kriegen! Alles, was Ihr akzeptieren müsst, ist, dass Prinz Ernst ebenso verrückt war wie seine Schwester - nun, seit ihrem Tod, jedenfalls."

„Was er sagt, ist die Wahrheit, Westover", versicherte Baron Haderslev ihm. „Trotz Prinzessin Johannas Wahnsinn und ihrer Hurerei war Prinz Ernst von ihrem Verlust am Boden zerstört. Er wusste nicht, wie er ohne sie weiterleben sollte. Wir - Markgraf Leopold und ich - hofften, dass Ernst sich mit der Zeit erholen würde. Dass er durch Prinzessin Johannas Tod erkennen würde, dass er frei von ihr war. Und lange Zeit, besonders, wenn er im Friedeburg-Palast war, schien Prinz Ernst sich völlig zu erholen. Was wir damals nicht wussten und was erst nach einigen Jahren herauskam, war, dass Ernst, wenn er hierher, ins Schloss, zurückkehrte, das geschah, um Zeit mit seiner Zwillingsschwester zu verbringen. In Wahrheit weigerte er sich zu glauben, dass sie fort war. So hielt er sie lebendig. Und je mehr Zeit er hier in ihren Räumen verbrachte, desto mehr übernahm ihn ihr Geist, bis er - er - wenn er in ihrem Räumen war, zu ihr *wurde*." Der Baron schüttelte traurig den Kopf und wandte sich an Alec. „So war es, nicht wahr, Herr Baron?"

„Ja", antwortete Alec leise. „Ja, genauso war es ..."

„Wenn Ihr weitere Überzeugung braucht", bemerkte Müller pietätlos zu Westover, „zieht ihm die Hosen herunter und schaut Euch selbst seinen Schwanz an!"

Westover hatte keine Zeit, Müllers Angebot anzunehmen. Ein großer, ohrenbetäubender Knall erschütterte den Audienzsaal. Dann gab es einen zweiten Knall. Und dann noch einen.

„Lieber Gott! Was geschieht hier?", rief der Baron aus und packte Alec am Ärmel.

General Müller kannte den Klang von Schiffskanonen, wenn er ihn hörte. Der Klang von Kanonenfeuer bedeutete, dass die Rebellenflottille sicher im Hafen angekommen war, während ein Schiff draußen auf See geblieben war, um die Warnschüsse nahe ans Schloss abzugeben.

„Hört Ihr das, Westover?", sagte der General selbstgefällig und lachte. „Das ist der Klang des Sieges!"

Es war tatsächlich Kanonenfeuer. Und alle vier Männer suchten rasch Deckung in der Galerie. Aber das Kanonenfeuer hatte aufgehört und wurde durch Schreie und Grunzen von Männern im Nahkampf und dem stetigen Trampeln von Stiefeln abgelöst, als mehr Soldaten die Flure hinter der Doppeltür füllten. Schließlich, nachdem ein halbes Dutzend Soldaten der Rebellen mit vereinten Kräften auf die Türen des Audienzsaals eingeschlagen hatten, gab das Schloss nach und die Türen sprangen mit großem Schwung auf und knallten gegen die eichengetäfelten Wände. Jubel kam auf. Soldaten strömten mit gezogenen Schwertern in den leeren Raum, bereit, mit jedem einzelnen Soldaten den Kampf aufzunehmen, der sich ihnen entgegenstellte. Und dieser letzte Angriff wurde von einem goldhaarigen jungen Mann mit goldenem Schnurrbart angeführt.

Zum Erstaunen Prinz Viktors und seiner siegreichen Rebellensoldaten war der Saal leer - außer dem leblosen Körper seines Halbbruders, Prinz Ernst Leopold Herzfeld, dem fünfzehnten Markgrafen von Midanich.

ALEC WOLLTE IN DECKUNG RENNEN, RISS SICH LOS UND SCHLOSS sich den drei schweigenden Gestalten am hinteren Ende der Galerie an. Ein breitschultriger Soldat stand schützend über zwei Männern, die mit bis zum Kinn angezogenen Knien an der Wand hinabgerutscht waren, von denen einer auf die Dielen starrte und der andere seinen Begleiter anschaute. Mit einem Nicken zu dem Soldaten hockte Alec sich neben sie. Als Matthias sich bemühte, aufzustehen, legte Alec ihm die Hand auf den Arm und schüttelte den Kopf, daher blieb der Kammdiener neben seinem Herrn.

Alec fiel der Zustand der verschmutzten Kleidung der Männer auf, ihr verfilztes Haar und die Art, wie die Kleider von ihren Körpern hingen und er schluckte sein Erschrecken und seine Schuldgefühle angesichts dessen, was sein bester Freund und dessen Kammerdiener als Gefangene Prinz Ernsts hatten erleiden müssen, hinunter. Der Mann, der vor ihm saß, wirkte wie ein Bettler aus einer Gasse irgendeines europäischen Landes, so unähnlich war die Gestalt dem Sir Cosmo Mahon, den er kannte: der bei seiner Kleidung so anspruchsvolle Mann war immer besonders stolz auf seine langen, weichen Hände mit ihren polierten Fingernägeln gewesen. Daher war es der Zustand der Hände seines Freundes, mit ihren abgebrochenen Nägeln und bedeckt von Schmutz und Schorf, was Alec zusammenbrechen ließ. Er verlor schließlich die Herrschaft über seine Gefühle, bedeckte sein Gesicht mit den Händen und schluchzte tonlos. Aber er trocknete seine Augen schnell mit seinem Ärmel und riss sich so weit zusammen, dass er eine Hand auf Cosmos Schulter legen und sanft sagen konnte:

„Cosmo? Cosmo, mein lieber Junge. Ich bin's, Alec. Ich bin gekommen, um dich nach Hause zu bringen."

Es war Matthias, der antwortete, als Sir Cosmo das nicht tat.

„Ihr werdet ihm verzeihen müssen, Mylord - ja, ich weiß, wer Ihr seid - seit vierzehn Tagen ist er schon so. Er starrt nur ins Leere und sagt kein Wort. Davor war er der tapferste aller mutigen Männer, freute sich immer auf diesen Moment, wenn Ihr kommen würdet, um ihn zu holen ..." Der Kammerdiener verlor dann auch die Nerven und brach in Tränen aus, Tränen der Freude bei dem Gedanken, dass ihr Leben verschont worden war und sie gerettet waren. Er schniefte und unterdrückte die Tränen. „Verzeiht mir, Mylord. Ich wollte nicht weinen wie ein Baby. Es ist nur - wir sind so glücklich, Euch zu sehen. Nicht wahr, Sir?", fragte er an Sir Cosmo gewandt. „Sind wir nicht überglücklich, Lord Halsey jetzt hier bei uns zu haben? Dass er endlich gekommen ist, uns ..."

Alec versuche wieder, zu Cosmo durchzudringen. Er legte sanft seine Handflächen um das Gesicht seines Freundes und hob es hoch, so dass ihre Augen auf derselben Höhe waren. Er schaute lächelnd in Cosmos starren Blick. „Emily kann es nicht erwarten, dich zu sehen, Cosmo. Und Selina ebenfalls. Sie warten beide auf dich. Du möchtest doch Emily und Selina sehen, nicht wahr?"

Cosmo blinzelte und als er sich auf Alecs blaue Augen konzentrierte, zog Alec seine Hände fort.

„Emily?" sagte er verwundert. „Emily geht es - geht es *gut*?"

Alec nickte. „Ja. Emily geht es gut. Es geht ihr sogar sehr gut."

„Und - und Selina?"

„Ja. Beiden. Sie sind nur eine Wegstunde von hier entfernt. Ich werde dich zu ihnen bringen.“

„Und Matthias und Hansen. Sie müssen auch mitkommen.“

„Natürlich.“

„Ich Hansen!“, warf da der breitschultrige Soldat ein. „Ich sprechen Englisch. Ich auch kommen.“

„Aber die arme Mrs. Carlisle kann nicht mit uns kommen.“

Als Cosmos Schultern sich zu schütteln begannen, wurde Alec klar, dass er weinte und schaute daher zu Matthias, um eine Erklärung zu erhalten. Der Kammdiener schluckte schwer und fand seine Stimme wieder.

„Mrs. Carlisle ist tot, Mylord. Wir wissen nicht, wie es geschah. Hansen hier sagt, sie hätte sich aus einem Fenster gestürzt ...“

„Lieber Gott, diese arme Frau ...“, murmelte Alec.

„Das werden wir Emily nicht erzählen“, sagte Cosmo zu Matthias. „Emily darf das nicht erfahren, Matthias!“

„Nein, Sir“, antwortete Matthias sanft. „Wir werden es ihr nicht sagen. Nicht wahr, Mylord?“, fügte er mit einem Blick auf Alec hinzu.

„Natürlich nicht. Emily wird nicht erfahren, wie sie starb, das verspreche ich“, stimmte Alec zu, noch entsetzt von dem Gedanken, dass die Frau, die so mutig Emilys Platz eingenommen hatte, um ihrem Schützling die Flucht in die Sicherheit zu erlauben, tot war.

„Wir jetzt nach draußen gehen!“, stellte Hansen fest und deutete auf die Tür in der Täfelung. „Weg bevor wir gefangen! Kommt!“

„Ich glaube nicht, dass das nötig ist“, stellte Alec auf Deutsch mit einem Blick über seine Schulter fest, als ein spontaner Jubel sich unter den Soldaten auf der anderen Seite des geflochtenen Wandschirms erhob. Er sah General Müller mit Westover in Gewahrsam und Haderslev, der ihm folgte, die Galerie verlassen. Er war so mit den Vorgängen im Audienzsaal beschäftigt, dass er nur langsam auf seinen Namen reagierte, bis ihm klar wurde, wer gerade nach ihm verlangte.

„Alec? Alec? Bist du es?“, fragte Cosmo mit echter Überraschung und sah seinen Freund an, als wäre es zum ersten Mal. „Alec! „Alec! Du *bist* es! Du bist gekommen!“

„Ja! Ja, liebster Freund, ich bin es!“, antwortete Alec mit einem Lächeln unter Tränen und fügte mit einem selbstironischen Schmunzeln hinzu: „Verzeih, dass es etwas länger dauerte, als ich gehofft hatte, um hierher zu kommen. Nicht der einfachste Ort, an den man reisen kann, nicht wahr? Schiffe, Kähne und eine holprige, dumme Schlittenfahrt!“

„Keine Sorge. Jetzt bist du ja da. Und das ist doch das Wichtigste, nicht wahr?“, sagte Cosmo fast wie früher und gab seinem Kammerdiener mit dem Ellenbogen einen Stoß in die Rippen. „Siehst du. Habe es dir gesagt. Habe dir gesagt, er würde kommen. Sagte dir, dass Alec uns nie im Stich lassen würde."

Der Kammdiener und Alec tauschten einen Blick und Matthias sagte mit einem Seufzer: „Ja, Sir. Das habt Ihr gesagt. Wie viele Schillinge schulde ich Euch?"

„Ungefähr einen Jahreslohn, aber keine Bange, Alec wird deine Schuld begleichen, nicht wahr?"

„Ja. Gerne. Und dafür, dass er sich um dich gekümmert hat, das Doppelte und mehr!"

Cosmo drückte Alecs Arm. „Alec. Mein lieber, lieber Junge, ich kann dir nicht sagen, wie glücklich - wie *überglücklich* - ich bin, dich zu sehen!"

„Dieses Gefühl, mein bester, tapferster Freund, beruht absolut auf Gegenseitigkeit."

Die beiden Männer lagen sich weinend in den Armen, dankbar, am Leben zu sein, einander wiedergefunden zu haben und zu wissen, dass die Zukunft noch vor ihnen lag. So blieben sie, bis Cosmo aufschreckte, sich losmachte und ängstlich flüsterte:

„Was ist das?"

Jubel und dreifache Hoch-Rufe füllten den Audienzsaal.

„Nichts, worum wir uns Sorgen machen müssten", versicherte Alec ihm und drückte Cosmos Hand beruhigend. „Das Volk von Midanich feiert den Anbruch eines neuen Tages. Und das werden wir auch." Er stand auf und streckte die Hand aus, um seinem besten Freund auf die Beine zu helfen. „Komm mit. Lass uns heimfahren ..."

EPILOG

„Ja. Mit der Zeit - und guter Pflege. Ich lasse ihn mit uns nach Delvin kommen. Die Landluft, gutes Essen und schließlich ein Baby, das ihn als zärtlichen Patenonkel ablenkt - all das wird ihm helfen.“

Die Herzogin von Romney-St. Neots drückte Alecs Arm ein wenig zu fest, während sie die Mars-Empfangs-Galerie hinabschlenderten, die von den adligen Bewohnern von Schloss Rosine während der Wintermonate für tägliche Spaziergänge benutzt wurde. Da es Dreikönigsabend war, erstrahlte der Raum in hellem Licht und alle Gäste hatten sich für einen Abend voller Spaß und Spiele versammelt.

„Ich habe dir noch immer nicht verziehen, dass du Selina ohne meine und die Anwesenheit deines Onkels geheiratet hast!“

„Wir können noch eine Trauung abhalten, wenn wir nach London zurückkommen, wenn du das wünschst ...“

„Nein. Ich necke dich doch nur, mein Junge“, antwortete die Herzogin und ihr kamen plötzlich die Tränen. „Ich kann dir nicht sagen, wie-wie - *glücklich* Selina und du mich - uns alle - gemacht habt! Zu denken, dass du im Sommer Vater wirst ... ein lange gehegter Wunsch geht endlich in Erfüllung.“

„Für uns beide, meine liebe Olivia. Obwohl ich mich gelegentlich noch dabei ertappe, mich zu fragen, ob es diesmal wirklich wahr ist.“

Beide schauten zu Selina hinüber, die an einem langen Tisch saß, in dessen Mitte ein schön gemaltes *Cavagnole*-Brett lag. Bei ihr am Tisch saßen Cosmo, Emily, Plantagenet Halsey, Sir Gilbert Parsons und eine Reihe von Adligen des Hofes. Markgraf Viktor fungierte als Bankier und hielt den Seidenbeutel, der die grünbemalten Elfenbeinperlen enthielt, und den er von Zeit zu Zeit schüttelte und unter großem Aufwand eine Perle herauszog. Das pflegte jedes Mal Spieler und Zuschauer gleichermaßen zum Lachen zu bringen.

„Warum spielen sie das? Es ist ein so langweiliges Spiel!“, sagte die Herzogin abwertend. „Aber sie scheinen es alle zu genießen, als wäre es das Unterhaltsamste, was sie in ihrem Leben je erlebt haben. Ich vermute, dass die Weihnachtszeit sich für solchen Spaß anbietet und obwohl ich wünschte, ich wäre wieder zurück in London, ist es hier doch fast zauberhaft, nachdem der Krieg zu Ende ist und wir friedlich in unseren Betten schlafen können."

„Nach den Ereignissen der letzten sechs Monate wird selbst ein langweiliges Spiel wie *Cavagnole* begeistert begrüßt. Sie sind einfach glücklich, am Leben zu sein, Olivia. Wir alle sind das." Er fügte hinzu, um sie zu necken: „Du bist nur so abgehoben, weil das aufregendste Erlebnis deines Lebens sich auf der *Caroline* ereignete, als ihr mit dem Schiff voller Soldaten in den Hafen von Herzfeld gesegelt seid und mein Onkel sie bis zum letzten Mann bedrohte, dir kein Haar auf dem schönen Kopf zu krümmen!"

Der Mund der Herzogin wurde zu einem sittsamen Strich zusammengepresst, um dies zu bestreiten. Aber dann lächelte sie in sich hinein und erinnerte sich an diesen bestimmten Moment auf dem Schiff, als die französische Fregatte, die der *Caroline* am nächsten lag, das Feuer aufs Schloss eröffnete. Sie hatte sich bei dem ersten explosiven Knall in die Arme des alten Mannes geworfen und war dort geblieben; Alec hatte recht. Trotzdem drückte sie die Schultern durch und log. „Unfug! Ich werde nur zu froh sein, dem elenden Mann den Rücken zu kehren und nach Kopenhagen abzusegeln."

„Du hast noch immer vor, Emily zu einem Besuch bei ihrer Mutter mitzunehmen?"

„Ja. Ich bin so weit gekommen. Außerdem habe ich keine Wahl. Emily will sie sehen. Und, um die Wahrheit zu sagen, ich habe meine Tochter seit Jahren nicht gesehen. Außerdem wird es ihr Abstand von Viktor verschaffen."

„Er ist auch halb dabei, sich in sie zu verlieben."

„Ich weiß! Was für ein Durcheinander. Das Letzte auf der Welt, das ich mir für sie wünsche, ist, Markgräfin zu werden. Gott helfe uns, wenn das geschieht."

Alec zuckte mit den Schultern. „Midanich ist wundervoll im Frühling ... und der Palast von Friedeburg herrlich ..."

„Ermutige sie nicht - oder ihn! Zeit und Entfernung werden diese kleinen Winterromanze ein Ende bereiten, davon bin ich überzeugt."

„Oder sie stärken ...", entgegnete Alec. „Zeit. Entfernung. Alter. Nichts davon spielt eine Rolle, wenn man liebt, nicht wahr? Und es tut mir leid, dich enttäuschen zu müssen, aber nichts, was ich ihm sagte, konnte seinen Entschluss ändern. Mein Onkel erklärt mir, es sei seine Pflicht, dich und Emily nach Kopenhagen zu begleiten ..."

„Was?"

„... damit er sichergehen kann, dass ihr beide rechtzeitig zur Geburt unseres Kindes wieder zu Hause seid“, endete Alec glatt mit einem Blick auf seine Patin und einem heimlichen Lächeln, als er die leichte Röte in ihrem Gesicht entdeckte. „Er wird das oder die Taufe nicht verpassen wollen. So wie du war er äußerst enttäuscht, unsere Trauung versäumt zu haben.“

„Ich will ihn nicht dabeihaben! Dieser Intrigant!“, grummelte die Herzogin. Ihr Ärger galt jedoch ihr selbst, weil sie innerlich über Plantagenet Halseys Ritterlichkeit freudig erregt war. Um die Aufmerksamkeit von sich abzulenken, konzentrierte sie ihren Blick auf Sir Gilbert und klagte: „Ich kann nicht glauben, dass du diesem Speichellecker erlaubst, sich das Handelsabkommen mit Midanich als Erfolg zuzuschreiben. Parsons verdient solches Lob nicht, und auch Cobham nicht. Sondern du. Du warst derjenige, der die Bedingungen mit dem neuen Markgrafen ausgehandelt hat.“ Sie schaute verstohlen zu ihrem Patensohn auf. „Wenn du dich ins rechte Licht setzt, bin ich sicher, dass dir das einen Botschafterposten eintragen würde ...?“

Alec stieß ein bellendes Lachen aus, das ihm die Aufmerksamkeit des halben Raumes eintrug.

„Ha! Ich fragte mich schon, wann du das vorbringen würdest! Deine Hartnäckigkeit allein verdient einen Orden. Nein, meine liebe Olivia. In der Tat, tausend Mal nein. Ich werde völlig zufrieden sein, in Delvin ein friedliches Landleben zu führen.“

„Das glaube ich dir nicht!“

„Was glaubst du nicht, Tante? Welche kleinen Lügen hat Lord Halsey sich ausgedacht?“, fragte Selina, rauschte zu ihnen herüber und hängte sich an den samtenen Ärmel ihres Ehemannes. Liebevoll schaute sie zu ihm auf. „Nicht, dass ich dich für fähig halte zu lügen, Mylord ... ich habe im Übrigen gewonnen.“ Sie hielt einen Samtbeutel voller Goldstücke hoch. „Genug, um mir ein eigenes Dorf zu kaufen, scheint es. Obwohl ich das Ganze dem Wohlfahrtsfonds der Soldaten stiften werde.“

„Eine ausgezeichnete Idee, meine Liebe. Ich werde die gleiche Summe hinzufügen. Deine Tante glaubt mir nicht, wenn ich sage, dass ich glücklich sein werde, für die nächste Zukunft in Delvin ein friedliches Landleben zu führen.“

„Oh, bis das Baby geboren ist, sicher“, stimmte Selina zu und zeigte sich ihrem Ehemann gegenüber bemerkenswert illoyal, als sie ihrer Tante anvertraute: „Im Ernst, ich habe starke Zweifel, dass er es bis zum Schluss aushält. Ich sehe schon, dass wir noch vor Ostern in London sein werden.“

„Selina! Du kleines Biest! Ich freue mich darauf, nichts weiter zu tun, als mit Cosmo auf der Terrasse zu sitzen und auf meine Schafe aufzupassen.“

„Auf deine Schafe aufpassen? Liebe Güte, das klingt ziemlich trostlos, mein Junge“, stimmte Olivia zu und stimmte in das Kichern ihrer Nichte ein.

„Was zu beweisen war“, witzelte Selina, lachte und küsste, als Alec das Gesicht verzog, seine Wange.

Bevor er eine passende Erwiderung geben konnte, gab es an der zweiflügeligen Tür einen Tumult und die im Raum Sitzenden standen auf, um das neuste Mitglied von Markgraf Viktors Familie, seinen drei Wochen alten Halbbruder, Carl Philip Rosine Müller, zu begrüßen, der am Tag seiner Geburt, dem Tag, als Schloss Herzfeld erstürmt worden war, zum Graf von Emden ernannt wurde. Er wurde von seinem stolzen Vater hereingetragen, die Gräfin Rosine an seiner Seite. Sie kamen auf Alec und Selina zu, Familie und Gäste drängten näher, um einen Blick auf den schlafenden Säugling zu werfen.

„Wir möchten Euch um einen Gefallen bitten, Herr Baron“, sagte die Gräfin Rosine mit einem Blick zu ihrem Mann, der sie anlächelte. „Wir würden uns sehr geehrt fühlen, wenn Ihr der Pate unseres Sohnes würdet.“

„Ihr müsst ja sagen!“, warf Prinz Viktor ein, der sich an Alecs andere Seite gestellt hatte und seine Schulter ergriff. „Natürlich sagt er ja!“

„Wenn das Euer Wunsch ist, ja“, stimmte Alec zu. Er schaute von General Müller zur Gräfin. „Ihr seid sicher?“

„Sicher? Keine Frage. Mein Halbbruder muss den Baron von Aurich als Paten haben. Nicht wahr, Herr General?“

„Ja. Das ist, was wir beide wünschen“, stimmte General Müller zu. „Unabhängig von den Wünschen meines Stiefsohnes.“

„Dann ist das abgemacht. Und um dieses höchst verheißungsvolle Ereignis zu feiern, wird getanzt werden“, verkündete Viktor.

Alle applaudierten und die Diener waren schnell dabei, Kartentische, Stühle und Schemel aus der Mitte des Raumes wegzuräumen. Die Musiker, die ruhig im Hintergrund gespielt hatten, stimmten ihre Instrumente neu und legten ihre Noten für eine Reihe von ländlichen Tänzen zurecht. Die Adligen wählten ihre Partner, Viktor forderte für den ersten Tanz seine Mutter auf und Emily tat sich schnell mit Cosmo zusammen, der zuerst etwas zögerte, mitzutanzen, bis Emily ihm etwas ins Ohr flüsterte, das ihn zum Lachen brachte, den Kopf schütteln und zustimmen ließ.

„Ich glaube, Cosmo kommt wieder in Ordnung, Selina.“ Alec lächelte, als er seinen besten Freund Emily fortführen sah, um sich der Reihe der Tänzer anzuschließen. „Es mag Monate dauern, bis er wieder

Fett auf seinen Knochen hat, aber es war sein Verstand, um den ich mir am meisten Sorgen machte ... Aber ich denke, er wird genesen, mit unserer Hilfe.“

Selina schob ihren Arm durch seinen und schmiegte sich an ihn. „Ja. Und ich denke, du auch.“

Er runzelte die Stirn und sah auf sie hinab. „Du meinst, ich bedürfte der Genesung?“

Selinas dunkle Augen funkelten. „Nicht der Genesung. Aber wieder wie früher werden. Wieder du selbst sein. Andere denken offensichtlich, dass es dir gut geht, weil du einen solchen Gesichtsausdruck hast ...“

„Einen solchen Gesichtsausdruck?“

„... der junge Eltern wünschen lässt, dich als Paten für ihre Kinder zu gewinnen. Ist dir klar, dass dies das zweite Mal in weniger als sechs Monaten ist, dass du zum Paten gemacht wirst? Zuerst Cleveleys Kind, Thomas, und jetzt der kleine Carl Philip. Ich würde sagen, dass das zeigt, dass du die Art von Gesichtsausdruck hast, der widerspiegelt, was hier drinnen ist“, sagte sie und legte ihre Hand auf seine Weste aus schwarzem Samt und Silberbrokat, über seinem Herzen. „Du zeigst Vertrauen, Mitgefühl, Treue, Ehre ... Was mehr könnten Eltern sich von einem Paten für ihre Kinder wünschen?“

Alec zog Selina an sich und küsste sie, ohne sich darum zu kümmern, dass sie sich in einem Saal voller Menschen befanden. „Meine liebe Lady Halsey, und ich dachte, du hättest dich wegen meines Aussehens in mich verliebt; dein Bruder Talgarth nennt mich Apollo ...“

Selina drückte sich an ihn. „Ja, aber nachdem ich dich jetzt ganz für mich allein habe - für immer - ist das, was du im Herzen hast, worauf es am meisten ankommt, und deshalb wird es auch dir wieder ganz gut gehen.“ Sie sammelte sich und sagte kess: „Aber gerade, weil du so bist wie du bist, glaube ich nicht für einen Moment, dass du damit glücklich sein wirst, deine Schafe zu zählen. Ich wette, wenn der erste Brief bei dir eintrifft, in dem du um Hilfe oder um deinen Rat gebeten wirst, wird es heißen: ‚Lebewohl, Kent und wie kann ich dir helfen, London?‘ Aber diesmal wird es anders sein ...“

„... weil du dicht neben mir in der Kutsche sitzen wirst, um auch zu helfen.“

„Ja“, sagte sie leise und küsste ihn wieder, um dann seine Hand auf ihren Leib zu legen. „Wir beide ...“

ANMERKUNG DER AUTORIN

„Tödliche Gefahr" ist ein Roman und die Markgrafschaft Midanich ist meine Erfindung. Jedoch beruhen die geografische Lage, Wetter, Menschen, Politik und Sitten der Zeit (1760) alle auf ausgedehter Recherche. Ich habe Midanich in Ostfriesland, was heute zu Norddeutschland gehört, angesiedelt. Midanich grenzt an die Holländische Republik (Niederlande) im Westen und das Kurfürstentum Hannover im Osten, mit verschiedenen Staaten des Heiligen Römischen Reichs an der Südgrenze. Es liegt auch nahe beim Königreich Dänemark und für das achtzehnte Jahrhundert ein paar Tage Seereise von England entfernt. Deutschland, wie wir es heute kennen, existierte im 18. Jahrhundert noch nicht. Midanich ähnelt verschiedenen deutschen Fürstentümern oder Staaten, die zu jener Zeit entweder unabhängig oder Teile des Heiligen römischen Reichs waren.

Wenn Sie mehr über Midanich erfahren wollen (und eine Karte betrachten), sowie die Recherchen nachvollziehen können, die zu der Geschichte beitrugen, , gehen Sie zur Seite für *Deadly Peril* auf Pinterest (pinterest.com/lucindabrant*).* Ein guter Anfang, um mehr über Ostfriesland zu erfahren, ist die Wikipedia-Seite.

ALEC-HALSEY-KRIMIS BAND 4

HINTER DEN KULISSEN

Erkunden Sie die Orte, Dinge und Geschichte im
Zusammenhang mit *Tödliche Gefahr* auf Pinterest.

www. pinterest.com/lucindabrant

www.ingramcontent.com/pod-product-compliance
Lightning Source LLC
Chambersburg PA
CBHW032207180726
48284CB00001B/226